Nora Berger

Spielball des Schicksals

Viel Spaß beim Lesen ♡ Herzlichst Nora Berger

TINTE & FEDER

Das Buch

Das dramatische Schicksal zweier unterschiedlicher Frauen – vereint in einer wunderschönen Geschichte der Erfolgsautorin Nora Berger.

Als Alexander von Waldheim im Nachlass seiner Eltern das Tagebuch seiner Ururgroßmutter Camilla findet, ist ihm gleich klar: Das wird die Geschichte für seinen nächsten Roman werden! Fasziniert taucht er in die Vergangenheit ein und erfährt so von den turbulenten Leben von Camilla und Tessa, zweier sehr unterschiedlicher Frauen, die sich in einem nicht enden wollenden Krieg zwischen Liebe, Eifersucht und Tod durchs Leben kämpfen müssen …

Berlin, 1862: Camilla schlägt sich alleine durchs Leben. Sie wird es Tessa, der Geliebten ihres Vaters, nie verzeihen, dass sie ihn dazu gebracht hat, sie und ihre Schwester in ein Kloster abzuschieben. Doch das Leben muss weitergehen. Als Krankenschwester in der Berliner Charité durchlebt Camilla dramatische Höhen und Tiefen, bis sie eines Tages völlig überraschend wieder auf Tessa trifft …

Die Autorin

Nora Berger lebt seit vielen Jahren in Bayern. Sie studierte in Paris und hat seitdem eine Vorliebe für französische Literatur und Geschichte. Dies spiegelt sich vor allem in ihren historischen Romanen mit Schwerpunkt Frankreich wider.

NORA BERGER

SPIELBALL DES SCHICKSALS

ROMAN

TINTE & FEDER

Deutsche Erstveröffentlichung bei
Tinte & Feder, Amazon Media E.U. S.à r.l.
5 Rue Plaetis, L-2338, Luxembourg
Juli 2018

Umschlaggestaltung: semper smile, München, www.sempersmile.de
Umschlagmotiv: © Oksana_Bondar / Getty; © Massonstock / Getty;
© Lightix / Shutterstock; © prasit2512 / Shutterstock; © Claire McAdams /
Shutterstock; © satit_srihin / Shutterstock; © majeczka / Shutterstock;
© Janis Smits / Shutterstock
Lektorat und Korrektorat: Verlag Lutz Garnies, Haar bei München,
www.vlg.de
Gedruckt durch:
Amazon Distribution GmbH, Amazonstraße 1, 04347 Leipzig /
Canon Deutschland Business Services GmbH, Ferdinand-Jühlke-Str. 7,
99095 Erfurt /
CPI Books GmbH, Birkstraße 10, 25917 Leck

ISBN: 978-2-91980-170-1

www.tinte-feder.de

Prolog

Herbst 2016

Ich hatte mir gerade eine Tasse Tee eingeschenkt, als mir ein neuer Patient gemeldet wurde. Es war nicht viel los an Bord der Neptun *auf ihrem Weg nach New York, aber als Schiffsärztin musste ich natürlich immer präsent sein. Das Meer zeigte sich ruhig, der Himmel wolkenlos und die Sonnenanbeter kamen in ihren Liegestühlen in den Genuss einer wohltuenden Brise. Der junge Mann, der nun mein Ordinationszimmer betrat, war groß und schlank, mit blauen Augen und welligem dunkelblondem Haar. »Alexander von Waldheim«, stellte er sich kurz vor. Ich wies auf den Stuhl vor meinem Schreibtisch. Blass, mit gequälter Miene und mattem Blick nahm er dort Platz und musterte mich kritisch. Man sah ihm an, dass er an diesem Ort keine Frau erwartet hatte.*

»Was kann ich für Sie tun, Herr von Waldheim?« Ich sah ihn fragend an und er hob seine Hand, um die er ein einfaches Taschentuch geschlungen hatte. »Ich dachte, die Wunde schließt sich von selbst«, klagte er und nahm das Taschentuch ab. »Aber jetzt fühle ich mich plötzlich ziemlich schlecht. Ich habe Schmerzen und wohl auch Fieber.«

Ich betrachtete den tiefen Schnitt an seinem Handballen genauer, der einen entzündeten Vorhof zeigte und zu eitern begonnen hatte. Ein feiner roter Streifen zog sich von der Verletzung ein Stück weit den Unterarm hinauf.

»Das sieht gar nicht gut aus. Wie ist das denn passiert?«

Der junge Mann zuckte die Schultern. »Ach – reine Ungeschicklichkeit. Ich wollte mit einem Taschenmesser das Schloss meines Koffers öffnen, weil es klemmte. Das Messer rutschte ab und …«

»Sie haben eine Blutvergiftung«, stellte ich mit ernster Miene fest. »Damit ist nicht zu spaßen. Das ist nicht ungefährlich. Sie gehören ins Bett und benötigen sofort eine Infusion mit hoch dosiertem Antibiotikum. Zuvor werde ich Ihnen noch Blut abnehmen und eine Tetanusspritze verabreichen.« Ich schob seinen Ärmel hoch und band ihm das Tourniquet um den Oberarm. Er sah mich entsetzt an und blickte zur Seite, als ich nach einer Vene suchte und einen Zugang für die Spritzen und die Infusion setzte. Nachdem ich ihm Blut abgenommen und den Impfstoff verabreicht hatte, stöpselte ich die kleine Infusionsflasche an. Die folgende Viertelstunde, die er nun festsaß, nutzte ich, um seine Wunde zu desinfizieren, einen Verband anzubringen und ihm eine Packung Antibiotikumtabletten auf den Tisch zu legen. »Sie bekommen noch weitere Infusionen, danach nehmen Sie davon zweimal täglich zwei Stück.«

»Blutvergiftung«, seufzte er. »Ausgerechnet! Wenn ich mir vorstelle, dass vor über hundert Jahren ein junges Mädchen aus unserer Familie an einer solchen Infektion gestorben ist!«

»Ja, damals war das nichts Außergewöhnliches. Es gab noch kein Antibiotikum. Aber die Zeiten haben sich geändert und heute haben wir so etwas ganz gut im Griff, wenn es rechtzeitig erkannt wird«, beruhigte ich ihn. »Sind Sie allein auf dem Schiff? Oder haben Sie jemanden, der sich um Sie kümmert, bis Sie wieder gesund sind?«

Der junge Mann schüttelte müde den Kopf. »Nein, ich reise ohne Begleitung«, er machte eine kleine Pause. »Ich bin Schriftsteller«, fügte er erklärend hinzu, »und arbeite gerade an einem Roman. In Amerika wollte ich noch einige Fakten recherchieren.«

Ich runzelte die Stirn. »Mit der verletzten Hand werden Sie eine Weile nicht gut schreiben können. Und Sie sollten sie schonen.«

Mein Gegenüber seufzte erneut. »Das ist sehr ärgerlich. Der Verlag möchte mein Buch natürlich so bald wie möglich herausbringen.«

»Die Heilung braucht Zeit, aber es wird Ihnen sicher bald besser gehen. Welches Thema haben Sie denn für Ihren Roman gewählt?«, fragte ich höflich, während ich die Behandlung an meinem Computer dokumentierte.

»So etwas wie eine Familiensaga. Als ich den Nachlass meiner Ururgroßmutter, Camilla Wanstetten, sichtete, fand ich ihr Tagebuch. Sie ist 1862 mit ihrer Schwester, ihrem Vater und einer gewissen Tessa Taylor von Amerika nach Deutschland zurückgekehrt. Ein interessanter Stoff, mitten aus dem Leben in einer vergangenen Zeit.«

Ich stutzte bei dem Namen Tessa Taylor, ließ mir aber nichts anmerken. Wenig später begleitete ich den jungen Mann über das leicht schwankende Schiff in seine Kabine zurück. Wie es oft geschieht, war das Wetter auf See plötzlich umgeschlagen. Der Himmel bewölkte sich und aufkommender Wind peitschte die Wellen höher.

»Als Autor ist man ja immer auf der Suche nach neuen Themen«, griff von Waldheim unsere Unterhaltung wieder auf. Er fröstelte fiebrig, als ich ihm ins Bett half. »Aber so wie ich mich gerade fühle, könnte ich keine einzige Zeile schreiben. Ich habe grässliche Kopfschmerzen.«

»Geduld, Geduld! Keine Sorge, Sie werden bald wieder auf dem Posten sein. Ich kümmere mich persönlich um Sie.«

Am nächsten Tag und nach zwei weiteren Infusionen ging es meinem Patienten schon weitaus besser. Er sah mir lächelnd vom Sessel aus entgegen, als ich zu einer Kontrollvisite in seine Kabine kam. Die Entzündung an seiner Hand war zurückgegangen und der rote Streifen verblasst. »Das Laborergebnis hat meine Diagnose bestätigt«, sagte ich. »Es war gut, dass Sie zu mir gekommen sind.«

»Vielen Dank für Ihre Hilfe, Frau Doktor. Aber nehmen Sie doch einen Moment Platz«, sagte er erfreut. »Was halten Sie von einem Gläschen Champagner! Ich werde gleich einen für Sie kommen lassen, auch wenn ich selbst leider wegen der Tabletten abstinent bleiben muss.« Und als er mein Zögern bemerkte, setzte er noch nach: »Sie haben mir schließlich das Leben gerettet! Das muss doch gefeiert werden!«

Da es im Augenblick für mich außer ein paar Fällen von Seekrankheit nicht allzu viel zu tun gab, nahm ich seine Einladung, noch ein wenig zu bleiben, an, lehnte aber den Champagner ab und bat um ein Glas Wasser. »Sie haben noch einmal Glück gehabt, Herr von Waldheim. Auch mit Antibiotika ist eine Sepsis manchmal schwer in den Griff zu bekommen.« Ich zögerte leicht, bevor ich ihm die Frage stellte, die mich schon die ganze Zeit beschäftigte. »Als Sie zu mir kamen und von Ihrem Roman und dem Tagebuch Ihrer Vorfahrin sprachen, da erwähnten Sie auch den Namen Tessa Taylor …«, ich stockte und suchte nach passenden Worten. »Es ist seltsam, aber in meiner Familie … da gab es jemanden, der so hieß. Eine Tänzerin und Schauspielerin. Und soviel ich weiß, hat sie eine Weile im Westen Amerikas gelebt.«

»Tatsächlich?« Von Waldheim beugte sich gespannt vor und ich sah in seinen Augen einen Funken Neugier aufblitzen. »Was für ein Zufall! Der Name Tessa Taylor ist in besagtem Tagebuch sehr häufig erwähnt. Sie muss ein sehr abenteuerliches Leben geführt haben.«

»Abenteuerlich? Was meinen Sie damit?« Ich spürte, wie mir das Blut in die Wangen stieg. »Nun, wie auch immer. Vielleicht gibt es diesen Namen ja häufiger und es handelt sich um eine ganz

andere Person«, erwiderte ich so gleichgültig wie möglich. Ich trank mein Glas aus und erhob mich, um mich zu verabschieden.

»Aber sollten wir nicht versuchen, das gemeinsam herauszufinden?« Von Waldheim hielt mich zurück. Er war in Eifer geraten. »Sie erzählen mir, was Sie über diese Frau wissen. Und von mir erfahren Sie, was im Tagebuch über sie steht. Ich habe bereits einige Seiten des Romans geschrieben, in denen sie eine Rolle spielt. Bis New York hätten wir noch jede Menge Zeit, uns auszutauschen. Es wäre mir ein Vergnügen, mit Ihnen darüber zu plaudern.«

»Tut mir leid«, erwiderte ich und verbarg meine Anspannung hinter einer heiteren Miene. »Aber während meiner Arbeit ist das ganz unmöglich. Ich muss mich hier ausschließlich um die Patienten kümmern.«

»Das sehe ich natürlich ein. Aber wie wäre es, wenn wir die Sache auf später verschieben?« Alexander von Waldheim ließ sich nicht von seinem Vorhaben abbringen. »Wenn ich wieder in Deutschland bin. Darf ich Sie anrufen? Bis dahin habe ich sicher noch ein paar interessante Dinge in Erfahrung gebracht. Hier«, er reichte mir eine Visitenkarte mit seiner Adresse und lächelte mich an. »Es wäre sehr nett, wenn ich auch die Ihre bekäme.«

Ich zögerte. Hatte ich wirklich vor, das nebulöse Kapitel meiner Familie zu lüften, über das nie gesprochen werden durfte? Was würde ich über Tessa Taylor erfahren? Ich dachte an das abgeschabte Köfferchen auf dem Dachboden, das ich mit spitzen Fingern einmal kurz geöffnet hatte und in dem ein wirres Durcheinander von Theaterzetteln und verstaubten Souvenirs lagerte. Sollte ich das Wenige, was ich über diese Frau wusste, ausgerechnet einem Fremden, einem Autor zur Veröffentlichung erzählen? Doch meine Neugierde überwog. Sein Lächeln war so offen und harmlos, dass ich ihm schließlich auch die Karte mit meiner Privatnummer überreichte. Er warf einen raschen Blick darauf. »Sie sind aus Berlin?«, rief er erfreut aus. »Genau wie ich. Das trifft sich doch wunderbar.« Er schien einen Augenblick nachzudenken. Dann nahm er plötzlich einen kleinen Stapel Papier von seinem Tisch und hielt ihn mir hin. »Hier, nehmen Sie! Ich vertraue Ihnen den ersten Teil an, den ich bereits geschrieben und ausgedruckt habe.«

Ich machte eine abwehrende Bewegung.

»Keine Sorge«, lächelte er. »Sie können ihn ruhig behalten. Der gesamte Text ist in meinem Notebook gespeichert.«

Ich betrachtete unschlüssig die bedruckten Blätter, die er mir reichte. »Ich weiß nicht recht – wie gesagt, habe ich im Augenblick überhaupt keine Zeit …«

»Oh, das ist wirklich kein Problem!«, unterbrach er mich und sein treuherziger Blick brachte mich ein wenig in Verlegenheit. »Es eilt ja nicht. Bitte sagen Sie nicht nein! Wenn ich von meiner Reise zurück bin, würde ich mich freuen, wenn Sie mir mitteilen würden, was Sie davon halten.«

Mit etwas zwiespältigen Gefühlen nahm ich die Papiere in Empfang und legte sie in meinen Schrank. Ich würde darin lesen – später. Irgendwann. Nachdem ich am Abend noch einige Patienten behandelt hatte und mich wieder in meiner Kabine befand, fiel es mir schwer, einzuschlafen. Es herrschte hohe See und das Schiff bewegte sich von einer Seite auf die andere. Nach einer Weile, in der ich mich hellwach in meinem Bett herumgewälzt hatte, holte ich das Manuskript wieder hervor, um einen kurzen Blick hineinzuwerfen. Ein charmanter Mann eigentlich – dieser Alexander von Waldheim! Und was für ein merkwürdiger Zufall! Die Geschichte mit dem Tagebuch, in dem der Name Tessa Taylor vorkam! Ich rückte mir die Nachttischlampe zurecht, stopfte mir ein Kissen in den Rücken und begann zu lesen.

I. Kapitel

Sommer 1862

Tessas kapriziöses Lachen, das wie das Getriller eines bunten Vogels klang, drang durch das Rauschen der Wellen, die gegen das Dampfsegelschiff der Hapag-Linie schlugen, das auf dem Weg von New York nach Hamburg war. Camilla wandte den Kopf und verzog ärgerlich das Gesicht. Das Getue der neuen Geliebten des Vaters – die nur wenig älter war als sie selbst – war ihr zutiefst zuwider. Die Anwesenheit der jungen Frau mit den langen schwarzen Haaren und dem extravaganten Gehabe störte sie. Auch ihre verführerischen Blicke, die dem Vater galten, die Abdrücke ihres rot geschminkten Mundes auf seinen Wangen versetzten sie in Wut. Vor einem Jahr war die Mutter gestorben und seither war in ihrem Leben alles bergab gegangen. Der Vater hatte mit seiner Firma Konkurs gemacht und das Haus, in dem sie wohnten, musste verkauft werden. Unstet waren sie im Land herumgereist, auf der Flucht vor den Gläubigern. Dann hatte der Vater sich mit einer neuen Liebe getröstet und wollte mit ihr ganz von vorne anfangen. Ja, er erschien trotz der widrigen Umstände der Überfahrt auf dem einfachen Schiff heiterer und gelöster als je zuvor in seiner Ehe. Camilla und ihre jüngere Schwester Emily dagegen konnten den Verlust der geliebten Mutter nicht so rasch überwinden. Sie war lange sehr krank gewesen, aber voller Hoffnung. Ihr plötzlicher Tod und die Auflösung der ganzen Familie waren etwas, das unbegreiflich schien.

Camilla seufzte und sah traurig über die aufgewühlte Wasserfläche bis zum Horizont. Sie war ein zartgliedriges, hochaufgeschossenes Mädchen von sechzehn Jahren und wirkte mit ihrem rotblonden Haar, den dunklen Augen und feinen Zügen wie einem Gemälde des Malers Botticelli entsprungen. Nach dem Tod der Mutter hatte sie sich in ihrer Bücherwelt vergraben und so versucht, der traurigen Wirklichkeit zu entfliehen. In ihr kleines Tagebuch schrieb sie sich den Kummer von der Seele und notierte alle Ereignisse, die sie bewegten. Ihre Schwester Emily entwickelte dagegen eine übertriebene Tierliebe, die alle Lebewesen – sogar Insekten – umfasste. Als der Vater das schöne Haus, in dem sie wohnten, verkauft hatte, um wenigstens einen Teil seiner drängenden Schulden zu bezahlen, war es, als habe man ihnen den Boden unter den Füßen weggezogen. Das vertraute Umfeld, die Freunde, ihre kleinen Habseligkeiten, der Traum von einer glücklichen Zukunft – das alles war von nun an Vergangenheit. Jetzt befanden sie sich auf dem Weg in ein fremdes Land, über das sie kaum mehr wussten, als dass vor Jahrzehnten ihre Vorfahren von dort nach Amerika ausgewandert waren, um ihr Glück zu machen. Und dass eine unsichere Zukunft auf sie wartete. Sogar für die verbilligte Schiffsreise nach Deutschland hatte der Vater sich von Freunden Geld leihen müssen, ohne zu wissen, ob er es jemals würde zurückzahlen können.

Camilla sah auf, als Tessa und ihr Vater näherkamen. Die junge Frau in ihrem auffallend roten, tief ausgeschnittenen Seidenkleid hatte den Arm um den Nacken des Vaters geschlungen und sah ihn verliebt an. Er hielt ein Glas Whisky in der einen und eine Zigarre in der anderen Hand. Sein ehemals markantes Gesicht war etwas gedunsen und auf seiner Stirn zeigten sich einige Sorgenfalten. »Was machst du denn hier, Camilla?« Er betrachtete missbilligend die alte Strickjacke und den zerknitterten grauen Rock, den sie trug. »Los, zieh dir zum Abendessen gefälligst etwas Hübscheres an. Kämm dich und steck dein Haar auf! Auch wenn wir uns hier nur auf einem Auswandererfrachter befinden, sollten wir gewisse Formen wahren. Jetzt aber marsch! Und sieh zu, dass auch Emily ordentlich aussieht. Ich will mich mit meinen Töchtern schließlich nicht vor den Leuten blamieren!« Er schwankte, stolperte fast und etwas Whisky spritzte aus seinem Glas und hinterließ einen Fleck auf seinem einzigen, schon etwas abgetragenen Sakko. »Verdammter Seegang«, knurrte er ärgerlich, während Tessa versuchte, mit ihrem Taschentuch den Schaden zu begrenzen. »Zieh heute Abend doch das rosa Batistkleid an, Kleines«, zwitscherte sie in Camillas Richtung. »Und vergiss nicht, bei Tisch immer aufrecht zu sitzen. Ich als Tänzerin weiß sehr gut, wie wichtig sich die Haltung auf das gesamte Befinden eines Menschen auswirkt und …«

»Ich ziehe an, was ich will«, unterbrach Camilla sie trotzig, die es nicht leiden konnte, wenn Tessa sich als Ersatzmutter aufspielte und ihr etwas vorschreiben wollte. »Hier auf dem Schiff ist das doch völlig egal. Da ist keiner besonders schön angezogen. Nur wir sollen uns rausputzen. Und ich werde auf keinen Fall dasitzen, als hätte ich einen Stock verschluckt!«

Tessa verzog ärgerlich den Mund, wie immer, wenn sie eine vorlaute Bemerkung der Kinder hinunterschlucken musste.

»Papa«, rief in diesem Moment eine helle Stimme vom hinteren Teil des Decks. »Papa!« Emily kam lachend angerannt, eine alte Hutschachtel auf dem Arm. Sie war ein hübsches Mädchen mit einer frechen Stupsnase, braunen Augen und zu zwei dicken Zöpfen geflochtenem Haar, aus dem sich über der Stirn Löckchen hervorstahlen. »Sieh mal! Ich habe eine Überraschung!« Sie lüftete die Schachtel einen Spalt und Tessa, die sich erwartungsvoll vorgebeugt hatte, fuhr erschrocken zurück. »Igitt!«, kreischte sie auf. »Eine Ratte! Was für ein ekelhaftes Tier! Wirf es sofort ins Meer!«

»Das ist Bonny!«, erklärte Emily in beleidigtem Ton, klappte den Deckel wieder zu und zog sich einen Schritt zurück. »Sie ist nicht ekelhaft. Du bist ekelhaft – und gemein«, fügte sie hinzu, »weil du sie ins Meer werfen willst.«

Tessa schüttelte sich vor Abscheu. Ihr sorgfältig geschminktes Gesicht verzerrte sich zu einer ängstlichen Fratze. »George, sprich doch endlich ein Machtwort!«, zischte sie. »Verbiete es Emily, eine Ratte mit sich herumzuschleppen!« Sie holte tief Luft. »Ich habe dich schon so oft darauf hingewiesen, wie schlecht deine Kinder erzogen sind. Das hast du jetzt davon. Sie geben andauernd Widerworte! Meine Nerven halten das nicht mehr lange aus.« Ihre Stimme wurde lauter und nahm einen schrillen Ton an. »So sag doch etwas, George, tu endlich etwas!«

Der Vater warf den Rest seiner Zigarre über Bord. Er packte Emily und holte drohend mit der Hand aus. »Eine ordentliche Tracht Prügel hast du verdient, wenn du nicht folgst. Du ungezogener kleiner Quälgeist!«

»Nicht hier, George!«, hielt Tessa ihn zurück. Sie senkte ihre Stimme zu einem halben Flüstern. »In aller Öffentlichkeit!« Sie hatte bemerkt, dass die anderen Passagiere zu ihnen herübersahen. »Zur Strafe werden die beiden heute auf das Abendessen verzichten und in der Kabine bleiben. Das wird sie schon zur Raison bringen.« Schmachtend sah sie zu ihm auf. »Allein mit dir ist es mir ohnehin am liebsten!«

Emily stampfte wütend mit dem Fuß auf dem Boden auf. »Du hast gar nichts zu bestimmen. Du bist nicht unsere Mutter!«

Camilla zog Emily rasch fort, bevor der Vater ihr doch noch eine Ohrfeige versetzen konnte. »Komm! Sonst kriegt Tessa wieder einen ihrer hysterischen Anfälle.«

»Sie kann uns einfach nicht leiden«, stellte Emily traurig fest, als sie außer Reichweite waren. »Was machen wir jetzt, so ohne Abendessen? Ich hab ziemlichen Hunger! Und Bonny muss ich auch was geben.« Sie kaute nervös an einem Ende ihrer braunen Zöpfe.

Camilla zuckte ratlos die Achseln. »Ich hab mir beim Frühstück ein paar Zwiebacke beiseitegelegt. Das ist besser als nichts! Wenn du willst, lese ich dir abends noch aus einer Novelle von Lord Byron vor. Ich habe das Buch auf dem Schiff gefunden. Wahrscheinlich hat es jemand vergessen.«

»Lord Byron?«, fragte Emily erstaunt. »Das dürfen Vater und Tessa aber nicht erfahren.«

»Du musst es ihnen ja nicht sagen«, meinte Camilla gleichmütig.

Während die beiden Mädchen es sich in der engen Kabine so bequem wie möglich machten, ging Tessa unruhig auf den Schiffsplanken hin und her, ohne den grandiosen Sonnenuntergang zu beachten, der sich direkt vor ihren Augen abspielte. George lehnte mit halb geschlossenen Augen an der Reling, schenkte sich den fünften Whisky aus einer mitgebrachten Flasche ein und beobachtete sie träge.

»Du musst etwas tun, George!«, beharrte Tessa eigensinnig. »Das sage ich schon die ganze Zeit. Wir werden uns niemals eine Zukunft aufbauen können, wenn wir diese frechen Gören mit uns herumschleppen. Entschuldige bitte, wenn ich es so offen sage. Aber deine Kinder sind eine nicht zu unterschätzende Last. Ich kann mich jedenfalls nicht um sie kümmern – und ein Kindermädchen können wir uns so schnell bestimmt nicht leisten.«

George nickte ergeben. »Du hast ja ganz Recht, Tessa. Ich habe auch schon daran gedacht, sie in ein Internat zu geben. Aber so etwas kostet Geld und das fehlt mir im Moment. Natürlich will ich nur das Beste für meine beiden Mädchen. Aber mir ist eine andere, viel einfachere Lösung eingefallen: Wir bringen sie in einem Kloster unter. Schließlich sind sie Halbwaisen. Ich werde versprechen, die Pension zu zahlen, sobald ich wieder flüssig bin. Im Kloster können sie weiter zur Schule gehen und etwas lernen – meinetwegen auch in ein geistliches Leben hineinwachsen. Nonne werden, zum Beispiel.« Er stellte sein Glas auf einem Holzvorsprung ab, zündete sich umständlich eine neue Zigarre an und paffte den Rauch in die Luft. »Später können wir sie ja wieder zu uns holen. Was hältst du davon, mein Engel?«

»Eine gute Idee! Ich will mein Leben genießen.« Tessa sah auf den halben Sonnenball, der langsam hinter dem Horizont verschwand. »Und Karriere machen, ohne Wenn und Aber. Als Tänzerin oder auch Schauspielerin! Davon lasse ich mich von niemandem abbringen. Ich fühle, dass ich eine große Zukunft vor mir habe!« Sie stemmte die Hände in die Hüften, bog den Kopf zurück und drehte sich so schnell herum, dass das rote Seidenkleid wie eine Wolke um sie herumflog.

»Du bist wunderschön, mein Schatz!« George zog seine junge Frau an sich, umarmte und drückte sie. »Wenn wir erst von diesem verdammten Schiff mit seiner lausigen Verpflegung runter sind, werden wir gemeinsam ein neues Leben beginnen. Und es wird großartig werden!« Tessa lächelte ihn glücklich an und küsste ihn leidenschaftlich auf den Mund. »Die Kinder werden es im Kloster bestimmt gut haben – dort sind sie versorgt! Wir werden schon das richtige für sie finden.«

***

Die Klosteranlage am Waldrand wirkte im Abendlicht wie ein düsterer Koloss, ein schmuckloses altes Gemäuer, aus dem nur der spitze Kirchturm hinausragte. Die Zöglinge der »Chorfrauen von Notre Dame«, oder wie man im Dorf sagte, die »Armen Schulschwestern von Unserer Lieben Frau« erwarteten die Neuankömmlinge zusammen mit der Oberin Theresia. Verschüchtert standen Camilla und Emily vor der strengen Nonne, die sie eingehend musterte, während ihr Vater ausführlich das schwere Schicksal schilderte, das die Familie beim Tod seiner Frau so unerwartet getroffen hatte.

Die Weiterreise von Hamburg aus, wo das Dampfsegelschiff angelegt hatte, um für die Rückfahrt nach New York wieder neue Auswanderer aufzunehmen, war ziemlich anstrengend gewesen. Sie waren lange in einer gemieteten Kutsche unterwegs gewesen und hatten mehrere Klöster aufgesucht. Doch da die meisten wegen der Säkularisation ihre Schulen schließen mussten, wurden die beiden Mädchen jedes Mal abgewiesen. Endlich dann, in Neunburg vorm Wald, gelang es, die passende Klosterschule mit geeigneter Unterkunft zu finden. Die Oberin Theresia schenkte den vollmundigen Versprechungen des Vaters Glauben, dass er den Betrag für die Pension im Kloster nachreichen würde, sobald er in München sesshaft geworden war und über ein geregeltes Einkommen verfügte. Der kühl musternde Blick der Oberin verunsicherte Camilla, und Emily weinte leise, als der Vater sie mit einer letzten Umarmung und dem Versprechen, bald zu schreiben und wiederzukommen, verließ. Im großen Schlafsaal, in dem die Schülerinnen sich schon zur Nachtruhe vorbereiteten, wurden den beiden Mädchen zwei Betten zugewiesen, die sie selbst beziehen sollten. Doch zuvor mussten sie sich mit den anderen auf den kalten Boden knien und das Abendgebet verrichten. Reden war um diese Zeit verboten und die Zöglinge betrachteten die Neuen mit einer Mischung aus Misstrauen und Neugier. Emily hatte den Schuhkarton mit Bonny unter ihren Sachen gut versteckt und ihn mit ins Kloster geschmuggelt. Obwohl Camilla glaubte, nicht müde zu sein, war sie schon eingeschlafen, kaum dass ihr Kopf das Kissen berührte. Emily fütterte Bonny noch mit ein paar Brotbrocken und schob die Schachtel dann vorsichtig unter ihr Bett.

Um sechs Uhr früh erklang der Gong. Eine junge Nonne riss die Tür zum Schlafsaal auf, klatschte in die Hände und rief: »Aufstehen!« Auf das jähe Kommando hin erhoben sich die Mädchen schlaftrunken und reihten sich im Waschraum an den Waschschüsseln auf, um mit dem in Krügen bereitstehenden kalten Wasser ihre Morgentoilette zu verrichten. Camilla erhob sich gähnend und sah zu Emily hinüber, die ihre Decke bis über die Ohren hinaufgezogen hatte und sich nicht rührte. »He, Kleine«, murmelte sie und rüttelte die Schwester an der Schulter. »Wir müssen aufstehen!«

Emily riss die Augen auf. »Wo sind wir?«, ächzte sie und reckte sich widerwillig.

»Im Kloster«, flüsterte Camilla. »Beeil dich!«

Emily verkroch sich mit einem Seufzer wieder unter der Decke. Die diensthabende Nonne kam mit schnellen Schritten auf die Nachzüglerinnen zu. »Aufstehen habe ich gesagt«, rief sie streng und zog Emily harsch die Bettdecke fort. »Die Messe fängt gleich an.« Dabei stieß sie mit dem Fuß gegen die Pappschachtel unter Emilys Bett, die umkippte. Der Deckel fiel herunter und Bonny war frei. Schnuppernd kletterte das Nagetier aus seinem Gefängnis.

»Welche Messe?«, fragte Emily verschlafen, doch der schrille Aufschrei der Nonne ließ sie auf der Stelle hellwach werden. »Eine Ratte!«, rief diese entsetzt, hob die Röcke und sprang zur Seite. Empört zeigte sie mit dem Finger auf Emily. »Du hattest eine Ratte unter deinem Bett versteckt?«

Emily beachtete sie nicht, sondern lief Bonny nach, die in Windeseile unter einer Truhe verschwand.

»Das ist wirklich unglaublich«, schimpfte die Nonne und sah Camilla dabei an. »Ungeziefer ins Haus zu tragen! Das fängt ja gut an mit euch beiden. Kannst du nicht besser auf deine Schwester aufpassen?«

»Ich … ich«, stotterte Camilla verwirrt, die nicht wusste, was sie sagen sollte. Inzwischen war Emily mit Tränen in den Augen zurückgekehrt. »Sie ist weg«, schluchzte sie. »Ich werde Bonny vielleicht nie wiedersehen. Sicher verirrt sie sich hier in den Gängen und kommt nicht mehr zurück.«

»Wenigstens findet sie hier jede Menge Futter«, tröstete Camilla leise die kleine Schwester, während die Nonne die beiden kopfschüttelnd in den Waschraum drängte. »Euch werden wir wohl noch Manieren beibringen müssen. Und jetzt schnell, beeilt euch. Die Anderen sind schon fertig.« Sie sah auf die kleine Gruppe der uniformierten Zöglinge, die sich in grauen Kleidern mit weißen Krägen zwar brav aufgestellt hatten, aber hinter vorgehaltener Hand tuschelten und kicherten. Eine Ratte als Haustier! So etwas war hier noch nie vorgekommen!

Im Waschraum war es schon nicht warm gewesen, aber in der zugigen Kirche froren Camilla und Emily in ihren neuen, groben Anstaltskleidern wie noch nie im Leben. Nach der Messe gab es eine warme Morgensuppe, eine Art Hirsebrei. Anschließend begann sofort der Unterricht, unterbrochen von Gebeten und frommen Lesungen.

Camilla empfand dieses veränderte Dasein wie einen Albtraum und sie hoffte inständig, der Vater werde sie und Emily bald wieder abholen. Selbst mit Tessa als Mutterersatz hätte sie sich jetzt abgefunden, um dem Diktat des eintönigen Tagesablaufs im Kloster zu entgehen. Emily war seit dem Verschwinden Bonnys ganz in sich gekehrt. Hier gab es kein einziges Lebewesen, das ihr ganz allein gehörte und um das sie sich kümmern konnte! Haustiere waren im Kloster streng verboten.

Beiden Mädchen fiel es schwer, sich an die strenge Zucht zu gewöhnen, die den Alltag bestimmte. Doch Emily litt stärker darunter, sie aß wenig und Camilla begann allmählich, sich Sorgen um die kleine Schwester zu machen, die immer zarter, blasser und nahezu zerbrechlich aussah. Jeden Tag hoffte sie auf einen Brief des Vaters, eine Nachricht, wo er sich aufhielt und wie es ihm ging. Eine Freundin hatte sie in der Klostergemeinschaft bis jetzt noch nicht gefunden. Die anderen Mädchen waren so verschieden von ihr, kamen meist aus kleinen Verhältnissen, armen Familien und hatten Vater und Mutter verloren. Camilla und Emily dagegen waren in Amerika in einem großen Haus mit Garten aufgewachsen, sie hatten Klavierstunden gehabt und gutes Benehmen gelernt. Erst der Tod der Mutter hatte alles verändert. Vielleicht war dies ja einer der Gründe, warum der Vater mit seiner Zuckerfabrik Konkurs gemacht hatte.

»Camilla?«, die junge Nonne Donata sah sich nach allen Seiten um, doch dann stellte sie einen Teller mit einem großen, duftenden Kuchenstück vor Camilla hin, die die Altardecke, an der sie gerade stickte, erstaunt sinken ließ. »Ist das etwa für mich?«

»Ja, iss nur«, sagte Donata und zwinkerte ihr freundlich zu. »Ich dachte, dass du vielleicht noch ein zweites Stück möchtest. Du musst es ja keinem erzählen. Ich habe den Kuchen selbst gebacken.«

Camilla ließ sich das nicht zweimal sagen. Man wurde im Kloster sehr sparsam verpflegt und eigentlich waren die Zöglinge immer hungrig. »Danke!«, sagte sie errötend und stopfte sich genussvoll ein Stück Kuchen in den Mund. Die Hälfte zweigte sie jedoch ab und legte sie in ihr Taschentuch. »Wenn Sie nichts dagegen haben, hebe ich etwas davon für meine kleine Schwester auf«, sagte sie errötend und mit leichter Verlegenheit.

»Ja, natürlich. Emily scheint mir ohnehin viel zu dünn zu sein. Sie isst wohl nicht viel, oder?«

»Ich kann nichts dagegen machen – sie will einfach nicht.« Den letzten Bissen kauend, fügte Camilla hinzu: »Das war wirklich köstlich!«

Donata sah ihr in die Augen. Als Camilla verlegen den Blick senkte, hob sie mit dem Zeigefinger ihr Kinn in die Höhe. »Und wie geht es dir eigentlich?«, fragte sie leise und mitfühlend. »Du siehst immer so traurig aus.«

Camilla schluckte. Bisher hatte sich nie jemand im Kloster um sie gekümmert, gefragt, was sie fühlte oder dachte und ob sie Heimweh hatte. Die Nonnen blieben kühl, reserviert und taten gottgläubig ihre Pflicht. Nur Schwester Donata war anders. Selbst in ihrer strengen Nonnentracht sah man, dass sie ein üppiges, auffallend hübsches Mädchen war, mit rundem Gesicht, leuchtend blauen Augen und hellblonden kurzen Locken, die sich unter ihrer Haube hervorstahlen. Sie lachte gern, zeigte ihre weißen Zähne und die Grübchen in ihren Wangen und gab im Übrigen einen lockeren Unterricht in Hauswirtschaft. Zudem hatte sie gute Kenntnisse in der Arzneiheilkunde und überwachte die kleine Klosterapotheke und den Anbau von bestimmten, gegen zahlreiche Krankheiten wirksamen Kräuter im Klostergarten.

»Ich weiß, es ist nicht leicht«, fuhr Donata jetzt mitfühlend fort. Sie legte den Arm um sie und strich ihr zart über das Haar. »Die fremde Umgebung, die Trennung von deinen Lieben. Wenn du eine Freundin brauchst, der du alles sagen kannst – zögere nicht. Ich bin immer für dich da!«

Die Tränen bei diesen freundlichen Worten kamen unvorbereitet. Camilla fiel Donata um den Hals. »Ich vermisse meine Mutter so sehr«, schluchzte sie. »Und ich bin traurig, dass ich meinen Vater nicht mehr sehen kann. Ich weiß, dass es Emily ganz genauso geht. Sie ist doch noch so jung. Ich mache mir große Sorgen um sie. Hier ist alles so kalt, so streng – so geregelt.«

Donata drückte sie fest an sich und fuhr ihr durch das rotblonde Haar. »Du wirst sehen, die Zeit heilt alle Wunden. Ihr werdet euch an das Kloster gewöhnen. Mir ist es in den ersten Wochen auch nicht anders ergangen.«

»Ich danke Ihnen, Schwester Donata«, sagte Camilla, sich trostsuchend an Donatas Schulter lehnend. »Sie sind so anders – so warmherzig!« Sie wischte sich die Tränen ab und versuchte ein Lächeln. »Wenn ich wenigstens wüsste, wie es meinem Vater geht! Wahrscheinlich lässt er sich nicht sehen, weil ich gegen Tessa war …«

Donata sah sie fragend an. »Tessa?«

»Ja, das ist seine Geliebte. Er hat sich sehr schnell über den Tod meiner Mutter hinweggetröstet. Ich konnte Tessa von Anfang an nicht ausstehen – vor allem die Art, wie sie sich in unsere Familie gedrängt hat. Aber jetzt bereue ich es, so oft mit ihr gestritten zu haben. Alles sähe sonst vielleicht anders aus und wir wären gar nicht hier.«

In diesem Augenblick kam die Oberin herein. Sie warf den beiden einen misstrauischen Blick zu und Donata schob Camilla rasch von sich und verschwand mit einem ermunternden Augenzwinkern nach draußen.

Seit diesem Gespräch ging es Camilla etwas besser. Sie wusste, dass sie nun eine Freundin besaß, die sie verstand und der sie sich anvertrauen konnte. Oft tauschten die beiden verschwörerische Blicke, wenn es Ärger gab oder die Oberin sie rüffelte, weil sie eine Arbeit nicht zu ihrer Zufriedenheit ausgeführt hatte. Donata kümmerte sich rührend um sie, nahm Anteil an ihrem Geschick und erzählte ihr ein paar harmlose Geheimnisse und Schwindeleien aus dem Klosteralltag, die das

Leben an diesem Ort menschlicher und erträglicher machten. Die seltsamen Blicke, die ihr die Oberin Theresia manchmal zuwarf, ihre schroffe Zurechtweisung, wenn sich Donata mit ihr beschäftigte, verunsicherten Camilla jedoch. Sie konnte sich ihr Verhalten nicht erklären. Es sah so aus, als wäre sie eifersüchtig. Doch das war eigentlich unmöglich.

***

Das nach einem verheerenden Brand fast gänzlich neu errichtete Königliche Hof- und Nationaltheater in München war mit seinen griechisch anmutenden Säulen ein imposanter Bau. Als Tessa ihn zum ersten Mal betrat, wirkte er geradezu einschüchternd auf sie. Die blasse, ungeschminkte Dame mit dem strengen Chignon, die im Vorzimmer eines Büros saß, machte ebenfalls keinen besonders ermutigenden Eindruck. Sie trug ein schlichtes, mausgraues Kleid mit Samtkragen und sah abweisend und ein wenig überarbeitet aus. Auch ihr Schreibtisch, der mit Mappen, Fotos und Rechnungen beladen war, entbehrte jeglichen Schmuckes, wie ein Klotz stand er inmitten der bunten Plakate an den Wänden. Mit leicht zusammengekniffenen Augen musterte die Frau Tessas farbenfrohe Erscheinung, die lila Federboa über dem spitzenbesetzten Bustier und den mit rosa Schleifen verzierten Rock. »Ihr bürgerlicher Name ist also Martha Klinger?«, stellte sie so emotionslos wie möglich fest. »Sie nennen sich jedoch Tessa Taylor und kommen aus Amerika?«

»Ja, das ist mein Künstlername. Mein Vater war Deutscher und ich wollte zurück zu meinen Wurzeln. Mir hier eine Anstellung suchen«, sprudelte Tessa ein wenig atemlos hervor. »Am liebsten würde ich in einer Balletttruppe tanzen. Aber ich könnte auch als Statistin einspringen – oder mich als Ersatz bei

Krankheitsfällen zur Verfügung stellen, wenn gerade kein Platz bei den Tänzern frei ist.«

Die Sekretärin schob eine offene Akte zur Seite, in der Bewerbungen und Ausweise lagen, und studierte die Papiere, die Fotos mit Tanzposen, die Porträts und sonstigen Schreiben, die Tessa ihr vorgelegt hatte. »Das ist ja alles sehr interessant«, sagte sie spitz. »Leider haben wir an Statisten augenblicklich keinen Bedarf. Und unsere Tänzerinnen haben eine streng klassische Ausbildung absolviert und wachsen aus unseren Schulen nach. Wo wurden Sie denn ausgebildet? In welchen Balletts und welche Rollen haben Sie bisher getanzt?« Sie sah Tessa prüfend an, die jetzt ins Stottern kam. »In … vielerlei Rollen. Ich bin schon als Kind auf einer Bühne gestanden.« Trotzig fügte sie hinzu. »Zuletzt habe ich in San Diego in einem großen Varieté getanzt – aber natürlich auch in anderen Etablissements.«

»Etablissements?« Die Dame betonte das Wort spöttisch. »Nun, das ist für eine Anstellung in unserem renommierten Haus leider zu wenig.« Sie raffte die Unterlagen zusammen und reichte sie an Tessa zurück. »Es tut mir leid, aber ich sehe da leider keine Möglichkeit für Sie.«

Seufzend griff Tessa nach den Unterlagen und klemmte sie unter den Arm. Wieder nichts! Nicht einmal die Möglichkeit, etwas vorzutanzen hatte sie bekommen. Eine der obligatorischen Absagen mehr, nach der sie erneut weitersuchen musste! Dabei hatte sie sich schon monatelang die Hacken abgelaufen, um eine Anstellung zu finden. Talent zählte hier wohl überhaupt nicht! Nach der lebhaften Stadt New York erschien ihr das ruhige München mit einem Mal feindlich und ziemlich provinziell. Konnte sie hier mit ihrer Kunst, einer neuen, von ihr selbst erfundenen Tanz-Choreografie überhaupt Fuß fassen? Sie wandte sich um und wäre fast mit einem beleibten Mann zusammengestoßen, der die Tür aufgerissen hatte. Heftig gestikulierend rief er der Sekretärin empört zu. »Ich möchte sofort den Herrn Direktor sprechen! Bin ich ein Sänger? Oder ein Akrobat und Schauspieler? So kann das nicht weitergehen. Ich reise ab …«

Der Regisseur, der gerade hinter ihm auftauchte, rang aufgeregt die Hände. »Signor Carlotti, entschuldigen Sie. So war das nicht gemeint. Ich hatte doch nur vorgeschlagen, dass Sie auf der Bühne mehr Ausdruck zeigen und die Liebesarie vielleicht sogar kniend singen sollten …«

Die Sekretärin erhob sich nervös von ihrem Platz und trat den beiden Kontrahenten entgegen. »Aber ich bitte Sie, meine Herren, machen Sie doch hier keinen Aufstand! Das ist ein öffentliches Büro. Und der Herr Direktor kehrt erst morgen von einer Reise zurück. Die Vorstellung muss heute Abend stattfinden, sonst fällt alles auf mich zurück. Das Haus ist bereits ausverkauft …« Die Stimmen verhallten im Flur. Tessa, die ihre Unterlagen und ihren mit Straußenfedern verzierten Hut ergriffen hatte und bereits mit einem Fuß aus der Tür war, wandte sich noch einmal um. Sie ließ ihren Blick rasch über den Schreibtisch und die offene Mappe mit den Dokumenten und Bewerbungen schweifen, die darauf lagen. Rasch eilte sie zurück, durchwühlte die Papiere und nahm schließlich zwei Passkarten und ein Schreiben, das obenauf lag, an sich. Sie steckte alles in ihre Tasche, verließ das Vorzimmer und rauschte grußlos an den immer noch heftig Diskutierenden im Foyer vorbei.

Als sie sich weit genug vom Theater entfernt hatte, ließ sie sich auf einer Parkbank nieder, nahm die Ausweise aus der Tasche und besah sie von allen Seiten. Großartig! Bei dem einen handelte sich um den einer Signora Carla Galbani und bei dem anderen um den eines gewissen Baron Leopold von Steinbrücken, der sich um die musikalische Leitung des Hauses bewarb, wie aus dem beigefügten Schreiben hervorging. Es war immer gut, Ersatzpapiere dabeizuhaben, wenn man in Schwierigkeiten kam. Schon auf dem Schiff hatte sie in einem unbeobachteten Moment einem älteren Ehepaar die Passkarten stibitzt, die sich in deren Taschen befanden. Die Namen Mary und Peter Postman waren allerdings recht gewöhnlich und wenig brauchbar. Aber besser als nichts war es allemal. Den Verlust ihrer Ausweise hatten die Betroffenen erst beim Verlassen des Schiffes bemerkt und nicht das Stäubchen eines Verdachts war auf Tessa gefallen. Sie fühlte sich ohnehin nicht schuldig. Stehlen hatte sie gelernt, als es für sie ums Überleben ging. Ihre Eltern hätte der Schlag getroffen, wenn sie davon gewusst hätten, denn sie kam aus einer gutbürgerlichen Familie. Aber das störte sie nicht, denn sie war frühzeitig von zu Hause ausgerissen. Ihr Vater war Arzt gewesen, die Mutter Lehrerin und ihr Bruder hatte ebenfalls Medizin studiert. Tessa war anders – und sie schämte sich nicht dafür. Ihre Eltern hatten mit Entsetzen auf ihren Wunsch reagiert, Tänzerin zu werden. Da war ihr nichts weiter übrig geblieben, als zu verschwinden und künftig selbst für sich zu sorgen, egal wie. Als sie George traf, wusste sie sofort, dass er die gleiche Abenteuerlust im Blut hatte und bereit war, mit ihr ein neues Leben zu beginnen. Instinktiv spürte sie, dass es in der Fremde wichtig sein konnte, eine andere Identität anzunehmen. In dem aus unterschiedlichen Fürstentümern zusammengesetzten deutschen Land zählten Adelstitel viel, da sie einen hohen Stand und Besitz garantierten. Für George war es nach seiner Pleite, dem totalen Zusammenbruch seiner Existenz und dem Tod seiner Frau sicher nicht einfach, Fuß zu fassen. Er hatte nicht viel darüber geredet, aber angedeutet, dass er vor seinen Schulden ganz einfach davongelaufen war. Tessa betrachtete zufrieden den gestohlenen Ausweis. Baron Leopold von Steinbrücken! Dieser Titel konnte George eines Tages vielleicht nützlich sein und ihm und ihr einige Türen öffnen.

Sie seufzte leise. Trotz der zahlreichen Absagen hatte sie die Hoffnung auf eine Anstellung in einer klassischen Balletttruppe noch nicht aufgegeben. Bis das klappte, musste sie sich halt irgendwie durchschlagen. Sie hatten sich Illusionen gemacht, sich alles zu einfach vorgestellt. Aber in diesem rückständigen Land, in dem die Uhren langsamer zu gehen schienen als in der Neuen Welt, war es anscheinend besonders schwer, einen Neuanfang zu machen. Ein bescheidenes Zimmer in einer Pension war vorerst das Höchste, was George und sie sich leisten konnten. Ihre Mundwinkel zogen sich leicht nach unten. Sie war müde, hatte Hunger und die Füße taten ihr weh. Wie viele Bars und Varietés hatte sie eigentlich schon abgeklappert, um wenigstens für den Übergang etwas zu finden? Aber selbst im leichten Gewerbe haperte es. Überall hatte man abgewinkt und gesagt, das Programm stehe bereits fest. Und immer wieder kam die Frage nach ihrer klassischen Ausbildung, die sie natürlich nicht vorweisen konnte. In Amerika hatte sie halt in verschiedenen Bars getingelt und dabei von einer schöneren und glanzvolleren Zukunft geträumt. Von einer Sache war sie jedenfalls überzeugt: dass sie Talent hatte und den Willen besaß, etwas daraus zu machen! Vielleicht war auch das behäbige München nicht das richtige Pflaster für sie und George! Vielleicht sollten sie in eine andere Stadt ziehen und dort ihr Glück versuchen? Nach Berlin, das ein gutes Stück mondäner sein sollte, wie man sagte. Sie würde mit George darüber reden. Erschöpft machte sie sich zu Fuß auf den Weg zurück zur Pension, um das Geld für eine Droschke zu sparen.

Georg, der lange geschlafen hatte, saß träge im einzigen Sessel des kargen Zimmers, das sie seit einiger Zeit gemietet hatten, und las in den *Münchner Neuesten Nachrichten*. Er überlegte, ob er noch heute Vormittag zur Bank gehen sollte, um ein Konto zu eröffnen. Zwar waren es nur ein paar Taler, die er einzahlen konnte, aber das machte ja nichts. Erst mal die Geduld bewahren, sich nach und nach an alles Neue gewöhnen, eine richtige Wohnung finden, sich den üblichen bürgerlichen Regeln unterwerfen. Im Grunde war er etwas enttäuscht von dem Land, aus dem einst seine Vorfahren kamen. Alles schien ihm provinzieller und altmodischer als erwartet. Die Zeit war hier stehen geblieben und daher sah auch seine Lage vorläufig eher düster aus. Aber zurück konnte er nicht mehr und daher hieß es, sich zu arrangieren. Er steckte sich eine seiner letzten beiden Zigarren zwischen die Zähne und goss sich ein neues Glas des billigen Fusels ein, den er bei einem Händler zum Sonderpreis erworben hatte. Er zwang sich, nicht gleich den Börsenteil der Zeitung aufzublättern, sondern erst die politischen Berichte zu lesen, um sich über die allgemeine Lage im Land zu informieren. Die Zeilen überfliegend, nickte er beifällig. Der neue Ministerpräsident im Deutschen Reich, ein gewisser Otto von Bismarck, schien dem trägen König Wilhelm I. ganz schön einzuheizen. Doch in seinem Kampf gegen das liberale Parlament konnte er sich wohl noch nicht ganz durchsetzen. Er hatte es gewagt, mit seiner Forderung nach einer Heeresreform die Verfassung zu brechen. So argumentierten jedenfalls seine zahlreichen Widersacher, die den unbequemen Mann gerne loshaben wollten. Das nennt man Courage, dachte George. Genau wie ich. Gegen den Strom schwimmen – und gewinnen! Warum war er eigentlich nicht Politiker geworden? Das wäre doch eine einträgliche Sache. Er seufzte. Obwohl er gerade nicht wusste, woher er das Geld zum Leben und für den Aufenthalt in der Pension nehmen sollte, hatte er seinen Optimismus noch nicht verloren. Eine Menge noch unausgegorener Pläne für einen Neuanfang schwirrten in seinem Kopf herum. Drüben, über dem Großen Teich, hatte er durch die Finanzkrise großes Pech gehabt und war wegen seiner Schulden nur durch Flucht knapp dem Gefängnis entronnen. Hier hatte er zwar nichts und war nichts, aber sein Entschluss stand fest, dies bald zu ändern. Um sich Mut zu machen, nahm er noch einen Schluck des scharfen Getränks. Nicht unterkriegen lassen, das war seine Devise. Sobald er irgendwo ein paar Einnahmen herausschlagen konnte, würde er wieder an die Börse gehen. Er hatte ja jetzt Erfahrung, wusste, dass man vorsichtig sein musste. Und nur noch auf Aktien setzen, die hundertprozentig solide waren! Wenn er in Chicago nicht auf den Banker gehört hätte, der ihm nach dem Konkurs seiner Zuckerfirma die todsicheren Aktien einer Baufirma angedreht hatte, stünde er jetzt ganz anders da. Statt der versprochenen Ausschüttungen von neunzehn Prozent des angelegten Kapitals, machte die Firma Pleite und er und die anderen Aktionäre hatten ihr ganzes Geld verloren. Noch mal würde er sich nicht so reinlegen lassen. Er blätterte weiter und begann dann doch, die Aktienkurse zu studieren. Warum eigentlich nicht auf so etwas Simples wie Baumwolle setzen? Davon sprach doch im Moment alle Welt und das Material war gefragt wie nie. Baumwolle, das war etwas Praktisches, hatte Zukunft und brachte vielleicht guten Gewinn. Er träumte vor sich hin. Wenn er an der Börse Erfolg hatte, würde er ins Immobiliengeschäft einsteigen. Sicher gab es da eine gewisse Zeit, in der man geduldig abwarten musste, bis sich etwas ergab. Aber jetzt musste er erst mal auf die Beine kommen.

Die Tür klappte und Tessa stürmte herein. Ihr Hut flog aufs Sofa, die lila Boa hinterher und zuletzt warf sie ihre hochhackigen Schuhe wütend in die Ecke. »Diese abgehobenen Kunsttempel und ihre hochnäsigen Verwalter! Meinen, sie sind was Besseres!«, schnaubte sie mit heißen Wangen und blitzenden Augen. »Ballettunterricht! Wer braucht so was, wenn man Talent hat? Und in einer Kaschemme wie der Dolly-Bar soll mein Programm mit einer eigenen Show angeblich keinen Platz haben.« Sie stampfte wütend mit dem Fuß auf. »Die verlangen doch rundweg von mir, ich soll mich nackt ausziehen!«

George schenkte sich rasch wieder Schnaps ein und nahm gleich einen kräftigen Schluck. »Liebling!«, versuchte er sie zu beruhigen. »Warum eigentlich nicht? Wenn man dich dafür gut bezahlt? Vielleicht solltest du erst mal klein anfangen. Damit Geld reinkommt. Nebenbei gesagt, hast du ja wirklich einen wunderschönen Körper. Später dann …«

»Später! Ich will nicht hierbleiben! Lass uns woanders hingehen, Georg! Nach Berlin vielleicht«, unterbrach ihn Tessa, gleich mit der Tür ins Haus fallend. »Da ist mehr los. Hier ist alles scheußlich. So eng, so verschlafen, so prüde! Ich hätte in Berlin sicher größere Chancen. Und du vielleicht auch. Tu es mir zuliebe!« Sie setzte sich auf seinen Schoß, küsste und umschmeichelte ihn nach allen Regeln der Kunst. »Hier, sieh mal!« Sie griff in ihre Tasche und warf die gestohlenen Ausweise auf den Tisch. George betrachtete die Papiere mit Interesse. »Das hast du sehr gut gemacht, Kleines! Baron von Steinbrücken! Dieser Name könnte uns den Start erleichtern.« Er seufzte. »Vielleicht liegst du damit gar nicht so falsch. Ich habe auch schon daran gedacht, dass wir in Preußen vielleicht größere Chancen hätten.« Er schob Tessa von seinen Knien, erhob sich und ging zwischen Bett und Fenster hin und her.

»Überhaupt habe ich es mir in Deutschland ganz anders vorgestellt«, schmollte Tessa. »In New York waren wir schließlich andere Dimensionen gewöhnt. Und in Chicago …«

»In Chicago säße ich jetzt längst im Kerker, mein Schatz«, fiel ihr George trocken ins Wort. »Da hättest du übrigens auch kein besseres Engagement als in der Dolly-Bar!«

Tessa zog sich leicht beleidigt in eine Ecke des abgeschabten Sofas zurück. George hatte ja recht. Die schmuddelige kleine Bar in Chicago war das Einzige gewesen, was in der letzten Zeit des Umherreisens das Überleben gesichert hatte und George und ihr aus der Patsche geholfen hatte. Abend für Abend hatte sie dort mit anderen Mädchen vor ein paar gelangweilten Zuschauern die gleiche Show abgezogen, die am Ende doch wieder auf eine Art von Striptease hinauslief.

»Fakt ist: Wir brauchen Geld«, fuhr George eindringlich fort. »Ein Anfangskapital, mit dem ich beginnen kann. Und ich muss einen soliden und korrekten Eindruck machen, damit ich überhaupt einen Kredit bekomme.« Missmutig sah er an seinem abgetragenen Sakko hinunter. Doch dann verzog sich sein Gesicht zu einem schwachen Grinsen. »Wenigstens habe ich jetzt einen imposanten neuen Ausweis. Baron von Steinbrücken! So ein Titel schafft gleich Vertrauen.«

Tessa nickte lächelnd. »Und eine Baronin von Steinbrücken macht sicher mehr Eindruck als Tessa Taylor oder Carla Galbani. Dass ich unter meinem Künstlernamen in einer Bar tanze, weiß ja niemand.«

»Ganz recht«, fuhr George zufrieden fort: »Und jetzt pass mal gut auf, was mir vorschwebt. Mir ist eben eine Idee gekommen.« Tessa sah ihn gebannt an und hing förmlich an seinen Lippen.

»Wenn ich einen Kredit bekomme, setze ich vielleicht auf Baumwolle oder etwas ähnlich Lukratives. Sowie das Gewinn bringt, kaufe ich ein Grundstück. Dann gründe ich eine Handelsgesellschaft mit klingendem Namen und suche nach Geldgebern, die sich daran beteiligen. Altes Modell aus Amerika, aber hier, wo alles so zurückgeblieben und verstaubt ist, wird es sicher noch besser funktionieren.« Er blieb stehen und legte den Arm um ihre Schultern. »So kommt weiteres Geld herein, das ich wieder für mich arbeiten lasse. Ich bin sicher, dass es klappen könnte. Schließlich habe ich aus meinen Fehlern gelernt.« Er sah sie an und seine Augen glühten vor Eifer. »Später, wenn ich reich bin, kaufe ich dir, was du willst. Und wenn es ein Varieté wäre, wo du tanzen, schalten und walten kannst, wie du willst.« Er leerte sein Glas, trat ans Fenster und blickte in die Ferne, als sähe er dort schon seinen beginnenden Reichtum.

Tessa lachte laut auf, lief zu ihm und schmiegte sich an seine Brust. »Wie süß von Ihnen, Herr Baron von Steinbrücken! Das würden Sie wirklich für mich tun? Lass uns so bald wie möglich nach Berlin abreisen. Bestimmt finde ich dort ein besseres Engagement und kann für den Anfang etwas beisteuern.«

»Das wird auch unbedingt nötig sein.« George zog seine Börse aus der Tasche und schüttelte sie mit verfinsterter Miene. »Fast leer. Wir müssen jetzt alles auf eine Karte setzen. Am besten, wir verschwinden noch in der Nacht. Ich kann die Rechnung der Pension ohnehin nicht bezahlen. Schließlich brauchen wir noch etwas für die Postkutsche nach Berlin und die Übernachtungen zwischendurch.« Er überlegte kurz: »Gut, dass wir uns unter deinem Künstlernamen Taylor hier eingemietet haben. Aber ab jetzt bist du nur noch die Baronin von Steinbrücken.«

»Großartig!«, jubelte Tessa, klatschte wie ein Kind in die Hände und begann in fieberhafter Eile ihre Sachen zusammenzupacken.

***

Es war fast ein Jahr vergangen und Camilla und Emily hatten sich nach und nach an das karge Klosterleben und die festen Unterrichtsstunden gewöhnt. Camilla fand Freude an den Näharbeiten und Emily half am liebsten draußen in frischer Luft im Garten des klostereigenen Gemüseanbaus und beim Ernten von Kräutern für die Apotheke. Die Arbeit kräftigte sie und ließ sie das Heimweh vergessen. Schon immer hatte sie sich für Blumen und Pflanzen interessiert, aber jetzt kam auch das Wissen um den Anbau der Heilkräuter hinzu. Und in ihrer grenzenlosen Tierliebe kümmerte sie sich daneben auch um verletzte Vögel, fütterte Igel, Kaninchen und streunende Katzen. Auch in den ersten schönen Maitagen war Emily wieder unermüdlich im Garten beschäftigt gewesen und hatte ihre Hausaufgaben erst am Abend flüchtig erledigt. An diesem Tag sah Camilla sie jedoch schon am frühen Nachmittag über ihren Büchern sitzen. Erstaunt sah sie sie an. Die Hand der kleinen Schwester war verbunden. »Emily – was hast du denn da gemacht?«, fragte sie besorgt. »Bist du verletzt?«

»Ach, das ist nicht weiter schlimm«, erwiderte Emily sorglos. »Nur eine Kleinigkeit. Ich hab mir die Hand an einem Rosendorn aufgerissen und darf deshalb eine Weile nicht im Garten arbeiten. Es hat ziemlich geblutet, aber Schwester Martha hat mich gleich verbunden. Nur schade, dass ich bei dem herrlichen Wetter nicht weitermachen durfte. Ich hatte gerade angefangen, Kräuter zu setzen, die wir dringend in unserer Apotheke brauchen. Aber in ein paar Tagen werde ich das alles nachholen.« Sie gähnte herzhaft und deutete auf das Blatt mit vielen roten Anmerkungen, das vor ihr lag. »Mutter hat uns zwar die deutsche Sprache gelehrt – aber sie zu schreiben fällt mir ziemlich schwer. Ich muss noch viel üben, so langweilig das auch ist. Sag mal, weißt du eigentlich, wann Vater uns endlich zu sich holt?«

»Keine Ahnung. Sicher ist er sehr beschäftigt«, sagte Camilla ohne große Überzeugung. »Solange er keine feste Bleibe hat, sind wir beide wohl hier im Kloster besser aufgehoben. Ich reiße mich wirklich nicht darum, mit Tessa unter einem Dach zu leben.«

»Ich eigentlich auch nicht«, stimmte ihr Emily nach kurzer Überlegung zu. »Sie scharwenzelt so um Vater herum. Das ist wirklich peinlich. Es wäre Mutter sicher nicht recht gewesen.« Sie schwiegen beide eine kurze Weile, dann beugte sich Emily wieder über die Korrektur des Diktats, für das sie eine schlechte Note erhalten hatte. Tatsächlich hatten die beiden Mädchen bisher keinen einzigen Brief und noch nicht einmal eine kurze Nachricht vom Vater bekommen. Camilla nahm seufzend ihre Handarbeit wieder auf. Jammern half nicht – sie mussten sich der Lage anpassen, so schwer es auch fiel.

Das Leben im Kloster war eintönig, streng geregelt, der Tagesablauf mit Gottesdienst, Arbeit, Beten, Essen und Schlafen ausgefüllt. Beide Mädchen sehnten sich nach ein wenig Zuwendung, doch die Nonnen waren streng und pflichtbewusst und ließen keine Gefühle zu. Neben ihren Kirchenpflichten nahmen sie ihre Aufgabe, den Waisen Unterricht und damit Lebenshilfe zu erteilen, ausgesprochen ernst.

Einzig und allein Schwester Donata stellte eine Ausnahme dar. Bei allen beliebt, war sie heiter und freundlich wie ein Sonnenstrahl, der in ein finsteres Zimmer fällt. Sie nahm an den kleinen Sorgen ihrer Zöglinge Anteil, kümmerte sich liebevoll um Emily und tröstete sie, wenn sie Kummer hatte. In erster Linie aber hatte es ihr Camilla angetan. Anfangs war sie in ihrer fröhlichen und freien Art dem Mädchen eine große Stütze gewesen und Camilla hatte es sehr gutgetan, jemanden zu haben, mit dem sie reden und dem sie ihr Herz ausschütten konnte. Von den Nonnen war Donata die einzige gewesen, die ihr zu ihrem siebzehnten Geburtstag gratuliert und ihr einen hübschen Rosenkranz aus Bernsteinperlen geschenkt hatte. »So geheimnisvoll wie deine Augen«, hatte sie gesagt und ihr dabei, wie so oft, freundschaftlich zugezwinkert. Vor Freude hatte Camilla sie dankbar umarmt und Donata ihr daraufhin rasch einen Kuss auf die Lippen gedrückt. Diese ungewöhnliche Geste war Camilla ganz natürlich erschienen, aber als Donata sich nach und nach weitere Vertraulichkeiten erlaubte, begann sie, sich dabei unbehaglich zu fühlen. Zweifel kamen ihr. Woran, das wusste sie selbst nicht so genau. Aber tief in ihrem Innern warnte sie eine Stimme vor den zudringlicher werdenden Berührungen und körperlichen Annäherungen Donatas. War das so harmlos, wie sie tat? Sollte sie es auch weiterhin zulassen? Überschritt Donata nicht die schickliche Grenze, wenn sie während der Messe immer wieder ihren Körper ganz dicht an den ihren presste? Wenn sie ihren Arm streichelte, ihr zärtlich über die Wangen fuhr, ihr beim An- und Ausziehen helfen wollte und sie auf Nacken und Wange küsste, wenn niemand hinsah?

Die schiefen Blicke der anderen Mädchen, ihr Kichern und Tuscheln ließen Camilla zumindest ahnen, dass die besondere Sympathie, die Schwester Donata ihr zeigte, nicht unbemerkt geblieben war. Sie spürte förmlich, wie die Oberin Theresia sie und Donata beobachtete. Missbilligte sie deren Verhalten? Ihrer undurchdringlichen Miene war nichts dergleichen anzumerken. Camilla versuchte, sich ein wenig von Donata zurückzuziehen, doch die junge Nonne verdoppelte ihre Aufmerksamkeiten und nahm sich mehr und mehr Freiheiten heraus. Es gab genügend Gelegenheiten und sie nutzte jede, um Camilla näher zu kommen als erlaubt. Sei es, wenn sie über das Mädchen gebeugt eine Handarbeit korrigierte und dabei wie zufällig Camillas Hände, Wangen und Nacken berührte, sie streichelte oder zärtlich mit ihrem Haar spielte. Oder wenn Donata sie nach dem Abendgebet statt auf die Stirn auf den Mund küsste und Camilla ihr dabei nicht ausweichen konnte. Einmal wagte sie sogar, nach dem Nachtgebet, als die meisten Zöglinge bereits schliefen, im Dunkeln an Camillas Bett zu schleichen. Sie setzte sich zu ihr an den Bettrand und ihre Hände wanderten mit einer zarten Berührung unter der Bettdecke über ihren Körper. Camilla wachte auf und blieb vor Schreck wie erstarrt liegen. Erst als Donata fort war, kamen ihr die Tränen, und Wut stieg in ihr auf. Jetzt war die Nonne zu weit gegangen! Das war nicht die übliche Freundschaft und Vertrautheit zwischen zwei Frauen. Das war etwas anderes, etwas Unerlaubtes und Bedrohliches, das sie nicht wollte. So etwas durfte Donata nicht tun – und sie sollte es auch nicht zulassen, das fühlte sie nur zu genau. Sie nahm sich vor, die Nonne bei der nächsten Gelegenheit zur Rede zu stellen und sie zu fragen, was sie sich dabei dachte. Den Gedanken, sich bei der Oberin Theresia zu beschweren, verwarf sie nach einiger Überlegung. Sie musste erst eine passende

Gelegenheit abwarten, um unter vier Augen mit Donata zu sprechen. Aber wenn es dann so weit war, fehlte ihr jedes Mal der Mut, ihren Vorsatz in die Tat umzusetzen.

Emilys Wunde an der Hand war bald verkrustet, aber noch nicht ganz verheilt. Trotz des Verbots von Schwester Martha hatte sie sich bei verlockendem Frühlingswetter in den Garten gestohlen und beschäftigte sich dort nach Herzenslust mit ihren geliebten Pflanzen und Kräutern. Man beachtete sie nicht, denn im Kloster war der Dienstplan etwas in Verzug geraten. Die Oberin lag seit einigen Tagen mit einer Bronchitis und Fieber zu Bett, was so gut wie nie vorkam. Es war nicht einfach, sie im Lehrplan zu ersetzen und daher mussten einige Stunden ausfallen. Camilla nähte gerade mit den sogenannten unsichtbaren Stichen an einem Hohlsaum für eine hochgeschlossene weiße Leinenbluse, deren Schnitt sie selbst entworfen hatte, als sie zu Schwester Donata gerufen wurde. Das Mädchen folgte dieser Order mit Beklommenheit. Doch sie nahm sich fest vor, die Situation für die längst fällige Aussprache zu nutzen. Mit gesenktem Kopf trat sie in die einfache Zelle. »Ihr habt mich rufen lassen, Schwester Donata?«

Donata lächelte freundlich, doch ihre Augen unter halb geschlossenen Lidern hatten einen unnatürlich fiebrigen Glanz. »Wie du siehst. Komm nur herein!« Kaum war Camilla eingetreten, schloss sie die Zellentür, drehte den Schlüssel herum und steckte ihn in die Tasche ihres Ordenskleides. Sie umarmte Camilla stürmisch, die so erschrak, dass sie unfähig war, sich zu wehren. Mit dem Einsatz ihres Körpers drückte Donata das überraschte Mädchen gegen die Wand der Zelle und versuchte, sie zu küssen. Camilla drehte und wand sich, um den feuchten Lippen, die ihr unangenehm waren, zu entkommen. Die Nadeln lösten sich bei den heftigen Bewegungen aus ihrem aufgesteckten Haar, sodass es wirr über ihre Schultern fiel.

»Wie schön du bist, wie ein Engel!«, stammelte Donata verzückt. »Endlich sind wir ganz unter uns. Das wünschst du dir doch auch schon lange, nicht wahr?«

»Nein – lassen Sie mich«, brachte Camilla keuchend und mit Mühe hervor, während sie versuchte, sich aus der Umklammerung zu befreien und die zudringliche Nonne vom Leib zu halten. Atemlos stieß sie schließlich hervor: »Bitte nicht, Schwester! Lassen Sie mich! Ich wollte schon lange mit Ihnen darüber reden …«

»Aber doch nicht jetzt, mein Schatz«, hauchte Donata mit ein wenig heiserer Stimme. »Wir sollten die Zeit besser nutzen. Es tut mir weh, wenn du mich so grob von dir stößt.«

Sie umfasste Camillas Hände und hielt sie fest. »Sei doch nicht so herzlos! War ich nicht immer für dich da? Hab ich dich nicht vor allen anderen beschützt und dich getröstet, wenn du traurig warst? Jetzt musst auch du mir etwas zurückgeben. Sei nur ein wenig lieb zu mir, mehr verlange ich nicht. Ist das so schwer? Streichle mich – wo du willst. Fühl nur, wie heftig mein Herz schlägt, vor Angst, dass du mich abweist.« Sie führte Camillas Hand an ihren Busen. »Ich brauche dich! Umarme mich und gib mir ein wenig Wärme!« Sie versuchte, die Widerstrebende mit sich auf ihr Lager zu ziehen. »Du Dummerchen!«, flüsterte sie. »Bleib bei mir, leg dich zu mir und du wirst sehen, wie schön das ist. Du kannst mich auch küssen, ich erlaube es dir.« Ihre Stimme wurde drängender: »Sag, dass auch ich dir etwas bedeute, mein Liebling, dass du mich magst! Sonst werde ich sehr traurig sein. Sag es!«

Camilla nickte eingeschüchtert. Sie spürte voller Angst und Unbehagen, dass sie in eine Situation geraten war, mit der sie nicht umgehen konnte. »Ja, aber ich möchte nicht, dass …«

»Du bist undankbar«, unterbrach Donata sie vorwurfsvoll. »Für das, was ich für dich getan habe, darfst du mich jetzt nicht im Stich lassen.« Sie fasste sich plötzlich an die Stirn und schwankte. »Oh – mir wird auf einmal so schwindlig! Und ganz heiß. Halt mich, ganz fest – ich hab das Gefühl, zu ersticken.« Sie atmete schwer, zog ihre Haube herunter und fuhr durch ihr kurz geschnittenes blondes Haar, das sich lockig um ihren Kopf schmiegte. »Schnell, öffne die Knöpfe am Rücken meiner Tracht«, stieß sie fast atemlos hervor. »Sie schnürt mir die Luft ab.« Sie sank aufs Bett, ohne ihren Griff zu lockern, mit dem sie Camilla festhielt. »Komm zu mir, ganz nah! Leg deine kühle Hand auf meine Stirn. Das wird mir guttun.«

Camilla zögerte, doch in ihrer Angst gehorchte sie schließlich. »Ich werde die Oberin oder Schwester Martha holen. Sie können Ihnen helfen.«

»Nein, das ist völlig unnötig. Die Oberin ist krank«, wehrte Donata ab. Ihre Wangen glühten. »Und Schwester Martha kann mir nicht helfen. Ich brauche nur dich. Dann geht es mir gleich besser.«

Camilla sah beklommen auf sie hinab. Vielleicht war Donata wirklich krank? Was sollte sie tun? Schreien, gegen die Tür hämmern? Sie fühlte sich unendlich hilflos, gezwungen zu tun, was die Nonne von ihr verlangte. Diese zog jetzt in fiebriger Eile ihre schwarze Tracht aus und warf sie mitsamt der Unterkleidung achtlos zu Boden. Darunter war sie bis auf ihre Schuhe völlig nackt. Ihr zarter, dennoch üppiger Körper leuchtete mattweiß im Halbdunkel der Zelle. Lockend lächelte sie und schlang sanft die Arme um Camillas Hals. »Komm jetzt, mein Engel. Erst war mir heiß – aber plötzlich ist mir ganz kalt. Schmieg dich an mich, wärme mich!«, murmelte sie. »Du wirst sehen, es wird dir gefallen. Auf diesen Augenblick habe ich lange gewartet. Und du doch sicher auch, nicht wahr? Meine Süße – niemand wird uns hier stören, dafür habe ich gesorgt.« Ihre Hände glitten zärtlich unter den Stoff des rauen Anstaltskleides und Camilla ließ es wie gelähmt geschehen. »Aber du musst mir versprechen, niemandem davon zu erzählen, was wir tun und wie gut wir uns verstehen!«, flüsterte Donata. »Es ist unser Geheimnis. Versprichst du mir das?«

In diesem Moment fiel die Erstarrung von Camilla ab. Sie riss sich mit einem lauten Schrei los. »Nein! Ich will das nicht! Lassen Sie mich sofort hier heraus, Schwester Donata! Ich werde mit der Oberin darüber sprechen.«

Donata erhob sich halb und stützte sich auf die Ellenbogen. Ein zynisches und selbstbewusstes Lächeln verzog ihre Lippen. »Das wirst du schön bleiben lassen.« Sie drohte ihr scherzhaft mit dem Finger. »Denn sonst könnte ich sagen, du hättest dich mir unsittlich genähert. Man wird mir glauben und nicht dir, das kann ich dir versichern. Dann fliegst du in hohem Bogen aus dem Kloster und siehst deine Schwester Emily so schnell nicht wieder.«

»Das … das ist Erpressung …« Camilla machte einige Schritte rückwärts in Richtung Türe.

»Nenn es, wie du willst. Zwing mich nicht, etwas zu tun, was dir schaden könnte. Sei gehorsam – und halte den Mund über das, was hier geschieht. Komm jetzt her zu mir!« Ihre Stimme klang jetzt wie ein Befehl.

Camilla sah sich wie gehetzt um. Sie dachte an Emily, ihre kleine Schwester. Sie war noch so jung. Es wäre schrecklich, wenn sie allein hier im Kloster zurückbleiben müsste. Und was sollte dann auch aus ihr selbst werden? Sie konnte niemanden um Hilfe bitten, denn sie wusste nicht einmal, wo ihr Vater sich jetzt aufhielt. Donata hatte sie in der Hand. Sie holte tief Luft, trat näher und schloss die Augen.

***

Als Tessa und George nach einer Woche, ermüdet von der Reise mit der Postkutsche, in Berlin eintrafen, waren sie angenehm überrascht von der Stadt. Es war zwar nicht wie in Chicago oder New York, aber man merkte sofort, dass ein anderer Wind wehte. Sie mieteten sich in der Pension Zum kleinen Eck ein und vereinbarten eine monatliche Zahlung und einen bescheidenen Mittagstisch. Dann sahen sie sich in Berlin um, das ihnen weitaus besser gefiel als München. Die aufwendig gebaute Hofoper Unter den Linden war wie das Nationaltheater in München nach einem Brand neu erbaut und prachtvoll gestaltet worden. Hoffnungsvoll stellte sich Tessa sofort dort vor, doch wieder wurde sie abgelehnt. Ihr Traum, auf der Bühne eines solchen Hauses zu stehen, ließ sich einfach nicht realisieren, denn auch hier kritisierte man ihre Ausbildung und Tanzkünste und befand alles als nicht ausreichend. Am Ende blieb ihr wieder nichts anderes übrig, als sich notgedrungen auf die Suche nach einer Bar zu machen, in der man zwar nicht ihre neue Tanz-Choreografie sehen wollte, aber auf jeden Fall ihren Körper. Nach zwei Wochen dort, enttäuscht und angepöbelt von betrunkenen Gästen, brach sie in dem heruntergewohnten Zimmer, das sie bezogen hatten, in Tränen aus. »George! Am liebsten möchte ich wieder zurück nach Amerika! Hier ist es auch nicht besser als in München. Eher schlechter. Alles ist so ärmlich. Die vielen Obdachlosen. Die schäbige Lady's Bar, in der sie jetzt doch wollen, dass ich tanze! Die paar Kröten, die ich dort als Vorschuss bekommen habe – die mickrigen Trinkgelder. Wie sollen wir damit bloß auf einen grünen Zweig kommen?«

»Ich weiß, es ist schwer für dich, Darling«, schmeichelte George mit schwerer Zunge. Er hatte sich mit gepanschtem Fusel getröstet, den er aus einer Weinkellerei billig als Abfallprodukt bezog. »Wir können nicht zurück – das habe ich dir doch schon so oft gesagt.« Er runzelte ärgerlich die Stirn, als Tessa leise weiterjammerte. »Eine neue Überfahrt könnten wir uns erst recht nicht leisten. Warte ab! Ich habe heute im Bankhaus Bleichröder vorgesprochen – mein Wunsch nach einem Kredit wurde nicht gleich abgeschlagen. Sie prüfen noch und ich soll wiederkommen. Ich brauche vor allem ein weißes Hemd und einen neuen Rock, sonst nimmt mir den Baron von Steinbrücken niemand ab. Gib mir deinen Vorschuss von der Bar! Ich brauche ihn für eine Anzahlung.«

»Kommt gar nicht infrage«, brach es aus Tessa heraus. »Du willst ein weißes Hemd? Und ich? Ich habe Hunger. Das Einzige, das wir im Moment brauchen, ist etwas zum Essen. Außerdem sitzt uns die Pensionswirtin im Nacken, wegen der fälligen Miete. Und der feine Herr denkt an nichts anderes als an ein neues Hemd. Warum nicht auch einen schicken Anzug?« Sie lachte auf, doch es klang wie ein verzweifeltes Schluchzen. »Deine Kredite – die Bank! Das sind doch alles Illusionen – leere Versprechungen.«

George trat drohend auf sie zu. »Gib mir das Geld. Ich weiß, dass du auch Trinkgelder bekommen hast! Wo ist es?«

Tessa presste die Lippen zusammen, doch ihr Blick schweifte automatisch zu der Keksdose, die in der Ecke der kleinen Teeküche stand, in der sie manchmal ihre kargen Mahlzeiten wärmten. George war mit ein paar Schritten dort und obwohl Tessa sich wie eine Katze an ihn krallte, hatte er die Keksdose schon in der Hand und ihren Inhalt ausgeleert. Er stieß sie beiseite.

»Ich hasse dich«, schluchzte Tessa wütend. Doch da hatte George schon die Tür hinter sich zugeschlagen und war fort. Draußen zählte er die wenigen Taler und Groschen und stieß einen bösen Fluch aus. Das war zu wenig. Grade mal ein paar lumpige Socken und vielleicht noch eine Hose würde er dafür bekommen. Unschlüssig lief er in der Stadt herum. Im spiegelnden Glas eines Schaufensters stand ihm sein Abbild gegenüber. Es war niederschmetternd. Sein zerknitterter Mantel wirkte schäbig, er sah unrasiert und verlebt aus. Würde das Bankhaus einem Mann, der so auftrat, einen Kredit geben?

Ihm glauben, er trage den Titel eines Barons von Steinbrücken? Bestimmt nicht. Um ihn herum eilten die Leute geschäftig ihres Weges, Kutschen rollten geräuschvoll an ihm vorbei und die Pferdestraßenbahn klingelte ihn ungeduldig aus dem Weg. Für einen Groschen kaufte er das Extrablatt, das ein von Menschen umlagerter Zeitungsjunge ausrief. Missmutig setzte er sich auf das Mäuerchen eines Vorgartens und studierte die Nachrichten seiner neuen Heimat. Das Blatt berichtete unter anderem über einen gewissen Ferdinand Lassalle, der sich für die Arbeiterbewegung einsetzte und als ihr Wortführer galt. Er forderte höhere Löhne für die Arbeiter in der Industrie, um ihnen aus ihrem Elend zu helfen. Mit der Gründung von Gewerkschaften sollten die Arbeiter ihre Interessen besser durchsetzen können. George schüttelte den Kopf. Anscheinend war das bisherige Leben in dieser orientierungslosen Zeit für die Bewohner Berlins nicht gerade einfach gewesen. Das Reich, von dem sich George voller Illusionen ein neues Leben erhoffte, war in Wahrheit ein von politischen Krisen geschütteltes, in viele Mittel- und Kleinstaaten zersplittertes Land, das von unterschiedlichen Fürsten regiert wurde.

»Verzeihung«, sprach George einen der Umstehenden an, der sich, vertieft in das Blatt mit den Extranachrichten, neben ihm befand. »Mein Name ist Baron von Steinbrücken. Ich bin gerade erst von Amerika zurückgekommen. Wie sehen Sie die Lage im Staat? Es gibt da wohl eine erhebliche Diskrepanz in der Regierung. Glauben Sie, dass das Parlament bald allein regieren wird?«

Der seriös wirkende Herr mit Zylinder sah ihn erstaunt durch sein Monokel an und musterte seine bescheidene Erscheinung. Schließlich bequemte er sich zu einer Antwort. »Nun, meiner Meinung nach ist die Lage im Land schwierig. Die liberale Partei und das vom Parlament vertretene, aufstrebende Bürgertum wehren sich gegen die Autorität des Königs.

Und dann auch noch diese Arbeiterbewegung! Es gab in der letzten Zeit gefährliche Volksversammlungen und Revolutionen gegen den Monarchen. Ich fürchtete schon, dies würde zu seinem Sturz führen. Zum Glück ist das aber nicht geschehen.«

»Und warum nicht, mein Herr, wenn ich fragen darf?«

»Nun, das haben wir wohl Otto von Bismarck zu verdanken, den der König, wie Sie ja sicher wissen, zum Ministerpräsidenten und Außenminister ernannt hat. Ein sehr hitziger Mensch, der mit seinen Plänen oft aneckt. Seine Aufgabe ist natürlich schwierig, aber ich persönlich halte ihn für fähig, etwas zu bewirken.«

»Dann denken Sie also auch, dass sich in diesem Land etwas verändern muss?«, fragte George mit matter Stimme. »Es scheint mir alles etwas rückständig. Aber ich bin erst seit Kurzem hier und kenne die Verhältnisse noch nicht so genau.«

»Wir Konservativen setzen unsere Hoffnungen in jedem Fall auf Herrn von Bismarck. Er bemüht sich, zwischen König und Parlament zu vermitteln. Und bisher hat er es immer geschafft, sich gegen die Mehrheit der Liberalen im Parlament durchzusetzen, auch wenn manche sagen, dass diese Methode Ähnlichkeit mit einer Diktatur hätte! Kleinen Leuten«, er musterte George von oben bis unten mit einem prüfenden Blick, »gefällt das natürlich nicht so sehr.«

George nickte, beschämt über seine politische Unwissenheit. »Und die wirtschaftliche Lage?«, fragte er zögernd.

»Ist miserabel. Unsere Einzelstaaten und die unterschiedlich regierten Fürstentümer behindern sich gegenseitig. Sie verzetteln sich, erheben verschiedene Binnenzölle, deren System niemand durchschaut. Ein heilloses Durcheinander. Wenn Sie mich fragen, so brauchen wir vor allem eine Heeresreform, mit der wir eine Einigung erzielen könnten.« Der Monokelträger sah auf seine Taschenuhr, die mit einer Silberkette an seiner Weste hing. »Aber darüber wird ja schon lange diskutiert. Entschuldigen Sie mich jetzt bitte – ich werde erwartet. Einen schönen Tag noch.« Er grüßte mit einem Nicken, faltete das Zeitungsblatt, steckte es in seine Tasche und winkte einer Droschke. Auch George, der die Informationen des Fremden nicht gerade ermutigend fand, machte sich wieder auf den Weg, ohne eigentlich zu wissen, in welche Richtung er sich wenden sollte. Wohin man in Berlin auch sah, die Bevölkerung war durchsetzt von Tagelöhnern, Bettlern und umherziehenden Hungerleidern, die um ihre Existenz kämpften. Würde er auch so enden?

Er straffte die Schultern. Immerhin gab es noch einen winzigen, vagen Hoffnungsschimmer am Horizont, an den er sich klammern konnte. Das Bankhaus Bleichröder, das ihn noch einmal herbestellt hatte. Nun lag es an ihm, alles auf eine Karte zu setzen. Den Bankleuten Vertrauen einzuflößen, Sicherheiten vorzugaukeln. Aber wie sollte er das anstellen, abgerissen, unrasiert und mit einer Fuselfahne? In einem abgenutzten, knittrigen Rock? Eines war ganz klar, so durfte er das Bankhaus nicht betreten. George straffte seine Gestalt und holte tief Luft. Er musste seine Chance nutzen, sie kam vielleicht nur einmal. Nicht als armseliger Bittsteller aufzutreten, sondern als selbstbewusster Gentleman, der wusste, was er wollte. Mit raschen Schritten begab er sich zurück in die Pension. Zum Glück war Tessa nicht da. Er nahm ihre Ohrringe, echte Goldkreolen, die sie in guten Zeiten einmal von ihrer Mutter geschenkt bekommen hatte, aber selten trug, und steckte sie ein. Dann wusch und rasierte er sich sorgfältig, gurgelte mit Essigwasser und machte sich auf den Weg in die Stadt zu einem Pfandleiher, wo er die Ohrringe versetzte. Bei einem Herrenschneider fand er einen gebrauchten Anzug, der nach minimalen Änderungen, die der Schneider sofort vornahm, perfekt passte. Er stattete sich noch mit einem neuen Hemd sowie Krawatte, Hut, Stock und Schuhen aus. Dann zahlte er alles an und überzeugte den

Inhaber, er werde in einer Stunde wiederkommen, um den Rest, den er schuldig geblieben war, zu begleichen. Und siehe da, seine Strategie funktionierte. Sein Auftreten in der Bank, die nonchalante Haltung und vor allem der falsche Titel auf seinen Papieren trugen dazu bei, dass das Bankhaus Bleichröder ihm Vertrauen schenkte. Die Bankleute glaubten der erfundenen Geschichte des Barons von Steinbrücken von seiner baldigen Erbschaft und bewilligten einen Kredit mit einem Vorschuss zum Kauf eines Grundstücks vor der Stadt.

Erleichtert kehrte George mit einem großen Blumenstrauß in die Pension zurück. Er hatte die Ohrringe wieder ausgelöst und sie heimlich an ihren Platz zurückgelegt. Tessa, die sich gerade für ihren Auftritt in der Bar umkleidete, starrte ihn überrascht an, als er vor ihr stand. »Wie siehst du denn aus?«, fragte sie verblüfft, als George ihr die Blumen in die Hand drückte. »Und was soll ich mit den teuren Blumen?«

»Jetzt wird alles anders«, erwiderte George vergnügt und zog noch ein Päckchen hinter seinem Rücken hervor. »Eine Kleinigkeit für die werte Frau Baronin.« Tessa riss rasch das Papier von der Samtschachtel, in der ihr ein schmaler Ring mit einer Perle entgegenschimmerte.

»Bist du verrückt geworden?«, Tessa sah ihn mit leuchtenden Augen an. »Ist der etwa echt?«

»Fast.« George wand sich ein wenig. »Der Goldanteil ist nicht allzu hoch, aber das sieht man ja schließlich nicht. Freust du dich?«

Tessa fiel ihm statt einer Antwort um den Hals. »Erzähl mir, was ist geschehen?«

»Nicht viel«, entgegnete George. »Ich habe den Kredit beim Bankhaus Bleichröder bekommen. Jetzt kann ich endlich loslegen.« Er rieb sich die Hände. »Wir werden gleich in eine bessere Unterkunft umziehen. Pack unsere Sachen und zahl die Rechnung.« Er warf ihr ein paar Taler hin. »Das Hotel Zur Krone am Ende der Straße sieht ganz gut aus. Außerdem brauchst du dringend etwas Neues zum Anziehen, etwas Seriöseres.« Er streifte die lila Boa mit kritischem Blick. »Deine Anstellung in der Lady's Bar kannst du gleich kündigen.«

Tessa zog misstrauisch die Augenbrauen zusammen. »Nein, das werde ich auf keinen Fall tun. Ich möchte weitertanzen, damit ich gelenkig bleibe. Und mein eigenes Geld verdienen. Irgendwann finde ich schon etwas Besseres, irgendwann kommt mein Durchbruch – davon bin ich fest überzeugt. Es wäre ja noch schöner, wenn ich mich als Baronin von Steinbrücken jetzt auf die faule Haut legte! Nein, nein, mein Schatz. Es muss ja niemand wissen, was ich mache. Vorläufig bleibe ich noch als Tessa Taylor bei meiner Bar. So lange, bis wir wirklich feste Einnahmen haben. Denn mit dem Kredit leben wir ja immer noch auf Pump.«

»Ganz wie du willst.« George wirbelte aufgekratzt seinen Hut durch die Luft und fing ihn wieder auf. »Gott, bin ich froh, dass ich endlich etwas tun kann. Die ewige Warterei hat mich schon ganz nervös gemacht. Ich werde mich gleich mal ein wenig an der Börse umsehen. Die Luft schnuppern, die mir die ganze Zeit gefehlt hat.« Er wandte sich noch einmal um, bevor er hinausging. »Eh ich es vergesse«, er griff in die Tasche und warf noch ein paar Taler auf den Tisch, »kauf uns davon etwas Gutes zum Abendessen – und eine Flasche Champagner! Aber vor allem, lass dir ein seriöses Kleid schneidern. Für alle Fälle!« Er zwinkerte ihr vergnügt zu, bevor er verschwand.

Tessa sah ihm seufzend nach, dann sammelte sie das Geld auf. Das war wieder mal typisch George. Kaum war Geld da, dann warf er damit um sich! Ob es diesmal klappen würde? George war gutmütig, aber er hatte so seine Schwächen. Er behauptete, er könne mit Geld umgehen, aber er war leichtsinnig und trank zu viel, das hatte sie inzwischen schon gemerkt. Wenn es hier wieder schieflief, er sich an der Börse verspekulierte, wo konnten sie dann noch hingehen? Nach England, Frankreich – oder gar Dänemark? Zum Glück besaßen sie die Passkarten des Ehepaars auf dem Schiff und die der Sängerin Carla Galbani. Sie steckte alles in ein Seitenfach ihres Koffers. Wer weiß, ob man davon nicht doch noch etwas gebrauchen konnte.

II. Kapitel

Das erste, zaghafte Klopfen an der Tür der Klosterzelle hätte Camilla beinahe überhört. Doch dann klang es energischer, die Klinke wurde gedrückt und eine Stimme rief mehrmals den Namen Schwester Donatas. »Einen Augenblick bitte«, flötete diese, sprang auf, fuhr hastig in ihre Kleider und zog die Haube züchtig über den Kopf. Camilla, deren Herz wie ein Hammer in der Brust schlug, war zutiefst erleichtert.

»Du bleibst hier! Stell dich hinter die Tür. Und komm erst vor, wenn ich es dir sage, hörst du!«, zischte Donata ihr zu. »Und wenn du dich verplapperst, weißt du ja, was geschieht! Dann bist du nicht mehr lange im Kloster!«

Camilla nickte mit blassen Lippen, drückte sich hinter der Tür an die Wand und atmete erleichtert auf. Gott sei Dank, die Person da draußen hatte sie fürs Erste gerettet. Irgendwie musste sie aber jetzt hier weg! Ein zweites Mal würde sie nicht mehr in eine solche Falle tappen, das schwor sie sich. Niemals hätte sie der freundlichen, liebevollen Donata, die sich immer so verständnisvoll zeigte, so etwas zugetraut! Aber was sollte sie jetzt bloß tun, wie sich verhalten?

Dumpf und undeutlich vernahm sie die heiser klingende, von Husten unterbrochene Stimme der Oberin Theresia an der

Tür, die trotz ihres Unwohlseins aufgestanden war. »… und dann begann sie plötzlich zu fiebern. Schwester Martha hat ihr anfangs einen Umschlag aus Meisterwurz und Knoblauch gemacht. Aber das Fieber ist gestiegen und nun brauchen wir ein stärkeres Mittel und dazu die Schlüssel zum großen Arzneischrank, die Sie, Schwester Donata, in Gewahrsam haben.« Ein rasselnder Hustenanfall unterbrach das Gespräch, die Oberin rang nach Atem und legte eine kurze Pause ein.

»Ihr solltet Euch wieder niederlegen, ehrwürdige Mutter! Schließlich seid Ihr ja selbst krank«, hörte sie die salbungsvolle Stimme Donatas.

»Nein, nein, ich fühle mich schon etwas besser«, versicherte die Oberin mit krächzender Stimme. »Aber in dem vorliegenden Fall geht es vielleicht um Leben oder Tod. Schließlich bin ich für meine Schützlinge verantwortlich. Ich habe so ein merkwürdiges Gefühl. Die Wunde des Mädchens sieht gar nicht gut aus. Sie ist entzündet, eitert und die Schwellung der Hand hat sich bis zum Oberarm ausgebreitet. Wenn der rote Streifen weiter in Richtung Herz fortschreitet, weiß ich nicht mehr, was wir noch machen sollen. Schwester Martha schwört auf Waschungen mit einem Sud aus getrocknetem Bockshornklee, Hauswurz und Wiesengeißbart. Aber bisher hat nichts geholfen. Wir werden den Pflanzensud in entsprechender Verdünnung jetzt auch innerlich verabreichen, als Tee. Aber vielleicht finden wir ja noch ein anderes Mittel. Kommen Sie bitte gleich mit mir. Wenn wir …«

Die Stimmen und Schritte verhallten im Gang in Richtung Klosterapotheke, hinter der in einem Raum auch einige Betten für Kranke standen. Camilla wagte es immer noch nicht, sich zu bewegen, und lauschte angestrengt, bis es ganz ruhig war. Wie es schien, war ein Zögling der Klosterschule schwer erkrankt. Auf jeden Fall war das ihre Rettung vor der Attacke Schwester Donatas. Sie holte tief Luft, versuchte sich zu sammeln und die unangenehme Erfahrung, die sie gerade eben gemacht hatte, aus ihrem Bewusstsein zu drängen. Wenn jemand ihr solch eine Geschichte erzählt hätte, wie die, die sie eben erlebt hatte, sie hätte ihm nicht geglaubt. Schnell steckte sie ihr Haar wieder hoch, glättete ihr graues, in Unordnung geratenes Anstaltskleid und knöpfte den weißen Kragen zu. Dann huschte sie aus der Zelle. Genau in diesem Moment ging eines der Mädchen vorüber, Erna, eine ehrgeizige, pummelige Brünette, die Camilla bisher immer hochmütig geschnitten hatte. »Wo kommst du denn her?«, fragte sie schnippisch. »Man hat dich im Unterricht vermisst.«

»Ich wurde …« Camilla biss sich auf die Lippen. Beinahe hätte sie gesagt, »… zu Schwester Donata gerufen«, doch dann verbesserte sie sich. »Ich hatte etwas anderes zu tun.«

»Na, du kannst dir das Schwänzen ja offensichtlich erlauben!«

»Was meinst du damit?«, fuhr Camilla auf.

Doch die Andere zuckte nur die Schultern. »Nichts Besonderes. Ich würde mich nur vor Donata in Acht nehmen.«

Camilla biss sich auf die Lippen. »Wieso?«

Erna kniff die Augen halb zusammen, ging aber nicht auf ihre Frage ein. »Nein, im Ernst: Wir dachten natürlich alle, dass du bei deiner kleinen Schwester warst. Wie geht es ihr? Hoffentlich ist es nichts Ernstes.«

»Emily? Was … was meinst du damit? Was ist mit ihr?«

»Na, sie ist doch plötzlich im Unterricht zusammengebrochen. Sag ihr, dass ich ihr gute Besserung wünsche!«

Camillas Herz schlug plötzlich wie wild. Emily war zusammengebrochen? Krank? Davon wusste sie ja gar nichts. Ob es etwas mit ihrer Verletzung zu tun hatte? Siedend heiß durchfuhr es sie: Hatten die Schwestern eben von Emily gesprochen? Von Fieber und … Blutvergiftung? Sie beschleunigte ihren Schritt und begann zu laufen, bis sie die Krankenstation, die der Apotheke des Klosters angeschlossen war, erreichte. Emily wurde gerade verarztet und saß fiebrig, mit schmerzverzerrtem Gesicht im Behandlungsstuhl. Man hatte die eiternde Wunde gesäubert, um die Infektion einzudämmen. Camilla starrte auf ihren Arm. Ein sichtbarer roter Streifen hatte sich auf der weißen Haut über dem Verband bereits bis zur Armbeuge hochgezogen. »Lieber Himmel, lass Emily nichts passieren«, betete Camilla, der dieser Anblick die Kehle zuschnürte. Sie ist das Einzige, was ich hier habe. Wir wollten doch zusammenhalten … zusammenbleiben! Tränen traten ihr in die Augen, doch sie drängte sie zurück, um die Schwester nicht zu beunruhigen. »Hallo, Emily«, sagte sie stattdessen mit einem aufgesetzten Lächeln. »Was machst du denn für Sachen?«

»Dieser blöde Kratzer auf meiner Hand war scheinbar doch tiefer als gedacht«, sagte Emily trotzig und deutete auf ihren verbundenen Arm. »Er hat sich entzündet und eitert. Dann hab ich plötzlich Fieber und Schmerzen bekommen. Vorhin wurde mir sogar ganz schwarz vor Augen.« Sie fuhr sich mit der Zungenspitze über die trockenen Lippen. »In der Wunde saß ein Stachel, den ich nicht bemerkt hatte. Man hat ihn jetzt rausgeholt, das hat ganz schön wehgetan.« Sie deutete auf das Wasserglas, das neben ihr stand. »Gib mir noch was zu trinken. Mein Arm ist richtig taub und tut furchtbar weh.« Sie zitterte und klapperte vor Schüttelfrost mit den Zähnen. »Ich weiß gar nicht, warum mir dauernd so heiß und dann wieder kalt wird. Bring mir bitte noch eine Decke.«

In diesem Moment trat Schwester Martha ein. Sie führte Emily zu einem der Betten, die für den Bedarfsfall dort standen. »Du musst dich jetzt hinlegen und ausruhen, Emily«, sagte sie begütigend. »Trink das«, sie schüttete ein Pulver in ein Glas und flößte ihr löffelweise die Flüssigkeit ein. »Dann wird es dir sicher bald besser gehen.« Emily schluckte, lächelte Camilla hilflos zu und schloss mit einem Seufzer die Augen.

Mit ernster Miene führte Schwester Martha Camilla hinaus. »Es sieht nicht gut aus. Ich verstehe selbst nicht, wie aus einer kleinen Wunde eine so schlimme Entzündung entstehen konnte«, sagte sie leise und schüttelte den Kopf. »Wir hoffen aber, dass das Aufschneiden der Wunde geholfen hat, damit das schlechte Blut abfließt. Und die Umschläge mit unseren bewährten Kräutern tun dann das Übrige.«

»Aber wie ist es zu dieser schlimmen Entzündung überhaupt gekommen?« Ein dumpfes Angstgefühl durchzog Camillas Brust. »Es war doch nur … eine kleinere Verletzung.«

»Das schon. Aber Emily hat gestanden, trotz unseres Verbots im Garten weitergearbeitet zu haben. Das war sehr leichtsinnig von ihr. Es war wohl noch nicht alles richtig verheilt. Vielleicht ist etwas Schmutz – oder gar Erde in die Wunde gekommen.«

»Kann ich etwas tun? Ich möchte bei ihr bleiben, sie pflegen«, bat Camilla. »Sicher hat sie Angst, so allein in einem Krankenraum. Lassen Sie mich wenigstens die Nachtwache übernehmen.«

»Das halte ich für überflüssig. Sie hat die beste Betreuung durch die diensthabende Schwester. Vor allem braucht sie Ruhe – du siehst ja, dass sie schlafen will. Wir werden für sie sorgen, so gut es uns möglich ist«, sagte Schwester Martha mit ungewohnter Strenge. »Lassen wir der Natur jetzt ihren Lauf. Du kannst nichts für sie tun. Wir haben zusätzlich den Arzt aus dem Dorf gerufen. Er wird noch heute nach ihr sehen. Wir müssen jetzt einfach abwarten. Geh jetzt!« Es klang wie ein Befehl.

Camilla schluchzte leise auf. Emily – wenn sie … ihr etwas passierte! Es war nicht auszudenken. Sie musste wieder gesund werden! Sie ging in den Unterrichtssaal zurück. Halb abwesend versuchte sie, den Anweisungen der Handarbeitslehrerin zu folgen und die Stiche an ihrer Näharbeit wie vorgeschrieben auszuführen. Doch da sie nicht bei der Sache war, kamen nur schiefe Nähte dabei heraus. Ihre Finger zitterten und ihr Kopf schien wie aus Watte. Immer wenn es möglich war, ging sie unter einem Vorwand hinaus und lief zum Krankensaal, um von der Tür aus nach Emily zu sehen, die reglos, aber mit fieberglühendem Gesicht in dem weiß bezogenen Bett lag. Der Arzt war da gewesen, doch man hatte ihr nichts über das Ergebnis seiner Untersuchung gesagt.

In der Nacht war an Schlaf nicht zu denken. Unruhig wälzte sie sich auf ihrem Kissen hin und her und stand oft auf. Die wachhabende Schwester, die mit einem Buch in ihrem Sessel saß und von Zeit zu Zeit darüber einnickte, warf ihr einen strengen Blick zu, wenn sie angeschlichen kam, um wenigstens einen kurzen Blick auf Emily zu werfen, die sich kaum in ihrem Bett zu rühren schien. Erst am Morgen fiel Camilla in einen tiefen Schlaf, aus dem sie beim Wecken mit dem Gong unsanft herausgerissen wurde. Ihr erster Gedanke war Emily. Wie mochte es ihr gehen? Sie sprang mit einem Ruck aus dem Bett. Ohne sich im Waschsaal unter die anderen Zöglinge einzureihen, lief sie im Nachthemd und mit bloßen Füßen zur Krankenstation. Emilys Bett war leer.

»Wo ist sie«, rief sie, fassungslos vor Angst, der älteren Nonne zu, die gleichmütig Medikamente und Kräuter sortierte. »Wir mussten die Kranke nach einer weiteren Konsultation des Arztes ins Krankenhaus bringen. Ihr Zustand hatte sich verschlimmert«, gab Schwester Johanna trocken zurück. »Wir haben alles für Emily getan, was möglich ist.«

»Wo ist sie? Ich muss zu ihr«, Camilla war nicht zu bremsen. »Sofort. Sie braucht mich.«

»Beruhige dich, Kind. Sie ist im Schwandorfer Hospital in den besten Händen. Du kannst sie meinetwegen später besuchen. Der Fuhrmann, der uns die Kohlen bringt, kann dich mit in die Stadt nehmen. Jetzt zieh dich an und sieh zu, dass du den Unterricht nicht versäumst.«

»Meine Schwester stirbt und ich soll nur daran denken, den Unterricht nicht zu versäumen!«, schrie Camilla wütend. »Wie kann man nur so herzlos sein?«

Erbost wandte sich die Nonne um. »Herzlos? Was fällt dir ein! Einen solchen Ton kann ich in unserer Anstalt nicht dulden. Für diese Frechheit solltest du ein paar Tage Arrest bekommen! Ich werde mit der Oberin sprechen.«

Camilla blieb bei so viel Kaltschnäuzigkeit die Sprache weg. Ein Schluchzen stieg in ihre Kehle, das sie mühsam unterdrückte. Sie fühlte sich hilflos, ausgeliefert. Schwester Johanna würde ihre Drohung womöglich wahr machen. Zu protestieren würde nicht helfen. Im Gegenteil. Sie musste sich jetzt zur Geduld zwingen und warten, bis der Kohlelieferant kam, mit dem sie in die Stadt fahren durfte. »Bitte, lieber Gott, lass Emily nicht sterben«, murmelte sie unablässig und inständig beim Morgengebet vor sich hin, während sie den Rosenkranz durch ihre Finger gleiten ließ.

Die Unterrichtsstunden verrannen zäh und ohne dass sie sich konzentrieren konnte. Ihr Blick ging ständig aus dem Fenster, um den Wagen des Kohlehändlers nicht zu versäumen. Erst am Nachmittag kutschierte er mit seinem mageren Gaul in den Klosterhof und begann, mit seinem Gehilfen die Kohlen in den Klosterkeller zu schaufeln. Camilla ging das alles zu langsam – doch endlich saß sie auf dem Wagen und fuhr stadtwärts. Das hohe, weitläufige Backsteingebäude des Hospitals in Schwandorf, vor dem der Händler sie absetzte, schüchterte Camilla etwas ein. Ihre Schritte hallten auf dem Steinboden, als sie sich zur Anmeldung begab, an der eine viel beschäftigte Schwester Wartenden Auskunft gab. Camilla nannte Emilys Namen und sah, wie sie stutzte, als sie in ihrem großen Buch nachsah. »Emily Wanstetten?«, wiederholte sie fragend. »Einen Augenblick, bitte.« Sie erhob sich, ging in den Nebenraum und hielt einen Arzt an, der gerade mit wehendem Kittel an ihr vorbeieilen wollte. Camilla verstand nicht, was die beiden miteinander sprachen, doch die Schwester deutete in ihre Richtung. Langsam kam der Arzt auf sie zu.

»Fräulein Wanstetten?«, fragte er höflich und mit ernster Miene. »Ich bin Doktor Rosenberg. Kommen Sie bitte mit.« Er ging schnell voran und Camilla folgte ihm mit klopfendem Herzen. »Wie geht es meiner Schwester«, fragte sie atemlos. »Ich mache mir große Sorgen. Es wird doch nicht allzu schlimm sein?« Er antwortete nicht und sie durchquerten einige nach Desinfektionsmitteln riechende Flure, bis sie nach verschiedenen Zimmern und Türen einen Raum erreichten, der einem Labor glich. Ein Skelett stand dort, ein Schädel und verschiedene Gläser mit undefinierbaren Inhalten. Der ätzende Geruch nach etwas Unbestimmtem erfüllte die Luft. Der Arzt blieb stehen. Angsterfüllt sah Camilla ihn an. Sein Blick wich dem ihren mitleidig aus.

»Hören Sie.« Er zögerte. »Es ist auch nicht einfach für mich. Aber Sie müssen jetzt sehr stark sein.«

Camilla fühlte, wie ihr Herz einen Sprung machte und dann wie rasend bis in ihre Kehle zu klopfen begann. Sie brachte keinen Ton heraus.

»Ihre Schwester Emily«, fuhr er fort, als sie stumm blieb, »hat es leider nicht geschafft.« Er wies in einen etwas abgedunkelten Nebenraum. »Wir konnten nichts mehr für sie tun. Organversagen – eine Folge der Blutvergiftung. Es tritt ganz plötzlich auf. Man hat sie uns sehr spät gebracht. Aber auch wenn sie früher behandelt worden wäre – wir sind gegen diese rasante Vermehrung der Bakterien meist machtlos. Eine noch so kleine Verletzung kann sehr schlimme Folgen haben …«

Camilla hörte seine Stimme plötzlich dumpf und wie aus großer Entfernung. Sie hatte ein paar Schritte in den Raum gemacht, in dem eine schmale Gestalt still und stumm auf einer mit einem weißen Laken bedeckten Trage lag. Es war Emily. Sie sah entspannt und ruhig aus. Ihr wächsernes Gesicht glich dem einer Puppe. Camilla näherte sich ihr, strich über ihre kalte Wange und flüsterte mehrmals ihren Namen. Das war nicht Emily, nein, das war jemand anders, den sie nicht kannte. Eine Maske, die nichts mit der lebensfrohen, quirligen Emily, die das Leben und die Natur so liebte, zu tun hatte. Der Arzt war ihr gefolgt und konnte sie gerade noch auffangen, als ihre Knie einknickten und sie das Bewusstsein verlor.

***

George hatte es geschafft, mit seinem Kredit ein billiges Grundstück am Rand der Stadt zu erwerben. Da es durch die nahe, dicht daran vorbeiführende Eisenbahnlinie sehr laut war, konnte er den Preis drücken. Tessa maulte und hielt ihm vor, dass er das Geld besser hätte anlegen können, als diesen schmutzigen Fleck Erde zu kaufen, den die Eisenbahn mit ihrer schnaufenden Dampflok verpestete. Doch George hatte einen ganz bestimmten Plan. Schon nach kurzer Zeit verkaufte er das Gelände mit einem hübschen Gewinn an die Eisenbahngesellschaft, die dabei war, ihr Schienennetz zu erweitern und dort eine zusätzliche Bahnstation errichten wollte. Mit dem Erlös konnte er weiteren Grund kaufen, seinen Kredit zurückzahlen und neue Geschäfte abschließen. Er beteiligte sich zusätzlich am Handel mit einem Ersatzstoff für Babynahrung, einer Würzmischung für Suppen und einem neuartigen Phosphatdünger. Mit diesen Produkten zog er eine Weile als Vertreter von Tür zu Tür und hatte Erfolg.

Auch Tessa konnte stolz einige Fortschritte vermelden. Sie hatte es erreicht, in der Lady's Bar mit ihrer selbst kreierten, kleinen Tanzshow die Hauptnummer zu sein. Mit ihren Darbietungen zog sie ein Publikum an, das nicht nur aus den unteren Schichten der Bevölkerung bestand wie bisher. Es wurde Mode bei der eleganten Welt, nach dem Theater noch einen Abstecher in die kleine Bar zu machen, die im Zentrum

Berlins, unweit der Gedächtniskirche in einer unscheinbaren, versteckten und ziemlich dunklen Gasse lag.

Tessa schminkte sich gerade vor dem Spiegel für ihren abendlichen Auftritt, als George, in seinen Aufträgen blätternd, ganz beiläufig bemerkte: »Ich sollte meine Töchter allmählich zu mir holen. Camilla wird in diesem Monat achtzehn Jahre und muss somit das Kloster verlassen.«

Tessa fuhr wie von der Tarantel gestochen herum. Sie stemmte ihre Hände mit den frisch manikürten und mit rosiger Paste bestrichenen Fingernägeln in die Hüften. »Du willst deine Töchter zu uns in die Wohnung holen? Nicht mit mir. Dann ziehe ich aus. Es hat mir gereicht, jeden Tag auf dem Schiff mit den beiden Gören zusammen zu sein. Sie hassen mich, hast du das noch nicht gemerkt? Ihre Eifersucht wird unser Leben vergällen, unsere Gemeinschaft zerstören. Sie oder ich – entscheide dich.« Selbstbewusst zog sie noch einmal sorgfältig ihre blutrot geschminkten Lippen nach und zupfte eine kecke Locke in die Stirn.

George schüttelte den Kopf. Über dieses Thema ließ Tessa einfach nicht mit sich reden. Aber auch er hatte keine rechte Lust, darüber zu streiten. Eigentlich hatte sie ja gar nicht so unrecht. Zwei Esser mehr, für die er sorgen musste – gerade jetzt, wo er noch jeden Pfennig umdrehen musste, um seine Geschäfte zu stabilisieren. Es würde nur Unfrieden geben, ein Durcheinander und eine gespannte Atmosphäre, wenn er seine Töchter zu sich holte. Er verschob den Gedanken auf später. Irgendwann einmal – aber nicht jetzt. Jetzt gab es andere Dinge, die wichtiger waren. Seine eigenen Sorgen. »Du magst sie eben nicht, ich weiß«, murmelte er unsicher. »Aber ich als ihr Vater hätte eigentlich die Pflicht, mich um sie zu kümmern …«

Tessa zog die Augenbrauen hoch und sah ihn feindselig an. »Du hast dich um sie gekümmert, indem du sie ins Kloster gebracht hast. Camilla ist jetzt alt genug, um sich selbst durchzubringen. Sie kann sich doch irgendwo verdingen! Ich habe mich in ihrem Alter auch selbst ernähren müssen, weil meine Familie mit dem Tanzen nicht einverstanden war. Und Emily ist im Kloster auch weiterhin gut aufgehoben. Wenn Camilla bei uns einzieht, siehst du mich nie wieder. Ich sage es noch einmal: Sie oder ich!«

Seufzend sah George sie an. Es blieb ihm gar nichts anderes übrig, als nachzugeben und abzuwarten, bis seine finanzielle Lage ganz sicher war. Vielleicht änderte Tessa bis dahin ihre Meinung. Dann konnte er seine Töchter immer noch zu sich holen. Zerstreut blätterte er in den Papieren auf dem Tisch, auf denen ein Architekt ein einfaches Mietshaus mit vielen kleinen Wohneinheiten gezeichnet hatte. Es wäre doch nicht schlecht, so etwas mit einem neuen Kredit auf seinem erst kürzlich erworbenen Grund in der Nähe des Kreuzbergs hochzuziehen! Damit müsste sich doch Geld verdienen lassen! Schließlich tat sich einiges in Berlin, griff eine Erweiterung und gewisse Industrialisierung um sich. Der Bedarf an Kohle und Stahl war enorm gewachsen. Viele Arbeiter zogen jetzt in das wirtschaftlich aufstrebende Berlin, sodass es in der Folge überall an Wohnungen mangelte. Und die armen Leute hatten oft einen oder mehrere »Schlafgänger«, denen sie für Geld einen Schlafplatz boten. Wenn man gleich mehreren Menschen eine Unterkunft zur Verfügung stellte, möglichst kleine Zimmer, für die sie Miete zahlten, dann würde bei einem großen Haus doch einiges dabei rausspringen. George dachte angestrengt nach, bevor er mit Bleistift über die inneren Konturen des Gebäudes fuhr. »Das ist es!«, rief er plötzlich aus. »Hier wurden die Räume viel zu großzügig angelegt. Die reinste Platzverschwendung. Man müsste alles noch einmal unterteilen. Doppelt und dreifach verkleinern – zusätzliche Wände einziehen, um möglichst viele Räume zu bekommen, in denen gerade so das Nötigste Platz findet.« Seine Augen leuchteten vor Begeisterung. »Auch die Gänge und das Treppenhaus sind viel zu breit. Die Aborte könnte man ruhig nach draußen verlegen, das ist sowieso hygienischer. Auf die Weise würde ich dann doppelt so viele Wohnungen vermieten wie bisher üblich.« Zufrieden legte er den Plan beiseite und kratzte sich am Kinn. »Vielleicht sollte ich mir einen anderen Architekten suchen?« Er stand auf und legte den Arm um Tessas schmale Taille, die nur mit einer leichten Korsage bekleidet war. Er küsste sie auf den Nacken und löste die Samtschleife in ihrem schwarzen Haar, das nun offen und seidig über ihre Schultern fiel. »Bleib immer bei mir! Ich könnte es nicht ertragen«, er vergrub sein Gesicht an ihrer duftenden Haut, »wenn du mich verlassen würdest!« Tessa lächelte triumphierend, presste sich an ihn und schlang die Arme um seinen Hals. »Versprichst du, mir jeden Wunsch zu erfüllen?«, fragte sie nach einem leidenschaftlichen Kuss.

»Sofern es in meiner Macht steht«, stimmte George mit rauer Stimme zu.

»Dann möchte ich einen Pelzmantel aus Nerz und eine Stola aus Zobel, wie die Frau des Direktors deiner Bank es hat! Ich habe sie neulich damit gesehen, als sie ihren Mann dort abholte. In meiner Doppelrolle als Baronin von Steinbrücken muss ich schließlich Eindruck machen!«

»Wenn ich erst reich bin, kannst du dir alles kaufen, was du dir wünschst!«

Tessa lachte und bog den Kopf zurück. In ihren Augen glitzerten Begierde und unerfülltes Verlangen. Sie zog George auf das kleine Sofa und er begann, die Schnüre ihrer Korsage zu lösen.

***

Camilla erwachte auf einer ledernen, schmalen Liege mit dem Geruch von etwas Scharfem in der Nase. Ihr Kopf schmerzte, als sie die Augen öffnete, und vor ihren Augen flirrten grell blendende Zacken. Durch das unangenehme Flimmern hindurch erblickte sie das bärtige Gesicht des Arztes, der sie aufmerksam beobachtete. »Sie kommt zu sich«, hörte sie ihn sagen. Rasch richtete sie sich auf, doch alles drehte sich um sie und in ihrem Kopf stach es, wie wenn Tausende von Nadeln darin steckten. Sie glitt zurück aufs Kissen und schloss die Augen. »Was ist mit mir«, murmelte sie, denn das gleißende Funkeln drang auch durch ihre geschlossenen Lider. »Mir ist so übel. Und mein Kopf schmerzt ganz schrecklich!«

»Der Schock. Er hat bei Ihnen wahrscheinlich einen Migräneanfall ausgelöst. Bleiben Sie ruhig liegen. Ich habe Ihnen bereits eine Spritze gegeben. Nehmen Sie zusätzlich dieses Mittel ein.« Er reichte ihr ein Glas Wasser, in das er ein paar Tropfen aus einem Fläschchen gegeben hatte, und Camilla schluckte das Medikament gehorsam hinunter.

Der Schock? Plötzlich war alles wieder da. Der unbewegliche Körper, die starre Maske, die Emily sein sollte – das Unvorstellbare, Undenkbare. Ihre Emily, ihr zweites Ich, ihre geliebte kleine Schwester! Alles, was sie auf dieser Welt noch hatte – es war nicht mehr! Sie stieß einen wimmernden Laut aus und die Tränen, die sich nicht zurückhalten ließen, liefen über ihre Wangen. Ein plötzlicher Anfall von Übelkeit ließ sie würgen. Von einer Schwester gestützt, erbrach sie sich in die Schale, die diese ihr vorhielt. Heftig atmend sank sie zurück. Der Arzt fühlte ihren Puls. Sie ließ alles widerstandslos mit sich geschehen.

»Bleiben Sie jetzt ganz ruhig liegen«, ordnete der Arzt an. »Bald werden Sie sich besser fühlen.«

Allmählich spürte sie, wie die Beruhigungsspritze wirkte, ihre verkrampften Glieder lösten sich, die Schmerzen in ihrem Kopf und das Flimmern vor den Augen ließen nach. Der Atem strömte nun wieder regelmäßig durch ihre Brust. »Konnte man

Emily denn gar nicht mehr helfen?«, fragte sie schließlich mit schwacher Stimme und richtete sich vorsichtig auf. Der Arzt, der an seinem Schreibtisch saß und an einem Bericht schrieb, wandte sich um. »Leider nein. Es ist für uns Ärzte auch immer eine schlimme Sache, wenn wir einen so jungen Menschen nicht retten können.« Er seufzte tief auf. »Die Medizin ist in vielen Dingen noch ganz am Anfang – ich gebe es offen zu. Und doch gibt es immer wieder Fälle, die wir längst aufgegeben haben – und bei denen plötzlich das Wunder der Genesung eintritt.« Er erhob sich und sah auf sie hinab. »Es wäre besser, wenn Sie die heutige Nacht zur Überwachung noch hier im Hospital verbringen würden.«

Camilla versuchte, das Pochen und Stechen in ihrem Kopf zu ignorieren. »Nein, auf keinen Fall. Es geht mir schon besser. Ich will ins Kloster zurück, weil … ich dort einiges regeln muss.«

»Denken Sie daran, dass ein Migräneanfall wie dieser jederzeit wieder auftreten kann«, mahnte er, »wenn Sie sich weiter aufregen.« Er trat zum Medizinschrank und nahm ein Fläschchen heraus. »Ich gebe Ihnen Laudanum mit, ein Mittel, das Ihnen über die erste Zeit hinweghelfen wird. Nehmen Sie dreimal täglich fünf Tropfen auf ein Glas Wasser. Sie sollten es allerdings nicht auf Dauer verwenden.« Er lächelte sie an. »Und wenn es Probleme geben sollte, kommen Sie ruhig zu mir. Fragen Sie nach Doktor Rosenberg.«

»Danke, Herr Doktor«, Camilla nahm die Arznei entgegen und lächelte mühsam. »Sie sind sehr nett.« Sie fasste sich ein Herz. »Vielleicht sagen Sie mir noch, wie es mit … Emily weitergeht … ich meine, was jetzt mit ihr geschieht …«

»Machen Sie sich darüber keine Sorgen. Wir regeln das mit dem Kloster und man wird Ihnen rechtzeitig den Zeitpunkt der Beisetzung mitteilen.« Er sah sie mitleidig an. »Nehmen Sie es sich nicht zu sehr zu Herzen. Sie sind so jung – das ganze

Leben liegt doch noch vor Ihnen. Ihre Schwester hat zuletzt nicht mehr gelitten. Wir haben ihr Morphium gegeben.«

Camilla nickte, ohne ein Wort herauszubringen.

***

Die nächsten Tage verbrachte Camilla, ohne denken und fühlen zu können, in tiefem Schmerz. Die Nonnen nahmen Rücksicht und ließen sie in Ruhe. Schwester Donata wich ihr mit gesenktem Kopf aus, so gut es ging und als wäre nichts geschehen. Hatte sie Angst, dass Camilla sich bei der Mutter Oberin über sie beschweren würde?

Emily wurde nach einer Totenmesse auf dem kleinen Friedhof hinter dem Kloster beerdigt, der der Klostergemeinde vorbehalten war. Die Zeremonie war einfach, aber herzzerreißend. Es war ein trauriger Zug von Klosterzöglingen, die um das offene Grab herumstanden und Emily weinend die schönsten Frühlingsblumen auf ihre Reise in den Himmel mitgaben. Camilla sah sich mehrmals suchend um, als erwarte sie, dass der Vater jeden Augenblick um die Ecke bog und Anteil an dem großen Schmerz nahm, der ihr ins Herz schnitt. Doch ihre Hoffnung war vergebens. Die Oberin hatte ihm den Tod seiner Tochter nicht einmal mitteilen können, weil sein Aufenthaltsort unbekannt war. Camilla kehrte nach dem Begräbnis betrübt ins Kloster zurück. Ihr war, als sei sie nun ganz allein auf der Welt.

In wenigen Wochen wurde sie achtzehn und da sie es abgelehnt hatte, Novizin zu werden, konnte sie nicht länger im Kloster bleiben. Verbissen nähte und stichelte sie an einem selbst geschneiderten Kleid, als müsste sie sich mit der Arbeit betäuben. Bald würden die ungeliebten Riten des Klosterlebens – das Aufstehen im Morgengrauen, das Zubettgehen und das Gebet auf dem kalten Fliesenboden, der Zwang, zweimal täglich die Messe zu besuchen – nur noch Vergangenheit sein. Die

Oberin hatte ihr in Schwandorf, dem nächstgrößeren Ort, eine Anstellung in einem Geschäft für Damenbekleidung vermittelt und ihr ein Zimmer zur Untermiete besorgt. Camilla bedauerte es nicht, das Kloster verlassen zu müssen. Die Zeit dort war mit bitteren und – was das Erlebnis mit Schwester Donata anbetraf – auch peinlichen Erinnerungen verbunden. In ihrer momentanen Seelenverfassung war ihr jedoch alles gleichgültig – die Zukunft und ihr ganzes Leben.

Als es endlich so weit war und sie mit ihrem Koffer vor dem Tor des Klosters stand und darauf wartete, vom Schwager ihrer neuen Wirtin abgeholt zu werden, kam sie sich sehr verloren vor. Die kleine Delegation der Nonnen und Schülerinnen, die sich zum Abschied dort versammelt hatte, wartete geduldig mit ihr. Auch Schwester Donata war darunter, die eine unverfängliche Miene aufgesetzt hatte. Camilla mied ihren Blick. Sie hatte lange überlegt, ob sie der Oberin Theresia von deren sündigem Treiben erzählen sollte, um andere Mädchen zu schützen. Doch dann hatte sie lieber darauf verzichtet. Man hätte ihr wahrscheinlich gar nicht geglaubt, denn Donata wusste sich bestimmt gut zu verteidigen. Es war ein tränenreicher Abschied von den anderen Mädchen gewesen, obwohl weder Camilla noch Emily besonders enge Freundschaften im Kloster geschlossen hatten. Auch wenn sie beide gut Deutsch sprachen, handelte es sich nicht um ihre Muttersprache. Die anderen Mädchen hatten sie oft genug wegen ihres Akzentes gehänselt und ihn nachgeäfft. Letztendlich fühlten sich aber doch alle Zöglinge der Klosterschule auf unsichtbare Weise miteinander verbunden – durch ihr gemeinsames Schicksal, durch das Gefühl, ohne Hilfe einer ungewissen Zukunft entgegenzugehen, wenn sie den schützenden Hort, der das Kloster für sie geworden war, verließen.

Camilla fröstelte und beschirmte die Augen mit der Hand an der Stirn. Angestrengt sah sie in die Richtung, aus der der

Wagen kommen musste. Dann bog endlich das von einem mageren Pferd gezogene Gefährt um die Ecke. Der einfache Karren mit der hölzernen Sitzbank rollte heran und der Schwager der Vermieterin bedeutete ihr, aufzusteigen. Die Schülerinnen und Nonnen winkten ihr nach. Camilla sah zurück, bis die Gestalten in den grauen Anstaltskleidern und der schwarzen Tracht mit den weißen Hauben immer winziger wurden und das mächtige Klostergebäude schließlich ganz ihren Blicken entschwand.

***

Die enge Kammer, mit einer Holzwand von der übrigen Wohnung der Vermieterin, einer Witwe getrennt, war nichts weiter als ein Schlafplatz mit einem aus einfachen Brettern gezimmerten Bett, einem Tischchen mit Stuhl und einer Leiste, an der man die Kleider aufhängen konnte. Camilla hatte nicht viele Habseligkeiten. Ein von ihr selbst geschneiderter weinroter Rock und eine hochgeschlossene weiße Bluse, ein graues, schmuckloses Kleid mit weißem, abnehmbarem Kragen für den Alltag, eine selbst gestrickte Jacke und etwas Unterwäsche, ein Paar einfache braune Schuhe und Filzpantoffeln, das war alles, was sie an Kleidung besaß. Ein kleiner Stapel Bücher und natürlich ihr Tagebuch, ihr geheimer Vertrauter, ergänzten die karge Ausstattung. Die hübschen, hauchdünnen Batistkleider mit Flügelärmeln, die Emily und sie mitgebracht hatten, ihre Samtröcke und gehäkelten Jacken waren von den Nonnen auseinandergeschnitten und zu Bluseneinsätzen verarbeitet worden, sie hätten ohnehin nicht mehr gepasst.

In der ersten Zeit ihres neuen Lebens hatte Camilla sich sehr einsam gefühlt. Wenn sie nicht arbeitete, hatte sie sich in ihrem einfachen Zimmer aufgehalten, viel in die Kissen geweint und sich nach ihrer kleinen Schwester gesehnt. Wo mochte sie jetzt sein? Sah sie von einer Wolke am Himmel auf sie herab?

Sie versuchte, es sich vorzustellen, und redete mit ihr. Emilys Lächeln, ihre Lebensfreude und ihr Übermut kamen ihr in den Sinn und ihr wurde ganz schwer ums Herz, wenn sie daran dachte. Erst nach einer geraumen Weile gelang es ihr schließlich, sich einigermaßen in den veränderten Umständen zurechtzufinden. In der abgeschirmten Einsamkeit ihres Zimmers war sie ganz für sich und hatte viel Zeit zum Lesen. Die Werke der neuen deutschen Dichter wie Theodor Fontane, Wilhelm Raabe und Gottfried Keller, die im Kloster nicht sehr geschätzt waren, verschlang sie wissbegierig am Abend, wenn ihre Arbeit im Modegeschäft Baumann, zwei Häuser weiter, beendet war.

Im Modegeschäft unterstand sie Isolde Meier, einer vollschlanken, nicht mehr ganz jungen Verkäuferin mit sorgfältig gekräuselten Locken und auffallend roten, kreisrunden Bäckchen, die sie im Hinterzimmer gern mit Puder nachfärbte. Ihre in hohem Bogen nachgezeichneten Augenbrauen gaben ihr den Ausdruck ständigen, hochmütigen Erstaunens, der so manchen Kunden abschreckte. Eingeschnürt in ein Fischbeinkorsett hielt sich Fräulein Meier sehr gerade und bot ihren Mitmenschen mit einem stets großzügigen Dekolleté den Blick auf ihren beachtlichen Busen. Außer ihr saßen im Hinterzimmer zwei Näherinnen, die geschickt die von der Kundschaft aus Musterbüchern ausgesuchten Modelle nach Maß nachnähten oder an bestehender Kleidung Änderungsarbeiten ausführten. Dann gab es noch einen Lehrling, der die Ware austrug und ringsum die Wäsche für die angrenzende Wäscherei, in der drei weitere Frauen arbeiteten, einsammelte, um sie später frisch gebügelt wieder den Herrschaften zurückzubringen.

Über dem Eingang des Geschäfts prangte in großen Lettern die Inschrift »Baumann & Co. Damenmoden« und im Schaufenster standen zwei lebensgroße Puppen, gekleidet nach der jeweils neuesten Mode aus Paris. Eine Auswahl von Stoffmustern aus Brokat und Seide war kunstvoll gefaltet über ein Regal drapiert. Modejournale aus Paris und London, die auf einem kleinen Tisch auslagen, informierten die Kundschaft darüber, was man in der jeweiligen Saison trug. Doch in der ländlichen Region wurde zum überwiegenden Teil praktische und weniger auffallende Alltagskleidung bevorzugt, Röcke und Kostüme aus grauer Baumwolle, brave, hochgeschlossene Blusen mit passenden Umschlagtüchern, die letztendlich immer gleich aussahen. Aber jede Frau besaß natürlich auch ein Kleid für besondere Anlässe. Eine Samt- oder Seidenrobe mit Schößchen für ein Fest, eine Hochzeit, einen Ball oder Theaterbesuch, die dann nach Maß und aktuellen Schnitten angefertigt wurde.

Im Laden selbst gab es dennoch nicht allzu viel zu tun, die Kundschaft war rar und schaute auf den Preis. Camilla hatte viel freie Zeit. Während sich Fräulein Meier um eine staubfreie Umgebung bemühte, hielt sie sich zwischen den Stoffballen im Hintergrund, wo sie fleißig nähte und schneiderte und Stoffreste und übrig gebliebene Bänder zu fantasievollen Blusen oder Applikationen an Miedern verarbeitete. Es erfüllte sie mit Stolz, wenn es ihr gelang, ein solches selbstgefertigtes Stück zu verkaufen.

Der Chef, Herr Baumann, besaß außer einigen weiteren Filialen im Umkreis noch ein großes Hauptgeschäft im Zentrum von Berlin. Er kam normalerweise nur einmal im Quartal, um nach dem Rechten zu sehen und die Einnahmen abzuholen. In letzter Zeit zog es ihn jedoch auffallend oft in sein Geschäft in Schwandorf. Die rotblonde Schönheit seiner neuen, jungen Verkäuferin hatte es ihm sichtlich angetan und er scharwenzelte galant um Camilla herum. Bald erschien er sogar zwei- bis dreimal die Woche unter dem Vorwand, die Bücher prüfen zu wollen. Herr Baumann war ein eleganter Herr mittleren Alters, hoch gewachsen und mit einem Schnauzbart, dessen Enden korrekt nach oben zeigten. Man sagte ihm nach, hinter jedem Weiberrock her zu sein. Camilla mochte den Blick seiner grauen, etwas hervorstehenden Froschaugen nicht, mit denen er sie ungeniert musterte – auf die gleiche Weise, wie er es bei seinen neu eingekauften Stoffballen tat. Als er ihr einmal gönnerhaft auf den Hintern klopfte, fuhr sie empört herum. Doch etwas zu sagen, wagte sie nicht, aus Angst, dass er sie hinauswarf.

»Meine kleine Camilla«, redete er sie eines Tages in jovialem Ton an, »ich sehe, Sie haben Talent zum Verkaufen. Die Umsätze sind gestiegen, seit Sie da sind. Aber vielleicht kommen die Leute auch, um Ihre wirklich außergewöhnliche Schönheit zu bewundern!« Er zwirbelte ein Ende seines Schnurrbarts, als müsse er nachdenken. »Ich hätte da eine Idee. Was halten Sie davon, in meinem Hauptgeschäft in Berlin zu arbeiten? Sie könnten dort bedeutend mehr verdienen. Und Sie wären dann immer in meiner Nähe, ich meine …« Er zögerte und setzte eitel hinzu: »… falls Ihnen meine Gegenwart nicht allzu unangenehm ist.«

»Ich … weiß nicht. Ich fühlte mich hier eigentlich recht wohl«, stotterte Camilla errötend. Doch wenn sie ehrlich war, dann hatte es schon etwas ungemein Verlockendes, in einer großen Stadt wie Berlin in einem renommierten Geschäft zu arbeiten.

»Überlegen Sie es sich. Ihre Tätigkeit in meinem Berliner Laden wäre allerdings eine andere. Etwas, worum Sie vielleicht ihre jungen Kolleginnen sehr beneiden würden. Sie wissen, dass ich meiner Kundschaft gern Modelle zeige, die wir dann speziell nach deren Maßen fertigen«, fuhr Herr Baumann fort, ohne auf ihre Worte zu achten. »Aber zuerst wollen die Kundinnen natürlich sehen, wie ein solches Modell an einer Frau wirkt. Ich denke, dass Sie«, er musterte sie von oben bis unten, »mit Ihrer schlanken Figur bestens dafür geeignet wären, unsere Kleider vorzuführen. Könnten Sie sich das vorstellen?«

»Warum nicht?« Camilla schlug die Augen vor seinen aufdringlichen Blicken nieder, während sie sich ausmalte, wie es sein würde, elegante Modelle zu tragen und sie den Kunden zu präsentieren. Herauszukommen aus dem nach Landluft und Mist riechenden, langweiligen Ort, in dem nichts geschah! Weg von dem staubigen Verschlag im Hinterzimmer, in dem sie jetzt ihr Dasein fristete. Eigentlich war es genau das, was sie wollte! Nur eines gefiel ihr dabei nicht. Herr Baumann würde noch öfter in ihrer Nähe sein. Aber das musste sie in Kauf nehmen und sich bemühen, ihn auf Abstand zu halten. Nach kurzer Überlegung hob sie den Kopf. »Ich würde es sehr gern machen«, sagte sie entschlossen. Verlegen setzte sie hinzu: »Obwohl ich nicht weiß, ob ich … wirklich dafür geeignet bin.«

»Ganz bestimmt! Sie werden es lernen. Eine unserer Damen wird Sie einweisen«, er zwinkerte ihr lächelnd zu. »Es ist wirklich nicht schwer, wenn Sie wissen, wie Sie laufen und sich bewegen müssen.« Er klappte seine schwarzen Lederhandschuhe zusammen und lächelte zufrieden. »Ein bisschen üben müssen Sie natürlich. Aber ich denke, Sie sind ehrgeizig und schaffen das schon.« Er nickte ihr aufmunternd zu und reichte ihr dann die Hand, eine außergewöhnliche Geste für ihn. »Ach – da wäre ja noch etwas! Ich werde Ihnen natürlich in Berlin eine kleine Wohnung besorgen. Auf jeden Fall etwas Besseres als das, wo Sie jetzt hausen. Ich sage Ihnen dann Bescheid, wenn es so weit ist.«

Camillas Herz klopfte stürmisch, als Herr Baumann den Laden mit kurzem Gruß verließ. Sie würde nach Berlin gehen! Schöne Kleider vorführen! Freilich musste sie sich in der großen Stadt vorsehen. Aber vielleicht war es auch eine Chance, sich bei einem Meldeamt nach ihrem Vater zu erkundigen! Er musste doch irgendwo in diesem Land registriert sein!

Fräulein Meier, die das Gespräch heimlich mitangehört hatte, betrachtete Camilla mit säuerlicher Miene. Man sah ihr an, dass sie sich fragte, warum Herr Baumann ausgerechnet dieser Neuen ein solches Angebot machte und nicht einer Dame wie ihr, die ihn schon lange verehrte und alles für ihn getan hätte. Sie seufzte. Nach ihrer Meinung hätte nur sie nach so vielen Jahren treuer Dienste das Recht gehabt, in das Hauptgeschäft versetzt zu werden. Und nicht dieses naive Ding, an dem nichts dran war, das nur aus Haut und Knochen bestand. Die Welt war eben ungerecht. »Da haben Sie ja ziemliches Glück gehabt«, gab sie Camilla mit spitzen Lippen zu verstehen, »aber passen Sie bloß auf, dass Sie in Berlin nicht unter die Räder kommen! Und nehmen Sie sich vor Herrn Baumann in Acht.«

Camilla warf ihr einen hochmütigen Blick zu. »Lassen Sie das ruhig meine Sorge sein. Ich werde wahrscheinlich bei meinem Vater wohnen.«

Fräulein Meier lachte schrill und verächtlich auf. »Ihr Vater? Ich dachte, Sie seien Waise? Wo wohnt er denn – Ihr Vater?«

»Das geht Sie gar nichts an«, Camilla wandte sich schroff ab. Tränen waren ihr in die Augen geschossen.

III. Kapitel

Berlin, September 2017

Es war ein nebliger Spätnachmittag, als ich mich von meiner neu eingerichteten Praxis im Zentrum Berlins mit dem Auto auf den Weg nach Wedding machte. Ich wollte meinen ehemaligen Patienten Alexander von Waldheim besuchen, den ich vor etwa einem Jahr auf dem Schiff wegen seiner Blutvergiftung behandelt hatte. Meine Tätigkeit als Schiffsärztin hatte ich inzwischen aufgegeben, um mich endlich selbstständig zu machen und sesshaft zu werden. Herr von Waldheim hatte mir die ersten Manuskriptseiten seines Romans zum Lesen überlassen und wollte jetzt gern wissen, was ich davon hielt. Nachdem ich die ganze Zeit über nichts mehr von ihm gehört hatte, glaubte ich, er habe das Ganze schon vergessen. Umso überraschender war es, als er plötzlich auf meinem Handy anrief und mich um ein Treffen bat. Da er wie ich in Berlin lebte, schlug er mir vor, zu ihm nach Hause zu kommen. Ich sagte nach kurzem Zögern zu. Irgendetwas reizte mich an der Sache – besonders, was jene geheimnisumwitterte Tessa Taylor anbetraf, eine entfernte Verwandte meiner Familie. Bei seinem Anruf hatte mich Herr von Waldheim gebeten, ihm – wenn möglich – ein paar Informationen über sie zu geben.

Ich war etwas nervös, aber auch neugierig. Mit einem kribbligen Gefühl im Magen fuhr ich los. Ich hatte einen abgestoßenen kleinen Koffer im Gepäck, den ich verstaubt in einer Ecke des Dachbodens im Nachlass meiner Eltern gefunden hatte. De Montrodin, *stand darauf und ganz klein in Klammern* Tessa Taylor. *Alles, was ich wusste, war, dass jene Tessa irgendwann in einer längst vergangenen Epoche einen Armand de Montrodin aus meiner Familie geheiratet hatte, der im Krieg gefallen war. Ihr Sohn Laurent war mein Urgroßvater. Tessa musste so etwas wie das schwarze Schaf der Familie gewesen sein, jemand, über den man besser nicht sprach, weil es irgendwie peinlich war. Dieses Tabu hatte ich ganz automatisch übernommen, ohne mir darüber groß Gedanken zu machen. Bevor ich den ominösen Koffer in meinen Wagen verstaute, hatte ich natürlich einen kurzen Blick hineingeworfen. Irgendwelche Souvenirs und ein Wirrwarr alter Fotos jener Tessa in halb nackten Tanzposen, Theaterzettel, Briefe und brüchig gewordene Ansichtskarten von Paris waren mir daraus entgegengequollen. Zeugnisse einer längst vergangenen Epoche, verblasst und vergilbt. Mit spitzen Fingern betrachtete ich eine Aufnahme der grazilen, dunkelhaarigen Schönheit im Flitterkostüm, die mir wenig sagte, und legte sie dann beiseite.*

Ampel für Ampel quälte ich mich durch die verstopften Straßen Berlins, wie üblich herrschte um diese Zeit Stau. Und ich muss gestehen, dass ich immer aufgeregter wurde, je mehr ich mich meinem Ziel näherte. Endlich stand ich, das Köfferchen mit dem Nachlass Tessas in der Hand, vor der Tür einer hübsch renovierten alten Villa, die von einem zugewachsenen Garten umgeben war. Ich sah zu den Fenstern des oberen Stockwerks hinauf. Die Vorhänge waren zugezogen. Ob dort noch jemand wohnte? Mit einem mir unerklärlichen Herzklopfen legte ich den Finger auf die Klingel, die laut schrillte. Sofort öffnete sich die Tür und mein ehemaliger Patient stand mit einem strahlenden Lächeln im Türrahmen. »Da sind Sie ja! Ich freue mich, Sie nach so langer Zeit wiederzusehen!«

Ich reichte ihm die Hand und sagte etwas förmlich. »Ganz meinerseits. Ist Ihre Wunde von damals gut verheilt?«

»Das kann man wohl sagen. Sie haben mich gerettet und nun ist alles in Ordnung. Und Sie? Arbeiten Sie noch als Schiffsärztin?«

»Nein, ich habe inzwischen eine eigene Praxis für Allgemeinmedizin eröffnet. In der Friedrichstraße. Die dauernde Herumreiserei wird einem irgendwann zu anstrengend. Und das Schaukeln des Schiffes konnte ich auch an Land nicht mehr ganz loswerden. Es war eine nette Zeit – ich habe dabei viel gesehen und gelernt.«

»Kommen Sie doch herein.« Er ließ mir den Vortritt. »Ich habe Feuer im Kamin gemacht. Nicht wegen der Wärme – aber es hat einfach mehr Atmosphäre, wenn man plaudern will.« Ich stellte Tessas Köfferchen im Flur ab und wir betraten einen gemütlichen großen, im englischen Landhausstil eingerichteten Raum mit vielen Büchern, an dessen Stirnseite sich ein mächtiger Kamin befand. Der Duft von trockenen Tannenzweigen lag in der Luft und ich fühlte mich fast wie auf dem Land. Zwei Sessel und ein Sofa waren vor dem Kamin gruppiert und auf dem Tisch stand eine brennende Kerze.

»Darf ich den Tee jetzt bringen, Herr von Waldheim?« Die Tür hatte sich geöffnet und eine ältere Frau mit weißer Schürze näherte sich mit einem Tablett.

»Aber gern, Marie! Sehr lieb von Ihnen.« Er nahm ihr rasch das Tablett ab und stellte die beiden Tassen auf den niedrigen Tisch. Aus einer Silberkanne duftete würziger Darjeelingtee und in der Porzellanschale daneben lagen selbst gebackene Kekse. »Und vielen Dank noch mal. Sie können jetzt ruhig nach Hause gehen – ich brauche Sie heute nicht mehr.«

Als die Frau sich entfernt hatte, erklärte er mit gedämpfter Stimme: »Das war Maria. Die Haushälterin meiner verstorbenen Mutter. Sie hat sie gepflegt, als sie krank wurde. Ich bringe es nicht übers Herz, sie zu entlassen. Sie gehört beinahe zur Familie.«

»Ihre … Mutter lebt also nicht mehr?«, fragte ich mit einer leisen Spur von Neugier.

»Leider nein. Und mein Vater ist vor Jahren bei einem Autounfall verunglückt.« Sein Gesicht wurde ernst.

»Ich habe meine Eltern auch schon frühzeitig verloren«, sagte ich nach der kleinen Pause, die entstanden war. »Mein Vater war Hobbypilot. Eines Tages ist er wegen schlechten Wetters in den Bergen abgestürzt. Meine Mutter wurde vor Kummer tablettenabhängig – sie starb bei einem Autounfall.« Ich schluckte. Wie jedes Mal, wenn ich das Unglück erwähnte, traten Tränen in meine Augen.

»Oh, das tut mir aufrichtig leid.« Von Waldheim sah mich voll Mitgefühl an. Er wies auf den Ohrensessel vor dem Kamin. »Aber wollen Sie nicht erst einmal Platz nehmen und sich mit einer Tasse Tee stärken?«

»Gern«, antwortete ich und versank fast in den weichen Polstern. »Wohnen Sie in diesem Haus … ganz allein?«

Er nickte und stellte die Schale mit dem Gebäck in Reichweite.

»Und Sie sind nicht verheiratet?«, platzte ich gleich darauf heraus und ärgerte mich sofort, eine solche Frage überhaupt gestellt zu haben.

»Nein, ich konnte mich bis jetzt noch nicht entscheiden.« Er hob die Augenbrauen und ein schelmisches Grinsen verzog sein Gesicht. »Wahrscheinlich bin ich ein rechter Eigenbrötler, der nur über seinen Büchern und an seinem Laptop sitzt. Und was ist mit Ihnen?«

Ich lehnte mich im Sessel zurück. »Nun, vielleicht ist es bei mir ähnlich. Eine enge Beziehung ist einmal in die Brüche gegangen, weil ich mir nicht sicher war, ob ich sie überhaupt weiterführen wollte.«

»Tja, es ist nicht einfach, mit jemandem zusammenzuleben. Glückssache, wenn es mal klappt.« Er seufzte, legte ein neues Scheit in den Kamin und nahm dann mir gegenüber Platz. »Ich freue

mich, dass Sie so spontan zugesagt haben, zu kommen«, sagte er. »Darf ich Ihnen Tee einschenken?« Ich nickte und er goss das heiße Getränk in die mit blauem Muster verzierten Steinguttassen und bot mir Kandiszucker und Sahne an. »Und probieren Sie unbedingt die selbst gebackenen Kekse von Maria.«

»Die sind wirklich ganz vorzüglich.« Ich knabberte genüsslich an dem süßen Gebäck, das mit einer Masse aus Bitterschokolade gefüllt war. »Ich wünschte, ich hätte auch jemanden, der mir so etwas Köstliches backt. Aber jetzt sollten wir doch zum Thema kommen. Fangen Sie ruhig an. Ich kann leider nicht allzu lange bleiben, weil ich am Abend noch einen Krankenbesuch zu machen habe.«

Er lächelte und nahm einen Schluck seines ungesüßten goldgelben Tees. »Sehr gern. Aber sagen Sie mir doch zuerst, wie Ihnen der Beginn meines Romans gefallen hat?«

Ich antwortete nicht gleich und sah zur Seite. »Ich bin vielleicht ein wenig voreingenommen, da es sich unter anderem um ein Mitglied meiner Familie handelt, über das Sie schreiben«, sagte ich und fügte nach einem tiefen Atemzug hinzu: »Lassen Sie mir Zeit, mir ein Urteil zu bilden. Diese Geschichte – ich weiß nicht so recht, wie ich es ausdrücken soll – geht mir irgendwie nahe.«

»Ich verstehe Sie sehr gut«, sagte Alexander von Waldheim einfühlsam. »Aber Sie sollten daran denken, dass dies keine Biografie unserer Familien – sondern nur ein Roman sein soll.«

Ich sah auf, direkt in seine blauen Augen, in denen sich die Funken des Kaminfeuers zu spiegeln schienen. »Ich würde auf jeden Fall gern weiterlesen. Ihr Stil – ist sehr fesselnd.«

»Das freut mich.« Er schien erleichtert. »Zum Glück bin ich inzwischen ein gutes Stück weitergekommen und die Geschichte kommt jetzt richtig in Fluss. In Amerika konnte ich leider nicht allzu viel über die Familie Wanstetten in Erfahrung bringen. Und eine Tessa Taylor war dort auch nirgendwo bekannt. Bis ich erfahren habe, dass sie mit bürgerlichem Namen Martha Klinger hieß.

Die Nachfahren ihrer Geschwister leben noch dort. Die ganze Familie war im achtzehnten Jahrhundert von Deutschland nach Amerika ausgewandert. Und wie Sie wissen, ging Martha, alias Tessa hundert Jahre später nach Deutschland zurück.«

»Ach wirklich?« Ich trank mit kleinen Schlucken meinen Tee aus. »Ich muss gestehen, mich bisher nicht besonders für die Vergangenheit dieses Zweiges meiner Familie interessiert zu haben. Weil ich kaum Zeit dazu hatte«, fügte ich mit einem entschuldigenden Lächeln hinzu. »Erst, seit ich Sie kenne, hat sich das geändert. Aus diesem Grund habe ich Ihnen auch etwas mitgebracht.« Ich stand auf und holte das Köfferchen aus dem Flur. »Hier bitte! Das ist der Nachlass jener Tessa, der bisher unbeachtet auf dem Dachboden meines Elternhauses stand. Den Inhalt können Sie sich bei Gelegenheit einmal näher ansehen – ich konnte wenig damit anfangen.«

»Oh, das ist wirklich sehr interessant.« Er betrachtete das Köfferchen begeistert von allen Seiten. »Wissen Sie denn überhaupt, was sich darin befindet?«

Ich zögerte. »Ich habe nur einen kurzen Blick hineingetan. Abgesehen von billigem Tand sind es wohl lauter Dinge, die man zur Erinnerung aufbewahrt hatte, vergilbte Fotos, Theaterzettel, Postkarten und Ankündigungen von Varietévorstellungen. Ich weiß nicht, ob das für Sie nützlich ist, Herr von Waldheim.«

»Das wird sich zeigen. Aber bitte, sagen Sie doch einfach Alexander zu mir!«, bat er, wieder mit diesem leichten Glitzern in den Augen, und schenkte mir neuen Tee ein.

»Dann müssen Sie auch Vanessa zu mir sagen!«

»Vanessa – was für ein zauberhafter Name – zauberhaft wie Sie selbst!« Verlegen senkte ich den Blick und fühlte, wie mir Röte in die Wangen stieg. Das war mir schon lange nicht mehr passiert, selbstbewusst und eigenständig, wie ich mit meinen zweiunddreißig Jahren war. Aber die Augen dieses Mannes, ihr helles Blau als Kontrast zu seinem gebräunten Gesicht, verwirrten mich. Wenn *unsere Blicke sich trafen, spürte ich eine Faszination, die mich für Augenblicke förmlich lähmte. Ich sah an ihm vorbei in die züngelnden Flammen, um mich wieder in den Griff zu bekommen. »Dann haben Sie also fleißig weitergeschrieben?«*

»Ja, eine ganze Menge sogar.« Er griff zu einem Stapel loser Blätter, die auf einem kleinen Sekretär hinter ihm lagen. »Hier – sehen Sie!« Stolz hielt er mir die Seiten hin. »Sie können sie gern mitnehmen und in aller Ruhe lesen. Es sind Kopien, die ich für Sie vorbereitet habe. Sagen Sie ruhig, wenn Sie etwas nicht gut finden – oder vielleicht zu intim. Ich bin sehr gespannt auf Ihre Meinung.« Er machte eine kleine Pause und schien nach den richtigen Worten zu suchen. »Natürlich beschreibe ich nicht immer die Realität. Dieser Roman beruht zwar auf einigen Tatsachen – aber insgesamt ist er eine Mischung aus Dichtung und Wahrheit. Und Sie dürfen mir nicht böse sein, wenn ich mir zu Ihrer Vorfahrin Tessa einiges habe einfallen lassen. Das Wenige, das ich bisher über sie erfahren habe, war bereits außerordentlich spannend.«

Ich nahm erneut einen Schluck des aromatischen goldgelben Tees. »Dann hoffe ich nur, dass Ihre Fantasie nicht allzu üppige Blüten treibt.«

»Wer weiß? Tessa Taylor, alias Martha Klinger oder Comtesse de Montrodin, war wohl eine sehr interessante Frau. Ihre Lebensgeschichte fordert förmlich zu einem Roman heraus.«

»Genau wie die Ihrer Ururgroßmutter?«

»Das kann man wohl sagen. Aber ich denke, Camilla Wanstetten war völlig anders – sozusagen das genaue Gegenteil von Tessa. Doch auch ihr Leben war nicht ohne Stolperfallen.« Er lachte. »Aber jetzt bin ich erst einmal sehr gespannt auf den Inhalt des Köfferchens, das Sie mir großzügigerweise überlassen.«

Ich nahm die neuen Blätter, glättete sie und steckte sie in meine Tasche. Zu Hause würde ich sie in einen Ordner heften. »Auf jeden Fall bin ich neugierig, wie die Geschichte weitergehen wird. Sie müssen allerdings mit meinen kritischen Anmerkungen rechnen!«

Ich lächelte ihn an, sah auf meine Armbanduhr und erhob mich. »Aber jetzt ist es höchste Zeit, mich zu verabschieden.«

»Versprechen Sie mir, dass wir uns weiterhin treffen, um über unser Projekt zu reden?« Er sah mich erwartungsvoll an. »Sagen Sie ruhig, was Ihnen nicht gefällt – ich werde Ihnen deshalb nicht böse sein. Und falls Sie irgendwelche Anregungen haben – nur heraus damit.«

Ich nickte, reichte ihm die Hand und er drückte ganz altmodisch einen Kuss darauf. In meiner Verlegenheit zog ich sie so rasch zurück, als hätte mich etwas Heißes berührt, und ging zur Tür. Er winkte mir vom Fenster aus nach, während ich durch den Garten ging, der mir auf einmal verwunschen und romantisch erschien. Beschwingt setzte ich mich ins Auto. Unser Projekt? Was hatte er damit gemeint? Auf jeden Fall würde ich gleich am Abend mit dem Lesen der neuen Seiten beginnen.

Berlin, Juli 1864

»Und das ist jetzt unsere neueste Kollektion. Direkt nach Vorlagen und Schnitten aus Paris!« Die Stimme der Ersten Verkäuferin von »Baumanns Damenmoden« klang geschäftsmäßig. Sie schenkte dem jungen Paar, das erwartungsvoll in den bequemen Sesseln des eleganten Berliner Modesalons saß, ein aufgesetztes Lächeln. »Unser erstes Modell ›Sommertraum‹. Bitte«, sagte sie mit einem Wink nach oben zur Galerie und gab den Mädchen, die an der Treppe auf die Vorführung warteten, ein Zeichen, einzeln herunterzukommen. Paul von Waldheim, ein gut aussehender, schlanker Mann von etwa fünfundzwanzig Jahren nickte gelangweilt und unterdrückte mühsam ein Gähnen. Seine blaugrünen Augen unter den dunklen Brauen wirkten müde, sein markant gezeichnetes Gesicht blasiert. Neben ihm saß seine Verlobte, Adelheid von Römern, eine ungewöhnlich aparte und elegante Erscheinung in einem grauen

Kostüm mit schwarzem Samtkragen. Mit wachem Interesse beobachtete sie die junge Frau, die gerade in einem langen grünen Pikeekleid mit Spitzeneinsätzen die Treppe herabgeschwebt kam. Damit ihr keine Einzelheit des Stoffes und der Machart entging, beugte sie sich vor und kniff die ausdrucksvollen dunklen Augen leicht zusammen. Dann schüttelte sie den Kopf und ihr schmaler Mund verzog sich herablassend, als Ausdruck dafür, dass sie von diesem Modell nicht sonderlich begeistert war. »Langweilig. Das ist doch vorige Saison«, bemerkte sie kühl zur Direktrice Fräulein Kreuzberger, die leicht zusammenzuckte. »Haben Sie nichts Originelleres?« Ungeduldig nestelte sie an ihrem federgeschmückten Samthütchen auf dem zu einem lockeren Knoten aufgesteckten Haar. Ein paar verlorene Strähnen umrahmten ihr klassisch geschnittenes Gesicht und hoben ihren blassen Teint hervor.

»Vielleicht gefällt Ihnen ja das nächste Modell besser, gnädiges Fräulein. Eine ganz besondere Kreation für den Sommer«, fuhr die Direktrice unbeirrt fort, »›Blumengruß‹, ein sehr luftiges Modell.«

Camilla, die als Nächste wartend an der geschwungenen Treppe stand, die ins Parterre des Ladens führte, holte tief Luft. Immer noch fiel es ihr nicht leicht, so graziös wie möglich hinabzuschreiten und sich vor den kritischen Augen der Kunden zu präsentieren. Noch einmal zupfte sie am tiefen Ausschnitt ihres Kleides, wie um ihn etwas höher zu ziehen, doch dann schob sie entschlossen die Schultern zurück. Eine Hand am Geländer, setzte sie so geschmeidig wie möglich einen Fuß vor den anderen. Der Rock ihres luftigen, mit einem bunten Blumenmuster bedruckten Chiffonkleides schwang bei jedem Schritt um ihre Beine, die in hochhackigen Pumps steckten. Sie hob den Kopf und lächelte ins Leere, genauso, wie man es ihr beigebracht hatte. Doch in diesem Moment übersah sie eine Stufe, stolperte, verlor den Halt und einen ihrer Schuhe, der die Treppe hinunterpurzelte. Die Erste Verkäuferin verzog missbilligend das Gesicht. Adelheid von Römern lachte spöttisch auf. »Was sagt man denn dazu! So ein Trampel! Die soll ein Mannequin sein?«

Paul verzog das Gesicht. Er empfand so etwas wie Mitleid mit der jungen Frau, die sich tief errötend aufrappelte und mit einem verkrampften Lächeln und leicht hinkend die restlichen Stufen hinunterschritt.

»Ich bitte die Herrschaften, die Ungeschicklichkeit des Mädchens zu entschuldigen«, sagte die Direktrice peinlich berührt. »Sie ist neu bei uns und hat noch wenig Erfahrung …«

»Das Kleid ist auf jeden Fall ganz hübsch«, ließ sich Adelheid vernehmen, die nun die vor ihr stehende Camilla von Kopf bis Fuß musterte. »Ich könnte es zum Sommerfest tragen. Oder zu unserer Verlobung. Was meinst du, Paul? Wie findest du es?«

Der Angesprochene antwortete nicht gleich. Er bückte sich, hob den Schuh des Mädchens auf, der dicht vor seinen Sessel gerollt war, und reichte ihn ihr. Ihre Blicke trafen sich und Paul war vom ersten Moment an gefangen vom Ausdruck ihrer bernsteinfarbenen, ein wenig feucht schimmernden Augen unter den markanten dunklen Brauen, die in reizvollem Gegensatz zu ihrem rotblonden Haar standen. Wie magisch zogen sie ihn in ihren Bann und er hatte Mühe, sich daraus zu lösen. »Ich hoffe, Sie haben sich nicht wehgetan«, sagte er höflich. Camilla schlüpfte rasch in ihren Schuh. »Nein, nicht sehr«, sagte sie verlegen aufsehend und obwohl ihr Knöchel beim ersten Auftreten höllisch geschmerzt hatte, spürte sie ihn plötzlich nicht mehr. In den grünlichen, ins Blaue spielenden Augen des Mannes schien ein verborgenes, ja, gefährliches Feuer zu glimmen und seine tiefe und raue Stimme brachte etwas in Camilla zum Vibrieren. Obwohl sie den Fremden noch nie im Leben gesehen hatte, war ihr, als würde sie ihn schon lange kennen. Ein seltsamer Schauer überlief sie.

»Paul«, Adelheids Stimme klang jetzt fast quengelnd. »Sag doch endlich was. Ist das Kleid nun passend für unser Sommerfest oder nicht? Wird es mir stehen? Oder ist es vielleicht doch zu auffallend?«

»Nein, nein – es ist wirklich sehr hübsch«, beeilte sich Paul, der mit den Gedanken ganz woanders war, ihr zu versichern. »Es wäre … wirklich ideal für dich.« Er musterte das Mädchen vor ihm mit wachsendem Interesse. Eine besonders hübsche Kleine, die sofort seinen Jagdinstinkt geweckt hatte. Sicher war sie genauso leicht zu haben wie die anderen Verkäuferinnen, wenn man ihnen nur ein wenig ungewohnten Luxus bot. Ein intimes Diner mit Champagner, ein nettes Schmuckstück, Blumen … das Übliche. Er strich leicht über das Bärtchen über seiner Oberlippe und blinzelte Camilla dabei keck zu. Erschrocken und ein wenig verärgert sah sie zur Seite. Der Zauber des Unbekannten war mit einem Schlag verflogen. Ein ganz gewöhnlicher Dandy, der sich einbildete, alle Frauen würden ihm nach einem Wink sofort zu Füßen fallen. Oberflächlich und von sich eingenommen! Ihr Gesicht verschloss sich und sie warf trotzig den Kopf zurück.

»Stehen Sie doch nicht so stocksteif da! Drehen Sie sich, gehen Sie ein paar Schritte«, befahl Adelheid ihr jetzt in ärgerlichem Ton. »Ich möchte das Modell auch von der Seite und von hinten sehen.«

Camilla presste die Lippen zusammen und gehorchte.

»Möchte die Dame das Kleid vielleicht anprobieren?«, säuselte die Direktrice. »Es würde Ihnen bestimmt prachtvoll stehen.«

»Nicht nötig. Ich denke, dass ich es nehmen werde. Es scheint mir ideal für unseren Sommerball«, entgegnete Adelheid von Römern kühl. »Sag doch endlich auch etwas, Paul!« Ohne seine Antwort abzuwarten, zog sie eine silberne Puderdose aus der Tasche und fuhr kurz mit der Quaste über ihre zarte elfenbeinfarbene Haut. »Sie haben ja meine Maße, dass Sie es passend für mich ändern können. Ich werde es später abholen lassen.«

»Warte«, warf Paul hastig ein, »ich möchte mir die Verarbeitung des Kleides gern genauer ansehen. Mir war, als hätte ich eine fehlerhafte Stelle im Stoff bemerkt …«

»Mein Verlobter nimmt alles immer sehr genau«, gab Adelheid der Direktrice zu verstehen. »Aber das ist auch gut so. Schließlich will ich mich auf unserem Verlobungsfest nicht blamieren.«

»Das Kleid ist aus Chiffon, mit reiner Seide unterlegt«, erwiderte die Verkäuferin leicht gekränkt. »Wir führen nur beste Qualität und legen auf die Verarbeitung besonders großen Wert.« Sie winkte Camilla, die sich bereits zum Gehen gewandt hatte, wieder herbei. »Kommen Sie. Sie sehen doch, dass Herr von Waldheim sich den Stoff ansehen möchte.« Widerwillig kam Camilla näher. Während Adelheid noch einmal ihren Handspiegel zückte, ihr makelloses Aussehen überprüfte und ihre Lippen in einem kräftigen Rotton nachzog, tat Paul so, als nähme er das Kleid in näheren Augenschein. Er prüfte die Säume und berührte dabei wie zufällig Camillas Schultern und Arme. Ein Schauer überlief sie und sie funkelte ihn erbost an.

»Ich finde, das Muster passt genau zu meinem Haar und meinen Augen. Rote Mohnblumen und zarte gelbe Blüten, das sind meine Farben – und die des Sommers. Genau das hast du einmal gesagt, Paul, nicht wahr?«, plapperte Adelheid gedankenlos hinter ihrem Spiegel weiter. Dann verstaute sie die Schminkutensilien in ihrer Handtasche und gähnte diskret hinter vorgehaltener Hand.

»Ein bezauberndes Kleid. Finden Sie nicht auch, mein Fräulein?«, wandte sich Paul an Camilla, die ihm am liebsten eine Ohrfeige verpasst hätte. »Trägt sich das Modell angenehm? Geniert es auch nicht an den Nähten?« Er sandte ihr einen

Blick, der aus einer gefährlichen Mischung aus Bewunderung, Lockung und Verführung bestand. Und wie immer verfehlte er seine Wirkung nicht. Wie ein Pfeil traf er Camillas Herz und begann darin, sein süßes Gift zu verbreiten. Ihre Blicke tauchten ineinander und ließen sich nicht mehr los. War es nur ein kurzer Moment oder eine kleine Ewigkeit? Beide fühlten, dass es etwas Magisches war, eine Sekunde, in der sie das Gefühl hatten, die Welt bliebe stehen. »Ich muss Sie wiedersehen«, hauchte Paul ihr fast unhörbar zu.

»Nein, nein … das Material ist sehr fein und weich«, stotterte Camilla verwirrt und tat, als hätte sie seine geflüsterten Worte nicht gehört.

»Das Kleid scheint in Ordnung zu sein«, sagte Paul jetzt laut. »Ich muss mich entschuldigen. Es war wohl ein Missverständnis meinerseits.«

»Sie können jetzt gehen.« Die kalte Stimme der Direktrice riss Camilla in die Wirklichkeit zurück. »Und ziehen Sie das Kleid vorsichtig aus.«

Wie betäubt nickte Camilla und schritt die Treppe hinauf. Was war geschehen? Alles um sie herum schien sich mit einem Schlag verändert zu haben. Ihr Herz klopfte und ihre Wangen glühten. Dieser Mann hatte sie auf eine Art angesehen, berührt, wie es noch nie jemand getan hatte. Dabei war er ein Unbekannter, ein Fremder, von dem sie nichts wusste. Aber etwas an ihm hatte sie fasziniert, verwandelt – das war das Einzige, was sie fühlte. Und jetzt war nichts mehr wie vorher. Ihm schien es genauso zu gehen, denn warum wollte er sie sonst wiedersehen?

»Na, was ist, Paul?« Adelheids Stimme klang nun ungeduldig und etwas ärgerlich. Sie riss Paul unsanft aus seinen Gedanken, der Camilla nachgesehen hatte, bis sie verschwand. »Gehen wir? Erst wolltest du gar nicht mitkommen und jetzt hältst du dich mit solchen Lappalien auf. Es ist spät geworden. Wir hatten doch vor, bei dem schönen Wetter unter den Linden spazieren zu gehen. Und im Café Kranzler ein Stück Buttercremetorte zu essen. Sie ist dort besonders köstlich!«

»Ja, ja, Buttercremetorte!«, murmelte Paul nicht ganz bei der Sache. »Das ist eine gute Idee. Lass uns gehen.« Auch ihm war heiß geworden und er lockerte den Kragen seines Hemdes, als wäre er ihm zu eng. Irgendetwas war hier anders gelaufen als bei seinen sonstigen Schäkereien mit den kleinen Ladenmädchen oder anderen weiblichen Bediensteten, die ihn anhimmelten. Diese Kleine hatte es in sich. Ihr Blick hatte ihn irgendwie schwindlig gemacht. Der Abgrund dieser spröden, rehbraunen Augen, ihr Schmollmund – und dazu die prachtvollen rotblonden Locken! Er dachte darüber nach, wann und wo er sie so schnell wie möglich wiedersehen konnte. Adelheid nahm ihre Handschuhe, erhob sich abrupt und damit war der Zauber des kurzen Augenblicks verflogen, als hätte es ihn nie gegeben. »Vielen Dank für Ihre Mühe«, sagte sie ein wenig von oben herab zur Direktrice, die abwartend dastand. »Aber wir haben es eilig. Ich lasse das Kleid in ein paar Tagen abholen.«

Paul atmete tief auf. Rasch legte er Adelheid die schwarze Pelzstola um die Schultern, die sie nachlässig über die Stuhllehne geworfen hatte. Beim Hinausgehen drehte er sich noch einmal um und ließ seinen Blick durch den ganzen Laden schweifen, bevor er sich enttäuscht abwandte. Von Camilla war keine Spur mehr zu sehen. Scheinbar hatte er doch nicht den erhofften Eindruck gemacht.

Die Direktrice schloss mit einem zufriedenen Lächeln die Tür hinter ihren besten Kunden. Das war gerade noch einmal gut gegangen. Es war ihr nicht entgangen, wie Paul von Waldheim Camilla angestarrt hatte. Ein stadtbekannter Herzensbrecher, dieser Mann, der hinter jedem Rock her war. Zum Glück hatte seine Verlobte nichts bemerkt, oder zumindest so getan. Sie selbst konnte sich einer eifersüchtigen Abneigung gegen Camilla, das neue Vorführmädchen, nicht erwehren. Auf besonderen Wunsch Herrn Baumanns sollte ausgerechnet sie immer die schönsten Modelle tragen. Klar, dass der Chef eine Vorliebe für sie hatte, aber das war schon mit anderen hübschen Mädchen so gewesen. Man musste nur abwarten, bis er sie satthatte, weil ein noch schöneres Gesicht plötzlich sein Interesse erregte. Auch sie war eines Tages auf diese Weise abserviert worden! Eines musste man der Neuen allerdings lassen: das Talent, sich zu präsentieren. Alle Kleider, die sie vorführte, verkauften sich im Handumdrehen. Lag es daran, dass sie auffiel, größer und graziler war als die anderen Mädchen? Vielleicht vermittelte Camilla den korpulenten Damen die Illusion, in den vorgeführten Roben genauso elfenhaft und jung auszusehen wie ein Mädchen von neunzehn Jahren. Sie seufzte und hängte das grüne Kleid mit den Spitzeneinsätzen vorsichtig über einen Bügel, während sie den »Sommertraum« mit den Mohnblumen zur Schneiderin hinüberbrachte.

Camilla konnte die ganze Nacht nicht schlafen und wälzte sich von einer Seite auf die andere. Immer wieder fühlte sie die Blicke, die der Unbekannte ihr zugeworfen hatte, seine zärtliche Berührung. Sein Name war das Einzige, was sie von ihm wusste. Paul von Waldheim. Warum musste sie nur dauernd an ihn denken? Unablässig sah sie sein Gesicht, seine Augen vor sich und hörte seine Stimme. Ich muss Sie wiedersehen, hatte er gesagt. War das ernst gemeint? Aber warum wollte er sie überhaupt wiedersehen? Er war doch verlobt! Mit dieser zauberhaften, nach teurem Parfum duftenden jungen Dame, deren Gesicht, umrahmt von schwarzen Haaren, einem alten Porträt in einem Museum glich. Mit einer solchen elegant gekleideten Schönheit konnte sie sich doch gar nicht messen. Erst im Morgengrauen gelang es ihr, den Gedanken an Paul zu verdrängen, und sie sank endlich in den erlösenden Schlaf.

Doch am nächsten Tag war das sehnsüchtige Gefühl wieder da, das sie unruhig machte und wie ein Fieber in ihren Adern und hinter ihrer Stirn brannte. Würde er wiederkommen? Besser war es, ihn zu vergessen, nie wieder einen einzigen Gedanken an einen Mann wie ihn zu verschwenden. Sie nahm sich fest vor, ihren vorherigen Frieden wiederzufinden. Wie glücklich war sie gewesen, endlich hier in Berlin zu sein, in dieser schönen Stadt, in der das Leben brauste! Glücklich über ihr nicht allzu kleines Zimmer, das sogar ein Waschbecken mit fließendem kaltem Wasser besaß. Die Abende hatte sie damit verbracht, mit einem Stoß Büchern auf dem Kopf so zu schreiten, wie man es ihr gezeigt hatte. Und Entwürfe gezeichnet, nach denen sie Stoffe so geschickt zusammenheftete, dass man sie im Laden an einer Modellpuppe drapieren konnte. Camilla gelang es auch, unterschiedliche Kreationen aus den Pariser Journalen so abzuwandeln, dass sie in einer weniger exzentrischen Variante auch für die Berliner Damen tragbar waren. Herr Baumann war zuerst skeptisch gewesen, einige dieser selbst entworfenen Kleider in seinem Atelier nähen zu lassen, doch nach dem Erfolg der verkauften Ware zeigte er sich höchst zufrieden. Es sprach sich schnell herum, dass im Modegeschäft Baumann die exklusivsten und schicksten Modelle der Stadt zu haben waren. Anfangs hatten sich die zahlreichen Annäherungsversuche Herrn Baumanns für Camilla als lästig erwiesen und es war ihr schwergefallen, ihn höflich abzuwehren. Als er ungeduldig wurde, ihr eine Gehaltserhöhung und ein großes Appartement mit Balkon in Aussicht stellte, kam sie plötzlich auf die Idee, von ihrem strengen und jähzornigen Vater zu sprechen. Nach ihrem Austritt aus dem Kloster würde er sie aufs Genaueste kontrollieren und über ihre Tugend wachen. Obwohl dieser ominöse Vater noch nie in Erscheinung getreten war und Herr Baumann immer gedacht hatte, dass Camilla Waise sei, erschrak er sehr über die Vorstellung, dass dieser Mann ihm eines Tages gegenübertreten und Rechenschaft fordern würde. So begnügte er sich damit, die Talente seines schönen Schützlings anderweitig zu seinen Gunsten auszunutzen und sich willigeren Mädchen zuzuwenden, von denen nicht wenige in seinem Modehaus beschäftigt waren.

Es vergingen Wochen, in denen Camilla die leise Hoffnung, Paul von Waldheim wiederzusehen, beinahe aufgegeben hatte. Das Kleid war durch ein Ladenmädchen zur Villa der Eltern seiner Verlobten gebracht worden. Camilla hatte inzwischen herausgefunden, dass die schöne junge Frau die einzige Tochter des reichen Berliner Bankiers von Römern war und als begehrte Erbin galt. Viele Männer sollten um ihre Gunst buhlen, doch sie hatte sich für Paul von Waldheim entschieden. Die offizielle Verlobungsfeier der beiden würde im August im Rahmen eines Sommerfestes stattfinden. Auch über Paul konnte Camilla einiges in Erfahrung bringen. Er war der Sohn eines Landedelmannes mit Stadtsitz in Berlin und hatte den schlechten Ruf eines Gesellschaftslöwen, Herzensbrechers und Spielers. Wie man hinter seinem Rücken tuschelte, war er auf eine reiche Heirat angewiesen, um sein von Vergnügungen und Tändeleien ausgefülltes Leben unbeschwert weiterführen zu können. All diese Nachrichten waren nicht gerade ermutigend und Camilla beschloss, nicht mehr an ihn zu denken.

***

Camilla saß gerade im Atelier im offenen oberen Stockwerk des Modehauses und erklärte den Näherinnen Änderungen an bestimmten Roben, die für die große Modenschau am kommenden Freitag vorgesehen waren, als die Ladenklingel ertönte. Sie erkannte sofort die sonore Stimme Pauls, der den Laden betrat, und es durchfuhr sie mit heißem Schrecken. Ihr Herz begann wie ein Trommelfeuer zu schlagen und ihre Wangen glühten. »Ich komme im Auftrag meiner Verlobten«, hörte sie ihn lässig erklären. »Sie will, dass ich ihr ein Kleid für eine ganz bestimmte Gelegenheit aussuche. Schicken Sie mir doch die Kleine zum Vorführen, Sie wissen schon, die uns neulich bereits ein paar Sachen präsentiert hat.«

»Sehr wohl, Herr von Waldheim«, hörte sie die gemessene Stimme der Direktrice. »Für welchen Anlass sollte es denn sein?«

Camillas Herz klopfte zum Zerspringen. Ohne zu wissen, was sie tat, lief sie zum Spiegel und versuchte, Ordnung in ihr Haar zu bringen. Ausgerechnet heute hatte sie ihr unscheinbares graues Kittelkleid an, das nicht so sichtbar schmutzte, wenn sie mit verschiedenen Farben zeichnete.

»Ich dachte an ein Ballkleid für die Oper«, hörte sie die Stimme von unten. »Aber jetzt holen Sie mir bitte die junge Frau – die mit den rotblonden Locken. Ich möchte es mit ihr selbst besprechen.«

»Sie meinen wohl … Camilla Wanstetten?«

»Ja, ich glaube, so hieß sie.« Paul sah auf seine Taschenuhr, die an einer silbernen Kette seiner Weste hing. »Bitte beeilen Sie sich, ich habe nicht lange Zeit.«

»Ich werde natürlich sofort nach ihr schicken. Sie müssten sich allerdings eine Weile gedulden – sie ist heute nicht für eine Vorführung eingeplant. Ich könnte Ihnen auch Marianne oder Josefine oder Walburga schicken, sie …«

»Nein, ich bestehe auf Fräulein … äh, Wanstetten.« Diese bestimmt vorgetragene Äußerung duldete keinen Widerspruch.

Camilla, die vorsichtig über die Brüstung lugte, sah, wie Paul es sich mit übereinandergeschlagenen Beinen in einem Sessel bequem machte, ein Zigarillo aus einem silbernen Etui entnahm und es genussvoll entzündete. Er schien ganz entspannt, während sie kopflos hin- und herlief und den grauen Kittel von ihrem Körper zerrte. Fräulein Kreuzberger, die Erste Verkäuferin, betrachtete ihr aufgeregtes Tun mit hochgezogenen

Augenbrauen. »Sie können es wohl nicht erwarten, oder?«, fragte sie mit einem mokanten Lächeln. »Der Baron von Waldheim sitzt unten. Sie haben es ja sicher schon mitbekommen. Er verlangt nur nach Ihnen. Angeblich«, sie betonte das Wort, »sucht er ein Ballkleid für seine Verlobte.« Ihre Stimme hatte einen anzüglichen Ton. »Ich dachte mir doch, dass diese Sache noch ein Nachspiel haben würde.«

»Was meinen Sie mit ›dieser Sache‹?« Wütend wandte Camilla sich um.

»Regen Sie sich nicht auf. Herr von Waldheim ist für seine Vorlieben bekannt. Ziehen Sie lieber eines von unseren drei neuen Ballkleidern an und gehen Sie nach unten. Wenn ich mich nicht irre, wird er sicher gleich das erste kaufen.«

Camilla zitterte am ganzen Körper. Sie griff nach einem Traum aus zartem Türkis mit kurzer Schleppe, dessen Korsage mit glitzernden Steinen besetzt war. Walburga, eines der Mädchen, half ihr, hineinzuschlüpfen und die kleinen Knöpfe im Rücken zu schließen. »Du siehst aus wie eine Prinzessin«, sagte Walburga bewundernd. »Ich beneide dich …«

Es blieb keine Zeit mehr, ihr Haar zu richten, und so zog sie nur die Nadeln aus dem Dutt und ließ die Locken offen über ihre Schultern fallen. Ihre Wangen hatten sich erhitzt, ihre Augen glänzten, als sie auf die Treppe trat. Paul sprang auf. Ihr Anblick raubte ihm den Atem. Camilla war ihm nicht mehr aus dem Kopf gegangen. Er hatte versucht, sie mit den tausend Nichtigkeiten, die normalerweise seine Zeit ausfüllten, zu vergessen. Doch es war ihm nicht gelungen. Der Gedanke an sie hatte ihm die Vorbereitungen auf das Verlobungsfest verdorben und Adelheids hektisches Getue ging ihm plötzlich furchtbar auf die Nerven. Er stellte fest, dass seine Gefühle zu ihr sich auf einmal abgekühlt, ja, förmlich verflüchtigt hatten. Das Einzige, was ihn noch mit ihr verband, oder genauer: ihn geradezu an sie festschmiedete, war die Aussicht auf die Heirat und damit auf ihre beträchtliche Mitgift. Sie sollte ihn von seinen Schulden und der finanziellen Abhängigkeit von seinem geizigen Vater befreien, der verlangte, dass er endlich etwas auf die Reihe brachte oder sich wenigstens um sein klägliches Erbe, den verstaubten Besitz auf dem Land, kümmerte. Paul hatte jedoch nicht die geringste Lust, als Landjunker auf dem Gut seiner Eltern in der abgeschiedenen Gegend bei Rathenow zu versauern. Allein schon deshalb war er nach dem Abbruch seines Medizinstudiums in die Armee eingetreten. Aber das standesbewusste Leben als Leutnant war kostspielig und er hatte schon mehr Ausgaben gemacht, als sein knausriger Vater ahnte. Dann war er Adelheid begegnet und hatte sofort erkannt, dass eine Heirat mit ihr die Rettung bedeutete. Wenn er so weitermachen wollte wie bisher, dann brauchte er Geld. Für seinen aufwendigen Lebensstil in Berlin, die Spielabende, seine Garderobe, eine neue prächtige Wohnung, in der er standesgemäß glanzvolle Einladungen und Diners zu geben gedachte. Und noch vor Kurzem hatte er keine Minute daran gezweifelt, dass Adelheid und er in allem das ideale Paar darstellten. Adelheid liebte ihn und er bewunderte ihre klassische und kühle Schönheit, ihre gesellschaftliche Stellung, gepaart mit dem Stil einer Tochter aus bestem Hause. Sicher, sie war ein wenig launisch – aber welche Frau hatte keine Fehler? Jedenfalls durfte er in dieser ungewohnten Gefühlsverwirrung auf keinen Fall eine Dummheit begehen. Eines Tages würde er zutiefst bereuen, Adelheids Gefühle verletzt oder gar die Verlobung gelöst zu haben. Nur, weil er sich ein bisschen in einer andere verguckt hatte! In ein simples Ladenmädchen, das Kleider vorführte! Nein, das durfte einfach nicht sein. Das verrückte Gefühl, das ihn im Moment beherrschte, würde vorübergehen wie bei allen anderen kleinen Liebeleien, über die Adelheid bisher großzügig hinweggesehen hatte oder die sie einfach nicht hatte wahrhaben wollen.

Doch mit einem Schlag waren alle seine guten Vorsätze verschwunden. Sie war da – stand auf der obersten Treppenstufe und sah aus wie aus einem seiner Träume entsprungen. Das Blut schoss ihm unerwartet ins Gesicht und er starrte Camilla stumm an wie eine Erscheinung. Krampfhaft versuchte er, sich zu beruhigen, die Gewissheit auszublenden, dass etwas in sein Leben getreten war, mit dem er niemals gerechnet hatte. Ein Mädchen, das alle seine Sinne ansprach und sein Herz so bewegte, dass ihm der Atem stockte. Langsam schritt sie Stufe für Stufe herunter, diesmal ohne einen einzigen Fehltritt zu tun. Lächelnd stand sie schließlich vor ihm. Ein Wesen in türkisfarbenem Tüll, das nicht aus Fleisch und Blut zu sein schien. Er musste sich beherrschen, um sie nicht einfach in seine Arme zu reißen und an sich zu pressen. Auch Camilla fiel es schwer, die Fassung zu bewahren und ruhig zu bleiben. Der magische Moment wiederholte sich, als sie sich in die Augen sahen. Erst nach einer Weile fand Paul seine Sprache wieder. Seine Kehle war trocken und rau. »Meine …«, er räusperte sich, als wäre seine Kehle zu eng, »meine Verlobte, Fräulein von Römern, hat mich beauftragt, ihr ein Ballkleid auszusuchen.« All seine Nonchalance hatte ihn verlassen und er kam sich zum ersten Mal in seinem Leben sehr ungeschickt vor.

»Ganz nach Ihrem Geschmack?« Camilla sah ihn fragend an. Ihre Augen funkelten. »Das ist sehr ungewöhnlich.«

»Ja – sie … äh … verlässt sich auf mich.« Paul bemühte sich, seine vorherige Gelassenheit wiederzufinden. Er sog heftig an seinem Zigarillo und blies leichte Rauchwölkchen in die Luft, während er sie aus halb zusammengekniffenen Augen musterte. »Was Sie da tragen, gefällt mir übrigens schon sehr gut.« Er räusperte sich erneut.

»Wir haben auch noch andere Modelle«, Camilla versuchte, das Zittern in ihrer Stimme zu beherrschen. »Ich kann Ihnen gern noch etwas anderes zeigen.«

»Nein, nein«, wehrte Paul ab und warf das Zigarillo, das ihm plötzlich nicht mehr schmeckte, in den danebenstehenden Blumentopf. Er kam näher und blieb dicht vor ihr stehen. Der zarte Duft von Maiglöckchen, der von ihr ausging, machte ihn schwindlig. »Hören Sie …« Er fühlte sich wie ein dummer Junge, dem die Worte fehlten. »Ich möchte mit Ihnen reden, dort, wo wir beide ungestört sind.« Er hob die Hand und strich ihr zart über die Wange. »Ich habe Ihnen so vieles zu sagen.«

»Ich wüsste nicht, was«, wehrte Camilla kühl ab und wich zurück. Die unerwartete Berührung hatte ihre Nerven zum Vibrieren gebracht.

»Kommen Sie – ich bitte Sie!« Pauls Stimme war brüchig geworden. »Ich muss Sie sehen! Nächsten Freitag – sagen wir um sieben Uhr abends«, er überlegte kurz, an welchem Ort man ihn nicht kannte, »in der Gaststätte Der blaue Vogel, gleich hier um die Ecke. Ich warte dort auf Sie.«

»Ich möchte das nicht.« Camillas Stimme klang entschlossen. »Ihrer Verlobten würde das bestimmt nicht gefallen.« Sie wandte sich zum Gehen.

»Aber ich habe Ihnen etwas sehr Wichtiges zu sagen«, drängte Paul, »etwas von …« Er zögerte und überlegte krampfhaft. Irgendwo hatte er gehört, dass Camilla allein lebte. Vielleicht hatte sie sich ja mit ihrer Familie überworfen? »Von einem Menschen, der Ihnen sehr nahesteht, der Sie vielleicht sucht«, riet er aufs Geratewohl.

»Mich?«, Camilla fuhr herum. Sie war blass geworden. »Wer sollte das sein?« Paul zuckte die Schultern und setzte eine geheimnisvolle Miene auf. »Sprechen Sie etwa … von meinem Vater? Oder von Tessa?«, stieß sie hervor. »Was wissen Sie darüber?«

In diesem Moment erschien die Erste Verkäuferin, die Direktrice Fräulein Kreuzberger. »Haben Sie schon eine Wahl getroffen, Herr von Waldheim?« Sie maß Camilla mit einem strafenden Blick, nahm sie beiseite und zischte ihr leise zu. »Wo bleiben Sie denn so lange? Sie sollen Kleider vorführen und verkaufen. Und nicht mit einem Kunden schwatzen und schäkern! Was ist mit dem violetten Kleid? Ich habe es extra aufbügeln lassen. Walburga wird es jetzt an Ihrer Stelle vorführen.«

Zu Paul gewandt, lächelte sie gezwungen. »Die nächste Robe ist ein bildschönes Modell, brandneu und ganz aus Satin – wie gemacht für Ihre Verlobte. Sehen Sie es sich doch ganz unverbindlich an. Ich denke, dass es einer dunkelhaarigen Dame wie Ihrer Verlobten ausgezeichnet stehen müsste.« Sie nickte der oben wartenden Walburga zu, die sich mit wiegenden Hüften in einem Modell aus violettem Satin, umhüllt von einer schwarzen Federboa, in Bewegung setzte.

»Nein danke – vielen Dank«, winkte Paul unwillig ab und Walburga stoppte enttäuscht ihren Lauf. »Bemühen Sie sich nicht weiter. Ich habe mich bereits für das türkisfarbene Kleid entschieden. Es ist … es soll eine Überraschung für meine Verlobte werden. Liefern Sie es aber bitte erst, wenn ich Ihnen Bescheid gebe. Auf Wiedersehen.«

Um Fräulein Kreuzbergers Lippen zuckte es, doch sie nickte mit dem gleichen stereotypen Lächeln. »Wie Sie wünschen, Herr von Waldheim.«

Camilla sah ihm verwirrt nach, als er hinter der Ladentür verschwand.

***

George Wanstetten, alias Baron von Steinbrücken, hatte neuen Elan gewonnen. Er krempelte die Ärmel hoch und beschloss, von nun an so richtig loszulegen. Instinktiv hatte er schon bei seiner Ankunft in der Alten Welt erkannt, dass die zerrissenen deutschen Staaten in einer Art Dornröschenschlaf lagen. Aber hier gab es Potenzial, unzählige Möglichkeiten, die nur darauf warteten, genutzt zu werden. Die fortschreitende Industrialisierung, die Entwicklung neuer Methoden für den Bergbau, die Eisenbahn – das war alles erst der Anfang. Das, womit er in Amerika gescheitert war, würde hier vielleicht funktionieren. Es musste ja nicht unbedingt eine Zuckerfabrik sein, mit der man erfolgreich wurde. Nach dem Wagnis der Gründung einer Handelsgesellschaft, die zunächst nur auf dem Papier bestand, versuchte er sich jetzt verstärkt an der Börse. Der repräsentative Bau in der Burgstraße hatte ihm anfangs großen Respekt eingeflößt. Doch nachdem er sich überwunden hatte, konnte er schon bald mit einigen aus der Luft gegriffenen Argumenten Teilhaber überzeugen, seiner Gesellschaft zu vertrauen. Bald war der Kredit zurückgezahlt und George konnte mit weiteren Erträgen fortfahren zu spekulieren. Er kaufte und verkaufte jetzt vorzugsweise neue Grundstücke in Berliner Randgebieten, aber auch an vernachlässigten Plätzen der Stadtmitte. Dort begann er, billige Zweckbauten mit kleinen und kleinsten Wohnbereichen für die schnell wachsende Bevölkerung und die Arbeiter in der Eisenindustrie zu bauen. Er selbst erwarb neue Aktien der erfolgversprechenden Kruppschen Gesellschaft, die Eisenbahnradreifen und neue Geschütze für die längst fällige Heeresreform, die der Ministerpräsident von Bismarck forderte, herstellten.

Tessa, die sich in der Gesellschaft nun Baronin von Steinbrücken nannte, hatte es eigentlich nicht mehr nötig, sich ihr Geld als Tänzerin Tessa Taylor zu verdienen. Doch George konnte sie weder mit gutem Zureden noch mit Drohungen davon abbringen, sich weiter im leichten Gewerbe, wie er es nannte, zu betätigen. »Ich bin ein altes Zirkuspferd! Und das werde ich bleiben«, beschied sie ihm mit einer Unbekümmertheit, die ihn förmlich auf die Palme brachte. »Da kannst du noch so vornehm tun! Mach, was du willst und lass mich in Ruhe! Ich brauche das

Publikum, den erregenden Moment, das Lampenfieber vor dem Auftritt, den Beifall! Das ist ganz einfach mein Lebenselixier!«

George schüttelte zu solchen Worten missbilligend den Kopf. Irgendwie würde er Tessa schon eines Tages dazu bringen, damit aufzuhören, denn mit ihrem zweiten Leben unter ihrem Künstlernamen bildete sie eine nicht zu unterschätzende Gefahr für ihn. In der Lady's Bar war sie inzwischen ziemlich erfolgreich. Viele Leute kamen nur wegen ihres Auftritts, aber wenn sie geschminkt, im offenherzigen Kostüm mit ihrer Flitterhaube und den Federn auf dem Kopf auftrat, ahnte – zumindest bislang – niemand, wer sie wirklich war. Tessa reizte es, mal die frivole Tänzerin und dann wieder die Baronin von Steinbrücken zu spielen. An manchen Abenden saß sie ganz unschuldig in ihrer Loge der Hofoper und verfolgte mit dem Lorgnon die Tänzerinnen des Balletts »Giselle«, die in ihren Tüllröckchen über die Bühne wirbelten. Niemand ahnte, dass sie am nächsten Abend in der Lady's Bar wieder ihren halb nackten Körper in gewagten Posen zeigte und die Männer, die ihr dabei zusahen, halb um den Verstand brachte.

Es dauerte nun nicht mehr lange und George konnte sich ein kleines, aber hübsches Palais mit zierlichen Türmchen und Fensterverzierungen am Rand der sich immer weiter ausdehnenden Stadt bauen lassen. Ein umzäunter Park umgab die Villa, in den ein hohes Eisentor führte. Niemand war bis jetzt auf die Idee gekommen, dass seine Papiere, sein Name und sein Titel eine Fälschung sein konnten. Fühlte er sich deswegen als Hochstapler? Nein, nur als jemand, der sich mit aller Macht seinen Platz an der Sonne erkämpft hatte. Schein war für die Anderen eben mehr als Sein – und diese Tatsache musste er ausnützen. Was konnte er schon dafür, dass die Leute so dumm waren und auf seine kleinen Schwindeleien hereinfielen? Nur selten meldete sich sein schlechtes Gewissen und störte seinen Schlaf mit unangenehmen Träumen. Immer wieder hatte er es hinausgeschoben, sich nach seinen beiden Töchtern zu erkundigen und sie zu sich zu nehmen. Jetzt, wo er es zu einem gewissen Wohlstand gebracht hatte, würde es leicht möglich sein. Doch je länger er darüber nachdachte, umso schneller verdrängte er diesen lästigen Gedanken wieder. Er hatte nun zwar genug Platz, doch Tessa würde ihm ganz sicher die Hölle heißmachen. Zank und Streit würden einkehren und ihm das jetzt so angenehme Leben verbittern. Die Töchter könnten Fragen stellen – und welche aufwerfen. Wie sollte er ihnen seinen falschen Namen und Titel erklären? Wenn sie etwas über die Vergangenheit ausplauderten, bestünde die Gefahr, dass sein Schwindel aufflöge. Und das durfte nie und nimmer geschehen.

Er schlief meist schon, wenn Tessa spätnachts von ihrer Arbeit aus der Bar zurückkehrte. Manchmal war sie noch nicht umgezogen und trug nur einen Mantel über ihrem Kostüm. Immer war sie sehr aufgekratzt, aber oft auch angeheitert von einer kurzen Feier nach der Vorstellung. In ihrem knappen Glitzerhöschen, ihren Netzstrümpfen und den Stoffmargeriten, die auf den Spitzen ihrer Brüste klebten, hüpfte sie aufreizend vor ihm herum, zog ihm die Bettdecke weg und schmiegte sich zärtlich an ihn. Meist gab er nach und sie liebten sich, doch das wurde allmählich immer seltener, weil er sich immer öfter knurrend und verschlafen herumdrehte, wenn sie ihn wecken wollte. Ihr Alkoholkonsum hatte George früher nicht gestört, denn er trank meist selbst nicht wenig. Doch seit ihn die Geschäfte so stark in Anspruch nahmen, war er vorsichtiger geworden, maßvoller. Nun berührte ihn plötzlich der Geruch, den Tessa mit sich brachte, eine Mischung aus Alkohol, Schweiß und ihrem starken Moschus-Parfum, ausgesprochen unangenehm. Tagsüber sahen sie sich kaum, denn Tessa stand in der Regel nicht vor Mittag auf, also erst dann, wenn er schon längst bei seinen Geschäften war. Liebte er sie überhaupt noch? Er wusste es nicht. Aber sie war Teil seines gefährlichen Spiels und er hoffte nur, dass ihre riskante Doppelidentität niemals aufkam. Das hätte seine ganze neu aufgebaute Welt mit einem Schlag zusammenbrechen lassen. Ein Gedanke verfestigte sich jedoch immer stärker in ihm: Sie musste so bald wie möglich mit ihrem Herumgetanze aufhören, auch wenn sie bisher weder durch Drohungen noch mit schmeichelnden Worten und Versprechungen zu einem solchen Schritt zu bewegen war. Er wartete darauf, dass irgendetwas geschah, womit er sie unter Druck setzen konnte. Zwar wusste er noch nicht mit was und wodurch, aber es musste möglichst bald geschehen.

IV. Kapitel

Unruhig und mit Herzklopfen sah Camilla dem Abend entgegen, an dem sie Paul von Waldheim treffen sollte. Sie hatte sich zwar vorgenommen, nicht hinzugehen, aber ihr Vorsatz schwankte immer mehr und kippte schließlich ganz. Die ganze Zeit musste sie an ihn denken. An seine sonore Stimme, seine etwas überhebliche Art zu sprechen. Seine männliche Eleganz und gleichzeitige Lässigkeit, das hellbraune, glatt nach hinten gekämmte Haar, sein perfektes Profil. Aber all das war nichts gegen den sprechenden Blick seiner blaugrünen Augen, der sie von Anfang an mitten ins Herz getroffen und ihre Knie zum Zittern gebracht hatte. Noch nie hatte ein Mann sie so angesehen. Sie fürchtete sich beinahe vor der Faszination, die von ihm ausging. Was hatte er ihr zu sagen? Wusste er etwas von ihrem Vater? Kannte er ihn oder Tessa? In der Nacht vor dem Treffen mit Paul schlief sie kaum. Im Laden war sie unkonzentriert und voll fiebriger Erregung. Die Minuten wurden zu Stunden – unendlich langsam rückte der Zeiger der Uhr voran. Ihr Gesicht glühte, als sie nach Dienstschluss ihre Haare vor dem Spiegel im Nacken locker zusammenflocht und etwas Creme auf ihre Lippen gab, damit sie glänzten. Die hochgeschlossene weiße Bluse, die sie trug, hatte sie selbst genäht, ebenso den locker fallenden, langen Rock in schlichtem Dunkelblau. Sie zurrte einen breiten Gürtel um ihre Taille und atmete tief durch, bevor sie sich auf den Weg machte. Sie würde einfach nur fragen, was er von ihrem Vater wusste, und dann sofort wieder gehen. Das hatte sie sich fest vorgenommen. In der einfachen, ein wenig muffigen Wirtschaft in der Kantstraße standen nur wenige Tische, an denen ein paar Gäste Bier tranken oder Karten spielten. Paul hatte einen Platz in einer versteckten Ecke gewählt. Er war schon da, trat ihr entgegen und küsste ihr galant die Hand, eine Geste, die sie noch mehr in Verlegenheit brachte. »Ich kann nicht lange bleiben«, sprudelte sie hastig hervor. »Sagen Sie mir: Was wissen Sie von meinem Vater?«

»Setzen Sie sich doch bitte erst einmal«, versuchte Paul sie zu beruhigen. »Die anderen Gäste schauen schon auf uns. Nehmen Sie einen Schluck Wein – und dann unterhalten wir uns in aller Ruhe. Sie können sich gar nicht vorstellen, wie ich mich auf den Moment gefreut habe, Sie zu sehen!« Er lächelte sie an.

Camilla schlug verlegen die Augen nieder und nahm zögernd Platz. Sie stieß dabei so ungeschickt gegen den Tisch, dass das Glas ins Wanken kam, das vor Paul stand. »Ihrer Verlobten wäre das sicher nicht recht …«

»Meiner Verlobten …«, murmelte Paul zweifelnd und Camilla bemerkte eine leise Falte des Unwillens zwischen seinen Augenbrauen. Er seufzte, als bedrücke ihn eine schwere Last. »Eigentlich bin ich mir gar nicht mehr sicher, ob ich Adelheid heiraten will. Wir sind so verschieden …« Er sah ihr aufmerksam in die Augen, doch Camilla ging nicht darauf ein.

»Sie sprachen neulich von … jemandem, der mich sucht«, begann Camilla erneut. »Mein Vater – George Wanstetten? Kennen Sie ihn?« Sie sah ihn fragend an.

Der Kellner in einer fleckigen Schürze trat an ihren Tisch und fragte mürrisch. »Hat die Dame einen Wunsch?«

»Was möchten Sie trinken?«, fragte Paul zuvorkommend. »Ich kann Ihnen ein Glas Portwein empfehlen. Er ist hier nicht schlecht.«

Camilla nickte, obwohl sie noch nie im Leben Portwein getrunken hatte. »Was wissen Sie von meinem Vater?«, wiederholte sie beharrlich.

»Nichts«, gestand Paul. »Obwohl ich gern erfahren würde, warum er sich nie um Sie gekümmert hat«, sagte er aufs Geratewohl.

»Wie … wie kommen Sie denn darauf?« Camilla traten gegen ihren Willen Tränen in die Augen. »Mein Vater hatte sicher seine Gründe … wirtschaftliche Schwierigkeiten. Er wird sich schon melden, wenn …« Ihre Mundwinkel zitterten und ein aufkommendes Schluchzen erstickte ihre Stimme. Sie konnte nicht weitersprechen und bedeckte die Augen mit der Hand.

»Oh, es tut mir leid! Ich wollte Ihnen nicht wehtun.« Paul ergriff ihre Hand und drückte rasch und ohne dass sie es verhindern konnte, einen Kuss auf die Innenfläche. »Und finde es sehr schade, dass ich Ihnen nichts Neues über Ihren Vater mitteilen kann. Aber wenn ich ihn nicht erwähnt hätte, wären Sie sicher nicht zum Rendezvous gekommen.«

»Aber woher wussten Sie das überhaupt …?« Camilla stockte und sah ihn erstaunt an.

Paul wand sich ein wenig. »Um ehrlich zu sein, habe ich mich ein wenig über Sie erkundigt – weil ich erfahren wollte, wer Sie sind und woher Sie kommen. Niemand konnte mir jedoch Genaueres mitteilen. Nur, dass Sie im Kloster waren. Verzeihen Sie mir, dass ich ein wenig geschwindelt habe. Aber es war die einzige Möglichkeit, Sie zu treffen. Ihr Schicksal berührt mich sehr.«

»Mein Schicksal geht Sie gar nichts an!« Camilla entriss ihm ihre Hand und schlug auch das Taschentuch aus, das er ihr reichen wollte. »Was könnte ich Ihnen schon bedeuten? Sie haben doch alles …« In diesem Moment stellte der Kellner das Glas Portwein vor ihnen auf den Tisch. Sie ergriff es und trank den süßlichen Inhalt mit einem Zug aus.

»Ja, genau das dachte ich bis jetzt auch«, sagte Paul nachdenklich. »Dass ich alles hätte, was ich mir wünschen könnte. Aber seit Sie mir begegnet sind, habe ich nicht aufgehört, an Sie zu denken. Und dann habe ich begriffen …, dass ich«, er suchte nach Worten, »dass ich mich unsterblich in Sie verliebt habe.«

Camilla schoss vor Verlegenheit das Blut ins Gesicht. So etwas hatte ihr noch niemand gesagt. Sie senkte den Blick und wusste eine Weile nicht, wie sie reagieren sollte. Dann erhob sie sich und sah ihn streng an. »Aber … wir kennen uns doch kaum! Ich sage es Ihnen gleich: Wenn Sie auf eine unverbindliche Liebschaft hoffen, muss ich Sie leider enttäuschen. Für so etwas bin ich nicht zu haben.« Sie wandte sich zum Gehen, blieb aber mit dem Bügel ihrer Handtasche am Stuhl hängen.

»Nein – nein, es ist wirklich ganz anders!« Paul hielt ihren Arm fest und sah sie bittend an. »Wenn Sie wüssten, wie ernst ich es meine. Und wie wunderschön Sie in diesem Moment sind! Ich finde keine Ruhe mehr, seit ich Ihnen begegnet bin. Sie müssen mir glauben!«

»Das kann ich nicht. Sie sind verlobt. Und Ihre Braut kommt aus einer ganz anderen Welt als ich. Sie ist reich und sehr schön. Bleiben Sie bei ihr. Sie passt genau zu Ihnen. Sie sind ein ideales Paar.«

»Das dachte ich auch. Aber dann …« Er sah sie beschwörend an: »… habe ich meine Meinung geändert. Ich komme einfach nicht gegen meine Gefühle an! Bitte setzen Sie sich doch wieder. Wir wollen über alles reden.« Seine Hand brannte auf ihrem Arm und obwohl er sie nicht festhielt, nahm sie wie unter einem Bann wieder Platz. Der hastig hinuntergeschüttete

Portwein verursachte eine sanfte Wärme in ihrem Innern und ein Gefühl, dass eine offene Aussprache einiges klären würde.

»Erzählen Sie mir etwas über sich«, sagte er sanft und winkte dem Kellner, neuen Wein zu bringen.

»Da gibt es nicht viel zu erzählen!« Ohne es zu wollen, tauchte Camilla in das beruhigende und zugleich erregende Blaugrün seiner Augen ein wie in einen tiefen See. Echtes Interesse stand darin und etwas Unerklärliches, das sie faszinierte und festhielt. Sie blieb einen Augenblick stumm. »Wir kamen aus Amerika«, begann sie dann leise. »Mit dem Schiff. Meine Schwester Emily und ich. Unsere Mutter war gestorben und Vater hatte eine neue Geliebte, Tessa. Er flüchtete vor seinen Schulden, vor seinen Gläubigern. Es blieb ihm wohl nichts anderes übrig, als uns ins Kloster zu bringen. Und seitdem habe ich nichts mehr von ihm gehört.«

»Und was ist mit Ihrer Schwester Emily? Ist sie noch im Kloster?«

Ein kalter Schauer überlief Camilla bei diesen Worten und sie senkte den Kopf. »Ich möchte nicht darüber reden. Sie ist tot.«

»Verzeihen Sie. Aber ich will am liebsten alles über Sie wissen. Damit ich mir diese Anziehung erklären kann, die Sie auf mich ausüben. Ich könnte Sie immer nur ansehen! Stundenlang!« Pauls warme Stimme umhüllte sie schmeichelnd. Er rückte seinen Stuhl dicht neben sie und kam ihr dabei ganz nahe. Seine Hand unter ihr Kinn legend, drehte er ihren Kopf zu sich. »Ich liebe Sie! Vom ersten Moment an, als ich Sie sah – als Sie im Modehaus wie eine Prinzessin die Treppe herabschritten. Ich schwöre Ihnen, dass ich so etwas noch nie erlebt habe.« Er zog sie sanft zu sich, legte zärtlich den Arm um ihre Schultern und sah sie fragend an. »Glauben Sie mir das? Es war … wie ein Blitz aus heiterem Himmel.«

»Sie dürfen mich nicht lieben.« Erschrocken versuchte Camilla ihn abzuwehren. Doch sie spürte am ganzen Körper, wie der eigenartige Zauber, der von Paul ausging, bei seiner Berührung und in seiner Nähe weiter zunahm und sie beinahe willenlos machte. »Und Ihre Verlobte …« Ihre Stimme brach ab, als er sie abrupt losließ.

»Reden wir jetzt nicht mehr von ihr. Ich liebe Adelheid nicht.« Paul runzelte die Stirn. »Ich dachte es vielleicht eine Zeit lang. Aber jetzt weiß ich, dass ich es nie getan habe. Natürlich ist sie schön, elegant und gut erzogen. Alles in allem eine hervorragende Partie. Ich will Ihnen die Wahrheit sagen.« Er seufzte leise auf. »Ich habe Adelheid nicht ganz ohne Grund umworben. Meine Schulden zwangen mich dazu. Als ich ihr begegnete, verwechselte ich Achtung mit Liebe und glaubte, das genüge für eine Verbindung. Aber jetzt weiß ich, dass es nicht reicht. Seit ich Sie … seit ich dich gesehen habe.« Er ließ seine Hände zärtlich über ihr Haar, ihren Nacken und ihre Schultern gleiten. Camilla wich ihm nicht aus, sie schloss unter der zärtlichen Berührung die Augen und ließ sie geschehen. »Spürst du es nicht auch? Diese Magie, die uns verbindet«, seine Stimme klang schmeichelnd und vibrierte leise an ihrem Ohr. »Die uns nicht loslässt und die wir nie wieder vergessen werden? Ich weiß, dass ich dir nicht gleichgültig bin. Sieh mich an, dann gibt es nur noch dich und mich!«

Ein leichtes Beben durchlief Camilla bei diesen Worten. Er sprach das aus, was auch sie fühlte und dachte. Sich in seinem Blick verlierend, konnte sie eine ganze Weile nichts sagen. »Ich liebe dich«, wiederholte er flüsternd, umfasste ihren Kopf mit beiden Händen und näherte seinen Mund dem ihren. Es kostete Camilla unendlich viel Kraft, ihn zurückzudrängen. Tief Luft holend, zwang sie sich zu dem letzten Rest Vernunft, den sie noch besaß. »Nein, Herr von Waldheim. Das mit uns – das kann nicht gut gehen. Ich wäre doch nicht mehr als ein

Abenteuer für Sie. Heiraten Sie Ihre Verlobte. Ich … kann Ihnen nichts bieten. Wir würden nur unglücklich werden. Es ist besser, wenn wir uns niemals wiedersehen.« Sie schob den Stuhl nach hinten und stand auf, ein wenig schwindlig vom Wein, von Pauls Geständnis und seinen sanften Berührungen und Blicken. Überhastet lief sie hinaus, während ihr der Kellner kopfschüttelnd nachsah. »Diese Weiber«, murmelte er vor sich hin und sah bedauernd auf Paul, der reglos am Tisch saß und in sein leeres Glas starrte.

***

Tessa saß vor dem Schminkspiegel ihrer engen Garderobe, zog noch einmal ihre Augenbrauen nach und fuhr mit der Puderquaste über Gesicht und Dekolleté. Gleich würde ihr Auftritt kommen, mittlerweile eine kleine Sensation in der Lady's Bar. Der schmale Saal war voll, schummrig und die Luft voller Rauch. Die Leute hörten noch der Sängerin im Vorprogramm zu, aber alle warteten gespannt auf sie, den Höhepunkt des Abends. Rasch überprüfte sie noch einmal den Sitz ihres knappen Höschens und den Kopfputz aus Federn auf ihren schwarzen, lockigen Haaren. Sie präsentierte seit Neuestem eine Art Schleiertanz, den sie selbst entworfen hatte und der darin gipfelte, dass am Ende nur noch ein paar Federn und die künstlichen Margeritenblüten auf den Brustwarzen ihren perfekten Körper verhüllten. Sie liebte es, sich gewagt zur Schau zu stellen und dem Publikum für einen kurzen Moment den Atem zu rauben. Im Spiegel sah sie den Artisten Tonio eintreten. Er trug schon sein Kostüm, eine enge schwarze Satinhose und ein ebensolches Stirnband, das seine dunklen Locken bändigte. Seinen nackten, kräftigen Oberkörper hatte er eingeölt, damit die Muskeln glänzten und besser zur Geltung kamen. Kichernd duldete sie, dass er sie auf den Nacken küsste. »Nicht!«, wehrte sie ihn halbherzig ab, als er sie umschlingen wollte. »Lass das Tonio. Ich bin schon für den Auftritt hergerichtet.«

Tonio lächelte und gab ihr besitzergreifend einen Klaps auf den Po, als sie sich erhob. »Du bist doch das beste Pferd im Stall, Süße. Hör nur, wie ungeduldig die Leute schon sind. Sie kommen nur wegen dir! Du tanzt wirklich göttlich. Wo hast du das bloß gelernt?«

Stolz schob Tessa den Federputz auf dem Kopf zurecht und wischte die Schminkutensilien, die unordentlich herumlagen, einfach auf die Seite. »Ich hatte mich als junges Mädchen für klassisches Ballett entschieden. Aber die Umstände – ich konnte die Ausbildung nicht beenden. Meine Eltern haben mir verboten, zu tanzen.«

»Und was hast du dann gemacht?«, fragte Tonio verblüfft.

»Ich bin von zu Hause weggelaufen – bin umhergetingelt.« Tessa schob die Unterlippe vor. »Ich wollte selbstständig sein. Schon damals war ich ein ziemlich ungehorsames Mädchen.«

»Du hast wirklich Mut. Ich kenne keine Frau, die so viel Courage hat.« Er sah sie bewundernd an. »Warum tun wir uns nicht zusammen? Wir könnten selbst eine Bar aufmachen, unser eigenes Programm gestalten. Du und ich …«

Tessa legte ihm rasch die Hand auf den Mund. »Pst! Wenn das der Chef hört! Außerdem … du weißt doch, dass ich liiert bin. George würde mich niemals gehen lassen. Ich habe ihm viel zu verdanken.« Sie spitzte die Lippen und sandte Tonio einen imaginären Kuss. »Ich glaube, er könnte ziemlich eifersüchtig werden.«

»Und warum lässt er dich dann hier auftreten?« Tonio sah sie provozierend an. »Dein reicher Freund?«

»Das verstehst du nicht. Mir geht es nicht ums Geld. Ich brauche Freiraum, damit ich machen kann, was ich will. Meine Träume leben – tanzen! Das akzeptiert er.«

»Aber liebt er dich überhaupt?«

»Unsere Beziehung hat sich abgekühlt.« Tessas seufzte. »Jeder macht in letzter Zeit, was er will. George ist sehr erfolgreich mit seinen Geschäften und hat nichts anderes mehr im Kopf als das. Wir sehen uns kaum.«

In einer plötzlichen Anwandlung schlang sie die Arme um Tonios Hals. »Aber ich habe ja dich. Du gibst mir, was ich will – und was ich brauche. Liebe!«

»Bleib heute über Nacht bei mir!« Tonio presste sie an sich, zerdrückte ein paar Federn und küsste sie leidenschaftlich auf den Mund. Tessa riss sich lachend los. »Jetzt hast du mein Lippenrot verschmiert!« Sie eilte zum Spiegel, tupfte mit einem Tuch die Spuren weg und zeichnete ihre Lippen wieder sorgfältig nach. Über die Schultern rief sie Tonio zu: »Vielleicht. George schläft ohnehin so fest wie ein Murmeltier. Er achtet nicht darauf, wann ich heimkomme.«

»Frau Taylor!«, die Assistentin schob den Vorhang der kleinen Garderobe beiseite. »Ihr Auftritt! Die Leute werden schon ungeduldig.« Tessa erhob sich mit einem verführerischen Blick zu Tonio und dieser reichte ihr Teile eines durchsichtigen, mehrlagigen Umhangs, in den sie sich geschickt hineinwand, um ihn beim Tanzen Schicht für Schicht wieder abzulegen. Sie trat auf die kleine Bühne, verbeugte sich und breitete strahlend die Arme aus. Beifall und Pfiffe empfingen sie.

***

George wurmte es gewaltig, dass es Tessa zumeist gelang, ihren Willen durchzusetzen, doch er kam gegen sie nicht an. Mehr und mehr war er der Meinung, dass eine Baronin von Steinbrücken genug zu tun hätte, wenn sie das Haus hütete, Gäste empfing und das Personal beaufsichtigte. Und was tat Tessa? Sie tanzte halb nackt in einer Bar. Zum Glück hatte noch niemand von ihren Capricen erfahren, aber er nahm sich jetzt fest vor, sie wenn nötig mit Gewalt zu zwingen, mit ihrem unzüchtigen Herumgehopse, wie er es abwertend nannte, aufzuhören. Jetzt brauchten sie ihr Geld schließlich nicht mehr. Sie musste einsehen, dass sie seinen guten Ruf mehr und mehr gefährdete. Er legte sich zurecht, was er ihr sagen würde. Im Übrigen fühlte er sich heute ziemlich erschöpft, er war den ganzen Tag herumgelaufen und hatte Verhandlungen geführt. In der Vorstadt, wo er plante, neues Gelände zu erwerben, war er schließlich in einer Kneipe versumpft. Eigentlich hatte er nur ein Bier trinken wollen, aber dann war es doch mehr geworden. Während er über sein Glas gebeugt an der Theke über alles nachdachte, verstärkte sich sein dumpfer Groll gegen Tessa. Er nahm sich vor, zu Hause zu warten, bis sie heimkehrte, und wenn es noch so spät sein würde. Es musste einfach eine Entscheidung getroffen werden!

Trotz dieses Vorsatzes schlief er abends in seinen Kleidern im Sessel ein. Mitten in der Nacht wachte er auf und sah auf die Pendeluhr in der Ecke. Es war vier Uhr und Tessa schien noch nicht da zu sein. Wut packte ihn, als er in ihr leeres Schlafzimmer trat. Wo war dieses Miststück bloß? In der Bar konnte sie um diese Zeit nicht mehr sein, die hatte schon geschlossen. Er sah aus dem Fenster. Die Straße vor ihm, erst halb fertiggestellt, lag still im Mondlicht. Eine ganze Weile hatte er nicht darauf geachtet, wann sie kam und wann sie ging, so sehr war er mit sich und seiner Arbeit beschäftigt gewesen. Tagtäglich hatte er die Bauarbeiten im neuen Gelände überwacht und an seinem Schreibtisch gegrübelt und gerechnet und war anschließend zu Fuß auf die andere Seite der Spree geeilt, zur Börse in der Burgstraße. Sein unermüdlicher Einsatz in letzter Zeit hatte sich gelohnt, aber dafür hatte er schließlich schwer gerackert und war jeden Abend todmüde ins Bett gefallen. Jetzt, wo alles etwas leichter schien, wollte er sich wieder mehr um sein Privatleben kümmern. Nervös und schlaflos blickte er noch einmal auf die Uhr. Um diese Zeit war natürlich nirgendwo mehr eine Droschke zu finden.

Mit steigendem Grimm machte er sich zu Fuß auf den Weg in die Innenstadt zur Lady's Bar. Die frische Luft ernüchterte ihn ein wenig. Er schlug den Weg in die Leipziger Straße ein und suchte in den engen Gassen hinter den neuen Mietshäusern nach dem roten Gaslicht an der Bar. Doch das Lokal war bereits geschlossen, dunkel und ruhig. George rüttelte an der Tür, bis sich oben ein Fenster öffnete. »Wat machste denn hier fürn Krach, Mensch!«, ertönte die verschlafene Stimme einer Frau. »Du has wohl noch nich jenuch. Aber det Lokal is um die Zeit längst jeschlossen. Hau ab! Nich mal nachts hat ma mer Ruhe.« Grollend schloss sie das Fenster.

George duckte sich mit dem Rücken gegen die Mauer. Wo war Tessa bloß? Wo trieb sie sich herum? Eifersucht und ein unbezwingbarer Drang, die Geliebte aufzuspüren, erfassten ihn. Mit gesenktem Kopf schlich er aus der Gasse. Es wurde langsam hell, die Schatten der Nacht verflogen allmählich. Und mit dem ersten Hauch des Morgenlichts überkam George eine gewisse Ernüchterung. Hatte er wirklich angenommen, Tessa könnte ihm treu sein? Er fror. Aber vielleicht war sie ja längst zu Hause, während er hier herumirrte. Erschöpft schlurfte er durch die Stadt, die trotz des allgemeinen Aufschwungs einen verwahrlosten Eindruck machte. An vielen Stellen wurde gebaut, lag Schutt herum, stolperte man über aufgerissene Straßen.

Zu Hause angekommen, war Tessas Bett immer noch leer. Das fahle Grau des anbrechenden Tages war mitleidlos. Überdeutlich warf der Spiegel sein Bild zurück: ein älterer Herr mit grauen Schläfen, abgekämpftem, müdem Gesicht und Tränensäcken unter den Augen. Er erkannte sich in dem Mann mit dem leeren Blick kaum wieder, er, der einst Frauenherzen zum Schmelzen gebracht hatte. Als die neue Standuhr im Salon fünf dumpf tönende Schläge tat, erschrak er. Obwohl er nach dem längeren Marsch eine bleischwere Müdigkeit in den Beinen fühlte und seine Augenlider immer wieder drohten, hinabzusinken, setzte er sich am Fenster des Salons auf die Lauer. Er hatte sich zur Stärkung eine neue Flasche Schnaps geholt, aus der er von Zeit zu Zeit einen Schluck nahm. Leise Geräusche, Schritte und unterdrücktes Lachen ließen ihn plötzlich aufhorchen. Es war Tessa, Arm in Arm mit einem hochgewachsenen, jungen Burschen, der sein Sohn hätte sein können. Er sah Tessa verliebt an, strich ihr übers Haar, drückte sie an sich und küsste sie. George fuhr hoch, das Blut schoss ihm ins Gesicht und jäher Zorn packte ihn. Mit schnellen Schritten war er bei der Tür und stand wie ein Rachenengel auf der Schwelle. »Wo kommst du her, du Hure?«, brüllte er Tessa an. Er stürzte die Treppe hinunter, packte sie bei den Schultern und schüttelte sie. Tessa war bleich geworden und sah ihn ängstlich an, ohne ein Wort zu erwidern. Da sprang ihr Begleiter dazwischen. »Lassen Sie sie los!«, rief Tonio und versetzte George einen Stoß, der ihn taumeln und beinah hinfallen ließ. Er starrte den fremden Mann mit übernächtigen, blutunterlaufenen Augen an. »Du … wagst es, mich anzufassen? Wer bist du, frecher Kerl?«, schrie er und die Ader an seiner Stirn trat deutlich hervor.

»Ich bin Tonio Garlando«, sagte der Angesprochene ruhig, »ein Kollege von Tessa. Ich habe sie nach Hause begleitet.«

»Ein Kollege, so, so!« Vor Georges Augen tanzten bunte Funken. Er begann die Ärmel seines Hemdes hochzukrempeln und ballte die Faust gegen Tonio. »Du hast sie also nur nach Hause begleitet! Komm her, dann schlage ich dir eins in die Fresse!«

In diesem Moment stellte Tessa sich ihm in den Weg. »Bitte George, lass das! Du kommst gegen ihn nicht an, er ist Artist und Boxer. Ich werde dir alles erklären.«

George schob sie grob von sich. »Da gibt es nichts zu erklären. Geh mir aus dem Weg. Das ist eine Sache unter Männern.«

Er schrie Tonio an: »Was hast du mit ihr? Seit wann geht das schon?«

»Ich liebe Tessa«, gab Tonio unumwunden zu. Er trat einen Schritt zurück. »Und ich möchte, dass sie bei mir bleibt. Wir passen zusammen, könnten miteinander arbeiten!«

Bei diesen Worten sah George rot. Er warf sich auf Tonio, der ihn wie eine lästige Fliege mit einem geübten Griff auf den Boden beförderte. Ächzend rappelte George sich wieder auf und wischte sich den Schweiß von der Stirn. »Dir werd ich's zeigen, du Lump!« Er ging erneut auf Tonio los und packte ihn an der Jacke. Doch dieser stieß ihn mit lässiger Mühelosigkeit wieder zu Boden. Tonio warf Tessa einen auffordernden Blick zu, die sich nach oben auf die Eingangstreppe geflüchtet hatte. »Ich gehe jetzt. Kommst du mit?«, fragte er. »Oder willst du etwa bei diesem alten Sack, diesem kraftlosen Waschlappen bleiben? Entscheide dich!« Ein spöttisches Lächeln verzog seine Lippen.

Tessa schien zu zögern, sich zu fürchten, an George vorbei zu müssen. Er lag immer noch da, hatte aber den Kopf gehoben und starrte sie wie von Sinnen an. »Du Miststück!«, keuchte er. Blut rann ihm von der Stirn in die Augen. Hilfesuchend streckte Tessa Tonio die Arme entgegen. Er eilte die Treppe zum Eingang hinauf, umfasste sie zärtlich und flüsterte ihr etwas zu. George beobachtete die beiden vom Boden aus. Er hatte nicht mehr die Kraft aufzustehen. Aber er musste sie aufhalten, um jeden Preis. Mühsam kroch er auf allen vieren die ersten beiden Stufen empor, bekam den Fuß des Artisten zu fassen und umklammerte ihn, so fest er konnte. Mit aller Kraft und einem heftigen Ruck riss er Tonio von den Beinen und zog ihn mit dem Einsatz seines gesamten Körpergewichtes die Treppe hinunter. Tonio, der den überraschenden Angriff nicht voraussehen konnte, stolperte, fiel nach hinten und schlug rücklings mit Kopf und Nacken so unglücklich auf die unterste Stufe, dass er reglos liegen blieb. George stierte eine Weile mit stumpfem

Blick und leisem Triumph auf seinen Gegner, der sich nicht mehr rührte.

»Tonio!« Tessa stieß einen erschrockenen Schrei aus: »Tonio! Um Himmels willen!« Sofort war sie bei ihm und hob seinen Kopf an, der unnatürlich schief zur Seite hing und haltlos zurückgefallen wäre, wenn sie ihn losgelassen hätte. Vorsichtig legte sie ihn wieder ab und als sie ihre Hand zurückzog, war diese feucht und rot von Blut. Tonios braune Locken färbten sich am Hinterkopf rasch dunkel, Blut sickerte hervor und breitete sich zu einer Lache aus. »Einen Arzt«, schrie Tessa, »schnell, einen Arzt! Tonio, wach auf!« Sie tätschelte seine Wange und seine offenen, dunklen Augen sahen sie erstaunt, aber blicklos an. »Sag etwas!«, keuchte sie. »Wach doch auf!« Dann brach sie in haltloses Schluchzen aus.

V. Kapitel

Camilla hatte beschlossen, hart zu sich selbst zu sein, nachdem Paul immer wieder unter verschiedenen Vorwänden im Modesalon erschienen war, um sie zu sehen. Sie schob alle romantischen Illusionen beiseite, auch wenn ihr das Herz dabei wehtat. Sie musste aus Pauls Leben verschwinden, solange sie in dem Gefühlschaos, das sie überschwemmte, noch dazu in der Lage war. Wenn sie jetzt nachgab, würde er ihr Leben zerstören und sie ins Unglück stürzen. Eine Heirat zog er sicher nicht in Betracht, verwöhnt und anspruchsvoll, wie er war. Sie war schließlich arm und nicht einmal von Stand. Auch wenn er es jetzt ernst meinte, eines Tages würde er sicher bereuen, Adelheid von Römern ihretwegen verlassen zu haben. Wenn man den Gerüchten um ihn Glauben schenken wollte, dann steckte er außerdem so tief in Schulden, dass seine Familie sich bereits von ihm distanziert hatte. Nur eine Trennung konnte es ihr ersparen, nach dem ersten Überschwang der Gefühle sitzen gelassen zu werden. Am besten war, sie würden sich nie mehr wiedersehen. Nach kurzem Zögern meldete sie sich in Baumanns Modehaus krank und kündigte dann mit sofortiger Wirkung. Herr Baumann, der Chef, war zum Glück auf Geschäftsreise. Und Fräulein Kreuzberger, die Direktrice, verzog nur mokant den Mund, so als ob die Kündigung ihr nicht ganz ungelegen kam.

Für Camilla hieß es nun, sich so schnell wie möglich eine neue Bleibe und Anstellung zu suchen, mit der sie sich ihren Lebensunterhalt verdienen konnte. Unschlüssig spazierte sie in der Stadt umher und wanderte bis zum Wiesenpark am Landwehrkanal hinaus. Von trüben Gedanken erfüllt, setzte sie sich dort auf eine freie Bank. Viele Leute genossen hier das warme Maiwetter und die ersten Sonnenstrahlen. Camilla schloss die Augen und dachte über ihre Situation nach. War es wirklich die richtige Entscheidung gewesen, so Hals über Kopf ihre sichere Stellung aufzugeben? Einer Liebe wegen, die wie ein Wirbelsturm über sie hereingebrochen war? All dies nur eines oberflächlichen Dandys wegen, der bestimmt jeder Frau erzählte, dass er sie liebte, um sie in sein Bett zu bekommen? Eine innere Stimme sagte ihr jedoch, dass sie richtig gehandelt hatte, so schwer es ihr auch fiel. Es gab genug junge Mädchen, denen so etwas passiert war und die dann mit einem Kind im Elend landeten.

»Erlauben Sie, mein Fräulein?« Die Stimme ließ sie zusammenfahren. Sie sah auf. Ein junger Mann stand vor ihr, ordentlich gekleidet und mit einem Rucksack auf dem Rücken. Dunkle Locken fielen ihm in die Stirn und ein dichter Schnauzbart zierte seine Oberlippe. Ohne ihre Antwort abzuwarten, nahm er ungeniert neben ihr Platz, stützte den Kopf in die Hände und begann, in einer kleinen Broschüre zu lesen. »Ich fasse es nicht«, murmelte er nach einer Weile vor sich hin. »Das ist Verrat an Deutschland!«

»Pardon, haben Sie … mit mir gesprochen?« Camilla wandte den Kopf und sah ihn befremdet an.

»Nein, ich rede nur manchmal mit mir selbst. Das gewöhnt man sich wahrscheinlich an, wenn man eine Weile sehr einsam ist«, erwiderte der Fremde, in dessen dunkel umschatteten

Augen ein verhaltenes Feuer zu brennen schien. »Man sagt ja, wenn das Herz voll ist, dann geht der Mund über.«

Ein komischer Kauz, dachte Camilla und erhob sich.

»Nein, bitte bleiben Sie«, sagte der Fremde und sah sie beinahe flehend an. »Ich wollte Sie wirklich nicht vertreiben. Und entschuldigen Sie mein schlechtes Benehmen.« Er trat ihr in den Weg und deutete eine Verbeugung an. »Gestatten: Ferdinand Cohen-Blind, ehemaliger Student der Landwirtschaftlichen Akademie. Und denken Sie jetzt bitte nicht, dass ich irgendwelche Absichten habe. Oh, nein!«, er hob beschwörend die Hand. »Bestimmt nicht. Ich bin nur ein bisschen durcheinander. Die politische Lage regt mich furchtbar auf …«

»Wieso, was stört Sie denn daran?«, fragte Camilla, die zögerte, wieder Platz zu nehmen.

»Alles! In erster Linie aber dieser arrogante ehemalige Landjunker Bismarck. Ausgerechnet den hat der König zum Ministerpräsidenten gemacht! Er meint wohl, man muss das Land mit der Knute regieren!« Er zog finster die Stirn in Falten. »Ich komme gerade von einer studentischen Versammlung, auf der wir lebhaft darüber diskutiert haben. Irgendjemand hat dann die Polizei gerufen und wir wurden brutal auseinandergetrieben.« Er schüttelte den Kopf. »Ich gebe zu, die Stimmung unter uns Kommilitonen war ziemlich aufgeheizt. Aber deshalb muss man uns doch nicht wie Schurken behandeln«, fügte er erregt hinzu. »Wie Kriminelle!«

Camilla wusste nicht recht, was sie davon halten sollte. Doch da der junge Mann keinen unsympathischen Eindruck machte, blieb sie höflich. »Das tut mir sehr leid für Sie und Ihre Freunde, aber …«, begann sie, doch der Student fiel ihr ins Wort. »Ich denke, Sie verstehen, was ich meine. Bestimmt wären auch Sie auf unserer Seite, wenn Sie genau wüssten, worum es geht. Aber man hindert uns ja daran, unsere Meinung öffentlich zu vertreten. Man stopft uns den Mund, weil wir gegen

Bismarck protestieren, der die Demokratie unterdrückt! Dabei sieht doch jeder, der Augen im Kopf hat, wohin das führen wird: in einen Bruderkrieg gegen Österreich. Jedermann weiß doch, dass Deutschland den nicht gewinnen kann!« Er atmete heftig.

»Das ist vielleicht nur Ihre Meinung …« Camilla sah sich jetzt beunruhigt nach allen Seiten um. Mehrere Spaziergänger kamen vorbei. Sicher konnte sie jemanden um Hilfe bitten, falls der Unbekannte sie noch länger bedrängte.

»Nein, auch eine große Anzahl von Gesinnungsgenossen steht auf meiner Seite!«, ereiferte sich der junge Mann weiter. »Ich wage es, Otto von Bismarck einen Kriegstreiber und Verräter an Deutschland zu nennen! Und wenn man mich dafür ins Gefängnis steckt. Man müsste den Mann rechtzeitig unschädlich machen, bevor er noch mehr anstellt!« Mit zornig aufglühenden Augen sah er Camilla an, die leicht zurückwich. Ihr erschrockener Gesichtsausdruck ernüchterte ihn etwas. »Nein, bitte! Laufen Sie jetzt nicht weg!« Er hob beschwörend die Hände. »Und denken Sie nicht schlecht von mir. Verzeihen Sie, wenn ich Sie durch meine Direktheit erschreckt habe!« Er wurde plötzlich ganz kleinlaut. »Ich versichere Ihnen – ich bin ein sehr friedliebender Mensch. Aber ich habe ein aufbrausendes Temperament. Vielleicht steigere ich mich ja zu sehr in diese Sache hinein.« Er holte tief Atem und setzte sich wieder auf die Bank. »Bitte, liebes Fräulein – tun Sie mir den Gefallen und nehmen Sie doch auch wieder Platz«, sagte er mit schwach klingender Stimme. »Ich bin so froh, dass ich mich einmal bei einem Menschen aussprechen konnte.« Er legte die Hand über die Augen. »Mir ist ganz schwindlig. Den ganzen Tag habe ich noch nichts zu mir genommen.« Er war plötzlich sehr bleich geworden und lehnte sich mit geschlossenen Augen zurück. Camilla sah ihn verunsichert an. Dieser Mann war zutiefst einsam und unglücklich, das konnte man nicht übersehen. Mitleid überkam sie und ohne länger zu überlegen lief sie zum nahe gelegenen Landwehrkanal, feuchtete ihr Taschentuch an und legte es vorsichtig auf seine Stirn. »Geht es Ihnen jetzt besser?« Ferdinand Cohen-Blind öffnete die Augen und tat einen tiefen und erleichterten Seufzer. »Ich danke Ihnen. Das ist schön kühl und hat mir gutgetan. Eigentlich darf ich mich gar nicht so aufregen – ich habe ein schwaches Herz.«

»Sind Sie … aus Berlin?«, fragte Camilla, die nicht recht wusste, ob sie gehen oder noch bleiben sollte. Aber irgendetwas an diesem Gespräch fesselte sie und ließ sie in gebührendem Abstand wieder neben ihm Platz nehmen. Ferdinand schüttelte den Kopf. »Nein. Ich komme aus Mannheim, habe aber in Tübingen und Hohenheim studiert. Nach meinem Abschluss machte ich mich zu einer Wanderung durch Böhmen und Bayern auf. Es war wunderschön und ich habe viel über das Leben nachgedacht. Ich bin davon überzeugt, dass jeder Mensch die Bestimmung hat, die Welt ein wenig besser zu machen. Und nun bin ich in Berlin gelandet. Außer den Leuten der Studentenvereinigung, bei der ich heute gewesen bin, kenne ich niemanden hier.« Seine Stimme war immer noch schwach und leise. »Denken Sie bitte nicht schlecht von mir. Aber ich musste meiner Empörung einfach Luft machen – mich über diesen gottlosen Bismarck einmal öffentlich beschweren! Er ist ein skrupelloser und menschenverachtender Politiker, der von Diplomatie keine Ahnung hat!« Er redete sich wieder in Rage. »Ich fürchte, die Lage in Deutschland wird unter seiner Führung mit einer Katastrophe enden. Wenn man diesen Machtbesessenen nur irgendwie stoppen oder zur Raison bringen könnte!«

»Ich habe den Ministerpräsidenten immer für einen sehr vernünftigen Menschen gehalten!«, wagte Camilla dagegenzuhalten. »Die Zeitungen schreiben …«

Cohen-Blind fuhr auf. Seine Augen blitzten. »Das ist es ja. Bismarck beeinflusst die Presse! Tarnt sich für das Volk mit einem Mantel der Biederkeit! Aber man sollte ihm die Maske vom Gesicht reißen. Dann wird man sehen, wie streitsüchtig und hart gesotten er ist!«

»Jetzt regen Sie sich ja schon wieder auf!« Camilla nahm ihre Tasche und holte ein paar Kekse hervor, die sie sich für ihren Ausflug eingesteckt hatte. »Hier – vielleicht geht es Ihnen besser, wenn Sie etwas im Magen haben.«

»Danke – möge Gott es Ihnen vergelten.« Der junge Mann griff gierig danach und verspeiste die Kekse hastig.

»Ich muss gestehen, dass ich mich nicht so sehr mit Politik beschäftige.« Zögernd nahm Camilla das Gespräch wieder auf. »Man kann ja doch nichts an den Entscheidungen der Mächtigen ändern. Nennen Sie mich ruhig unwissend. Aber was finden Sie denn so falsch an der Regierung im Land, Herr Cohen-Blind?«

»Sagen Sie doch bitte Ferdinand zu mir!« Er straffte den Rücken und seine Wangen bekamen langsam wieder Farbe. »Ich werde es Ihnen erklären: Bismarck kämpft gegen das liberal dominierte Parlament und bricht die Verfassung! Er verhält sich wie ein Diktator – natürlich unter dem Mäntelchen, Deutschland zu einigen. Dabei will er das Land nur mit allen Mitteln unter preußische Herrschaft bringen. Aber das würde zu einer Katastrophe führen, vor der man die Augen nicht verschließen darf! Zu Krieg, Blutvergießen und einem schrecklichen Ende. Mit seinem verhängnisvollen Einfluss auf den König wirft er alle demokratischen Regeln über den Haufen. Er fordert Österreich heraus. Denken Sie doch nur an die fortschrittlichen Worte der Französischen Revolution: ›Freiheit, Gleichheit und Brüderlichkeit‹! Warum halten wir uns nicht daran – warum muss es wieder neue Kriege geben? Soll jetzt Blut fließen, nur weil ein Staatsmann wie Bismarck diese Regeln ignoriert?«

Camilla fühlte sich völlig überrumpelt von den politischen Thesen des rebellischen Studenten, musste ihm aber in mancher Hinsicht recht geben. »Ich kann dazu nur sagen, dass ich jede Art von Aufständen und Kriegstreiberei hasse. Immer fallen nur die Unschuldigen. Warum können die Menschen sich nicht einigen und Frieden halten?«

»Wahrscheinlich ist es sehr schwer in dieser Welt«, Cohen-Blind starrte vor sich hin, »sich über Grenzen und Landbesitz friedlich und in Verhandlungen zu einigen. Ohne sich gegenseitig die Köpfe einzuschlagen.«

»Man kann verstehen, dass Österreich niemals freiwillig auf die Regierungsgewalt seiner Gebiete auf deutschem Boden verzichten würde«, fuhr Camilla nachdenklich fort. »Und das bedeutet Krieg.«

»Genau das befürchte ich!« Cohen-Blind nickte mit finsterer Miene. »Ich glaube, jetzt haben Sie verstanden, was ich meine und worüber ich mir so große Sorgen mache.« Er seufzte und machte eine Pause, bevor er fortfuhr. »Aber lassen wir doch lieber dieses unerfreuliche Thema. Ich rede hier die ganze Zeit nur von mir und dem, was mich beschäftigt.« Er holte tief Luft. »Was ist mit Ihnen? Sie machen auf mich so einen ausgeglichenen und heiteren Eindruck. Sprechen wir doch zur Abwechslung einmal von Ihnen.«

»Von mir? Da gibt es nicht viel zu sagen«, wich Camilla aus. »Vielleicht bin ich ja gar nicht so heiter und ausgeglichen. Auf jeden Fall suche ich eine neue Anstellung. Ich stehe ganz allein im Leben. Das ist auch nicht gerade einfach.«

»Dann geht es Ihnen wie mir. Ich wünsche Ihnen viel Glück bei Ihrer Suche. Gerade habe ich mich als Hilfsarbeiter bei der Borsig Maschinenbau-Anstalt gemeldet, um mich finanziell über Wasser zu halten.« Und ein wenig verlegen setzte er hinzu: »Vielleicht nehmen sie mich. Sobald ich meinen ersten Lohn bekomme, würde ich Sie gern einmal … auf eine Limonade einladen. Und erfahren, ob es geklappt hat – ich meine, mit einer neuen Anstellung.« Erwartungsvoll sah er sie an. »Wann darf ich Sie wiedersehen?«

»Ich weiß nicht recht! Wir kennen uns doch kaum.« Camilla rückte auf ihrer Bank noch ein Stück weiter von ihm ab. »Überlassen wir eine weitere Begegnung lieber dem Zufall.« Sie erhob sich und reichte ihm die Hand. »Es war nett, Ihre Bekanntschaft gemacht zu haben, Ferdinand. Ich wünsche Ihnen alles Gute. Auf Wiedersehen!« Nach einer kleinen Pause und nach seinem enttäuschten, ja geradezu traurigen Blick setzte sie hinzu. »Vielleicht führt mich ja der Zufall in … sagen wir, in zwei Wochen wieder an diese Stelle?«

»Gleiche Zeit, gleicher Ort?« Cohen-Blind lebte sichtlich auf. Er nahm ihre Hand, strahlte sie an wie ein kleiner Junge und verlor dadurch viel von seinem grüblerischen Aussehen. »Ich freue mich jetzt schon darauf. Wie heißen Sie überhaupt?«, rief er ihr nach, als sie schon ein gutes Stück entfernt war.

»Camilla«, gab sie lächelnd zurück und war sich nicht sicher, ob er es überhaupt gehört hatte.

Schon am nächsten Tag machte sich Camilla zu ihrer Stellensuche in die Innenstadt auf. Ihr Ziel war ein kleiner Laden mit hübscher Kinderbekleidung, Knöpfen und Stoffen in der Leipziger Straße. Sie hatte die Inhaberin, eine ältere, aber rüstige Dame namens Braun, als Kundin im Modehaus Baumann kennengelernt, wo diese oft Stoffe für ihre Kindersachen gekauft hatte. Frau Braun beschäftigte im Hinterzimmer eine Näherin, aber auch Camilla hatte für sie schon ein paar Teile angefertigt. Mehr als einmal hatte Frau Braun sie aufgefordert, sie doch in ihrem Laden zu besuchen. Jetzt war die Gelegenheit dazu gekommen. Vielleicht konnte Frau Braun ja eine zweite Kraft gebrauchen. Zögernd betrat sie den einfachen, doch sehr liebevoll ausgestatteten Verkaufsraum. »Oh, Fräulein Wanstetten!« Die gepflegte Dame hinter der Theke lächelte freundlich, als sie eintrat. »Wie nett, dass Sie mich besuchen.«

»Guten Tag, Frau Braun. Ich dachte, ich schau mal bei Ihnen vorbei«, sagte Camilla, die nicht gleich mit der Tür ins Haus fallen und auf ihr Anliegen zu sprechen kommen wollte. »Vielleicht haben Sie ja einen Auftrag für mich? Sie waren schon länger nicht mehr im Modehaus Baumann. Wie geht das Geschäft?«

»Eigentlich sehr gut«, erwiderte Frau Braun und erhob sich von ihrem Platz. »Nur«, sie humpelte jetzt schwerfällig hinter der Theke hervor und ein weiß eingegipstes Bein kam unter ihrem Rock zum Vorschein, »mit meiner Gesundheit steht es nicht zum Besten. Vor ein paar Wochen bin ich gestürzt und habe mir das Bein gebrochen. Es will und will nicht richtig heilen. Seitdem komme ich mit der Arbeit kaum nach. Es ist sehr anstrengend für mich, im Laden zu stehen und den Alltag zu bewältigen. Ich hatte schon zwei Aushilfen, aber das war alles nichts Gescheites …«

»Oh«, rief Camilla erfreut aus. »Dann komme ich ja gerade recht! Ich wollte Sie fragen, ob Sie nicht jemanden brauchen. Ich habe im Modehaus Baumann gekündigt.«

»Wirklich?« Frau Braun traten beinahe Tränen in die Augen. »Sie schickt mir der Himmel. Ich wollte den Laden schon verpachten. Aber was sollte ich dann tun? Für mich ist das hier eine reine Herzensangelegenheit …« Sie stockte. »Man kann mich gern für verrückt erklären, dass ich in meinem Alter noch arbeite, statt mich zur Ruhe zu setzen. Aber ich könnte mir ein Leben ohne meine Kunden, ohne meinen Laden und die hübschen Kindersachen, die ich verkaufe, gar nicht vorstellen. Seit mein Mann gestorben ist, habe ich ja niemanden mehr.« Sie sah Camilla unsicher an. »Leider könnte ich Ihnen nur ein bescheidenes Gehalt zahlen. Aber dafür hätte ich in der Wohnung über meinem Laden noch ein Zimmer frei. Wenn Sie wollen, können Sie dort einziehen.«

»Großartig!« Camilla war erleichtert. »Das hätte ich gar nicht zu hoffen gewagt! Wir werden uns sicher einig. Ich könnte gleich anfangen, wenn Sie wollen.«

»Aber … ich darf doch fragen, was der Grund ist, warum Sie Ihre so aussichtsreiche Stellung gekündigt haben?« Die alte Dame sah sie prüfend an. »Gab es da etwas … vielleicht mit Herrn Baumann? Man hört so manches …«

»Nein, nein«, beschwichtigte sie Camilla, »rein persönliche Gründe. Ich möchte jetzt noch nicht darüber sprechen. Aber eines Tages werde ich es Ihnen erzählen.«

»Mein liebes Kind!«, Frau Braun breitete die Arme aus. »Ich freue mich sehr, Sie hier zu haben. Jetzt kann ich mich von Zeit zu Zeit zurückziehen und ein wenig ausruhen, ohne mir gleich Sorgen ums Geschäft machen zu müssen. Kommen Sie, gehen wir gleich zu Johanna, der Näherin. Da können Sie sich die neuen Entwürfe und die Schnitte für die nächste Saison ansehen.«

Wenig später kehrte Camilla in ihr möbliertes Appartement zurück, um ihre wenige Habe einzupacken. Wenigstens hatte sie jetzt auch ein neues Zimmer – und eine sichere Stellung. Es gab ihr einen Stich ins Herz, wenn sie daran dachte, dass Paul nun überall nach ihr suchen würde. Vielleicht würde ja die Zeit die Wunde dieser aussichtslosen Liebe heilen, die so schmerzte, dass sie manchmal glaubte, es nicht ertragen zu können.

***

Es waren noch nicht ganz zwei Wochen vergangen, in denen Camilla sich in Frau Brauns kleinem Laden gut eingelebt und einen Teil der Kunden kennengelernt hatte. Es gab jedoch keine Stunde, in der sie nicht an Paul dachte. Sie träumte von ihm, sehnte sich nach ihm, weinte nachts oft in die Kissen und war manchmal nahe daran, ihren strengen Entschluss rückgängig zu machen. Nach ihm zu suchen oder ihm zu schreiben. Reue über ihr eigenes Verhalten war im Nachhinein in ihr aufgekommen. Vielleicht würde sie nun ihr ganzes Leben als vertrocknete Jungfer verbringen, ohne auch nur ein einziges Mal die wahre Liebe erlebt zu haben! Der Gedanke daran war unerträglich und selbst eine reine Liebschaft mit Paul, eine einzige Umarmung, ein Kuss, schienen ihr jetzt in einem verführerischen Licht. Das hätte vielleicht ihre unsinnige Sehnsucht gestillt, die sie Tag und Nacht quälte. Oft nahm sie Briefpapier zur Hand, griff zur Feder – doch schon nach wenigen Worten, die ihr schal und linkisch vorkamen, knüllte sie das Geschriebene zusammen und warf es in den Papierkorb. Es blieb ihr nur das Tagebuch, dem sie ihren Kummer anvertrauen konnte.

Das Kommen und Gehen im Laden war das Einzige, das sie ablenkte. Und wenn keine Kundschaft kam, entfloh sie ihren sich im Kreis drehenden Gedanken auf andere Weise. Sie zeichnete hübsche Kleidchen, Westen, Blusen oder Röckchen für die Kleinen und schneiderte sie nach ihren Entwürfen. Frau Braun unterstützte sie dabei. Sie war wie eine Mutter zu ihr, umsorgte und kochte sogar manchmal für sie. Doch am Abend, wenn Camilla allein in ihrem Zimmer saß, überfiel sie der alte Schmerz mit voller Wucht und der schier unbezwingbaren Sehnsucht, Paul wiederzusehen. Sie grübelte stundenlang vor sich hin. Warum konnte sie nicht leichtfertiger sein – das Leben nur von seiner heiteren Seite nehmen? Vielleicht, weil sie schon früh die Verantwortung für einen anderen Menschen getragen hatte – für ihre kleine Schwester Emily, die nun vom Himmel auf sie herabsah. Doch einmal alle Vorsicht von sich werfen – nur nach ihrem Gefühl, dem Verlangen ihres Herzens zu handeln –, das brachte sie einfach nicht über sich.

Ihre Verabredung mit Ferdinand Cohen-Blind, dem jungen Mann vom Wiesenpark, hatte sie eingehalten. Er wartete schon ungeduldig an der besagten Bank auf sie. Sie spazierten in der Sonne durch den Park und Cohen-Blind, wie besessen von seinem glühenden Eifer, redete unablässig über Politik. Nur kurz erwähnte er dagegen, dass er bei Borsig zwar eine Stelle als Hilfsarbeiter bekommen, diese jedoch wegen zu großer Schikanen wieder aufgegeben habe. Er sei nun bei Freunden und Gleichgesinnten untergekommen, erklärte er und halte sich mit Gelegenheitsarbeiten als Hausmeister und Museumswärter über Wasser. Es dauerte jedoch nicht lange und er kam wieder auf sein Lieblingsthema zu sprechen, das ihn ganz zu erfüllen schien. Er begann damit, den schwachen König Wilhelm zu kritisieren, und ließ dann wie zuvor seiner Wut auf Bismarck freien Lauf. »Dieser Intrigant! Man müsste ihn an den Galgen bringen«, schimpfte er, »er kann unserem Land nicht dienen, weil er keine Grundsätze hat. Ein Kämpfer auf dem Papier, der nach ›Eisen und Blut‹, schreit! Wir brauchen eine Revolution, Männer, die sich ihm entgegenstellen! Aufständische! Unter den hiesigen Studenten gibt es viele, die meiner Meinung sind. Zusammen werden wir diesen kriegslüsternen Menschen mit allen Mitteln bekämpfen und niederringen.«

»Aber das ist doch auch keine Lösung!«, widersprach Camilla. »Vielleicht sollte man erst einmal abwarten!«

»Auf gar keinen Fall!«, fiel ihr Cohen-Blind heftig ins Wort. »Dann ist der Weltenbrand schon gezündet. Bismarck muss gezwungen werden, als Ministerpräsident zurückzutreten. Notfalls mit Gewalt!« Er war immer lauter geworden und ballte die Faust. »Wir müssen alles wagen, alles geben. Für das Vaterland. Selbst wenn wir dabei unser Leben aufs Spiel setzen.«

»Was meinen Sie denn damit?« Camilla sah ihn besorgt an. »Das eigene Leben aufs Spiel setzen?«

»Wenn man einen Krieg verhindern und die Existenz von Tausenden retten kann, dann zählt das eigene Leben nichts«, rief Cohen-Blind euphorisch aus. »Dann geht es um das Große, das Ganze. Dem hohen Ziel zu dienen, um den Lauf der Weltgeschichte zu verändern! Sie werden es schon sehen!«

Camilla runzelte die Stirn. Sie wusste nicht, was diese pompösen Worte bedeuten sollten. »Sie sind ein Idealist, Ferdinand. Aber übertreiben Sie da nicht etwas?«, fragte sie schließlich vorsichtig.

Cohen-Blind schüttelte schweigend den Kopf. Der finstere Ausdruck in seinen Augen machte Camilla ein wenig Angst. Was hatte er vor? Schweigend spazierten sie weiter. Nur langsam entspannte sich seine Miene wieder. Er holte tief Luft und strich sich über die Stirn, als müsse er seine dunklen Visionen fortwischen. Mit einem entschuldigenden Lächeln sah er sie an. »Verzeihen Sie, ich langweile Sie sicher mit meinem Gerede. Hoffentlich sind Sie mir deswegen nicht böse. Jetzt ist aber wieder die Reihe an Ihnen. Was haben Sie in der letzten Zeit gemacht? Ich habe so oft an Sie denken müssen.«

»Ich?« Überrascht von diesem plötzlichen Themenwechsel sah Camilla zu ihm auf. »Oh, ich habe glücklicherweise eine neue Anstellung gefunden. Es ist für eine alleinstehende Frau nicht einfach, ihren Lebensunterhalt zu verdienen. Da tritt die allgemeine politische Situation ein wenig in den Hintergrund.«

»Dann machen Sie mir wenigstens das Vergnügen, Sie demnächst auf eine Limonade einladen zu dürfen. Ins Café Josty an der Stechbahn, das ist sehr beliebt, wie ich hörte. Ich habe mir extra etwas Geld dafür auf die Seite gelegt. Und ich verspreche auch, meine aufrührerischen Reden im Zaum zu halten. Haben Sie Lust?«

Camilla nickte. »Warum nicht? Ich war noch nie dort.«

Wie verabredet trafen sie sich an einem sonnigen Nachmittag unter den schattigen Bäumen des Café Josty, wo fast jeder Tisch besetzt war und lebhaftes Treiben herrschte. Ferdinand erwies sich als amüsanter Gesellschafter. Er plauderte und erzählte bildhaft von seinen Reisen, sofern man ihn nicht auf sein Lieblingsthema und Feindbild Bismarck brachte.

Camilla hatte im Café statt der Limonade eine Tasse Schokolade mit Sahne bestellt. Neugierig sah sie sich nach allen Seiten um. Hübsche Damen in luftigen Sommerkleidern mit passenden, mit Blumen dekorierten Hüten in Begleitung intellektuell wirkender Herren in eleganten Überröcken bevölkerten das gut besetzte Lokal. Die Kellner mit ihren langen weißen Schürzen eilten geschäftig durch die Reihen, Teller mit Kuchen und köstlichem Gebäck balancierend. Ferdinand hatte sich ein Exemplar des aushängenden *Berliner Volksblatts* geholt, für das sogar einige bekannte Dichter und Intellektuelle schrieben. Er warf einen kritischen Blick hinein und lächelte zustimmend. »Hier, lesen Sie nur: ›Die Bismarckbrut muss ausgerottet werden‹ steht hier wortwörtlich«, bemerkte er in den Text versunken. »Und ›Tyrannenpolitik!‹ Genauso ist es!«

Camilla lächelte nachsichtig. »Sie haben doch versprochen, von etwas anderem zu reden – oder nicht?«

Verlegen ließ Ferdinand die Zeitung sinken und erwiderte ihr Lächeln. »Ja, das hätte ich beinahe schon wieder vergessen. Aber ganz im Ernst: Ich habe noch nie ein so bezauberndes und zugleich so vernünftiges weibliches Wesen getroffen wie Sie!« Er nahm ihre Hand. »Sie wirken so … beruhigend auf mich. Es tut gut, mit Ihnen zu reden. Sie besänftigen mein wildes Gemüt. Sehen wir uns in der nächsten Woche wieder?«

Camilla zögerte. »Ich kann Ihnen nichts versprechen. Im Augenblick bin ich sehr beschäftigt. Die Inhaberin des

Geschäftes, in dem ich arbeite, ist nicht ganz gesund. Ich muss sie in vielen Dingen vertreten.«

»Darf ich Sie dann wenigstens nach Hause begleiten?«

Camilla schüttelte den Kopf. »Nein, besser nicht. Vielen Dank!«

Ferdinand senkte den Blick. Er sah sehr enttäuscht aus und seine Augen wirkten wie erloschen. Rasch erhob er sich und reichte ihr die Hand. »Dann – nächste Woche im Wiesenpark? An unserer Bank? Ich werde jeden Tag hingehen, in der Hoffnung, Sie zu treffen.«

»Vielleicht werde ich dort sein. Aber um ehrlich zu sein: Ich habe gerade eine tiefe Enttäuschung hinter mir und bin noch nicht reif für eine neue Beziehung.« Ihr Lächeln war ein wenig traurig. »Ich wünsche Ihnen alles Gute, Ferdinand! Vielen Dank für die Schokolade!« Sie winkte ihm zum Abschied zu. »Und vielleicht in einer Woche!«

***

Am nächsten Morgen erschien Frau Braun nicht wie sonst pünktlich, um den Laden aufzuschließen. Sie hatte sich schon seit Tagen nicht wohlgefühlt und ständig über Schmerzen in ihrem schlecht verheilenden Bein gesprochen, die sich selbst ihr Arzt nicht erklären konnte. Camilla besaß einen Ersatzschlüssel, der auch für die Wohnung der alten Dame passte, die in der ersten Etage in der Nähe ihres Zimmers über dem Laden lag. Sie klingelte und klopfte an der Tür, doch drinnen rührte sich nichts. Als sie mit einem klammen Gefühl vorsichtig den Schlüssel im Schloss umdrehen wollte, erkannte sie, dass die Tür von innen verriegelt war. Angstvoll rüttelte sie an der Klinke. »Frau Braun?«, rief sie laut. »Ich bin's! Machen Sie doch bitte auf.«

Niemand rührte sich im Innern, sosehr sie sich auch bemühte. Camilla wusste sich nicht anders zu helfen, als einen Schreiner zu holen, der das Schloss aufbrach. Die Tür öffnete sich knarrend. Camilla spähte in den Raum und ging auf Zehenspitzen ins Schlafzimmer. Dort stieß sie einen lauten Schrei aus. Frau Braun lag friedlich und mit geschlossenen Augen in ihrem Bett und atmete nicht mehr.

VI. Kapitel

»Du hast ihn umgebracht!«, schrie Tessa völlig außer sich, doch George, der sich jetzt so schnell wie möglich aufgerappelt hatte, hielt ihr grob den Mund zu. »Wirst du wohl still sein?«, schnaufte er atemlos. »Oder willst du alle Welt alarmieren und uns beide ins Gefängnis bringen?« Tessa erschlaffte unter seinem Griff. Sie begann leise zu weinen. »Wir brauchen einen Arzt. Vielleicht lebt er noch …«

»Unsinn!«, George sah sich nach allen Seiten um. Zum Glück lag das neue Haus ein wenig abseits von den anderen und so hatte hoffentlich niemand etwas von dem Vorfall mitbekommen. Auch das dichte Grün des Kastanienbaums neben dem Eingang sowie einige Büsche verdeckten den Einblick. »Mach jetzt bloß kein Aufsehen!« George stieß Tonio mit dem Fuß an, dessen Kopf haltlos zur Seite kippte. »Der ist tot. Hat sich wahrscheinlich das Genick gebrochen. Man kann sowieso nichts mehr für ihn tun.«

»Aber … der arme Tonio! Er kann doch nicht tot sein«, wimmerte Tessa. »Warum hast du das getan?«

»Stell jetzt keine überflüssigen Fragen. Es war ein Unfall – das hast du doch selbst gesehen! Er hat mich niedergeschlagen.

Ich wollte ihn nicht töten – hab mich nur gewehrt. Kann ich ahnen, dass er gleich so dumm hinfällt?«

»Du hast ihm hinterrücks die Beine weggezogen«, kreischte Tessa. »Du warst vor Eifersucht außer dir.«

»Na und? Hätte ich etwa zusehen sollen, wie du mit ihm abhaust? Überleg lieber, wie wir das der Polizei erklären sollen.« George wischte sich mit seinem Taschentuch den Schweiß und das Blut der kleinen Platzwunde von der Stirn.

»Egal, was wir sagen – sie werden uns ohnehin nicht glauben.« Tessa zitterte am ganzen Körper. Ihr Gesicht war vor Kummer verzerrt und die Schminke verschmiert.

»Das fürchte ich auch.« George atmete schwer. »Und bei den Ermittlungen wird man unsere Personalien genau überprüfen. Das könnte peinlich enden – im Gefängnis.« Er reichte ihr sein Taschentuch. »Wisch dir mal das Zeug aus dem Gesicht. Du siehst ja fürchterlich aus.«

Tessa gehorchte. »Tonio war so ein gutmütiger Kerl …«

»Hör bloß mit dem Gejammer auf!«, herrschte George sie an. »Überleg lieber, was wir jetzt tun sollen.«

»Ich weiß nicht …«, Tessa sah hilflos auf den am Boden Liegenden. »Es ist alles so schrecklich!«

»Auf jeden Fall müssen wir ihn von hier fortschaffen – und du wirst mir gefälligst dabei helfen.«

»Ich?«, Tessa sah ihn entsetzt an. »Niemals!«

»Doch! Oder willst du lieber einen Skandal, Frau Baronin von Steinbrücken?«, stieß George beinahe atemlos hervor. Dann hielt er inne, um zu überlegen. »Anklage wegen Mordes? Aus Eifersucht? Darauf läuft es doch hinaus. Die Zeitungen werden sich darauf stürzen. Warte! Es bleibt uns gar nichts anderes übrig, als ihn irgendwo abzulegen!« Ohne Tessas Reaktion abzuwarten, lief er ins Haus und eilte in den Keller, wo neben dem Kohlevorrat eine von einem schmutzigen Lumpen bedeckte, alte Sackkarre stand. Mühsam zog er sie hinauf und schleppte sie nach draußen. Tessa saß wie ein Häufchen Elend über Tonio gebeugt und streichelte seine Wangen, als könnte sie ihn dadurch wiederbeleben.

»Lass jetzt das Getue«, befahl George grob und mit unterdrückter Stimme. »Hilf mir lieber. Es ist schließlich schon hell und wir dürfen kein Aufsehen erregen. Wir legen ihn auf die Karre. Es sind nur hundert Meter bis zum Landwehrkanal. Dort werfen wir die Leiche ins Wasser. Man wird ihn irgendwann finden und denken, er sei im Suff hineingefallen.«

»Ich kann das nicht«, heulte Tessa, »ich will nicht!«

»Gut!« George setzte sich auf die Steinstufen. Er keuchte laut, sein Kopf war rot wie eine Tomate und die Adern auf seiner Stirn bedrohlich angeschwollen. »Dann gehen wir eben beide ins Gefängnis. Wegen falscher Papiere – und wegen Mordes! Wenn dir das lieber ist.«

»Nein!« Tessa war aufgesprungen. »Auf keinen Fall«, heulte sie auf. »Du hast ja recht. Wir können nichts mehr für ihn tun. Wir müssen seine Leiche loswerden.« Vor Grauen schlotterte sie am ganzen Körper. Dann überwand sie sich. »Ich nehme ihn an den Füßen!«

»Einen Moment noch!« George durchsuchte die Kleidung des Toten und nahm seine Papiere und den Hausschlüssel heraus. Dann packte er ihn bei den Schultern und sie hievten ihn mit gemeinsamer Anstrengung so auf die Sackkarre, dass seine Beine nicht hinabhingen. Am Ende warf George den mit Kohlestaub verschmutzen Lumpen über den leblosen Körper. Sich erneut nach allen Seiten umsehend, um festzustellen, ob sie jemand beobachtete, schoben sie die Karre voran. Die Pferdebahn klingelte, als sie die Straße überquerten, doch niemand nahm in der Morgenfrühe groß Notiz von ihnen. Es gab genug fliegende Händler, Schrottsammler, Lumpen-, Kohle- und Holzhändler, die sich mit ihrer Ware auf dem Weg in die Stadt befanden, sodass die beiden mit ihrer Sackkarre nicht besonders auffielen. Die Arbeiter, die ihnen begegneten, sahen stumpf zu Boden, ein jeder schon mit den Sorgen des Tages beschäftigt. Am Landwehrkanal fuhren sie die Sackkarre an eine geeignete Stelle hinter einen Fliederbusch. Als niemand in Sicht war, kippte George die Karre um, der schwere Körper schlug mit einem lauten Klatschen auf der Wasserfläche auf und versank alsbald in der dunklen Tiefe.

»Gott sei seiner Seele gnädig!«, kreischte Tessa und schluchzte hysterisch auf.

»Halt endlich den Mund!« George versetzte ihr eine heftige Ohrfeige, die sie sofort verstummen ließ. »Und mach, was ich dir sage! Du musst jetzt unbedingt die Nerven behalten. Hör mir gut zu: Wir gehen ganz ruhig und langsam zum Haus zurück. Dann wirst du als Erstes den Blutfleck an der Treppe wegputzen – damit die Dienstboten ihn nicht sehen!« Er zog die Widerstrebende, die völlig aufgelöst war, fest an sich. »Komm, reiß dich zusammen, mach ein heiteres Gesicht. Dort kommen Leute.«

Tessa gehorchte. Sie war wie erstarrt und ließ sich wie eine Puppe von George nach Hause führen, der mit der anderen Hand die leere Sackkarre hinter sich herzog.

***

Einige Wochen waren vergangen, ohne dass das Verschwinden Tonios auffiel. Da der Artist in der Lady's Bar gekündigt hatte, um sich selbstständig zu machen, schien es nicht ungewöhnlich, dass man nichts mehr von ihm hörte. Tessa war auf Georges Rat weiter wie gewohnt zu ihren Auftritten erschienen, um keinen Verdacht zu erregen. Erst später, wenn über die Sache etwas Gras gewachsen war, sollte sie kündigen und für immer in ihre Rolle als Baronin von Steinbrücken schlüpfen. Das war jedenfalls Georges Plan. Zum Glück hatte niemand in der Bar von Tessas heimlichem Techtelmechtel etwas mitbekommen, wo man schon nach einer kurzen Weile einen Ersatz für Tonio gefunden hatte. Tessa fiel es schwer, so zu tun, als wüsste sie von nichts. Alles erinnerte sie an Tonio, an ihre Liebe. Sie zitterte bei ihren Auftritten, machte Patzer. Verstohlen hatte sie seine Sachen, seine Papiere und die Kostüme, die sich noch in der Garderobe der Bar befanden, zusammengerafft und alles zu Hause im Kamin verbrannt. Mit seinem Schlüssel war sie auch in dem karg möblierten Zimmer des schmutzigen Mietshauses gewesen, wo sie mit ihm die letzte Nacht verbracht hatte. Dort beseitigte sie unter Tränen mögliche Spuren und räumte sorgsam alles Persönliche fort, sodass der Vermieter denken musste, Tonio habe sich heimlich und still aus dem Staub gemacht, ohne den Rest Miete, den er vielleicht noch schuldig war, zu bezahlen. Doch nachts, wenn Tessa in dem großen, weiß bezogenen Bett lag, das sie auf Georges Wunsch seit Neuestem wieder mit ihm teilte, kamen die Albträume, in denen sie Tonio mit starren Augen und verdrehtem Kopf in seinem Blut am Boden liegen sah oder hörte, wie sein Körper schwer ins Wasser klatschte. George schnarchte neben ihr und schlief tief und fest, während sie jede Nacht mit einem Schrei schweißgebadet hochfuhr. Wenn er doch einmal wach wurde, war er recht ungehalten. »Was hast du bloß immer«, stieß er dann ärgerlich und schlaftrunken hervor. »Mach nicht so ein Theater. Wir können die Sache nicht mehr ändern. Außerdem habe ich ein reines Gewissen. Er hat mich angegriffen. Es war ein Unfall – und damit basta!« Mit diesen Worten drehte er sich herum und schlief wieder ein, während Tessa die ganze Nacht wach lag und in ihr Kissen weinte.

***

Camilla saß wie vor den Kopf geschlagen auf dem Stuhl in der Wohnstube von Frau Braun, während der herbeigerufene Arzt Doktor Schmiedinger die Verstorbene untersuchte und den Totenschein ausstellte.

»Ein tragischer Fall.« Bedauernd zog er die Bettdecke über die Tote. »Sind Sie eine Verwandte von Frau Braun?«

Camilla schüttelte verneinend den Kopf. »Nur ihre Angestellte. Trotzdem stand ich ihr sehr nahe. Sie war wie eine Mutter für mich. Ich begreife ihren plötzlichen Tod nicht. Gestern war sie doch noch ganz munter. Wie konnte das passieren?«

»Tja, manche Dinge kann man einfach nicht voraussehen.« Der Arzt legte das Stethoskop zurück in seine Tasche. »Ich habe Frau Braun nach ihrem Unfall schon in der Charité behandelt. Das gebrochene Bein und die damit verbundenen Einschränkungen haben sie sehr geschwächt. Bei der letzten Untersuchung klagte sie über zunehmende Schmerzen. Ich habe ihr zu einer Operation geraten – aber das wollte sie nicht. Ihr überraschender Tod rührt wahrscheinlich von einem Thrombus her, der ihre Adern verstopfte.« Er seufzte. »Wenigstens hat sie nicht gelitten. So wie es aussieht, kam der Tod wahrscheinlich im Schlaf«, versuchte er, Camilla zu trösten, als er sah, dass Tränen über ihre Wangen rollten. »Ausgerechnet jetzt«, schluchzte sie. »Vor ein paar Wochen erst hatte ich bei ihr angefangen. Wir haben uns so gut verstanden. Sie wollte, dass ich den Laden, der ihr sehr am Herzen lag, weiterführe. Und jetzt weiß ich nicht, wie es weitergehen soll.«

»Hat die Verstorbene Kinder? Eine Familie?«

Camilla zuckte die Schultern und wischte die Tränen fort. »Ich glaube nicht. Sie hat jedenfalls nie davon gesprochen. Sie lebte allein und ging nie aus, soweit ich das feststellen konnte. Ich hätte nie gedacht, dass so etwas passieren könnte.«

»Das tut mir sehr leid für Sie. Aber Frau Brauns Bein wäre ohne Operation wohl nie mehr richtig verheilt. Es war ein sehr komplizierter Bruch, der wahrscheinlich sogar eine Entzündung am Knochen zur Folge hatte«, erklärte Doktor Schmiedinger. »Der Tod hat ihr jedenfalls viele Schmerzen erspart.«

»Was soll ich jetzt bloß anfangen?«, seufzte Camilla. »Was wird aus dem Laden? Ich habe meine Arbeit verloren – und vielleicht muss ich nun auch das Zimmer verlassen, das sie mir vermietet hat. Dann sitze ich buchstäblich auf der Straße.«

»Wissen Sie etwas von einem Testament?«, fragte der Arzt.

Camilla verneinte.

»Erkundigen Sie sich. Vielleicht hat sie ja irgendwelche Verfügungen getroffen. Möglicherweise zu Ihren Gunsten.«

Camilla sah ihn zweifelnd an. »Dazu kannten wir uns wohl nicht lange genug.«

»Nun, wenn Sie gar nichts finden«, Doktor Schmiedinger zögerte, »bei uns, im Hospital der Charité, werden laufend gute Hilfspflegekräfte gesucht. Wenn Ihnen das nicht zu anstrengend ist, könnte ich ein Wort für Sie einlegen …«

»Ich weiß nicht«, Camilla sah ihn skeptisch an. »Ich hab wenig Ahnung von medizinischen Dingen.«

»Oh, das lässt sich leicht lernen. Sie sind jung, tatkräftig und intelligent. Solche Leute suchen wir. Es gibt Kurse, mit einer Übergangszeit zur Praxis. Überlegen Sie es sich. Fragen Sie nach mir. Ich könnte Ihnen helfen.«

»Ich danke Ihnen, Doktor Schmiedinger.« Camilla holte erleichtert Luft. »Vielleicht komme ich darauf zurück. Sie haben mir auf jeden Fall wieder etwas Mut gemacht. Wenn ich nicht weiterweiß, melde ich mich bei Ihnen.« Sie versuchte ein Lächeln und reichte dem Arzt die Hand.

Die Beerdigung der Verstorbenen fand unter großer Anteilnahme der langjährigen Kundschaft auf dem von einer Mauer umgebenen Domfriedhof in der Liesenstraße statt.

Verwandte schien Frau Braun nicht gehabt zu haben. Camilla war traurig und niedergeschlagen. Was sollte nun werden? Sie hatte sich schon damit abgefunden, dem Rat Doktor Schmiedingers zu folgen und sich in der Charité zu einer Pflegehilfskraft ausbilden zu lassen. Doch bevor sie sich endgültig dazu entschließen konnte, kam alles ganz anders: Tatsächlich hatte Berta Braun bei einem Notar ein Testament hinterlassen, in dem sie Camilla nicht nur ihren Laden und die Wohnung darüber vermachte, sondern auch ihr bescheidenes Vermögen auf der Bank.

Camilla war mehr als freudig überrascht über diese Nachricht. Mit einer Erbschaft, durch die sie Chefin eines eigenen Geschäftes werden würde, hatte sie nicht einmal im Traum gerechnet! Frau Braun musste geahnt haben, dass die immer stärker werdenden Schmerzen in ihrem Bein nichts Gutes bedeuteten. Dass sie dabei schon an ihr Testament dachte und in Camilla ihre Nachfolgerin sah, das hätte allerdings niemand geglaubt. Doch es passte zu ihrer Art, auch die kleinsten Dinge nicht dem Zufall zu überlassen.

In ihrem Geschäft hatte Frau Braun immer tadellos Ordnung gehalten. Ihre Buchführung war bis auf den Pfennig korrekt und in den Ordnern alles Wichtige verzeichnet.

Mit Feuereifer stürzte sich Camilla nach der Testamentseröffnung und Übergabe auf die Arbeit und nahm etliche Veränderungen im Laden vor. Der Verkaufsraum wurde frisch gestrichen, alles Plüschige entfernt und auch der verstaubte Krimskrams auf der Ladentheke abgeräumt, der sich seit Jahren dort angesammelt hatte. Sobald es die Einnahmen erlaubten, wollte sie auch das Schaufenster neu gestalten, die Schrift draußen in »Camillas Kinderladen« umwandeln und den alten, speckigen Holzboden abschleifen lassen. Zwei Sessel und ein antiker Tisch aus dem Mobiliar von Frau Brauns Privatwohnung sollten den Kunden dazu dienen, sich bequem

Kataloge und Entwürfe anzusehen. Babysachen, Kleidchen und Strampelanzüge hingen nun nach blau und rosa getrennt auf kleinen Bügeln. Das verschaffte der Kundschaft einen besseren Überblick. Camilla erwog auch, ein Sortiment schöner Damenunterwäsche aufzunehmen, denn dann konnten sich die Mütter auch gleich bei ihr einkleiden.

Im Überschwang aller Vorbereitungen und Planungen hatte sie Ferdinand Cohen-Blind und das versprochene Rendezvous ganz vergessen. Er kam ihr erst wieder ins Gedächtnis, als an einem sonnigen Maitag eine Kundin aufgebracht in den Laden stürmte und eine Ausgabe des *Berliner Volksblatts* auf die Theke warf. »Morjen, Fräulein Wanstetten. Hamse det schon jehört! Det Bürschchen hier wollte den ollen Bismarck erschießen. Hat natürlich nich jeklappt.«

Camilla starrte auf die dick gedruckten Schlagzeilen »Attentat auf Ministerpräsident Graf Otto von Bismarck!«, unter denen sich ein verschwommenes Bild Ferdinands befand. Doch sie erkannte ihn sofort. Entsetzt las sie weiter:

> Junger Student feuerte heute Morgen auf der Straße Unter den Linden mehrere Schüsse auf von Bismarck ab. Doch der dicke Mantel des Ministerpräsidenten schützte ihn vor den Kugeln und er konnte dem Angreifer selbst die Waffe entwenden. Dabei fielen neue Schüsse. Alarmierte Polizeibeamte nahmen den Täter schließlich in Gewahrsam. Herr von Bismarck blieb wie durch ein Wunder bis auf eine leichte Rippenprellung unverletzt.

Betroffen schob Camilla das Blatt von sich. »Wie schrecklich«, murmelte sie. »Wie kann man nur so etwas tun?«

»Wär nich schade um den Bismarck jewesen. Denken Se doch mal an den letzten Krieg, mit Dänemark, den der nette

Herr anjezettelt hat! Und det alles nur wejen dem kleenen Schleswig-Holstein!«

»Er … muss wohl einen guten Schutzengel gehabt haben!«, murmelte Camilla, während sie sich vorzustellen versuchte, was in Ferdinand vorgegangen war. »Vielleicht wollte der Attentäter ja mit dem Tod Bismarcks einen Krieg gegen Österreich verhindern.«

»Jenau! Det sach ich ooch. Lesen Se mal, wat der junge Kerl jeschrien hat, bevor er jeschossen hat.« Die Kundin wies aufgeregt auf das Kleingedruckte: »›Verräter an Deutschland! Du treibst Preußen in einen Bruderkrieg gegen Österreich!‹ Det dürfen die natürlich nich so jroß drucken, is doch klar! Die Zensur, sach ick mal. Aber jeder in der Stadt denkt doch, det der Kerl recht hat! Armer Junge! Der kricht jetzt ooch noch lebenslänglich!« Sie faltete die Zeitung wieder zusammen und steckte sie ein. »Gejen die Österreicher können wir doch gar nich jewinnen. Die Habsburger, det is eene Großmacht!« Sie bekreuzigte sich. »Ick jloobe, die wischen uns weg wie 'ne lästige Fliege. Aba wat will der kleene Mann dajejen machen? Nischt!« Die Frau schnaufte und machte eine kleine Pause. »Na aber deswejen bin ick ja eijentlich nich herjekommen. Ick brauch wat für meine Schwester. Die hat grad wat Kleenes entbunden, 'n Meedchen! Dafür hätt ick jerne son Hemdchen in Rosa, wie det da im Fenster.«

»Warten Sie, ich hole es Ihnen gleich raus.« In Camillas Kopf wirbelten die Gedanken. Ferdinand tat ihr leid. Vielleicht hätte sie sich doch noch einmal mit ihm treffen sollen, um ihn von seinen düsteren Plänen abzubringen. Aber wer konnte wissen, was wirklich in seinem Kopf vorging? Sie würde ihn so bald wie möglich im Gefängnis besuchen.

***

In der Tat kam niemand auf die Idee, Tessa oder George zu verdächtigen, als die Leiche Tonios gefunden wurde. Die Zeitungen berichteten ausführlich über den mysteriösen Todesfall, der der Polizei Rätsel aufgab. War es Selbstmord gewesen? Die Umstände deuteten darauf hin. Aber es konnte auch Mord gewesen sein. Die Kriminalpolizei nahm die Ermittlungen auf. Zwischen George und Tessa herrschte seit dem schrecklichen Vorfall Eiszeit. Ihre Kündigung in der Lady's Bar war mit großem Bedauern zur Kenntnis genommen worden. Doch zu Hause langweilte sich Tessa tödlich. Ihr Dasein als Baronin von Steinbrücken füllte sie nicht aus. Lesen und Klavierspielen lagen ihr nicht und die Empfänge, zu denen George sie zwang, absolvierte sie mechanisch und ohne Vergnügen daran zu finden. Die Leute, mit denen George Umgang pflegte, schienen ihr borniert und spießig. Sie begann, schon am Morgen zu trinken, um den langweiligen Tag überstehen zu können. George machte ihr Vorwürfe und es kam zu unerfreulichen Szenen, die damit endeten, dass George sie verprügelte, wenn sie sich beschwerte. Eines Tages hatte Tessa genug. Als George am Morgen in seinem Ehebett erwachte, war Tessa verschwunden. Er durchsuchte das ganze Haus, raste vor Wut. Sie hatte nicht einmal einen Abschiedsbrief hinterlassen, aber alle Schmuck- und Wertsachen im Haus zusammengerafft und mitgenommen. Sogar Georges goldene Uhr, ein Erbstück seines Vaters, das er nicht einmal in den Zeiten bitterster Not hergegeben hatte, war nun in ihren Besitz übergegangen.

Missgelaunt schleppte sich George an diesem Morgen zur Börse. Die Aktien, auf die er gesetzt hatte, waren weiter gestiegen und man grüßte ihn höflich und zuvorkommend. Im Laufe des Tages schloss er einige gute Geschäfte ab und verkaufte Terrain am Stadtrand, das er einst billig erworben hatte, zu teuren Preisen. Berlin erweiterte sich ständig, immer mehr Menschen strömten in die Stadt, suchten Arbeit und fanden sie in der Eisenindustrie, im Gewerbe und im Handel. Mietshäuser mit Wohnungen auf engstem Raum, die sich um einen schmalen Hof gruppierten, schossen in die Höhe, schlecht und billig gebaut, für die bescheidensten Ansprüche. George beteiligte sich an jedem Handel, der ihm einen Vorteil brachte, beauftragte Baufirmen mit immer neuen Projekten der stetig wachsenden Stadt. Auf einmal gelang ihm alles, was er anfasste. Doch eine beständige innere Unruhe verhinderte, dass er seinen Erfolg genießen konnte. Er war nun allein in seinem großen Haus mit dem gewichtigen, von Säulen umgebenen Portal, einer Halle und vielen unbewohnten Zimmern, einer Bibliothek mit Büchern, die er niemals anfasste, um sie zu lesen. Er sehnte sich nach Tessa, wünschte, sie würde wiederkommen, damit er ihr verzeihen konnte. Durch sein straffes Arbeitspensum, seine Trinkgewohnheiten und den häufigen Tabakkonsum begann er mit der Zeit an unerklärlicher Atemnot zu leiden, an Albträumen und Schmerzen auf der Brust. Allein an seinem antiken Eichentisch im Esszimmer sitzend, beschloss er eines Abends, seine beiden Töchter zu sich zu holen. Die Einsamkeit, die Leere um ihn herum hielt er einfach nicht mehr aus. Er fühlte, dass jetzt der Zeitpunkt gekommen war, sein Leben zu ändern. Sobald er diesen Entschluss gefasst hatte, beruhigte sich sein Gemüt und selbst das Atmen schien ihm leichter. Er setzte ein Testament zugunsten seiner Töchter auf, holte ein paar Fotos und Andenken an seine verstorbene Frau hervor, die er in einer sentimentalen Anwandlung aufgehoben, jedoch vor Tessa versteckt gehalten hatte, und legte alles in eine verzierte Holzschachtel. Gleich morgen würde er zum Kloster »Unserer Lieben Frau« reisen und sich nach seinen Töchtern erkundigen.

Die Fahrt nach Neunburg vorm Wald legte er teils mit der Eisenbahn, teils mit Pferd und Wagen zurück. In seinem besten Kammgarnanzug, einem blütenweißen Hemd, Hut und Handschuhen, die Schachtel unter den Arm geklemmt, stand er dann etwas verlegen vor der Klostertür. Die Oberin, Schwester Theresia, sah ihn erstaunt und zugleich vorwurfsvoll an. Dann fasste sie sich, bat ihn herein und führte ihn in ihr Arbeitszimmer. »Nehmen Sie doch Platz, Herr Wanstetten. Ich habe nicht erwartet, Sie noch einmal wiederzusehen«, bemerkte sie spitz. »Was kann ich für Sie tun?«

»Meine Töchter«, stammelte er unsicher. »Camilla und Emily. Ich gab sie doch vor einigen Jahren in Ihre gütige Obhut. Nun bin ich gekommen, um mich nach ihrem Wohlergehen zu erkundigen.« Rasch fügte er hinzu. »Natürlich möchte ich auch die noch ausstehenden Kosten begleichen. Ich bitte um Verständnis, wenn das Geld so lange auf sich warten ließ, aber es war mir bislang nicht möglich …« Er wusste nicht recht, wie er den Satz vollenden sollte. Die Oberin sah ihn schweigend an und er beeilte sich fortzufahren. »Meine Kinder waren bei Ihnen ja in den besten Händen und sind sicher zu wohlerzogenen jungen Damen herangewachsen.«

»Ihre Tochter Emily ist leider bereits vor einigen Jahren verstorben«, erwiderte die Oberin mit reservierter Miene. »Wissen Sie das etwa nicht?« Sie nahm eine graue Mappe aus dem Regal und kramte in deren Papieren.

George wurde bleich. »Nein, ich … ich …«, er begann zu stottern. »Mein Gott! Emily! Mein Kind! Wie ist das möglich? War es … ein Unfall?« Er tastete nach seinem Taschentuch und führte es an die Augen.

Die Oberin schüttelte den Kopf. »Nein. Es handelte sich um eine Verletzung, eine Wunde. Die Ärzte stellten Blutvergiftung fest, doch sie war nicht mehr zu retten.« Sie seufzte und sah an George vorbei aus dem Fenster: »Ein Mädchen in diesem Alter – sehr tragisch, das Ganze. Wir konnten Sie leider nicht benachrichtigen, da wir keine Adresse hatten. Und unter dem Namen Wanstetten gab es keine registrierte Person.«

»Tatsächlich?«, George schnäuzte sich hörbar. »Wahrscheinlich ein Fehler der Behörden. Aber was ist mit Camilla?«

Die Oberin setzte eine vorwurfsvolle Miene auf. »Herr Wanstetten! Sie haben sich all die Jahre nicht um Ihre Töchter gekümmert! Und das Pensionsgeld nicht bezahlt, das ich aus der Stiftskasse auslegen musste …«

»Gern will ich mein Versäumnis wiedergutmachen«, unterbrach George sie mit Tränen in den Augen. »Und Ihre Institution zusätzlich mit einer großzügigen Spende unterstützen. Sie müssen verstehen – es war mir in einer schweren Zeit einfach nicht möglich, mich zu melden. Ich … ich hatte keine sichere Existenz.« Hastig setzte er hinzu: »Wenn Sie erlauben, zahle ich jetzt gern das Doppelte.«

»Davon wird Ihre Tochter Emily auch nicht mehr lebendig«, antwortete die Oberin schroff. »Sie ist ohne Ihren väterlichen Beistand gestorben und beerdigt worden. Und Camilla hat wohl lernen müssen, nicht nur ohne Mutter, sondern auch ohne Sie auszukommen. Sie war eine der Besten in unserer Handarbeitsklasse und macht sicher als Schneiderin ihren Weg.«

»Ich kann Ihnen gar nicht sagen, wie sehr ich es bedauere, mich nicht schon eher gemeldet zu haben. Aber die Umstände … gewisse Probleme mit meiner Lebenspartnerin …« Er sah die Verachtung in den Augen der Oberin und verstummte. Die Wanduhr tickte laut, während eine geraume Weile keiner der beiden ein Wort sprach. Die Oberin sah auf die Papiere, die sie aus den Akten hervorgesucht hatte und bemühte sich, den Betrag zu errechnen, den Camillas Vater ihr schuldete. Schließlich legte sie einen Beleg vor ihn auf den Tisch.

»Wissen Sie, wo meine Tochter Camilla sich jetzt aufhält?«, brach George schließlich das unangenehme Schweigen und zog sein Portemonnaie aus der Tasche. »Haben Sie vielleicht ihre Adresse?«

Die Oberin zuckte die Achseln. »Leider nein. Ich hatte sie an ein Modegeschäft in Schwandorf als Verkäuferin und Hilfsschneiderin vermittelt. Dann hörte ich, sie sei nach Berlin gezogen.«

»Sie können sich gar nicht vorstellen, Schwester Theresia, wie ich meine beiden Mädchen vermisst habe«, klagte George in einer neuen sentimentalen Anwandlung und wischte sich mit dem Taschentuch über die Augen. »Ich habe darunter gelitten, dass ich nicht zu ihnen konnte. Aber es gab Gründe ... schwerwiegende Gründe, die mich davon abgehalten haben.«

Oberin Theresia presste die Lippen zusammen und stand auf. »Kommen Sie, Herr Wanstetten, ich zeige Ihnen Emilys Grab«, sagte sie. Doch George winkte mit verzerrter Miene ab. »Nein, nein, bitte nicht. Ich ... ich könnte es nicht ertragen. Allein die Vorstellung, der Gedanke daran martert mich, den Platz zu sehen, an dem mein kleines Mädchen in kühler Erde liegt ...« Seine Stimme klang wehleidig.

»Wie Sie wünschen!« Die Oberin reichte ihm die Hand. »Dann leben Sie wohl. Und wenn Sie Camilla sehen, grüßen Sie sie sehr herzlich von mir. Gehen Sie mit Gott. Ich wünsche Ihnen alles Gute.«

»Ja, aber.« George sah sie verwirrt an. »Wo soll ich denn nach ihr suchen? Berlin ist groß. Ich lebe selbst dort. Haben Sie denn wirklich keinen Hinweis, wo ich sie finden könnte?«

»Bedaure, in dieser Hinsicht kann ich leider gar nichts für Sie tun. Ich hörte nur, dass sie im Hauptgeschäft des Modehauses Baumann arbeitet. Ansonsten gäbe es ja auch noch die Möglichkeit, sich an das Einwohnermeldeamt zu wenden – wenn sie inzwischen nicht geheiratet hat.«

»Falls Sie dennoch etwas von ihr hören sollten, dann händigen Sie ihr bitte diese Schachtel aus. Meine Adresse befindet sich darin sowie einige Erinnerungen aus dem Nachlass ihrer Mutter, die ich ihr erst bei ihrer Volljährigkeit übergeben wollte. Leider hatte ich nicht die Gelegenheit … Sie verstehen doch?« Er sah zerknirscht vor sich hin. »Sagen Sie ihr, sie möge sich dringend bei mir melden.«

Die Oberin schüttelte den Kopf und sah mit eingefrorenem Lächeln auf das hübsch geschnitzte Holz der Schachtel. »Bewahren Sie das lieber selbst auf. Es besteht eine sehr geringe Aussicht darauf, dass …«

»Ich bitte Sie«, unterbrach sie George. »Sie täten mir damit einen großen Gefallen und würden mein Gewissen beruhigen.« Nervös kramte er noch eine Handvoll Münzen aus seiner Börse und legte sie zusätzlich auf den Tisch.

Die Oberin zog eine süßsaure Miene. »Spenden sind uns sehr willkommen. Aber mit Ihrem Gewissen müssen Sie selbst ins Reine kommen. Wenn Sie unbedingt darauf bestehen«, sie zuckte die Schultern, »können Sie die Schachtel für eine Weile hierlassen.«

»Ich danke Ihnen, Schwester Theresia!« George wandte sich erleichtert ab. Er hatte seine Pflicht und Schuldigkeit getan. Beim Hinausgehen sagte er sich, dass es vielleicht besser war, wenn er nicht genau wusste, wo sich Camilla befand. Sicher war sie jetzt schon eine erwachsene Frau. Und Verkäuferin oder Schneiderin – das passte doch ganz und gar nicht zu der Tochter eines Barons von Steinbrücken, eines Geschäftsmannes mit Ambitionen!

***

Einiges aus dem gemeinsamen Haushalt, das Tessa mitgenommen hatte, versetzte sie als Erstes bei einem Berliner Pfandleiher. Mit einem Teil dieses Geldes mietete sie sich ein Zimmer in einer bescheidenen Pension. Sie war noch unschlüssig, was sie nun tun sollte. Zum ersten Mal war sie allein, ganz auf sich selbst gestellt. Eines wusste sie jedoch: Hier, in Berlin, wollte sie nicht bleiben. Es gab zu viel, das sie an Tonio und George erinnerte. Und sie hatte Angst vor George – aber vor allem davor, dass man sie mit Tonios Verschwinden in Verbindung bringen könnte. Angst vor einem Skandal, vor der Polizei. Zum Glück hatte sie den Ausweis mitgenommen, den sie damals im Königlichen Hof- und Nationaltheater entwendet hatte. Als Carla Galbani, wie der Name darauf lautete, würde sie zunächst einmal unentdeckt bleiben. Auf jeden Fall musste sie fort – in eine andere Stadt. Am besten in ein anderes Land, dorthin, wo George sie niemals finden würde. Paris schwebte ihr vor – das war schon immer ihr Traum gewesen! In der Stadt der Künste würde sie sicher eine Anstellung finden. In einem Kabarett, in einer Bar – oder auf der Bühne eines jener großen Varietétheater, die sie auf Abbildungen gesehen hatte. Kurz entschlossen reservierte sie einen Platz in einer Postkutsche, die sie nach zweimaligem Umsteigen bis nach Straßburg bringen sollte. Dort gab es eine neue Eisenbahnlinie, die über Nancy direkt nach Paris führte. Sie hatte zwar ein wenig Angst vor dem dampfenden Ungetüm, mit dem man inzwischen von Berlin aus auch Fernstrecken bis Hamburg oder München zurücklegen konnte, aber ihr blieb gar keine andere Wahl. Mit leichtem Gepäck stieg sie mit fünf anderen Reisenden in die behäbige Kutsche, deren Sitzbänke unangenehm knarrten. Sie hatte nur wenige Kleider und das Glitzerkostüm mit Federschmuck dabei, das sie bei ihrem letzten Auftritt in der Bar getragen hatte. Ihre schmale Reisetasche mit den Kleidern, einigen Wertsachen und Georges Uhr war oben auf dem Dach der Kutsche verstaut und die nicht mehr ganz so pralle Geldbörse und der falsche Ausweis befanden sich in einem Beutel, den sie um den Hals trug.

»Hü – hott«, schnalzte der Kutscher und das Gefährt setzte sich nach dem Anziehen der Pferde mit einem leichten Ruck in Bewegung. Tessa lehnte sich aufatmend gegen die harte Rückenlehne. Geschafft! Nun konnte sie nicht mehr zurück. Sie sah aus dem Fenster, während es sich die Mitreisenden mit Kissen und Polstern auf den Sitzbänken so bequem wie möglich machten. Es war ein trüber Tag, an dem leichter Regen fiel. Häuser, Menschen und Bäume zogen vorbei, doch dann verließen sie die Stadt und erreichten freies grünes Feld. Mit jeder Meile, die sie sich von Berlin entfernten, wurde es Tessa leichter ums Herz. Sie warf einen flüchtigen Blick auf ihre Reisegefährten. Ein frisch verliebtes Paar, schmachtende Blicke tauschend, saß neben ihr. Gegenüber ein junger Mann, sorgfältig, aber bescheiden gekleidet, und neben ihm eine dicke Matrone, die sich auf ihrem Platz ziemlich breitmachte und schon nach einer Weile in ihrem Picknickkorb kramte. Der Geruch des Schinkenbrots, das die Dicke gerade auspackte, ließ Tessa das Wasser im Munde zusammenlaufen. Sie würde sich dagegen auf der Fahrt mit den paar trockenen Biskuits begnügen müssen, die sie noch rasch gekauft hatte, um Geld für den Aufenthalt in der teuren Stadt Paris zu sparen. Und da sie in Bayreuth und Würzburg umsteigen und übernachten musste, galt es, besonders sparsam zu haushalten. Der fünfte Fahrgast war eine ältliche Dame mit Brille, verkniffener Miene und straff zurückgebundenem Haar. Sie war in ein beiges Flanellkostüm gekleidet und trug dazu ein braunes Hütchen. Sich vernehmlich räuspernd, warf sie abwechselnd missbilligende Blicke auf das Schinkenbrot der Matrone und auf das kleine Blechschild über den Sitzbänken mit dem Hinweis »Picknicken verboten«. Da sich die beleibte Dame dadurch nicht weiter stören ließ und ihr Brot genussvoll schmatzend verzehrte, nahm sie kopfschüttelnd ein Büchlein zur Hand und versenkte sich in ihre Lektüre.

Tessa zog die Stola enger um die Schultern und zupfte nervös an den Volants ihres blauen Reisekleids. In der Nacht zuvor war sie so aufgewühlt gewesen, dass sie kaum geschlafen hatte. Auch jetzt kreisten ihre Gedanken nicht um den verlassenen George, sondern um eine erfolgreiche Strategie für ihre Bewerbungen in Paris. Wie würde sie sich in der großen Stadt zurechtfinden, wo wohnen? Das größte Hindernis war wohl die französische Sprache, von der sie nur wenige Worte beherrschte. Aber vielleicht traf sie ja vor Ort jemanden, der ihr helfen würde. Sie dachte an die funkelnde, flitternde Metropole, das Paris bei Nacht, so wie sie es auf einigen Reklametafeln gesehen hatte. Auf einer der Bühnen dieser zahlreichen Theater und Nachtlokale stehen, das war schon immer ihr Ziel gewesen! Carla Galbani, umjubelt, gefeiert, von Männern umschwärmt – so sah sie sich vor dem Publikum tanzen! Was für ein prickelndes Gefühl, ein Rausch voller Verheißungen und Glamour, etwas, das sie sich ihr Leben lang gewünscht hatte. Nicht auf lächerlichen Kleinkunstbühnen und in zweifelhaften Bars tingeln – nein, auf den Brettern der großen Welt, der Bühne eines renommierten Varietétheaters zu stehen und zu tanzen, tanzen, tanzen!

Rhythmisch und gemächlich schaukelte der Wagen dahin. Tessas Kopf neigte sich langsam gegen die Kopfstütze und die Augen fielen ihr zu, während sie von Glanz und Gloria träumte.

»Verzeihung.« Das Wort drang gedämpft durch ihren angenehmen Dämmerzustand. Sie öffnete die Augen und sah in das lächelnde Gesicht ihres Gegenübers. Er hatte ihren Wollschal in der Hand. »Ich will Sie nicht stören. Aber Sie haben da etwas verloren. Der Boden ist ziemlich schmutzig. Außerdem ist es etwas frisch geworden.«

»Danke«, murmelte Tessa müde, nahm ihren Schal entgegen und hüllte sich fröstelnd hinein. »Sehr liebenswürdig von Ihnen.«

»Heinrich Kleefeld ist mein Name.« Der junge Mann senkte artig den Kopf zu einer angedeuteten Verbeugung. »Ich fahre nach Straßburg, um dort eine Stelle als Privatlehrer anzutreten. Bleiben Sie in Bayreuth?«

»Nein, ich … ich muss weiter nach Paris.« Tessa fuhr sich über die zerdrückten Locken, dehnte unauffällig die Glieder und richtete sich so weit auf, wie es auf ihrem engen Platz möglich war. Draußen dunkelte es bereits. Sicher würden sie bald in Bayreuth sein. Das junge Paar neben ihr war dicht aneinandergeschmiegt eingeschlafen, auch die Matrone schnarchte leise. Nur die ältliche Dame war noch wach. Sie las nach wie vor, trotz des dämmrigen Lichts, und machte sich von Zeit zu Zeit mit einem Stift Notizen.

»Nach Paris? Da haben Sie ja noch ein gutes Stück vor sich«, staunte der junge Mann.

»Ich denke, dass es ab Straßburg mit der Eisenbahn schneller geht«, erwiderte Tessa und gähnte verhalten. »Und bestimmt ein wenig bequemer.« Sie verschränkte ihre Füße in eine andere Richtung.

»Waren Sie schon einmal in Paris?«, begann der junge Mann erneut. »Es ist eine wunderbare Stadt.«

»Nein, noch nie!«, erwiderte Tessa wahrheitsgemäß. Sie hatte sich vorgenommen, auf der Reise nicht zu sehr ins Plaudern zu kommen. Es war besser, wenn sie nicht zu viel von sich preisgab. Eine kleine Pause entstand.

»Ich bewundere besonders die französische Kultur«, fuhr Heinrich Kleefeld arglos fort. »Einmal war ich dort und hatte sogar die Gelegenheit, Kaiser Napoleon III. persönlich zu sehen. Bei einer Parade zu Pferde, in Uniform. Er ritt ganz nah an mir vorbei – sehr imposant.«

»Tatsächlich?«, erwiderte Tessa höflich und nahm den jungen Mann näher in Augenschein. Er gefiel ihr nicht schlecht, mit seinem hellen Haar, dem markanten Gesicht und seinen warmen braunen Augen.

»Ich hoffe, ich langweile Sie nicht allzu sehr mit meinem Gerede. Vielleicht möchten Sie ja lieber weiterschlafen.«

»Nein, nein«, beeilte sich Tessa zu erwidern. »Erzählen Sie mir doch, was Sie in Paris sonst noch gesehen haben.«

»Nun, es waren viele unvergessliche Eindrücke. Was Napoleon III. betrifft, so reicht er natürlich nicht an seinen Vorfahren, den großen Kaiser Napoleon I. heran. Er fürchtet wohl um seine Grenzen, deshalb ist er den Deutschen nicht besonders gewogen.«

»Tatsächlich?«, sagte Tessa. »Ist er denn wenigstens beim Volk beliebt?«

»Nicht sehr. Er strebt danach, seine Territorien zu erweitern, aber das gelingt ihm nicht ganz.« Kleefeld schien froh zu sein, eine geduldige Zuhörerin gefunden zu haben. »Seine Bündnisverhandlungen mit Österreich und Italien haben die preußisch-französischen Spannungen noch verschärft. Vor allem sein Plan, Luxemburg zu erwerben! In dieser Hinsicht haben ihm die deutschen Fürstentümer allerdings einen Strich durch die Rechnung gemacht. Das hat sein angekratztes Ansehen wohl weiter gemindert und die Spannungen verschärft. Es würde mich nicht wundern, wenn es eines Tages aus diesem Grunde zu einem Krieg kommen würde.«

»Dieses unnütze Blutvergießen!« Tessa schüttelte angewidert den Kopf. Sie nahm ihre Puderquaste aus der Tasche und fuhr sich damit rasch über die Wangen. »Warum muss es immer so weit kommen? Am Ende geht es doch nur immer um Macht und Größe. Und das Volk leidet darunter.«

»Wie wahr«, erwiderte Heinrich Kleefeld bestätigend. Es entstand eine Gesprächspause, in der man nur das monotone Geräusch der rollenden Räder auf der Straße vernahm.

»Darf ich fragen, was Sie in Paris so machen?«, fragte der junge Mann schließlich, um das Thema zu wechseln.

Tessa holte tief Luft. »Ich … bin Künstlerin«, sagte sie kühl. »Und habe ein Engagement in Paris.«

»Was Sie nicht sagen!« Die Augen des jungen Mannes leuchteten in ehrlicher Bewunderung. »Das ist ja großartig! In welchem Bereich arbeiten Sie denn?«

In diesem Moment krachte es, die Kutsche stoppte mit einem Ruck und kippte leicht zur Seite. Ein allgemeiner Aufschrei der Insassen ertönte.

»Ich bitte die Herrschaften, Ruhe zu bewahren«, ertönte laut die raue Stimme des Kutschers. Ein aufgeregtes Hin und Her mit dem angstvollen Wiehern, Scharren und Stampfen der Pferde vor der Kutsche begann. Tessa versuchte trotz ihrer unbequemen Schräglage, durch das Fenster etwas von der in der Dunkelheit liegenden, öden Landschaft zu erkennen.

»Vielleicht ist die Deichsel gebrochen. Oder das Rad.« Heinrich Kleefeld öffnete den Schlag, um hinauszuspringen. Doch in letzter Minute hielt er erschrocken inne. Die Kutsche stand auf einer wackligen Holzbrücke, ein Rad war gebrochen und der zur Seite gekippte Wagen hatte das Geländer zersplittert. Jetzt hing sie in einer gefährlichen Neigung halb über dem gurgelnden Wasser eines vom Regen angeschwollenen Flusses.

»Verdammt«, hörte er den Kutscher fluchen. »Ausgerechnet jetzt – und ausgerechnet mitten auf der Brücke.« Er starrte auf die rauschenden Fluten unter dem Gefährt. »Meine Herrschaften! Verlassen Sie bitte einer nach dem anderen ruhig und geordnet die Kutsche auf der höheren Seite! Geben Sie gut acht, die Kutsche hat wenig Halt und die Planken der Brücke sind rutschig!«

VII. Kapitel

Mit einem bangen Gefühl stand Camilla vor dem mächtigen Bau der Justizanstalt. Sie hatte sich dazu entschlossen, Ferdinand Cohen-Blind in der Untersuchungshaft zu besuchen. Was musste wohl in seinem Kopf vorgegangen sein, dass er eine solche Tat begehen konnte? Und was bezweckte er überhaupt damit? Sie wollte es von ihm selbst hören. Die Zeitungen hatten sich an diesem sonnigen Maitag mit Meldungen überschlagen und ganz auf die Seite des Attentäters gestellt. Sie lobten den »Opfermut des Heldenjünglings«, der das Land von dem »dämonischen Junker Bismarck« befreien wollte. Ladenbesitzer stellten das mit Blumen umkränzte Foto Cohen-Blinds in die Auslage und selbst Mitglieder der Königsfamilie wurden zitiert, die den »kurzsichtigen Unglückswurm« bedauerten.

Ein Gendarm öffnete ihr die Tür eines großen Raumes, der einem vergitterten Wartesaal glich. »Ich möchte zu Herrn Cohen-Blind«, sagte Camilla, eingeschüchtert durch seine Uniform und strenge Miene.

»Den können Se nur noch im Himmel besuchen, Frollein«, beschied ihr der Mann barsch. »Der hat sich heut Nacht die Halsschlagader aufgeschnitten. Det erspart uns ne Menge Arbeit.«

Camilla schrak zurück. »Ferdinand – ich meine Herr Cohen-Blind ist … tot?«, fragte sie beinahe ungläubig. »Selbstmord?«

»Ja, wat denken Sie denn? Is wohl besser für ihn. Hat 'n Zettel hinterlassen, det er sich für det Vaterland jeopfert haben will. Sind se verwandt? Seine Verlobte?« Er zwinkerte ihr frech zu.

»Nein … nein, weder noch. Nur … eine Bekannte. Ich danke Ihnen!« Camilla verabschiedete sich hastig und presste die Hand auf ihr klopfendes Herz. Langsam ging sie die Straße entlang. Obwohl sie Ferdinand nur flüchtig gekannt hatte, tat er ihr leid. Er hatte sein Leben verspielt – mit einer so unsinnigen und gescheiterten Tat.

Zurück im Laden konnte sie sich kaum konzentrieren. Es war heute ruhig in der Stadt und sie verkaufte nur sehr schleppend ihre Ware. Mit einer Näharbeit versuchte sie, die Zeit zu überbrücken, doch ihre Hände zitterten. Immer wieder gingen ihr die Worte Ferdinands durch den Sinn. Er hatte Otto von Bismarck einen Kriegstreiber genannt – und so hieß er mittlerweile in der ganzen Stadt. Dabei hatte der gemeinsam mit Österreich geführte Deutsch-Dänische Krieg König Wilhelm I. mit den Herzogtümern Schleswig und Holstein, den bisher von Dänemark verwalteten Gebieten, einen Landgewinn gebracht. Und nun schrieben die Zeitungen, dass es wegen bestehender Differenzen auch mit Österreich wieder einen neuen Krieg geben könnte! Ausgerechnet gegen die mächtige Habsburgermonarchie! Camilla dachte daran, dass auch Paul von Waldheim bei einem solchen Krieg ins Feld ziehen müsste. Doch im nächsten Moment scheuchte sie den Gedanken unwillig beiseite. Was ging es sie an, was dieser Mann tat, wie er lebte? Sie schalt sich dumm und töricht, dass er ihr immer wieder in den Sinn kam und sie alles, was geschah, mit ihm in Verbindung brachte. Sicher war er schon längst mit Adelheid verheiratet und hatte sie bereits vergessen. Aus den Augen, aus dem

Sinn, dachte sie. Nur bei ihr schien dieser Spruch sich nicht zu bewahrheiten. Warum konnte sie ihn bloß nicht aus dem Kopf bekommen – ihn endlich aus ihrem Herzen verbannen?

***

Camilla ging nun ganz in ihrem kleinen Laden auf. Sie hatte ihn mit Frau Brauns hinterlassenem Geld rundum modernisiert, neue Kunden für ihre Damenunterwäsche-Kollektion gewonnen und sogar eine zweite Verkäuferin eingestellt. Alles lief tadellos und ihre Einnahmen waren ebenfalls zufriedenstellend. Nur am Abend fühlte sie sich manchmal einsam. Sie las viel, ging aber nie aus und hatte auch keine Freunde. Die Verehrer, die sie aufgrund ihrer auffallenden Schönheit anzog, wies sie schroff zurück. Die ausweglose Liebe zu Paul umgab sie wie ein Panzer, an dem jede Annäherung abprallte. Allein der Kontakt mit den Kunden und Kindern, die sie einkleidete, verband sie mit der Außenwelt.

Eines Tages, als sie einer hochschwangeren Dame gerade eine Grundausstattung für den bald zu erwartenden Nachwuchs zusammenstellte, ging die Türglocke. Camilla sah hoch und glaubte ihren Augen nicht zu trauen. Sie fühlte, wie das Blut aus ihrem Gesicht wich, ihre Knie weich wurden und es in ihren Ohren zu summen begann. Ihr Herz raste von einer Minute auf die andere in wild gewordenem Galopp. Es war niemand anderer als Paul, der völlig überraschend auf der Schwelle des Ladens stand. Er grüßte und sah sie an, als müsse er sich ihren Anblick genau einprägen. Mühsam fasste sie sich, doch sie wusste kaum mehr, was sie tat und wie sie die Kundin weiter bedienen sollte. Sie rief nach der zweiten Verkäuferin, entschuldigte sich mit plötzlichem Unwohlsein und versuchte, durch den hinteren Teil des Ladens ins Haus zu flüchten. Paul folgte ihr mit schnellen Schritten, holte sie ein und bekam sie hinter der halb geschlossenen Tür am Arm zu fassen.

»Camilla«, sagte er leise und mit zärtlichem Unterton. »Endlich! Ich habe es nicht mehr ausgehalten! Ich bin verzweifelt. Ohne dich ist mein Leben leer. Ich musste dich wiedersehen.«

Camilla spürte, wie ihr das Blut bei seinen leidenschaftlichen Worten heiß in die Wangen schoss. »Lass mich«, stieß sie hervor. »Wie hast du mich überhaupt gefunden?«

»Ich kam einfach nicht zur Ruhe, als du fort warst.« Er sah ihr beschwörend in die Augen. »Erst dann spürte ich, wie sehr ich dich liebe – wie sehr du mir fehlst. Ganz Berlin habe ich nach einer Spur von dir abgesucht!«

»Du hättest nicht herkommen dürfen«, wehrte sich Camilla. »Wir gehören nicht zusammen. Wir leben in verschiedenen Welten! Geh zu deiner Verlobten und mach sie glücklich, wenn du kannst.«

»Sag das nicht!« Paul Gesicht bekam einen leidenden, ja fast verzweifelten Zug, den sie vorher noch nie an ihm bemerkt hatte. »Seit ich dich getroffen habe, fällt es mir schwer, Adelheid zu ertragen. Ich kann mich an nichts mehr freuen. Weil ich immer an dich denken muss. An dich – an uns beide. Mein Leben ist nichts wert ohne dich!« Er seufzte aus tiefem Herzen. »Ich werfe es ohne Bedauern weg, wenn du mich nicht willst!«

»Wieso sagst du so etwas?« Camilla senkte den Kopf. »Geh, ich hab schon genug durch dich gelitten. Beinahe hätte ich es geschafft, dich zu vergessen. Und nun reißt du meine Wunden wieder auf.« Sie sah hoch, mit Tränen in den Augen.

»Du wolltest mich vergessen und konntest es nicht?« Pauls Stimme hatte einen triumphierenden und hoffnungsvollen Klang. »Du liebst mich also auch – ich ahnte, ich wusste es!« Er nahm sie bei den Schultern und zog sie stürmisch an sich. »Camilla! Ich bin verrückt vor Sehnsucht nach dir. Ich habe versucht, dich zu vergessen, ich schwöre es. Und ich kann Adelheid nicht heiraten. Ich fühle nichts für sie. Wir würden todunglücklich miteinander werden.«

Camilla wollte etwas erwidern, ihn zurückstoßen. Doch dann spürte sie, wie ihr Körper gegen ihren Willen nachgab. Ihre mühsam unterdrückte Sehnsucht war zu groß gewesen. Nur einmal seinen Mund auf dem ihren spüren, dann würde sie sich abwenden und für immer von ihm trennen. Noch während sie dies dachte, trafen sich ihre Lippen und ein Strom von Glück raste durch ihren Körper. Das war es, was sie ersehnt, erhofft und im tiefsten Inneren gewollt hatte. Sie erkannte erst jetzt, welche Macht ihre unterdrückten Gefühle über sie hatten, dass sie mühelos ihren Verstand und Willen überwältigten und sie ihrer eigenen Schwäche auslieferten. Sie lag an seiner Brust und sie küssten sich leidenschaftlich, wie Verhungernde nach einer langen Entbehrungszeit. Paul presste sie so heftig an sich, als hätte er Angst, sie wieder zu verlieren. Sie spürten eine Weile nichts als die Seligkeit, dem anderen so nahe zu sein. Erst allmählich drangen die gedämpften Stimmen der Verkäuferin und einiger Kundinnen wieder in Camillas Bewusstsein und sie erwachte wie aus einem Traum. Unter Aufbietung aller Willenskraft gelang es ihr, sich von Paul zu lösen. »Wir müssen in aller Ruhe über alles reden«, flüsterte sie ihm atemlos zu. »Aber nicht jetzt. Geh – und komm heute Abend zu mir!«

Paul nickte. »Ich werde da sein.«

Der Tag verging quälend langsam, während es Camilla so vorkam, als wäre das, was sie eben erlebt hatte, nicht in Wirklichkeit geschehen. Sorgfältig legte sie sich zurecht, was sie Paul am Abend sagen würde, wenn er es mit seinen Beteuerungen wirklich ernst meinte. Endlich war es dann soweit, sie konnte den Laden schließen und sich in ihre Wohnung zurückziehen. Sorgfältig räumte sie auf, stellte eine Flasche Wein und Gläser bereit und stand lange vor dem Spiegel, um ihr goldblondes Haar aufzustecken. Über ihre erhitzten Wangen, die ihre Erregung verrieten, stäubte sie nur ein wenig Puder. Nach ausführlicher Prüfung ihrer Garderobe schlüpfte sie in eine schwarze, mit Volants besetzte Bluse, deren tiefen Ausschnitt eine einfache Brosche zusammenhielt. Ihr Herz klopfte voller Erwartung und sie blickte alle paar Minuten auf die Uhr. Die Straße unter ihrem Fenster lag ruhig und beinahe ausgestorben da. Der Glockenschlag der Marienkirche schlug acht Uhr. Paul war immer noch nicht erschienen. War er aufgehalten worden? War etwas Unvorhergesehenes passiert? Nach all seinen Schwüren und Liebesbeteuerungen konnte er doch ihre Verabredung nicht vergessen haben! Um neun Uhr wandelte sich Camillas fiebrige Erwartung zu schmerzhafter Enttäuschung. Er war nicht gekommen! Und hatte sich nicht einmal entschuldigt. Um zehn Uhr konnte sie die Tränen nicht mehr zurückhalten. Sie räumte die Gläser und den Wein ab, zog sich aus und löschte das Licht. Doch es war unmöglich, einzuschlafen. Sie wälzte sich hin und her und grübelte darüber nach, was geschehen sein konnte. Hatte sie Paul auf irgendeine Weise verletzt? War ihm etwas dazwischengekommen? Hatten ihm seine leidenschaftlichen Worte später leidgetan? Sie rief sich selbst zur Ordnung. Beinahe hätte sie alle Vorsicht in den Wind geschlagen und ihren Gefühlen nachgegeben. Aber vielleicht war es besser, dass es nicht dazu gekommen war. Sie schwor sich, Paul niemals wiedersehen zu wollen! Mit diesem Vorsatz schlief sie im Morgengrauen endlich ein.

Am nächsten Tag fühlte sie sich übernächtigt, zutiefst enttäuscht und bedrückt. Das plötzliche Erscheinen Pauls, sein Kuss, seine Liebesbeteuerungen hatten die Flamme in ihr wieder angefacht und förmlich zum Lodern gebracht. Das mühsam aufgebaute Gebäude von Normalität und ruhigem Alltag war mit einem Schlag zum Einsturz gebracht worden. Verzweifelt versuchte sie, sich abzulenken, das Bild Pauls aus ihrem Gedächtnis zu löschen. Doch immer wieder schob es sich vor ihre Augen, sie sah sein verschmitztes Lächeln, die magische Glut in seinem Blick und spürte seine fordernden Lippen auf ihrem Mund. Die Erinnerung an unschuldige Details, wie seine Art, eine Augenbraue hochzuziehen, brachte sie unvermittelt zum Weinen. Erst langsam begann der Aufruhr in ihrer Seele sich zu legen. Doch immer, wenn die Klingel der Ladentür beim Eintreten eines Kunden ertönte, schlug ihr Herz ein paar Takte schneller.

Einige Tage waren vergangen und genauso unvermittelt und überraschend wie beim ersten Mal stand Paul plötzlich wieder vor ihr, eine große Pralinenschachtel mit Schleife in der Hand und ein entschuldigendes Lächeln auf den Lippen. Es war halb sieben und beinahe Ladenschluss. Camilla ignorierte ihn und bediente an der Theke weiter. Doch in ihr tobte ein Orkan. Endlich war der letzte Kunde gegangen. »Geh«, fuhr sie Paul an, der abwartend im Hintergrund stehen geblieben war. »Verschwinde aus meinem Leben! Ich will dich nie wiedersehen.«

»Aber Liebste! Das ist doch nicht dein Ernst.« Paul lächelte sie an und Camilla fühlte, wie ihr Herz unter diesem Lächeln schmolz wie Eis in der Sonne. »Warum bist du letztes Mal nicht gekommen?« Sie sah ihn anklagend an, nur mühsam die Tränen der Wut zurückhaltend. »Du hattest es doch versprochen!«

»Oh.« Paul verzog das Gesicht. »Vielleicht hatte ich Angst, dass du mir die Leviten liest.« Er lachte leise, wurde aber sofort wieder ernst. »Nein, über so etwas soll man keine Witze machen. Es kam … etwas dazwischen.«

»Du wagst es, bei mir aufzutauchen, von Liebe zu reden«, Camillas Stimme schnappte beinahe über vor Erregung, »und im nächsten Moment denkst du nicht mehr daran, weil etwas dazwischenkam?«

»Ich konnte einfach nicht weg, verstehst du das denn nicht?«, schrie Paul in aufwallendem Jähzorn.

»Du konntest nicht weg?« Camilla wich zurück. »Was soll das heißen? Bist du jetzt vollkommen wahnsinnig geworden? Zwischen uns ist ab jetzt nichts mehr und es wird auch nie mehr etwas sein. Und nun verschwinde!« Die letzten Worte hatte Camilla schon mit erstickter Stimme hervorgestoßen. »Da ist die Tür!«

Paul hielt einen Augenblick inne: »Camilla!«, sagte er mit veränderter und sanfter Stimme. »Wir sind füreinander bestimmt! Meine Gefühle für dich haben sich nicht geändert …«

»Aber meine«, fiel ihm Camilla ins Wort, »ich hasse dich!«

Paul war mit wenigen Schritten bei ihr. Er legte die Arme um sie und hielt sie fest, obwohl sie sich verzweifelt gegen ihn wehrte. »Liebste«, flüsterte er heiser, dicht an ihrem Ohr, »Hass und Liebe liegen doch ganz dicht beieinander! Küss mich – dann wirst du es spüren.« Camilla wand sich in seinen Armen und drehte den Kopf weg. Doch dann spürte sie wieder die Magie, das Weichwerden in Pauls Armen, das Zerfließen ihres Willens. Sie fühlte seine Wange an der ihren und schloss überwältigt die Augen, als seine Lippen sie trafen. Und wieder war es wie beim ersten Mal, die selige Verzückung, das rauschhafte Glück, ihm nah zu sein, gegen das die klare Vernunft die Waffen strecken musste.

»Komm, lass uns in deine Wohnung gehen«, sagte Paul zwischen zwei Küssen, ohne sie loszulassen. »Ich will dich – ganz!«

Camilla gehorchte. Ihr war auf seltsame Weise schwindlig, als wenn sie zu viel von dem Sekt getrunken hätte, den man im Modehaus Baumann guten Kunden vor einer Präsentation servierte. Ihre Vorsätze verschwammen zu einem nebelhaften Gebilde, zu einer unhaltbaren Theorie. Das Leben war anders. Sie spürte es, als Paul behutsam begann, sie unter zärtlichen Berührungen und Küssen auszuziehen. Als sie zusammen auf die Kissen fielen, versank die Welt um sie und nichts war mehr wichtig als die Wärme seines Körpers und seine Zärtlichkeiten, die ihr beinahe die Sinne raubten.

VIII. Kapitel

Es war tiefe Nacht und wegen des wolkenverhangenen Himmels sehr dunkel. Eigentlich hätte Tessa schon längst in Bayreuth sein sollen, doch die Kutsche steckte mit dem gebrochenen Rad fest. Ängstlich war sie aus dem Wagen gestiegen und hatte vorsichtig einen Fuß nach dem andern auf das glitschige Holz gesetzt, bis sie sicher das Ende der Brücke erreicht hatte. Heinrich Kleefeld war ihr stützend zu Hilfe gekommen. Nun stand das Grüppchen Reisender ratlos auf der finsteren Straße herum, während der Kutscher versuchte, mit seinem Gehilfen den Schaden zu beheben. Als dies nicht gelang, beschied er den Wartenden in brummigem Ton, er werde sich zur nächsten Poststation im Ort aufmachen, um dort Hilfe zu holen. Bayreuth sei ohnehin nur noch wenige Meilen entfernt. Sie spannten die unruhig gewordenen Pferde aus und banden sie an die nächststehenden Bäume.

»Unverschämt«, beklagte sich die Dame mit dem verkniffenen Gesicht, »uns einfach hier stehen zu lassen! Das ist eine Zumutung! Ich werde mich beschweren …«

»Bleiben Sie ruhig«, sagte Heinrich Kleefeld, »den Kutscher trifft schließlich keine Schuld. So etwas kann immer passieren. Seien wir doch froh, dass es keinen größeren Schaden gegeben hat. Der Wagen hätte schließlich auch umkippen und in den Fluss stürzen können.«

»Wie schrecklich!«, rief die junge Frau aus und drückte sich zitternd an ihren Verlobten. »Mir ist kalt!« Er warf sich heldenhaft in die Brust. »Hab keine Angst, Pia. Es wird sich alles regeln. Gleich wird ein Ersatzwagen kommen und uns mitnehmen. Bald sind wir im Gasthaus und lachen über diesen kleinen Zwischenfall.« Er sah zum Himmel. »Wenn der Mond durch die Wolkendecke käme, könnten wir erkennen, ob es in der Nähe eine Behausung gibt, in der wir auf Hilfe warten könnten.«

Wie auf Kommando begann ein leichter Nieselregen zu fallen. Die dicke Matrone setzte sich auf einen Stein am Wegrand, kramte wieder in ihrem Korb und förderte eine Flasche Zwetschgenschnaps zutage. »Den wollte ich mir eigentlich für eine bessere Gelegenheit aufheben. Aber jetzt«, sie zog geschickt den Korken heraus und schwenkte die Flasche in der Luft, »können wir wohl etwas Aufmunterung gebrauchen. Wer will?« Die Reisenden sahen einander verdutzt an. Die grämliche Dame winkte entrüstet ab. »Ich trinke niemals Alkohol!« Ihr Hütchen war schon leicht aufgeweicht und sie schloss frierend den obersten Knopf ihrer Wolljacke.

Heinrich Kleefeld fasste sich als Erster ein Herz. »Ich würde gern einen Schluck nehmen!«

»Becher habe ich leider nicht. Also nur zu!« Die Matrone lachte, reichte ihm die Schnapsflasche und Heinrich nahm einen herzhaften Zug. »Mmmh, der wärmt!«, sagte er erfreut und reichte die Flasche weiter. Nach und nach tranken alle aus der Flasche und ließen sie herumgehen, bis sie leer war. Die Stimmung heiterte sich sichtlich auf. Vor dem stärker und eintönig herabfallenden Regen suchten sie jetzt Schutz unter einer großen Eiche, etwas abseits der Straße. Jeder hatte bald seinen Platz gefunden, auf einer Wurzel, einem Stein oder im Gras, und versuchte auf seine Weise, sich vor der herabrieselnden

Feuchtigkeit zu schützen. Schon nach kurzer Zeit waren alle völlig durchnässt. Doch der Alkohol löste die Zungen, man lachte, verbrüderte sich und erzählte sich lustige oder ungewöhnliche Geschichten, die man auf Reisen schon erlebt hatte. Tessa spürte den Alkohol am meisten, denn sie hatte außer einem harten Stück Biskuit nichts gegessen. Eine gleichgültige Leichtigkeit erfüllte sie. Sie kicherte über die Späße Heinrichs, lehnte sich an ihn, ließ es zu, dass er kühn den Arm um sie legte, sie an sich zog, um sie zu wärmen, und ihr dabei einen Kuss raubte. Als die Reservekutsche angerollt kam, waren alle erleichtert, aber insgeheim bedauerten sie fast das Ende ihrer aus der Not geborenen Zusammenkunft. Tessa wurde langsam wieder nüchtern. Sie spürte die klammen Kleidungsstücke, ihre durchnässte Bluse und die feuchten Haare unter dem zerdrückten Hut, die ihr wirr ins Gesicht hingen. Und sie bedauerte, zugelassen zu haben, dass Heinrich Kleefeld, der noch vor Kurzem ein Fremder für sie gewesen war, sie küsste.

In dem bescheidenen Gasthof, in dem sie Unterkunft fanden, war es beengt, feucht und muffig. Tessa betrat ihr Zimmer, in dem eine spärliche Petroleumlampe brannte, mit einem unguten Gefühl. Es war schmutzig und in den Stockbetten hatten die Mäuse gehaust. Sie schüttelte das Bettzeug aus und legte Decken darüber. Trotzdem konnte sie es nicht über sich bringen, sich hineinzulegen. Ihr Magen knurrte aufdringlich, sie war hungrig, doch um diese Zeit gab es nichts mehr zu essen und sie musste sich an die Reste ihrer trockenen Biskuits halten. Was hätte sie in diesem Moment für ein einfaches Butterbrot mit einer Prise Salz gegeben! Sie hüllte sich in eine Decke, setzte sich auf den einzigen knarrenden Stuhl und dachte über ihre Lage nach. Zum ersten Mal in ihrem Leben fühlte sie sich einsam und verlassen. An die Vergangenheit mochte sie nicht denken und die Zukunft schien ihr vage und unbestimmt. Plötzlich verließ sie die Kraft und sie begann, den Kopf in die Hände gestützt, leise zu weinen. Sie wusste nicht, wie lange sie so dagesessen war, aber plötzlich klopfte es. Sie schreckte hoch. Wer mochte das sein? Einige Augenblicke verharrte sie unbeweglich, doch dann ging sie auf Zehenspitzen zur Tür. »Wer ist da?«, fragte sie verhalten und lauschte gespannt.

»Ich bin es, Heinrich!«, kam die Antwort. Sie drehte rasch den Schlüssel im Schloss und öffnete. Heinrich Kleefeld stand auf der Schwelle. In einer Hand balancierte er einen großen Teller mit verlockenden Käsebroten und einem Stück saftiger Leberpastete, in der anderen trug er zwei einfache Gläser. Eine unetikettierte Flasche hatte er vor sich auf den Boden gestellt. »Ich dachte, Sie müssten sicher auch Hunger haben nach all der Aufregung«, sagte er, als er Tessas erstauntes Gesicht sah. »Für ein paar gute Taler hat mir die Wirtin noch etwas von ihren Vorräten abgegeben.« Schnurstracks ging er an ihr vorbei und stellte den Teller auf den kleinen, wackligen Tisch. »Sie erlauben doch, dass ich Ihnen Gesellschaft leiste?«

»Aber ja.« Tessas Augen begannen zu leuchten, als ihr der würzige Duft des Käses und der Pastete in die Nase stieg. »Das sieht ja großartig aus!« Sie betrachtete die Speisen auf dem Tisch. »Sie können wohl Gedanken lesen. Ich habe mich gerade sehr allein gefühlt. Und ich gebe zu, dass ich großen Hunger habe.«

»Sehen Sie«, sagte Heinrich vergnügt, entkorkte die Flasche und goss den bernsteinfarben schimmernden Wein in die Gläser. »Der Wein war natürlich das Teuerste. Die Wirtin wollte ihn erst nicht hergeben und mir irgendeinen Fusel andrehen. Aber ich verstehe etwas davon. Mein Vater hat selbst ein Weingut.«

Tessa biss mit gutem Appetit in das Käsebrot und schob ein Stück Pastete hinterher. Sie kaute mit vollem Mund und ihr war, als hätte ihr nie im Leben etwas so gut geschmeckt. »Zum Wohl!«, sagte Heinrich und hob sein Glas. Tessa prostete ihm zu und fühlte sich schon nach kurzer Zeit sehr viel besser, satt, zufrieden und ziemlich beschwipst. Heinrich hatte die Kerzen entzündet, die auf einer Kommode standen, und schon bekam der ganze Raum eine heimeligere Note. Sie plauderten wie gute, alte Freunde und sahen sich tief in die Augen. Als Heinrich ihre Hand ergriff und sie an sich zog, sank sie wie von selbst in seine Arme. Er bot ihr Wärme, Schutz und Geborgenheit – und wenn es vielleicht nur für eine Nacht war.

Am nächsten Morgen erwachte Tessa mit dumpfem Kopf. Sie war allein. Rasch stand sie auf, machte, so gut es ging, Toilette und lief die knarrenden Stufen der steilen Treppe hinunter. Sie hatte die erste Postkutsche versäumt, wie ihr die Wirtin mürrisch mitteilte, als sie ihr die unbezahlte Rechnung für die Unterkunft und die gestrige Mahlzeit präsentierte. Und Heinrich war auch nicht mehr da. Er hatte die Gelegenheit ergriffen, sich rasch mit unbekannter Adresse aus dem Staub zu machen.

***

Camilla war es, als erlebe sie die glücklichsten Tage ihres Lebens. Paul kam beinahe jeden Tag, um sie zu sehen. Er brachte ihr kleine Geschenke und Aufmerksamkeiten mit; eine Rose, ein Duftwasser oder Schokolade. Sie liebten sich stürmisch, so als könnten sie voneinander nicht genug bekommen. An manchen Nachmittagen machten sie Ausflüge mit der Pferdebahn in das Dorf Französisch Buchholz oder ausgedehnte Spaziergänge durch die Stadt und in die Umgebung. Von Adelheid war nicht mehr die Rede. Zum Wochenende hatte Camilla diesmal liebevoll ein Picknick vorbereitet, mit kaltem Braten, Schinken und kleinen Salaten, die sie selbst zubereitet hatte. Ein Stück weit von der Stadt entfernt saßen sie im Grünen, auf einer Decke im Gras, kosteten die köstlichen Speisen und tranken Wein dazu. Um sie herum duftete es nach Sommer, summten die Bienen, zwitscherten Vögel und die Sonne schien warm auf sie herab.

Camilla legte nach dem Essen den Kopf in Pauls Schoß und sah in den seidig blauen Himmel über ihr. Sie war glücklich und wünschte nur, dass diese gemeinsamen Stunden nie enden würden. Paul jedoch wirkte heute zerstreut und fahrig und es schien, als müsse er sich gewaltsam zur Ruhe zwingen. Schon nach kurzer Zeit schob er Camilla von sich, sprang auf und lief mit großen Schritten auf der Wiese hin und her. Dann setzte er sich wieder zu ihr, schüttelte über sich selbst den Kopf und seufzte vernehmlich. »Was hast du denn heute?«, fragte Camilla träge und blinzelte mit halb geschlossenen Augen in die Sonne. »Du bist so seltsam. Stimmt etwas nicht?«

Paul stützte mit ernster Miene den Kopf in die Hände. »Das kann man wohl sagen. Ich bin am Ende. Erledigt. Am besten, ich kaufe mir gleich einen Strick und suche mir den nächsten Baum.«

Camilla erschrak und richtete sich gerade auf. »Wie kannst du so etwas sagen? Was ist denn passiert?«

Paul biss sich auf die Lippen. »Lass nur. Ich möchte nicht darüber reden.«

»Paul! Was soll das?« Camilla war ganz blass geworden. »Du bist schlechter Stimmung und gar nicht bei der Sache. Sag mir sofort, was du auf dem Herzen hast. Vielleicht kann ich dir helfen.«

»Das ist unmöglich. Du hast damit nichts zu tun.«

»Rede endlich«, beharrte Camilla. »Es ist ja nicht mit anzusehen, wie du dich quälst!«

Paul mied ihren Blick. Erst nach einer längeren Schweigepause rückte er mit der Sprache heraus. »Ich habe mich mit meinem Vater gestritten. Er hat mir die Bezüge gestrichen, mit denen er mich bisher zusätzlich unterstützt hat«, begann er mit stockender Stimme. »Nur weil er von meinen Schulden erfahren hat. Jetzt kann ich wohl gar nichts mehr zurückzahlen. Und wenn beim Militär ruchbar wird, dass ich in einer schwachen Stunde im Spiel hoch verloren habe und nichts begleichen kann, ist meine Karriere ruiniert. Dann wird mir wohl nichts anderes übrig bleiben, als das Gut in Rathenow zu übernehmen.« Er hob die Augen anklagend gen Himmel. »Ein Landedelmann sein – das wäre allerdings das Letzte, was ich will. Vater hat mir vorgeworfen, ich könne nichts zu Ende führen – nur weil ich damals mein Medizinstudium abgebrochen habe. Den Grund hat er wohl bis heute nicht verstanden. Aber ich konnte eben kein Blut sehen.« Er senkte niedergeschlagen den Kopf.

»Du hast Medizin studiert?« Camilla sah ihn erstaunt an. »Das hast du ja nie gesagt.«

»Ja. Weil ich es nicht geschafft habe«, schrie Paul unbeherrscht. »Es war mir einfach alles zu viel.« Er ballte die Hände in den Taschen. »Willst du die ganze Wahrheit hören?«

»Ja, natürlich«, Camilla setzte sich auf und band ihr Haar zusammen. Die schöne Stimmung war zerstört. Sie begann, das Geschirr und die Reste des Mahles zusammenzuräumen und im Korb zu verstauen. »Sprich dich aus, du kannst mir wirklich alles sagen!«, erklärte sie mit fester Stimme.

»Gut!« Paul sog heftig den Atem ein. »Ich hoffte, dass Vater nie etwas von meinen Spielschulden erfahren würde. Es schien so einfach – die baldige Heirat mit Adelheid, ihre finanzielle Hilfe, mit der ich alles rasch bereinigen würde.« Fast zornig blickte er Camilla an. »Aber dann bist du in mein Leben getreten und hast meine ganzen Pläne zunichtegemacht.«

»Ich?« Camilla war blass geworden. »Für dein Leben und deine Schulden bist du doch ganz allein verantwortlich. Hör zu«, sie sah ihn fest an. »Du solltest einmal ganz in Ruhe mit deinem Vater reden. Vielleicht kommt er ja doch für alles auf, damit du neu anfangen kannst. Jeder kann einmal einen Fehler machen.«

»Du kennst meinen Vater nicht«, stieß Paul verächtlich hervor. »Er ist geizig – und schuld an meiner Misere. Hätte er mir mehr Geld zur Verfügung gestellt, dann wäre ich besser damit ausgekommen und nicht in diese dumme Zwickmühle geraten.« Eigensinnig betrachtete er seine Fußspitzen. »Ich habe mir mein Leben ganz anders vorgestellt. Am besten, ich erschieße mich, das wäre das Einfachste.«

»Unsinn.« Camilla sah ihn erschrocken an. »Wie kannst du nur so etwas sagen? Das darfst du nicht tun! Was ist bloß in dich gefahren? Wir sind doch so glücklich miteinander?«

»Glücklich – pah! Nennst du das glücklich, wenn man nur ein paar Kröten in der Tasche hat? Von seinen Gläubigern gejagt wird? Ich habe Fehler gemacht, das gebe ich zu. Aber jetzt sitze ich ganz schön in der Tinte.«

Camilla sah eine Spur von Tränen in seinen Augen schimmern. Sie schlang die Arme um ihn. »Ich kann es nicht ertragen, wenn du so redest. Wenn du traurig bist. Ich würde dir so gern helfen!«

Paul wehrte sie ärgerlich ab. »Pah, was kannst du schon für mich tun?«

»Warte!« Camilla runzelte die Stirn und überlegte. »Mit meinem Laden verdiene ich nicht schlecht. Was hältst du davon, wenn ich regelmäßig eine kleine Summe meines Gewinns für dich abzweigen und dir damit über das Schlimmste hinweghelfen würde?«

»Das tätest du für mich?« Paul schien gerührt. »So etwas kann ich doch unmöglich annehmen!« Er senkte den Kopf. »Aber leider wäre das nur ein Tropfen auf den heißen Stein.«

»Wenn ich könnte«, versicherte Camilla ihm im Überschwang ihrer Gefühle, »würde ich alles für dich tun!«

Er drückte sie an sich und küsste sie. »Würdest du dann auch … für mich bürgen?« Seine Stimme war brüchig und unsicher.

Camilla nickte. »Natürlich! Wenn du dann wieder frei und glücklich wärst!«

»Du bist so gut«, murmelte er an ihrem Hals. »Viel zu gut für mich. Wenn wir zu Hause sind, schreibst du mir einfach einen Zettel – und damit gehen wir dann zur Bank. Es ist wirklich nur eine Formalität! Doch wir sollten das so schnell wie möglich erledigen, damit ich es hinter mir habe. Dann wäre ich vorläufig alle Sorgen los.« Er seufzte wie unter einer schweren Last. »So blamiere ich mich wenigstens nicht bei meinen Vorgesetzten. Es ist ja eine Sache der Ehre.«

»Eines musst du mir aber versprechen: Ich will keine Geschenke mehr.« Camilla drohte ihm scherzhaft mit dem Finger. »Wie hast du die überhaupt bezahlt?«

Paul zögerte mit der Antwort. Er sah an Camilla vorbei in die Ferne. »Adelheid hat mir etwas Geld geliehen – es mir förmlich aufgedrängt, als sie von meinen Problemen erfuhr. Ich wollte es nicht, aber sie hat es mir einfach immer in die Westentasche gesteckt. Jetzt sehe ich ein, dass ich es nicht so einfach hätte ausgeben sollen! Das hat meine Situation noch verschlimmert. Ich denke, sie wollte mich damit nur zwingen, sie zu heiraten.«

»Sie hat dir … Geld in die Westentasche gesteckt?« Camilla verschlug es beinahe die Sprache. »Und du hast es ausgegeben?« Paul hatte also auch schon von Adelheid Geld genommen! Und dabei seine Schulden nicht einmal zurückgezahlt, sondern weitere gemacht! Wahrscheinlich war er ganz durcheinander und sah keinen Ausweg mehr aus seinem Dilemma.

»Bist du mir jetzt böse?«, fragte Paul zerknirscht. »Ich weiß, ich bin furchtbar leichtsinnig und habe viele Fehler. Liebst du mich trotzdem?« Er sah sie zärtlich an, zog sie in seine Arme und küsste sie. »Da wir gerade beim Thema sind – ich bin völlig am Ende. Kannst du mir nicht gleich etwas Geld geben?«, fragte er zwischen zwei Küssen. »Wenn du willst, kriegst du auch eine

Quittung für die Rückzahlung.« Er lachte leise, als hätte er einen Spaß gemacht. »Aber nur, wenn du darauf bestehst.«

Camilla nickte, ganz betäubt von dem Gehörten. Vor der warnenden Stimme in ihrem Innern verschloss sie Ohren und Sinne. Paul war schließlich in einer Zwangslage, aus der sie ihm heraushelfen musste! Unglückliche Umstände, der Druck des Vaters, die Ränke der durchtriebenen Adelheid hatten ihn zur Verzweiflung getrieben und Gedanken an einen Selbstmord in ihm aufkommen lassen. Er war zu gutmütig gewesen, dem Vater deutlich zu sagen, dass er nicht Medizin studieren wollte, und auch zu sehr Kavalier, Adelheid eine Absage zu erteilen. Wenn man es recht überlegte, so traf ihn eigentlich nicht die geringste Schuld! Aber sie würde für ihn kämpfen, ihm helfen, sein Selbstbewusstsein wiederzufinden, ihn stützen und aufrichten. Sie schloss die Augen und schmiegte sich so eng an seine Brust, als wollte sie ihn nie mehr loslassen.

***

Im Saal des Théâtre du Soleil in Paris war die Luft dick und von Rauch geschwängert, der Geräuschpegel ohrenbetäubend. Eine dunkelhäutige Sängerin stand auf der Bühne und versuchte, mit ihrer kräftigen Stimme die kleine Kapelle zu übertönen. Das Pariser Theater in der Rue du Faubourg-du-Temple war bis auf den letzten Platz besetzt und das Publikum applaudierte begeistert. Tessa stand mit ein paar anderen Mädchen hinter der Bühne und wartete auf ihren Auftritt. Die Tänzerinnen in Lackstiefelchen, die in ihren roten, tief ausgeschnittenen Kleidern mit weißen Rüschenunterröcken ohne jegliche Unterwäsche im Vorprogramm auftraten, sollten bald mit dem obligatorischen Cancan beginnen, der dem Publikum ordentlich einheizte. Tessa reihte sich in die Gruppe ein, um mitzutanzen. Danach musste sie sich so schnell wie möglich umziehen, um ihren großen

Auftritt zu präsentieren. Als Star des Abends, als groß angekündigte Attraktion! Carla Galbani! Die Premiere war sehr erfolgreich gewesen und sie hatte den größten Teil ihrer Choreografie selbst entwerfen dürfen. In einem aufreizenden Federröckchen und ebensolchem Kopfputz, gehüllt in die schimmernden Schleier des Oberteils, die sie tanzend nach und nach ablegen würde. Es war nicht das Lampenfieber, weswegen Tessa sich heute so schlecht wie noch nie fühlte. Sie hatte Schminke und Rouge dicker auftragen müssen als gewöhnlich und ihr sonst so strahlendes Lächeln war leicht verzerrt. Vor zwei Tagen hatte sie einen Eingriff bei einer weisen Frau, wie man die Hebammen hier nannte, hinter sich gebracht, denn ihre kurze Affäre mit Heinrich Kleefeld auf der Reise nach Paris war nicht ohne Folgen geblieben. Im Hinterzimmer eines alten Bürgerhauses, in dem der Abbruch der Schwangerschaft vorgenommen wurde, war sie nach dem unerwartet starken Blutverlust vor Schmerz beinahe ohnmächtig geworden. Trotzdem hatte die Hebamme, eine Madame Souris, sie nach ihrem Schwächeanfall und einer kurzen Nachbehandlung gnadenlos nach Hause geschickt. In ihrem einfachen Pensionszimmer war sie dann weinend ins Bett geschlüpft, im Glauben, ihre letzte Stunde sei gekommen. Zwei Tage hatte sie nicht aufstehen können und sich im Theater entschuldigen lassen. Heute ging es ihr auch noch nicht wesentlich besser – doch eines war sicher: Sie musste auftreten, sonst stand sie auf der Straße. Nur mühsam hatte sie sich unter Aufbietung aller Kräfte ins Théâtre du Soleil geschleppt.

Dabei war anfangs alles so gut gegangen: Ihr Probeauftritt vor einigen Wochen war sehr erfolgreich verlaufen. Der Direktor hatte ihr gesagt, alles hänge davon ab, ob das Publikum sie möge. Erst dann könne man über einen Vertrag reden. Diesen hatte er aber unter einem Vorwand immer wieder hinausgeschoben. Es war wirklich zu dumm von ihr gewesen, den Eingriff gleich machen zu lassen. Aber die Hebamme hatte ihr versichert, die

Sache sei bis zum dritten Monat nicht der Rede wert und am nächsten Tag würde sie sich wieder so frisch fühlen wie ein Fisch im Wasser. Tessa hatte nicht alles verstanden, was sie in ihrem schnellen Französisch sagte, aber der Frau geglaubt. Und nun fühlte sie diese schreckliche Schwäche in den Beinen, das Ziehen in ihrem Bauch. Kalter Schweiß stand auf ihrer Stirn, wenn sie an ihren Auftritt dachte. Würde sie es schaffen?

»Bonjour, Mademoiselle Carla.« Der fettleibige Direktor musterte sie mit kritischem Blick und paffte ein paar Rauchwolken aus seiner dicken Zigarre in die Luft. »Ça va? Ist alles in Ordnung, everything alright?« Er sprach wenigstens ein paar Worte Englisch und war sehr stolz darauf. »Wir haben heute viele Gäste«, er wies auf den gefüllten Zuschauerraum, »die sehr anspruchsvoll sind.« Er zog die Augenbrauen hoch und starrte auf Tessas üppigen Busen im tiefen Ausschnitt ihres Kleides. »Es muss schon etwas Besonderes sein – something special, you know? Machen Sie sich ruhig ein wenig freier als sonst!« Er drückte ein Auge zu und grinste anzüglich. Tessa nickte und zwang sich zu einem liebenswürdigen Lächeln. Ihr schwindelte, das grelle Licht blendete sie und ihr war plötzlich übel. Irgendetwas musste sie tun, um den Abend zu überstehen, ihren Part zur Zufriedenheit des Publikums abzuliefern. Sonst würde alles wieder von vorn beginnen, der ermüdende Gang durch die Theater von Paris, die Proben und die sich immer wiederholenden Fragen und Antworten.

Ihr Geld war zusammengeschmolzen, obwohl sie nur alle zwei Tage etwas aß, und die Miete für das Zimmer war seit einiger Zeit fällig. Es war höchste Zeit, dass sie etwas einnahm! Bis zum Ende des Monats musste sie noch irgendwie durchhalten. Dann bekam sie wenigstens die Gage. Mit ihrem letzten Geld hatte sie sich noch schnell bei einer Destillerie eine Flasche Schnaps besorgt, ein billiges Mittel, das sie auch früher angewandt hatte, um sich aufzuputschen und gleichzeitig zu betäuben. Würde es ihr auch diesmal helfen, ihre Schwäche zu überwinden? Sie musste es zumindest versuchen. Unter einem Vorwand verließ sie die kichernde und schwatzende Gruppe der Tänzerinnen und suchte ihre Garderobe auf, die so klein war, dass man sich gerade mal in ihr umdrehen konnte. Hastig nahm sie ein paar Schlucke des scharfen Getränks, das sie unter ihren Schminkutensilien verborgen hatte. Schon hörte sie, wie der Vorhang sich über der Sängerin schloss und der schwache Applaus verebbte. Das Kommando für den Cancan der Grisetten ertönte, bei dem sie mittanzen musste. Rasch nahm sie noch einen weiteren tiefen Zug, bei dem sie sich verschluckte und husten musste. Sie eilte hinaus, drängte sich zwischen die anderen. Die Scheinwerfer blendeten sie, als sie zu dem rasanten Rhythmus auf der Bühne tanzte. Die Beine schwingen, nach rechts und nach links, es klappte wie am Schnürchen. Ihr Körper funktionierte wie immer, geschmeidig und graziös hüpfte sie mit den anderen Mädchen leichtfüßig umher und schwang die Röcke zum Takt der Musik. Doch dann fühlte sie auf einmal, wie etwas Warmes langsam zwischen ihren Beinen entlangrann. Blut, das man zum Glück an den roten Kostümen nicht sah. Endlich! Ausgestanden! Verbeugungen, tosender Applaus. Sie eilte in ihre Garderobe, zog sich in fieberhafter Eile um und stopfte ihr fedriges Röckchen zwischen den Beinen mit Leinenstreifen aus, für die sie ein altes Hemd geopfert hatte. Noch einmal die Flasche ansetzen und ein paar Züge nehmen. Heiß brannte der Schnaps in ihrem Magen. Sie hatte auf einmal das Gefühl, ganz leicht zu sein, zu schweben und sich von ihrem Körper zu lösen. Jetzt kam ihr gewagter Solo-Auftritt, bei dem sie Schleier für Schleier abwerfen würde – bis zu dem Nichts von einem Höschen und den zwei letzten Federn, die notdürftig ihre Brustwarzen bedeckten. Die oft geübten Schritte saßen, reihten sich aneinander, verstärkten das Gefühl des schwerelosen Tanzens. Leichtfüßig glitt sie über die Bühne, bog sich in verführerischen Posen, spielte mit ihrem Schleier und begeisterte das Publikum, das sich am Ende erhob, um ihr frenetisch Beifall zu klatschen. Sie schaffte es noch zweimal, sich zu verbeugen, doch dann, in der Garderobe angelangt, brach sie zusammen. Ohne dass es jemand bemerkte, verlor sie für kurze Zeit das Bewusstsein.

»Ich gratuliere Ihnen, mein Kind.« Das Öffnen der Tür und die Stimme des strahlenden Direktors brachten sie wieder zu sich. »Hier haben Sie den Vertrag. Wir wünschen uns einmal in der Woche von Ihnen einen solch fulminanten Auftritt. Die übrige Zeit tanzen Sie dann in der Gruppe mit. Hier erst einmal Ihre Anzahlung. Den Rest bekommen Sie, wie vereinbart, am Ende des Monats.«

Er streckte ihr ein paar Francs entgegen, mit denen sie vielleicht die nächsten Tage durchkommen, aber nicht den Pensionspreis bezahlen konnte.

»Merci, Monsieur«, brachte Tessa artig, aber mit schwacher Stimme hervor. Die Willensanstrengung, sich aufrecht zu halten, ließ bunte Funken vor ihren Augen tanzen und sie erinnerte sich später kaum mehr daran, wie sie den Weg in ihre Pension gefunden hatte. Alles verschwamm auf der Straße vor ihren Augen, die Lichter der Laternen verliefen mit dem nassen Pflaster, auf dem sie unsicher dahintaumelte. Im Spiegel eines Schaufensters sah sie eine zerbrechlich wirkende, zerraufte kleine Person, die ihr mit verschmierter Schminke hohläugig entgegensah. War das wirklich sie? War das der Preis, den sie in dieser teuren, glänzenden und eleganten Stadt für eine mittelmäßige Karriere zahlen sollte? Ein Fieberschauer nach dem anderen überlief sie, als sie sich endlich fröstelnd unter die zerschlissene Wolldecke im Bett ihres Zimmers kauern konnte. Nach einer Weile der trügerischen Ruhe schreckte sie jedoch wieder auf. Die Blutung hatte nicht aufgehört und sickerte unaufhörlich zwischen ihren Beinen hervor. Das weiße Laken des Bettes war schon ganz durchtränkt. Tessa starrte entsetzt auf den sich weiter ausbreitenden Fleck unter ihr. Hilfe – sie brauchte dringend Hilfe, wenn sie nicht sterben wollte. Aber was sollte sie jetzt bloß tun?

***

Nachdem Camilla ihre Bürgschaft für Paul von Waldheim bei der Bank geleistet hatte, fühlte sie sich irgendwie erleichtert. Es war ein gutes Gefühl, Paul aus seiner schlimmen Notlage befreit und wieder auf den richtigen Weg gebracht zu haben. Nun war er einen Teil seiner Sorgen los und konnte sein Leben mit neuen Vorsätzen ganz von vorne anfangen. Mit Energie und vollem Ernst hatte er sich tatsächlich dazu entschlossen, seine Offizierskarriere voranzutreiben. Das war etwas, was ihm mehr lag als Medizin oder Landwirtschaft. Auf jeden Fall schien dieses Ziel auch seinen Vater zu beruhigen, der sonst auf seinen Sohn nicht gut zu sprechen war. Pauls Garnison war in einer Berliner Kaserne stationiert. Aber trotz räumlicher Nähe ließ er sich kaum mehr bei Camilla blicken. Wenn er kam, war er meist missgelaunt und abwesend und beklagte sich über das strenge Regime in der Truppe, die Schinderei auf dem Exerzierplatz, die Schikanen der Oberen und seine mangelnde Freizeit. Jedes Mal hatte er neue Entschuldigungen für sein Fernbleiben. Zu wenig Freigang, anderweitige Verpflichtungen oder Kameradenbesuch. Camilla spürte bald, dass es sich meist um fadenscheinige Ausreden handelte, und leise Zweifel an seinen guten Vorsätzen stiegen in ihr auf. Es war ein banges Gefühl, die Forderungen der Bank im Rücken zu haben, den Kredit und die Bürgschaft, die sie für Paul auf sich geladen hatte. Durch eine anonyme Warnung hatte sie erfahren, dass er bereits neue Schulden gemacht hatte. Sie versuchte, ihre Unruhe zu verdrängen, wollte die Gefahr für ihre Liebe nicht wahrhaben. Zum

Glück lief wenigstens ihr Laden gut und die Wäscheabteilung für Damen ließ sich vielversprechend an. Inzwischen verkaufte sie auch gehobene Ware, wie Korsetts aus Spitzen, zarte Bustiers und hauchdünne Seidenunterröcke. Den Gedanken, dass ihre Einnahmen nicht mit den erhöhten Ausgaben übereinstimmten, schob sie in blinder Zuversicht, alles werde am Ende doch noch gut werden, einfach beiseite.

»Camilla.« Der Ton der wohlbekannten und geliebten Stimme gab ihr kurz vor Ladenschluss einen Stich ins Herz. Fast eine Woche hatte sie nichts von Paul gehört, der wie von der Bildfläche verschwunden schien. Und jetzt stand er plötzlich wieder auf ihrer Schwelle, als wäre nichts gewesen. Er sah sehr elegant aus in seiner blauen Uniform mit blitzenden Goldknöpfen, roten Schulterklappen und matt glänzenden schwarzen Stiefeln. Camilla legte ihren Bestellblock beiseite, doch bevor sie etwas sagen konnte, war er schon bei ihr und schloss sie stürmisch in die Arme. Er drückte sie so fest an sich, dass sie kaum Luft bekam. »Was machst du denn für ein Gesicht«, fragte er unschuldig, weil sie den Kopf abwandte, als er sie küssen wollte.

»Das fragst du noch?« In Camillas Augen stand ein Wetterleuchten. »Du lässt dich tagelang nicht sehen, sodass ich annehmen muss, du seist krank. Als ich mich bei deiner Kompanie nach dir erkundigt habe, sagte man mir, du seist wohlauf. Ich habe mich sehr geschämt.«

»Bei meiner Kompanie? Ich mag es nicht, wenn du mir nachspionierst.« Er ließ sie los und eine Zornesfalte erschien auf seiner Stirn. »Und auch nicht, dir Rechenschaft darüber abzulegen, was ich tue und wo ich bin. Wir waren täglich auf dem Exerzierplatz und ich hatte außerdem eine Prüfung abzulegen. Durch die Heeresreform haben wir jetzt neue Waffen bekommen, Hinterladergewehre, die man auch im Liegen abfeuern kann. Damit muss man erst einmal umgehen können.«

»Ach – und über diesen wichtigen Dingen hast du wohl alles andere vergessen?« Camilla funkelte ihn zornig an. »Und heute kommst du wohl nur, weil du wieder einmal Geld brauchst.« Sie griff in die offene Kasse und warf ihm wütend eine Handvoll Taler vor die Füße. »Hier! Aber das ist das letzte Mal! Und meine Bürgschaft für dich bei der Bank werde ich auch kündigen. Die Summe deiner Schulden wird ja immer größer statt kleiner. Ich frage mich nur, wozu du so viel Geld brauchst.«

Paul starrte sie an, völlig perplex. »Das meinst du doch wohl nicht im Ernst?« Seine Stimme klang völlig verändert. »Camilla! Du kannst mich doch jetzt nicht im Stich lassen. Ausgerechnet jetzt!« Er strich sich eine Haarsträhne aus der Stirn, die ihm vor Erregung ins Gesicht gefallen war. Camilla hatte einst diese Geste geliebt, aber jetzt empfand sie nichts als Empörung. »Sag mir die Wahrheit, wofür hast du das Geld ausgegeben?« Sie sah ihn anklagend an.

Paul sah sie immer noch verblüfft an. Dann setzte er eine zerknirschte Miene auf und wurde ganz kleinlaut. »Eine dumme Geschichte. Ein Rückfall. Ich will ehrlich zu dir sein. Hab mich von Kameraden ein paarmal zum Spielen verleiten lassen. Ich konnte nicht nein sagen, hätte mich sonst blamiert. Aber ich schwöre …«

Camilla hielt kurz den Atem an. »Schwör nicht. Scher dich lieber zum Teufel«, sagte sie leise. »Ich will nichts mehr mit dir zu tun haben.«

Eine kleine Stille entstand, in der Paul ihre Worte erst nicht zu begreifen schien. Dann fasste er sich und verbeugte sich kühl gegen sie. »Wie du meinst. Dann also … adieu! Vielleicht für immer.« Seine Stimme zitterte in einer sentimentalen Anwandlung. »Wenn ich falle und nicht mehr bin, werde ich dir wenigstens nicht mehr zur Last fallen.« Trotzig wie ein Kind sah er sie an.

»Was soll das heißen?« Camilla spürte, wie ihr Herz bei dieser Aussage förmlich zu holpern begann. »Willst du mir drohen? Ich mag es nicht, wenn du so redest. Warum solltest du fallen?«

»Liest du eigentlich keine Zeitungen?«, stieß Paul hervor. »Weil es Krieg geben wird!«

Camilla erschrak. »Doch nicht gegen Österreich?«

»Genau. Und das alles nur wegen des lächerlichen Streites um die Herzogtümer Schleswig und Holstein. Die Lage hat sich zugespitzt und jetzt will keiner mehr nachgeben. Am wenigsten Otto von Bismarck! Ich frage mich nur«, Pauls Stimme überschlug sich, »wie Preußen diesen Krieg gewinnen will! Wir haben nämlich nicht nur Österreich, sondern auch alle deutschen Klein- und Mittelstaaten gegen uns. Sie mussten sich in der Verfassung dazu verpflichten, das österreichische Bundesheer zu stützen. Das kann nur blutig enden! Es wird ein furchtbares Gemetzel werden.« Er holte tief Luft. »Morgen brechen wir nach Sachsen auf. Wir stehen dort den österreichischen Truppen direkt gegenüber. Leben oder Tod, das liegt jetzt in Gottes Hand.«

Camilla hatte ihm mit leisem Schaudern zugehört. Bei dem Gedanken, dass Paul im Kampf sein Leben verlieren könnte, überfiel sie eisige Beklemmung.

»Vielleicht sehen wir uns heute ja zum letzten Mal«, fuhr Paul mit unheilschwerem Pathos fort. »Eigentlich bin ich heute nur gekommen, um mich von dir zu verabschieden. Für den Fall, dass …« Er vollendete den Satz nicht, wandte sich ab und presste die Lippen zusammen.

Camilla starrte ihn überrascht und schuldbewusst an. Wie konnte sie nur? Ihm in dieser schweren Lage Vorwürfe machen, mit ihm streiten! Ausgerechnet jetzt, wo er in den Krieg ziehen musste! Sie mochte nicht weiterdenken. Unter Tränen fiel sie ihm um den Hals. »Verzeih mir, Liebster. Ich habe dir unrecht getan. Es war kleinlich und dumm von mir, nur an das Geld zu denken. Aber ich wusste ja nicht, was geschehen war!«

Paul sah über ihren Kopf hinweg nach der Uhr. Er befreite sich vorsichtig. »Ich muss gehen, Liebste! Bete für mich!« Die Handvoll Taler, die noch auf dem Boden lagen, hatte er nicht vergessen und sammelte sie rasch ein. Dann war er schon bei der Tür, die hinter ihm zuklappte.

Camilla sah ihm wie erstarrt nach. Schreib mir, wollte sie ihm nachrufen. Doch ihre Stimme gehorchte ihr nicht. Krieg! Paul zog in den Krieg! Würde sie ihn noch einmal lebend wiedersehen? Ein trockenes Schluchzen stieg in ihre Kehle.

IX. Kapitel

Berlin, November 2017

Seufzend setzte ich mich im Bett auf und legte die Blätter des Manuskripts auf den Nachttisch zurück. Ich hätte gern weitergelesen, doch der Text war hier zu Ende. Jedes Mal war es ein ganz merkwürdiges Gefühl, wenn ich begann, in die Geschichte einzutauchen. Es kam mir vor, als schlüpfte ich förmlich in die Haut der Protagonisten. Ich war Camilla und Tessa zugleich und lebte mit ihnen in ihrer Zeit. Eigentlich war es dann beinahe enttäuschend, wenn ich plötzlich wieder in die Wirklichkeit katapultiert wurde. Gähnend sah ich auf die Uhr. Schon wieder war es spät geworden, aber ich hatte einfach nicht aufhören können zu lesen. Jetzt musste ich unbedingt schlafen, sonst war ich morgen wie gerädert. Energisch knipste ich die Nachttischlampe aus, legte meinen Kopf auf das Kissen und hoffte, bald ins Land der Träume zu sinken. Doch ich blieb hellwach, denn das Gelesene ging mir nicht aus dem Kopf. Wie konnte Camilla bloß so naiv sein und Paul auch nur noch ein einziges Wort glauben? Er nutzte sie ja sichtlich nur aus. Meine Gedanken wanderten von ihr zu Tessa. Würde sie es schaffen, sich aus ihrer Misere zu befreien? Und diese illegale Abtreibung! Objektiv gesehen, war ihr ganzes Verhalten ja ziemlich leichtsinnig. Ihre lockere Einstellung zu Männern und die unbeirrbare Leidenschaft fürs Tanzen, für die sie alles in Kauf nahm. Mir fiel auf, dass ihre vom Autor gezeichnete Persönlichkeit ziemlich genau dem Bild entsprach, das meine Großmutter von ihr hatte, die stets verächtlich die Mundwinkel herabzog, wenn Tessas Name fiel. Aber war sie wirklich so gewesen? Oder vielleicht doch ganz anders? Ich musste Alexander von Waldheim beim nächsten Treffen unbedingt fragen, was in seinem Roman Wahrheit und was Fiktion war. Hatte ich nicht ein Recht darauf, es zu wissen? Mehrfach hatte er schließlich betont, er schreibe keine Biografie, sondern einen Roman. Und somit hatte er wohl auch das Recht, Dinge hinzuzufügen, die die Story interessanter machten. Eins musste man ihm lassen – bis jetzt hatte er alles so beschrieben, als könnte es nur so und nicht anders geschehen sein.

Wieder sah ich auf das Leuchtzifferblatt der Uhr neben meinem Bett. Um Himmels willen, schon eins! Statt mich zu entspannen, stresste ich mich nach einem langen Arbeitstag auch noch mit diesen längst vergangenen Geschichten! Ich drehte mich auf die Seite und versuchte vergeblich, Schlaf zu finden. Trotz der fortgeschrittenen Nacht war ich immer noch nicht müde, eher nervös und aufgedreht. Sicher kam das auch von dem Kaffee, den ich am späten Nachmittag getrunken hatte. Der vergangene Tag war nämlich ziemlich anstrengend gewesen, mit vielen nörgelnden Patienten und kleinen und größeren Wehwehchen, die verarztet werden wollten. Aber es gab auch einen schweren Fall, eine junge Frau, der ich mitteilen musste, dass sie sehr krank sei und dass ihr verschleppter Brustkrebs gestreut hatte. Sie hatte sich gegen eine Operation und die Chemotherapie gesträubt und wollte nicht ins Krankenhaus. Ich konnte sie nicht überzeugen, aber ich sagte mir, dass jeder Mensch schließlich das Recht hat, zu entscheiden, was mit ihm geschieht. Für mich als Ärztin fühlte es sich jedoch wie ein Versagen an.

Das Lesen im Manuskript sollte mich von meinen beruflichen Sorgen ablenken – aber es ließ mich noch weniger zur Ruhe kommen.

Seufzend zog ich die Bettdecke höher. Immerhin würde ich morgen die Gelegenheit haben, den Autor selbst zu seinem Werk zu befragen. Er hatte mich nämlich in die Oper eingeladen. »Così fan tutte« von Mozart. Ein bezeichnender Name! Ich lächelte in mich hinein. War es vielleicht das Treffen mit Alexander von Waldheim, das mich so unruhig machte und mein Herz schneller schlagen ließ? Ich legte mir sorgfältig zurecht, was ich ihm sagen würde und zu welchem Urteil ich bisher über sein Buch gekommen war.

Nach dieser unruhigen Nacht, in deren letzten Stunden ich doch noch geschlafen und wirres Zeug von Tessa, Camilla und Paul geträumt hatte, kam ich ein wenig übernächtig in meine Praxis. Zum Glück war es ruhiger als am Vortag. Ich behandelte ein paar dringende Fälle und hatte am Nachmittag frei. Und dann war es endlich so weit. Ich schlüpfte in mein kleines Schwarzes, löste meinen Pferdeschwanz und ließ die Haare locker über die Schultern fallen. Die Schuhe mit den hohen Absätzen, ein paar Striche mit der Puderquaste, Rouge und ein bisschen Kajal um die Augen löschten die Spuren der schlafarmen Nacht und machten aus mir eine passable Abendschönheit. Lange hatte ich mich nicht mehr so auf ein Rendezvous gefreut. Doch meine innere Stimme mahnte mich zur Vorsicht. Neulich hatte ich Alexander zufällig in der Stadt gesehen, Arm in Arm mit einem jungen, langhaarigen Mädchen, mit dem er angeregt plauderte und lachte. Kein Wunder – warum sollte ein Mann wie er auch keine Freundin haben? Ich nahm mir fest vor, mich vor ihm und seinem Charme in Acht zu nehmen.

Er war im Smoking gekommen und küsste mich vor dem Opernhaus zur Begrüßung auf beide Wangen. »Sie sehen wirklich ganz bezaubernd aus«, sagte er mit ehrlich klingender Bewunderung und sah mir tief in die Augen. Wir betraten das Foyer. Die Lüster strahlten ein warmes Licht aus, die festlich gekleideten Menschen um uns herum plauderten leise und drängten dann auf ihre Plätze. Alexander und ich saßen in einer der Logen, für die er ein Abonnement besaß, wie er sagte. Das Licht erlosch und die Ouvertüre erklang. Gemeinsam genossen wir die wunderbaren Klänge der heiteren Oper, tranken ein Glas Wein in der Pause und ließen nach der Vorstellung den Abend in einer kleinen, schummrigen Bar gegenüber dem Theater ausklingen. Mit einem Glas Champagner prostete Alexander mir zu: »Auf unser gemeinsames Projekt«, sagte er mit einem Augenzwinkern.

»Gemeinsam? Ich habe noch nicht viel dazu getan«, erklärte ich bescheiden.

»Im Gegenteil«, widersprach er. »Sie sind meine wichtigste Testleserin und haben interessante Details zum Roman beigetragen. Der kleine Koffer zum Beispiel, den Sie mir gebracht haben ... er enthielt viele Hinweise und Anhaltspunkte zu Tessa Taylors Leben. Oder sollte ich lieber sagen: zur Comtesse de Montrodin, wie sie später hieß? All das regte meine Fantasie an. Und wenn ich ganz ehrlich bin: Ohne Sie hätte ich das Buch gar nicht schreiben können.« Sein Lächeln war wirklich unwiderstehlich.

»Jetzt übertreiben Sie aber«, sagte ich, verlegen an meinem Glas nippend. »Aber da wir gerade dabei sind: Es würde mich interessieren, welche Teile im Roman wahr sind und was Sie erfunden haben.«

»Bitte nicht heute Abend!«, unterbrach mich Alexander mit halbem Ernst und zog die Stirn in Falten. »Lassen Sie uns ein anderes Mal darüber reden. Die Figuren meines Romans verfolgen mich ohnehin schon überall hin.« Er stützte das Kinn in die Hand. »Bleiben wir doch heute lieber bei der Musik. Was halten Sie von ›Così fan tutte‹?« Er sah mich mit einem spitzbübischen Lächeln an. »Hat es Ihnen gefallen?«

»Ja, sehr!«, erwiderte ich. »Ich liebe Mozart. Aber was das Libretto anbetrifft – eine ziemliche Klamotte. Der Austausch der Liebhaber, ohne dass die Beteiligten es merken – das kommt doch im wirklichen Leben gar nicht vor.«

»Wer weiß?« Alexander sah nachdenklich vor sich hin. »Vielleicht muss man in der Liebe nicht gleich alles so tragisch nehmen. Ein wenig Unmoral schadet doch nicht.«

»Meinen Sie das wirklich ernst?« Ich sah ihn entrüstet an. »Mir ist aufgefallen, dass Sie Tessa in Ihrem Roman genau so beschrieben haben. Unmoralisch.«

»Nun«, Alexander setzte eine geheimnisvolle Miene auf, »Das hängt von der Sichtweise ab. Aber jetzt sind wir doch wieder bei meinem Roman gelandet.«

Ich sah gedankenvoll in mein Glas. »Ja, einiges darin geht mir gar nicht mehr aus dem Kopf. Camilla hatte jedenfalls eine ganz andere Einstellung zum Leben als Tessa.«

»Stimmt, die beiden waren wirklich sehr unterschiedlich«, gab Alexander zu. »Aber gerade das hat mich an ihren Charakteren gereizt. Warten Sie ab – vielleicht kommen Sie später ja noch zu einem ganz anderen Schluss.« Er rückte plötzlich näher, nahm meine Hand und küsste sie. Seine blauen Augen, die vorhin noch so heiter und harmlos gewirkt hatten, verdunkelten sich ein wenig. Etwas beschwipst vom Champagner und ganz in seinem Bann, schaffte ich es nicht, den Blick abzuwenden. »Wenn Sie wüssten, wie ich mich darauf gefreut habe, mit Ihnen einen solchen Abend zu verbringen«, sagte er mit leiser, ein wenig heiser klingender Stimme ganz dicht an meinem Ohr. »Wissen Sie eigentlich, wie schön Sie sind? Ich liebe es, wenn Sie Ihr Haar offen tragen. Wenn ich in Ihre Augen sehe, vergesse ich die Welt um mich herum.«

Ich fühlte, wie mir das Blut in die Wangen stieg, als er seine Hand um meinen Nacken legte und mich an sich ziehen wollte. In diesem Moment fiel mir plötzlich das junge Mädchen ein, mit dem ich ihn kürzlich gesehen hatte und das so verliebt zu ihm aufgeschaut hatte. Verlegen wich ich aus und zog meine Hand mit einem Ruck aus der seinen. »Es war ein schöner Abend«, sagte ich förmlich und mit gesenktem Blick. »Aber morgen muss ich leider wieder früh raus! Meine Patienten stehen schon um sieben vor der Tür der Praxis.« Ich rutschte von meinem Barhocker.

»Schade! Darf ich Sie denn wenigstens noch nach Hause begleiten?« Er konnte seine Enttäuschung nur schlecht verbergen.

»Danke, nicht nötig«, sagte ich so heiter wie möglich, »mein Auto steht auf dem Parkplatz in der Nähe der Oper. Also«, ich reichte ihm die Hand, »dann bis zum nächsten Mal. Ich freue mich jetzt schon auf die Fortsetzung. Dann sage ich Ihnen, was ich über das bisher Gelesene denke. Natürlich habe ich auch einige kritische Anmerkungen«, fügte ich forsch hinzu.

»Dann bin ich ja sehr gespannt auf unser nächstes Wiedersehen! Ich schicke Ihnen das Manuskript per Post zu. Und seien Sie nicht zu streng mit mir.« Er übersah meine Hand, zog mich an sich und küsste mich sanft auf beide Wangen. War es der Champagner, der mich, zusammen mit dem harmlosen Kuss, plötzlich so schwindlig machte? Jedenfalls fiel es mir beinahe schwer, mich von ihm zu lösen. Mein Lächeln war ein wenig aufgesetzt, als ich so aufrecht wie möglich zur Tür schritt. Dort drehte ich mich noch einmal um und wollte ihm lässig zuwinken. Dabei stolperte ich mit meinen hohen Absätzen fast über eine Stufe. Ich kam mir ziemlich dumm vor. Wie peinlich! Dass ausgerechnet mir so etwas passieren musste. Ich benahm mich ja wie ein tollpatschiger Teenager! Mit verwirrten Gefühlen und heißen Wangen stöckelte ich so würdevoll wie möglich hinaus und sog auf der Straße die kühle Nachtluft tief in meine Lungen.

Wie fremdgesteuert lenkte ich das Auto nach Hause und ärgerte mich noch eine ganze Weile über meine Ungeschicklichkeit.

***

Paris, 1866

Erschöpft schleppte sich Tessa die Treppen der fünf Etagen hinunter zu der dicken Concierge, die strickend in ihrer Loge saß. Madame Lamart maß die vor Fieber und innerem Frost schlotternde Frau im blutbefleckten Hemd, die vor ihr stand, mit einem erschrockenen Blick. Sie legte die Handarbeit beiseite, setzte die Brille ab und drückte Tessa resolut auf den nächsten Stuhl. »Um Himmels willen, Kind, was ist denn passiert?«

Tessa biss sich auf die Lippen. »Ich weiß nicht«, stotterte sie hilflos. »Ich blute und mir geht es gar nicht gut.«

»Ich verstehe! Warst wohl bei einem Pfuscher?«, fuhr die beleibte Dame sie jetzt ärgerlich an. Tessa nickte beschämt.

»Immer das Gleiche!« Die Concierge erhob sich ächzend. »Ihr jungen Dinger wisst wohl nicht, was ihr euch damit antut«, murmelte sie mit grimmiger Miene. »Du hättest besser nachdenken sollen, bevor du einen Kerl ranlässt! Soll ich einen Arzt holen?«

»Nein … bitte nicht«, Tessas Zähne klapperten so stark, dass sie kaum einen vollständigen Satz herausbrachte. »Das kostet sicher einiges. Und ich will kein Aufsehen.«

»Aha, so ist das also!«, Madame Lamart schnaufte abfällig. »Dann warte hier. Zum Glück kenne ich eine Frau aus dem Haus, die was von Kräutern und Medizin versteht. Vielleicht kann sie etwas für dich tun.« Mit diesen Worten watschelte sie in den ersten Stock hinauf und klopfte energisch an eine Tür. Tessa schloss die Augen und versuchte, den dumpfen Schmerz und das Zittern ihres Körpers zu unterdrücken, und die Angst, die ihr die Kehle zuschnürte.

»Was ist denn los?«, hörte sie die Stimme einer Frau und dann das Flüstern der Concierge, die der Nachbarin die Notlage schilderte. Schon nach kurzer Zeit näherten sich rasche Schritte der Loge. »Ist sie das?«, fragte eine fremde Stimme. »Eine schöne Bescherung.« Tessa sah auf, in die verschlafenen und gleichgültigen Augen einer Frau im grünen Morgenrock, die grauen Haare zu einem Zopf im Nacken geflochten. Sie trug eine abgenutzte Ledertasche über der Schulter. »Und wo wohnt sie?«

»Hier im Haus, im Dachzimmer, fünfter Stock«, erklärte die Concierge. »Sie hat eine Abtreibung hinter sich.«

»Auch das noch. Besser wäre es, einen solchen Fall gleich ins Hospital zu bringen«, grollte die Grauhaarige, während sie Tessa energisch unter einem Arm packte und mit sich zog.

»Nein, bitte nicht«, flehte Tessa, »ich will nicht ins Hospital! Helfen Sie mir bitte, wenn Sie können.«

»So leicht ist das nicht. Aber ich will es versuchen, auf Ihre Verantwortung. Aber nur, wenn Sie mich dafür bezahlen. Zwanzig Franc, nicht weniger.«

»Ich gebe Ihnen eine Anzahlung«, versicherte ihr Tessa. »Den Rest bekommen Sie, wenn ich wieder gesund bin.«

»Na gut, aber vergessen Sie es nicht. Nehmen Sie sich jetzt bitte zusammen«, unterbrach sie die Nachbarin. »Versuchen Sie zu gehen. Ich kann Sie schließlich nicht nach oben tragen.«

Tessa zwang sich, gestützt von den beiden Frauen Stufe für Stufe die Treppe nach oben zu steigen. Endlich erreichten sie ihr Dachstübchen und die Kräuterfrau half ihr, sich wieder auf ihrem Bett auszustrecken. Nach einer sehr oberflächlichen Untersuchung kramte sie zwei braune Fläschchen und einige Stoffbeutel mit unterschiedlichen Kräutermischungen aus ihrer Tasche. Mit einem stark riechenden Öl begann sie, Tessas Bauch zu massieren, die vor Schmerz laut aufstöhnte.

»Beißen Sie die Zähne zusammen«, herrschte sie die Kranke an. »Es wird gleich besser werden.« Vorsichtig zählte sie ein paar Tropfen aus einem der Fläschchen in die mit Wasser gefüllte Blechtasse, die auf dem Tisch stand und flößte Tessa die Medizin ein.

Tessa spürte, wie ein plötzliches Wärmegefühl in ihr aufstieg, das Kopf und Körper auszufüllen begann, sie ruhig machte und die Schmerzen wegnahm. Sie lächelte der Frau mit dem grauen Zopf dankbar zu, die an ihrem Bett saß. »Jetzt ist es schon sehr viel besser!«, flüsterte sie. Der würzig-bittere Duft von heißem Kräutertee stieg ihr kurze Zeit später in die Nase. Die fremde Frau hatte Wasser auf ihrem kleinen Eisenofen gekocht und einige Ingredienzen hinzugefügt. »Da, trinken Sie das! Dreimal am Tag. Ich hab Ihnen eine Mischung aus Wiesenknopf und Frauenmantel dagelassen. Hoffen wir, dass Sie Glück haben und die Blutung gestoppt wird. Sie sollten jetzt eine Weile nicht aufstehen und besser im Bett bleiben. Die Natur muss sich selbst helfen. Mehr kann ich leider nicht für Sie tun. Wenn es schlechter wird, müssen Sie einen Arzt kommen lassen. Und machen Sie so was nicht noch mal. Das kann Sie das Leben kosten.«

»Danke«, sagte Tessa schwach und holte unter ihrem Kopfkissen die paar Francs ihres Vorschusses hervor, den sie vom Direktor des Théâtre du Soleil bekommen hatte. »Sobald ich wieder auf den Beinen bin und tanzen kann, bekommen Sie den Rest.«

»Tanzen?«, die Frau lachte spöttisch auf. »Das werden Sie sicher nicht so schnell können. Ich gebe Ihnen zwei Wochen Zeit für den Rest. Dann brauche ich mein Geld.« Sie erhob sich und wandte sich auf der Schwelle noch einmal um. »Bringen Sie es einfach vorbei. Bei Madame Beaufleur, im ersten Stock links.« Mit diesen Worten zog sie die Tür hinter sich zu. Tessa blieb allein zurück.

Warum kam bloß immer alles zusammen? Solange sie krank war, konnte sie die Frau nicht zahlen. Dabei war sie ohnehin seit einem Monat die Miete schuldig! Sie trank das bittere Gebräu aus und legte sich zurück in die Kissen. Ein dumpfer Schmerz bohrte noch in ihrem Innern, aber sie war matt und von der Medizin so müde, dass sie bald die Augen schloss. Einige Tage schlief sie fast in einem durch und merkte kaum, dass die Concierge manchmal etwas Suppe heraufbrachte und ihr die Tropfen, die Madame Beaufleur dagelassen hatte, einflößte. Die Blutung war zwar schwächer geworden, hatte aber noch nicht ganz aufgehört. Obwohl sie sich sehr geschwächt fühlte, zwang sich Tessa, aufzustehen und umherzugehen. Nur mit Mühe kam sie auf die Beine. Ohrensausen und Schwäche stellten sich ein. Im Varieté hatte sie sich durch einen Boten krankmelden lassen. Man richtete ihr jedoch aus, dass ihr die fristlose Kündigung drohte, wenn sie bei der Vorstellung in der nächsten Woche nicht auftreten werde.

In ihrer Verzweiflung entschloss sich Tessa, noch einmal zu der Hebamme zu gehen, die den Eingriff vorgenommen hatte. Diese murmelte etwas in unverständlichem Französisch vor sich hin und zeigte sich erst nach der Androhung einer Anzeige bereit, sie noch einmal zu untersuchen. Unter der Assistenz eines zwielichtigen Arztes, den sie hinzurief, gelang es ihr dann tatsächlich, die Blutung stoppten. Die Tage bis zur nächsten Vorstellung verbrachte Tessa wieder im Bett, um sich so viel wie möglich zu schonen. Doch unerbittlich nahte der Abend ihres Auftritts heran.

Unter Aufbietung aller Kräfte ging sie ins Theater. Sie war zuversichtlich, den Schleiertanz, den sie schon so oft vorgeführt hatte, wie gewohnt meistern zu können. Doch als sie auf der Bühne stand, spürte sie, wie schwach ihre Beine waren und wie sehr es ihr an Energie mangelte. Die Vorstellung wurde ein Fiasko. Ihr artistisches Können glich trotz aller Anstrengung einer Karikatur ihrer selbst. Sie stolperte über ihren Schleier und die Zuschauer pfiffen sie gnadenlos aus. Der Direktor kündigte ihr mit einem lauten Wutanfall und warf ihr völliges Versagen vor. Enttäuscht und elend schlich Tessa an diesem Abend nach Hause und fiel erschöpft und weinend ins Bett.

Schon am nächsten Morgen polterte in aller Früh die Frau des Hausbesitzers in ihr Zimmer und überfiel sie mit einem zornigen Wortschwall. Alles, was Tessa verstand, war, dass sie ihr Zimmer zu räumen habe, wenn sie nicht sofort zahlte. Der neue Mieter warte schon hinter der Tür. Als sie versuchte, in der ihr fremden Sprache stockend zu erklären, dass sie noch etwas Zeit bräuchte, stand plötzlich der vierschrötige Ehemann vor ihr, riss ihre Sachen aus dem Schrank und forderte sie in unmissverständlichem Ton auf, zu verschwinden. Eingeschüchtert warf Tessa daraufhin ihre wenige Habe rasch in ihren kleinen Koffer und verließ, ohne sich noch einmal umzusehen, das Haus. Die Concierge sah ihr kopfschüttelnd und ein wenig mitleidig nach.

Blindlings lief Tessa nun durch die Straßen, ohne zu wissen, wohin. Frühling lag in der Luft, aber es war noch kalt und der Himmel wolkenverhangen. In der engen, menschenleeren Rue Saint-Maur setzte sie sich erschöpft auf den Bordstein und starrte in das schmutzige Rinnsal, das an ihren Füßen vorbei in den Abfluss strömte. Was tun? Die verwaschenen, düster wirkenden Fassaden der Häuser um sie herum wirkten grau und feindlich. Aus einer kleinen Bäckerei strömte der verführerische Duft von frisch gebackenem Brot, der sie daran erinnerte, dass ihr Magen leer war und sie schon seit Tagen nichts Richtiges mehr gegessen hatte. Ein immer stärkeres Hungergefühl quälte sie. Passanten eilten an ihr vorbei, ohne sie eines Blickes zu würdigen. Das Klingelgeräusch einer Münze neben ihr ließ sie hochsehen. Ein gut angezogener junger Mann hatte ihr ein Almosen zugeworfen. So weit war es also schon gekommen! Man hielt sie für eine Bettlerin! Tessa schauderte und zog ihren Wollschal enger um die Schultern. Sie nahm die Münze und sah sie an. Ein Franc. Dafür würde sie sich wenigstens Brot und etwas zum Trinken kaufen können. Ihre alte Zuversicht erwachte. Nein, sie würde sich nicht unterkriegen lassen! Nicht in Paris. Jetzt musste sie kämpfen, um ihr Leben, um ihre Zukunft. Sobald sie wieder ganz gesund war, würde sie sich in einem der unzähligen Kabaretts in Paris bewerben. Irgendwo war sicher etwas für sie dabei. Schwerfällig erhob sie sich, doch ihr schwindelte und sie musste sich schon nach wenigen Schritten an eine Hausmauer lehnen.

In den folgenden Tagen übernachtete Tessa in Hauseingängen und windgeschützten Ecken. Sie durchwühlte die Abfälle der Restaurants, um wenigstens den schlimmsten Hunger zu stillen. Mit ihrem kleinen Koffer zog sie von Bar zu Bar, doch selbst die düstersten Kaschemmen nahmen Abstand von der krank und ungepflegt wirkenden Frau und verlangten nicht einmal eine Probe ihres Könnens. Im Spiegel eines Modegeschäftes erschrak Tessa vor ihrem eigenen Aussehen. Sie wirkte wie eine Zigeunerin mit ihrem langen schwarzen Haar, das sie schon eine Weile nicht mehr richtig gekämmt oder aufgesteckt hatte. Es fiel aufgelöst über ihre Schultern und kräuselte sich über der Stirn. Mehr und mehr bekam sie das Gefühl, sie stecke mit beiden Beinen im Sumpf und könne sich nicht mehr daraus befreien. Am Morgen versuchte sie, sich an einem öffentlichen Brunnen notdürftig zu waschen und mit den Fingern das Haar zu entwirren. Doch das gelang nur mit großer Mühe. Ihr grünes Samtkleid, das sie nachts nicht mehr ausziehen konnte, war zerdrückt, fleckig und die weißen Spitzen an Hals und Handgelenken grau und verschmutzt. Sie magerte ab, ihr hübsches Gesicht wurde schmal und ihre dunklen Augen sahen groß und traurig in die Welt, in der es schien, als hätte sich alles gegen sie verschworen. Manchmal dachte sie sogar daran, nach Berlin zurückzukehren. Doch mit welchem Geld sollte sie die lange Reise und die Übernachtungen finanzieren? Egal, was sie sich auch vornahm, es schien aussichtslos. Dann schlug auch noch das Wetter um, es wurde kalt und regnete ununterbrochen. Paris war wie von einem trüben Schleier der Nässe überzogen. Das Wasser fiel förmlich vom Himmel, klatschte gegen die grauen Mauern und trommelte auf die Scheiben der überdachten Galerie Vivienne, in die Tessa vor dem Regen geflohen war. Hier war es trocken und nicht allzu zugig. Elegante Flaneure schüttelten ihre Regenschirme aus, bevor sie eintraten, und eilten dann mit ihren Damen an ihr vorbei, ins Theater, in die Oper, ins Restaurant. Tessa betrachtete die Auslagen, blätterte in alten Büchern und tat so, als warte sie auf jemanden. Ein paarmal war sie schon von älteren Herren angesprochen worden, die allein vorbeispazierten. Nach einer neuen Schlafstelle suchend, verließ sie jetzt den Mittelgang der Galerie und drückte sich in eine überdachte Ecke, wo sie sich vor den schlimmsten Regenschauern geschützt glaubte.

»He! Was willst du denn hier? Va t'en«, keifte eine ärgerliche, weibliche Stimme. »Hau gefälligst ab! Das ist mein Platz. Du glaubst wohl, du kannst einfach herkommen und mir mein Geschäft versauen!«

Tessa schrak vor dem rüden Ton zusammen und sah auf. Vor ihr stand ein junges Mädchen mit feuerroter Mähne. Grotesk geschminkt mit blutroten Lippen und aufgemalten Wimpern trug sie einen schwarzen, geschlitzten Rock und eine tief ausgeschnittene grüne Bluse. Man musste nicht sehr gut Französisch sprechen, um zu begreifen, was sie meinte.

»Oh, Verzeihung«, stammelte Tessa, »wenn ich Sie gestört habe. Aber der Regen. Ich wollte mich nur unterstellen.«

»Das sagt hier jede.« Das Mädchen verzog das Gesicht. »Ich kenn das. In Wirklichkeit willst du mir bloß die Kundschaft wegschnappen, n'est-ce pas? Aber da bist du bei der roten Lola an der falschen Adresse. Such dir gefälligst was anderes. Hier in der Galerie ist alles besetzt, das kannst du dir gleich abschminken.« Sie wies mit dem Kinn auf ein paar andere leicht bekleidete und frierende Schatten, die sich zum Schutz vor dem scharfen Wind gegen die Wand drückten. Auch sie sahen drohend zu Tessa hinüber. Wie sollte sie diesen Gestalten bloß klarmachen, dass sie gar keine Konkurrentin war? Die Mädchen würden sie nicht mal verstehen. Am besten, sie verließ die Galerie durch den Hintereingang. Ängstlich sah sie sich noch einmal um. In diesem Moment trat ein hässlicher, dickbäuchiger Kerl auf sie zu. »Hallo, meine Schöne! Hab dich beobachtet. Bist wohl neu hier? Wie wär's mit uns beiden?«

Aus den Augenwinkeln sah sie, wie sich das Gesicht der roten Lola vor Wut verzerrte und die anderen Mädchen drohend aus ihren Ecken hervortraten. »Verdammt, ich hab's doch gewusst«, zischte Lola. »Falsche Katze – willst dich wohl heimlich einschmeicheln! Warte nur – ich zeig's dir!« Sie hob die Hand.

Tessa fuhr zusammen. Jetzt galt es zu verschwinden, sonst bezog sie Prügel. Der Freier war ihre einzige Chance. Kurz entschlossen packte sie den verblüfften Mann beim Arm und zog ihn rasch mit sich fort, hinaus aus der Galerie und um die nächste Häuserecke. »He, du hast es aber eilig, Süße«, nuschelte er entzückt. »Hast mir aber noch nicht deinen Preis genannt. Ich sag's dir gleich – ich zahle nicht mehr als ein paar Francs. He, was soll das!« Kopfschüttelnd sah er seiner Eroberung nach, die seinen Arm losgelassen hatte und wie von Furien gejagt mit ihrem Köfferchen die Straße hinunterrannte. Erst als Tessa die Luft ausging, blieb sie stehen. Wo war sie hier? Die Gegend kannte sie nicht. Die große Stadt Paris gab ihr ständig Rätsel auf. Zum Glück hatte der Regen nachgelassen. Trotzdem war ihre Kleidung feucht geworden. Breite Kolonnaden, hinter denen ein Park lag, tauchten vor ihren Augen auf.

Palais Royal, entzifferte sie die Inschrift an dem mächtigen Gebäude, neben dem sich gleich die Comédie-Française, das berühmte Theater befand. Ehrfürchtig sah Tessa zu dem geschichtsträchtigen Musentempel auf. Bestimmt war es einfacher, Schauspielerin zu sein als Tänzerin. Rollen spielen, Text lernen – was war das schon gegen den Zwang, jeden Tag bis zur Erschöpfung den müden Körper zu trainieren, ihn mit harten Übungen bis zum Limit zu biegen, ihn beim Tanzen zu verdrehen und geschmeidig zu halten! Um dann, wenn es darauf ankam, von einem körperlichen Unwohlsein oder einer Krankheit völlig außer Gefecht gesetzt zu werden! Durchnässt und zitternd vor Kälte hockte sich Tessa auf die Stufen der säulenartigen Vorhalle und bemerkte erst jetzt, dass auch hier um die nächtliche Stunde ein heimliches Kommen und Gehen herrschte. Überall hatten sich aufreizend gekleidete Liebesdienerinnen postiert, die nach Kundschaft Ausschau hielten. Seufzend erhob sie sich wieder. Bevor man sie erneut fortjagte oder anfeindete, wollte sie lieber von selbst das Feld räumen. Aber wohin? Sie war todmüde und ihr Magen schmerzte vom ständigen Hungern. Nie hätte sie gedacht, dass sie so tief sinken könnte. Schwankend machte sie einige Schritte, ohne wirklich zu wissen, wohin sie wollte.

»Mademoiselle, attendez un moment! Warten Sie!« Tessa sah sich wie gehetzt um. Verwechselte man sie schon wieder mit einem der leichten Mädchen, die sich hier überall anboten? Doch zu ihrer Überraschung sah sie sich plötzlich einer gepflegten Dame mittleren Alters gegenüber, die sie freundlich anlächelte. Sie trug ein braunes Kostüm, eine weiße, hochgeschlossene Bluse und dazu eine wärmende Pelzstola um die Schultern. »Kann ich Ihnen weiterhelfen?«, fragte sie in wohlwollendem Ton. »Sind Sie fremd hier? Suchen Sie etwas?«

»Nein, ich … ich …« Verwirrt blickte Tessa sie an. Bisher hatte in der fremden Stadt noch keiner gefragt, ob sie Hilfe brauchte. »Ich glaube, ich habe mich verlaufen.« Dann brach es aus ihr heraus. »Ich bin neu in Paris und bräuchte eine Unterkunft. Aber ich weiß nicht, wo ich hingehen könnte. Ich kenne hier niemanden. Und außerdem …«, sie überlegte kurz und nahm zu einer Notlüge Zuflucht, »hat man mir meine Geldbörse gestohlen. Ich bin völlig ohne Mittel.«

»Das tut mir sehr leid für Sie.« Die Dame schien zu überlegen. »Auf jeden Fall sollten Sie in der Nacht und besonders in dieser Gegend nicht ganz allein herumstreifen.«

Tessa schluckte und nickte automatisch. »Das habe ich auch schon gemerkt.« Sie ließ ihre Blicke über die Erscheinung der Fremden schweifen. Es gab nichts Ungewöhnliches an ihr – sie sah aus wie viele elegante und gutbürgerliche Frauen in

Paris. Nur, dass bei näherem Hinsehen ihr dezent geschminktes Gesicht ein wenig verlebt wirkte und ihre sorgfältig aufgesteckten Haare unter dem Schleierhütchen auffallend blond hervorlugten. Sicher wohnte sie in dieser Gegend und wollte nicht, dass sie sich hier aufhielt.

»Machen Sie sich bitte keine Sorgen, Madame. Ich gehe ja schon«, sagte Tessa entmutigt, doch die etwas raue Stimme der Dame hielt sie zurück. »Aber nein. Warten Sie! So habe ich das nicht gemeint. Es ist nicht meine Absicht, Sie zu vertreiben. Im Gegenteil. Vertrauen Sie mir. Ich würde Ihnen gern ein Angebot machen.«

»Was denn für ein Angebot?« Tessa sah sie verwirrt an.

»Kommen Sie doch bitte etwas näher. Hier, unter die Straßenlaterne. Ich würde Sie gern genauer ansehen. Sie brauchen keine Angst vor mir zu haben.« Sie lächelte und klappte ihren Regenschirm zusammen. »Ich tue Ihnen bestimmt nichts.«

Was sollte das? Tessa zögerte, doch dann folgte sie ihr und blinzelte ins Licht der Lampe.

»Sie sind ungewöhnlich hübsch. Und noch jung. Ein wenig verwahrlost – aber das macht nichts. Seit wann sind Sie in Paris?«

»Seit ein paar Monaten. Ich bin Tänzerin«, erwiderte Tessa mit dem bisschen Stolz, das ihr noch geblieben war. »Leider hatte ich Pech mit meinem Engagement«, sie senkte den Kopf. »Als ich eine Weile krank war, wurde ich entlassen. Dann ging es plötzlich bergab.« Sie stockte, weil ihr auf einmal Tränen in die Augen traten und schreckliches Selbstmitleid sie überflutete. »Ich habe mir das alles viel leichter vorgestellt.«

»Ich mache Ihnen einen Vorschlag.« Die Dame im braunen Kostüm lächelte mütterlich und legte ihr die Hand auf die Schulter. »Wollen Sie nicht für mich arbeiten?«

Tessa hob den Kopf und ein hoffnungsvolles Leuchten trat in ihre Augen. »Suchen Sie etwa … eine Tänzerin?«

»Vielleicht etwas Ähnliches«, wich die Dame aus. »Aber kommen Sie doch mit, dann werden wir in aller Ruhe darüber reden. Ich glaube, Sie brauchen erst einmal ein Dach über dem Kopf und etwas zu essen. Sie können sich bei mir auch ein wenig frisch machen. Sind Sie einverstanden?«

»Ja!« Die Antwort kam, ohne dass Tessa weiter darüber nachdachte. Sie begriff zwar nicht, worauf die Dame hinauswollte, aber sie erschien ihr wie ein guter Engel, der aus dem Nichts aufgetaucht war, um sie vor der Gosse zu retten.

»Dann folgen Sie mir bitte!« Tessa schürzte ihr verstaubtes und feuchtes Samtkleid, nahm ihr Köfferchen und passte sich dem schnellen Schritt der Dame an. Sie durchquerten Straßen und Gassen, ohne ein Wort miteinander zu wechseln. Endlich erreichten sie eine kleine, verschnörkelte Toreinfahrt, hinter der eine schmale Gasse lag. Mitten in der großen Stadt reihten sich hier Häuschen mit Vorgärten idyllisch aneinander und man glaubte sich förmlich aufs Land versetzt. »Chemin Saint Laurent ›Cité‹«, las Tessa auf dem Straßenschild, bevor sie an einem der hübschen und provinziellen Häuser stehen blieben. Die Fenster waren erleuchtet und schimmerten in hellem Glanz. »Bonheur Bar«, verkündete ein von rotem Gaslicht beleuchtetes, bunt bemaltes Blechschild. Ein dunkelhäutiger Mann in einer Fantasieuniform, der die Tür bewachte, grüßte freundlich. »Bonsoir, Madame Grivois«.

»Bonjour, Bobo«, erwiderte die Dame freundlich. Als sie die Bar betraten, sahen ihnen fünf dürftig bekleidete Mädchen erstaunt entgegen, die an der Theke saßen. »Holt bei Meunier etwas zu essen und bringt es mir nach oben. Suppe, harte Eier in Mayonnaise und etwas Pastete und Salat.« Ihr Ton hatte sich verändert, er klang befehlsmäßig und kurz.

»Geht in Ordnung, Madame«, sagte eines der Mädchen, »wir schicken gleich jemanden los.«

»Komm mit«, sagte Madame Grivois, die inzwischen zum vertraulichen Du gewechselt hatte, und stieg mit Tessa im Schlepptau eine schmale Treppe hinauf. Oben öffnete sie eine Tür. »Hier kannst du dich ein wenig frisch machen.« Sie deutete auf eine Kommode mit Waschbecken, auf dem Seife, Kamm und Spiegel lagen, öffnete eine Schublade und legte ein Handtuch und frische Wäsche heraus. »Da nimm, das ist von mir. Du kannst es mir später gewaschen wiedergeben.« Über einem Sessel hing ein mit Blümchen bedrucktes Baumwollkleid. Madame Grivois musterte Tessas verschmutztes Samtkleid. »Es ist besser, wenn du das da anziehst. Dein Kleid ist ja völlig verdorben. Ich denke, das andere könnte dir passen. Das Mädchen, dem es gehört, wird sicher nichts dagegen haben, dass du es ausleihst.«

Tessa nickte, sie glaubte sich wie in einem Traum. Wo war sie hier bloß gelandet? Gab es unten in der Bar eine Bühne, auf der man tanzen konnte? Es war warm und im kleinen Ofen in der Ecke bullerte ein Feuer.

»Ich lasse dich jetzt allein. Wenn du fertig bist, klopf an die Tür. Dann kannst du erst mal in Ruhe essen. Und danach werden wir über alles reden.« Mit diesen Worten war Madame Grivois im Nebenzimmer verschwunden und Tessa hörte, wie sie dort mit dem Geschirr klapperte.

Es war eine Wohltat, endlich frisches Wasser und Seife vor sich zu haben. Tessa reinigte sich ausgiebig mit einem Lappen und kämmte ihr zerzaustes Haar. Im Spiegel erkannte sie sich fast nicht wieder. Sie war mager geworden, hohlwangig und sah aus wie ein kleines Mädchen, dessen Gesicht von seinen langen schwarzen Haaren beinahe erdrückt wird. Sie flocht es, schlüpfte in das bunte Baumwollkleid und klopfte schüchtern an die angrenzende Tür. »Madame?«

Die Tür öffnete sich und Tessa betrat zögernd einen gemütlich eingerichteten Raum mit viel Plüsch und altmodischen

Möbeln. Sogar einen aufgeschlagenen Flügel mit Notenblättern gab es hier, auf dem ein silberner Kerzenleuchter stand. Madame Grivois hatte zwei Teller, Besteck und Gläser auf den runden Esszimmertisch gestellt und bat Tessa, dort Platz zu nehmen. Vor ihr türmten sich Köstlichkeiten wie Eier, Schinken, Käsestücke und zum Dessert ein duftender Apfelkuchen. Tessa lief schon bei dem Anblick das Wasser im Munde zusammen, doch sie zwang sich, langsam zu essen und nach den vielen Hungertagen nicht alles gierig in sich hineinzuschlingen. Madame Grivois pickte nur ein wenig an den Speisen herum und sprach mehr dem Wein zu, den sie in schimmernde Kristallgläser gegossen hatte. Auch Tessa trank ein paar Schlucke des lieblichen Burgunders, der sie innerlich wärmte und ihr eine gewisse Gelassenheit schenkte. Was für ein Glück sie hatte! Sie konnte es noch immer nicht ganz fassen. Aber irgendwo musste es doch einen Haken bei so viel Großherzigkeit geben! Sie machte sich auf alles gefasst. Nach dem Essen bat Madame sie in die kleine Sesselecke mit der traulichen Stehlampe und ein Mädchen servierte den Mokka. Tessa hatte das Gefühl, dass ihre Retterin sie die ganze Zeit kritisch und von allen Seiten fixierte, und hoffte, dass sie nicht noch am Abend eine Probe ihres Tanztalentes geben musste. In der Tat war sie von der Erschöpfung der letzten Tage und dem ungewohnten Essen auf einmal so träge und schläfrig geworden, dass ihr wie von selbst die Augen zufallen wollten. Sie sehnte sich jetzt nur noch nach einem weichen und warmen Bett, in dem sie endlich einmal ausschlafen konnte.

Madame Grivois zündete sich ein dünnes Zigarillo an, das in einer langen Elfenbeinspitze steckte, und nahm einige tiefe Züge. »Du kannst dir ja denken, dass ich all das nicht nur aus Menschenfreundlichkeit für dich mache, mein Kind. Ich verlange auch etwas. Wie alt bist du? Und wie heißt du?«

»Siebenundzwanzig«, gestand Tessa wahrheitsgemäß und mit gesenktem Blick. »Und ich heiße Tessa.«

Madame Grivois zog die Augenbrauen hoch. »Schon siebenundzwanzig? Das hätte ich nicht vermutet. Du wirkst wie ein Mädchen von zwanzig, höchstens zweiundzwanzig. Und so werden wir dich auch vorstellen. Du wirst auf keinen Fall dein wahres Alter verraten, verstehst du mich?«

Tessa verstand. Tanzen konnte man schließlich nur bis dreißig, dann war bei den meisten Tänzerinnen Schluss, weil der Körper nicht mehr mitmachte. Bei ihr war das jedenfalls nicht so. »Sie können mir glauben: Ich bin in Bestform. Und jetzt habe ich auch noch abgenommen. Das macht mich gelenkiger und graziöser!« Sie warf ihrem Gegenüber einen prüfenden Blick zu. »Ich bin mit Herz und Seele Tänzerin und habe erst kürzlich eine eigene Choreografie entworfen. Mein Schleiertanz ist zugegebenermaßen etwas offenherzig! Aber er kam immer sehr gut beim Publikum an.«

»Ich glaube«, Madame Grivois zog ein wenig nervös an der langen Spitze mit dem dünnen Zigarillo, »wir verstehen uns wohl nicht ganz. Ich möchte nicht, dass du tanzt. Meine Kunden verlangen etwas ganz anderes.« Sie lächelte geheimnisvoll.

»Wie? Ich soll gar nicht tanzen«, stieß Tessa überrascht und zugleich tief enttäuscht hervor. »Aber was soll ich dann machen?« Sie hielt inne. Gut, zur Not würde sie auch in der Bar arbeiten. Die Hauptsache war, sie hatte vorläufig ein Dach über dem Kopf und etwas zum Essen. »Möchten Sie lieber … dass ich … in der Bar bediene?«

Madame Grivois schüttelte langsam den Kopf. »Nein, mein Kind. Du hast es vielleicht noch nicht bemerkt. Aber das ist ein sehr offenes Haus. Wir haben Kunden, ganz spezielle Kunden, die etwas anderes möchten, als einen Tanz zu sehen. Kannst du dir nicht denken, was?«

Tessa fuhr zurück. Sie begriff ganz plötzlich und sprang auf. »Dann ist das hier also … ein Bordell?«

»Man könnte es so nennen. Ein privates Etablissement. Mein Haus mit der Bonheur-Bar ist sehr exklusiv und nicht für jedermann geöffnet. Du könntest dich glücklich schätzen, zu meinen Mädchen zu gehören. Und du wirst nicht schlecht verdienen, das verspreche ich dir.«

Tessa fühlte sich wie vor den Kopf geschlagen. Sie war einfach blind gewesen in ihrer Verzweiflung, ihrem Hunger und ihrem Elend. Sie starrte Madame Grivois mit schreckgeweiteten Augen an. »Aber … das kann ich nicht! Und ich will es auch nicht. Ich habe große Angst vor fremden Männern. Ich bin nach Paris gekommen, um zu tanzen, und nicht um … um eine Hure zu werden.«

Madame Grivois' Miene hatte sich bei ihrer Rede verschlossen. Sie drückte mit verstörender Langsamkeit das halb gerauchte Zigarillo im Aschenbecher aus, erhob sich und sagte im gleichen freundlichen Ton wie zuvor: »Es tut mir sehr leid, meine Liebe, dass du das nicht willst. Ich dachte, du würdest vernünftiger sein. Zieh bitte das Kleid aus und gib mir meine Sachen zurück. Dein Zeug liegt auf dem Boden in der Ecke, weil es so schmutzig und nass war. Leg es ruhig wieder an. Dann bist du frei und kannst gehen, wohin du willst. Dort ist die Tür.« Sie wandte sich von ihr ab.

Tessa lief es eiskalt über den Rücken. Sie konnte gehen. Aber wohin? Wieder in die dunkle, feuchte Regennacht hinaus? In die Gosse, dem Hunger und der Kälte ausgesetzt? Der Gefahr, todkrank zu werden? Sie blieb eine ganze Weile stumm stehen, unschlüssig, was sie tun sollte. Eines wusste sie, sie wollte, konnte und durfte jetzt nicht fortgehen. Vielleicht war es ja gar nicht so schlimm, was Madame ihr vorschlug – auf jeden Fall handelte es sich um eine vorübergehende Notlösung! Vielleicht sollte sie sich doch überwinden? Sie schämte sich. Wenn George das wüsste, war ihr erster Gedanke. Aber er würde es ja nicht erfahren, da sie sich sicher nie wiedersahen. Tausend Gedanken flogen auf einmal durch ihren Kopf. »Warten Sie«, sagte sie überhastet, als Madame Grivois sich zum Gehen wandte. »Ich … ich mache es. Sagen Sie mir, was ich tun soll. Nur – ich bin in diesem Bereich wirklich völlig unerfahren …« Sie versuchte ein gequältes Lächeln.

»Keine Sorge.« Madame Grivois' Gesicht wurde wieder freundlich. »Du wirst mithilfe der anderen Mädchen sicher sehr schnell die Regeln unseres Hauses lernen. Am besten, du fängst heute Abend schon an. Das ist besser für dich, sonst machst du dir nur unnötige Gedanken. Spring ins kalte Wasser – und du wirst sehen, es ist nur halb so schlimm, wie du denkst. Und jetzt komm mit hinunter. In einer Stunde öffnen wir und es geht los.« Madame Grivois' Stimme klang nun wieder fast so warmherzig wie zuvor, doch Tessa zitterte am ganzen Körper, als sie ihr folgte.

X. Kapitel

Der Juli des Jahres 1866 begann mit ein paar heißen Sommertagen. Es regnete kaum und die Luft war schwül. Camilla verfolgte fieberhaft die Ereignisse, über die die Zeitungen ausführlich berichteten. Sie sah Paul vor sich, wie er sich für sein Vaterland in den Kampf stürzte und tausend Gefahren ausgesetzt war. Wenn ihm nur nichts geschah! Sie betete jeden Abend für ihn. Auf der Seite Preußens kämpften vorwiegend die norddeutschen Staaten wie Oldenburg, Mecklenburg und Braunschweig, wohingegen Österreich von Württemberg, Hannover, Hessen und dem Königreich Bayern unterstützt wurde. Doch dann kam die große Überraschung: Zur großen Verwunderung aller wurde das österreichische Heer in Böhmen, in der Schlacht bei Königgrätz, von den Preußen geschlagen. Bismarck hatte das Wagnis riskiert und mithilfe seines klugen Generals von Moltke entgegen allen Voraussagen den Krieg gewonnen! Nun musste Österreich klein beigeben und seine Territorien abtreten. Damit kam der Ministerpräsident seinem Traum näher, ein vereintes deutsches Staatengebilde zu schaffen. Das gedemütigte Österreich konnte ihm jetzt nicht mehr dreinreden und war gezwungen, zu verhandeln.

Auch Camilla war erleichtert, dass der Krieg so rasch und erfolgreich zu Ende gegangen war. Sie wartete ungeduldig auf ein Lebenszeichen von Paul, einen Brief, auf irgendein Signal. Sie wusste nicht, was er erlebt hatte, ja nicht einmal, ob er während des Krieges verwundet worden oder überhaupt schon zurück war. Die Spannung war unerträglich – doch Paul meldete sich nicht. Stattdessen trat eines Tages ein dunkel gekleideter Herr in weißem Hemd und Fliege in ihren Laden, eine Aktentasche unter dem Arm. Er kam im Auftrag des Bankhauses Mendelssohn & Co, wie er ihr liebenswürdig, aber ernst mitteilte.

Camillas Herz begann laut zu klopfen. Sie schickte das Lehrmädchen in den Verkaufsraum und geleitete den Herrn ins Hinterzimmer.

»Es tut mir leid, dass ich Sie damit behelligen muss, mein Fräulein. Wenn ich recht unterrichtet bin, haben Sie für Herrn Paul von Waldheim eine Bürgschaft übernommen. Leider sind seine Schulden in unserem Hause so sprunghaft angewachsen, dass er das vorgegebene Limit weit überschritten hat«, gab er ihr gleich am Anfang zu verstehen. »Wenn ich ganz ehrlich sein darf«, er machte eine kurze Pause, »meine Vorgesetzten fürchten, dass wir das Geld nicht mehr zurückbekommen. Herrn von Waldheims Vater weigert sich, für seine Schulden aufzukommen. Inzwischen gibt es weitere Forderungen, sowohl von privaten Gläubigern als auch von Berliner Spielhäusern, in denen er anscheinend hohe Summen verloren hat. Einiges wurde bisher von Ihrem Konto abgefangen. Aber wir fürchten, dass dies«, er suchte nach den richtigen Worten, »auf Dauer auch Ihre Möglichkeiten übersteigt. Wir mussten uns daher entschließen, das Kreditkonto Herrn von Waldheims aufzulösen. Ich hoffe, Sie haben Verständnis dafür, dass wir Sie aufgrund Ihrer Bürgschaft zur Begleichung der fehlenden Beträge auffordern.«

»Wieso ich?«, protestierte Camilla entrüstet. »Ich habe Herrn von Waldheim mit meiner Bürgschaft nur über ein augenblickliches Tief hinweggeholfen. Er brauchte Geld, um seine Schulden zu zahlen. Und er hat mir versichert, es handele sich um eine lächerliche Formsache. Außerdem sei sein Vater für weitere ausstehende Summen zuständig. Schließlich kommt er ja aus einer sehr wohlhabenden Familie. So hat er es mir wenigstens erklärt.«

»Entschuldigen Sie, aber was Sie intern mit Herrn von Waldheim ausgemacht haben, ist eine ganz andere Sache.« Der Mann von der Bank lächelte nachsichtig. »Ich muss mich an die Fakten halten. Und die ergeben große Defizite, für die Sie sich freiwillig als Bürgin für ihn zur Verfügung gestellt haben.« Er schwenkte zum Beweis ein Papier mit Camillas Unterschrift. »Sie haben zwar das Recht, die Bürgschaft jederzeit zu kündigen – doch für die bestehenden Schulden müssen wir Sie leider zur Verantwortung ziehen.« Hastig fügte er hinzu: »Das Zerwürfnis zwischen Herrn von Waldheim und seinem Vater ist ganz offensichtlich. Glauben Sie mir, ich war zuerst bei ihm. Aber er weigerte sich, auch nur einen Taler für seinen Sohn zu zahlen.«

Er zog einen neuen Beleg aus seiner Mappe. »Ich tue nur meine Pflicht, Fräulein Wanstetten. Machen wir es daher kurz.« Er kniff die Lippen zusammen. »Das wäre dann die Summe. Ich muss Sie im Auftrag der Bank bitten, dafür einzustehen und diese so bald wie möglich zu begleichen.«

Camilla wurde bleich, als sie den Betrag sah. »Aber das …« Sie wies entrüstet mit dem Finger darauf. »Das kann ich doch gar nicht zahlen! Es ist unmöglich. So viel Bargeld könnte ich niemals auf einen Schlag auftreiben. Dann müsste ich ja meinen Laden verkaufen …«

Der Bankmensch zuckte die Achseln. Seine Rolle als Geldeintreiber bei der jungen Frau war ihm sichtlich unangenehm. »Es tut mir wirklich sehr leid, liebes Fräulein. Aber ich kann es leider nicht ändern. Sehen Sie mich bitte nur als ausführendes Organ.«

»Sie müssen noch einmal mit Ihrem Vorgesetzten reden, bitte!« Camilla sah ihn flehend an. »Vielleicht ist es ja möglich, dass ich in Raten zahle – über ein paar Jahre hinweg. Meine Einnahmen im Laden sind nicht schlecht …«

»Ich kann Ihnen nur mitteilen, was mir gesagt wurde.« Er schüttelte den Kopf und sein Gesicht drückte Verlegenheit aus. »Weitere Intentionen würden nichts nützen – wenn ich ähnliche Fälle mit dem Ihren vergleiche. Ich bedaure.« Er raffte die Papiere zusammen und legte sie wieder in seine Aktentasche. Plötzlich hatte er es sehr eilig. »Sie haben natürlich eine Frist von zwei bis drei Wochen.« Er reichte ihr einen Zettel. »Hier ist der Termin. Wir würden uns freuen, Sie bei uns zu sehen. Auf Wiedersehen!« Er nahm seinen Hut. An der Tür drehte er sich noch einmal um. »Sollten Sie sich entscheiden, Ihren Laden zu verkaufen, dann sind wir Ihnen gern behilflich!« Mit diesen Worten verschwand er eilig unter dem Geklingel der Ladentür.

Camilla starrte auf das Papier und sah ihm dann entgeistert nach. Das konnte doch gar nicht wahr sein! Sie sollte ihren Laden verkaufen, um damit Pauls Schulden zu bezahlen? Das kam ja gar nicht infrage. Sie musste mit Paul sprechen. Sofort! Sicher wusste er nichts von den Manipulationen der Bank. Und ganz bestimmt hatte er nicht die Absicht, sie so skrupellos zu ruinieren!

Obwohl ihr Pauls Adresse bekannt war, hatte sie ihn noch nie zu Hause aufgesucht. Er wohnte noch bei seinen Eltern und der Anblick der rosafarbenen Villa mit dem gepflegten Garten, die der Gutsbesitzer Heinrich von Waldheim mit seiner Frau in Wedding bewohnte, schüchterte sie gleich zu Anfang ein. Sie hatte die Pferdebahn genommen und stand jetzt etwas unschlüssig am schmiedeeisernen Tor. Was sollte sie sagen, wenn sie seiner Mutter oder seinem Vater begegnete? Sollte sie sich etwa so vorstellen: Guten Tag, ich bin die Geliebte Ihres Sohnes und habe für ihn eine Bürgschaft übernommen, die wegen der überschrittenen Höhe jetzt eingefordert wird? Nein, das war einfach unmöglich. Es musste einen anderen Weg geben. Ohne die Glocke zu betätigen, wandte sie sich ab. Mit Verzweiflung im Herzen umrundete sie das Haus. Es bestand ja immer noch die Möglichkeit, dass Paul sich nicht gemeldet hatte, weil er verwundet worden war – krank oder hinfällig in einem Lazarett lag. Warum hatte er ihr nicht ein einziges Mal geschrieben? Sie musste jetzt Gewissheit haben. Sie fasste sich ein Herz und läutete schließlich mit zitternden Fingern. Ein adrettes Hausmädchen in weißer Schürze und Häubchen öffnete. »Ist Paul von Waldheim zu sprechen?«, fragte Camilla unsicher.

Das Hausmädchen hob die Nase ein wenig höher und musterte Camilla neugierig. »Herr von Waldheim junior ist gerade ausgegangen. Kann ich etwas ausrichten? Seine Mutter, Frau von Waldheim, ist zum Tee im Salon.«

»Nein, nein, danke«, wehrte Camilla ab, die sich plötzlich furchtbar lächerlich vorkam. »Es geht Herrn von Waldheim also gut?«

Das Hausmädchen sah sie verwundert an. »Ja, er kam zum Glück ohne Verletzungen von der Front zurück – wenn Sie das meinen. Aber das ist ja jetzt schon eine Weile her.«

»Vielleicht sagen Sie ihm bitte, Camilla Wanstetten muss ihn dringend sprechen. Er möchte sich doch bei mir melden.«

»Ich werde es ausrichten!«, erwiderte das Hausmädchen mit einem mokanten Lächeln um den Mund. Sie schloss die Tür und Camilla stieg die Vortreppe hinab. Warum hatte sie nicht gefragt, wann Paul von seinem Ausgang zurückkam? Unschlüssig wartete sie noch eine Weile auf einer Bank in der Nähe des Hauses. Vielleicht würde er ja nicht lange ausbleiben und sie konnte ihn abpassen. Als es allmählich dunkel wurde, machte sie sich, ohne etwas ausgerichtet zu haben, auf den Heimweg. Die letzte Pferdebahn in die Innenstadt hatte sie versäumt, aber schließlich war sie gut zu Fuß und würde die Strecke nach Hause leicht schaffen. Die Bewegung in der Abendluft tat ihr gut, sie schlenderte langsam voran und versuchte, ihre hin- und herfliegenden Gedanken zu ordnen. Nicht auszudenken, wie ihre Zukunft aussehen würde, wenn sie zahlen musste, um die Bürgschaft zu erfüllen. Wenn sie alles verlor, was sie besaß und was sie sich mit so viel Herzblut aufgebaut hatte. Sie versuchte, sich den schlimmsten Fall auszumalen. Wenn sie den Laden aufgeben musste, würde ihr nichts anderes übrig bleiben, als sich eine neue Stelle zu suchen. Als Schneiderin, in Heimarbeit oder wieder als Verkäuferin? Nicht auszudenken! Da sie eine ganze Weile selbstständig gewesen war, hatte diese Vorstellung nichts Angenehmes. Sie bog in eine dunkle, unbeleuchtete Straße ein, von der sie glaubte, dass sie eine Abkürzung zur Innenstadt sei. Etliche Häuser waren hier abgerissen worden und die Schatten neu begonnener, aber noch nicht bewohnter Bauten ragten wie Skelette vor ihr auf. Auf der rechten Seite breiteten sich leere Felder und ein kleines Waldstück aus.

Der Mond war jetzt hinter einer dunklen Wolke verschwunden und niemand außer ihr schien in dieser einsamen Gegend unterwegs zu sein. Der Himmel war bewölkt und Camilla hatte es nach einiger Zeit auf einmal eilig, das düstere und einsame Gelände hinter sich zu lassen. Umso mehr erschrak sie, als sie hinter sich plötzlich herannahende Schritte und das Geräusch eines auf den Boden klackenden Stockes vernahm. Sie wandte sich um und erblickte einen gedrungenen Mann in weitem Umhang, dessen Gesicht unter seinem tief ins Gesicht gezogenen Hut nicht zu erkennen war. Er überholte sie, rempelte sie grob an und ging ohne Entschuldigung rasch weiter. Camilla schluckte einen empörten Ausruf hinunter.

Was für eine Unverschämtheit! Sie blieb stehen, sah ihm nach und versuchte, ihr laut pochendes Herz zu beruhigen. Es war noch ein gutes Stück bis zum Ende der menschenleeren Straße, aber sie sah in der Ferne schon die Lichter der Stadt. Sollte sie umkehren? Sie schalt sich feige, denn der Mann, wahrscheinlich ein Betrunkener, war schon von der Nacht verschluckt und aus ihrem Blickfeld entschwunden. War er etwa in eines der halb fertigen Häuser gegangen? Ein unangenehmes Gefühl überkam sie. Sollte sie den Rest des Weges laufen, vorbei an diesen einsamen Rohbauten und den ausgehobenen Gräben, die im Dunkeln unheimlich wirkten? Nein, es gab keinen Grund, in Panik zu verfallen. Sie beschleunigte ihren Gang und bereute, diesen Weg genommen zu haben.

Auf einmal hörte sie wieder das merkwürdige rhythmische Klacken. Es kam ihr jetzt entgegen und näherte sich mit steter Regelmäßigkeit. Sie strengte ihre Augen an, um im Halbdunkeln etwas zu erkennen, doch vergebens. Noch nie im Leben hatte sie sich so gefürchtet. Instinktiv spürte sie die drohende Gefahr, eine Vorahnung von etwas, das ihr den kalten Schweiß auf die Stirn trieb. Nahm diese Straße denn nie ein Ende? Aber jetzt konnte sie nicht mehr umkehren, denn mehr als zwei Drittel des Weges lagen hinter ihr. Nach einem Moment der Stille war das Klacken wieder zu vernehmen, lauter und näher. Nur noch etwa hundert Meter bis zur belebten Innenstadt, nicht weit von der Leipziger Straße. Man konnte jetzt schon die Lichter, die Umrisse der Häuser erkennen. Zitternd blieb sie stehen und lauschte angespannt ins Dunkel. Das unheimliche Geräusch war erneut verstummt. Bevor sie sich jedoch in Sicherheit fühlen konnte, tauchte ganz überraschend ein Schatten vor ihr auf. Mit einem Schrei begann sie zu laufen, den Fremden dicht auf den Fersen. Über die Schulter blickend sah sie, wie ihr Verfolger einen Stock, an dessen Ende ein Haken befestigt war, nach ihr ausstreckte. Ein scharfer Ruck an ihrem Kleid und Camilla stürzte unsanft zu Boden. Da war er schon über ihr, fuhr ihr mit einer Hand unter den Rock und versuchte, ihr den Schlüpfer herunterzureißen. In seiner anderen Hand sah Camilla ein Messer blitzen. Verzweifelt wehrte sie sich gegen den Unbekannten. Der Hut rutschte vom Kopf des Angreifers und eine hautfarbene Maske kam zum Vorschein, die sein Gesicht unkenntlich machte. Mit aller Kraft strampelnd, gelang es ihr schließlich, ihm mit dem spitzen Absatz ihrer Stiefelette in die Bauchgegend zu treten. Unvermittelt ließ er sie los. Das Messer fiel zu Boden und Camilla erkannte für einen Augenblick ein seltsames Emblem darauf, das wie ein Totenkopf wirkte. Im selben Moment vernahm sie das dumpfe Geräusch eines näherkommenden Wagens. Der Mann sprang auf, packte sein Messer und seinen Hut und war so schnell, wie er vor ihr aufgetaucht war, wieder in der Nacht verschwunden. Camilla rappelte sich auf. Deutlich vernahm sie das Rollen von Rädern und Traben von Pferdehufen. Eine Droschke fuhr in raschem Tempo heran. Sie rannte, die Arme schwenkend, in die Mitte der Straße, um sich dem Gefährt entgegenzustellen. »Hilfe«, schrie sie völlig außer sich. »Hilfe!«

Der Wagen hielt an und Camilla klammerte sich an den Bock. »Helfen Sie mir! Man hat mich überfallen!«

Der Kutscher betrachtete die zerzauste Gestalt und das zerrissene Kleid der jungen Frau. »Nu mal langsam, Meechen«, brummte er. »Wer hat dir denn wat jetan?«

»Ein Mann«, keuchte Camilla. »Er hat mich überfallen. Plötzlich kam er aus dem Dunkeln … mit einem Messer …« Sie sah sich wie gehetzt um. Doch alles war ruhig und menschenleer. »Sicher hat er sich hier irgendwo versteckt. Wir müssen die Polizei alarmieren!«

»Janz ruhig! Kommen se erst mal mit. Da drüben, an der Ecke – da kenn ick eenen Schutzmann. Den Kerl kriejen mer schon!« Er half Camilla auf den Wagen, die jetzt haltlos vor sich hin schluchzte.

Der Schutzmann, den der Kutscher herbeiholte, sah Camilla prüfend an, die zitternd und mit zerrissenem Kleid vor ihm stand. »Nun erzählen Sie mal. Was ist denn passiert?«

»Ein Mann mit Maske – er hat mich überfallen, brachte mich mit seinem Stock zu Fall. Er zückte ein Messer – mit schwarzem Knauf und so etwas wie einem Totenkopf drauf. Er griff mir unter den Rock …«

»Stock, Maske und Messer mit Totenkopf, hmm, hmm!«, sagte der Schutzmann. Es klang, als wüsste er genau, wovon er sprach. »Das passt ziemlich genau zu der Beschreibung, die wir schon von früheren Vorfällen haben.«

»Was für eine Beschreibung?«, fragte Camilla verwirrt. »Ist so etwas denn schon mal passiert?«

»Leider sind Sie kein Einzelfall.« Der Schutzmann nickte ernst. »Aber wir konnten den Täter bis jetzt noch nicht fassen. Ich wünschte, er säße schon in Haft. Denn das, was Sie da erzählen, klingt verdammt nach dem Mörder, der seit ein paar Monaten Berlin unsicher macht. Die Fälle standen doch in allen Zeitungen! Ein irrer Frauenhasser, der den Opfern den Unterleib aufschlitzt. Sie wurden alle ohne ihren Schlüpfer aufgefunden. Wahrscheinlich behält er die als Trophäe. Noch nie was davon gehört?«

Camilla schluckte und schüttelte stumm den Kopf.

»Leider haben wir das Schwein immer noch nicht gefasst. Fünf Frauen hat er bereits überfallen – ein paar konnten glücklicherweise entkommen. Deshalb kennen wir einige Details. Fast alle Opfer waren Prostituierte. Aber auch anderen, meist alleinstehenden Frauen hat er schon aufgelauert. Sie sollten sich daher in der nächsten Zeit sehr gut umsehen, wenn Sie das Haus verlassen. Möglichst nicht am Abend und auch nicht allein.«

Camilla erfüllte der Bericht des Schutzmannes mit wachsendem Entsetzen. »Er schlitzt seinen Opfern den Unterleib auf? Das ist ja grässlich! Glauben Sie denn, dass er es speziell auf mich abgesehen hat?« Der Polizist zuckte die Achseln. »Das kann ich Ihnen nicht mit Sicherheit sagen. Sie waren wohl eher ein Zufallsopfer. Niemand kann sich in die kranke Seele eines solchen Täters hineinversetzen. Folgen Sie mir bitte jetzt ins Revier, damit wir den Fall aufnehmen können. Wir schicken gleich ein paar Leute los, um die Gegend zu durchsuchen.« Er strich über seinen Schnauzbart, als sie sich auf den Weg machten. »Sie haben wirklich sehr viel Glück gehabt, junge Frau. Sobald wir das Schriftliche erledigt haben, bringe ich Sie nach Hause.«

Nach all der Aufregung konnte sich Camilla selbst im Schutz ihres Zimmers noch lange nicht beruhigen. Der Schock saß tief und verdrängte vorübergehend ihren Kummer über Paul und die Misere, in der sie sich nun befand. Als sie endlich im Bett lag, zog das Geschehen noch einmal an ihrem geistigen Auge vorüber und sie war die halbe Nacht hellwach. Jedes Geräusch im Haus jagte ihr Angst ein und sie stand ein paarmal auf, prüfte, ob die Tür gut verschlossen war, und sah vom Fenster aus auf die Straße hinunter. Dort war alles leer und ruhig und nichts Verdächtiges zu sehen. Erst gegen Morgen schlief sie endlich ein und erwachte von einem Albtraum, in dem ein Mann sie würgte, der die Züge Pauls trug. Keuchend schreckte sie hoch. Die Sonne war schon aufgegangen und es war höchste Zeit, aufzustehen und den Laden aufzuschließen. Der gestrige Überfall schien ihr am Morgen des hellen Tages mit einem Mal irreal und sehr weit weg. Nun traten die drückenden alltäglichen Probleme wieder in den Vordergrund. Die Bank und die Bürgschaft für Paul und daneben die Bestellungen und Wünsche der Kunden. In einer Pause überlegte sie bei einer Tasse Milchkaffee, wie alles weitergehen sollte. Warum war sie bloß so dumm gewesen, Paul zu Hause aufsuchen zu wollen? Es war demütigend gewesen, vor seiner Tür zu stehen und sich wie eine Bettlerin vorzukommen. Besser war es wohl, ihm einen Brief zu schreiben und darin ihre Sorgen zu schildern. Sie ließ sich für eine Stunde von dem Ladenmädchen vertreten und setzte sich an den schmalen Schreibtisch im Hinterzimmer. Das Schreiben gab sie noch am Nachmittag am Postamt auf. Danach fühlte sie sich etwas erleichtert. Sicher würden sie zusammen noch eine Lösung finden. Vielleicht war ja alles ein Irrtum. Paul wusste vielleicht gar nichts davon. Und er würde nicht zulassen, dass sie sich seinetwegen ruinierte. Natürlich war er ein wenig leichtsinnig – aber im Grunde seines Herzens ein guter Mensch. Wer hatte schon keine Fehler?

Am nächsten Tag klingelte ein beleibter Herr von der Berliner Kriminalpolizei an ihrer Tür, der sich als Herr Bauer auswies und noch einmal ganz genau wissen wollte, was passiert war. Er schnaufte aufgeregt und strich mit den Fingern ständig nervös über sein pomadisiertes Haar. Der Blick seiner von Tränensäcken umgebenen grauen Augen war konzentriert und direkt. Camilla empfing ihn in ihrem Zimmer und bot ihm höflich einen Platz an, bereit, auf seine Fragen genau zu antworten. Kommissar Bauer schob sorgfältig seinen grauen Überrock zurecht und zog ein Heftchen und einen Stift aus der Tasche. Auf den ersten Blick sah man ihm seinen Berufsstand nicht an, doch seine knappen und präzisen Fragen ließen sogleich die jahrzehntelange Übung erkennen. »Ich möchte mich heute mit Ihnen nur ein wenig unterhalten, um einen Überblick zu bekommen«, sagte er, während er den spitzen Bleistift bereithielt. »Später müssen Sie dann im Polizeipräsidium noch einmal zur schriftlichen Vernehmung vorsprechen. Aber jetzt erzählen Sie mir erst einmal der Reihe nach, was geschehen ist.«

Camilla wiederholte das, was sie schon dem Schutzmann auf dem Revier berichtet hatte. Sie spürte, wie sie vor Erregung zu zittern begann. »Stimmt es, dass dieser Mann hier schon länger sein Unwesen treibt?«, fragte sie zögernd.

»Ja, leider. Seit Monaten macht er Berlin unsicher«, erklärte Kommissar Bauer. »Wir nennen ihn intern den ›Bauchschlitzer‹. Seit Längerem sind wir ihm auf der Spur, doch jedes Mal, wenn wir glauben, ihn zu haben, entwischt er und taucht woanders mit einer neuen Bluttat auf. Er handelt immer nach dem gleichen Muster und hat bereits einige Frauen auf dem Gewissen. Eine Wäscherin und zwei Dienstmädchen konnten sich aber wie Sie befreien und verletzt entkommen. Sie berichteten ebenfalls von einem Messer mit Totenkopf-Emblem, dem dunklen Hut, der Maske und dem Stock.«

Camilla sah ihn mit aufgerissenen Augen an. »Wie furchtbar! Ich hatte schreckliche Angst und dachte, meine letzte Stunde sei gekommen.«

»Ich kann Ihnen nur raten, in Zukunft vorsichtiger zu sein, bis wir den Mann gefasst haben. Es sieht so aus, als hätte er mit seinen Taten alleinstehende Frauen im Visier – auf der Straße, in unbelebten Gegenden. Dieser Mann ist krank, pervers«, er sah Camilla ernst an, »und skrupellos …«

Angewidert verzog Camilla das Gesicht. »Was für ein Scheusal. Zum Glück kam die Droschke. Sie hat mir das Leben gerettet.«

Der Kommissar klappte jetzt sein Büchlein zu, in das er sich Notizen gemacht hatte, und reichte ihr mit der Andeutung eines Lächelns die Hand. »Ich danke Ihnen, Fräulein Wanstetten. Melden Sie sich bei mir, wenn irgendetwas unklar ist oder Sie noch etwas Verdächtiges bemerken. Wir werden Sie in Kenntnis setzen, sobald der Täter gefasst ist.« Er reichte ihr seine Visitenkarte.

Camilla sah ihm nach, bis sich die Tür hinter ihm schloss. Musste sie jetzt ständig Angst haben? Sie wischte die unangenehmen Gedanken beiseite und ging in den Laden zurück.

Dort warteten schon drei Kundinnen auf ihre spezielle Beratung. Wenn die wüssten, dass ich vielleicht bald schließen muss, dachte sie traurig. Dass alles hier in diesem Laden dann der Bank – oder, wenn ich Glück habe, einem anderen Inhaber gehören wird! Camilla unterdrückte einen Seufzer. Vielleicht würde sich doch noch alles klären und zum Guten wenden. Paul hatte bestimmt eine Lösung.

***

Bei jedem Klingeln der Ladenglocke fuhr Camilla in den nächsten Tagen zusammen. Doch Paul ließ sich nicht blicken und es kam kein Zeichen, dass er die Nachricht des Hausmädchens oder aber ihren Brief erhalten hatte. Es war, als wollte er sich unsichtbar machen. Doch Camilla wusste, dass er in Berlin war. Inzwischen rückte der Banktermin näher. Sie wurde immer unruhiger und konnte nachts nicht mehr schlafen. Es schien ihr, als säße sie in der Falle und es gebe keinen Ausweg. Warum war sie nur so dumm gewesen, sich auf das Risiko, die Schulden Pauls auf ihre Kappe zu nehmen, einzulassen? Aber sie hatte an ihn geglaubt, ihm vertraut, weil sie ihn liebte. Machte Liebe wirklich blind, wie das alte Sprichwort sagte? Sie hatte ihm doch einfach nur aus seiner Misere helfen wollen. Und nun ließ er sie so schmählich im Stich! Auch die nächsten Tage vergingen, ohne dass er sich meldete. Es war zum Verzweifeln. Camilla kam es vor, als bräche ihr ganzes Leben, ihre so mühsam aufgebaute Existenz zu einem Scherbenhaufen zusammen. Jetzt blieb ihr gar nichts mehr anderes übrig, als sich dringend nach einem Käufer für den Kindermodeladen umzusehen, sonst würde die Bank sie gnadenlos pfänden. Glücklicherweise gab es mehrere Interessenten bei der Konkurrenz, die ihr bisher den Erfolg geneidet hatten und sich daher sehr für ihr Geschäftsmodell interessierten.

Camilla blutete das Herz, als nach langen Verhandlungen schließlich die neuen Besitzer in ihren mit so viel Mühe renovierten Laden einzogen. Alles, was sie besessen und erwirtschaftet hatte, war nun in den Besitz der Bank übergegangen und sie stand mit leeren Händen da. Gut, dass Frau Berta nicht mehr erlebte, wie ihr Lebenstraum so kläglich zerplatzte!

***

Glücklicherweise hatte Camilla die Wohnung über dem Laden behalten können sowie eine kleine Summe, die sie sich für Notfälle zurückgelegt hatte. Doch Pauls Schweigen, der Verrat, den er an ihr begangen hatte, verletzte sie tief. Für sein Verhalten gab es einfach keine Entschuldigung. Er war wohl nichts weiter als ein erbärmlicher Feigling, ein reicher, arroganter Nichtstuer, der vorgegeben hatte, sie zu lieben. Verantwortungslos und verwöhnt – sie hätte es gleich merken sollen, bevor es ihm gelungen war, sie auszunutzen und so gewissenlos zu ruinieren. Wahrscheinlich amüsierte er sich jetzt im Stillen über ihre Naivität und Gutgläubigkeit. Sie schwor sich, ihn nie wiedersehen zu wollen, ihn aus ihrem Herzen gänzlich zu verbannen. Doch das war nicht so einfach. Immer wieder versuchte ein kleiner Teufel in ihrem Innern sein Verhalten auf irgendeine Weise zu erklären, Entschuldigungen für ihn zu finden, die ihn daran gehindert hatten, etwas zu unternehmen oder ihr beizustehen. Es war ein Wechselbad der Gefühle, bei dem sie jedes Mal zu keinem Schluss kam. Fest stand, dass Paul von der Entscheidung der Bank gewusst haben musste, sich aber feige zurückhielt. Statt einer Antwort auf diese quälenden Fragen flatterte eines Tages ein Brief ins Haus, auf dem sie seine Schrift erkannte. Zitternd vor Erregung öffnete sie ihn. Er enthielt eine Karte aus feinstem Büttenpapier. Camilla kniff die Augen zusammen, um den Text in verschnörkelter Goldschrift, über der zwei ineinander verschlungene Trauringe prangten, lesen zu können.

Ihre glückliche Vermählung geben bekannt:
Adelheid von Römern und Paul von Waldheim

Die Schrift verschwamm vor Camillas Augen. Ihre Knie wurden weich und sie sank auf einen Stuhl. Damit hatte sie nicht gerechnet. Paul hatte Adelheid geheiratet – und sie für seine Schulden bezahlen lassen! Das war ganz einfach der Gipfel der Niederträchtigkeit! Sie stützte den Kopf in beide Hände und ihre lange zurückgehaltene Verzweiflung brach sich endlich mit einer Sturzflut von Tränen Bahn.

***

Der Akkordeonspieler setzte zu einem heiteren Musette-Walzer an und übertönte damit das lustige Lachen und laute Stimmengewirr in der mit vielen Spiegeln, Nippes und Kerzenleuchtern ausgestatteten Bonheur-Bar. Einige Paare drehten sich zur Musik, andere saßen an der Theke, wo Madame Grivois persönlich an der Kasse thronte und dabei alles im Blick behielt. Die Luft war dick und verqualmt von Rauch. Zwischen den hauptsächlich männlichen Gästen saßen die spärlich bekleideten, hübschen Mädchen, von denen jede ihre Vorzüge so aufreizend wie möglich zur Schau stellte, um die Männer in die obere Etage zu locken. Vom Aussehen und Typ sehr verschieden, war für jeden Geschmack etwas dabei. Die junge, blauäugige Babette, blondlockig und naiv wirkend, saß auf dem Schoß eines älteren Herrn, der schon einige Gläser zu viel hatte, Claire, die überschlanke Rothaarige tänzelte mit wiegenden Hüften zwischen den Tischen hindurch, als könne sie sich nicht entscheiden, wem sie die Ehre geben sollte.

Dagegen war die brünette Louise, deren üppiger Busen fast das tiefe Dekolleté ihres Mieders sprengte, von Verehrern umringt. Das exotische, dunkelhäutige Mischblut Tabea, die ihr krauses Haar unter einem langen glatten Haarteil versteckte, saß an der Bar und wartete ab, ob sich jemand für sie interessierte. Gesellschaft leisteten ihr Sarah und Mona, die aufmerksam die Männer beobachteten, die gerade hereingekommen waren. Die Zwillinge waren die besondere Attraktion der Bonheur-Bar und glichen sich mit ihren aschblonden, hochgesteckten Haaren und passend abgestimmter Kleidung wie ein Ei dem anderen. Ihr Erscheinen sorgte stets für gehörige Verwirrung unter den Gästen und führte zu amüsanten Verwechslungen.

Tessa unterhielt sich in einer Sesselecke mit einem seriös aussehenden, älteren Stammkunden, dem Comte de Montrodin. Sie trug ein rotes, hoch geschlitztes Satinkleid und hatte ihre langen, schlanken und in Netzstrümpfen steckenden Beine kapriziös übereinandergeschlagen. Ihr dunkles Haar fiel glänzend und gelockt über die nackten Schultern und sie wusste, dass ihr alle Blicke folgten, wenn sie sich erhob. Ihr Körper war etwas voller geworden und ihr Gesicht schöner als je zuvor. Das vergangene Elend hatte darin glücklicherweise keine Spuren hinterlassen, sondern ihre Züge nur gelassener gemacht. Am Anfang war es ihr nicht leichtgefallen, sich an die neue Lebensform zu gewöhnen – doch jetzt, nach einer schweren Zeit der Tränen und des Kampfes mit sich selbst, hatte sie sich daran gewöhnt. Sie redete sich ein, dass es bei Madame Grivois wie in einer großen Familie sei, in der man sich nicht allein und in gewisser Weise geborgen fühlte. Madame, wie die anderen sie nur nannten, ließ übrigens bei jeder Gelegenheit durchblicken, dass sie ihr Dank dafür schuldete, sie damals aus dem Sumpf gezogen zu haben. Das hieß jedoch nicht, dass Tessa sich nun völlig mit ihrem Schicksal abfand. Im Geheimen legte sie Geld zurück, für den Tag, an dem sie sich wieder allein in der Welt dort draußen behaupten wollte. Sie hatte mittlerweile etliche Stammkunden, die regelmäßig kamen, ihr so manchen Franc zusteckten und sie mit teuren Geschenken verwöhnten. Auch verdiente sie bei Madame nicht schlecht und vermutlich mehr als das, was sie als Mitglied einer Tanztruppe im Varietétheater oder beim Kabarett bekommen hätte. Dafür führte Madame ein strenges Regiment, stellte Regeln auf und verlangte absoluten Gehorsam. Sie duldete keine Schlampereien oder Nachlässigkeiten und wer sich nicht nach ihren Grundsätzen richtete, flog ohne Gnade raus.

Tessa träumte immer noch vom Tanzen, doch das gute Essen und der einseitige Lebenswandel in Madame Grivois' Bordell hatten ihren Körper träge gemacht und sie konnte sich zu den täglichen Übungen, die ihre Glieder geschmeidig halten sollten, meist nicht mehr aufraffen. Doch sie war sicher, dass sie eines Tages, wenn sie genug Geld beisammenhatte, dem gegenwärtigen Metier den Rücken kehren und sich als Tänzerin selbstständig machen würde. Das hatte sie sich ganz fest vorgenommen. Vielleicht konnte sie mit ihren Ersparnissen sogar eine Bühne finden, ein Theater mieten, in dem sie mit ihrem Schleiertanz brillieren konnte. Ihr Körper war immer noch perfekt und konnte sich sehen lassen. Der Comte de Montrodin, mit dem sie sich gerade unterhielt, war ihr glühendster Verehrer. Er hatte ihr Hoffnungen gemacht, sie bei ihren Plänen zu unterstützen, beteuert, ihr jeden Wunsch erfüllen zu wollen. Und sie war sich sicher, dass sie den Absprung eines Tages schaffen würde. Verführerisch lächelte sie dem Comte zu und der füllige Mann nahm entzückt ihre Hand und bedeckte sie mit leidenschaftlichen Küssen. »Sie sind wirklich eine außergewöhnliche Frau, liebste Tessa«, schwärmte er. »Schön, unterhaltsam und klug. Man könnte Sie fast für eine Dame der Gesellschaft halten. Nur, dass Sie Dinge mit mir anstellen, die Damen normalerweise nicht tun.« Er verdrehte die Augen, lachte anzüglich und ließ seine Hände dabei verlangend über ihre Hüften wandern.

»Sie übertreiben, Comte«, wehrte Tessa ihn zum Schein ab und wedelte sich kokett mit einem Fächer Luft zu.

»Lassen Sie uns nach oben gehen«, bat der Comte und sah sie lüstern an. »Ich bin schon wieder ganz verrückt nach Ihnen!« Um seine Bitte zu unterstreichen, steckte er seine Hand in den Ausschnitt ihres großzügigen Dekolletés. »Wie ich Ihre zarte weiße Haut liebe, meine Schöne! Ich kann es kaum erwarten, dass wir unser hübsches Spielchen wieder beginnen«, flüsterte er ihr ins Ohr. »Ich kann an nichts anderes mehr denken!«

Tessa seufzte innerlich. Der Comte war höflich und ein Kavalier, aber seine Spielchen etwas anstrengend. Er kam zu ihr, um im Bett seine etwas ungewöhnliche Vorliebe für Frauenkleider auszuleben. Dann schlüpfte er in Strümpfe und Strapse und zwängte sich in ein Korsett. Bevor er jedoch in Fahrt kam, musste sie ihm mit einer Reitgerte erst einmal ordentlich den Hintern versohlen. Am Anfang war sie schockiert gewesen und hatte sich geweigert, derartige Praktiken mitzumachen. Doch Madame Grivois hatte ihr mit dem gewohnten Gleichmut erklärt, dass die Kunden aus der guten Gesellschaft gerade deswegen zu ihr kämen, um ihre Vorlieben ausleben zu können, und dass sie sich deren Wünschen zu fügen habe.

»Ich werde Sie nicht enttäuschen, Comte«, antwortete sie mit einem verführerischen Augenaufschlag und einem eingeübten Lächeln. Doch als der Comte sich schon ungeduldig und zitternd vor Erregung erheben wollte, hielt sie ihn geschickt zurück. »Haben Sie noch eine Weile Geduld, mein Lieber. Madame hat mir gerade diskret signalisiert, dass unser Zimmer noch nicht frei ist. Wollen wir in der Zwischenzeit nicht ein wenig plaudern? Beim letzten Mal sagten Sie, Sie müssten mir von einer Sache erzählen, die Ihnen Sorge bereitet. Schütten Sie mir doch Ihr Herz aus und erzählen, worum es geht.«

Der Comte fiel seufzend auf seinen Platz zurück. »Sie haben ganz recht, es gibt da etwas, was ich mit Ihnen besprechen wollte.« Er hielt ein und setzte eine etwas verlegene Miene auf. »Vielleicht können Sie mir helfen, ein kleines Problem zu lösen …«

Tessa sah ihn erwartungsvoll an und der Comte fuhr fort. »Es geht um meinen einzigen Sohn Armand, der vor Kurzem volljährig geworden ist. Er ist furchtbar schüchtern – ganz aus der Art unserer Familientradition geschlagen. Weder die Jagd noch Auftritte in der Gesellschaft interessieren ihn. Stattdessen steckt er seine Nase Tag für Tag in Bücher. Und er schreibt stundenlang Gedichte.«

»Das hört sich sehr nach einem wohlgeratenen jungen Mann an«, erwiderte Tessa lächelnd.

»Darüber kann man geteilter Meinung sein. Ich dachte jedenfalls, es würde Zeit, dass er endlich zum Mann wird. Dass eine Frau ihn … nun, Sie wissen schon…«, der Comte zwinkerte ihr zu, »in die Geheimnisse der körperlichen Liebe einweiht.«

»Wenn er sich in ein Mädchen verliebt, wird er sicher von selbst darauf kommen«, warf Tessa ein.

»Aber das ist ja gerade das Problem.« Der Comte zog die Stirn in tiefe Falten. »Ein Mann muss Erfahrungen sammeln und nicht vor Schreck den Raum verlassen, wenn sich eine Frau darin befindet, die ihm zulächelt. Meine Gattin und ich – wir haben ein Mädchen aus guter Familie für Armand ausgesucht. Doch er stellt sich ausgesprochen dumm an, weigerte sich, sie auch nur zum Tanz aufzufordern. Kurz, er sieht sie nicht einmal an, stottert und errötet, wenn sie ihn nur anspricht. Ich fürchte, wenn ein Mann sich so verhält, kann aus einer Ehe nichts Rechtes werden.«

»Vielleicht mag er ja das Mädchen nicht?«, fragte Tessa und nahm eine Praline aus der Bonbonniere vor ihr, dem Geschenk ihres Verehrers.

»Das ist völlig unmöglich!«, stieß der Comte hervor. »Sie ist sehr hübsch – und obendrein eine reiche Erbin. Er hat ganz einfach Hemmungen, sich ihr zu nähern.«

»Und? Was wollen Sie also tun?«

Der Comte machte eine kleine Pause, dann gestand er verschämt, aber entschlossen: »Ich dachte, ich schicke ihn einmal zu Ihnen. Das heißt, wenn Sie einverstanden wären. Sie müssen die Sache allerdings sehr einfühlsam angehen, damit er nicht das Handtuch wirft. Er ist sehr empfindlich.«

»Was?« Tessa verschluckte sich beinahe an einer neuen Praline. »Sagten Sie nicht, er sei gerade erst volljährig geworden? Warum ausgerechnet ich? Schicken Sie ihn doch zu Babette, die hat ungefähr sein Alter. Zu ihr würde er weitaus besser passen als zu mir.«

Der Comte schüttelte energisch den Kopf. »Nein, nein. Ich ziehe eine erfahrene Lehrerin für ihn vor. Sonst gibt es vielleicht noch weitere Scherereien. Zu Ihnen habe ich Vertrauen. Es ... die Sache ... soll ja kein reines Amüsement für ihn sein, sondern eine Lektion. Das sehen Sie doch ein, oder?« Er blickte Tessa aus seinen schmalen, von kleinen Fettwülsten umgebenen Augen erwartungsvoll an. »Mein Vater hat es mit mir genauso gemacht. Und ich möchte behaupten, dass in dieser Hinsicht jede Frau mit mir zufrieden sein kann. Oder etwa nicht?« Mit schlecht verhohlener Eitelkeit sah er Tessa an, die sich hütete, zu widersprechen. »Sie sind wirklich ein ... außergewöhnlicher Liebhaber und vollendeter Kavalier«, log sie, ohne eine Miene zu verziehen.

Geschmeichelt nickte der Comte. »Dann sind Sie also damit einverstanden, dass ich Armand einmal vorbeischicke?«

»Wenn ich Ihnen damit einen Gefallen erweise, bitte sehr!«

»Wenn die Sache gelingt, werde ich mich auf jeden Fall erkenntlich zeigen. Aber jetzt kommen Sie! Ich kann es gar nicht mehr erwarten, Sie in meinen Armen zu halten«, erwiderte der Comte beglückt.

»Gehen Sie doch bitte schon voraus«, beschied ihm Tessa mit stereotypem Lächeln. »Zimmer fünf wird jetzt sicher frei sein. Ich komme gleich nach.«

Der Comte eilte mit freudigen Schritten auf die Treppe zu, die in geschwungener Rundung nach oben führte. Als er nicht mehr zu sehen war, begab sich Tessa hinter die Bar. Dort entnahm sie einem Schränkchen ein Fläschchen Hoffmannstropfen gegen Kreislaufbeschwerden und träufelte eine Anzahl auf einen Löffel. Den bitteren Geschmack der Medizin, die meist eine leicht narkotisierende Wirkung hervorrief, spülte sie mit ein paar Zügen aus einem flachen Behälter nach, den sie in einer eingenähten Tasche immer bei sich trug. Er enthielt hochprozentigen Schnaps, dessen Genuss in Verbindung mit dem Kreislaufmittel einen rauschähnlichen Zustand hervorrief. Er nebelte ihren Kopf so weit ein, dass sie über die nächste Stunde mit dem Comte gut hinwegkam, ohne sich vor Ekel übergeben zu müssen. Sie schluckte die in der Kehle brennende Flüssigkeit tapfer hinunter, holte tief Luft und stieg mit ergebener Miene die Treppe zu den oberen Kammern empor.

***

Es verging einige Zeit, bevor der Comte in Begleitung seines Sohnes, eines dunkelhaarigen jungen Mannes in der Bonheur-Bar erschien und nach Tessa verlangte. Armand de Montrodin war außergewöhnlich gut aussehend, aber fast krankhaft schüchtern. Kaum wagte er es, in der ungewohnten und frivolen Umgebung die Augen zu heben. Die anderen Mädchen begutachteten ihn mit offenem Interesse. »Endlich mal ein Junger. Und er sieht nicht schlecht aus.« Louise stieß Mona in die Seite und die beiden kicherten. »Aber wie ich hörte, ist er ausgerechnet für Tessa reserviert!«

»Schade! Was soll er schon mit der anfangen«, stichelte Mona, »die ist doch viel zu alt für ihn.«

»Den hätte ich lieber für mich selbst«, flüsterte Claire und warf dem jungen Mann einen glühenden Blick zu, der allerdings nicht erwidert wurde.

»Darf ich dir Mademoiselle Taylor vorstellen?«, fragte der Comte de Montrodin in entschlossenem Ton und zwinkerte Tessa dabei verstohlen zu. »Sie wird sich um dich kümmern.«

Der junge Mann errötete bis über beide Ohren, folgte aber Tessa gehorsam in die obere Etage. Sie setzte sich auf das breite Bett und musterte ihn ausgiebig. Wirklich ein sehr hübscher junger Mann – ein wenig weichlich und wahrscheinlich ausgesprochen zartbesaitet, dachte sie. Man muss ihn mit Samthandschuhen anfassen, sonst ergreift er vielleicht gleich die Flucht.

»Hören Sie, Armand«, begann sie mit sanfter Stimme. »Mir ist diese Begegnung genauso unangenehm wie Ihnen. Ihr Vater bildet sich ein, ich müsste einen Mann aus Ihnen machen. Aber wie ich sehe, sind Sie das bereits. Und Sie sollten sich meiner Meinung nach nicht dazu zwingen, etwas zu tun, was Ihnen widerstrebt. Geben Sie mir das Geld, das Ihr Vater Ihnen für dieses Abenteuer bewilligt hat, und gehen Sie Ihrer Wege. Ich werde Sie nicht verraten.«

Armand sah auf und lächelte mit sichtbarer Erleichterung. »Ich danke Ihnen. Sie haben sehr viel Verständnis für meine Lage. Mein Vater ist furchtbar starrsinnig und verlangt, dass man immer das tut, was er will.« Er ballte die Faust und sein Gesicht verzog sich. »Er kann nicht einsehen, dass ich nicht so bin wie er, nicht so denke und daher auch nicht so handeln möchte.« Er seufzte. »Eigentlich verabscheue ich alles, was ihm gefällt. Die Jagd, seine Affären mit Frauen und vor allem die eitle Gesellschaft, mit der er sich umgibt.«

»Ich verstehe«, sagte Tessa, »das ist alles nicht einfach für Sie. Sie haben eine ganz eigene und völlig andere Persönlichkeit als Ihr Vater. Aber was ist mit dem Mädchen«, sie sah ihn aufmerksam an, »das er für Sie ausgesucht hat?«

»Ach, diese langweilige und oberflächliche Puppe«, entfuhr es Armand empört. »Ich liebe eine Andere!« Traurig ließ er den Kopf sinken. »Vater ist natürlich mit meiner Wahl nicht einverstanden. Wenn es nach ihm geht, soll ich vor allem eine gute Partie machen, eine reiche Erbin heiraten. Aber Angelique ist arm und aus einfacher Familie.«

»Angelique? So etwas Ähnliches habe ich mir schon gedacht. Sie lieben also eine Andere. Und was wollen Sie jetzt tun?«

Armand zuckte betrübt die Achseln. »Vielleicht gehen wir zusammen fort, Angelique und ich«, er seufzte. »Aber ohne Geld werden wir es schwer haben. Vater hat gedroht, mich in diesem Fall zu enterben.«

»Ich werde mit Ihrem Vater reden. Vielleicht sieht er ja ein, dass die Liebe im Leben Vorrang hat. Aber tun Sie bis dahin nichts Unüberlegtes.«

»Ich danke Ihnen!« Armand war voller Begeisterung aufgesprungen und drückte ihr die Hand. Dann setzte er sich wieder neben sie und blickte ihr zum ersten Mal direkt ins Gesicht. »Sie sind sehr verständnisvoll – nicht fordernd wie mein Vater. Aber auch ganz anders als meine Mutter. Wie kommt es eigentlich, dass eine so schöne Frau, die dazu auch noch klug ist, einen solchen Beruf ausübt?«

Tessa lachte leise. »Es war einfach mein Schicksal.« Dann wurde sie ernst. »Aber Sie können mir glauben, dass es nicht freiwillig dazu kam. Wenn man einmal ganz unten ist, kommt man schlecht wieder hoch. Und deshalb sollten auch Sie reiflich überlegen, ob es sinnvoll wäre, mit Angelique so einfach durchzubrennen.« Sie seufzte und machte eine kleine Pause, während Armand sie weiterhin aufmerksam ansah. »Ich hatte auch einmal große Pläne, wollte eine berühmte Tänzerin werden. Paris schien mir der geeignete Ort, diesen Traum zu verwirklichen. Ich habe alles aufgegeben, meine bürgerliche Existenz, den Mann, der für mich sorgte. Es schien mir langweilig, immer so weiterzumachen. Ich dachte, dass ich etwas versäumte: und zwar mein eigenes Leben.« Sie sah auf einen unbestimmten Punkt an der Wand. »Es war ein Irrtum. Glauben Sie mir – die Illusionen verfliegen sehr schnell. Man rutscht ab und landet unversehens im Elend! Überlegen Sie gut, wovon Sie leben werden, bevor Sie alle Brücken hinter sich abbrechen. Ich sage Ihnen das, weil ich nicht möchte, dass Sie den gleichen Fehler machen wie ich.«

Armand seufzte tief auf. »Ich verstehe, was Sie mir damit sagen wollen. Aber ich bin ein Mann – und kann mich schon durchschlagen. Nur meine Angelique ist so zart, so empfindsam und außerdem von sehr schwacher Gesundheit. Ich möchte sie nicht in Gefahr bringen! Irgendwie muss es aber einen Weg für uns geben …« Er hielt inne. »Ich schätze es sehr, dass Sie so offen zu mir waren.« Er atmete auf und küsste ihr die Hand. »Mir ist, als sei ein Stein von meinem Herzen gefallen! Auf Wiedersehen!« Doch anstatt zu gehen, wanderte sein Blick wie von selbst über Tessas offenherziges Gewand und ihren halb nackten Busen. Tessa spürte seinen Blick wie eine zarte Berührung.

Sie stand auf, schlang die Arme um seinen Hals, küsste ihn auf die Wange und strich ihm dabei zart über die spröden, dunklen Locken. »Auf Wiedersehen, Armand! Sie sind wirklich ein sehr hübscher Junge!« Von ihrer weiblichen Ausstrahlung ergriffen, drückte er sie leicht an sich. Verwirrt spürte er ihren weichen Körper an dem seinen, warm und begehrenswert.

»Sie sind wirklich eine sehr anziehende Frau«, sagte er mit erstickter Stimme. Erfasst von einem bisher unbekannten

Gefühl der Zuneigung, das über ihn hinwegflutete, vergrub er sein Gesicht an ihrem Hals, und sein Mund suchte wie von selbst den ihren. Überrascht ließ Tessa es geschehen, obwohl sie Küsse sonst immer geschickt abwehrte.

»Ich glaube, ich hatte einen ganz falschen Eindruck von Ihnen«, sagte sie, als sie wieder zu Atem kam. Sie öffnete die Schleife am Ausschnitt ihres Kleides und streifte es so weit von den Schultern, dass es zu Boden fiel. Dann ging sie zum Bett, legte sich auf die Kissen und verschränkte abwartend die Arme hinter dem Kopf. Armand starrte wie gebannt auf sie herab und betrachtete ihren nackten, grazilen Köper. Ohne sie aus den Augen zu lassen, kam er näher und setzte sich auf den Bettrand. Langsam nahm Tessa seine Hand und zog ihn mit einer zärtlichen Geste zu sich herab. Mit einem leisen Aufstöhnen vergrub er heftig atmend sein Gesicht an ihrem Busen.

XI. Kapitel

»Berlin in Angst! Das Phantom hat wieder zugeschlagen!« Camilla stellte am späten Nachmittag ihren Wäschekorb an einer Zeitungsbude ab und überflog mit Schaudern die Schlagzeile der *Berliner Abendpost* und las die Nachricht darunter.

> Perverser Frauenmörder lauerte ahnungsloser Prostituierten auf! Der Unbekannte überfiel Vera M. in der Nacht zum Montag und schlitzte ihr mit unvorstellbarer Grausamkeit den Unterleib auf. Erst am Morgen fand man ihre Leiche. Die Polizei steht vor einem Rätsel. Wer ist der unbekannte Täter?

Camilla wandte den Blick ab. Sie fröstelte und ein Gefühl der Beklemmung überkam sie. Ihr Herz begann unruhig zu schlagen. War das derselbe Mann, der auch sie attackiert hatte? Einige Male hatte sie schon geglaubt, in der Nacht einen dunklen Schatten auf der anderen Straßenseite zu sehen, einen Mann, der wartend zu ihrem Fenster hochsah. Aber vielleicht bildete sie sich das alles nur ein. In ganz Berlin ging jedenfalls die Angst um. Kaum eine Frau wagte sich nach Einbruch der Dunkelheit noch allein auf die Straße. Auch sie war jetzt äußerst vorsichtig und mied unnötige Wege zu fortgeschrittener Stunde. Doch ihre Heimarbeit, das Ausbessern und Nähen von Kleidung und Wäsche für vornehme Häuser, ließ ihr wie heute oft keine andere Wahl. Das Brautkleid, dessen Spitze bei der Anprobe eingerissen war, duldete keinen Aufschub. Es musste noch am heutigen Tag abgeliefert werden, da die Trauung am nächsten Morgen stattfinden sollte. Camilla nahm den Korb mit dem sorgfältig zusammengelegten Spitzentraum und beeilte sich, so gut es ging. Auf dem Rückweg dämmerte es bereits. Sie lief nahe an den Häuserwänden entlang und nahm einen Umweg über einen belebten Platz. Ihr Leben war seit der Aufgabe ihres Ladens nicht einfach geworden und sie hielt sich nur mit großer Mühe durch Flickarbeiten und deren spärlichen Einnahmen über Wasser. Ihr war klar, dass es nicht mehr lange so weitergehen konnte. Im Grunde lebte sie nur noch von der Hand in den Mund. Wie sollte sie weitermachen? Es fehlte an allen Ecken und Enden an Geld, aber sie war zu stolz, um Paul noch einmal aufzusuchen, ihn zur Rede zu stellen oder sich gar wegen seiner Schulden an seine Familie zu wenden. Vergessen wollte sie ihn, nie mehr wiedersehen – nichts weiter. Es war schon ein großes Glück, dass ihr wenigstens die Wohnung von Frau Berta geblieben war. Aber zu sehen, wie im Parterre täglich fremde Leute in ihrem ehemaligen Laden wirtschafteten und die Kinderkleider verkauften, die sie mit so viel Liebe und Einsatz entworfen hatte, brach ihr fast das Herz. Die alten Kunden und die beiden Näherinnern streiften sie mit mitleidigen und neugierigen Blicken, wenn sie sich begegneten, und sie las in ihren Augen die unausgesprochene Frage. Niemand wusste hier so genau, warum sie das Geschäft aufgegeben hatte, aber es gingen Gerüchte um.

Unruhig drehte sie den Kopf. Ihr war, als hätte sie Schritte hinter sich vernommen. Seit jenem Abend des Überfalls brachte sie das Gefühl nicht mehr los, verfolgt und beobachtet zu werden. Im Eilschritt ging sie mit ihrem Wäschekorb weiter die Straße entlang. Als sie halb über die Schulter schaute, bemerkte sie aus den Augenwinkeln tatsächlich einen Mann, der hinter ihr herging. Ihr Puls begann zu rasen und sie lief blindlings los. Endlich hatte sie die Leipziger Straße erreicht, doch ihr Verfolger ließ sich nicht abschütteln und blieb hinter ihr. Kurz bevor sie ihre Wohnung erreichte, ging ihr der Atem aus und sie musste keuchend stehen bleiben. Der Kinderladen war bereits geschlossen und alle anderen Geschäfte in der Nähe ebenfalls. Die Straße lag weitgehend unbelebt vor ihr. Einer Ohnmacht nahe, schleppte sie sich weiter, spürte aber, dass der Mann jetzt ganz dicht hinter ihr war. Als er sie bei den Schultern packte, knickten ihre Knie wie von selbst ein. Sie ließ den Wäschekorb fallen und stürzte mit einem Aufschrei zu Boden. Jemand beugte sich über sie und sie duckte sich, schloss die Augen, jeden Augenblick einen Schlag oder den tödlichen Stich eines Messers erwartend. Als nichts dergleichen geschah, öffnete sie die Augen wieder. »Paul!«, stieß sie überrascht hervor.

»Camilla!« Seine Stimme hatte den gewohnt zärtlichen Klang mit einem sehnsüchtigen Unterton. Der dunkle Oberlippenbart ließ sein Gesicht blass und schmal wirken und seine hellen Augen blickten sie beinahe flehend an, als er ihr aufhalf. »Verzeih mir, wenn ich dich erschreckt habe. Aber ich musste dich endlich wiedersehen, dich treffen! Ich bin krank vor Sehnsucht nach dir! Wie oft war ich in deinem Laden, stand nachts vor deiner Tür, habe geklopft und geläutet. Ich wollte dich sehen, dir alles erklären. Aber du warst unsichtbar – hast mir nicht einmal geöffnet.« Es klang fast vorwurfsvoll.

Camilla schnappte nach Luft, befreite sich und stieß ihn dann wütend und mit aller Kraft von sich. »Du lügst! Und jetzt verschwinde – ich will nichts mehr von dir hören. Du hast mein Leben zerstört – mir alles genommen. Mir deine eigenen Schulden aufgehalst. Das ist kein Kavaliersdelikt …«

Paul sah sie beschwörend an. »Bitte! Lass mich doch ausreden. Ich will ja alles wiedergutmachen! Wenn du wüsstest, was ich durchgemacht habe. Wie sehr ich bereue, dich in eine solche Lage gebracht zu haben. Ich liebe nur dich, das schwöre ich. Viel zu spät habe ich es endlich eingesehen.«

Camilla maß ihn mit einem vernichtenden Blick. »Zu spät – ja, Paul. Es ist zu spät! Du hast Adelheid geheiratet – ohne mir etwas davon zu sagen. Du bist ein Schurke – ein Lügner und ein Feigling. Ein Betrüger!« Sie schleuderte ihm alle Schimpfworte an den Kopf, die sie kannte.

»Du hast ja so recht!« Paul senkte zerknirscht den Kopf. »Ich bin ein Versager. Auf allen Ebenen. Mein Leben mit Adelheid ist die Hölle. Du weißt ja nicht, was geschehen ist. Mein Vater hat mich zu dieser Ehe gezwungen.«

»Gezwungen?«, höhnte Camilla. »Wie soll ich mir das vorstellen? Und jetzt geh mir aus dem Weg. Wir beide haben nichts mehr miteinander zu schaffen.« Gegen ihren Willen brach sie in Tränen aus.

»Hör mich doch an«, bat Paul und wollte den Arm um ihre Schultern legen, doch bei dieser Geste riss sie sich los, holte aus und schlug ihm so fest sie konnte ins Gesicht. Es war wie eine Befreiung. Er legte die Hand auf seine brennende Wange und sah sie erstaunt an. Doch Camilla hatte sich schon herumgedreht, ihren Korb aufgelesen, die Haustür aufgeschlossen und hinter sich zugeknallt.

Paul streckte den Arm nach ihr aus, als könnte er sie zurückhalten. Wie gelähmt stand er da. Ihm war, als wäre Camilla nun für immer aus seinem Leben verschwunden. Mit hängenden Schultern, wie ein gebrochener Mann starrte er auf die geschlossene Tür. Es stimmte ja. Er hatte sich schäbig benommen – nicht so wie ein Ehrenmann, der er immer sein wollte. Aber seine Spielsucht war ihm einfach zum Verhängnis geworden. Auch jetzt hatte er wieder neue Schulden gemacht, um irgendein Loch zu stopfen. Es war ein Teufelskreis, aus dem er nicht mehr herauskam. Alles hatte er falsch gemacht, sein Leben verpfuscht, eine Ehe geschlossen mit einer Frau, die er nicht liebte und die ihn tyrannisierte. Und die Frau, die er liebte, hatte er verloren. Am besten, er kaufte sich einen Strick – schoss sich eine Kugel in den Kopf. Warum war er nicht im Krieg gegen Österreich gefallen? Er lehnte sich gegen die Hausmauer, schloss die Augen und tastete nach seiner Dienstpistole. Mit einem trockenen Klicken spannte er den Hahn und setzte sie an seine Schläfe. Noch während er das tat, spürte er, dass er zu feige sein würde, abzudrücken.

»Paul! Tu das nicht!« Der Klang von Camillas Stimme ging ihm durch und durch. Er hob den Kopf. Träumte er? Nein, sie war zurückgekommen! Er war ihr also doch nicht so gleichgültig, wie sie vorgab. Sie liebte ihn doch noch! Ein schwaches Triumphgefühl überkam ihn.

»Das darfst du nicht tun! Das wäre zu einfach. Leg die Waffe weg!« Sie stand in der nur einen Spalt geöffneten Tür, schmal und blass von dem inneren Kampf, den sie in diesem Moment mit sich ausfocht.

»Camilla! Es ist alles anders, als du denkst.« Ein trockenes Schluchzen durchbrach seine Stimme. »Ich wollte dir das Geld ja zurückzahlen. Beinahe hätte ich es geschafft. Lass mich dir alles erklären, bitte! Und gib mir noch eine Chance«, bettelte er. »Hör mich wenigstens an. Ich kann ohne dich nicht sein. Ich habe es versucht – und bin dabei nur noch tiefer in den Abgrund gestürzt.«

Camilla schwieg und versuchte, ihre Fassung wiederzufinden. Er spürte ihre Zerrissenheit, aber auch die alte Magie, die sie immer zueinander gezogen hatte. Er ließ die Pistole sinken und machte einen Schritt auf sie zu. Sie zitterte am ganzen Körper, als er sie in die Arme schloss, an sich presste und wie ein

Verdurstender küsste. In einem ersten Impuls konnte sie nicht anders, als seine Küsse ebenso leidenschaftlich zu erwidern.

»Ich mache alles wieder gut«, murmelte Paul mit erstickter Stimme an ihrem Hals. »Du bekommst dein Geld zurück – alles, auf Heller und Pfennig. Ich verspreche … nein, ich schwöre es, bei allem, was mir heilig ist!« Ein leichtes Räuspern und das Geräusch von Schritten auf der Straße ließ sie auseinanderfahren. Eine Nachbarin und ehemalige Kundin ging vorbei, die peinlich berührt den Kopf abwandte.

»Du … willst mir alles zurückzahlen?«, fragte Camilla ungläubig, als die Dame vorbei war. Sie strich sich die Strähnen aus dem Gesicht, die sich bei Pauls leidenschaftlicher Umarmung aus ihrem rotblonden Zopf gelöst hatten. »Ist das wahr?«, fragte sie und sah ihn prüfend an. Paul nickte bestätigend. »Ja, und ich werde es dir ganz genau erklären, wenn du mich lässt.«

Nach kurzem Zögern öffnete Camilla die Tür ganz. »Dann lass uns darüber reden. Komm mit nach oben!«

In ihrer Wohnung saßen sie sich wenig später fast verlegen gegenüber. Camilla hatte Paul ein Glas mit Wasser vermischtem Sirup angeboten und wartete gespannt auf seine Erklärung. Paul fuhr sich durchs Haar und glättete es mit einer automatischen Gebärde. Er überlegte krampfhaft, was er sagen sollte.

»Eines möchte ich vor allem anderen wissen«, begann Camilla. »Warum hast du so überraschend Adelheid geheiratet – und mir nichts davon gesagt?« Es fiel ihr schwer, sich zu beherrschen und ihrer Erregung Einhalt zu gebieten. »Warum bist du stattdessen plötzlich vom Erdboden verschwunden, ohne ein Wort, ohne Erklärung, außer dieser feigen Karte, als du bereits verheiratet warst? Warum hast du nicht einmal auf meinen Brief geantwortet?« Ihre Stimme klang bebend, anklagend und Paul schlug schuldbewusst die Augen nieder.

»Ich konnte nicht anders. Ich war in einer Zwangslage. Adelheid hat vorgegeben, ein Kind zu erwarten. Sie wollte mich zwingen, sie zu heiraten, hat mir gedroht, dass es sonst zu einem furchtbaren Skandal käme. Sie wusste von meiner Finanzlage und ich hatte Angst, dass alles offengelegt wird. Das hätte mein Vater wohl nicht verkraftet. Er war sehr krank – aber auch sehr eigensinnig. Ich hoffte, wenn ich Adelheid heiratete, wäre ich alle meine Schulden los. Und ich wollte dir dann auch deinen Anteil zurückzahlen, die Summe, für die du gebürgt hast. Mein einziger Gedanke war, dich nicht in Schwierigkeiten zu bringen.« Er sah sie beschwörend an. Dann senkte er den Kopf. »Am Ende lief alles schief. Ich wusste ja nicht, wie geizig Adelheid ist. Und dann verstarb plötzlich mein Vater.« Sein Mund zuckte und er schlug theatralisch die Hände vors Gesicht.

»Das … tut mir sehr leid«, sagte Camilla, die wieder die alten Gefühle in sich hochsteigen fühlte, das Mitleid, den Drang, Paul zu trösten und zu umarmen. Obwohl sie eine leise Stimme in ihrem Innern warnte, dass er lüge, dass er sie nur beschwichtigen und weich machen wolle, kam sie nicht gegen ihre Gefühle an, die stärker waren als ihr Wille.

»Gib mir noch etwas Zeit. Das Erbe ist mir sicher und wenn es ausgezahlt wird, kann ich dir deine Hilfe doppelt und dreifach vergelten. Dann kannst du ein neues Geschäft aufmachen. Und ich werde mich von Adelheid scheiden lassen. Aber bis es so weit ist …« Er hob seinen Blick und sah sie mit Tränen in den Augen an. Eine längere Pause entstand und er wiederholte stockend seine letzten Worte. »Bis es so weit ist … ich schäme mich fast, es dir zu sagen … bräuchte ich nur noch etwas Geld für den Übergang. Es kann sich ja nur noch um einige Wochen handeln, bis das Testament wirksam wird.« Er zögerte, als er in Camillas Gesicht sah, das sich versteinerte. Hastig fuhr er fort. »Es handelt sich wirklich nur um eine Kleinigkeit, ein paar Taler, kaum der Rede wert. Du hast doch sicher noch etwas gespart … aus dem Verkauf deines Ladens.«

Ernüchtert erhob sich Camilla. Ihr war, als hätte ihr jemand einen heftigen Schlag versetzt, der sie aus den Wolken ihrer Träume riss. Das konnte doch einfach nicht wahr sein! Hatte Paul das wirklich gesagt? Hatte er wirklich gerade noch einmal ein paar Taler von ihr verlangt? Sie schüttelte ungläubig den Kopf. »Paul – ist das dein Ernst?« Sie lachte beinahe hysterisch auf. »Ich hab nichts mehr, keinen Pfennig und kann kaum mein Leben fristen! Und du verlangst … von mir …« Sie sprach den Satz nicht zu Ende und holte tief Luft. »Geh jetzt – sofort! Verlass auf der Stelle meine Wohnung!«

»Aber Liebste … du denkst doch nicht …« Er erhob sich und machte einige Schritte zurück.

»Geh!«, schrie Camilla unter Tränen. »Verschwinde!« Sie riss die Tür auf, gab ihm einen heftigen Stoß vor die Brust, mit dem er überrascht hinaustaumelte.

»Dann bleibt mir nur noch eine einzige Lösung«, rief er mit einer versteckten Drohung aus dem Treppenhaus herauf, ohne seinen Satz zu vollenden. Camilla schlug mit einem lauten Knall die Tür zu und fiel wie vernichtet auf den Stuhl, auf dem Paul eben noch gesessen war.

***

Eine lange Zeit war vergangen, während der Camilla sich gehütet hatte, Paul noch einmal zu begegnen. Aber der Gedanke an ihn schmerzte wie eine Wunde, die sich einfach nicht schloss. In mühsamer Heimarbeit hatte sie in der letzten Zeit bis in die Nacht hinein Kleider genäht und feine Flickarbeiten für vornehme Leute übernommen. Doch das war auf die Dauer anstrengend und ziemlich unbefriedigend. Die präzise Handarbeit fesselte sie außerdem ans Haus und isolierte sie von der übrigen Welt, sodass sie das Gefühl hatte, ihr falle langsam die Decke auf den Kopf. Aber als Verkäuferin wollte sie sich auch nicht mehr bewerben, allein schon aus Angst, in irgendeinem Geschäft Adelheid oder Paul zu begegnen.

Der feste Entschluss reifte allmählich in ihr, etwas ganz anderes zu beginnen. Es sollte etwas sein, das sie ausfüllte und ihrem Leben einen Sinn gab. Sie erinnerte sich an Doktor Schmiedinger, den Arzt, der ihr nach dem tragischen Tod von Frau Braun angeboten hatte, sich in der Charité bei ihm zu melden. Hatte er nicht gesagt, man führe dort Lehrgänge für angehende Schwesternhelferinnen durch? Ob das heute noch galt? Damals war sie auf seinen Vorschlag nicht näher eingegangen, aber jetzt dachte sie anders darüber. Sollte sie ihn nicht doch einmal aufsuchen und ihn danach fragen? Mehr als eine Absage konnte sie schließlich nicht erhalten.

Der Geruch von Chlor und Desinfektionsmitteln in dem weitläufigen Gebäude des Hospitals der Charité erinnerte sie schmerzlich an den herzzerreißenden Moment, in dem sie Emily leblos auf einer Trage liegen sah, an ihren Kummer und ihre Trauer. Eine leichte Schwäche erfasste sie, als sie die steril wirkenden Räume betrat und nach der Anmeldung Doktor Schmiedinger gegenüberstand. Trotz seiner inzwischen leicht ergrauten Haare wirkte er immer noch sehr jugendlich, obwohl er die vierzig sicher schon überschritten hatte. Er musterte sie prüfend durch seine Brille, doch nachdem sie sich vorgestellt hatte, erkannte er sie gleich wieder. »Was kann ich für Sie tun, Fräulein Wanstetten?«, fragte er mit mildem Lächeln, bot ihr einen Platz an und setzte sich hinter seinen Schreibtisch, auf dem das Modell eines Totenschädels stand.

»Sie haben mir damals gesagt, dass in der Charité Hilfskräfte gesucht würden«, kam Camilla gleich auf ihr Anliegen zu sprechen. »Und dass es Schulungskurse für Schwesternhelferinnen gebe. Ich sollte mich bei Ihnen melden, falls ich keine Arbeit fände.« Beklommen fühlte sie den ernsten, aber klaren Blick des

Arztes auf sich ruhen und fügte hastig hinzu: »Gilt das vielleicht jetzt auch noch?«

Doktor Schmiedinger ließ sich Zeit und notierte etwas auf einem Zettel, der vor ihm lag. »In letzter Zeit ist viel geschehen«, begann er schließlich und strich sich nachdenklich übers Haar. »Durch den Krieg gegen Österreich waren wir beinahe überbelegt und für jede Hilfskraft dankbar.«

Camilla zog verwirrt die Stirn zusammen. »Was meinen Sie damit? Hat sich da jetzt etwas geändert?«

Der Arzt seufzte tief auf. »Wir kämpfen immer noch gegen viel zu viele Krankheiten. Die Fälle von Tuberkulose, Grippe, Diphterie und Scharlach sind wieder in die Höhe geschnellt. Vor allem die Pocken. Eine Plage, gegen die wir nach wie vor machtlos sind. Aber solange die Politik nicht für bessere Bedingungen und Wohnverhältnisse für die arme Bevölkerung sorgt, statt nur darüber nachzudenken, wie man durch Kriege Gebietserweiterungen schaffen kann, sehe ich schwarz! Professor Virchow hat sich in dieser Frage sehr engagiert mit Bismarck angelegt. Sie kennen sicher die Geschichte von dem Duell, zu dem Bismarck Professor Virchow gefordert hat?« Er lächelte verschmitzt. »Virchow war schlagfertig. Er hat geantwortet, dass er leider nur ein Skalpell zur Verfügung habe.«

Camilla nickte. Natürlich hatte sie davon gehört. Es war Stadtklatsch gewesen, dass Virchow Bismarcks Einladung zum Duell rundweg abgelehnt hatte. Sie wartete ein wenig enttäuscht auf eine Wendung des Gesprächs. Doktor Schmiedinger redete von allem Möglichen, nur nicht von ihrer Einstellung. Wollte er ihr durch die Blume mitteilen, dass er sie leider nicht gebrauchen konnte? Sie wagte nicht, ihn direkt danach zu fragen.

»Möge Gott verhüten«, der Arzt zwirbelte nachdenklich seinen Kinnbart, »dass es wieder zu einem Krieg kommt. In diesem Fall stünde uns wieder sehr viel mehr Arbeit bevor.«

»Denken Sie denn wirklich, dass es noch einmal Krieg gibt?«, fragte Camilla eingeschüchtert. »Die Zeitungen schreiben aber doch, dass König Wilhelm und Bismarck den absoluten Frieden wünschen!«

Ein leises Lächeln umspielte Doktor Schmiedingers Lippen. »Ich persönlich bin nicht davon überzeugt. Aber ich sehe, Sie sind gut über die politische Lage informiert! Ziemlich ungewöhnlich für eine junge Frau wie Sie.«

»Das finde ich überhaupt nicht!«, gab Camilla leicht gekränkt zurück. »Warum sollten Frauen sich nicht für Politik interessieren? Schließlich leben wir in einer sehr unsicheren Zeit. Wenn Preußen und die süddeutschen Staaten sich einigen könnten, wäre das Deutsche Reich stärker denn je.«

»Da haben Sie natürlich nicht ganz unrecht.« Doktor Schmiedinger strich sich mit einer Gewohnheitsgeste seine Haarsträhne zurück, die sofort wieder an ihre alte Stelle fiel. »Aber haben Sie dabei auch an Frankreich gedacht? Das starke Deutsche Reich – das ist es ja gerade, was Kaiser Napoleon III. fürchtet. Ich habe Verwandte in Frankreich, die von einer regelrechten Kriegshetze des französischen Außenministers de Gramont und sogar von heimlichen Kriegsvorbereitungen Frankreichs gegen Preußen sprechen. Die Stimmung in der französischen Bevölkerung ist wegen des neuen Streitpunktes ziemlich aufgeheizt. Weil der Leopold von Hohenzollern von den Spaniern nach ihrem Regierungsputsch auf den Thron gewählt wurde! Ein deutsches Oberhaupt als König in Spanien – das will Napoleon III. um keinen Preis. Er fürchtet Bündnisse der verwandten deutschen Könige und Fürsten und damit eine Bedrohung seiner Außengrenzen.«

»Aber wegen dieser lächerlichen Zwistigkeiten muss man doch keinen Krieg führen!«, erwiderte Camilla bedrückt. Ihre Hoffnung auf eine Anstellung in der Charité war langsam geschwunden.

»Ihr Wort in Gottes Ohr.« Doktor Schmiedinger nahm den Totenschädel auf dem Tisch in die Hände und betrachtete ihn aufmerksam. »Kriege sind schon wegen viel geringerer Anlässe entbrannt. Der Tod ist eben überall präsent – nicht nur dort. Wir haben jeden Tag mit ihm zu tun. Man fragt sich oft nach dem Sinn …« Sein Gesicht verfinsterte sich und es entstand eine kleine Pause. Dann holte er tief Luft. »Bevor ich jetzt aber zu philosophisch werde, sollten wir doch lieber zu Ihnen kommen. Schauen Sie sich vielleicht gleich heute ein wenig in der Charité um. Morgen können Sie dann mit dem Kurs beginnen, den wir für die Diakonissinnen eingerichtet haben.« Er lächelte wieder freundlich und seine dunklen, klugen Augen schienen bis auf den Grund ihrer Seele zu dringen. »Er läuft zwar schon eine Weile, aber das holen Sie leicht nach. Ich bräuchte eine gute Mitarbeiterin an meiner Seite, die zupacken kann und nicht zimperlich ist. Sie wären sicher die Richtige. Aber bis es so weit ist, müssen Sie noch einiges lernen. Es wird nicht leicht sein!« Er zwinkerte ihr zu. »Unsere Schwestern sind alle sehr streng. Eine hübsche Frau wie Sie, die zudem wenig Ahnung von Medizin hat, wird es nicht einfach haben. Aber lassen Sie sich bloß nicht unterkriegen.« Er drohte ihr scherzhaft mit dem Finger. »Und jetzt gehen Sie am besten gleich zur Rezeption. Dort wird man Ihnen Ihre Dienstkleidung aushändigen und alles Notwendige erklären. Melden Sie sich bei unserer Ordensschwester Mater Rotrudis. Sie wird sich um Sie kümmern und Sie unter ihre Fittiche nehmen.« Er schrieb eine Nachricht auf einen Zettel und reichte ihn ihr. »Geben Sie ihr das. Und viel Glück!«

Camillas Gesicht hatte sich bei seinen Worten erhellt.« Ich danke Ihnen von Herzen!« Sie ergriff impulsiv die Hand Doktor Schmiedingers und drückte sie. »Eine Frage noch«, begann sie zögernd. »Gibt es eine Art Schwesternheim auf dem Gelände? Ich suche nämlich ein Zimmer.«

»Das Schwesternheim ist im Anbau. Es wäre mir sogar sehr recht, wenn Sie dort einziehen, damit Sie uns in Notfällen rasch zur Verfügung stehen. Vielleicht müssten Sie sich zu Beginn ein Zimmer mit einer anderen Helferin teilen. Aber später werden wir das dann schon arrangieren.«

»Sie wissen gar nicht, wie sehr Sie mir geholfen haben, Herr Doktor! Ich werde Sie bestimmt nicht enttäuschen.« Camilla verabschiedete sich mit einem freudigen Lächeln und machte sich dann auf den Weg zum Empfang, um sich registrieren zu lassen. Doktor Schmiedinger hatte Eindruck auf sie gemacht. Sein gut geschnittenes Gesicht mit dem markanten Profil und der leicht ergrauten Strähne, die ihm halb in die Stirn hing, gefiel ihr. Aber vor allem seine sprechenden, in einem warmen Glanz strahlenden, dunklen Augen, auf deren Grund eine unausgesprochene Frage zu liegen schien.

Mater Rotrudis, die an einem Pult saß und ein dickes Buch mit Anmerkungen und Daten füllte, erwies sich als eine resolute, kräftig gebaute Person von etwa fünfzig Jahren. In ihr breites, rötliches Gesicht unter der Haube hatten sich ein paar scharfe Falten eingegraben, die signalisierten, dass sie sich energisch durchzusetzen verstand. Sie blickte auf den Zettel mit der Empfehlung Doktor Schmiedingers, den Camilla ihr reichte. Dann musterte sie sie kritisch mit einem schwer zu deutenden Blick ihrer knopfartigen Augen unbestimmter Farbe. Die schlanke Gestalt der Neuen, ihr rotblondes, nur locker im Nacken zusammengefasstes Haar, ihr schönes Gesicht mit dem sinnlichen Mund und den braunen Augen – all das wirkte nach ihrem Geschmack zu auffallend und zu weltlich. Es sah nicht danach aus, als könnte die junge Frau hier ordentlich anpacken. Wahrscheinlich fiel sie schon beim ersten Blutstropfen in Ohnmacht. »Sie kommen also auf Empfehlung Doktor Schmiedingers?«, fragte sie mit einem herausfordernden Unterton. »Und wollen gleich anfangen?« Ohne eine Antwort abzuwarten, fügte sie mit einem missbilligenden Blick auf Camillas ausgeschnittenes buntes Sommerkleid mit dem breiten Gürtel, der ihre schlanke Taille betonte, hinzu: »Aber bitte nicht in einem solchen Fähnchen. Ziehen Sie sich besser gleich um – dann zeige ich Ihnen erst einmal, wie Sie die Patienten waschen und wo Sie die Nachttöpfe ausleeren können. Die niederen Dienste können Sie schließlich auch schon vor Ihrem Lehrgang erledigen.«

Camilla nahm schweigend die gestärkte Tracht der Schwesternhelferinnen entgegen und zog sich in einem kleinen Nebenraum um, den man ihr anwies. Das dunkle Leinen des Kleides kratzte und der enge Kragen drückte ein wenig am Hals. Auch das weiße Häubchen, das sie mit Haarnadeln auf dem Kopf befestigte, fühlte sich ziemlich ungewohnt an. Aber sie war viel zu erleichtert, gleich eingestellt worden zu sein, als dass sie das raue Benehmen der Oberin gestört hätte, die sie nun ins Untergeschoss des Hospitals führte. Auf einen schmalen Schrank weisend, sagte Mater Rotrudis: »Dort können Sie Ihre persönliche Habe aufbewahren. Und bitte keinen Schmuck bei der Arbeit.« Ihr Blick fiel auf den schmalen Amethyst-Ring an Camillas Hand.

»Das ist ein Andenken an meine verstorbene Mutter«, widersprach Camilla. »Ich lege ihn niemals ab.«

»Hier haben Sie zu tun, was ich Ihnen sage. Keinen Schmuck, bitte.« Das klang wie ein Befehl und Camilla zog zögernd und unter Schwierigkeiten den Ring vom Finger und legte ihn in ihr Taschentuch zu ihren anderen Sachen. Anschließend folgte sie Mater Rotrudis bei einem Rundgang durch das Hospital. Ein langer Gang führte durch die zumeist großen Krankensäle mit dicht aneinandergereihten Betten, an denen Schilder Auskunft über Namen, Krankheit, Fieberkurve und Zustand der Patienten gaben. Die Luft war zum Schneiden, die hohen Fenster geschlossen und der Geruch nach Desinfektionsmitteln, der sich mit dem von Schweiß, Urin und Exkrementen mischte, bedrückend. Die meisten Kranken lagen apathisch in ihren Betten, wenn sie nicht schliefen, manche stöhnten oder riefen mit schwacher Stimme nach einer Schwester. Ein junger Oberarzt in weißem Kittel und mit umgehängtem Stethoskop eilte mit einem Schwarm Assistenten vorbei. Als er Camilla erblickte, blieb er stehen und pfiff leise durch die Zähne. »Oho, da haben wir aber einen netten Neuzugang! Wie nennt sich denn dieser schöne Engel der Barmherzigkeit?« Die begleitenden Assistenten lachten laut bei dieser Bemerkung.

Camilla warf ihm einen kühlen Blick zu. »Es wäre wohl an Ihnen, sich zuerst vorzustellen.«

»Schlagfertig, die Kleine, nicht wahr?« Er sah in die Runde und ein erneutes Auflachen seiner Begleiter antwortete ihm. »Und etwas kratzbürstig.« Zu Camilla gewandt, sagte er betont freundlich: »Entschuldigen Sie bitte. An meine Späße werden Sie sich gewöhnen müssen. Ich bin Doktor Wiesental!« Er nahm ganz einfach ihre Hand und schüttelte sie jovial.

»Camilla Wanstetten.« Sie sah verlegen zu Mater Rotrudis hinüber, die unterwürfig grüßend ihre strengen Züge zu aufgesetzter Freundlichkeit verzog. Doch kaum war Doktor Wiesental mit seiner Entourage vorbeigerauscht, erging sie sich in unterdrückten Beschimpfungen. »Dieser Windbeutel!«, grollte sie. »Nehmen Sie sich vor dem ja in Acht. Der läuft jedem Rock nach. Es ist ein Skandal. Überhaupt rate ich Ihnen, sich nur auf Ihre Arbeit zu konzentrieren, sonst kommen Sie hier in Teufels Küche. Es gibt so viel zu tun«, sie wies auf die Betten mit den Kranken, »dass wir kaum nachkommen. Im hinteren Teil ist die Isolierstation, doch das lernen Sie später. Man braucht dort auf jeden Fall Mundschutz und Handschuhe. Wichtig ist, dass Sie erst einmal die nötigen Grundkenntnisse erwerben, bevor wir Sie auf die Patienten loslassen. Morgen früh, pünktlich um acht, beginnt der Unterricht für die Diakonissinnen und

Schwesternschülerinnen im kleinen Seziersaal. Sie haben etwa zwanzig Kolleginnen. Denken Sie daran, dass wir nach eingehender Prüfung nur die Besten behalten.« Sie winkte einer Schwesternhelferin, die durch die Reihen schritt, Fieber maß und Tabletten austeilte. »Zeigen Sie bitte der Neuen, wo man die Nachttöpfe ausleert und welche Einlagen die Schwerkranken bekommen.« Mit diesen Worten drehte sie sich um und ließ Camilla allein. Die junge Frau kam auf sie zu. Sie wirkte unter dem weißen Häubchen etwas überanstrengt und müde, mit tiefen Schatten unter den Augen. Aber sie lächelte und reichte ihr die Hand. »Ich bin Henriette. Sag ruhig Jetti und du zu mir. Und mach dir nichts aus Mater Rotrudis, diesem Besen von Oberschwester. Die will sich bloß wichtigmachen.« Sie sah der Genannten mit einem spöttischen Blick nach. »Die tyrannisiert hauptsächlich die Jungen und Hübschen. Weil sie es nicht ist und nie war. Reiner Neid und Herrschsucht!« Sie gähnte ausgiebig hinter der vorgehaltenen Hand. »Herrje, bin ich kaputt! Vorgestern hatte ich Nachtschicht und da war furchtbar viel zu tun. Daran gewöhne ich mich nie. Und gestern war mein Freund zu Besuch!« Sie zwinkerte Camilla verschwörerisch zu. »Ich kann dir sagen, mir fallen fast die Augen zu. Aber Dienst ist Dienst!«

»Kann ich Ihnen – dir irgendwie helfen?«, fragte Camilla unsicher.

»Können schon, aber offiziell darfst du es noch nicht. Erst musst du die Prüfung bestehen. Bis dahin gilt es nur Nachtgeschirre auszuleeren, zu putzen und den Schwerkranken, die nicht aufstehen können, die Pfanne, wie wir sie nennen, unterzulegen. Da, unter jedem Bett steht eine. Fang ruhig schon mal an. Dann wäschst du die Bettlägerigen, so gut es möglich ist. Dort, im Waschraum findest du Handtücher und Lappen. Sie sind mit Namen beschriftet. Damit hast du fürs

Erste sowieso genug zu tun. An den Gestank gewöhnt man sich mit der Zeit.«

»Danke – ich bin sehr froh, dich kennengelernt zu haben, Jetti! Wie lange bist du schon hier?«

»Länger als die meisten. Ich hab die Prüfung bereits hinter mir. Aber die geforderte Arbeitsleistung ist mittlerweile immer größer geworden. Ich arbeite wirklich das Doppelte wie zuvor. Und man lädt mir immer mehr auf, weil ich mich mittlerweile schon so gut auskenne.« Sie lachte. »Aber das macht mir nichts aus. Ich kann kranken Menschen helfen – und das gibt mir sehr viel. Es macht mich zufrieden und glücklich.«

Camilla nickte. »Sag mal, was hältst du eigentlich von diesem Doktor Wiesental? Mater Rotrudis hat mich vor ihm gewarnt.«

Jetti lächelte verklärt. »Oh, den hast du auch schon kennengelernt?«

»Flüchtig – er kam vorbei und hat sich mit einem blöden Spruch nur kurz vorgestellt«, erwiderte Camilla rasch. »Ich fand ihn etwas unverschämt.«

»Wirklich? Du wirst sehen, er ist total charmant«, schwärmte Jetti und verdrehte die Augen. »Ein hübscher Kerl, Casanova und Frauentyp. Aber auch ein sehr guter Chirurg. Er ist beliebt – und ich würde ihn, ehrlich gesagt, auch nicht von der Bettkante schubsen.«

Camilla blieb bis zum Abend, um ihren guten Willen zu zeigen, und ging auch anderen Schwesternschülerinnen so gut es ging zur Hand. Obwohl sie von der ungewohnten Arbeit rasch müde wurde, gab es noch so viel zu tun, dass sie nicht gleich alles liegen lassen und nach Hause gehen wollte. Die Patienten mussten für die Nacht vorbereitet werden, das Essen musste ausgeteilt werden und die unruhigen Schwerkranken verlangten nach Medikamenten und einem tröstenden Wort.

Das Gefühl, gebraucht zu werden, hinterließ ein tiefes Gefühl der Befriedigung in Camilla. Sie versuchte, sich die Namen der Ärzte und der vielen anderen Personen zu merken, die ihr während des Tages über den Weg liefen und mit denen sie später vielleicht zu tun haben würde. Ausgesprochen sympathisch wirkte der etwa fünfzigjährige, dunkelhaarige Chirurg Doktor Bergmann, der sie herzlich willkommen hieß. Jetti hatte sie allerdings vor ihm gewarnt: »Achtung! Ein Arbeitstier mit Ellenbogen. Kompetent und ausgesprochen ehrgeizig. Da darfst du dir keine Fehler erlauben. Ein Mann, der schon viele Herzen gebrochen hat. Vor allem das seiner eigenen Frau«, fügte sie hinzu. »Seitdem machen sich einige hier Hoffnungen. Aber er scheint es nicht zu bemerken, so zerstreut ist er. In der Pathologie forscht und arbeitet er manchmal bis spät in die Nacht hinein. Das passt manchen Kollegen nicht, die ihn eifersüchtig beäugen. Jeder möchte hier nämlich nur selbst Ruhm ernten. Und ein Wundermittel gegen eine der vielen Krankheiten entdecken, gegen die man machtlos ist. Es sterben eben einfach noch zu viele Patienten, denen niemand helfen kann.« Jetti seufzte, während Camilla nickte und insgeheim an ihre kleine Schwester dachte. Auch für sie war jede Hilfe zu spät gekommen.

Erst als die Nachtschwester ihren Dienst antrat und die Lichter in den Krankenzimmern gelöscht wurden, entschloss sich auch Camilla, nach Hause zu gehen. Sie zog ihre Dienstkleidung aus und legte alles fein zusammengefaltet in ihr Fach. Als sie mit Jetti gerade den Eingangsbereich verlassen wollte, kam es auf der Straße plötzlich zu großer Unruhe und Alarm. Die Angestellten der Klinik liefen zusammen. Rettungssanitäter in Polizeibegleitung rollten eine Krankentrage herein, die sofort in Richtung Operationsraum geschoben wurde. Camilla konnte über dem blutbefleckten Leintuch das bleiche Antlitz einer jungen Frau erkennen, deren aufgelöstes dunkles Haar von der Trage herabhing und fast über den Boden schleifte. Der diensthabende Arzt hatte einen Chirurgen angefordert – also war die Lage ernst. »Was ist denn da passiert?«, flüsterte sie Jetti zu, die wie sie selbst mit Schrecken in den Augen auf die Verletzte starrte.

»Ich weiß nicht. Ein Unfall vielleicht …« Jetti lief zu dem Polizeibeamten, der den Transport überwachte. »Ich bin Schwester Henriette. Ist die Frau unter einen Pferdewagen geraten?«

Der Polizist schüttelte den Kopf. »Nein, Schwester. Das war ein Überfall. Ein Verrückter hat ihr in den Bauch gestochen. Das typische Vorgehen des Mörders, hinter dem wir schon seit Jahren her sind.«

»Schon wieder?«, stieß Jetti entsetzt hervor.

Der Polizist nickte. »Der treibt jetzt schon eine ganze Weile sein Unwesen und führt uns an der Nase herum.« Mit einem leisen Fluch zog er die Stirn in Falten. »Vorzugsweise schlägt er am Abend, in der Dunkelheit zu. Dieses perverse Schwein!«

Entsetzt hatte Camilla das Gespräch verfolgt. Ob das derselbe Mann war, der auch sie attackiert hatte? Und der immer noch frei herumlief? Sie fürchtete sich plötzlich vor dem Heimweg. Schließlich lag die Charité am Spandauer Tor, zu Fuß ziemlich weit von ihrer Wohnung in der Leipziger Straße entfernt.

»Hoffentlich können wir die Frau retten«, hörte sie Jetti zu dem Polizisten sagen. Gerade eilte die Oberschwester mit wehender Haube herbei. Sie zog Jetti zur Seite und redete rasch auf sie ein. Was sie ihr zu sagen hatte, konnte Camilla nicht verstehen, aber bestimmt wurde sie jetzt noch gebraucht, obwohl sie übermüdet war. Sie hielt Jetti am Ärmel fest, als die Oberschwester fort war. »Kann ich nicht heute bei dir im

Schwesternheim übernachten?«, fragte sie ängstlich. »Es ist spät – und ich traue mich nicht mehr nach Hause!«

»Kein Problem«, erwiderte Jetti, »aber dann musst du mir noch ein paar Stunden im Hospital helfen. Auch wenn das eigentlich nicht erlaubt ist. Ich sehe es als Notfall an, denn meine Ablösung hat sich plötzlich krankgemeldet. Und wir haben keine andere Vertretung. Wie soll ich das bloß alleine schaffen? Bei den ganzen Problemfällen, den Kranken mit hohem Fieber, den Sterbenden und denen, die starke Schmerzen haben. Und dann auch noch so was!« Sie wies auf die Blutflecken am Boden und schüttelte sich förmlich vor Entsetzen. »Als eiserne Reserve ist Mater Rotrudis ja auch noch im Einsatz. Jetzt muss sie wahrscheinlich bei der Notoperation assistieren. Hoffentlich kommt die Frau durch – aber ich hörte, es sieht schlecht aus. Sie hat wohl sehr viel Blut verloren.«

»Sind die Verletzungen denn so schwer?« Camilla spürte ein Zittern in den Knien.

Jetti zuckte die Achseln. »Das kannst du dir ja vorstellen! Wenn die Darmwand verletzt ist … Und einige Opfer sind wohl schon auf der Straße verblutet. Der Täter geht ganz bestialisch vor und zerfetzt ihnen den Unterleib. Diese Art von Wunden kann man kaum mehr zusammenflicken.«

»Wie furchtbar!« Camilla spürte, wie ein Gefühl der Übelkeit in ihr hochstieg. Kalter Schweiß trat auf ihre Stirn, doch es gelang ihr, sich mit aller Kraft zu beherrschen. Jetzt durfte sie nicht schlappmachen, sonst würde Jetti noch denken, sie sei für diesen Beruf ungeeignet.

»Was ist?«, fragte Jetti besorgt, die sah, wie sie an Farbe verlor. »Ist dir nicht wohl?«

»Doch, doch«, versicherte Camilla mühsam. »Am ersten Tag ist nur alles ziemlich ungewohnt für mich. Aber ich schaffe es schon.« Sie versuchte ein Lächeln. »Sag mir jetzt ruhig, was ich machen soll.«

***

Die Bonheur-Bar mit ihrem diskreten, rot angeleuchteten Schild florierte. Das Haus in der Cité der Rue Saint Laurent, einer versteckten Ecke mitten im Herzen von Paris, zog viele gut betuchte Kunden an. Der Comte de Montrodin war sehr zufrieden mit Tessa, denn er ahnte nicht, wie sehr sein Sohn Armand inzwischen Geschmack an den Besuchen in der Bonheur-Bar gefunden hatte. Tessa arrangierte die Treffen so, dass Vater und Sohn sich nicht begegneten. Der Comte erzählte ihr, dass Armand ganz ohne sein Zutun gezwungen war, vorläufig Abstand von seiner heimlichen Liebe Angelique zu nehmen. Das Mädchen, immer schon von schwacher Gesundheit, sei schwer erkrankt und leide an fortgeschrittener Lungentuberkulose. Angeliques Eltern hatten ihrer Tochter auf Anraten des Arztes strikt verboten, Armand zu sehen, und waren mit ihr in die südlichen Gefilde des Mittelmeeres gereist.

»Liebe ist ein Gefühl, das umso schneller vergeht, je mehr man daran festhalten will«, räsonierte der Comte selbstherrlich bei einem seiner Besuche bei Tessa. »Ich weiß, wovon ich rede. In meiner Jugend liebte ich ein Mädchen. Ich bin mit ihr durchgebrannt. Es war ein Skandal. Dann sagte sie mir, dass sie ein Kind erwarte. Es war ein Schock für mich. Plötzlich war sie wie umgewandelt, launisch und zänkisch.« Er seufzte. »Wir gingen uns auf einmal schrecklich auf die Nerven. Meine Liebe war fort, wie vom Wind verweht.« Er wedelte mit der Hand, als wolle er eine lästige Fliege verscheuchen.

»Und dann?«, fragte Tessa interessiert, die auf die Ellenbogen gestützt, leicht bekleidet und in aufreizender Pose bäuchlings auf dem Bett lag. »Was ist dann passiert?«

»Ich habe mich davongemacht.« Der Comte setzte eine gleichmütige Miene auf. »Bin nach Hause zurückgekehrt.«

Tessas vorwurfsvollem Blick ausweichend, setzte er hinzu: »Mein Gott – ich war eben jung. Meine Eltern haben dann alles geregelt, die Abtreibung bezahlt, dem Mädchen eine Wohnung beschafft und ihr genug Geld für ein neues Leben gegeben.« Er kam zum Bett, knöpfte sein Hemd auf und begann, sich auszuziehen. »Heute ist sie verheiratet, mit einem einfachen Beamten. Und ich bin sehr froh, dass ich damals nichts übereilt habe. Meine jetzige Frau kommt aus meinen Kreisen und hält sehr viel von Moral. Deshalb würde sie auch meine«, er grinste lüstern, »besonderen Vorlieben nicht verstehen. Aber sie wird ja auch nie etwas davon erfahren! Kommen Sie, Tessa, lassen Sie uns keine Zeit verlieren.« Er wies auf das Bett, auf dem schon die rüschenbesetzte Unterwäsche für ihn bereitlag. Tessa erhob sich, half ihm, sich in das bereitliegende Korsett zu zwängen, und schnürte es auf seinen Wunsch so eng wie möglich. »Mein Sohn soll nicht in die gleiche Falle tappen wie ich.« Er zögerte, fuhr aber dann fort: »Ich bin froh, dass er rechtzeitig Vernunft angenommen hat und der Heirat mit der Frau, die ich ihm ausgesucht habe, nicht mehr ganz so ablehnend gegenübersteht. Und jetzt noch die Seidenstrümpfe, meine Süße, schnell«, verlangte er ungeduldig. Tessa gehorchte in ihrer Rolle als willige Zofe. Zu guter Letzt schlüpfte der Comte noch in maßgefertigte Damenschuhe und trippelte mit nacktem Hintern in dieser lächerlichen Aufmachung im Raum auf und ab. Es war ein Ritual, das sie schon viele Male zelebriert hatten, und Tessa war es anfangs schwergefallen, sich das Lachen zu verbeißen, bevor sie erkannte, in welche Erregung das dumme kleine Spiel den Comte versetzte. »Zögern Sie nicht, mein Engel.« Er warf ihr die Reitpeitsche zu. »Und schlagen Sie ruhig fest zu.« Er deutete auf die großzügig gefüllte Börse, die für sie auf dem Nachttisch lag.

»Einen Augenblick noch.« Tessa ließ die Gerte mit der geschmeidigen Lederschnur fallen, eilte rasch in ihr Ankleidekabinett und versteckte die Börse in einem Schränkchen. Dort bewahrte sie noch eine weitere Reserve ihrer Hoffmannstropfen auf. Heute würde sie die Dosis und die Menge des Schnapses noch einmal steigern, damit sie auch wirklich so funktionierte, wie der Comte es erwartete. Sie hoffte, es war das letzte Mal, dass sie dieses Ritual durchzog. Der Gedanke beruhigte sie ein wenig. Wie hatte sie auch ahnen können, dass ihr plötzlich eine so verworrene Rolle zufiel, bei der Vater und Sohn zu Konkurrenten wurden? Aber die Sache war ja erst gefährlich geworden, seit der schöne Armand Gefühle für sie entwickelt hatte. Gefühle, die sie zu ihrem Unwillen auch noch begann, zu erwidern! Sie musste dieser Sache ein Ende bereiten, denn Madame Grivois, der das nicht entgangen war, versuchte aus dem fatalen Doppelspiel so viel Kapital wie möglich zu schlagen. Und so hatte Tessa beschlossen, mit dem Geld des Comte und dem, was sie gespart hatte, so bald wie möglich heimlich aus der Bonheur-Bar zu verschwinden. Armand würde sie sicher bald vergessen und der Comte eine andere Domina finden. In aller Diskretion hatte sie sich bereits in der Stadt nach etwas Passendem umgesehen und – oh Wunder – ein kleines Theater in einem heruntergekommenen Vorort von Paris, in Belleville, gefunden. Der Direktor war erst kürzlich verstorben und das Gebäude würde vielleicht zu mieten sein. Die Räumlichkeiten und die Bühne erschienen auf den ersten Blick zwar altmodisch und abgenutzt, doch das konnte man ja ändern. Damit würde sie sich endlich ihren lang gehegten Traum, ein Theater in Paris zu führen, erfüllen! Arbeitslose Artisten und Musiker gab es ja genug. Vielleicht konnte man mit ihnen vereinbaren, dass sie als Lohn mit Kost und Logis zufrieden waren, bis Einnahmen hereinkamen.

Die Tropfen waren wohl doch ein wenig zu stark gewesen und der gleichzeitig heruntergestürzte Schnaps hatte Tessa nicht nur betäubt, sondern förmlich gelähmt. Der Comte wunderte sich nicht wenig, dass sie in dem für ihn spannendsten Moment beim Liebesspiel plötzlich einschlief. In seiner Eitelkeit führte er ihre Erschöpfung auf seine Fähigkeiten als Liebhaber zurück und hinterließ ihr diesmal noch einen kostbaren Ring, den er auf ihr Kissen legte. Leise, um sie nicht zu wecken, kleidete er sich an und verließ zufrieden die Bonheur-Bar, während Tessa ihm durch den Nebel ihres Bewusstseins blinzelnd, mit Erleichterung nachsah. Adieu, lieber Comte, dachte sie, wir werden uns niemals wiedersehen. Sie ahnte in diesem Moment allerdings noch nicht, wie sehr sie sich mit dieser Annahme täuschte.

XII. Kapitel

Inzwischen hatte Camilla die Wohnung von Frau Braun aufgegeben und war ins Diakonissenheim der Charité gezogen. Kurze Zeit musste sie sich einen Raum mit Jetti teilen, doch nachdem sie die Eignungsprüfung bestanden hatte und in den Dienst übernommen worden war, konnte sie in ein eigenes Zimmer umziehen. Ihr Jahreslohn von dreißig Talern war mehr als das, was sie als Verkäuferin bekommen hätte oder sich mit dem Flicken und Nähen von Kleidern oder Borten verdienen konnte. Die Arbeit in der Charité war allerdings hart; sie musste früh aufstehen und hatte dann und wann auch Nachtdienst. Oft, wenn eine der Pflegerinnen ausfiel, war sie den ganzen Tag auf Trab, um bis zum späten Abend die Patienten zu versorgen. Das war sehr anstrengend. Und manchmal auch traurig, wenn Menschen, die man gepflegt und ins Herz geschlossen hatte, starben. Dafür gab es kein erhebenderes Gefühl, als mit anzusehen, wenn jemand, dessen Lage ohne die Hilfe der Ärzte aussichtslos gewesen wäre, gesund wurde.

Mater Rotrudis beobachtete Camilla immer noch mit eifersüchtigen Argusaugen und fand Genugtuung darin, sie bei irgendeinem Fehler oder einer Unachtsamkeit zu ertappen. Die Ordensfrau mit dem fleischigen, strengen Gesicht, das niemals schön gewesen war, hatte ständig etwas an ihr auszusetzen. Es passte ihr sichtlich nicht, dass die Studenten der nahe gelegenen medizinischen Fakultät der Friedrich-Wilhelms-Universität, die an der Charité praktisch geschult wurden, der jungen Schwester begehrliche Blicke zuwarfen, wenn sie in kleinen Gruppen den Oberarzt in die Krankensäle begleiteten. Doktor Wiesental verehrte Camilla ganz offen. Allerdings erkannte er rasch, dass sie nicht zu denen gehörte, die sich leicht erobern ließen. Seine Bitten um ein Rendezvous, zufällige unstatthafte Berührungen, wenn sich seine Hand an ihre Taille oder noch tiefer verirrte, fruchteten nicht im Geringsten. Einmal hatte er sogar versucht, sie in eine dunkle Ecke zu drücken und ihr einen Kuss zu rauben. Camilla wehrte ihn empört ab, drohte zu schreien und alles Mater Rotrudis zu melden. Ihre Kälte und ihre Abwehr irritierten ihn, stachelten aber sein Verlangen nur noch stärker an. Erst nach mehreren Abfuhren konzentrierte er sich schließlich auf Henriette, die einem Abenteuer weniger abgeneigt war. Trotz der wachsamen Blicke der Oberschwester war Jetti nicht wählerisch. Sie flirtete gern mit einem der Ärzte oder den jungen Medizinstudenten und ließ sich zu heimlichen Treffen überreden. Doch die kurzen Beziehungen endeten meist in Tränen. Trotzdem brachte es Jetti immer wieder fertig, sich schon nach einer Weile mit einer anderen Liebe zu trösten. Man tuschelte auch über sie und den Pfleger Bruno, doch ob wirklich etwas zwischen den beiden stattfand, ließ sich nicht feststellen. Mit seinen spärlichen blonden Haaren und der plumpen Statur war Bruno nicht gerade das, was man einen Apoll nennt. Die Frauen ignorierten ihn im Allgemeinen. Aber er hatte ein angenehmes Wesen und war Camilla in der Anfangszeit geduldig zur Hand gegangen, damit sie sich an den hektischen Krankenhausbetrieb gewöhnen konnte. Er arbeitete schon seit zehn Jahren in der Charité und war sowohl von den Patienten als auch den Ärzten sehr geschätzt. Aus kleinen Verhältnissen stammend, war ihm das Studium der Medizin verwehrt gewesen, aber er hatte sich weitergebildet und las auch in seiner Freizeit gern medizinische Werke.

Beiläufig und mit leichtem Frösteln erkundigte sich Camilla bei ihm nach der jungen Prostituierten, dem letzten Opfer des Berliner Bauchschlitzers, wie man ihn im Volksmund nannte. Sie erfuhr, dass man ihr leider nicht mehr hatte helfen können. Sie war übel zugerichtet gewesen und aufgrund ihrer Verletzungen gleich nach der Einlieferung gestorben. Ganz Berlin war empört, man hielt in der Stadt den Atem an und lebte in unterdrückter Angst vor der Bestie, die der Polizei Rätsel aufgab. Warum entwischte der Mörder den Maschen des Gesetzes so leicht? Würde es bald wieder ein neues Opfer geben? Die Zeitungen ergingen sich in Vermutungen und die Polizei hatte den Einsatz an Beamten verstärkt und Lockvögel ausgesandt, die sich auf die Lauer legten. Doch der Täter schien genau zu wissen, wann er unbemerkt zuschlagen konnte und wann nicht. Eine unheimliche Ruhe breitete sich abends in der Stadt aus, ein angstvolles Warten auf etwas Grauenhaftes, das sich im Dunkel der Nacht versteckte. König Wilhelm hatte eine Prämie für die Ergreifung des Täters ausgesetzt, der die Menschen in so beklemmende Lähmung versetzte. Das im Verborgenen lauernde Böse, dieses Wesen mit dem kranken Hirn, musste gestellt und so schnell wie möglich hinter Gitter gebracht werden. Man tat alles, bot alle Mittel auf.

Doch König Wilhelm und sein Ministerpräsident Bismarck hatten außer den kriminellen Bluttaten, die Berlin zurzeit in Atem hielten, freilich noch andere Sorgen. Die innerpolitische Uneinigkeit bis hin zur schwelenden Kriegsgefahr, die von Frankreich ausging, ließen sie nicht zur Ruhe kommen. Zwistigkeiten mit dem französischen Nachbarn um das kleine Gebiet Luxemburg, das Napoleon III. als Gebietserweiterung annektieren wollte, waren nur der Anfang gewesen. Bismarck hatte dieses Ansinnen durch geschicktes Ausweichen und Taktieren vereitelt und Napoleon zeigte sich durch das Scheitern seiner Pläne sehr verstimmt. Und dann wählten die Spanier nach dem Sturz ihrer Regierung auch noch einen Hohenzollernfürsten zum König ihres Landes. Das machte das Maß für den Kaiser der Franzosen voll. Er war entrüstet und fühlte sich bedroht. So etwas durfte er von dem immer mächtiger werdenden Preußen nicht einfach hinnehmen. Obwohl der eher unentschlossene Leopold von Hohenzollern, der mit der Tochter des portugiesischen Königspaares verheiratet war, nach allem Hin und Her schließlich auf den spanischen Königsthron verzichtete, konnte Napoleon III. den Affront nicht vergessen. Aufgehetzt durch Antoine de Gramont, seinen Außenminister im Parlament von Paris, der die Ehre Frankreichs befleckt sah, verlangte er durch seinen Botschafter in Preußen, Vincent Graf Benedetti, eine schriftliche Garantie des deutschen Königs, dass auch in Zukunft niemals ein Hohenzoller den spanischen Thron besteigen dürfe. Unglücklicherweise wählte der Botschafter einen schlechten Moment, dies König Wilhelm mitzuteilen. Er passte den König während seines Kuraufenthaltes bei der Promenade in Bad Ems ab. Der König gab ihm höflich zu verstehen, dass es nicht in seinem Ermessen liege, wen die Spanier auf ihren Thron wählten, und sandte eine sofortige Depesche über den Vorfall an Kanzler Bismarck. Das war der zündende Funke. Wer hätte bis zu diesem Zeitpunkt gedacht, dass ausgerechnet die simple »Emser Depesche« einen zukünftigen Krieg zwischen Frankreich und Preußen auslösen und das Pulverfass zum Explodieren bringen würde?

***

»Nun, Fräulein Wanstetten, haben Sie sich schon gut eingearbeitet?« Als Camilla die ruhige, warme Stimme Doktor

Schmiedingers vernahm, wandte sie den Kopf. Sie war gerade dabei, die offene Wunde am Bein eines vor Schmerz stöhnenden Schornsteinfegers behutsam mit Karbollösung zu desinfizieren. Er war an einer rostigen Eisenstange hängen geblieben, die glücklicherweise seinen Sturz vom Dach verhindert hatte. »Sehr gut, Herr Doktor«, antwortete sie mit leichtem Erröten. »Ich habe es noch keinen Tag bereut, hierhergekommen zu sein.«

»Das zu hören, freut mich.« Er näherte sich dem Krankenbett und warf einen prüfenden Blick auf die Wunde. »Wenn die Heilung gut voranschreitet, sind Sie in einer Woche wieder auf den Beinen.« Er nickte dem Patienten aufmunternd zu und machte Camilla ein Zeichen, dass er sie unter vier Augen sprechen wolle. Sie folgte ihm ins Schwesternzimmer, das im Augenblick unbesetzt war. »Ich habe Ihnen doch damals gesagt, dass ich eine Assistentin bräuchte«, begann der Arzt. »Könnten Sie sich vorstellen, im Bereich der inneren Medizin und der daran angeschlossenen Isolierstation zu arbeiten? Seit ein paar Tagen haben wir es wieder gehäuft mit Pockenfällen zu tun. Wenn wir eine gesetzliche Impfpflicht hätten, wäre das alles kein Problem. Aber trotz meiner zahlreichen Petitionen konnte sich der König immer noch nicht dazu entschließen, sie einzuführen. Wie auch immer, wir tun, was wir können, damit es nicht zu einer neuen Epidemie kommt.« Er seufzte und rückte nach einer kleinen Pause mit seinem Anliegen heraus: »Ich wollte Sie deshalb fragen, ob Sie sich zutrauen würden, hierbei mitzuhelfen?«

Camilla nickte überrascht. »Ja, sicher. Warum nicht?«

»Sehr gut. Allerdings müsste ich Sie bitten, sich vorher impfen zu lassen. Wenn der Impfschutz aufgebaut ist, könnten Sie dann auf meine Station wechseln.« Er sah sie mit kritischer Miene an. »Sie haben doch keine Angst?«

»Nein. Ich fürchte mich nicht vor der Impfung. Und ich vertraue Ihnen!«

»Das freut mich. Kommen Sie zu mir, wenn Sie Dienstschluss haben. Dann haben Sie die Impfung gleich hinter sich und wir können alles Weitere besprechen.« Er lächelte ihr zu und Camilla stellte fest, dass seine klugen braunen Augen heute einen ganz besonderen Glanz hatten. Die grauen Strähnen, die sein aschblondes Haar durchzogen, ließen ihn nicht mehr so jungenhaft wirken, wie noch vor ein paar Jahren, als sie ihn am Totenbett von Frau Braun kennengelernt hatte. Ein Mann im besten Alter, dachte sie. Doch dann schob sich sofort wieder das Bild Pauls dazwischen, sein unwiderstehliches Lächeln, die blitzenden grünblauen Augen. Warum ließen sich diese dummen Gefühle nicht einfach auslöschen, warum konnte sie ihn nicht vergessen?

Sie ging wieder in den Krankensaal zurück. Der Patient mit der Beinwunde ächzte leise und lenkte sie von ihren Gedanken ab. Prüfend legte sie die Hand auf seine Stirn und stellte fest, dass er Fieber hatte. Sie würde der Oberschwester Bescheid sagen. Mit einem Spatel strich sie noch ein wenig Salbe auf die Wundränder, bedeckte die Verletzung mit einer Mullauflage und wickelte einen neuen Verband um sein Bein. Im Krankensaal war es unruhig. Viele Kranke stöhnten, einige jammerten, manche fantasierten. Zu viele Betten hatte man hier in einen Raum gestellt und es war wie so oft nur ein kleiner Gang für die Ärzte und Schwestern geblieben. Der Boden war schmutzig, obwohl er jeden Tag gewischt wurde. Zur Besuchszeit wurde es dann richtig eng. Leute gingen ein und aus, brachten Essen mit, schwatzten und machten unnötigen Lärm. Vieles könnte hier verbessert, müsste erneuert werden, dachte Camilla. Doch dafür schien kein Geld vorhanden zu sein. Die Luft in den Sälen war stickig, besonders, wenn draußen die Sonne schien. Camilla ging zum Fenster, öffnete es und tat gierig ein paar tiefe Atemzüge. »Was machen Sie da?« Die Stimme von Mater Rotrudis schreckte sie auf. »Sind Sie verrückt geworden?« Mit grimmiger Miene schlug sie das Fenster so energisch zu, dass Camilla zurückfuhr. »Sie wollen wohl die Kranken umbringen? Ein Zug wäre Gift für die Fiebernden, das haben Sie doch bei uns gelernt, oder nicht?«

»Es gibt so einige Dinge, die zwar gelehrt werden, aber inzwischen überholt sind«, gab Camilla kampfbereit zurück. »Frische Luft kann niemals schaden.«

»Das haben nicht Sie zu bestimmen, sondern die Wissenschaft und die Ärzte. Als Hilfsschwester können Sie sich darüber gar kein Urteil erlauben.«

»Der gesunde Menschenverstand steht oft über der Wissenschaft!«

»Was erlauben Sie sich«, schnaubte Mater Rotrudis fassungslos. »Ich werde mich über Sie beschweren. Sie widersetzen sich meinen Anordnungen und werden dann auch noch frech!« Mit diesen Worten wandte sie sich um und rauschte mit wehendem schwarzem Rock hinaus.

Camilla sah ihr nach und fragte sich, warum eine Ordensfrau, die ihr Leben der christlichen Barmherzigkeit widmete, in ihrem Innern so kalt und ohne Menschenliebe sein konnte. Aber es blieb ihr nicht lange Zeit, darüber nachzudenken. Bruno, der Pfleger, kam ganz gegen seine Gewohnheit mit rotem Kopf und schnellen Schritten durch den Gang auf sie zu. »Haben Sie das schon gehört, Camilla?« Er schwenkte eine Zeitung. »Krieg«, rief er völlig aufgelöst. »Frankreich hat uns gerade den Krieg erklärt!«

Camilla starrte auf die großen Druckbuchstaben, ohne den Inhalt gleich zu begreifen. Inzwischen waren einige Diakonissinnen und Pfleger aus der Nähe zusammengelaufen. Sie bildeten einen kleinen Kreis um Bruno. »Wisst ihr, was das bedeutet?«

»Ja!«, antwortete Jetti mit blassen Lippen. »Viel Arbeit! Und für die Soldaten Kampf, Schmerz und Tod. Es wird wieder nicht genügend Platz in den Operationsräumen geben, um die Verletzten zu versorgen. Und in den Krankensälen ist ja jetzt schon alles viel zu eng …«

»Mal doch den Teufel nicht an die Wand, Jetti!« Bruno schien sich wie üblich als Erster wieder gefasst zu haben. »Wir sollten nicht schon vorher in Panik verfallen!« Schweißperlen standen auf seiner Stirn, die er schnell mit dem Taschentuch wegwischte. »Auf jeden Fall ist die Lage ernst.«

»Er hat es vorausgesagt«, murmelte Camilla geistesabwesend.

»Wer?« Alle sahen sie erstaunt an.

»Doktor Schmiedinger. Wir haben uns darüber unterhalten.«

»Ihr … habt privat über so was gesprochen?« Die anderen wechselten bezeichnende Blicke. Jetti legte ihr begütigend die Hand auf den Arm. »Hör mal, Camilla! Sei vorsichtig. Hier wird schnell über alles geklatscht. Du weißt doch, dass Doktor Schmiedinger verheiratet ist, oder?«

Camilla schob unwillig ihre Hand beiseite. »Natürlich. Aber darum geht es ja gar nicht. Es ist wegen der gehäuften Pockenfälle. Er hat mich gebeten, für ihn auf der Isolierstation zu arbeiten. Mich impfen zu lassen. Und das werde ich tun.«

»Dann pass bloß gut auf dich auf, Mädchen.« Jetti zog besorgt die Stirn zusammen. »Ich traue der Impfung nicht. Dauernd diese Experimente. Hier möchte bloß jeder Arzt mit einem Wundermittel groß rauskommen. Aber ob es dann auch wirkt …«

Ein Röcheln, dem ein rasselnder Hustenanfall folgte, ließ die drei auseinanderfahren. Das dünne blonde Mädchen im Bett an der Ecke rang nach Luft. Es bäumte sich mit weit aufgerissenen Augen auf und Jetti gelang es, ihr in letzter Minute den Spucknapf unterzuhalten. Ein Schwall Blut befleckte trotzdem Decke und Laken. »Oh, Gott, auch das noch«, murmelte Jetti und stützte die Kranke. »Ein Blutsturz. Ruf die Oberschwester.«

Camilla wurde übel, doch sie packte den Spucknapf ohne hinzusehen und eilte ins Schwesternzimmer. Unterdessen drückte Bruno mit starken Armen einen anderen, vor Fieber fantasierenden Kranken ins Bett zurück, das dieser fluchtartig verlassen wollte. Es blieb nichts anderes übrig, als den um sich Schlagenden an den Seiten des Bettes festzubinden.

Kurze Zeit später betrat Mater Rotrudis mit unbewegtem Gesicht und gemessenen Schrittes den Saal, gefolgt von einem Priester, der die Utensilien für die letzte Ölung trug. Sie legte den Rosenkranz in die Hände der Sterbenden und murmelte monotone Gebete. Camilla fühlte sich einer Ohnmacht nahe. Sie hatte plötzlich Zweifel, dass sie das alles durchhalten würde. Es war furchtbar, jemanden sterben zu sehen. Inmitten der anderen Patienten, die alles mitbekamen. Das junge Mädchen, beinahe noch ein Kind, erinnerte sie in schmerzlicher Weise an ihre Schwester Emily. Warum war der Tod bloß so grausam? Warum konnte man auch in der Charité viel zu vielen Kranken nicht mehr helfen? Es gab immer noch kein wirksames Mittel gegen Cholera, Tuberkulose, Wundbrand oder Pocken. Und wie viele Kinder starben an Blinddarmentzündung oder erstickten an Diphterie? Sie sah Emily wieder reglos auf der Trage liegend, ihr weißes Gesicht mit den bläulichen Lippen. Sie hätte so gern noch gelebt! Wie hatte sie das alles vergessen können? Warum war sie niemals mehr an Emilys Grab auf dem Friedhof des Klosters zurückgekehrt, um für ihre Seele zu beten? Schuldbewusst senkte sie den Kopf. Neuer Schwindel überkam sie, sie hatte das Gefühl, sich übergeben zu müssen. Sie lief hinaus, lehnte sich mit geschlossenen Augen hinter die Tür gegen das harte Holz. Sollte sie die Arbeit in der Charité wieder aufgeben, weil sie sich gegen all das Leid nicht gewappnet fühlte? Sie hatte gedacht, dass sie stark wäre, doch ihre ganze Kraft schien plötzlich dahin und ihr Mut wie ein Kartenhaus zusammengefallen. Wer wusste, was auf der Isolierstation noch alles auf sie warten würde. Sollte sie Doktor Schmiedinger absagen? Nein, das wäre feige. Sie würde die Impfung wagen, egal, was geschah. Tief durchatmend spürte sie, wie es ihr langsam besser ging. Nach einer Weile machte sie sich auf den Weg in den ersten Stock und klopfte an die Tür des Ordinationszimmers von Doktor Schmiedinger. Der Arzt erwartete sie schon. Er hatte bereits alles vorbereitet. »Haben Sie keine Angst«, sagte er mit sanfter Stimme, als sie ihren Ärmel hochrollte. Die Augen schließend, spürte sie die kühle Flüssigkeit des Desinfektionsmittels an ihrem Oberarm und kurz darauf das scharfe Ritzen des Messers auf ihrer Haut.

***

»Etwas Schreckliches ist geschehen!« Völlig aufgelöst stürzte Armand am Abend in Tessas Zimmer in der Bonheur-Bar. Er warf sich ihr zu Füßen und vergrub sein Gesicht in ihrem Schoß. »Sprich doch – was ist denn passiert?«, fragte Tessa und strich ihm tröstend über die kastanienbraunen Locken.

»Angelique – sie …« Er konnte eine Weile nicht weitersprechen, doch dann fuhr er mit erstickter Stimme fort. »Sie ist tot. Es ging ihr schlechter und ihre Eltern sind überstürzt mit ihr aus dem Süden zurückgekehrt. Sie war ohnehin schon sehr schwach. Dann hatte sie einen neuen Blutsturz. Es muss sehr schnell gegangen sein. Ich habe seit ein paar Nächten nicht geschlafen.« Er hob den Kopf und sah Tessa mit Tränen in den Augen an. »Es war mir nicht vergönnt, mich von ihr zu verabschieden. Ihre Eltern wünschten nicht, dass wir uns noch einmal sahen, aus Angst, es könnte sie zu sehr aufregen.« Seine Lippen zuckten und er wischte mit dem Handrücken eine Träne von seiner Wange. »Und dann war es zu spät. Man hat sie in aller Stille beerdigt – ich stand heute an ihrem Grab und kann es immer noch nicht fassen.«

»Beruhige dich«, sagte Tessa mitleidig, während sie daran dachte, wie schrecklich es sein musste, in der Blüte der Jugend hinweggerafft zu werden. »Sicher ist sie jetzt ein Engel und hat es dort oben besser als auf Erden!« Mit einer beinahe mütterlichen Geste schlang sie die Arme um Armand. »Komm zu mir.« Sie drückte ihn an sich, küsste ihn und knöpfte behutsam sein Hemd auf. Was sollte sie auch sonst tun? War hier nicht jedes Wort überflüssig? Armand ließ erst alles reglos mit sich geschehen, dann begann er langsam, ihre Zärtlichkeiten zu erwidern. Als er schließlich erschöpft in ihren Armen lag, schien er den schlimmsten Schock schon überwunden zu haben. Tessa löste sich behutsam von ihm und schloss das Schränkchen auf, in dem sie zusammen mit den Hoffmannstropfen den Schnaps aufbewahrte. Sie reichte ihm die Flasche und Armand nahm einige tiefe Züge und ließ das scharfe Getränk wie Wasser durch seine Kehle rinnen. Allmählich belebte sich sein Blick und die angstvolle Leere und Hoffnungslosigkeit waren daraus wie weggewischt. »Danke«, sagte er aufatmend und stellte die Flasche beiseite. »Vielleicht war ein schneller Tod besser für Angelique, als wenn sie noch jahrelang gelitten hätte. Aber dass ihre Mutter gesagt hat, ich sei schuld an ihrer Erkrankung, das hat mich sehr getroffen! Die Liebe zu mir hätte sie verzehrt und geschwächt!« Er senkte traurig den Kopf. »Vielleicht hat sie ja recht! Ich mache mir solche Vorwürfe. Gott weiß, dass ich wünsche, sie lebte noch.«

»Du bist nicht schuld an ihrem Tod. Es war höhere Gewalt«, beschwichtigte ihn Tessa. »Du wirst eines Tages darüber hinweg sein. Behalte die Erinnerung an sie in deinem Herzen. Später wirst du vielleicht eine andere Frau finden, die du liebst.«

Armand hob den Blick und sah sie an. »Vielleicht habe ich Angelique nicht genug geliebt. Es quält mich, dass ich sie betrogen habe. Mit dir …«

»Mach dir keine unnötigen Vorwürfe. Du solltest jetzt nicht in Selbstvorwürfen versinken! Schau vorwärts und nicht zurück.«

Armand wollte sich erheben und noch einmal nach der Flasche Schnaps greifen, doch er schwankte und fiel kraftlos aufs Bett zurück. »Ich danke dir, Tessa! Du hilfst mir, wieder an das Leben zu glauben! Wenn ich einmal etwas für dich tun kann …«

Tessa zögerte. »Ja, das könntest du tatsächlich.« Sie sah ihn forschend an. »Schon bald. Aber du darfst niemandem etwas davon erzählen.«

»Und … was ist es?« Armand versuchte, die Trunkenheit abzuschütteln und einen klaren Eindruck zu machen.

»Ich will hier weg«, erklärte Tessa hastig. »Ein neues Leben beginnen. Nicht sofort. Ich muss noch einige Vorbereitungen treffen. Willst du mir dabei helfen, wenn ich so weit bin?«

»Natürlich! Ich stehe ganz zu deiner Verfügung«, bestätigte Armand mit schwer gewordener Zunge. Er gähnte und streckte sich wieder auf dem Bett aus. »Verlass dich auf mich! Und ich schweige wie ein Grab.«

»Gut!« Tessa nahm die Decke und breitete sie über ihn. »Aber jetzt schlaf ein wenig. Du bist ja völlig erschöpft. Ich brauche noch ein wenig und sage dir Bescheid, wenn die Zeit gekommen ist.«

Armand murmelte eine unverständliche Antwort und war im nächsten Moment schon ins Reich der Träume gesunken. Tessa sah lächelnd auf ihn hinab. Armand war anders als sein Vater. Sie war sicher, dass sie sich auf ihn verlassen konnte.

***

In den nächsten Tagen packte Tessa in aller Heimlichkeit ihre Sachen und bereitete ihre Flucht aus der Abhängigkeit von

Madame Grivois und der Bonheur-Bar vor. Sie blickte zuversichtlich in die neue Zukunft. Der Abschied fiel ihr leicht – ihre Beziehung zu Madame war immer sehr kühl und distanziert gewesen. Sie hoffte nur, dass der Rest ihrer Ersparnisse als Anzahlung für den Kauf des Theaters in Belleville reichen würde. Es zu mieten war nicht möglich gewesen und so hatte sie sich wohl oder übel anders entschließen müssen. Der Kaufvertrag sollte innerhalb eines Jahres erfüllt werden, doch sie hatte keine Ahnung, woher sie die ganze Summe nehmen sollte. Doch mit dem ihr eigenen unerschütterlichen Optimismus rechnete sie damit, dass sich das fehlende Geld vielleicht schon innerhalb eines halben Jahres einspielen würde. Eine Mischung aus Erwartung, Vorfreude und fiebriger Erregung erfüllte sie bei diesem Gedanken. Sie hoffte, dass Armand die anstehende Trennung von ihr leicht nehmen würde. Doch wie es sich zeigte, hatte sie sich in diesem Punkt gründlich getäuscht.

Am letzten Tag, den sie in der Bonheur-Bar verbrachte und an dem sie mit Armand die Einzelheiten ihres Verschwindens besprechen wollte, erklärte er ihr plötzlich, er habe erkannt, dass er eigentlich nur sie liebe. Eine Trennung könne er nicht ertragen, es breche ihm das Herz, sie nie mehr wiederzusehen. Sie sei seine Stütze, sein guter Engel. Auf ihre Einwände versicherte er ihr, er habe lange darüber nachgedacht und sei zu dem Schluss gekommen, nur eine sofortige Heirat mit ihr könne ihn im Leben noch glücklich machen.

Tessa war zunächst sprachlos – doch dann brach sie in lautes Lachen aus. »Chéri! Das ist völlig unmöglich. Ich bin eine Hure! Und dann gibt es noch tausend andere Gründe, warum du mich nicht heiraten kannst. Nur einer davon ist, dass du zu jung für mich bist! Es wäre ein Skandal. Deine Eltern würden kopfstehen! Wir passen nicht zusammen … und würden niemals eine gute Ehe miteinander führen können.«

Armand schüttelte eigensinnig den Kopf. »Warum nicht? Wenn du mich heiratest, werden wir glücklich sein. Alles andere ist doch unwichtig! Was die Leute sagen, ist mir egal.« Man merkte ihm an, dass es ihm so ernst war wie noch nie in seinem Leben. Er sah sie beinahe flehend an. »Heirate mich, Tessa! Ich pfeife auf den Skandal. Lass uns gemeinsam ein neues Leben beginnen. Mir ist klar geworden, was ich für ein schales Leben geführt habe, unter der Fuchtel meines Vaters, besessen von dummen Moralvorstellungen. Aber seit ich dich kenne, weiß ich, was wahres Glück bedeutet: einen Menschen zu haben, der einen versteht, der einem so unendlich viel bedeutet wie du mir.«

»Aber … das ist doch verrückt!« Tessa schüttelte fassungslos den Kopf. »Heiraten – ausgerechnet mich? Du kannst doch nicht alles aufgeben, was dir bisher wichtig war. Deinen Stand – deine Ehre! Deine Militärlaufbahn als Offizier in der französischen Armee.«

»Nichts war mir bis vor ein paar Monaten wirklich wichtig, nichts!«, beteuerte Armand. »Und meine militärische Karriere schon gar nicht. Mein Leben bestand nur aus Zwängen und Konventionen, die mich einengten und meine Fantasie erstickten. Dann bist du in mein Leben getreten! Du bist meine Liebe, meine Sehnsucht und mein Traum von einem neuen Leben in wahrer Freiheit.« Seine Augen blitzten und seine Wangen hatten sich gerötet. »Ich möchte bei dir sein, an deiner Seite! Wir beide – wir könnten doch zusammen dieses Theater führen«, erklärte er voller Enthusiasmus. »Ich habe immer schon davon geträumt, einmal etwas Künstlerisches auf die Beine zu stellen.«

Tessa wusste eine ganze Weile nicht, was sie sagen sollte. Sein Vorschlag und vor allem sein Antrag kamen aus heiterem Himmel und völlig überraschend. Es war wie ein Wunder, an das sie gar nicht recht glauben wollte.

»Du musst ganz einfach nur einwilligen!« Armand nahm ihre Hände, bedeckte sie mit Küssen und sah sie beschwörend an. »Versprich es, wenn du mich nur ein ganz klein wenig lieb hast! Sag ja! Alles andere ist ab jetzt mein Problem.«

Tessas Gedanken überschlugen sich. Armand war tatsächlich imstande, ihretwegen jede Dummheit zu begehen. Was sollte sie bloß tun? Er war jung, sah blendend aus und war ein leidenschaftlicher Liebhaber – aber konnte das gut gehen? Sie war etliche Jahre älter als er. Natürlich hatte sie gewisse Gefühle für ihn, aber lieben – nein, das war etwas ganz anderes.

»Antworte!«, drängte Armand und sah ihr beinahe flehend in die Augen. »Aber ich warne dich: Wenn du mich zurückweist, bringe ich mich um.«

Tessa seufzte tief auf und strich ihm über die Wange wie einem eigensinnigen Kind. »Du schrecklicher Dickkopf. Bist du dir darüber im Klaren, wie sehr dein Vater toben wird, wenn du mich heiratest? Er wird dich verstoßen, enterben. Deine Mutter wird vor Scham im Boden versinken und deine Freunde …«

»Das ist mir egal«, unterbrach sie Armand. »Sag ja!« Er ließ nicht locker, aber Tessa zögerte immer noch. Wohin würde das führen? Immerhin hatte es etwas für sich, die große Last der Verantwortung für das Theater, den anstehenden Kauf und die Kosten einer möglichen Renovierung nicht allein tragen zu müssen. Armand würde anpacken können, er war jung, voller Begeisterung. Und er konnte ihr bestimmt auch in finanzieller Hinsicht helfen. Sie atmete tief durch, schob alle störenden Gedanken beiseite und umarmte ihn mit Tränen in den Augen. »Ich weiß nicht, ob ich vernünftig handle. Aber das habe ich eigentlich noch nie im Leben getan. Lass es uns meinetwegen miteinander versuchen.« Armand drückte sie stürmisch an sich und küsste sie leidenschaftlich.

Schon am nächsten Tag bewies er, wie ernst es ihm mit seinen Plänen war. Er wartete auf sie in einer Droschke, als sie im

Morgengrauen, nachdem sie den Abschiedsbrief an Madame auf die Theke gelegt hatte, auf leisen Sohlen das Haus in der Cité verließ. Die letzten Freier waren bereits seit einer Stunde abgezogen und Madame und die Mädchen lagen schlafend in ihren Betten. Tessa atmete erleichtert auf, als sie neben Armand Platz nahm und die Räder des Wagens über das unebene Straßenpflaster durch den alten Steinbogen des Tors rollten. Dieses trübe Kapitel in ihrem Leben konnte sie nun endgültig abschließen! Friss oder stirb! Das war damals die einzige Möglichkeit gewesen, im Moloch der gnadenlosen Metropole Paris zu überleben. Endlich konnte sie sich aus der Gosse erheben, in die sie durch unglückliche Umstände gestürzt war. Der Gedanke erfüllte sie mit einem gewissen Triumph.

Armand umarmte sie stürmisch. Er hatte für sie beide bereits ein Zimmer in einer Pension in Belleville gemietet. Man sah ihm an, wie glücklich er war, sie endlich ganz für sich zu haben. Mit Feuereifer bestand er darauf, das Theater »La Belle Vie« in Augenschein zu nehmen, nachdem sie das Gepäck in der Pension abgeladen hatten. »Ich finde deine Idee großartig!«, sagte er mit leuchtenden Augen, als die Droschke vor der abgenutzten Fassade des Theaters hielt, das ganz verloren zwischen schmutzigen Häusern auf einer Straßenseite stand. »Immer schon habe ich gespürt, dass Künstlerblut in meinen Adern fließt. Was hältst du davon, wenn ich das Programm mit einer Klavierkomposition bereichere?«

»Nicht viel«, sagte Tessa mit einem nachsichtigen Lächeln. »Außer, du würdest die Sängerin mit zündenden Gassenhauern begleiten. Aber zuerst muss alles renoviert werden, das siehst du ja.« Sie betrachtete sorgenvoll die abblätternde Farbe an der Mauer und das verblichene Schild mit dem Clownsgesicht, bevor sie den Schlüssel im rostigen Schloss des verschnörkelten Eisentores umdrehte. Gemeinsam überquerten sie den von Unkraut überwachsenen Hof und traten durch eine schlecht schließende Tür in den Zuschauerraum. Ein verstaubter Kristalllüster hing von der Decke, und durch den angehäuften Müll huschten Ratten und Mäuse und verschwanden rasch in den Bodenritzen.

»Eine schöne Bruchbude«, stellte Tessa schließlich illusionslos fest, »aber ich glaube ganz fest, dass sich etwas daraus machen lässt.« Sie schob ein paar der mit eingetrockneten Resten verunzierten Gläser und Flaschen beiseite, die noch auf dem Bartresen herumstanden. »Zugegeben, ich habe es mir vorher nicht so genau angeschaut. Es sieht schlimmer aus, als ich dachte. Und sicher hat hier schon lange keine Vorstellung mehr stattgefunden.«

Armand nickte und schlug auf dem verstaubten Klavier ein paar Tasten an. »Ganz schön verstimmt«, meinte er nachdenklich. »Aber das kann man ja ändern!« Er stieg die kleine Holztreppe auf die Bühne hinauf. »Sieh mal, Tessa«, rief er. »Die Kulissen sind gar nicht so schlecht. Eine wahre Traumfabrik.« Tessa folgte ihm und betrachtete die hübsch bemalten Holzteile und den Hintergrund, der einen Schlosshof darstellte. Armand drehte inzwischen an einer Kurbel und ließ den verschlissenen, aber reich bestickten Samtvorhang herunterfallen, der eine Staubwolke auslöste. »Ist das nicht beeindruckend?«, rief er hustend, aber nicht weniger begeistert aus. »Wir werden Arbeiter finden, die alles herrichten, und es wird ganz wunderbar werden! Es gehört dir – das ist doch das Wichtigste.«

Tessa nickte, überwältigt von der Vorstellung, ihrem Traum so nahe zu sein. Sie schloss kurz die Augen und sah das Theater in frischem Glanz vor sich, hörte die Musik, den Applaus, sah die eleganten Zuschauer in Abendroben – und sich selbst auf der Bühne ihren Schleiertanz aufführen. Als sie die Augen wieder öffnete, fiel ihr Blick wieder auf die ausgeblichenen Zuschauersessel und die Illusion zerrann. »Ich weiß nicht, ob ich das alles schaffen werde«, murmelte sie ernüchtert. »Es ist alles so … furchtbar altmodisch, so heruntergekommen. Ich fürchte, dass mein Geld niemals reichen wird, es zu kaufen und auch noch herzurichten. Handwerker arbeiten schließlich nicht umsonst. Es wird sicher eine ganze Zeit dauern, bis hier überhaupt eine Vorstellung stattfinden kann, bei der etwas hereinkommt.«

»Wenn ich nur wüsste, wie ich dir helfen könnte«, überlegte Armand und ließ sich vorsichtig auf einem Sessel nieder, dessen Seitenlehne mit leichtem Poltern herabfiel. »Aber mein Vater sitzt auf seinem Geld. Er hat nie genug und wollte mich schon deshalb zwingen, diese langweilige Charlotte-Louise zu heiraten, deren einziger Vorzug darin besteht, aus reicher Familie zu stammen.«

»Es wäre besser für dich, wenn du ihm gehorchen würdest. Ich will dir jedenfalls nicht im Weg stehen. Wenn du sie heiratest, könnten wir uns ja trotzdem weiterhin treffen«, versuchte Tessa ihn noch einmal umzustimmen.

»Nein, niemals!« Erregt sprang Armand auf. »Ich will nicht so leben wie mein Vater. Für mich gibt es nur eine Frau, mit der ich zusammen sein möchte. Mit der ich mein Leben teilen will! Die mich inspiriert, mich dazu bringt, etwas zu wagen.« Er sah sie mit leuchtenden Augen an. »Und das bist du! Ich liebe dich!«

»Vielleicht liebst du mich eine Weile«, wehrte Tessa ihn wehmütig ab. »Bis ich alt werde. Und dann bereust du es eines Tages! Sieh doch den Tatsachen ins Auge. Dein Antrag schmeichelt mir – ich fühle mich wirklich geehrt. Aber die Realität ist anders. Deine Familie wird mich niemals akzeptieren. Die Leute werden über uns die Nase rümpfen und sich die Mäuler zerreißen!«

»Na und? Ich möchte nicht immer wiederholen, dass mir das gleichgültig ist!« Trotzig hob Armand den Kopf. »Ab jetzt mache ich das, was ich will. Es ist mein Leben und das will ich so gestalten, wie es mir vorschwebt. Schon als Kind haben mich Zirkusleute, Artisten und Sänger fasziniert und ich wusste immer, dass ich irgendetwas machen wollte, das damit zusammenhängt. Und jetzt hat es sich auf einmal so ergeben! Durch die Frau, die ich liebe, die mich versteht. Egal, welchem Stand sie angehört! Wir beide werden etwas zusammen aufbauen. Und niemand«, er ballte leidenschaftlich die Faust, »niemand wird mich davon abhalten können, das schwöre ich.«

Tessa sah ihn erstaunt an. Sie hätte nie gedacht, dass sich ein so starker Wille und solches Feuer hinter der glatten Stirn und dem träumerischen Ausdruck in Armands dunklen Augen verbargen. Sie holte tief Luft. »Und du willst das wirklich alles auf dich nehmen? Meinetwegen?«

»Ja. Und gerade ist mir auch eine Idee gekommen!« Armand war nicht mehr zu bremsen. »Was hältst du davon, wenn ich mich am Kauf beteilige? Ich werde einen Kredit bei der Bank Perièr & Cie, deren Inhaber ich persönlich kenne, aufnehmen. Heute noch, bevor mein Vater alles blockieren kann. Mit meinem Namen ist das kein Problem. Später, wenn das Theater läuft, können wir den Kredit ja zurückzahlen. Aber erst einmal werden wir heiraten.« Er hob den Zeigefinger und drohte ihr schelmisch. »Heimlich! Und versuche nicht, mich davon abzubringen!«

»Deine Beteiligung und ein Kredit wären natürlich eine große Hilfe!« Tessa lächelte schwach und ließ ihren Blick über das Mobiliar, die Tische und Stühle schweifen. Ihre Begeisterung hatte angesichts der vielen Mängel des Theaters einen leichten Dämpfer bekommen. Sie hatte dem Verkäufer geglaubt, dass alles noch tadellos instand sei. Jetzt erkannte sie, dass er ihr einen bösen Streich gespielt hatte. In dem Zustand, in dem sich das Theater befand, konnte man es auf keinen Fall eröffnen. »Ich denke, wir sollten uns mit den ehemaligen Artisten zusammensetzen«, sagte sie verhalten und mehr zu sich selbst. »Es müssen etwa zwanzig Leute sein – hat man mir gesagt. Warum könnten sie nicht mithelfen, die Bühne und den Zuschauerraum wieder herzurichten? Das würde uns eine Menge Geld sparen.«

»Du kannst es ihnen ja mal vorschlagen«, sagte Armand ein wenig skeptisch. »Aber wie willst du sie überhaupt ausfindig machen?«

»Vielleicht gibt es einige unter den Ehemaligen, die ab und zu vorbeischauen, um zu sehen, ob es weitergeht oder nicht. Sie würden bestimmt alles dafür tun, hier bald wieder arbeiten zu können«, sagte Tessa. Sie ging hinaus und sah sich um. Armand folgte ihr. Doch weit und breit war das Pflaster leer, auf dem die Schwüle des Julitags lastete. Nur ein paar Katzen schlichen herum.

»Gut. Dann kümmerst du dich also um die Artisten – und ich mich um den Kredit und das Aufgebot.« Seine Augen leuchteten freudig. »Später sehen wir dann weiter.« Er küsste sie stürmisch. »Und wenn wir für die Arbeit hier niemanden finden, dann werde ich in der Stadt einen Bautrupp organisieren. Es gibt genügend Tagelöhner.«

»Aber wir brauchen auch Material …« Sorgenvoll wiegte Tessa den Kopf. Sie zog Armand wieder mit sich ins Innere und wies auf die Wände. »Sieh dir das doch an! Die Farbe blättert überall ab.«

»Die können wir kaufen. Denk an den Kredit«, wiegelte Armand ab. »Wir werden schon genug Geld haben, um alles zu renovieren.«

»Ich möchte nicht, dass du dich für mich ruinierst!«, sagte Tessa mit Nachdruck. »Das Theater war schließlich ganz allein meine Idee.«

»Wenn wir zuerst heirateten«, sinnierte Armand, ohne auf ihren Einwand zu achten, »dann hättest du als meine Frau sicher auch das Recht auf einen eigenen, also zusätzlichen Kredit. Vielleicht bei der Societé Générale, die meinen Vater schon seit Jahren betreut. Tessa, Comtesse de Montrodin – dieser Name wird dir sehr gut zu Gesicht stehen. Ich kann es kaum noch abwarten, dass du ihn trägst.« Er nahm sie in die Arme. »Mein Engel, ich liebe dich jede Stunde mehr!«, seufzte er an ihrem Hals. »Und ich möchte, dass du endlich ganz mir gehörst. Dann kann uns niemand mehr dreinreden.« Er küsste sie inmitten des Zuschauerraums so stürmisch, dass ihr der Atem wegblieb. Sein Enthusiasmus wischte die Bedenken in Tessas Kopf hinweg. Tatsächlich würde alles einfacher sein, wenn sie erst Armands Frau war, Madame la Comtesse de Montrodin. Dieser Titel würde ihr in Paris Türen öffnen, die ihr sonst verschlossen blieben. »Wenn du so darauf bestehst, Chéri«, seufzte sie nachgebend, »dann bleibt mir wohl keine andere Wahl. Aber ich warne dich: Ich bin keine einfache Partnerin. Auch dann, wenn ich die Comtesse de Montrodin bin, bleibe ich doch immer Tessa Taylor. Ich werde unter diesem Namen auftreten, ob du einverstanden bist oder nicht. Oder hast du schon einmal von einer Comtesse gehört, die einen Schleiertanz auf der Bühne aufführt?«

Armand lachte. »Mach, was du willst, mein Engel. Unser Leben wird schon aus diesem Grund nicht konventionell, sondern sehr aufregend und spannend sein!«

Tessa widersprach nicht und Armand begann, von den Formalitäten zu reden, die sie für die Hochzeit zu erledigen hatten. »Du musst ein langes weißes Kleid tragen und ich stelle mir jetzt schon vor, wie wunderschön du darin aussehen wirst. Der beste Schneider der Stadt soll es für dich anfertigen.« Er sah sie glücklich an, während Tessa automatisch nickte und dabei eine Anzahl verblichener Kostüme musterte, die sie in einer Truhe gefunden hatte. Vor allem musste überall gründlich sauber gemacht werden, dann konnte man die Wände streichen, modernere, aber einfache Stühle und Tische anschaffen, die morschen Bretter auf der Bühne ersetzen und, und, und …

»Hörst du mir überhaupt zu?«, fragte Armand leicht gekränkt. »Ich möchte für den Hochzeitsabend einen Tisch bei Chez Flaubert bestellen und wir werden dort großartig dinieren. Ganz allein, nur wir beide. Was hältst du davon?«

Tessa lächelte ihn an und gab ihm einen Kuss auf die Nasenspitze. »Du sprachst von einem Diner bei Chez Flaubert und einem weißen Hochzeitskleid. Ich habe es sehr wohl gehört und finde es wundervoll. Aber ich kann nicht verhindern, dass meine Gedanken ständig darum kreisen, was ich hier alles erneuern muss. Vielleicht haben ja auch die Artisten eine Idee.«

»Ehrlich gesagt, ich zweifle ein wenig daran, dass sie überhaupt kommen. Und noch mehr, dass sie sich zu Renovierungsarbeiten überreden lassen.«

»Da bin ich anderer Meinung. Ein arbeitsloser Künstler ist zu allem fähig. Ich habe es am eigenen Leib erfahren.«

Am nächsten Tag erschien Tessa schon in aller Frühe im Theater. Armand war in die Stadt gefahren, um den Kredit und die Formalitäten für die Hochzeit so rasch wie möglich abzuwickeln, bevor sein Vater davon erfuhr. Auch plagte ihn insgeheim die dumpfe Angst, Tessa könnte es sich doch noch einmal anders überlegen. Doch das war nicht der Fall. Im Gegenteil, der Gedanken, sich mit Armand zusammen gegen den Rest der Welt zu stellen, gefiel ihr immer mehr. Sie würden gemeinsam die Ärmel hochkrempeln und das Chaos im Theater lichten. Voller Energie stürzte sie sich in die ersten Aufräumarbeiten, erkannte aber bald, dass sie allein wenig ausrichten konnte. Erschöpft und voller Staub hielt sie nach zwei Stunden inne. Plötzliche Übelkeit überkam sie und sie atmete ein paarmal tief durch. Was war das? Sollte sie etwa schwanger sein? So etwas durfte ihr jetzt wirklich nicht passieren! Sie fuhr mit Hand über ihre breiter gewordene Taille, setzte sich auf einen der abgeschabten Zuschauersessel und dachte nach. Wann hatte sie die ersten Anzeichen gespürt? Energisch schob sie nach einer Weile den Gedanken an ein Kind beiseite. Jetzt gab es zunächst andere Probleme zu lösen.

Leise Schritte und Stimmen waren von draußen zu hören. Tatsächlich hatten sich ein paar der arbeitslosen Artisten zusammengetan und waren zu dem Theater gekommen. Schüchtern lugten sie durch die offene Tür. Tessa bat sie herein und musterte einen jeden neugierig und mit kritischem Blick. Es waren vier Frauen und drei Männer, die jetzt unschlüssig im Foyer standen. Alle waren alltäglich und eher schlicht gekleidet, der eine oder andere etwas vernachlässigt, und ein paar von ihnen sahen sogar aus, als hätten sie schon lange keine warme Mahlzeit mehr zu sich genommen.

»Mein Name ist Tessa Taylor«, stellte sie sich vor. »Ich habe das Theater gekauft und möchte es renovieren, damit es bald wieder in altem Glanz erstrahlt und bespielbar ist. Dazu werde ich eine talentierte Gruppe Artisten brauchen. Ich freue mich über euer Interesse. Aber zuerst möchte ich euch bitten, euch vorzustellen und mir zu sagen, mit welcher Kunst ihr damals hier in diesem Theater aufgetreten seid«, sagte sie so liebenswürdig wie möglich.

»Ich heiße Mimi«, begann ein junges, schmalbrüstiges Mädchen mit tiefen Schatten unter den Augen und hellblondem, geflochtenem Haar. »Und habe hier in der Tanztruppe Cancan getanzt. Aber ich liebe Tiere und kann Hunde dressieren«, fügte sie etwas ängstlich hinzu. »Wenn nötig, lese ich auch die Zukunft aus der Hand oder aus den Sternen …« Sie sah Tessa aus ihren großen grünen Augen im blassen Gesicht fragend an. »Ich mache alles, was verlangt wird.«

»Madame! Ich bin Jongleur, Taschenspieler und Seiltänzer – ganz einfach ein Universaltalent«, mischte sich jetzt ein junger Mann ein und ließ gleich ein paar Bälle durch die Luft fliegen, die er aus der Tasche zog. »Und heiße André. André, der größte Magier und Zauberer von Paris! Ich habe immer sehr viel Applaus bekommen, das können Sie mir glauben, Madame. Manchmal haben wir auch Kunststückchen mit den Zuschauern gemacht. Ihnen die Geldtasche oder den Kneifer geklaut, ohne dass sie es merkten. Das kam sehr gut an, hat die Leute zum Staunen gebracht. Früher war ich als Messerwerfer beim Zirkus.«

Tessa nickte. Einer nach dem anderen stellte sich vor. François spielte Geige, Marcel mimte den Clown und Monique war eine Frau, die ihren Körper so geschmeidig wie eine Schlange verbiegen konnte.

»Ich heiße Claudine und habe als Akrobatin gearbeitet«, sagte eine Dunkelhaarige mit zerzausten Locken.

»Und ich kann die neuesten Chansons singen, die in Paris kursieren«, mischte sich eine kleine, ziemlich unscheinbare Brünette ein, deren Stimme tatsächlich glockenhell klang, wie eine Probe bewies.

»Sehr schön«, sagte Tessa zufrieden. »Das wäre doch schon ein ganz nettes Programm. Wisst ihr, wo die anderen geblieben sind, die früher hier gearbeitet haben? Kulissenschieber, Garderobenfrauen und Platzanweiser? Es müssen doch insgesamt etwa zwanzig Leute gewesen sein.«

Ratloses Schulterzucken war die Antwort. »Da man sie nicht bezahlt hat, sind sie wohl abgewandert«, sagte Mimi mit ihrer hohen Kinderstimme. »Und ein paar Männer haben sich auch vom Militär anwerben lassen. Für den Krieg gegen die Deutschen.«

»Was?«, fragte Tessa überrascht. »Man wirbt Soldaten für den Krieg an?« Sie blieb für kurze Zeit stumm. Armand, der es eigentlich wissen musste, weil er in der Armee diente, hatte ihr nichts davon gesagt. Sie hatten nie über Politik gesprochen.

»Haben Sie denn nicht davon gehört? Unser Kaiser hat Preußen gerade den Krieg erklärt«, platzte Marcel heraus. »Ganz

Frankreich steht hinter ihm – alles ist schon im Kriegsfieber! Preußen hat Frankreich absichtlich gedemütigt!« Er sah in die Runde und die anderen nickten beifällig. »Wird Zeit, dass wir es den Boches mal zeigen!«

»Die Mobilmachung ist in vollem Gange«, rief Mimi dazwischen. »Die ganze Stadt in Aufruhr. Überall werden junge Männer angeworben.«

Tessa überlegte fieberhaft. Hatte es überhaupt noch einen Sinn, das Theater wieder zu eröffnen, wenn es jetzt Krieg gab? Damit hatte sie wirklich nicht gerechnet. In der Bonheur-Bar hatte man sich wenig für die politischen Ereignisse in Frankreich interessiert. Dort war man abgeschirmt gewesen vom Lauf der Welt. Aber sie musste zugeben, dass sie sich zu ihrer Schande auch um nichts anderes gekümmert hatte als ums Geldverdienen und um ihre eigenen Interessen.

»Die Menschen sind wie verrückt. Sie brennen darauf, dass unsere Männer den Preußen ordentlich was auf die Mütze geben.« Mimi kicherte leise. »Kaiser Napoleon wird die Armee persönlich begleiten.«

»Was auch immer geschieht«, sagte Tessa, die sich jetzt gefasst hatte, »das normale Leben wird weitergehen und der Krieg vielleicht nicht lange dauern. Ich nenne euch erst einmal meine Bedingungen. Wer bei mir arbeiten will, muss mir helfen, das Theater wieder in Schuss zu bringen. Wir müssen alle zusammenhalten – aufräumen, sauber machen, streichen und die Holzlatten ausbessern. Erst dann können wir das Programm festlegen und versuchen, Publikum anzulocken. Auch die Fassade muss ansehnlicher werden. Jeder von euch kann eigene Ideen entwickeln, die wir besprechen werden, bevor wir sie ausführen. Und je schneller wir damit fertig sind, umso eher können wir uns um unser wahres Ziel, die Vorstellungen, kümmern. Seid ihr damit einverstanden?«

Tessa hielt ein und sah einen nach dem anderen fragend an. Eine Pause war entstanden, in der keiner ein Wort sagte und die Artisten nur untereinander Blicke tauschten.

»Nun, was ist los«, fragte Tessa ungeduldig. »Was sagt ihr dazu?«

»Nein, das können wir auf keinen Fall machen«, meldete sich André als Erster zu Wort. »Wir sind Künstler, Artisten und keine Putzleute oder Bauarbeiter. Schließlich haben wir auch unseren Stolz.«

»Verdammt noch mal«, entfuhr es Tessa. »Es gibt Krieg. Und ihr habt nichts zu essen und scheut euch auch noch vor ehrlicher Arbeit? Pfui! Ich bin mir jedenfalls nicht zu schade, hier anzupacken.«

»Tut mir leid, Madame. Das geht gegen unsere Berufsehre«, wandte François, der Geigenspieler, ein. »Außerdem kann ich meine Finger nicht mit groben Arbeiten kaputtmachen. Dann spüre ich die Saiten nicht mehr.«

»Überlegt es euch«, sagte Tessa kurz angebunden. »Wer mitmachen will, soll morgen wieder herkommen, wer nicht …« Sie vollendete den Satz nicht, wandte sich um und öffnete verärgert das knarrende Gartentor. Das Grüppchen Artisten folgte ihr, nachdenklich und fast ein wenig bedrückt, nach draußen.

***

»Stimmt es, dass es Krieg gibt, Liebling?«

Tessa stand in ihrem weißen Hochzeitskleid, einem Traum aus Tüll, Spitzen und Volants vor dem Spiegel und drehte sich nach allen Seiten.

»Ja – und deshalb ist es höchste Zeit, zu heiraten, bevor ich meinen Einberufungsbefehl erhalte.« Armand verzog das Gesicht. »Ausgerechnet jetzt! Ich werde dir kaum bei den Renovierungsarbeiten helfen können. Aber ich hoffe, dass dieses

Scharmützel bald vorbei ist. Wir werden die Preußen schnell in ihre Schranken weisen. Dann bin ich ja wieder zurück. Und mach dir keine Sorgen wegen des Theaters. Die Leute wollen sich auch in Kriegszeiten zerstreuen.«

»Ich schaffe die Renovierung auch allein«, erklärte Tessa hochgestimmt. Sie schlug den langen Schleier zurück und strahlte Armand glücklich an. »Jetzt, wo mir genügend Geld zur Verfügung steht.«

»Du bist so schön«, rief Armand bewundernd aus, »ich könnte mich gleich noch einmal in dich verlieben!«

»Das Kleid ist viel zu kostbar für mich – zu teuer«, murmelte Tessa mit glänzenden Augen, »wir hätten das Geld für den Umbau sparen sollen.« Sie drapierte ihr offenes dunkles Haar über die Schultern, das in Spirallocken frisiert war und am Hinterkopf von einer Spange und weißen Rosen gehalten wurde.

Armand öffnete ihr galant und mit Schwung die Tür der einfachen Kutsche. »Steig ein, Liebste. Der Priester wartet schon. Er wird uns in der Kirche Notre Dame de Clignacourt trauen. Sie liegt ein wenig außerhalb von Paris, dort kennt mich niemand und wir haben unsere Ruhe. Gott sei Dank ahnt mein Vater nichts davon. Und wenn er es erfährt, wird es zu spät sein und wir sind bereits Mann und Frau.«

Tessa wagte nicht sich auszudenken, was der Comte sagen würde, wenn er erfuhr, dass sein Sohn ausgerechnet sie geheiratet hatte! Das hatte er bestimmt nicht im Sinn gehabt, als er sie bat, seinen Sohn in die Geheimnisse der Liebe einzuweisen. Er würde diesen Einfall vermutlich verfluchen. Dennoch konnte sie sich in diesem Moment ein schwaches, fast ein wenig schadenfrohes Lächeln nicht verkneifen. Das Leben ging oft verschlungene und merkwürdige Wege, die man nicht voraussehen konnte.

»Und das sind unsere beiden Trauzeugen.« Tessa deutete auf André und Mimi, die in ungewohnt festlichem Aufzug, André in Anzug und Krawatte und Mimi im rotgepunkteten Kleid mit Hut, vorne neben dem Kutscher Platz nahmen.

»Ich bin so froh, dass fast alle Artisten es sich überlegt haben und nun doch mit anpacken wollen. Zusammen mit den Tagelöhnern, die du engagiert hast, werden wir es schaffen und vielleicht schon in einem Monat so weit sein.« Tessa sah freudig zu Armand auf, der mit glänzenden, glatt nach hinten gekämmten Haaren im eleganten Frack neben ihr Platz nahm. »Bis du aus dem Feld zurück bist, ist alles vielleicht schon fertig.«

»Jetzt solltest du aber endlich einmal an etwas anderes denken, Liebste«, mahnte Armand lachend. »An uns beide, an unser Glück und an unsere Zukunft.« Tessa nickte und schmiegte sich eng an ihn. Der Kutscher ließ die Peitsche schnalzen und die Pferde zogen an.

Die erst vor sieben Jahren fertiggestellte Kirche gegenüber der Mairie war schön geschmückt und die Gläubigen aus dem Viertel sahen neugierig auf die geheimnisvolle Kutsche und bewunderten das schöne Hochzeitspaar. Obwohl alles sehr feierlich ablief und die Orgel ein wunderbares Stück des jungen Komponisten César Franck spielte, fühlte sich Tessa nicht ganz wohl in ihrer Haut. Sie hatte ein ungutes Gefühl. Auf was hatte sie sich da eingelassen? Was kam noch auf sie zu, wenn Armands Vater von der heimlichen Hochzeit erfuhr? Sie versuchte, diese Gedanken so gut es ging zu verdrängen, was ihr schließlich auch gelang. Nach der feierlichen Trauung fuhren sie mit den beiden Trauzeugen in bester Stimmung zu Chez Flaubert, wo ein opulentes Mahl in einem Séparée auf sie wartete. Doch in dem eleganten Restaurant herrschte eine ungewohnte Unruhe. Die Gäste schienen nervös, Köche und Kellner tuschelten unablässig miteinander und eine gewisse Spannung lag in der Luft. Die Worte »Krieg«, »Aufrüstung«, »Beleidigung« waren in aller Munde und es herrschte eine Stimmung nach dem Motto »denen werden wir es zeigen«.

Armand ließ sich den Abend in seiner euphorischen Stimmung jedoch nicht verderben. »Meine Garnison hat noch keinen Marschbefehl bekommen«, sagte er vergnügt. »Wer weiß, ob es nicht doch noch zu einer Einigung zwischen Preußen und Frankreich kommt. Ohne mich werden sie den Krieg sowieso nicht beginnen«, fügte er spaßeshalber hinzu und stieß mit Tessa an. Der Champagner floss, das Menü, bestehend aus Austern, rosa Krabben in Mayonnaise, Kalbsragout mit Pilzen in Champagner und einer Tarte au Chocolat, war exzellent und Tessa, die jetzt alle Bedenken fallen ließ, hatte sich schon lange nicht mehr so glücklich gefühlt. Erst spät nach Mitternacht brachten sie die beiden Trauzeugen, André und Mimi, heim und kehrten in ihre bescheidene Pension in Belleville zurück, wo sie im Nebengebäude ein Zimmer für Dauergäste gemietet hatten. Armand wollte Tessa unbedingt über die Schwelle tragen und unter lautem Lachen und Gekicher schleppte er sie die Treppe hinauf. Doch dort erwartete ihn eine unliebsame Überraschung. Eine weibliche, ein wenig füllige Gestalt erhob sich von der letzten Stufe der Treppe und sah ihm mit leidender Miene entgegen. Seine Mutter! Und hinter ihr erhob sich jetzt sein Vater mit unheildrohender Miene. Vor Schreck ließ Armand Tessa beinahe fallen. Sie wich zurück und zog den Brautschleier schnell über ihr Gesicht.

»Armand«, rief Graf de Montrodin mit donnernder Stimme und stellte sich seinem Sohn in den Weg. »Was soll das? Ich weiß nicht, welche Komödie du hier aufführst. Du feierst – heiratest ohne meine Einwilligung? Eine Frau, die du mir nicht einmal vorgestellt hast? Und nicht nur das, du vergisst auch noch deine patriotische Pflicht! Napoleon hat Preußen den Krieg erklärt – überall wird gerüstet. Dein Marschbefehl ist gekommen und deine Einheit wurde Richtung Weißenburg abkommandiert. Wenn du nicht sofort losziehst, wirft man dich mit Schmach und Schande aus der Armee. Dann ist unsere Familie blamiert.«

»Mein Marschbefehl?« Armand war blass geworden. »Ich habe nichts erhalten.«

»Weil du schon so lange nicht mehr zu Hause warst!«, schimpfte der Comte. »Und dich um nichts gekümmert hast.«

»Ist das wahr? Dass es so schnell geht, damit habe ich nicht gerechnet.« Armand setzte eine zerknirschte Miene auf.

»Du hast nicht damit gerechnet, weil du wohl andere Dinge im Kopf hattest! Deine Mutter und ich haben dich überall gesucht«, schnaubte der Comte außer sich, »um dir größere Schwierigkeiten bei deinen Vorgesetzten zu ersparen. Das Vaterland verlangt nach dir und du verschwindest? Heiratest heimlich, ohne uns zu verständigen?« Er musterte seinen Sohn, während Tessa, die Armand inzwischen abgesetzt hatte, sich so gut es ging, hinter ihm versteckte. »Wer ist diese Frau?«

Tessa spürte, wie Armands Rücken sich straffte. »Vater – reg dich bitte jetzt nicht auf …«

»Ich soll mich nicht aufregen? Du hast ohne meine Einwilligung gehandelt, missratener Sohn«, fuhr ihn der Graf an, dem vor Wut beinahe die Augen aus dem Kopf traten. »Hast uns deine Zukünftige nicht einmal vorgestellt!«

»Ich bin volljährig, Vater, und kann tun und lassen, was ich will«, verteidigte sich Armand.

»Dein unverschämtes Benehmen wird dir noch leidtun. Ich enterbe dich«, schrie der Comte. »Und jetzt frage ich dich noch einmal: Wer ist das Mädchen, das du da hinter deinem Rücken versteckst?«

»Sie ist inzwischen meine Frau«, sagte Armand mit gefasster Stimme und zog Tessa ins fahle Licht der Treppenhausbeleuchtung. »Damit wirst du dich wohl oder übel abfinden müssen.«

Er trat zurück und Tessa blieb nichts anderes übrig, als den Brautschleier zurückzuschlagen und dem Comte offen ins Gesicht zu sehen. Erbleichend stieß er bei ihrem Anblick einen heiseren Schrei aus, der durch den ganzen Flur hallte. Dann beschattete er die Augen mit der Hand, als wolle er nicht wahrhaben, was er sah. Sein Gesicht wechselte die Farbe bis zu einem ungesunden, beinahe violetten Rot, er schwankte und hielt sich am Treppengeländer fest. »Nein«, rief er aus. »Nicht diese … diese … Das ist doch nicht möglich …«

Eine Tür öffnete sich und die Concierge kam im Schlafrock und mit Lockenwicklern im Haar angelaufen. Der Lärm im Flur hatte sie aus der Nachtruhe gerissen. »Meine Herrschaften, ich muss Sie doch sehr bitten!«, versuchte sie, sich Gehör zu verschaffen. »Was machen Sie hier für einen Lärm – mitten in der Nacht? Das ist grobe Ruhestörung.«

Niemand beachtete sie, denn jetzt mischte sich auch Armands Mutter, Madame La Comtesse ein, die mit vorwurfsvoller Miene und Tränen in den Augen auf ihren Sohn blickte. »Wie konntest du uns das nur antun, Armand?«

Als dieser nicht antwortete, wandte sie sich ihrem Mann zu, der wie zur Salzsäule erstarrt schien. »Sag doch etwas, Adolphe? Kennst du dieses Mädchen?«, fragte sie verwirrt.

»Mädchen?«, wiederholte der Comte und riss die Augen weit auf. »Mädchen?« Dann brach er in ein irres Gelächter aus, das seinen ganzen Körper erschütterte und die Concierge erschrocken zusammenzucken ließ.

XIII. Kapitel

Berlin, Mai 2018

Es war wunderbares Wetter, als ich mich an meinem freien Mittwochnachmittag zu einem Spaziergang durch den Lustgarten der Museumsinsel aufmachte. In der Nähe des Alten Museums setzte ich mich auf eine Bank, hielt mein Gesicht in die Sonne und genoss ihre warmen Strahlen. Langsam fiel der Stress von mir ab, die Arbeit in meiner überfüllten Praxis hatte mich diese Woche ziemlich in Atem gehalten. Es war sommerlich warm, die Vögel zwitscherten, ein laues Lüftchen umspielte mich und ich hatte nach einer Weile das schöne Gefühl von Freiheit und Ungebundenheit. Vom Dom klang die tiefe Glocke herüber, sie schlug zwei Uhr. Um diese Zeit sollte ich Alexander hier treffen.

Ich sagte mir, dass es guttäte, einmal ein paar Stunden auszuspannen, nichts zu tun und nicht zu grübeln, sondern einfach nur in den blauen Himmel zu schauen. Doch wie ich feststellte, ließen sich meine Gedanken nicht so einfach abschalten. Vor allem fühlte ich ein Kribbeln im Bauch, eine gewisse Nervosität, die mich in letzter Zeit unausweichlich ergriff, wenn ich wusste, ich würde Alexander bald gegenüberstehen. Um mich herum spielten Kinder, liefen Hunde, duftete es nach Wiese, Himbeereis und Sonnenschein.

Längere Zeit hatte ich nichts von meinem Autor gehört und dachte schon, er habe vielleicht eine Schreibblockade. Oder keine Lust mehr auf mein Urteil, weil er sich vor neuer Kritik fürchtete.

Wahrscheinlich war es mein Fehler. Ich hatte ihn nämlich vor einiger Zeit angerufen – ziemlich empört über den letzten Teil seines Manuskripts. Diese zweifelhafte Geschichte mit Tessa im Bordell! Dort, wo sich mein Großonkel Armand und Tessa angeblich kennengelernt haben sollten. Ganz abgesehen von den Dingen, die Alexander über Armands Vater schrieb. Schwer zu glauben, dass so etwas in der hochmoralischen Familie de Montrodin, aus der ich stammte, vorgekommen ist. Vermutlich war das alles nur der blühenden Fantasie des Schriftstellers entsprungen. Dennoch hatte ich mich schon öfter gefragt, warum man hinter der Hand immer so abfällig, so geheimnisvoll von Tessa gesprochen hatte. Vielleicht waren ja die dunklen Seiten der Vergangenheit nur unter den Teppich gekehrt worden. Ich war mir plötzlich nicht mehr sicher, was wahr sein konnte oder nicht.

Alexanders Schweigen auf meinen Protest hin hatte mich unruhig gemacht, zudem war es furchtbar unbefriedigend, nicht zu wissen, wie die Geschichte weiterging. Würde er mir den Rest des Romans jetzt ganz vorenthalten? Ich war sehr erleichtert, als nach einigen Tagen doch wieder ein Briefchen mit der Bitte um ein Treffen eintraf. Meine Laune stieg und die Welt war wieder in Ordnung.

Ich sah auf die Uhr. Es war schon eine Viertelstunde über der verabredeten Zeit. Würde er vielleicht gar nicht kommen? Unruhig trommelte ich mit den Fingern auf die Lehne der Bank, während meine Blicke nervös durch den Park schweiften. Da – dort drüben, das musste er sein. Mein Herz schlug sofort einige Takte schneller. Er sah wirklich sehr gut aus, in seinem dunkelblauen Blazer und dem weißen Polohemd. Braun gebrannt, als wenn er in den Süden verreist gewesen wäre! Dann bemerkte ich, dass er nicht allein war. Er sprach mit demselben sehr jungen, hübschen und langhaarigen Mädchen, mit dem ich ihn schon einmal gesehen hatte. Sie schaute anbetungsvoll zu ihm auf und jetzt schlang er auch noch den Arm um sie und küsste sie. Zwar nur auf die Wange, doch ich kann gar nicht beschreiben, was bei diesem Anblick in mir vorging. Dann winkte sie ihm noch einmal zu, bevor sie mit schnellen Schritten hinter den Bäumen verschwand. Das hätte ich mir ja denken können! Wer solch eine ausufernde Fantasie hat, kann ja kein unbeschriebenes Blatt mehr sein. Sollte ich gleich gehen, ihn einfach stehen lassen? Mochte er doch sehen, wie er sein Buch fertigbrachte. Ohne mich – und ohne den guten Namen meiner Familie zu beschmutzen! Ich zögerte. Nein, ich würde hierbleiben – ihm deutlich sagen … Ja, was denn eigentlich?

Er hatte mich erblickt und kam mit großen Schritten strahlend auf mich zu. »Vanessa!« Er ergriff meine Hand und drückte wieder ganz altmodisch einen Kuss darauf. »Schön, Sie endlich wiederzusehen! Haben Sie mich schon vermisst?«

Ich war so perplex von seinem Selbstbewusstsein, dass mir gar keine passende Antwort einfiel. Und so schüttelte ich nur den Kopf und stotterte eine kühle Begrüßung hervor.

»Was ist?«, rief er aus, »was machen Sie denn für ein Gesicht? Sind Sie mir böse wegen meiner Verspätung?« Er sah mir fragend in die Augen und ich fühlte, wie plötzliche Röte mir in die Wangen stieg.

»Nein, nein«, erwiderte ich hastig, »mir gehen nur ein paar Sachen aus meiner Praxis im Kopf herum. Das lässt einen so schnell nicht los.« Ich lächelte gezwungen.

»Gehen wir ein Eis essen?«, fragte er, fasste mich bei der Hand und zog mich förmlich mit sich fort. »Dort drüben ist ein Café. Da können wir uns in aller Ruhe unterhalten.« Er deutete auf seine schmale Aktentasche. »Ich habe Ihnen neuen Stoff mitgebracht und bin furchtbar gespannt auf Ihre Meinung.«

Kurze Zeit später saßen wir schon auf der eleganten Terrasse vor einem voluminösen Eisbecher mit Sahne und ich versuchte, meine unangebrachte Eifersucht auf das Mädchen von vorhin zu verdrängen. Es ging hier schließlich nur um ein Buch, genauer: um eine etwas ausgeschmückte Familiengeschichte, zu der ich einige Fakten geliefert hatte. Ich nahm mir vor, sachlich zu bleiben – das konnte ich doch sonst auch so gut.

»Nun, was sagen Sie zu den letzten Seiten? Am Telefon schienen Sie mir etwas pikiert.« Er beugte sich gespannt zu mir herüber, während ich mit niedergeschlagenen Augen an meinem Eisbecher löffelte.

Ich sah auf und versuchte, ganz ruhig zu bleiben. »Ich konnte nicht aufhören zu lesen. Aber ehrlich gesagt – diese Bordellgeschichte! Das hat mich etwas schockiert.« Es klang strenger, als ich es meinte. Er antwortete nicht gleich und sah mich lange an, bis ich verlegen den Blick abwenden musste.

»Haben Sie wirklich so überholte Moralvorstellungen?« Er zündete sich eine Zigarette an. »Das hätte ich bei einer modernen Frau wie Ihnen gar nicht erwartet.«

»Wieso?«, verteidigte ich mich. »Ich sage ja nur, dass ich es nicht recht glauben kann.« Ich schwieg. Eine längere Pause entstand, in der ich mich auf mein Eis konzentrierte, aber kaum etwas schmeckte.

»Und wenn ich daran nichts erfunden hätte?« Er sah mich unentwegt an, während er den Rauch seiner Zigarette in die Luft blies. »Und auch an meinem Text nichts ändern wollte? Hätten Sie dann überhaupt noch Lust, weiterzulesen?«

Ich merkte, dass es ihm ernst war und dass ich ihn bei einem »Nein« vielleicht nie wiedersehen würde. Im selben Moment kam ich mir furchtbar bieder und provinziell vor. »Haben Sie eine Zigarette für mich?«, fragte ich, um Zeit zu gewinnen, denn eigentlich rauchte ich ja gar nicht. Hustend paffte ich eine kleine Rauchwolke in die Luft. »Natürlich würde ich gern weiterlesen«, lenkte ich ein. »Und von mir aus können Sie ruhig schreiben, was Sie wollen. Aber es sollte nicht zu sehr aus der Luft gegriffen sein.«

»Aber nein.« Ein breites Lächeln zog über sein Gesicht, seine blauen Augen schienen Funken zu sprühen, als er mich ansah. »Ich

kann Ihnen versichern, dass ich alles, was ich zu meinen Recherchen über Tessa Taylor, oder besser gesagt: der Comtesse de Montrodin brauchte, in dem Köfferchen gefunden habe, das Sie mir freundlicherweise überlassen haben.«

Ich sog angestrengt an meiner Zigarette und wusste nicht gleich, was ich dazu sagen sollte. »Nun ja, Tessa war wohl ein bisschen das schwarze Schaf in unserer Familie ...«

»Über diese Dinge lässt sich streiten«, sagte Alexander. »Ich fand eigentlich, dass sie eine starke Frau war.« Er bückte sich und zog eine schmale Mappe mit einem neuen Manuskript aus seiner Tasche. »Das ist übrigens für Sie. Und ich wollte Ihnen schon die ganze Zeit einmal sagen, wie glücklich ich bin, Sie getroffen zu haben!« Es klang sehr bewegt. »Nicht nur wegen der Recherchen zu meinem Roman!«

Ich erwiderte sein Lächeln und fühlte mein Herz unter seinem Blick schmelzen. Doch dann fiel mir das junge, hübsche Mädchen von vorhin ein. Sicher war es nichts weiter als eine Floskel. Mein Lächeln erstarb und ich sah auf meine Armbanduhr. »Oh, schon so spät. Ich muss los. Danke für das neue Manuskript.« Ich winkte dem Kellner.

»Bleiben Sie doch noch«, sagte Alexander enttäuscht. »Wir könnten doch den schönen Tag noch ein wenig zusammen genießen!«

»Leider – man wartet auf mich. Ich muss jetzt wirklich gehen.«

»Und wann sehen wir uns wieder?«

»Ich rufe Sie an!« Mit diesen Worten eilte ich so hastig davon, als müsste ich vor meinen eigenen Gefühlen davonlaufen.

***

Berlin, 1870

Inzwischen war überall im deutschen Land das Kriegsfieber ausgebrochen, auch in den süddeutschen Staaten, die sich Preußen verpflichtet hatten. Tausende bevölkerten die Straßen, als König Wilhelm nach der französischen Kriegserklärung am 19. Juli aus

Bad Ems, seinem Kurort, zurückkehrte. »Wir wollen den Krieg, Majestät!«, schallten ihm die Rufe aus der Menge entgegen, die den König am Berliner Bahnhof empfing. Aus voller Brust sangen die Menschen auf den Straßen das patriotische Lied »Die Wacht am Rhein« und jubelten über die Entscheidung für den Krieg. In den Kasernen rüsteten sich die Soldaten für den Kampf und wurden rasch mit Pferden, Waffen und sonstigem Material auf dem für die übrige Bevölkerung stillgelegten Eisenbahnnetz zu den Schlachtfeldern befördert. General von Moltke, der den Krieg mit Frankreich schon lange kommen sah, hatte in weiser Voraussicht alles vorbereitet, geplant und in die Wege geleitet. Die Kriegsmaschinerie sprang auf deutscher wie auf französischer Seite mit voller Kraft an.

In der Charité herrschte noch die Ruhe vor dem Sturm. Aber gewisse Vorbereitungen waren auch hier in vollem Gange. Betten wurden herbeigekarrt, Räume bis unter den Dachboden bereit gemacht, Operationssäle mit Geräten, Instrumenten, Verbandsmaterial und vielem mehr doppelt und dreifach ausgestattet und sogar Platz im Keller des Instituts geschaffen.

Camilla war zum Glück wieder bei Kräften und versah ihren Dienst mit großer Umsicht. In den Tagen nach der Impfung war es ihr nicht besonders gut gegangen. An ihrem Arm hatte sich eine Eiterblase gebildet, die nach etwa zwei Wochen zwar verheilt war, jedoch eine deutliche Narbe hinterlassen hatte. Mit scheelen Blicken hatte Mater Rotrudis ihren Umzug in die Isolierstation des ersten Stockes verfolgt. Doch ihre nörgelnden Proteste verhallten ungehört.

Dank Doktor Schmiedingers ausführlichen Anweisungen konnte Camilla schon bald die Erkrankten versorgen, die an Fieber, Rachenentzündung und eitrigen Pusteln litten und deren Körper und Gesicht von der Krankheit teilweise völlig entstellt waren. Vorerst handelte es sich allerdings nur um wenige schwere Fälle und sie hatte daher oft Zeit, dem Arzt beim

Experimentieren zuzusehen, der unablässig nach der Ursache der Pocken forschte. Er glaubte, dass deren Erreger, genau wie diejenigen der Diphterie, die deutlich als seltsam geformte Kügelchen unter dem Mikroskop zu erkennen waren, ebenfalls in irgendeiner Form erkennbar sein müssten. Der Arzt erklärte ihr, wie leicht es zu einer Ansteckung für jedermann kommen konnte. Man vermutete, dass die Bakterien im Staub lauerten, aber auch, dass eine daran erkrankte Person durch Berühren und Anhusten bei einer noch gesunden Person eine Pocken-Infektion auslösen konnte. Genaueres über diese Krankheit wusste man aber nicht.

Beim flackernden Schein der Petroleumlampe führten Camilla und er oft vertraute Gespräche, die sich manchmal bis in die Nacht hineinzogen. Camilla erzählte Doktor Schmiedinger bei einer solchen Gelegenheit auch von dem nächtlichen Überfall, dem Mann mit der Maske, dem sie gerade noch entkommen war. Und dass sie dachte, er könnte vielleicht der Serienmörder gewesen sein, der im Moment alle Gemüter in Schrecken versetzte.

Zum Glück war seit einiger Zeit kein neuer Fall mehr bekannt geworden. Doch die Polizei tappte immer noch im Dunkeln. Die Nachrichten über die Taten des unheimlichen Phantoms, lange Zeit Gesprächsthema Nummer eins, wurden jetzt von denen über den Krieg gegen Frankreich verdrängt, der alles andere überschattete. »Ein Irrer!«, seufzte Doktor Schmiedinger. »Das menschliche Gehirn ist eben noch weitgehend unerforscht. Niemand weiß, welche Veränderungen in seinen Funktionen solch eine grausame Bestie hervorbringen.« Er stand auf, ging in einen Nebenraum des Labors und brachte ein bauchiges Glas mit, in dem ein graue, wie von Windungen durchzogene Masse in Spiritus schwamm. »Dieses hier ist aus der Irrenabteilung. Das Gehirn eines unheilbar Verrückten, der sich nach einigen Wochen in der geschlossenen Abteilung selbst erhängt hat. Wir haben ihn heimlich im Keller obduziert.« Er starrte in das Glas. »Leider ließ sich keine sichtbare Anomalie in seinem Kopf feststellen. Vieles ist uns in diesem Bereich noch ein Rätsel.«

Camilla schauderte, während der Arzt ihr die Nervenbahnen der schwabbeligen Hirnmasse erklärte. »Können Sie sich vorstellen, dass die Seele ihren Sitz in einem solchen Organ hat? Im Herzen soll sie sich ja auch nicht befinden. Wo aber sonst …«, fragte sie zögerlich.

Doktor Schmiedinger zuckte die Achseln. »Das kann ich Ihnen auch nicht sagen. Die Seele«, er überlegte, »die Seele ist die unsichtbare Gesamtheit eines Wesens, sie spiegelt Empfindungen wider. Sie ist das Spirituelle des Menschen. Warum sollte sie sich nicht im Gehirn befinden?«

»Weil sie ein Eigenleben führt – unabhängig vom Verstand«, beharrte Camilla.

»Woher wollen Sie das wissen?«, lachte Doktor Schmiedinger. »Aber jetzt kommen wir von der Medizin ins Philosophieren und erreichen beinahe das Gebiet der Metaphysik.«

»Stimmt«, seufzte Camilla. »Es hat keinen Sinn, über so etwas nachzudenken. Wir werden den Sitz der Seele niemals ergründen.«

»In einem haben Sie allerdings recht. Vernunft und Gefühl sind zweierlei! Das haben wir doch alle irgendwann einmal erlebt.«

Camilla nickte und schlug die Augen nieder, denn in seinem Blick lag eine unausgesprochene Frage, die sie noch nicht beantworten wollte.

***

Der Krieg war bald in vollem Gange. Nicht mehr so oft, aber immer kurz vor dem Einschlafen dachte Camilla an Paul. Sie stellte sich vor, wie er stolz und aufrecht zu Pferde sitzend mit seinem Regiment in den Kampf zog. Wie ihm Adelheid vielleicht unter Tränen mit einem Taschentuch nachgewunken hatte. Diese Bilder waren wie Dolchstiche. Nur die Erinnerung an die Demütigung, mit der Paul sie getäuscht und ausgenutzt hatte, schmerzte noch stärker. Sie verfluchte zum hundertsten Male ihre Gutgläubigkeit, mit der sie ihm damals vertraut hatte.

»Möchten Sie auch einen Kaffee – oder lieber Tee?«, fragte Doktor Schmiedinger, nachdem er Camilla an einem der nächsten Tage in sein Privatkabinett gerufen hatte. Ohne ihre Antwort abzuwarten, stellte er eine zweite Tasse auf den Tisch. An diesem Morgen wirkte er ein wenig übernächtig, wie er so dasaß, in seinem Kaffee rührte und dabei in der Zeitung vom Morgen blätterte. Camilla mochte diese ruhige Stunde vor Dienstbeginn, in der Doktor Schmiedinger mit ihr alles Wesentliche für den Tag besprach.

»Was sagt man denn dazu?« Der Arzt sah Camilla über den Brillenrand an und zeigte ihr lächelnd den Hauptartikel. »Großartig! Unsere Armee hat die ersten Siege in Lothringen und im Elsass errungen! Und sie schlägt sich tapfer. Wenn wir weiter siegen, können die Befürworter des Krieges jubeln. Und Bismarck wird zufrieden sein.« Er schob eine Haarsträhne zurück, die ihm sofort wieder in die Stirn fiel, und wurde gleich wieder ernst. »Aber wie auch immer der Krieg ausgehen wird: Wir werden bald sehr viel Arbeit bekommen und Tausende von Verletzten wieder zusammenflicken müssen, deren Schreie uns bis in den Schlaf verfolgen.«

Camilla goss Kaffee in die beiden Tassen und warf ebenfalls einen Blick in die Zeitung. »Hoffen wir, dass der Krieg bald zu Ende ist«, sagte sie zuversichtlich. Insgeheim dachte sie, dass die Arbeit in der Klinik eine Art Sisyphusarbeit war, ein Kampf gegen unzählige Krankheiten und Verletzungen, den man niemals gewinnen konnte. Dennoch war jeder Sieg ein persönlicher Triumph. »Wir brauchen mehr Verbandszeug!« Sie deutete auf die Lücken zwischen den zusammengerollten sauberen Bandagen im Regal. »In der Station unten fürchtet man, dass es bald ausgehen wird. Bruno meldete einen Engpass in der Lieferung. Aber auch einen Nachschub an Medikamenten, denn die Transporte mit Verwundeten nehmen zu. Täglich kommen neue Einlieferungen. Schwester Rotrudis jammert schon jetzt, sie hätte nicht genügend Personal, um allen gerecht zu werden.«

»Jammern hilft auch nicht viel«, bemerkte Doktor Schmiedinger spöttisch. »Wir werden wie immer unser Bestes tun. Hoffen wir nur, dass die Pockenfälle nicht weiter zunehmen und uns zusätzlich Ärger machen. Professor Virchow bemüht sich ja schon lange um eine Hygieneabteilung und eine stärkere Forschung in dieser Richtung. Scheinbar ist nie genug Geld dafür da. Alles fließt jetzt ohnehin in die Kriegskasse.« Er zog sein Gesicht in sorgenvolle Falten, was ihn mit den tiefen Schatten unter den Augen älter erscheinen ließ, als er war. »Der Krieg verschlingt alles an Subventionen. Hier steht, dass man ungefähr sechshunderttausend Mann in den süddeutschen und preußischen Kampfverbänden zusammengezogen hat. Das bedeutet, dass Mengen von Soldaten in Lagern zusammengepfercht werden und die Gefahr einer Epidemie rapide ansteigt. Mit den Mitteln, die uns bislang zur Verfügung stehen, können wir kaum Vorsorge treffen. Wir haben trotz aller Forschung noch nicht einmal einen wirksamen Stoff gegen die Cholera gefunden.« Er seufzte. »Die große Frage ist nach wie vor nicht beantwortet: Sind es wirklich Mikroben oder handelt es sich um eine gewisse Zellenentartung, die durch unsaubere Lebensverhältnisse ausgelöst wird?« Nachdenklich trank er seinen Kaffee aus, nahm den Kneifer ab, legte ihn auf den Tisch und rieb sich die Augen. »Bis wir das wissen, werden noch viele Menschen auf unserer Isolierstation sterben.«

In diesem Moment klopfte es und eine Krankenschwester steckte den Kopf herein. »Entschuldigen Sie die Störung, Herr Doktor. Aber Sie werden von Herrn Professor Virchow verlangt!«

»Ich komme in ein paar Minuten«, rief Doktor Schmiedinger, bevor sich die Tür wieder schloss. Er erhob sich hastig und im gleichen Moment wie Camilla. Ihre Körper berührten sich, seine Wange streifte ihr Haar. Er hielt sie fest und beide waren sich plötzlich sehr nahe. Camilla rührte sich nicht, sie hob nur langsam den Kopf und erschrak vor dem Ausdruck seiner dunklen Augen, in denen unverhülltes Begehren stand. Schon lange hatte es zwischen ihnen geknistert, wenn sie sich ansahen und ihre Hände sich wie zufällig berührten. »Camilla«, der Arzt umfasste zärtlich ihren Nacken und zog ihren Kopf zu sich, »ich wollte Ihnen schon lange sagen, wie viel Sie mir bedeuten …«

Camilla schloss die Augen vor seiner Nähe und zitterte, als er sanft mit seinen Lippen die ihren suchte. Sie hatte gewusst, dass es eines Tages so kommen würde, und hatte ein wenig Angst davor gehabt. Es war ein schönes, ein süßes Gefühl, das sie durchströmte, gemischt mit Sicherheit und Vertrauen – und sie war geneigt, sich ihm einfach hinzugeben und es zu genießen. Sein Kuss wurde leidenschaftlicher, er presste sie besitzergreifend an sich, schob seine Hand unter ihre Bluse und stöhnte leise auf, als er ihre nackte Haut spürte. In diesem Moment erwachte sie aus ihrer Trance, aus dem trügerischen Gefühl von Geborgenheit, dass sie umfangen hatte. Zurückweichend schob sie den Arzt von sich. »Nein, nein«, murmelte sie fast unhörbar. »Bitte nicht. Die Rolle einer Geliebten liegt mir ganz und gar nicht.« Sie strich die Strähnen zurück, die sich aus ihrem aufgesteckten Haar gelöst hatten.

»Camilla«, die Stimme Doktor Schmiedingers klang heiser, »verstehen Sie mich nicht falsch. Ich suche kein Abenteuer – ich meine es ernst. Schon lange bin ich von meiner Frau getrennt.

Ich habe nicht mehr an die Liebe geglaubt, bevor ich Sie getroffen habe. Aber meine Empfindungen für Sie sind immer weiter gewachsen. Und jetzt weiß ich, wie sehr ich Sie liebe! Werden Sie meine Frau. Ich möchte nie mehr ohne Sie sein.«

Camilla strich sich über die Stirn, als müsse sie die Schatten der Erinnerung fortwischen, die sie immer noch quälten. »Sie sind von Ihrer Frau getrennt? Verzeihen Sie, aber das kommt alles so plötzlich, ich …«

»Denken Sie darüber nach. Meine Scheidung ist nur noch eine Frage der Zeit. Und sagen Sie doch bitte Robert zu mir!«, bat er und versuchte, sie wieder an sich zu ziehen. Doch Camilla drehte sich zur Seite und schüttelte den Kopf. »Ihr Antrag ehrt mich – Robert! Aber ich kann ihn nicht annehmen!«

»Aber warum denn nicht?« Der Arzt ließ ernüchtert die Arme sinken. Er setzte seinen Kneifer wieder auf und sah sie fragend und beinahe durchdringend an.

»Weil mein Herz noch nicht frei ist. Ich … ich schätze Sie, Robert. Und ich mag Sie sehr – auf eine ganz bestimmte Weise. Aber ich habe eine große Enttäuschung hinter mir.« Tränen waren in ihre Augen getreten.

»Wer ist es?«, drängte Schmiedinger. »Was hat er Ihnen getan? Sagen Sie es mir, ich möchte Gewissheit.«

»Sie kennen ihn nicht. Aber lassen Sie mir Zeit. Eines Tages werde ich ihn vergessen haben.«

Schmiedinger seufzte und senkte den Kopf. »Dann werde ich also warten«, sagte er enttäuscht. »Darf ich wenigstens hoffen, Camilla?«

Sie antwortete nicht und sah an ihm vorbei aus dem Fenster.

Das Gesicht des Arztes hatte einen sorgenvollen Zug. Er nahm ihre Hand und drückte einen flüchtigen Kuss darauf. »Verzeihung. Und lassen Sie sich Zeit, vielleicht …« Er vollendete den Satz nicht, wandte sich um und verließ schnellen Schrittes den Raum.

Camillas Herz klopfte heftig. Sie hatte das dumpfe Gefühl, einen Fehler gemacht zu haben.

***

In den nächsten Tagen zeigte sich, dass sich Doktor Schmiedingers Befürchtungen hinsichtlich einer Epidemie bewahrheiten sollten. An einem einzigen Tag wurden zehn neue Pockenfälle eingeliefert und auf der Isolierstation hatte man alle Hände voll zu tun. Trotzdem bat Camilla den Arzt um ein paar freie Tage. Sie wollte sich den traurigen Dingen ihrer Vergangenheit stellen, endlich einmal mit sich ins Reine kommen, bevor es zu spät war. Emilys Grab besuchen, den Ort, den sie in ihrer Erinnerung zu verdrängen versucht hatte, weil der Gedanke daran zu sehr wehtat. Der Tod des jungen Mädchens im Krankensaal war ihr nicht aus dem Kopf gegangen. Er hatte sie erschüttert und wachgerufen, was sie lange Zeit nicht wahrhaben wollte. Emily hatte es nicht verdient, vergessen zu werden, das spürte sie plötzlich ganz deutlich. Ungern ließ Doktor Schmiedinger sie in dieser kritischen Zeit ziehen, doch er ahnte, wie wichtig es für sie war, mit der Vergangenheit abzuschließen.

Die Fahrt nach Neunburg vorm Wald zog sich hin, denn die Eisenbahn war ab jetzt ausschließlich für die Soldaten reserviert. Camilla musste sich mit der Pferdebahn und diversen Postkutschen begnügen und es schien ihr unendlich lange zu dauern, bis der altvertraute Schatten des Klosterbaus schließlich vor ihren Augen auftauchte. Sie hatte einen Strauß binden lassen, aus Emilys Lieblingsblumen, Rosen und einfachen Margeriten. Beklommen läutete sie die Glocke, und eine unbekannte Klosterschwester öffnete. Camilla stellte sich als ehemaliger Zögling vor und verlangte nach der Oberin Theresia. Es dauerte eine ganze Weile, bis sie in das Zimmer der Oberin geführt wurde. Theresia saß an ihrem Schreibtisch und sah in ihrer strengen Klostertracht aus wie immer. Nur ihr Gesicht war schmaler als zuvor, mit spitzer Nase und gelblichem Teint, der wie altes, knittriges Pergamentpapier wirkte. Bei Camillas Anblick trat ein sparsames Lächeln auf ihr Gesicht. »Ah, unsere ehemalige Schülerin! Schön, dass du mich einmal besuchst, Camilla. Ich hatte dich schon viel eher erwartet.«

»Ich … lebe jetzt in Berlin und arbeite in der Charité, ehrenwerte Mutter.«

»Vorbildlich«, die Oberin nickte gnädig, »sehr lobenswert. Es ist gut, dass du gerade zum rechten Zeitpunkt gekommen bist.«

»Ich möchte das Grab meiner Schwester Emily besuchen. Aber wieso … was meinen Sie mit dem rechten Zeitpunkt?« Camilla war ein wenig verwirrt. »Haben Sie mich erwartet?«

»Nun, nicht direkt.« Die Oberin nahm eine Mappe zur Hand und nestelte aus ihren Papieren etwas hervor. »Ich denke, dass Gott dich zu mir geführt hat. Du weißt sicher noch nicht, was geschehen ist.« Sie sah auf. »Dein Vater – du hast ihn wohl nie mehr wiedergesehen?«

Camilla schüttelte betrübt den Kopf. »Nein. Nie mehr. Seit er Emily und mich im Kloster abgeliefert hat, habe ich nichts mehr von ihm gehört. Auch nicht, als ich das Kloster verlassen hatte. Vater wollte uns wohl nicht bei sich haben.« Tränen stiegen ihr in die Augen. »Wie Sie ja wissen, hat er sich nicht ein einziges Mal nach unserem Wohlergehen erkundigt. Sicher waren wir ihm in seinem neuen Leben mit seiner Geliebten Tessa im Weg – ein unerwünschter Klotz am Bein.«

Die Oberin nickte verständnisvoll. »Ich kenne die Fakten. Und leider hat dein Vater auch jahrelang weder das Lehrgeld für die Schule noch die Kosten für die Beerdigung von Emily gezahlt. Ich habe lange versucht, ihn zu finden, Kontakt mit ihm aufzunehmen.« Sie sah Camilla eine Weile schweigend an. »Es gelang mir nicht und er hat auch meine Briefe nie beantwortet.

Umso mehr habe ich mich gewundert, als er plötzlich vor mir stand.«

»Mein Vater war hier? Was wollte er?« Camilla sah sie gespannt an. »Wo ist er? Was macht er? Kann ich ihn sehen – ihn treffen?«

»Ich kannte weder deine Adresse, mein Kind, noch hatte ich sonst einen Anhaltspunkt, wo du dich vielleicht aufhältst. Daher konnte ich ihm nur mitteilen, dass du in Berlin lebst und seine Tochter Emily leider verstorben ist. Er war tief betroffen, das merkte man ihm an. Aber er wollte ihr Grab nicht besuchen.«

»Und?« Camilla sah sie gespannt an. »Dann muss er doch irgendetwas hinterlassen haben. Seine Adresse vielleicht?«

Die Oberin zögerte einen Moment und sortierte die Papiere, die vor ihr lagen. »Ja, das hat er. Aber das ist schon eine Weile her. Vor Kurzem erst habe ich eine neue Mitteilung bekommen …« Sie hob den Kopf und sah Camilla fest an. »Es gibt da etwas, das ich dir sagen muss und das vielleicht trotz allem schmerzlich für dich sein wird, mein Kind. Dein Vater«, die Oberin machte eine Pause, »ist leider inzwischen verstorben.« Sie hatte ein Kästchen vor sich, auf dem ein Blatt lag. Umständlich faltete sie es auseinander. »Es tut mir sehr leid, dir das mitteilen zu müssen. Sein Tod ist noch nicht lange her. Man hat ihn auf dem Berliner Sankt-Matthäus-Kirchhof beigesetzt. Ich habe die Information von einem Notar erhalten, den dein Vater beauftragt hatte, mich im Falle seines Ablebens zu verständigen. Sicher hoffte er, dass du noch einmal Kontakt mit mir aufnehmen würdest.«

Camilla hörte die Nachricht wie versteinert an. Sie lauschte in sich hinein, ob sie etwas empfand, Trauer, Kummer oder so etwas wie Schmerz. Doch es war nur Wut, die sie fühlte, Wut darüber, dass der Vater sie und die Schwester so einfach abgeschoben und sich letztendlich bis zu seinem Tod nicht mehr um sie gekümmert hatte. Dass ihn weder Emilys Schicksal noch das ihre gerührt hatte, mal abgesehen von dem einen Besuch des Klosters nach viel zu langer Zeit, bei dem er nicht einmal ans Grab seiner Tochter treten wollte. Die Nachricht von seinem Tod löste daher kein großes Bedauern in ihr aus. Lebend hätte sie ihn gern wiedergesehen und wäre es auch nur gewesen, um ihm ins Gesicht zu schreien, warum ihm seine Töchter so gleichgültig waren. Ein tiefes Schweigen entstand und die Oberin ließ Camilla Zeit, sich zu sammeln und das Gehörte zu verkraften. Erst nach einer Weile begann sie, weiterzusprechen. »Dein Vater – lebte in Berlin, unter einem falschen Namen, dem eines Baron von Steinbrücken …«

»Dann lebte er also gar nicht weit von mir?«, fuhr Camilla auf. »Und trotzdem wussten wir nichts voneinander«, setzte sie resignierend hinzu. »Aber warum unter einem falschen Namen?«

Die Oberin sah sie ratlos an. »Das kann ich dir leider nicht sagen. Deshalb konntest du ihn wohl auch nicht finden. Anscheinend hatte dein Vater dich aber doch nicht ganz vergessen. Hier«, sie deutete auf das verzierte Kästchen mit Einlegemotiven und schob es zu Camilla hinüber, »das ist für dich. Ich sollte es dir geben.«

Mit zitternden Fingern öffnete Camilla das Kästchen. Es enthielt eine gerahmte Fotografie ihrer Mutter, einige Briefe und ein versilbertes Medaillon mit einem Porträt von Emily und ihr als Kinder. Den Schmuck hatte ihre Mutter bis zu ihrem Tod getragen. Ihre Kehle zog sich zusammen und Tränen traten in ihre Augen.

»Das ist aber noch nicht alles.«

Camilla sah auf. »Nicht alles?«

»Dein Vater hat dir sein Vermögen hinterlassen. Und seine Villa. Es gibt wohl keine anderen Erben.«

»Aber mein Vater hatte doch gar kein Vermögen«, murmelte Camilla ungläubig. Die Oberin konnte ihr darauf keine Antwort geben. »Und was ist mit Tessa? Tessa Taylor? Die Lebensgefährtin meines Vaters? Lebt sie nicht dort – bei ihm im Haus? Er wollte sie doch heiraten …«

Die Oberin zuckte die Schultern. »Von diesen Dingen weiß ich nichts. Von einer Tessa Taylor war nie die Rede. Der Notar schreibt, dein Vater habe ganz allein in seinem großen Haus gelebt und die Nachbarn hätten sich oft beschwert, weil er nachts randaliert hätte. Er muss wohl sehr viel getrunken haben. Und es liefen irgendwelche polizeilichen Nachforschungen gegen ihn.«

Camilla sah nachdenklich vor sich hin. »Das verstehe ich nicht.«

»Ich würde sagen, du wendest dich am besten an den Notar. Er kann dir sicher weitere Fragen beantworten. Hier hast du seine Adresse in Berlin und eine Abschrift des Testaments.«

»Danke, Schwester Theresia! Sie waren immer so gut zu Emily und mir! Jetzt möchte ich aber noch zu ihrem Grab. Ich habe ihr ein paar Blumen mitgebracht.«

Lange stand Camilla vor der gepflegten und blumengeschmückten Grabstätte mit dem verschnörkelten Eisenkreuz und hielt Zwiesprache mit ihrer toten Schwester. Ihr war, als hätte Emily auf alles eine Antwort und als bäte sie um Verzeihung für den Vater, der im Leben so viel falsch gemacht hatte. Innerlich gefasst fuhr Camilla nach mehrmaligem Umsteigen in unterschiedliche Droschken und Pferdekutschen zurück nach Berlin. Nicht lange danach stand sie, den Zettel mit der Adresse in der Hand, staunend vor dem hübschen Anwesen in Dahlem, hinter dessen hohem Eisenzaun mit dolchartigen Spitzen sich ein parkähnlicher Garten ausbreitete. Er wirkte vernachlässigt und überwuchert, denn der Vater hatte wohl nie daran gedacht, sich mit Gartenarbeiten zu beschäftigen. Camilla umrundete das Gebäude mit den Türmchen und Erkern, die verhängten Fenster wirkten traurig und still wie leblose Augen. Eine unausgesprochene Tristesse lag über dem Haus. Sie spürte eine plötzliche Kälte, schwankte und fror trotz der warmen Temperaturen, sodass sie glaubte, einen Fieberanfall zu erleiden. Angst vor ihren eigenen Gefühlen stieg in ihr empor, davor, der Vergangenheit in irgendeiner Form wieder zu begegnen. Sie entschied sich, die nähere Besichtigung auf ein anderes Mal zu verschieben. Morgen würde sie zuerst den Notar aufsuchen, der ihr vielleicht Aufschluss über die letzten Jahre ihres Vaters geben konnte. Sie atmete erst auf, als sie wieder im gewohnten Umfeld der Charité war. Dort herrschten zwar Krankheit und Tod, aber auch Leben und Hoffnung. Hier konnte sie etwas tun, helfen, Menschen pflegen, ihnen Mut machen und daraus eigene Kraft schöpfen. Man hatte sie schon vermisst, denn auf der Intensivstation herrschte Hochbetrieb, wie ihr Jetti berichtete. Durch die große Anzahl frischer Pockenfälle fürchtete man, dass sich eine neue, verheerende Epidemie anbahne. Auch in den übrigen Krankensälen zeigte sich eine deutliche Zunahme an Patienten, zahlreiche Verletzte waren aus den Lazaretten der Kriegsschauplätze herbeigeschafft worden. Der Krieg gegen Frankreich forderte jetzt schon hohen Blutzoll, obwohl die Preußen in der Schlacht bei Gravelotte in Lothringen den Sieg errungen hatten. Müde ließ Camilla sich im Aufenthaltsraum auf einen Stuhl fallen. Kopf- und Gliederschmerzen und Fieber als Spätfolgen der Impfung – davor hatte Doktor Schmiedinger sie gewarnt. Trotzdem hatte sie jetzt wenig Lust, sich zu schonen, sich in ihrem einsamen Zimmer ins Bett zu legen und gegen die Decke zu starren. Bruno nickte ihr freundlich zu, als sie in der Charité eintraf. »Na, meine Schöne? Erschöpft?« Er goss eine Tasse Tee ein und brachte sie ihr. »Trink! Das weckt die Lebensgeister. Du siehst wirklich ganz mitgenommen aus«, sagte er mitfühlend. »Hat dich die Impfung so geschlaucht oder hast du was Unangenehmes erlebt?«

Camilla seufzte leise. »Beides. Ich fühle mich miserabel. Auch, weil ich gerade vom Tod meines Vaters erfahren habe!« Sie beugte sich vor und nahm dankbar die Tasse mit dem heißen Getränk entgegen.

»Oh, mein herzliches Beileid! Er hat dir wohl sehr viel bedeutet?«

Camilla schüttelte den Kopf. »Nein, im Gegenteil. Er war ein Egoist und hat sich nie um mich und meine Schwester Emily gekümmert.« Sie seufzte und sah ihn fragend an. »Sag mal, Bruno, was ist denn mit deinem Gesicht passiert?«

Bruno tastete verlegen nach den beiden halb verkrusteten Kratzern auf seiner Wange. »Ach das! Ziemlich unangenehm. Ich hab meiner Wirtin gestern im Garten geholfen, der ganz verwildert war. Wir mussten ein Brombeergestrüpp rausschneiden und da hab ich wohl nicht aufgepasst.« Lächelnd sah er sie an. »Aber jetzt trink erst mal, bevor alles kalt wird.« Camilla nahm gehorsam ein paar weitere Schlucke.

»Übrigens, hast du nicht Lust, morgen nach dem Dienst mal mit mir essen zu gehen? Dann kommst du auf andere Gedanken. Natürlich nur, wenn es dir bis dahin besser geht! Ich lade dich ein – keine große Sache. Nur Bockwurst und 'ne Berliner Weiße. Bei dem schönen Wetter könnten wir in Brehmes Gartenlokal im Freien sitzen. Dann kannst du mir ein bisschen was von dir und deinem Vater erzählen.« Er zwinkerte ihr zu. »Ich sehe doch, dass dich da etwas belastet.«

»Gern«, sagte Camilla nach kurzem Zögern. »Bestimmt bin ich morgen schon wieder in Ordnung.« Bruno war wirklich ein netter Kerl, er merkte gleich, wenn man etwas auf dem Herzen hatte. Und er brachte es immer fertig, einen wieder aufzumuntern.

»Dann um sieben? Passt dir das?«

Camilla nickte. »Ja, gern, ich freu mich drauf.«

In diesem Moment kam Jetti atemlos hereingerannt. »Stellt euch vor, der Bauchschlitzer hat letzte Nacht wieder zugeschlagen und ein neues Opfer gefunden. Kaum achtzehn, die Kleine, und liegt schon in der Leichenhalle. Wieder eine Prostituierte, genauso schrecklich zugerichtet wie die anderen. Sie muss sich auf jeden Fall heftig gewehrt haben. Einer ihrer Nägel war abgerissen. Der Mörder hat sie wohl in einen Hausgang gestoßen, sich an ihr vergangen und ihr dann den Unterleib aufgeschlitzt.«

»So ein Scheusal!«, stammelte Camilla, während Bruno verständnislos den Kopf schüttelte. »Unbegreiflich, so etwas«, sagte er mit seiner sanften Stimme. »Muss wohl ein perverser Serientäter sein.«

»Das sagt die Polizei auch«, fuhr Jetti voller Abscheu fort. »Weil er immer nach demselben Muster handelt. Scheinbar ist er ein Wäschefetischist. Den Ermordeten fehlte jedes Mal der Schlüpfer.« Sie schauderte. »So was ist doch krank. Wenn man ihn nur endlich erwischen würde. Man traut sich ja schon nirgendwo mehr hin.«

»Der lässt sich nicht so leicht fangen, sonst hätte ihn die Polizei doch schon längst geschnappt«, sagte Bruno mit ironischem Unterton. »Ein ganz Schlauer. Es macht ihm wohl Spaß, alle an der Nase herumzuführen.«

»Ich versteh das einfach nicht«, empörte sich Jetti weiter. »Man müsste ihm mal eine Falle stellen. Ich hätte nicht übel Lust, mich als Lockvogel zur Verfügung zu stellen – aber natürlich nur, wenn ich die Gendarmen im Rücken hätte.«

»Ich würde es an deiner Stelle nicht darauf ankommen lassen«, erwiderte Bruno. »Mädchen, die sich nachts allein auf den Straßen herumtreiben, sind schließlich selbst schuld, wenn sie sich einer solchen Gefahr aussetzen …«

»Na, hör mal.« Jetti sah ihn aufrührerisch an. »Viele sind eben dazu gezwungen, sich ihren Lebensunterhalt so zu verdienen. Die können einem eher leidtun. Und ihr Männer profitiert auch noch davon.«

»Mir tun eher die Soldaten leid, die jetzt für diesen Kriegswahnsinn als Kanonenfutter ihr Leben lassen!«, widersprach Bruno. »Und nicht irgendwelche leichten Mädchen. Siehst du denn nicht, was hier los ist?«

»Das kann man doch gar nicht vergleichen!«, ereiferte sich Jetti aufs Neue, während Camilla schwieg. »Die meisten jungen Männer haben sich doch freiwillig zum Kriegsdienst gemeldet, um für das Vaterland zu kämpfen. Ich habe das Kriegsgeschrei noch in den Ohren: ›Wir wollen den Krieg!‹ Und jetzt liegen sie hier und jammern einem die Ohren voll. Ich komme mit dem Verbinden kaum noch nach. Gestern hatten wir allein sieben Amputationen.«

»Das wäre ja noch schöner, wenn wir unser schönes Land so einfach den Franzosen überließen. Damit wärt ihr wohl auch nicht einverstanden, oder?«, bemerkte Bruno und sah in die Runde. Als niemand antwortete, gähnte er ausgiebig und wechselte das Thema. »Heiß heute, nicht wahr?« Mit einem Taschentuch tupfte er sich den Schweiß von der Stirn, bevor er seinen grauen Kittel mit dem aufgestickten Namen ablegte und ihn ordentlich über einen Bügel hängte. »Gute Nacht, Kinder. Ich bin ziemlich müde und geh heute mal früh ins Bett. Bis morgen, Camilla!«

»Gute Nacht, Bruno«, erwiderte Camilla. Jetti sah ihm kopfschüttelnd nach. »Komischer Kauz! Von was ist der denn jetzt müde? Der hat doch keinen Nachtdienst gehabt. Und sein Taschentuch hat er auch noch verloren.« Mit spitzen Fingern klaubte sie es auf und legte es zur Seite. »Ich muss jetzt los – meine Patienten warten«, sagte sie zu Camilla, deren Blick auf Brunos zusammengeknülltes Taschentuch fiel. Es war voller Blutflecken. »Warte mal«, rief sie Jetti nach. »Ich helfe dir noch ein bisschen beim Verbinden. Hab nämlich keine Lust, alleine in meinem Zimmer zu hocken. Nach dem, was ich heute erlebt habe, brauche ich Ablenkung.«

»Wieso? Was ist denn passiert?« Jettis Blick verriet Interesse. »Erzählst du's mir nachher in der Pause?«

»Klar!«

Sie betraten den großen Krankensaal, in dem die leichteren Fälle lagen, teilten die Medikamente für die Nacht aus, wechselten die Verbände in der Abteilung für die Schwerverletzten, reichten Nachttöpfe und versuchten, den Patienten Mut zu machen. Ein paar nette Worte sorgten meist schon für ein besseres Klima in den Sälen mit der abgestandenen Luft, in denen laut Order der Oberschwester niemals ein Fenster geöffnet werden durfte. Jetti war froh, dass Camilla ihr half. Der Dienst war bei normaler Personalbesetzung kaum mehr zu schaffen. Aber auch die Ärzte waren überlastet und arbeiteten Tag und Nacht.

Der Schock über den neuen Angriff des Serienmörders sorgte, abgesehen vom Kriegsgeschehen, für neuen Gesprächsstoff in der Charité. Im Aufenthaltsraum der Schwestern und Diakonissen gab es heute nur das eine Thema. »Warum tut die Polizei nicht mehr, um die Opfer zu schützen?«, fragte die kleine Maria mit dem krausen roten Haarschopf »Wenn an jeder Ecke ein Schutzmann stünde, wäre das doch gar nicht passiert.«

»Vielleicht hat der Mörder sich ja mit dem Mädchen verabredet«, gab Gerda zu bedenken, eine rundliche Diakonissin mit roten Händen, die sich vor keiner Arbeit scheute. »Er hat das Mädchen in einen Hausgang gezogen, ihr einen Knebel in den Mund gestopft. Die muss sich ja ganz schön gewehrt haben.« Sie schauderte sichtlich.

»Man sollte alle Männer mit Kratzspuren verhaften«, kicherte Marie. »Und einen Appell in die Zeitung setzen!«

»Dann kannst du gleich bei Bruno anfangen. Der hat sich allerdings bei Gartenarbeiten verletzt«, warf Jetti ein. »Und was meinst du, wie viele es gibt, denen eine wütende Ehefrau gerade einen Denkzettel verpasst?«

»Stimmt. Das ist wirklich zu vage«, sagte Rosemarie nachdenklich. »Auf jeden Fall ist der Mann ein irrer Täter, ein brutaler Psychopath, der Frauen hasst und Befriedigung darin findet, ihnen ein Messer in den Unterleib zu rammen.«

Bei dieser Vorstellung lief es allen kalt über den Rücken. »Ein wahres Monster, eine Bestie«, zischte Jetti. »Warte, wenn sie den kriegen! Ich spucke ihm persönlich ins Gesicht.«

»Mein Bruder holt mich heute von der Charité ab«, sagte Charlotte fröstelnd, eine feingliedrige Diakonissin mit einem blonden Zopf unter dem Häubchen. »Ich traue mich schon die ganze Zeit nicht mehr allein auf die Straße.«

An diesem Abend kam Camilla nicht mehr dazu, Jetti von ihrem Erbe zu erzählen. Beide waren vollauf mit den Patienten beschäftigt, denn es kamen noch einige Notfälle dazu, von denen vier noch am selben Abend operiert werden mussten. Die Ärzte und Schwestern waren erschöpft, aber trotzdem sollten noch weitere Transporte von Kriegsverletzten untergebracht werden, die man aus einem Lazarett ausgelagert hatte.

Unwillkürlich schaute Camilla jedem einzelnen Soldaten genau ins Gesicht, in der unbestimmten Angst, es könnte Paul sein. Sie dachte immer noch an ihn. Ihre Gefühle ließen sich nicht lenken und auch nicht stoppen, sosehr sie es auch versuchte. An diesem Abend kam sie ziemlich spät ins Bett und wälzte sich trotz der Tabletten, die Doktor Schmiedinger ihr gegeben hatte, unruhig auf dem Laken herum. Auch mit einem zweiten Schlafpulver gelang es ihr nicht, zur Ruhe zu kommen. Die halbe Nacht grübelte sie, weil ihr so vieles durch den Kopf ging, das sie wachhielt. Ungelöste Fragen quälten sie. Woran war ihr Vater gestorben und wie war er zu der schönen Villa gekommen? Was hatte es mit dem falschen Baron-Titel auf sich? Warum hatte er nie nach ihr gesucht? Und wo war Tessa?

Sie holte das Bild ihrer Mutter hervor und betrachtete es lange. Dann legte sie sich das Medaillon um den Hals. Nicht lange danach schlief sie zwar ein, wurde aber aufgeschreckt von unruhigen Träumen, von einem unheimlichen Mann, der sie verfolgte und ein Messer in der Hand hielt. Schweißgebadet erhob sie sich bei Sonnenaufgang. Jetzt begann sie wirklich schon Gespenster zu sehen!

Nach dem Frühstück, einer Scheibe Brot mit Marmelade und einem Kaffee, fühlte sie sich schon weitaus besser. Die Pockenpustel am Arm hatte eine narbige, rote Stelle hinterlassen. Sie klebte ein Pflaster darüber, kleidete sich an und machte sich auf den Weg zum Notar. Ihr Herz klopfte plötzlich aufgeregt, als sie die Praxis von Doktor Francken betrat. Was würde sie hier wohl erfahren?

XIV. Kapitel

»Diese Ehe muss sofort annulliert werden! Sie ist ungültig«, brüllte der Comte völlig außer sich. Er versuchte erst, sich zu mäßigen und seine Stimme zu dämpfen, als die Concierge ihm mit der Polizei drohte. Tief Luft holend, schlug er einen ruhigeren Ton an. »Sei doch vernünftig, Armand! Das ist keine Frau für dich! Ich weiß, wovon ich rede. Und sie ist ja auch viel älter als du!«

»Fünf Jahre.« Tessa hatte sich verärgert den Brautschleier vom Kopf gerissen. »Wenn man es genau nimmt.«

Der Comte hob drohend die Hand gegen sie, doch Armand stellte sich rasch vor sie. »Lass Tessa in Ruhe. Sie ist jetzt meine Frau – und daran wird niemand mehr etwas ändern. Auch du nicht. Entweder ihr respektiert sie oder ihr seht mich nie wieder.«

Der Comte starrte seinen Sohn mit hervorquellenden Augen an. »Respektieren? Diese … diese …« Er schluckte den Rest hinunter. »Du weißt wohl nicht, was du tust!«

»Ich weiß es sogar ganz genau, Vater!«, gab Armand entschlossen zurück. Einige Türen im Haus hatten sich inzwischen einen Spalt breit geöffnet und jemand schrie erbost: »Ruhe!« Die Concierge fuchtelte jetzt wild mit den Armen. »Ich muss die Herrschaften dringend bitten, zu gehen. Sie wecken mir ja das ganze Haus auf. Ich habe hier nur seriöse Pensionsgäste …«

»Ach, halten Sie doch den Mund«, fuhr der Comte sie an. »Sie wissen wohl nicht, mit wem Sie sprechen. Ich bin der Comte de Montrodin und rede hier so laut ich will.«

Die Concierge zuckte bei diesem Ton ängstlich zusammen und verzog sich kopfschüttelnd in ihre Loge.

»Reg dich doch nicht so auf, Adolphe«, schluchzte Armands Mutter völlig aufgelöst. »Warum können wir nicht in Ruhe über alles reden? Wer ist diese Frau? Kennst du sie? Armand hat sie uns doch noch gar nicht vorgestellt!«

Armand tauschte einen Blick mit seinem Vater, der verlegen wegsah. »Ich glaube, das spielt jetzt keine Rolle mehr. Nicht wahr, Vater?« Er blickte ihm fest in die Augen. »Wir sollten das Gespräch an diesem Punkt nicht weiter vertiefen.«

Der Comte atmete heftig, öffnete und schloss mehrere Male den Mund, als müsse er nach Luft schnappen. »Wir sprechen uns noch«, brachte er schließlich mühsam hervor. »Komm, Françoise.« Er ergriff den Arm seiner Frau. »Wir haben hier nichts mehr zu suchen.« Mit hoch erhobenem Haupt verließen die beiden die schlichte Pension.

»Endlich sind wir allein«, seufzte Armand erleichtert und schloss die Tür des kleinen Zimmers auf, das sie gemietet hatten. »Vater wird den Schock schon noch verdauen. Und sich hüten, Maman zu erzählen, woher er dich kennt.« Er lachte, umarmte Tessa, küsste sie und begann, die kleinen Knöpfe im Rücken ihres Brautkleides aufzunesteln. »Die ganze Welt kann uns heute und für immer gestohlen bleiben! Lass uns die Zeit noch nutzen, die wir für uns haben«, murmelte er an ihrem Hals. »Die Armee kann warten. Morgen werde ich in aller Ruhe meinen Dienst antreten und zu meinem Regiment nach Weißenburg fahren. Sicher wird man mich wegen meiner Verspätung aus Heiratsgründen nicht gleich ausschließen.« Er zog die duftige Spitze von Tessas Schultern und presste seine Lippen auf ihre nackte Haut. »Verdammter Krieg – ausgerechnet jetzt!«, murmelte er.

Tessa zog ihn sanft mit sich auf das einfache Bett. »Ich wäre ja gern ein paar Tage mit dir aufs Land gefahren«, sagte sie mit einem koketten Augenaufschlag. »Aber unter diesen Umständen müssen wir unsere Hochzeitsreise natürlich verschieben.«

»Der Krieg wird nicht allzu lange dauern. Wir werden den Preußen einen ordentlichen Denkzettel verpassen – und dann bin ich wieder bei dir. Ich mache mir nur Sorgen, weil du dich inzwischen ganz allein um das Theater kümmern musst. Außerdem habe ich jetzt schon Sehnsucht nach dir.« Er sah sie verliebt an.

»Meinst du wirklich, dass der Krieg bald zu Ende sein wird?«, fragte Tessa voller Zweifel.

Armand nickte. »Ganz bestimmt! Kaiser Napoleon hat unseren Divisionsgeneral Bazaine einberufen. Sie werden dem hochmütigen Bismarck und seinem schwachen König Wilhelm schon zeigen, mit welchen Strategien man am besten kämpft«, spottete er. »Die Preußen denken doch, sie können sich jetzt alles erlauben. Der unerwartete Sieg gegen Österreich ist ihnen gehörig zu Kopf gestiegen. Aber wir werden den Feind auf den Boden der Tatsachen zurückbringen.« Er blickte euphorisch in die Ferne, als sähe er den raschen Sieg schon vor sich.

»Ausgerechnet jetzt, wo ich mein Theater eröffne, muss es Krieg geben!«, murrte Tessa. »Da haben die Leute doch ganz andere Dinge im Kopf.«

»Im Gegenteil!« Er gab ihr einen Kuss auf die Nase. »Ich habe es dir schon einmal gesagt, du wirst sehen – gerade in schlechten Zeiten wollen sich die Leute ablenken! Ich bin sicher, du wirst es schaffen. Mit dem Kredit, den wir von der Bank bekommen, ist das ein Kinderspiel.« Er warf den weißen Spitzentraum von Brautkleid mit all den Unterröcken jetzt achtlos zu Boden. Tessas nackter Körper leuchtete hell im Mondlicht, das durch das offene Fenster fiel, und er starrte sie verzückt an. »Meine Prinzessin! Wie schön du bist!« Er zog sie sanft an sich, als wäre sie ein zerbrechliches Wesen. »Ich liebe dich so sehr!«

Tessa genoss seine Zärtlichkeiten, die innere Glut, mit der er das Liebesspiel einleitete. Noch nie hatte sie ein Mann so behandelt, ihr solche Dinge gesagt. Sie spürte förmlich, wie viel sie ihm bedeutete. Aber würde das auch so bleiben? »Versprich mir, dass du gut auf dich aufpasst«, murmelte Tessa an seiner Schulter, während ihr eine leise Angst vor der Zukunft die Kehle zuschnürte.

»Ich verspreche es!« Er löste sich von ihr und ließ seine Blicke schwärmerisch über ihren Körper gleiten. »Das alles gehört jetzt mir! Du bist eine Venus, wie sie selbst der beste Künstler nicht schöner modellieren könnte.« Mit einem Griff zog er die Spange aus ihren dunklen Locken, die nun lang und offen über ihre nackten Schultern fielen. Er presste sie an sich und Tessa stöhnte lustvoll auf, als er sein Gesicht zwischen ihren Brüsten vergrub.

Als Tessa am nächsten Morgen in dem kleinen, etwas schäbigen Zimmer mit den verblichenen Baumwollgardinen in ihrem knarrenden Bett erwachte, war Armand schon fort. Ihr Blick fiel auf das weiße Hochzeitskleid, das zusammengeknüllt am Boden lag. Erst jetzt begriff sie, dass sie nicht länger Tessa Taylor war, sondern die Comtesse de Montrodin. Sie rekelte sich noch einmal genussvoll auf der harten Matratze und rief sich die vergangene, leidenschaftliche Nacht ins Gedächtnis. Armand war ein wunderbarer Liebhaber, zärtlich, unermüdlich, ein Glücksfall für eine Frau. Der einzige Makel war, dass sie das Gefühl hatte, ihn nicht im gleichen Maße zu lieben wie er sie. Aber konnte sie überhaupt noch lieben? Hatte das Leben, das sie geführt hatte, sie nicht so sehr abgestumpft, dass sie zu wahren Gefühlen gar nicht mehr in der Lage war? Sie beschloss, nicht länger darüber nachzugrübeln, sondern lieber der Realität ins Auge zu sehen. Armand betete sie an und das war im Augenblick das Wichtigste. Und sie würde endlich ihren Traum, das Theater, realisieren können. Sie hatte Armands Vollmacht, dass sie bei der Bank für einen Kredit freie Hand hatte. Ein Sonnenstrahl flog durch die verblassten Gardinen in den Raum und wanderte umher. Erst jetzt kam ihr die Schäbigkeit des Pensionszimmers zu Bewusstsein, die fleckigen Wände mit dem gebräunten Anstrich, das mit Fliegendreck beschmutzte Fenster, das sich nur schwer öffnen ließ, der graue Läufer auf dem krummen Dielenboden. Sie stand fröstelnd auf und ging zum Kamin aus schlichtem Sandstein, in dem ein paar verkohlte Holzscheite lagen. Zum Glück war es Sommer und warm genug, dass man auch an diesem kalten Regentag ohne Feuer auskam. Sie füllte die Waschschüssel mit dem Wasser aus den Eimern auf dem Gang, das die Concierge für die Pensionsgäste vom Hof heraufgebracht hatte, wusch sich flüchtig, zog sich an und steckte vor dem zerbrochenen Spiegel ihr Haar auf. Sie würde jetzt gleich das Theater aufschließen, damit die Leute schon mal anfangen konnten aufzuräumen. Und dann kam die Bank an die Reihe. Wenn sie über das Geld verfügte, konnte sie sich auch nach einer neuen Bleibe umsehen, eine Zofe anstellen und jede Menge Material für die Renovierung kaufen. Vergnügt lächelte sie sich im Spiegel zu. Sie sah gut aus in dem dunklen Kostüm, das Armand für sie ausgesucht hatte. Jetzt noch etwas Rouge auf die blassen Wangen und ein paar Löckchen aus den lässig hochgesteckten Haaren in die Stirn gezogen, dann war sie fertig. Noch verunzierte keine sichtbare Falte ihr Gesicht und das unerwartete Glück hatte sie eher verjüngt und schöner gemacht. Sie setzte den kleinen, zum Kostüm passenden Hut mit dem dünnen Tüllschleier auf, stopfte das Brautkleid und alle übrigen noch herumliegenden Utensilien in eine große Tasche und verließ das Zimmer mit einem Seufzer der Erleichterung. Es ging voran – das spürte sie voller Zuversicht.

***

»Ihr Vater hat ein Testament gemacht und Sie als Alleinerbin eingesetzt.« Der Notar, Doktor Francken, sah Camilla durch seinen Kneifer prüfend an. »Leider musste er das meiste seines Besitzes, Mietshäuser und Grundstücke in Berlin, wieder verkaufen, um die darauf lastenden Hypotheken zu zahlen. Aber das Haus ist schuldenfrei und ein kleiner Bargeldbetrag auf der Bank ist auch noch übrig.« Er legte ihr das Dokument vor. »Bitte unterschreiben Sie an dieser Stelle. Und hier sind die Schlüssel. Es gehört somit rechtmäßig Ihnen.« Seine schmalen Lippen verzogen sich zu einem sparsamen Lächeln und Camilla setzte vorsichtig ihre Unterschrift darunter. »Wissen Sie, wie und woran mein Vater gestorben ist?«

»Das kann ich Ihnen leider nicht genau sagen.« Der Notar sah an ihr vorbei aus dem Fenster. »Ich kannte ihn nicht so gut. Sein Tod ist ja beinahe ein Jahr her. Ich denke, er war wohl einsam und längere Zeit krank. Die Geschäfte gingen nicht mehr so und es lief ein Verfahren gegen ihn, wegen falscher Papiere und falschem Namen. Man warf ihm vor, sich unrechtmäßig den Titel eines Baron von Steinbrücken zugelegt zu haben. Das kam ihm anfangs geschäftlich sehr zustatten – bei seinen Krediten bei der Bank. Nur – als es dann aufkam, nannte man ihn einen Hochstapler.«

»Baron von Steinbrücken?«, rief Camilla aus. »Schwester Theresia aus dem Kloster hat mir davon erzählt! Deshalb verliefen auch alle meine Nachforschungen nach ihm im Sande!«

»Es kam auch noch etwas anderes hinzu.« Der Notar zögerte und sah ein wenig verlegen drein. »Ich weiß nicht, ob ich Ihnen das überhaupt erzählen soll.«

»Bitte sagen Sie mir die ganze Wahrheit«, bat Camilla. »Ich muss alles über ihn wissen.«

»Nun, nachdem seine Lebensgefährtin ihn verlassen hatte, fand man deren mutmaßlichen Geliebten tot im Landwehrkanal und warf Ihrem Vater vor, etwas damit zu tun zu haben. Es gab da Gerüchte«, er stockte, »eine ziemlich verwickelte Geschichte – aber es war ihm zum Glück keine Schuld nachzuweisen.«

»Tessa hatte ihn also verlassen«, stellte Camilla fest. »Und wo ist sie jetzt?«

Der Notar zuckte die Achseln. »Niemand weiß es. Sie war wie vom Erdboden verschwunden, vielleicht ist sie ins Ausland gegangen. Ich hörte, sie hatte einen Hang … ähm«, er räusperte sich, »zum Tingeltangel. Sie arbeitete wohl hier in Berlin in einer Bar, unter dem Namen Tessa Taylor.«

»Ja, das stimmt, Tanzen war ihre Leidenschaft. Meine Schwester und ich mochten Tessa im Übrigen nicht besonders. Das beruhte natürlich auf Gegenseitigkeit. Sie war …«, Camilla überlegte, »ziemlich egoistisch und Emily und ich waren ihr natürlich im Wege. Aber in dieser Hinsicht passte sie sehr gut zu meinem Vater.«

»Wie dem auch sei, Fräulein Wanstetten.« Der Notar sah auf die Uhr, erhob sich und schloss die Mappe mit den Dokumenten. »Ich wünsche Ihnen viel Glück. Und wenn sich noch Fragen ergeben sollten – ich bin immer gern für Sie da.«

Camilla reichte ihm die Hand, wie betäubt von dem Gehörten. »Ach, bevor ich es vergesse«, besann sich der Notar plötzlich. »Ihr Vater hat da noch etwas hinterlassen. Ich sollte es Ihnen nach seinem Tode übergeben.« Er erhob sich, schloss einen kleinen Tresor an der Wand auf und entnahm ihm einen Gegenstand. »Das sind Aufzeichnungen, eine Art Rechtfertigung, die er geschrieben hat und die Sie einmal in aller Ruhe lesen sollen.«

Camilla sah das Büchlein mit der Handschrift des Vaters verwundert an. Sofort regte sich Widerwille in ihr, der Trotz und die Enttäuschung vergangener Jahre. Nie hatten Emily und sie im Kloster einen Brief von ihm erhalten, obwohl sie so sehr darauf gehofft hatten. Viele Tränen waren geflossen, wenn die anderen Zöglinge Post erhielten und sie und Emily immer leer ausgingen! Und jetzt so etwas? Was sollte sie mit einer Rechtfertigung, die viel zu spät kam? Ob sie die überhaupt lesen wollte? Sie steckte das Büchlein schnell in ihre Tasche, bedankte sich bei dem Notar und stand kurze Zeit später wieder draußen auf der Straße. Es war ein merkwürdiges Gefühl, plötzlich Hausbesitzerin zu sein und eine passable Summe auf dem Bankkonto zu haben. Lieber wäre es ihr dennoch gewesen, ihr Vater lebte noch und sie würde ihn selbst fragen können, warum er sich nie um Emily und sie gekümmert hatte. Aber hätte er darauf überhaupt eine Antwort geben können? Sie leistete sich eine Droschke nach Dahlem und stand bald wieder im verwahrlosten Park der Villa mit den verhängten Fenstern. Eine Gänsehaut überlief sie, als sie sich ein Herz fasste und die Tür aufschloss. Es roch muffig und ungelüftet im dunklen Flur, durch den sie sich bis zum Salon hindurchtastete. Aber alles sah aufgeräumt auf und das Erste, was ihr ins Auge fiel, war die steife Sitzgruppe um den klobigen Kamin aus Backstein, in dem noch einige Holzscheite lagen. Die Möbel aus braun gebeiztem Eichenholz wirkten wuchtig und nur der kristallene Lüster an der Decke reflektierte das einfallende Licht, das spärlich durch die dicken, zugezogenen Samtvorhänge drang. Die Dielen des Parkettbodens knarrten leise, als sie das große Esszimmer betrat, in dem ein langer Tisch mit vielen Stühlen für Gäste und eine Anrichte mit gedrechselten Säulen standen. An den dunkel getäfelten Wänden hingen zwei Gemälde, die altertümliche Landschaften zeigten. Camilla ließ ihre Blicke durch den Raum gleiten, über die Vitrine mit kostbarem Porzellan und die beiden Silberleuchter auf dem Tisch. Woher hatte der Vater nur das Geld gehabt, sich so auszustatten? Sie zog die Vorhänge beiseite und riss die Fenster auf, damit frische Luft hereinkam. Eine Tür führte vom Speisezimmer direkt auf die Terrasse und von dort in den Park. Zusammengestellte Tische und Stühle, von verwehten Blättern bedeckt, standen verloren in einer Ecke. Warum hatte Vater Emily und sie nicht in dieses Haus geholt? Es wäre genug Platz für alle gewesen. Aber scheinbar hatte er es vorgezogen, hier nur mit Tessa zu wohnen. Mit Tessa, die ihn dann einfach sitzen ließ! Mit zögernden Schritten erkundete sie die anderen Räumlichkeiten. Das pompöse Arbeitszimmer des Vaters war mit dicken Teppichen und einem massiven Schreibtisch ausgestattet, auf dem ein paar ungeöffnete Briefe an »Herrn Baron von Steinbrücken« lagen. Zahlreiche Akten stapelten sich in einem Schrank aus dunkler Eiche. Vom gardinenlosen Fenster sah man in den Park, auf einen Lindenbaum, der gerade blühte und dessen Duft durch das geschlossene Fenster drang. Auf den zahlreichen Regalen an den Wänden reihten sich Bücher, einige dicke Wälzer und in neues Leder gebundene Klassiker. Camilla war sich sicher, dass ihr Vater keinen einzigen davon gelesen hatte. Der Schreibtisch war außerdem bedeckt mit einem Wust von Papier und Zetteln, aber es stand kein Foto darauf, keine Erinnerung – nicht einmal an ihre verstorbene Mutter. Camilla schloss die schwere Tür hinter sich und stieg die geschwungene Treppe empor. Im ersten Stock befanden sich Schlafräume und darüber die Zimmer für die Dienstboten. Alles war leer, wie ausgestorben. Vorsichtig spähte sie durch die Tür. Ein fader, stickiger Geruch schlug ihr aus einem verdunkelten Raum entgegen. Augenscheinlich hatte hier niemand aufgeräumt, denn Bettzeug, Decken, Kissen und Kleidungsstücke lagen verstreut auf den ungemachten Betten. Rasch schloss sie die Türen wieder. Sie hatte genug gesehen.

Nichts, aber auch gar nichts an diesem verlassenen Haus lud sie ein, dazubleiben. Hier würde sie nur eine Fremde, ein ungebetener Gast sein, denn die Vergangenheit, mit der sie nichts zu schaffen hatte, war überall präsent. Sie atmete die frische Luft tief in ihre Lungen, als sie wieder draußen war. Im Park blühten Hortensien, im hochgewachsenen Gras hatten sich allerlei Wildblumen und Gräser eingenistet und die Zweige der blattschweren Büsche versperrten beinahe den Eingang. Vögel zwitscherten und in einem Bienennest in der Nähe summte es geschäftig. Die Natur hatte Besitz von diesem Platz ergriffen. Aber so schön und ruhig gelegen die Villa in ihrem Park auch war – sie konnte sich nicht vorstellen, allein hier leben zu wollen.

Erst als Camilla wenig später mit Bruno in Brehmes Gartenlokal saß, fiel die bedrückte Stimmung langsam von ihr ab und ihr wurde leichter ums Herz. Der Tisch stand unter einer weitverzweigten Eiche, es war schattig und kühl und der Kaffee duftete frisch gebrüht. Camilla genoss ihre saftige Pfirsichtorte, noch warm vom Blech und mit einem Klecks Sahne garniert. Bruno war ein guter Zuhörer, der nur ein paar behutsame Fragen stellen musste, damit das Erlebte aus Camilla heraussprudelte. Sie berichtete vom Tod des Vaters, von ihren bitteren Erfahrungen in der Jugend und von ihrer unerwarteten Erbschaft. »Tessa, die Lebensgefährtin meines Vaters, hat ihn scheinbar wegen eines neuen Geliebten verlassen. Sie war schon damals sehr selbstsüchtig und fand, dass wir Mädchen nur störten. Ich denke, es war ihrem Einfluss zu verdanken, dass Vater Emily und mich ins Kloster gebracht und sich nie wieder um uns gekümmert hat«, schloss Camilla ihren Bericht. Ihre Mundwinkel zitterten leicht und sie musste sich beherrschen, um die Tränen zurückzuhalten. Bruno nahm verständnisvoll ihre Hand. »Lass man, Mädchen. Denk besser nicht mehr an die Vergangenheit. Bist ja jetzt eine reiche Frau!«

Camilla zog ihre Hand instinktiv zurück. »Ich kann es noch gar nicht fassen«, sagte sie. »Und vorläufig wird sich für mich auch nichts ändern.« Sie senkte den Kopf und rückte ein wenig von ihm ab. So nett Bruno auch war, sie mochte es nicht besonders, wenn er sie anfasste. Seine feuchten Hände fühlten sich weich und schwammig an. Er war zwar überall beliebt, weil er verständnisvoll und hilfsbereit war, doch bei Frauen kam er nicht besonders an. Mit seiner untersetzten Gestalt, dem spärlichen, aschblonden Haar und seinen Augen von unbestimmter Farbe war er schließlich nicht gerade ein Apoll. Hatte Bruno schon jemals eine Freundin gehabt? Niemand wusste es. Aber er besaß andere Vorzüge – vor allem die eines guten Herzens.

Camilla nahm ihre Tasse, trank den Kaffee aus und kratzte die letzten Krümel des Kuchens vom Teller. »Entschuldige, Bruno, dass ich die ganze Zeit nur von mir geredet habe. Ich hoffe, ich habe dich nicht allzu sehr gelangweilt. Aber ich musste einfach mal jemandem mein Herz ausschütten!«

»Ich habe dir gern zugehört, weil ich dich mag. Denk dran, dass ich immer für dich da bin. Dass du dich ganz auf mich verlassen kannst«, versicherte er ihr mit sanfter Stimme. »Vor allem in der Klinik. Du hast ja gemerkt, wie sehr dort Neid und Missgunst herrschen. Ich kenne mich aus – bin schließlich schon lange genug da. Und wenn du einmal Hilfe brauchst, dann sag es mir bitte sofort!«

»Danke, Bruno! Menschen wie dich gibt es nicht viele. Und bestimmt hast du auch von den Gerüchten über mich und Doktor Schmiedinger gehört. Ich kann dir versichern, es ist nichts daran. Aber jetzt rede ich schon wieder von mir. Eigentlich wärst du ja mal an der Reihe.«

»Von mir gibt es nicht viel zu erzählen«, sagte Bruno und sah in eine unbestimmte Ferne. »Ich bin Junggeselle, mache meine Arbeit, lese viel … und damit basta. Mein Leben ist sehr ruhig – ganz ohne besondere Vorfälle und Dramen. Ich bin damit zufrieden.« Es entstand ein kurzes Schweigen und Camilla begriff, dass er nicht gern über sich sprechen wollte. Sie rückte ihren Stuhl zurück und nahm ihre Jacke. »Sei nicht böse, Bruno, aber ich bin müde und möchte jetzt lieber gehen. Es war ein schöner Nachmittag.«

»Willst du nicht noch etwas bleiben?«, bat Bruno und strich sein vom Wind zerzaustes Haar zurück. »Ich genieße es, mit dir zusammen zu sein.« Er beugte sich näher zu ihr. Ein Sonnenstrahl beleuchtete seine großporige Haut, die verheilten, aber noch rötlich schimmernden Furchen auf seinen Wangen. Fast konnte man glauben, er sei in eine Rauferei verwickelt gewesen. War sein Leben vielleicht doch nicht so ruhig, wie er vorgab?

»Etwas wollte ich dir noch sagen«, fuhr Bruno fort. »Nachdem du mir so viel von der Villa deines Vaters erzählt hast. Kann ich sie mir nicht einmal ansehen? Ich kenne da einen Makler und der könnte dir vielleicht helfen, den alten Kasten zu verkaufen. Keine Angst, ich verlange nur eine geringe Provision.«

»Vielleicht später«, antwortete Camilla ausweichend. »Du verstehst sicher, dass ich mir noch nicht recht schlüssig bin, was ich überhaupt damit machen werde. Es ist alles noch so frisch … so unwirklich für mich. Auf jeden Fall sage ich dir Bescheid, wenn ich so weit bin.« Sie erhob sich, reichte ihm die Hand. »Auf Wiedersehen, Bruno – und bitte, behalte für dich, was ich dir gerade erzählt habe.« Sie wollte sich umwenden, doch Bruno hielt sie fest. Hastig stieß er hervor. »Noch etwas, Camilla! Ich wollte es dir schon lange sagen, aber ich habe es nicht gewagt. Vom ersten Tag an, als du in die Charité kamst«, er stockte verlegen, »fand ich dich wunderschön. Du gingst mir nicht mehr aus dem Kopf. Das musst du doch gemerkt haben.« Er machte eine kleine Pause und sah sie prüfend an. Camilla nahm wieder Platz. »Bruno, auch ich habe mich zu dir hingezogen gefühlt.

Aber nicht so, wie du vielleicht meinst. Freundschaftlich. Du warst gleich so nett … so hilfsbereit. Ich schätze dich – deine Verlässlichkeit, dein Pflichtbewusstsein und deinen sensiblen Umgang mit den Kranken. Ich möchte, dass wir auch weiterhin gute Freunde bleiben.« Mit dem letzten Satz wollte Camilla ihn auf den Boden der Tatsachen zurückbringen.

»Freundschaft? Und wenn mir das zu wenig wäre?« Er schlang plötzlich den Arm um sie und zog sie an sich. »In Wahrheit träume ich jede Nacht von dir …«

Camilla versuchte, sich aus seiner Umklammerung zu befreien. Es war sein Rasierwasser, vermischt mit dem Geruch seines Körpers, der irgendeine unangenehme Erinnerung in ihr auslöste. Ihr Herz begann unruhig zu schlagen. »Bitte, Bruno!«, bat sie und stemmte die Arme gegen seine Brust. »Lass mich. Was sollen die Leute hier denken! Zerstöre unsere Freundschaft nicht. Aus uns kann nie etwas werden. Ich … ich liebe einen anderen.« Bei diesen Worten ging eine Veränderung in Brunos Gesicht vor. Der sehnsüchtige Schimmer in seinen Augen erlosch. Er ließ sie ruckartig los und lachte bitter. »Oh ja, ich verstehe! Ich soll mich immer nur mit meiner Rolle des guten Freundes begnügen. Ein Mülleimer, in den man seine Probleme schüttet, ein Seelentröster. Ich hab eben nie Glück bei Frauen. Weil ich nur ein kleiner Pfleger bin – nicht der Rede wert.« Er verzog seine Lippen zu einem sarkastischen Grinsen. »Klar, dass dir der Doktor Schmiedinger im weißen Kittel besser gefällt als ich armer Schlucker. Und ich dachte, du bist anders als andere Frauen. Aber ob Heilige oder Hure – ihr Weiber seid doch alle gleich.« Er war laut geworden und starrte sie beinahe wütend an.

»Was redest du denn da, Bruno«, wehrte sich Camilla. »Das ist doch völliger Unsinn!« Im Café hatten sie bereits Aufsehen erregt und die Leute drehten neugierig die Köpfe nach ihnen. Brunos verzerrtes Gesicht war rot angelaufen. Camilla sah ihn erschrocken an. Was war denn auf einmal in ihn gefahren? Sie erkannte den geduldigen und immer freundlichen Pfleger kaum wieder.

»Entschuldige bitte!« Seine Miene hatte sich von einem Moment auf den andern wieder verändert. Er grinste gequält, senkte den Kopf und wischte sich mit dem Taschentuch über die Stirn. »Ich hab mich wohl gerade ziemlich danebenbenommen«, murmelte er. »Weiß nicht, was auf einmal in mich gefahren ist. Vergiss, was ich gesagt habe. Es war nicht so gemeint. Aber meine Gefühle sind einfach mit mir durchgegangen. Ich hab eben immer Pech, wenn ich mich mal in eine Frau verliebe. Nimm es mir nicht übel. Alles soll wieder so sein wie zuvor!« Er hielt ihr schüchtern die Hand hin. »Ich könnte es nicht ertragen, wenn ausgerechnet du mir böse wärst! Wir wollen weiter Freunde sein – nicht wahr?«

Camilla sah ihn verunsichert an.

»Bitte, verzeih mir«, wiederholte Bruno kleinlaut mit eingezogenen Schultern. Camilla zögerte, dann gab sie sich einen Ruck und schlug ein. »Lass es gut sein, Bruno. Wir wollen nicht mehr darüber reden.«

»Möchtest du mir nicht sagen, wer der Mann ist, den du immer noch liebst?«

Camilla wich aus. »Eigentlich ist das schon längst vorbei. Aber ich brauche noch Zeit, um darüber hinwegzukommen.«

»Wirst du ihn eines Tages ganz vergessen?«, fragte Bruno mit einem hoffnungsvollen Aufleuchten in den Augen.

Camilla zuckte die Schultern und erhob sich hastig. »Ich weiß nicht. Auf Wiedersehen, Bruno! Wir sehen uns später!«

***

Auf der Isolierstation befanden sich jetzt auch zahlreiche Typhus- und Ruhrfälle, die häufigsten Krankheiten, die unter den Soldaten grassierten. Gleichzeitig bejubelte man die Nachrichten aus den Kriegsgebieten, die in euphorischem Ton von den Siegen der preußischen Armee unter General von Moltke sprachen, der die Franzosen bei Metz geschlagen hatte. Die Frauen und Mütter dagegen, deren Söhne und Männer die errungenen Siege mit dem Leben bezahlt hatten, beweinten ihre Liebsten. Ganz Berlin war aufgewühlt, stand unter dem Eindruck des Kriegsgeschehens und seiner Folgen. Die Baracken des Reservelazaretts in den Gärten der Charité quollen über vor Verletzten und Verstümmelten, die von unterschiedlichen Kriegsschauplätzen kamen und nach einer Notfallbehandlung den Transport nach Berlin überlebt hatten. Die meisten Verwundeten lagen allerdings im Garnisonslazarett, das König Wilhelm auf dem Feld des Tempelhofs einrichten ließ. Dort leisteten Offiziere und Militärärzte medizinische Hilfe und die Mitglieder des vaterländischen Frauenvereins kümmerten sich freiwillig um die Pflege und Versorgung der verletzten Soldaten.

Camilla warf einen Blick in den provisorischen Operationssaal einer der Baracken, in denen eine unangenehme Hitze und der Gestank nach Blut und Eiter herrschten. Sie hielt Ausschau nach Jetti, die neben Bruno den Schlüssel zur Medikamentenausgabe verwahrte. Die Gesuchte stellte gerade eine Schale frisch gesäuberter Instrumente auf ein Regal hinter dem Operationstisch und Camilla machte ihr ein Zeichen. Jetti nickte und signalisierte, dass sie noch einen Moment Geduld haben sollte.

»Schwester«, rief der Chirurg Doktor Bergmann, ohne von der mit Tüchern abgedeckten blutigen Masse vor ihm aufzusehen. »Das gekrümmte Amputationsmesser, bitte. Und dann die Säge.« Die Operationsschwester tupfte ihm mit einem Tuch den Schweiß von der Stirn und beeilte sich dann, ihm das Gewünschte zu reichen, das Jetti aus der frischen Schale herausgesucht hatte. Schaudernd blickte Camilla auf die abgeklemmten Arterien, die den Blutfluss stoppten, und sah zu, wie der Arzt in Windeseile mit einem gekonnten Zirkelschnitt das Fleisch am Unterschenkel des jungen Soldaten abtrennte. Dann legte er den darunterliegenden Knochen frei, sägte ihn rasch ab und warf ihn in einen bereitstehenden Eimer. Unter dem Operationstisch stand ein weiteres Gefäß, in das das Blut tropfte. Der junge Mann, der an Wundbrand litt, hatte anfangs trotz der Äthernarkose, die man für jemanden in diesem Zustand gut abwägen musste, noch eine Weile laut geschrien. Doch jetzt lag er ganz still da, mit weißem, unbeweglichem Gesicht. Doktor Bergmann richtete sich erschöpft auf und blickte auf die Uhr. »Zwei Minuten für die Amputation – nicht so schnell wie manche Kollegen. Aber das lag an der entzündeten Wunde. Da musste ich mehr wegschneiden.« Er beugte sich wieder über den Patienten und zog die Haut über den Stumpf. Jetzt musste er nur noch vernähen, den Rest konnte man der Natur überlassen. Er sah sich um. »Nadel, Faden, bitte!«

»Herr Doktor«, die Schwester sah ihn stumm an, »ich fürchte …«

»Was?« Doktor Bergmann betrachtete den Patienten genauer, fühlte seinen Puls und ließ dann die Hände sinken. »Exitus. Es war leider alles umsonst. Der Mann ist tot.« Er zuckte die Schultern, richtete sich auf und stieß einen tiefen Seufzer aus. Dann wandte er sich an die jungen Assistenzärzte, die betreten dastanden. »Wir können uns keine Vorwürfe machen, meine Herren. Haben alles getan. Aber der Junge war in einem sehr kritischen Zustand. Hätte man das Bein gleich im Lazarett bei Gravelotte amputiert, wäre er vielleicht noch am Leben.« Er ging zum Ausguss, wusch seine Hände und trocknete sich noch einmal die Stirn mit einem Tuch. »Wundbrand ist ausgesprochen tückisch und je mehr Zeit vergeht, desto weniger wird man seiner Herr. Professor Virchow hat sich in der Pathologie sehr intensiv damit beschäftigt. Aber die krankhaften

Veränderungen der Körperzellen sind eben doch noch nicht ganz erforscht. Auch wenn er das Gegenteil behauptet.« Einer der Assistenzärzte holte die Sanitäter, die die blutbeschmierte Trage fortrollten und den Leichnam herabhoben, um ihn in die unteren Gewölbe der Charité zu transportieren.

Jetti wandte den Kopf ab und verzog das Gesicht. »Dieser blutige Krieg!«, sagte sie an Camilla gewandt. »Mein Bruder musste auch mit ins Feld ziehen. Hoffentlich geht es ihm gut. Wenn er das hier gesehen hätte, wäre seine Begeisterung wohl nicht so groß gewesen!« Sie schickte ein kurzes Stoßgebet zum Himmel. »Wenigstens ist es auf der Geburtshilfestation etwas ruhiger. Seit der Einführung der neuen Hygienevorschriften haben wir tatsächlich weniger Kindbettfieber. Aber jetzt komm.« Sie verließen die Baracken und betraten das Hauptgebäude. Im Keller schloss Jetti die Tür zum medizinischen Depot auf und Camilla reichte ihr den Zettel Doktor Schmiedingers. »Eigentlich bin ich ja gar nicht bevollmächtigt«, sagte Jetti stirnrunzelnd. »Aber hier geht sowieso alles drunter und drüber. Wir müssen erst mal die Reserven oben auffüllen. Schließlich können wir nicht wegen jeder Kleinigkeit in den Keller laufen. Mater Rotrudis ist als Assistenz bei den Operationen zu beschäftigt, als dass sie das auch noch erledigen könnte.« Sorgfältig wählte sie die wichtigsten Präparate aus und suchte neues Verbandsmaterial zusammen. »Bruno vertritt sie normalerweise. Aber man hat ihn heute in Krankenstation I eingeteilt, dort wo die Kriegsverletzten aus den Lazaretten erstbehandelt werden müssen. Die Ärzte dort schaffen es nicht allein.«

»Ja, das ist wirklich keine leichte Arbeit«, seufzte Camilla. »Ich möchte nicht mit ihm tauschen.«

»Sicher wird es heute wieder spät werden, bis ich hier wegkomme«, klagte Jetti, als sie mit Medikamenten beladen die Treppen wieder hinaufstiegen. »Dabei bin ich heute mit Otto verabredet. Er ist Austräger bei der Post und hat sich sowieso schon beschwert, dass ich nie Zeit habe.«

Nachdem sie einen Teil der benötigten Medizin im Schrank des Schwesternzimmers verstaut hatten, durchquerten sie mit dem Rest den letzten Krankensaal, gingen über den Hof und betraten den freistehenden, zweistöckigen Längsbau, der an die Charité grenzte, das ehemalige »Pockenhaus«, in dem jetzt die Gebärklinik der Charité untergebracht war. Hinter Wandschirmen, die die Betten trennten, lagen die Gebärenden. Hebammen kümmerten sich um die Frauen und Helfer um die leise Stöhnenden, die im Wartezimmer auf Aufnahme warteten. Die schrillen, hysterischen Schmerzensschreie einer Frau, die gerade hereingebracht wurde, ließen Camilla herumfahren. Gestützt von zwei Assistenzärzten krümmte sich die Hochschwangere immer wieder theatralisch zusammen und schleppte sich dann mühsam ein paar weitere Schritte vorwärts. »Ich verlange Herrn Professor Virchow zu sprechen«, kreischte sie wütend der diensthabenden Schwester entgegen, die sie erstaunt ansah. »Ich kenne ihn persönlich. Holen Sie ihn sofort. Ich lasse mich von niemand anderem behandeln als von ihm.«

»Bleiben Sie ganz ruhig, meine Dame, und legen Sie sich erst einmal hin«, bestimmte die Schwester, die sich nicht aus der Ruhe bringen ließ. »Ich hole gleich jemanden, der sich um Sie kümmert!«

»Jemanden? Fällt mir nicht im Traum ein«, stöhnte die Frau, »mich auf so eine lächerliche Trage – ein so schmutziges Laken zu legen. Ich bin Patientin des Professors und es versteht sich wohl von selbst, dass ich die beste Behandlung erhalte, für die ich zahle …«

»Professor Virchow ist nicht zuständig für Gynäkologie, gnädige Frau«, belehrte sie einer der Ärzte, der hinzugekommen war.

»Das ist mir ganz egal ... ich will, dass er kommt. Ich habe schreckliche Schmerzen. Irgendetwas ist da nicht in Ordnung. Das hat mir meine Hebamme gesagt und deshalb bin ich hier.« Sie holte hörbar Luft, stieß erneut einen verzweifelten Schrei aus und stützte sich dabei auf die Schwester. Wieder zu Atem gekommen, keuchte sie. »Holen Sie jetzt endlich den Professor, sofort! Oder ich schreie die ganze Klinik zusammen.«

»Komm«, sagte Jetti, die inzwischen der diensthabenden Schwester die benötigten Medikamente übergeben hatte. »Lass uns gehen!« Sie nahm Camilla beim Arm. »Das ist wieder eines der hysterischen Weiber, die glauben, man kann sich für Geld alles kaufen. Das haben wir hier oft.«

»Warte«, sagte Camilla und sah die Frau genauer an. Das dunkle Haar, das sich aus der mit Brillanten besetzten Agraffe im Nacken gelöst hatte, die regelmäßigen, hochmütigen Züge der Schwangeren kamen ihr nur allzu bekannt vor. Es war wie ein Stich ins Herz. Pauls Frau – und hochschwanger! Sie trat vor, fasste sie beim Arm und sah ihr ins Gesicht. »Adelheid von Waldheim?«

Adelheids schmerzverzerrte Züge entspannten sich für einen Moment. Sie sah Camilla erstaunt an und ihre Augen weiteten sich. »Sie?«

Camilla nickte.

***

Den bewilligten Kredit in der Tasche, machte sich Tessa daran, zuerst ein besseres Appartement für Armand und sich zu suchen. Nicht weit vom Theater in Belleville fand sie in einer ruhigen Straße eine geräumige möblierte Dreizimmerwohnung mit einem großen, von einem verschnörkelten Geländer umgebenen Balkon. Sie war gerade frei geworden, da die vormalige Bewohnerin, eine alte Dame, erst kürzlich verstorben war. Ihr

Sohn freute sich, sofort einen Nachmieter gefunden zu haben und die Wohnung nicht komplett ausräumen zu müssen. Alle privaten Dinge seiner Mutter hatte er bereits in Kisten verstaut und Tessa fügte noch etliches hinzu, was sie nicht brauchen konnte. Nun hatte sie endlich wieder ein ordentliches Dach über dem Kopf und konnte sich ganz ihren Plänen widmen. Jeden Morgen schloss sie schon in aller Frühe das Theater auf, um Arbeiter, Putzkräfte und die zukünftigen Artisten einzulassen. Wenn sie am Nachmittag nachsah, war sie immer ganz erstaunt, wie weit die Arbeiten schon gekommen waren. Alles sah mittlerweile ganz anders aus, denn jeder half tatkräftig mit. Die Bar war aufgeräumt und gesäubert, der Zuschauerraum ausgekehrt und die Bretter der Bühne waren frisch gestrichen. Aber trotzdem gab es noch sehr viel zu tun. Morgen würde der Gärtner kommen und sich um den verwilderten Vorgarten kümmern. Neue Stühle und Tischchen für die Gäste sollten geliefert werden und es war höchste Zeit, über das Programm zur Eröffnung nachzudenken. Im Mittelpunkt musste natürlich ihr Schleiertanz stehen, für den sie bereits fleißig probte. Über all den Vorbereitungen hatte sie Armand, der in einer der französischen Divisionen kämpfte, die in der Nähe von Metz standen, beinahe vergessen. Sie hörte anfangs nichts von ihm und schloss daraus, dass es ihm gut ging. Die Feldpost kam sehr unregelmäßig, besonders, als bekannt wurde, dass bisher alle Siege von den Deutschen erfochten wurden. Endlich erreichte sie ein Brief von Armand, in dem er schrieb, dass seine Garnison große Verluste durch die Preußen erlitten habe. Deren Artillerie richte ihre neuen Kanonen direkt auf die französischen Soldaten und sie könne sich nicht vorstellen, welches entsetzliche Blutbad damit angerichtet werde! Im Übrigen danke er Gott, dass er bisher unverletzt geblieben sei! Er habe große Sehnsucht nach ihr und denke Tag und Nacht an sie. Vor dem Schlafengehen küsse er immer ihr Haarband, das auf seinem Kissen liege. Tessa betrachtete gerührt den Brief, mit dem Armand sie so hingebungsvoll seiner Liebe versicherte. Warum konnte sie ihn nicht ebenso lieben wie er sie? Nachdenklich schritt sie durch den kleinen Vorgarten, den Schlüssel zum frisch gestrichenen Portal des Theaters in der Hand.

»Bonjour, Madame!« Die tiefe, wohlklingende Stimme hinter ihr ließ sie herumfahren und sie steckte Armands Brief schnell in ihre Tasche. »Ich hörte, Sie wollen das Theater hier neu eröffnen?« Tessa sah den Fremden misstrauisch an. Er hatte eine bräunlich getönte Haut, schwarzlockiges Haar und leuchtend hellgrüne Augen, die in seinem dunklen Gesicht förmlich hervorstachen. »Ja, ich habe es gekauft. Es gibt allerdings noch eine Menge zu tun, bis wir eröffnen können, weil es in ziemlich schlechten Zustand war. Aber was geht Sie das an?«

»Verzeihung. Ich heiße Sandro und ich suche Arbeit. Bisher bin ich mit einem Wanderzirkus herumgereist. Zirkus Marinelli. Aber ich konnte mein Talent dort nicht voll entfalten.«

»Bedaure, aber ich habe bereits eine genügende Anzahl Artisten eingestellt«, sagte Tessa kühl, beunruhigt von seinem Blick, der ihr durch und durch zu gehen schien. »Wir wollen vor allem Tanzdarbietungen, aber auch kabarettistische Einlagen bringen.«

»Aber brauchen Sie nicht auch noch einen Ansager oder Conférencier, der das Publikum anlockt und für Ihr Theater wirbt? Dafür wäre ich genau der richtige Mann.«

Tessa hielt überrascht inne. Ja, natürlich, so jemanden brauchte man unbedingt! Warum hatte sie daran nicht gedacht? Einen Aufreißer, der die Leute ansprach, sie einlud und ihnen die Vorstellung schmackhaft machte. Sie sah den Mann namens Sandro genauer an. Er war gut aussehend, groß, schlank und muskulös. In einen ordentlichen Anzug gekleidet, würde er seriöser wirken und etwas hermachen. »Wie heißen Sie mit vollem Namen?«, fragte sie.

»Alexandre Arnaud«, gab dieser zurück. »Ich habe viel im Ausland gearbeitet, vorzugsweise in Italien. Aber geboren bin ich in Paris.«

»Und was können Sie noch, außer Conférencier zu sein, Sandro?« Er lachte und zeigte zwei Reihen gleichmäßiger weißer Zähne. »Oh, eine Menge. Was Sie wollen. Ich bin vielseitig begabt. Auf jeden Fall kann ich sehr gut singen. Bin früher sogar mal auf einer Opernbühne aufgetreten. Wollen Sie mal hören?« Er schmetterte ein paar durchdringende Töne.

»Hören Sie auf«, wehrte Tessa lachend ab und hielt sich die Ohren zu. »Ich merke, Sie haben ein sehr wohltönendes Organ. In der Tat – einen Ansager und so guten Sänger habe ich bis jetzt noch nicht. Sie müssten sich allerdings ein anderes Repertoire als das der Opernbühne aneignen. Etwas Lockeres und Beschwingtes, ein paar Gassenhauer, bei denen die Leute mitsingen können.«

»Nichts leichter als das«, erwiderte Sandro. »Dazu brauche ich mich nicht besonders anzustrengen. Ich war auch Straßenmusikant. Übrigens bin ich auch ein hervorragender Zauberer. Mit meinen Taschenspielertricks kann es so leicht niemand aufnehmen.«

»Hmm.« Tessa sah ihn prüfend an. »Das hört sich nicht schlecht an. Wir könnten es ja mal miteinander probieren.« Sie hielt ihm ihre Hand hin. »Aber da gibt es noch einen kleinen Haken. Sie müssen bis zur Eröffnung mit anpacken, helfen, das Theater zu renovieren. Selbstverständlich noch ohne Lohn. Hier war alles furchtbar heruntergekommen, als ich es kaufte. Und ich kann es mir nicht leisten, allzu viel für die Renovierung auszugeben.«

Sandro zögerte einen kurzen Moment. Dann schlug er ein. »Ich bin einverstanden. So einer bezaubernd schönen Frau kann man doch keine Hilfe verweigern.« Er hielt ihre Hand fest und drückte galant noch einen Kuss darauf. Seine hellen

Augen fixierten dabei die ihren und Tessa spürte einen seltsamen Schauer über ihren Rücken rinnen. Dieser Mann ist nicht nur gut aussehend, sondern hat auch Manieren, die man nicht bei ihm vermutet, dachte sie bei sich. Rasch zog sie ihre Hand zurück. »Nun, dann bis morgen. Ich sperre um acht Uhr das Theater auf. Dann können Sie auch Ihre Kollegen kennenlernen. Und wir machen einen Vertrag.« Sie wandte sich um, ging mit schnellen Schritten davon und spürte, dass Sandros Blicke ihr folgten. Vorsicht, sagte eine innere Stimme in ihr, diesen Mann darfst du nicht zu nahe an dich herankommen lassen!

XV. Kapitel

Paul zügelte seinen hin- und hertänzelnden Braunen. Er blickte in der einbrechenden Dämmerung über die leicht gewellten Hügel Westlothringens. Noch war alles ruhig. Kornfelder in sattem Gelb wechselten in der Ferne mit dem dunklen Grün einzelner Waldstücke. Die Dächer der Stadt Metz schimmerten in mattem Ziegelrot über dem unregelmäßigen Grau der Mauern und des gut gerüsteten Forts. Hier hatten sich die Franzosen auf ihrem Rückzug verschanzt. Doch nun saßen sie in der Falle und waren von den Deutschen rundum eingeschlossen. Die gerade untergehende Sonne gab dem Abendhimmel eine rötliche Färbung – wie eine warnende Ankündigung blutiger Ereignisse. Rundherum zwitscherten die Vögel in voller Unschuld, zirpten Grillen. Doch die friedliche Stimmung war trügerisch.

Paul wurde von leiser Melancholie erfasst. Er wehrte sich gegen das ungute Vorgefühl, das ihn trotz der günstigen Voraussagen für den morgigen Kampf beschlich. Er dachte an Adelheid und Bitterkeit stieg in ihm auf. Das Zusammenleben mit ihr war in letzter Zeit so unerträglich geworden, dass er sich noch vor dem Krieg zur Trennung entschlossen hatte. Beide waren seit einiger Zeit eigene Wege gegangen und Adelheid hatte sich in zahlreiche Affären gestürzt. Aber dann, nach der Konsultation eines Scheidungsanwalts, hatte sie ihm mit einem triumphierenden Glitzern in den Augen mitgeteilt, dass sie schwanger sei. »Und du wirst dein Kind niemals sehen, wenn du mich verlässt«, hatte sie hinzugefügt. Diese Nachricht warf all seine Pläne wieder über den Haufen und löste widersprüchliche Gefühle in ihm aus. War es überhaupt sein Kind? Änderte das etwas? Würde die Mutterrolle Adelheid milder, besonnener machen? Er fühlte sich neben ihr jedenfalls todunglücklich – betrogen, tyrannisiert und bevormundet. Adelheid hatte sich zu einer dominanten, launischen und vor allem geizigen Ehefrau entwickelt, die ihm mit dem Hinweis auf seine früheren Spielschulden jeden Taler einzeln zuteilte. Die wenigen Tage, die sie noch zusammen verbrachten, waren von lächerlichen Szenen vergiftet, von Hysterie und Eifersucht. Zum Teil stimmte es ja, was sie ihm vorwarf! Dass er Camilla nicht vergessen konnte, von ihr träumte und sie tief in seinem Herzen immer noch liebte. Doch diese Liebe hatte er nur allzu leichtfertig seinem Ehrgeiz und seiner Eitelkeit geopfert. Was nützte es da, dass er seine Heirat mit Adelheid nun tausendmal bereute? Er hatte geglaubt, mit einer so reichen Erbin sein leichtes Leben weiterführen zu können. Doch weit gefehlt! Es war die Hölle! Er seufzte leise. Vielleicht war es ja besser zu sterben, im Kampf getötet zu werden! Lieber einen raschen Tod als ein langes Leben ohne Freiheit und Freude! Mit einer Waghalsigkeit ohnegleichen, die die Kameraden für Mut hielten, hatte er sich blindlings in alle Kämpfe gestürzt. Doch wundersamerweise war ihm noch kein Haar gekrümmt worden. Die Gewehrkugeln sausten an ihm vorbei, die Spitzen der Bajonette trafen ins Leere. Das Glück war auch bei den heißesten Gefechten immer auf seiner Seite gewesen. Und auf der Seite der deutschen Armee. Weißenburg, Straßburg, Gravelotte und jetzt Metz – die drei Armeen des kühl kalkulierenden preußischen Generals von Moltke rückten unerbittlich weiter vor und zwangen die angriffslustigen Franzosen zum Rückzug. Alles, was der vorausschauende General schon vor einem Jahr geplant hatte, klappte jetzt wie am Schnürchen. Die Divisionen waren mit den Eisenbahnzügen rasch vor Ort, die Offiziere besaßen genaue Karten der Umgebung und die Verpflegung war selbst nach langen Märschen immer ausreichend. Der Feind hinkte dagegen mit falschen Strategien hinterher und aus dem Angriffskrieg der Franzosen war mittlerweile ein reiner Verteidigungskrieg geworden.

»Na, Kamerad, so nachdenklich?« Der junge Leutnant Hermann Jahnke, den linken Arm in einer Binde, stoppte sein Pferd dicht neben Paul und riss ihn aus seinen Gedanken. »Das wird morgen kein Zuckerlecken. Aber nur für die anderen, wohlgemerkt! Die warten wohl vergeblich auf ihre Kameraden aus Châlons, die ihnen zu Hilfe kommen sollen.«

Paul nickte. »Hab's auch schon gehört, Hermann. Bismarck und Kaiser Wilhelm sind an der Spitze von zweihunderttausend Mann bereits Richtung Châlons aufgebrochen, um dem Feind den Weg abzuschneiden. Das wird wieder mal ein blutiges Gefecht.«

»Ja, wir werden es den Franzosen schon zeigen – und wenn wir sie bis nach Paris zurückjagen müssen.« Der Leutnant lachte selbstgefällig. »Die haben das Maul ganz schön voll genommen! Und jetzt müssen sie die Suppe auslöffeln.«

»Na ja, unsere Verluste sind auch ganz schön hoch«, erwiderte Paul nachdenklich. »Wir haben Kameraden verloren, die ich sehr geschätzt habe …« Er nahm die Zügel seines Braunen wieder auf, nahm Haltung an und schob die Schultern zurück.

»Na und? Das ist eben Schicksal. Jeder muss sehen, wie er seine Haut rettet. Wichtig ist, dass wir siegen.« Leutnant Jahnke blieb zuversichtlich. Er beschirmte die Augen mit der Hand an der Stirn, als ein Sonnenstrahl hinter einer Wolke hervorkam.

»Seit Moltke die Artillerie mit Gussstahlkanonen direkt auf die Franzosen schießen lässt, nehmen die Burschen nur noch die Beine in die Hand und laufen wie die Hasen in alle Richtungen davon.« Er lachte verhalten. »Eine neue Strategie, die es bisher noch nicht gegeben hat. Aber sehr erfolgreich.«

»Wenn man es genau nimmt, dann ist das ein schreckliches Gemetzel, was wir da anrichten«, gab Paul zu bedenken. »Man kann gar nicht hinsehen.«

»Sollst du auch nicht. Krieg ist Krieg«, gab Jahnke lakonisch zurück. »Die besseren Waffen entscheiden. Eins muss man sagen: Die neuen Kruppschen Stahlkanonen sind unheimlich treffsicher.«

»Mag sein. Früher haben wir damit nur die Batterien des Gegners zerstört, damit wir den Angriff unserer Infanterie ermöglichen konnten. Aber auf die Masse der Soldaten zu schießen – das ist doch etwas ganz anderes!«, sagte Paul mit einem nervösen Zucken um die Mundwinkel. »Einfach so hineinballern, mitten in anrückende Fußsoldaten! Die fliegen nur so in die Luft und nachher ist von ihnen bloß noch ein Brei aus unkenntlichen Einzelteilen und Hautfetzen übrig!«

»Na und?« Hermann Jahnke wich seinem Blick aus. »Hauptsache, wir sind dem Feind überlegen.«

»Findest du es denn richtig, dass Bismarck der Artillerie befohlen hat, keinen Mann zu verschonen? Die Verfolgung der Flüchtenden aufzunehmen und sogar auf feindliche Zivilisten zu schießen?«

»Ich denke über so was nicht nach. Wir sind schließlich nur Befehlsempfänger, alles andere müssen die Generäle mit sich selbst ausmachen.«

»Wenn ich ehrlich bin, gehen mir solche Befehle ziemlich unter die Haut.«

»Jetzt hör aber auf«, winkte Jahnke ab. »Augen zu und durch, sag ich immer. Da darf man nicht zimperlich sein. Die

Franzosen machen auch nicht viel Federlesen mit uns. Glaubst du etwa, die würden uns verschonen? Mit ihrem Chassepot, dem neuen Zündnadelgewehr, schießen sie gnadenlos auf alles, was ihnen über den Weg läuft! Diese Waffe hat eine viel größere Feuerkraft und Reichweite als unsere Gewehre. Aber zum Glück nützt ihnen das nicht viel gegen das Trommelfeuer mit unseren Sprenggranaten!«

»Na ja – manchmal frage ich mich schon«, Paul zögerte und sah zu den Wolkenformationen des sich allmählich verdunkelnden Himmels hinauf, »wozu wir überhaupt diesen unerbittlichen Krieg führen. Das ganze Blutvergießen! Die vielen Toten! Wofür sind die eigentlich alle gefallen?«

»Wofür? Für ihr Vaterland natürlich«, erwiderte der Leutnant jetzt ungehalten. »Um es zu verteidigen. Schließlich haben die Franzosen ja angefangen – und uns den Krieg erklärt!« Er sah Paul mit zur Seite geneigtem Kopf kritisch an. »Ich weiß gar nicht, was auf einmal mit dir los ist. Besser, du hältst jetzt die Klappe, bevor das jemand vom Stab hört! Wir tun unsere Pflicht, weil wir diesen Krieg gewinnen wollen!« Er hob demonstrativ seinen verletzten Arm. »Sieh mich an! Ich habe Schmerzen, kämpfe aber trotzdem. Denk mal an die Sauerei, die der alte Napoleon 1814 in der Völkerschlacht bei Leipzig bei uns angerichtet hat! Sollen wir uns so was von seinem Nachfolger ein zweites Mal gefallen lassen?«

»Stimmt. Du hast ganz recht, Hermann«, gab Paul widerwillig zu. »Es sind so blöde Gedanken vor der Schlacht, die einem da durch den Kopf gehen.«

»Klar, das muss man nicht ernst nehmen! Ich leg mich jetzt noch ein Stündchen aufs Ohr, denn morgen geht es sicher schon ganz früh los.« Der Leutnant grüßte, spornte sein Pferd und ritt zum Lager zurück.

***

Endlich war es so weit: Das Theater »La Belle Vie« sollte morgen eröffnet werden! Tessa war unsagbar stolz, es geschafft zu haben. Sie hatte ein Programm aus Kabarett, Tanz und Gesang entworfen und hoffte, damit ihr Publikum, das in den harten Kriegszeiten bestimmt ein wenig Aufmunterung vertrug, zu fesseln. Einladungen und Handzettel waren in der Stadt verteilt worden und ein neues Schild prangte am Vordereingang: *Varieté »La Belle Vie«, Eröffnung 21 Uhr.* Seit Wochen hatte sie täglich unerbittlich für ihren Schleiertanz trainiert und ihren träge gewordenen Körper mit Diäten und Übungen regelrecht malträtiert. Nach und nach war es ihr tatsächlich gelungen, die Geschmeidigkeit wiederzuerlangen, die ihr früher so viel Bewunderung eingebracht hatte. Voller Elan wies sie das Ensemble für die Eröffnungsvorstellung ein, kümmerte sich um die Musiker und überwachte persönlich die Dekoration. Sandro hatte sie auf die Idee gebracht, mit witzigen Späßen zu beginnen, die die Leute erst einmal zum Lachen brachten. Tessa hatte die Texte gemeinsam mit ihm geschrieben und sich über seine lustigen Einfälle amüsiert. Sandro war wirklich ein Glücksfall für das Theater! Immer bestens gelaunt, sprudelnd vor Ideen, war er auch äußerst talentiert im Organisieren. Er sang und spielte verschiedene Rollen, bei denen ihm sein blendendes Aussehen und sein natürlicher Charme sehr zustattenkamen.

Was Tessa anbetraf, so bemühte sie sich, ihn hauptsächlich seiner beruflichen Fähigkeiten wegen zu schätzen. Sie wehrte sich gegen die Anziehung, die Sandro als Mann auf sie ausübte. Aber da sie ihm nicht aus dem Weg gehen konnte, war das nicht so einfach. Er begann, in ihren Träumen zu spuken, und sie ertappte sich dabei, öfter als erlaubt, an ihn zu denken. Der geheimnisvolle, ein wenig fordernde Blick seiner leuchtend grünen Augen verfolgte sie, wo immer sie sich befand, und wenn sich ihre Hände bei der Arbeit zufällig berührten, spürte sie eine Schwäche in den Knien, ein seltsames Kribbeln in der

Magengegend, das sie zutiefst verwirrte. Es war ein Gefühl, das ihr nicht unbekannt war. Hatte sie sich etwa nach so langer Zeit und völlig gegen ihren Willen verliebt? Sie schob diesen Gedanken energisch von sich und versuchte stattdessen sich Armand ins Gedächtnis zu rufen, den Mann, den sie geheiratet hatte und der in der Ferne für sein Vaterland kämpfte. Doch Armands Bild verwischte sich im Nebel der Erinnerung und wurde unbewusst ersetzt durch das Gesicht des anderen.

Sandro selbst war der Eindruck, den er auf Tessa machte, nicht verborgen geblieben, aber er kannte die Frauen und vermied jeden direkten Annäherungsversuch. Er glich einem Raubtier, das seine Beute umkreist, sie belauert und geduldig den Augenblick abwartet, bis der rechte Zeitpunkt gekommen ist, sie zu packen.

Mitten im Trubel der Vorbereitungen für den Eröffnungsabend brachte der Postbote Tessa einen neuen Brief von Armand. Er schrieb im Gegensatz zur ersten Zeit jetzt öfter und länger, während ihre Antworten eher kurz und spärlich ausfielen. Sandro, der ein letztes Mal die Kurbel für das reibungslose Öffnen und Fallen des Vorhangs prüfte, beobachtete sie aus den Augenwinkeln, als sie den Brief aufriss und seinen Inhalt überflog.

»Na? Gute Nachrichten von den Kriegsschauplätzen, Madame de Montrodin?«, fragte er, als sie das Papier wieder in den Umschlag zurückschob. Tessa schüttelte den Kopf. »Im Gegenteil! Mein Mann schreibt, die Stimmung in seiner Division sei ziemlich gedämpft, nachdem sie die Schlacht bei Metz verloren haben. Die Deutschen versuchten, sie jetzt in Richtung belgische Grenze zu drängen. Aber trotz allem wollen sie die Hoffnung nicht aufgeben. In Sedan werden sie siegen – das soll die Stadt mit den stärksten kriegerischen Befestigungen sein.« Sie seufzte tief auf. »Dort haben die Deutschen hoffentlich keine Chance. Zum Glück wurde Armand bisher nicht verletzt. Gott schütze ihn auch weiterhin!«

»Vermissen Sie ihn sehr?« Sandro sah ihr fest in die Augen.

Tessa wandte unruhig den Blick ab. »Natürlich«, sagte sie mit gepresster Stimme. »Was dachten Sie?«

Sandro lächelte. »Ich dachte nur, dass Sie für mich die schönste Frau der Welt sind. Und dass ich Sie lieben könnte, wenn Sie frei wären.«

Tessa schoss das Blut ins Gesicht, ihr Atem ging rascher. »Warum mich? Es gibt genug Frauen, die frei sind und glücklich wären, Sie zu lieben«, sagte sie mit gespielter Gleichgültigkeit.

Sandros Gesicht verschloss sich. »Vielleicht soll es mein Schicksal sein, immer an die falschen Frauen zu geraten.«

»Auf jeden Fall ist es besser, geliebt zu werden«, fügte Tessa kühl hinzu. »Statt selbst zu lieben.«

»Das ist etwas, was man sich nicht aussuchen kann!«

Tessa senkte die Augen vor seinem brennenden Blick. »Hoffentlich haben wir heute genug Publikum«, wechselte sie rasch das Thema. »Bei den unerfreulichen Kriegsnachrichten.«

»Wir müssen für gute Stimmung sorgen, damit die Leute den Krieg vergessen. Oder an den Sieg glauben. Ich hatte ja sehr viel Glück, dass man mich nicht auch noch eingezogen hat. Ein kleiner Unfall damals als Seiltänzer hat mich vor einer militärischen Laufbahn bewahrt.« Sandro lachte amüsiert auf. »Dabei ist mein verletztes Knie schon längst wieder geheilt.«

»Seiltänzer?«, wunderte sich Tessa. »So etwas haben Sie auch schon gemacht?«

»Warum nicht? Ich musste mich schließlich von Kind auf allein durchschlagen.« Er sah sie ernst an, hob die Hand und strich ihr zärtlich über die Wange. Tessa überlief ein Schauer und sie spürte die Faszination, die er auf sie ausübte, mit allen Fasern ihres Wesens. Sie schloss kurz die Augen vor dem Feuer, das in seinem Blick schwelte und wie ein süßes Gift in ihre

Adern tropfte. Jetzt musste sie sich zusammennehmen und durfte auf keinen Fall schwach werden.

»Lieben Sie Ihren Mann?«, fragte er mit sanfter, ein wenig vibrierender Stimme.

Tessa sah sich um, doch alle anderen waren schon gegangen und sie befanden sich allein im Theater. »Was geht Sie das eigentlich an?«

»Ich würde es gern wissen.« Seine Augen hielten sie fest, bannten sie an ihren Platz. Er trat näher und war jetzt so dicht bei ihr, dass sie fast seinen Atem spürte. »Damit ich Sie besser verstehe.«

»Lassen Sie mich vorbei«, forderte sie mit zitternder Stimme. »Ich habe zu tun – in ein paar Stunden beginnt die Vorstellung.« Er wich jedoch keinen Zentimeter zurück und sie holte tief Luft. »Warum wollen Sie mich überhaupt verstehen?«

»Weil man so einiges über Sie redet …«

»Wer … wer redet über mich?« Tessa funkelte ihn an wie eine Wildkatze, die bereit ist, die Krallen zu zeigen. »Und was?«

»Ihr Schwiegervater zum Beispiel, der Comte de Montrodin. Er ist gar nicht gut auf Sie zu sprechen.«

»Sie kennen ihn?«

»Ich machte gestern seine ziemlich unangenehme Bekanntschaft. Er ist einfach hier hereingeplatzt und drohte, die Eröffnung zu verhindern und das Theater von der Polizei schließen zu lassen. Er beschimpfte Sie als Hure, die seinen Sohn verhext und den guten Namen seiner Familie verunglimpft habe. Auch hätten Sie ihn mit einem unerlaubten Kredit finanziell geschädigt. Zudem sei es eine Schande, ein Theater in Kriegszeiten zu eröffnen, wo es ernstere Dinge als seichte Vergnügungen gebe.«

Tessa war bleich geworden und er fügte hinzu. »Zum Glück waren Sie nicht da, als ich ihn beim Kragen gepackt und hinausgeworfen habe.«

»Das haben Sie getan?« Tessa fasste sich an die Stirn. Ihr schwindelte plötzlich. »Glauben Sie, dass er seine Drohung wahr macht? Dass er die Eröffnung durch die Polizei verhindert? Das wäre ja furchtbar!«

»Ich glaube nicht, dass das möglich ist. Auf jeden Fall habe ich ihm die Meinung gesagt. Dafür könnten Sie mir eigentlich ein bisschen dankbar sein!« Er sah sie mit einem schwer zu deutenden Ausdruck an.

»Dieser miese Wicht!«, erregte sich Tessa jetzt. »Er erzählt lauter Lügen, weil er es lieber gehabt hätte, dass sein Sohn eine andere heiratet. Den Kredit werde ich vollständig zurückzahlen. Und das Theater führe ich unter meinem Künstlernamen …« Sie hielt inne, weil der fordernde Blick Sandros sie weiter in Verlegenheit brachte.

»Sehen Sie mich nicht so an«, sagte sie mit flackernden Lidern und wandte das Gesicht zur Seite. »Ich … ich ertrage das nicht.«

Mit einer behutsamen Geste legte Sandro jetzt seinen rechten Arm um ihre Schultern, schob die linke Hand unter ihr Kinn und zwang sie, ihn anzusehen. »Wir sind uns sehr ähnlich«, sagte er mit bebender, warmer Stimme. »Aus dem gleichen Holz geschnitzt. Fühlst du das nicht? Ich habe es vom ersten Augenblick an gewusst.« Er näherte sein Gesicht dem ihren und Tessa schloss die Augen vor der Wärme, der prickelnden Spannung, die sich langsam in ihrem ganzen Körper ausbreitete. Sie spürte seine Lippen wie einen Hauch, der ihre Gefühle zur Explosion brachte. Leidenschaftlich presste sie sich an ihn, schloss die Arme um seinen Hals und erwiderte seinen Kuss mit einer Intensität, über die sie selbst erschrak. Nach einer gefühlten Ewigkeit, in der sie sich nicht voneinander lösen konnten, schob sie ihn unter Aufbietung all ihrer Kräfte von sich. Ihre Stimme klang brüchig. »Die Eröffnung … wir dürfen nicht … du darfst nicht …«

Sandro umfasste ihren Nacken, zog ihr Gesicht zu sich und erstickte ihren Widerstand mit einem Sturm neuer heißer Küsse. »Ich lass dich nicht mehr …«, flüsterte er, nahm sie auf die Arme und trug sie in die noch verlassene Garderobe im ersten Stock, die schon für den Abend hergerichtet war. Langsam, als hätten sie alle Zeit der Welt, begann er sie zu entkleiden. Tessa spürte, wie alle Vorsicht, ihr Stolz, Wille und Ehrgeiz in ihrem Herzen schmolzen, in dem Armand und ihre ganze Vergangenheit für eine kurze Zeitspanne wie ausgelöscht waren.

***

»Ausgerechnet Sie? Das Ladenmädel aus dem Modehaus Baumann, wenn ich mich recht erinnere! Was machen Sie überhaupt hier? Gehen Sie weg – ich will Sie nicht sehen! Ich …« Adelheids Stimme brach ab und ihr Gesicht verzerrte sich mit lautem Stöhnen. Eine weitere Welle des Schmerzes war durch ihren Leib gegangen. Sie krümmte sich und stieß Camilla, die ihr helfen wollte, zurück. »Fassen Sie mich nicht an«, schrie sie mit blassen Lippen. Ein Rinnsal helles Blut rann plötzlich zwischen ihren Beinen entlang und tropfte unter ihrem Rock zu Boden. Entsetzt starrte sie auf den kleinen See, der sich zwischen ihren Füßen bildete, verdrehte die Augen und sank zusammen. Die Pfleger hoben sie hoch und legten die Ohnmächtige auf eine Trage. Eine Diakonissin eilte herbei und brachte Tücher, um das strömende Blut aufzufangen. Erschüttert stand Camilla da, bevor sie sich wieder auf ihre Pflicht besann. Gemeinsam mit der Hebamme richtete sie alles her, damit der Arzt die Schwangere mit der gebotenen Sorgfalt untersuchen konnte. Der Gynäkologe Doktor von Schilling, den man sofort benachrichtigt hatte, eilte mit zwei Assistenten und einem Helfer herbei. »Siebter bis achter Monat vermutlich«, murmelte er zwischen den Zähnen nach einem Blick auf die Bewusstlose. Er begann sie zu untersuchen und tastete den Bauch ab. »Viel zu früh. Aber die Fruchtblase ist bereits geplatzt. Und sie hat sehr viel Blut verloren.«

»Das Kind liegt falsch. Die Wehen haben aufgehört!«, mischte sich die diensthabende Hebamme trocken ein.

»Ach was – Sie können wohl hellsehen? Woher wollen Sie denn wissen, wie das Kind liegt? Und dazu noch bei einer Frühgeburt?«, fuhr der Arzt ihr harsch über den Mund. Beschämt senkte die Hebamme den Blick. Ihre Erfahrung und ihr Wissen wurden immer wieder von den Ärzten angezweifelt. Sie war die Demütigungen schon gewohnt. Doktor von Schilling wandte sich an den Assistenzarzt. »Aussichtslose Sache, meiner Meinung nach! Für eine Geburt ist es noch zu früh. Das Kind ist ja noch gar nicht ausgereift. Ich habe auch keine Herztöne mehr gehört. Wahrscheinlich ist es schon nicht mehr am Leben. Wir müssen uns jetzt darauf konzentrieren, die Mutter zu retten.«

»Man könnte auf jeden Fall versuchen«, gab die Hebamme zu bedenken, die sich nicht so leicht einschüchtern ließ, »das Kind mit der Zange zu holen und …«

Der Arzt musterte sie mit einem strafenden Blick. »Was Sie nicht sagen! Wer hat hier zu entscheiden? Sie oder ich?« Die Hebamme knetete nervös ihre Hände. »Wir hatten doch neulich einen ähnlichen Fall…«, wagte sie erneuten Widerspruch.

»Da konnten wir froh sein, die Mutter zu retten«, murmelte der Arzt. »Haben Sie das vergessen?«

Adelheid kam in diesem Moment zu sich und öffnete die Augen. »Ich will zu Professor Virchow«, wimmerte sie erneut. »Ich kenne ihn persönlich. Holen Sie ihn … bitte! Sagen Sie ihm, Adelheid von Waldheim möchte, dass er sie behandelt. Ich will nicht sterben! Ich zahle auch extra … alles, was er verlangt.« Sie brach in lautes Wimmern aus.

Doktor von Schilling sah den Assistenzarzt an, der neben ihm genervt die Augenbrauen hochzog. Dann sagte er so milde wie möglich. »Gnädige Frau, beruhigen Sie sich. Es wird alles so geschehen, wie Sie es wollen. Der Herr Professor ist gerade in einer Konsultation. Er wird später kommen.« Er wandte sich an die Hebamme. »Machen Sie die Instrumente für einen Eingriff fertig. Bereiten Sie die Narkose vor.« Er wandte sich um und sah abwechselnd Camilla und Henriette an. »Was machen Sie denn da?«, polterte er los. »Wieso stehen Sie hier herum? Haben Sie auf Ihrer Station nichts zu tun?«

Jetti fuhr zusammen. Dann bückte sie sich und sammelte verlegen den Rest der blutigen Tücher vom Boden auf. »Los, komm!« Vorsichtig zupfte sie Camilla am Ärmel, die das Gefühl hatte, ihre Beine wären aus Blei und sie könnte sich nicht von der Stelle rühren. »Hiermit haben wir nichts zu tun. Das ist jetzt Sache des Arztes und der Hebamme!« Sie sah Camilla an, die noch immer wie erstarrt dastand. »Was hast du denn? Kennst du die?« Sie schaute sie fragend an, während Camilla stumm blieb und aufs Äußerste gespannt auf die Geräusche, die dumpfen Stimmen und das Klappern der Instrumente hinter der Tür lauschte. Würde Adelheid ihr Kind verlieren? Pauls Kind! Sie ertappte sich bei dem Gedanken, dass Paul frei wäre, wenn Adelheid es nicht schaffen würde. Zugleich war sie entsetzt über sich selbst. Sie schob es auf den Schock, die Rivalin in einem solchen Zustand wiederzusehen. Jetzt stand Adelheids Leben buchstäblich auf Messers Schneide.

»Entschuldige, Jetti – aber ich … ich muss wissen, was da drinnen geschieht. Vielleicht kann ich dir ja später noch helfen.«

»Ist doch gar nicht deine Sache.« Jetti zuckte die Schultern. »Aber gut, wenn dir das Wohl der Dame so sehr am Herzen liegt …« Sie vollendete den Satz nicht. Aus dem Operationssaal ertönten plötzlich lautes Gekreische, Schluchzen und spitze, verzweifelte Töne, die ganz plötzlich abbrachen. Lange

Zeit herrschte Schweigen, unterbrochen nur von leisen Anordnungen, dem Klappern der Instrumente, einer plötzlichen Unruhe und einem eiligen Hin und Her.

»Also, ich geh dann mal zu meinen Leuten. Die brauchen mich bestimmt schon. Willst du wirklich nicht mitkommen?« Jetti sah sie prüfend an. »Ist was? Du bist auf einmal so komisch. Kennst du die feine Tussi da drin?«

Camilla nickte. »Ja – flüchtig. Eine ziemlich komplizierte Geschichte. Erzähl ich dir ein andermal. Am besten, du gehst schon mal vor. Ich möchte noch hier warten.«

»Na denn – dann bis gleich.« Jetti zog die Augenbrauen hoch und verschwand kopfschüttelnd um die nächste Ecke. Camilla ging vor dem Kreißsaal auf und ab, ohne sich von den schiefen Blicken der Schwestern beeindrucken zu lassen. Die Zeit verfloss, ohne dass sie es bemerkte. Plötzlich ging die Tür auf und eine Diakonissin schob mit ernstem Gesicht eine zugedeckte Trage heraus. Auf Camillas fragenden Blick schüttelte sie nur den Kopf. »Leider«, sagte sie ausdruckslos. »Es war einfach zu spät. Für das Ungeborene – und auch für seine Mutter. Herzstillstand während des Eingriffs, großer Blutverlust. Man konnte sie nicht wiederbeleben.«

Camilla unterdrückte ein raues Aufschluchzen in der Kehle, als sie einen kleinen Zipfel des weißen Tuches anhob. Adelheids schönes, bleiches Gesicht lag vor ihr. Ihre Wangen waren fleckig von der vorausgegangenen Erregung, ihre Züge jedoch ruhig und entspannt. Es sah aus, als schliefe sie und erholte sich von großer Anstrengung. Das dunkle Haar ringelte sich feucht und lockig über ihrer Stirn. Erschüttert starrte Camilla auf sie hinab, bis die Konturen verschwammen und es vor ihren Augen zu flimmern begann. Um ihre Schläfen schien sich wieder der altbekannte Reif zu spannen, gefolgt von dumpfem Schmerz und aufsteigender Übelkeit. Ein Migräneanfall, wie er immer dann auftrat, wenn ihre Gefühle Achterbahn fuhren. Obwohl sie für

Adelheid niemals auch nur die geringste Sympathie empfunden hatte, traf ihr Tod sie doch tiefer als erwartet. Langsam ging sie über den Hof zum Hauptgebäude. Unterwegs wischte sie fast ärgerlich die Tränen fort, die ihr in die Augen schossen. Warum rührte sie der Tod dieser Frau eigentlich so an? Sie hatte sie doch kaum gekannt. Aber das unglückselige Geschehen hatte alles Vergangene wieder aufgewirbelt. Im Gehen band sie sich die Schürze ab, zog das Häubchen aus. Ihr Kopf dröhnte unerträglich, Schwindel, eingeschränktes Sehvermögen und starke Übelkeit machten ihr zu schaffen. Sie musste hier heraus, aus den verpesteten Sälen, dem Krankengeruch von Blut und Eiter, den bleichen, um Hilfe flehenden Gesichtern. Sie zitterte am ganzen Körper.

Wo gab es jetzt jemanden, der ihr half, dem sie ihr Herz ausschütten konnte, der sich an ihr Bett setzte und sie beruhigte? An dessen Schulter sie sich ausweinen konnte? Sie hatte nur einen Gedanken: Doktor Schmiedinger. In der Ordination war er nicht zu finden. Sie nahm die Treppen zu seinem Labor in den Dachzimmern mit schleppenden Schritten, doch auch dort keine Spur von ihm. Eine Weile wartete sie zwischen den Skeletten, dem Mikroskop und den bauchigen Glasschalen undefinierbaren Inhalts, den quiekenden Mäusen in ihren Käfigen. Aber er blieb verschwunden – war wahrscheinlich wie alle anderen Ärzte in der Charité bis zur Erschöpfung vom Ansturm der Kranken und Kriegsverletzten in Anspruch genommen. Sie hatte plötzlich das Gefühl, keine Kraft mehr zu haben, sich auf der Stelle hinlegen und die Augen schließen zu müssen.

Auf dem Gang vor dem Portal begegnete sie dem dunklen Schatten von Oberschwester Rotrudis, die sie missbilligend musterte. »Ist Ihr Dienst schon zu Ende?«, fragte sie spitz und vorwurfsvoll, während ihre grauen Mäuseaugen unter der weißen Haube über Camillas verweintes Gesicht wanderten.

»Entschuldigen Sie mich, Mater. Ich … ich bin krank. Ein Migräneanfall. Mir geht es im Augenblick sehr schlecht.« Ohne eine Antwort abzuwarten, ging Camilla weiter. Die Oberin blickte ihr missbilligend und mit leiser Eifersucht nach. Sicher war sie gar nicht krank und wollte nur ausgehen! Die jungen Ärzte schauten ihr ja immer so begehrlich nach. Ganz besonders Doktor Schmiedinger, den hatte sie ja wohl völlig verhext! Mater Rotrudis missfiel das. Wenn es nach ihr gegangen wäre, dann hätte sie Camilla längst entlassen. Es gab genug andere Mädchen, bescheidenere und pflichtbewusstere, die gern ihren Platz eingenommen hätten.

Im Eingangsbereich kam ihr der Pfleger Bruno entgegen. »Was ist denn mit dir los?« Er sah sie prüfend und fast ein wenig erschrocken an. »Du bist ja ganz durcheinander. Ich habe dich schon gesucht und wollte gerade nach dir sehen. Henriette hat mir erzählt, du stündest irgendwie unter Schock.«

»Ja, so kann man es auch nennen. Aber vor allem habe ich schreckliche Kopfschmerzen. Ein Migräneanfall. Mir ist furchtbar schlecht«, konnte Camilla gerade noch herausbringen, bevor sie davonstürzte, um sich in der Toilette zu übergeben.

Bruno wartete draußen auf dem Gang auf sie. Er legte besorgt den Arm um sie, um sie zu stützen, als sie herauskam. Kalter Schweiß stand auf ihrer Stirn und sie war so bleich wie die Wand. Bruno tupfte ihr mit einem Tuch über die Stirn, führte sie zu einem Stuhl im Vorraum, auf dem Camilla sich mit geschlossenen Augen niederließ. »Entspann dich und warte einen Moment. Ich bringe dir erst mal ein Medikament gegen deine Kopfschmerzen und etwas zur Beruhigung.« Er kehrte nach kurzer Zeit mit einem Glas Wasser und zwei Tabletten zurück, die Camilla gehorsam schluckte.

»Danke!« Sie versuchte ein Lächeln. Brunos Gelassenheit und Ruhe taten ihr gut. »Wenn du nicht wärst, hätte ich die

Charité vielleicht längst schon verlassen. Manche Dinge sind wirklich sehr schwer zu verkraften.« Sie lächelte ihn an. »Du bist für mich hier der Fels in der Brandung!«

Ein leichtes Lächeln der Genugtuung glitt über Brunos schwammige Züge. »Ich habe dir ja schon einmal gesagt, dass ich immer für dich da bin. Henriette meinte, du hättest dir da was sehr zu Herzen genommen. Eine Patientin, die du kanntest und die es nicht geschafft hat. Bitte erinnere dich an die Regel Nummer eins in unserem Beruf: Wir sollen den Patienten helfen, aber nicht mit ihnen leiden. Sonst können wir unseren Dienst gar nicht erfüllen.«

»Das hast du sehr schön gesagt, Bruno«, murmelte Camilla. »Aber manchmal erlebt man etwas, auf das man überhaupt nicht gefasst war.«

»Ich kenne das«, nickte Bruno. »Der Mensch ist eben keine Maschine. Wirst du mir irgendwann alles erzählen? Im Moment habe ich leider keine Zeit. Aber heute Abend vielleicht? Bei mir zu Hause?«

Camilla zögerte. »Nicht heute Abend. Irgendwann ...«

Bruno sah auf die Uhr. »Tut mir leid, aber ich muss jetzt weitermachen. Heute ist hier wirklich die Hölle los.«

Camilla fühlte sich plötzlich bleischwer und sehr müde. »Ja, Bruno, das verstehe ich natürlich. Geh nur. Ich habe Mater Rotrudis schon verständigt, dass ich heute keinen Dienst mehr tun kann. Am besten, ich lege mich gleich hin.«

»Kurier dich jetzt einfach mal aus. Du bist ja ganz grün im Gesicht. Und denk daran: Ich bin immer für dich da, wenn du mich brauchst. Du kannst mir alles sagen, falls du irgendein Problem hast. Ich nehme mir Zeit für dich. Und ich schweige wie ein Grab, das verspreche ich dir.«

Camilla schloss die Augen. Das Medikament wirkte. »Das weiß ich, Bruno. Du bist wie der Bruder, den ich nie hatte!«

Bruno verzog bei diesen Worten ein wenig das breite, unschöne Gesicht. »Soll ich dich noch ins Schwesternheim bringen?«

Camilla schüttelte den Kopf. »Nein, es geht schon wieder.«

»Dann bleib wenigstens noch ein bisschen sitzen, bis das Medikament wirkt. Ich muss dich jetzt allein lassen, sonst wird Schwester Rotrudis, der alte Drachen, unangenehm. Du kennst sie ja.«

Camilla drückte ihm wortlos die Hand. Es war so gut, zu wissen, dass es jemanden gab, der sich kümmerte, der sie verstand, ohne dass sie viel erklären musste. Sie erhob sich mit pochenden Schläfen, verstaute ihre Schwesterntracht im Schrank der Klinik und suchte dann ihr Zimmer im Diakonissenheim des Nebengebäudes auf. Sie schluckte noch eine weitere Schlaftablette, legte sich zu Bett und schloss die Augen. Langsam beruhigten sich die ratternden Gedanken hinter ihrer Stirn, der schmerzhafte Reif um ihren Kopf lockerte sich und das Flimmern vor ihren Augen ließ nach. Bald war sie in tiefen Schlummer gesunken, doch durch ihre Träume geisterten noch Bruchstücke der Ereignisse. Paul vor der Trage stehend, auf der Adelheid reglos und bleich lag, in ihrem Arm das tote Kind. Paul, der sie vorwurfsvoll ansah, der den Arm hob, als wollte er sie schlagen. Mit einem Schrei schreckte sie schweißgebadet hoch.

***

Nordöstlich der Stadt Sedan hatte die französische Armee nach einem langen, ermüdenden Marsch endlich Stellung bezogen. Armands Stute war versorgt, doch er fühlte sich nach einer schlecht verbrachten Nacht auf seinem unbequemen Lager nicht nur müde, sondern richtig zerschlagen. Er hatte schon lange nichts Richtiges mehr zwischen die Zähne bekommen und ein simples Hungergefühl machte ihm zu schaffen. Irgendetwas hatte bei der französischen Armee mit der Beschaffung des Proviants nicht geklappt und so mussten sich die erschöpften Soldaten am Abend mit trockenem Zwieback und Wassersuppe, in der einige Kohlblätter und Erbsen schwammen, begnügen, bevor sie sich zur Ruhe begaben.

Ein trüber, nebelverhangener Tag war angebrochen, der 1. September des Jahres 1870, an dem es nach den großen Regenfällen immer noch leise nieselte. Gähnend streckte Armand die Glieder. Heute gab es einen Ruhetag, das hatte die Führung unter Marschall Patrice de Mac-Mahon so angeordnet, um die Soldaten zu beruhigen. Man sollte sich erst mal einen ganzen Tag von dem anstrengenden Marsch erholen und Kräfte schöpfen. Und vielleicht klappte es dann ja auch mit dem Proviant, der den zu Tode ermüdeten Soldaten neue Kraft verleihen sollte. Armand warf einen Blick aus dem Fenster seines Quartiers. Im Morgendunst waren die Umrisse der Hügelkette der Ardennen zu erkennen. Die Stadt mit ihren gewaltigen Verteidigungswerken lag in einer Mulde. Flanken und Rücken waren geschützt und man konnte so alle Kräfte Richtung Norden und Osten zusammenziehen. Hier würden es die Deutschen schwerhaben zu taktieren, dachte Armand mit einer gewissen Genugtuung. Es war höchste Zeit, dass die französische Armee endlich mal einen Sieg erfocht. Mitten in seine Gedanken platzte ein Gefreiter, der Alarm schreiend das ganze Lager aufweckte. »Die Boches! Sie kommen – mit der ganzen Artillerie. Sie sind schon an der Maas! Der deutsche General von Moltke hat die Soldaten die ganze Nacht marschieren lassen.« Hinter ihm kam das Oberkommando in scharfem Galopp herangeritten. »Aufstellen, marsch! Zu den Waffen und zum Sammelplatz! Aber schnell!«

Das verschlafene Gesicht Leutnant Robéls, eines Kameraden von Armand, tauchte neben den anderen aufgeschreckten

Männern auf. Er war ganz bleich, der lange Marsch ohne richtiges Essen hatte auch ihm zugesetzt. Rasch fuhr er in seine Hose und Uniformjacke, während Armand sein Chassepot-Gewehr sicherte, die Munition einsteckte und nach seinem Burschen rief, der sein Pferd satteln sollte.

»Verdammter Mist«, fluchte Robél. »Kein Frühstück? Wie sollen wir bloß mit knurrendem Magen siegen?«

Als sie unter den Ersten am Sammelplatz ankamen, war das ganze Regiment noch in Unordnung. Kreuz und quer liefen Leute umher, man schrie sich gegenseitig zu: »Die verdammten Deutschen sind da – drüben auf der anderen Seite!«

Marschall Mac-Mahon, inmitten des französischen Oberkommandos, sah mit dem Feldstecher hinüber und bemerkte mit Unbehagen, dass der preußische Generalstabschef von Moltke mit König Wilhelm bereits eine kleine Anhöhe erklomm, von der sie aus der Distanz das französische Lager ungehindert überblicken konnten. Eine kleine Gruppe deutscher Fürsten, Generäle und Hofmarschälle versammelte sich nach und nach auf dem Hügel und umringte den König. Sie waren guter Stimmung und schienen zuversichtlich, dass sie den Feind auch diesmal schlagen würden.

»Ich fürchte, wir sitzen in der Falle«, murmelte Marschall Mac-Mahon bei sich und unhörbar für die meisten seiner Männer. Armand hielt den Atem an. Ein seltsames Gefühl bedrängte seine Brust. Würde die alte Festung Sedan wie in früheren Jahrhunderten standhalten? Waren sie nicht jetzt schon eingeschlossen? Er versuchte, seine negativen Gedanken zu verdrängen. An Mut hatte es ihm ja auch sonst nie gefehlt. Aber wie würde der Kampf diesmal ausgehen?

Das Grau des Himmels ging in das Licht des anbrechenden Tages über und die Stunde nahte, in der der Angriff beginnen sollte. Zweihunderttausend deutsche Soldaten hatten sich bereits aufgestellt – und Armand erkannte mit Schrecken, dass die französische Armee nur halb so groß wie die der Deutschen war. Da konnte man nur hoffen, dass General Moltkes Leute durch den langen Marsch ebenso erschöpft waren wie er und seine französischen Kameraden. Späher hatten allerdings hinterbracht, dass die Boches im Gegensatz zu den Franzosen wenigstens ausreichende Verpflegung mit Suppe und Kaffee bekommen hatten.

Das Signal zum Angriff ertönte – diesmal würde es zum Äußersten kommen, zur Entscheidung. Die Soldaten auf beiden Seiten waren angespannt und kampfbereit.

XVI. Kapitel

Berlin, 2018

Der Gedanke ging mir nicht mehr aus dem Kopf. Hatte Alexander eine Freundin? Oder wer war die junge Blonde, die ihn so verliebt angesehen hatte? Täuschte ich mich, wenn ich glaubte, dass zwischen ihm und mir eine gewisse Anziehung bestand? Oder spielte er nur mit meinen Gefühlen? Hatte ich mir bloß eingebildet, dass ich ihm mehr bedeutete? Oder war ich wirklich nur eine gute Quelle und zugleich eine Testleserin? Wahrscheinlich bildete ich mir seine tiefen Blicke nur ein, die er mir sandte und die mich schwindlig machten. Und das süße Gefühl, wenn er den Arm um mich legte, seine Hand meine Wange streifte, wobei ich manchmal die Versuchung fühlte, nachzugeben und mich an ihn zu lehnen.

Ich schalt mich selbst, dass ich solchen Gedanken überhaupt nachhing. Hatte ich nicht Wichtigeres zu tun? Mein Alltag als praktische Ärztin nahm mich mehr als genug in Anspruch und so blieben mir nur die Abende, um mir Alexanders neue Manuskriptseiten vorzunehmen. Er schickte sie mir weiter per Post – um dann nach einer gewissen Zeit anzurufen und ein Rendezvous auszumachen. Ich muss gestehen, dass ich diesen Treffen jedes Mal mit neuer

Ungeduld und steigender Spannung entgegenfieberte. Gleichzeitig ärgerte ich mich ein wenig über mich selbst, denn hier ging es ja eigentlich nicht um mich oder uns beide, sondern nur um seinen Roman. Trotzdem genoss ich dieses Zusammensein, das erfüllt war von lebhaften Diskussionen, Erinnerungen und unseren verschiedenen Meinungen über das Für und Wider der Vergangenheit. Was den Rahmen anbetraf, so ließ Alexander sich immer wieder etwas Neues einfallen und kombinierte unsere Gespräche entweder mit kulinarischen oder künstlerischen Ereignissen.

Diesmal hatte er mich in ein sehr elegantes Berliner Lokal zum Essen eingeladen. Leise Musik empfing mich, ein riesiger Kronleuchter verbreitete warmes Licht und Kerzen brannten auf allen Tischen. Ein Ober im Smoking geleitete mich an den Tisch, an dem Alexander schon auf mich wartete. Er sah mir mit einem strahlenden Lächeln entgegen. »Sie sehen heute sehr hübsch aus«, sagte er anerkennend und musterte mein schwarzes Spitzenkleid mit dem tiefen Rückenausschnitt. »Heute haben wir übrigens etwas zu feiern«, sagte er und deutete auf die Flasche Champagner, die bereits in einem Sektkübel auf dem Tisch stand. Überrascht nahm ich Platz.

»Sie haben Geburtstag?«

Er schüttelte den Kopf. »Nein, aber es wird eine französische Übersetzung für mein Buch geben. Das dürfte Sie doch bestimmt interessieren, oder nicht? Ein Teil Ihrer Familie kommt ja schließlich aus Paris, oder?«

»Mein Großvater ist dort geboren«, verbesserte ich ihn, »aber gelebt hat er meist in Deutschland, wo er auch seine Frau kennenlernte.«

»Umso besser.« Er reichte mir eines der Gläser, die der Ober diensteifrig gefüllt hatte. »Dann also: Auf Frankreich! Und unsere Zusammenarbeit.« Er fügte nach einer kleinen Pause hinzu: »Auf den Zufall, der uns zueinander geführt hat.«

Ich nippte an meinem Glas, während er die Karte studierte. »Avocado mit Shrimps, dann Seezunge und zum Schluss Mousse au Chocolat. Was halten Sie davon?«

Ich nickte. »Klingt köstlich!«

Wir ließen uns das superb zubereitete Diner schmecken, sprachen über dies und das, ohne mit einem einzigen Wort den Roman zu erwähnen. Ich wartete auf einen passenden Moment, in dem ich endlich auf die letzten Seiten zu sprechen kommen konnte, die ich gelesen hatte.

»Eigentlich finde ich, dass Adelheid und Paul charakterlich sehr gut zusammenpassten«, begann ich nach dem Dessert und einem süffigen Südwein, den der Kellner großzügig nachschenkte. »Sie sind beide gleich hochnäsig und egoistisch. Trotzdem hat es mich sehr schockiert, dass Adelheid und ihr Kind sterben mussten. Ich dachte daran, dass man ihr in unseren Tagen vielleicht hätte helfen können.«

Alexander sah mich ernst und offen an. »Ja, das war damals leider nicht möglich. Die Medizin hat inzwischen große Fortschritte gemacht. Meine Recherchen darüber waren sehr interessant. Vor allem die über den Krieg von 1870. Die Grausamkeiten, die Paul dabei erlebt haben muss, haben mich ziemlich mitgenommen …« Er hielt nachdenklich inne. »Die Waffen, mit denen gekämpft wurde – die Sache mit den Kanonen, die man auf Menschen abfeuerte …«

»Ja, das muss ganz furchtbar gewesen sein. Aber sind Kriege nicht immer gleich grausam?«, fragte ich. »Sie haben ganze Generationen junger Männer ausgerottet, die glaubten, für ihr Vaterland sterben zu müssen.«

»Und dabei waren es doch meist nur die Mächtigen, die sich uneinig waren.« Alexander nahm einen großen Schluck Wein. »Bismarck und von Moltke, der Chef des preußischen Generalstabes, mussten das mit ihrem Gewissen vereinbaren. Wie bei jeder Schlacht in der Geschichte ging es natürlich um Gewinnen oder Verlieren des Krieges. Und da waren alle Mittel recht.«

»Ja, und wenn alles vorbei ist, denkt kaum mehr jemand an die Opfer«, warf ich mit einem halben Seufzer ein.

Alexander nickte. »Genauso ist es. Begraben und vergessen. Berlin war damals in einem förmlichen Jubelrausch und feierte enthusiastisch jeden Sieg.« Wir schwiegen eine Weile betroffen, wie wenn uns diese Wahrheit erst jetzt richtig zu Bewusstsein gekommen wäre.

In diesem Moment stellte der Kellner zwei angewärmte bauchige Cognacgläser auf den Tisch und schenkte mit gekonntem Schwung ein. Ich machte eine abwehrende Bewegung, denn der Champagner und der Wein waren mir bereits gehörig zu Kopf gestiegen. »Für mich bitte nur ganz wenig.«

»Diesen guten Tropfen müssen Sie auf jeden Fall probieren.« Alexander deutete lächelnd auf das Etikett der Flasche und schwenkte sein Glas mit dem goldgelben Inhalt. »Riechen Sie nur – er ist mehr als zwanzig Jahre alt.«

Ich tat es ihm nach und der würzige Duft, der in meine Nase stieg, schien meine Sinne völlig zu benebeln. Vorsichtig nippte ich daran und als ich das Glas abstellte, nahm Alexander meine Hand und sah mich mit einem Blick an, der mein Herz zum Zittern brachte.

»Vanessa!«, sagte er mit leiser, einschmeichelnder Stimme. »Sie sind nicht nur schön, sondern auch sehr intelligent. Vom ersten Moment an wusste ich, dass Sie etwas Besonderes für mich sind.« Er zog mich näher zu sich. »Wir sollten endlich du zueinander sagen! Vielleicht hast du ja Lust, nachher noch auf einen Kaffee zu mir zu kommen.«

Es war das erste Mal, dass er mich duzte, und es klang weich und zärtlich in meinen Ohren. Doch dann fiel mir die kleine Blonde wieder ein, um die er den Arm gelegt und die er geküsst hatte. So leicht würde ich mich nicht verführen lassen. Und schon gar nicht von einem Mann, der eine andere hatte! Ein Kaffee bei ihm, um zwölf Uhr in der Nacht! Wahrscheinlich war das seine

Masche. Ich zog meine Hand rasch aus der seinen, senkte den Blick und rückte von ihm ab. »Wir können gern du zueinander sagen – aber sonst sollten wir unsere Beziehung besser auf unser Projekt beschränken«, sagte ich so kühl wie möglich.

»Oh, das tut mir leid. Ich wollte Ihnen – dir nicht zu nahe treten.« Seine Miene hatte sich verdüstert und er rückte ein wenig von mir ab. »Sag mir doch ganz ehrlich. Gibt es einen anderen Mann in deinem Leben?«

Ich zuckte betont gleichgültig die Schultern. »Wieso interessiert dich das? Ich würde dir gern die Gegenfrage stellen. Ich habe dich mit einem blonden, sehr jungen Mädchen gesehen.«

Sein Gesicht entspannte sich und ein selbstbewusstes und fast erleichtertes Lächeln trat wieder auf seine Züge. »Tatsächlich? Das muss meine Nichte gewesen sein. Du bist doch nicht etwa eifersüchtig?«

»Pah. Wie käme ich dazu?« Ich mimte die Gleichgültige. Aber die romantische Stimmung war plötzlich wie durch einen kalten Luftzug abgekühlt.

»Dann ist es ja gut.« Alexander hatte wieder seine höfliche und reservierte Miene aufgesetzt. Er machte dem Ober ein Zeichen, die Rechnung zu bringen. Ich war enttäuscht – hauptsächlich über mich selbst. Warum sträubte ich mich eigentlich so gegen meine eigenen Gefühle? Hatte ich Angst, dass Alexander mich enttäuschen würde? So wie Camilla von Paul enttäuscht wurde? Oder vermischte ich auf einmal die Fiktion mit der Wirklichkeit?

***

Paris, 1870

Der große Abend war endlich gekommen! Das Gelände um das neu eröffnete kleine Theater »La Belle Vie« war von Kerzen und Gaslaternen hell erleuchtet und sah sehr einladend aus. Die

Bewohner des Viertels und andere Gäste, die aus der Innenstadt von Paris gekommen waren, drängten sich voller Neugier am Eingang. Ausreichend Freikarten waren vorsorglich verteilt worden und ein roter Teppich auf dem schmalen Kiesweg führte zu dem mit Girlanden geschmückten Portal, das zwei in blaue Samtlivreen gekleidete Saaldiener flankierten. Das bemalte Blechschild darüber zeigte jetzt eine Tänzerin, die sich in graziöser Pose gegen die Lettern »La Belle Vie« lehnte. Potenzielle Gäste, aber auch Schaulustige drängten sich im Kreis um den Eingang. »Eine Schande ist das«, bemerkte ein älterer Herr verächtlich. »Unsere Männer sterben im Krieg und hier denkt man nur daran, sich zu amüsieren.«

»Unverschämtheit«, zischte ein ärmlich gekleidetes Weiblein. »Mein Sohn kämpft für das Vaterland und da wird getanzt! Man sollte die Polizei holen und so etwas verbieten!«

Auch andere Stimmen wurden jetzt laut. »Gerade jetzt, nachdem wir die Schlacht bei Metz verloren haben! Eine Geschmacklosigkeit ist das – empörend!«

»Aber das ist doch Unsinn! Sollen wir etwa jetzt schon Trauer tragen?«, mischte sich ein Anderer ein. »Eine bittere Miene aufsetzen und uns nicht mehr freuen dürfen? Damit ermutigen wir unsere Männer an der Front erst recht nicht! Und überhaupt: Wir haben den Krieg noch lang nicht verloren. Wir müssen furchtlos sein und unseren Soldaten zeigen, dass wir nicht aufgeben und Freude am Leben haben. Courage! Dann werden sie auch über die verdammten Boches siegen!« Er ballte angriffslustig die Faust. Zustimmendes Gemurmel wurde laut.

Einige Damen, die mit ihren zumeist älteren Kavalieren, Veteranen oder vom Kriegsdienst zurückgestellten Männern gekommen waren, hatten sich in elegante Roben geworfen. Dennoch war das Theater halb leer geblieben. Tessa war enttäuscht, konnte allerdings verstehen, dass den Leuten unter den gegebenen Umständen nicht zum Feiern zumute war.

Natürlich war es nicht der beste Zeitpunkt für eine Eröffnung und sie hatte nach den bisherigen Niederlagen der französischen Armee sogar darüber nachgedacht, alles zu verschieben. Aber sie brauchte Geld – und die Artisten brannten darauf, aufzutreten und endlich ihren Lohn zu kassieren. Jeder versuchte, sein Bestes zu geben. Der lustige Einakter »Ein Freundschaftsdienst« gleich zu Beginn hatte für viele Lacher gesorgt. Sandro hatte dann Taschenspielertricks vorgeführt, Akkordeon gespielt und zusammen mit Claudine ältere und beliebte Gassenhauer gesungen. Der redegewandte Marcel war ganz in seiner Rolle als Clown aufgegangen und hatte als Conférencier durchs Programm geführt. Die Hauptattraktion war natürlich Tessas Schleiertanz gewesen, dem das Publikum mit angehaltenem Atem folgte. Als lockerer Schlusspunkt hatte Mimi dann noch mit ihren drolligen, dressierten Pudelmischlingen für Entzücken gesorgt. Am Ende gab es Beifall und alle Artisten waren froh, durchgehalten zu haben. Genügend Getränke und kleine Speisen waren auch verkauft worden und so hatte sich die erste Vorstellung von »La Belle Vie« doch gelohnt. Zum Glück hatte es auch sonst keine größeren Störungen gegeben und Tessas Schwiegervater, der Comte de Montrodin, der so hitzig mit der Polizei gedroht hatte, war zum Glück nicht erschienen. Mehr als alles andere hatte Tessa jedoch befürchtet, dass empörte Bürger wegen des Krieges unter Protesten das Theater stürmen würden, um die Darbietungen zu stören oder gar verbieten zu lassen. Doch bis auf ein paar Randalierer, die draußen buhten und mit Tomaten und faulen Eiern warfen, war das Schlimmste ausgeblieben.

Als das Theater sich langsam leerte, die Artisten fort waren und es still wurde, seufzte Tessa erleichtert auf. Sandro hatte eine Flasche Champagner geöffnet, reichte ihr ein Glas und prostete ihr zu. »Auf dich und deinen Erfolg!«

Tessa warf den zarten, halb transparenten Schleier von den Schultern, lächelte ihn an und leerte das Glas. Sandro nahm sie zärtlich in die Arme. »Komm, Süße! Wir sollten den Abend noch ein wenig zu zweit genießen. Ich möchte dich ganz nah bei mir haben.« Er streichelte mit der Hand über ihren nackten Rücken. »Du hast heute Abend geradezu teuflisch verführerisch ausgesehen! Und wunderbar getanzt.«

»Findest du?« Tessa schloss verzückt die Augen. »Aber das Durcheinander hier … man müsste …«

»Man müsste gar nichts. Gib mir die Schlüssel. Ich sperre die Tür zu und morgen sehen wir weiter.« Sandro goss ihr ein weiteres Glas ein.

Tessa nickte. Mit einem unsagbaren Glücksgefühl spürte sie den prickelnden Schwindel des Champagners in ihrem Blut. Sie hatte es geschafft, sich aus dem Sumpf wieder an die Oberfläche des Lebens zu ziehen! Auf einmal war sie sehr erschöpft. Aber auch sehr glücklich. Ihr lang ersehnter Traum vom eigenen Theater hatte sich erfüllt und ihr Schleiertanz war gut aufgenommen worden. Sandro war ihr jetzt ganz nahe. Sie legte den Kopf zurück und er presste fordernd und leidenschaftlich seine Lippen auf die ihren. Ein heißer Strom der Lust floss durch ihren Körper und sie erwiderte seine Küsse. Ihre Müdigkeit war mit einem Mal verschwunden und ihr Körper bog sich ihm voller Begehren entgegen. Er presste sie an sich, als wollte er mit ihr verschmelzen. Dann hob er sie auf und trug sie auf die Bühne. Auf einem Sofa, das dort für den kleinen Einakter am Beginn der Vorstellung aufgebaut war, ließ er sie nieder. »Nicht hier«, stöhnte Tessa, als er sie auf die Polster legte, sich über sie beugte und die Seide ihres Kleides über ihre Hüften schob. Sie spürte seine Hände, seinen kraftvollen, geschmeidigen Körper, der von ihr Besitz ergriff und gegen den jegliches Wehren zwecklos schien.

***

Dreimal in der Woche sollte das Theater in Belleville nun öffnen und sein Programm präsentieren. Das Gaslicht blinkte am Portal und François fiedelte einladend populäre Musikstücke, um Gäste anzulocken. Doch die meisten Plätze blieben auf einmal unbesetzt, sosehr sich die Darsteller auch anstrengten und ihr Bestes gaben. Das milde Wetter schlug plötzlich um und es begann, ungewöhnlich heftig und in Strömen zu regnen. Dichte nasse Schwaden waberten durch die Luft und fegten in plötzlichen Böen durch die Straßen von Paris. Sie fuhren über Parks und Gärten und weichten die Papiergirlanden vor dem Eingang des »La Belle Vie« auf. Aus den Kriegsgebieten kamen beunruhigende Meldungen, dass sich die Wege in Morast verwandelt hatten und die Wagenkolonnen stecken blieben. Der Gesundheitszustand des kranken Napoleon, der den Oberbefehl über die französische Armee hatte, war beklagenswert. Gicht- und blasenkrank quälte sich der Kaiser an der Spitze seiner Soldaten dahin. Der triste, wolkenverhangene Himmel, die Niederlagen und die immer neuen Listen der gerade Gefallenen trübten die Stimmung in Paris und ließen wenig Lust aufkommen, sich zu amüsieren. Am Ende der zweiten Woche stand nur noch ein kleines Grüppchen Besucher vor dem Theater in Belleville, von dem der größte Teil aus Angehörigen der Artisten und deren Freunden mit Freikarten bestand.

Mit großer Verspätung erreichten Tessa mittlerweile die Briefe Armands, der seiner Frau nach wie vor seine Liebe und Sehnsucht versicherte. In der letzten Post hatte er sich bitter über die Widrigkeiten im Feld beklagt, die schlechte Organisation der Armee durch die Generäle, die fehlende Ausrüstung und Munition. Er schrieb:

> *Bei miserabler Verpflegung legen wir erschöpfende Märsche zurück. Es bleibt uns manchmal nichts anderes übrig, als bei heimischen Bauern zu*

plündern. Die Armeeführung hatte in Châlons eine zweite Streitmacht aufgestellt, um den eingeschlossenen Kameraden in Metz zu Hilfe zu kommen. Ich habe auch daran teilgenommen. Doch die Deutschen waren auf der Hut, sie stellten sich uns in den Weg und drängten uns in Richtung belgischer Grenze. Der Kommandant hat nun seine Strategie geändert. Wir sollen versuchen, so bald wie möglich die sichere Festung in Sedan zu erreichen. Aber dazu müssen wir noch über hundert Kilometer zurücklegen. Durch das Wetter und den Regen kommen wir aber nur sehr langsam vorwärts. Die Wege sind verschlammt und wir haben große Mühe, unsere Geschütze voranzubringen.

Er schloss mit den Worten:

Gebe Gott, dass wir diesmal siegen und dass ich gesund heimkomme. Ich habe große Sehnsucht nach dir!

In Liebe Dein Armand

Tessa legte seine Briefe nach raschem Überfliegen beiseite. Nur selten raffte sie sich jetzt noch zu einer Antwort auf. Die Sorge um die Zukunft des Theaters, das fehlende Publikum und die mangelnden Einkünfte, um den Kredit abzuzahlen, nahmen ihre gesamte Aufmerksamkeit in Anspruch – außerdem wollte sie Armand auf keinen Fall belasten. Sie war nervös geworden, hatte keinen Appetit und reagierte gereizt auf alle Anfragen, auf jeden, der etwas von ihr wollte. Sollte sie das Theater vorübergehend wieder schließen? Immerhin war Armands gesamtes Geld in den Umbau und die Renovierung geflossen. Und bis jetzt hatte »La Belle Vie« wegen fehlender Besucherzahlen insgesamt nur Verluste eingespielt. Sie konnte nicht einmal die Bankzinsen aufbringen, geschweige denn, den Artisten Lohn zahlen. Mehr und mehr Gäste blieben aus und sie fürchtete, dass sie bald vor leeren Zuschauerreihen spielen mussten. Dennoch beschloss Tessa, die Zähne zusammenzubeißen und weiterzumachen. Irgendwann, vielleicht schon sehr bald, würde dieser Krieg aufhören. Dann begann wieder das normale Leben und die Freude kam zurück. Die Artisten vertröstete sie auf das Ende der Krisenzeit und versprach ihnen sogar eine Prämie, wenn sie weitermachten, bis sie ihnen etwas zahlen konnte. Einige Wochen hielten sie noch durch und zogen ihr Programm vor einem spärlich besetzten Zuschauerraum ab. Doch dann verloren sie den Mut.

Auch Sandros heitere Miene wandelte sich nach den aufeinanderfolgenden Misserfolgen in mürrische Verdrossenheit. Er wurde unruhig, denn die Sache begann ihn zu langweilen. Bisher hatte er es ohnehin nirgendwo lange ausgehalten und immer wieder nach neuen Herausforderungen gesucht. Und hier waren seine zuerst hochfliegenden Erwartungen nun gründlich enttäuscht worden. Geld, Luxus, ein gutes Leben – das war es, was er sich erhofft hatte. Seine Liebe zu Tessa oder das, was er dafür gehalten hatte, kühlte schnell ab. Er lebte zwar auf ihre Kosten, aber was war das schon? Sparflamme, nichts weiter. Er verlor seinen anfänglichen Elan und – was noch schlimmer war – sein Interesse an ihr. Zur Abwechslung schaute er jetzt der blonden, ein wenig bleichsüchtigen Mimi nach, die seine Blicke mit ihren großen, blassblauen Augen schwärmerisch erwiderte. Tessa blieb das nicht verborgen, es erboste sie und brachte ihr Blut in Wallung. Sie beschloss, sich Gewissheit zu verschaffen und nicht länger zuzusehen, was sich da zwischen Sandro und Mimi anspann. Doch immer wieder schob sie es hinaus, aus

Angst, Sandro zu verlieren. Bis es nicht mehr möglich war, dem drohenden Konflikt auszuweichen.

Mimi probte meist zwischen zwei und drei Uhr nachmittags und dressierte ihre drei Pudelmischlinge. Bezeichnenderweise fand man neuerdings auch Sandro zu diesen Zeiten im Theater, um – wie er sagte – bestimmte Reparaturen auszuführen, die Getränke aufzufüllen und die Funktion des Vorhangs und der Kulissen zu überprüfen.

Schon seit ein paar Tagen fühlte Tessa sich nicht recht wohl. Sie schlief schlecht, von unruhigen Träumen geplagt, in denen Sandro mit Mimi das tat, was nur ihr zustehen sollte. Beim Aufstehen war ihr dann auf einmal so schwindlig, dass sie sich wieder hinlegen musste. Übelkeit und Kopfschmerzen plagten sie und sie fragte sich, ob sie sich nicht zu viel zugemutet und sich durch ihr Training für den Schleiertanz überanstrengt hatte. Ihr Misstrauen gegen Sandro, gepaart mit einem zunehmenden Gefühl der Eifersucht, wuchs. Er schien ihre Beziehung wohl nur als vorübergehende Affäre anzusehen und sich unmerklich von ihr zu entfernen. Hilflose Wut stieg in ihr auf. Dieser Schuft! So würde sie sich nicht behandeln lassen! Sich an die anämische Mimi heranzumachen! Förmlich unter ihren Augen. Das alles sei harmlos, hatte er lässig auf ihre Vorwürfe behauptet. Und überhaupt brauche er seine Freiheit. Sie bilde sich seine angebliche Gleichgültigkeit und Untreue nur ein.

Tessa sah in den Spiegel und begutachtete genau die Schatten und leichten Fältchen um ihre Augen, die schärfer gewordenen Linien um den Mund. Ihr Gesicht war bleich, wie gedunsen und ein leidender Ausdruck entstellte ihre Züge. Ihr Bauch trat ein wenig hervor, wenn sie nicht auf ihre Haltung achtete. Sie fühlte sich plötzlich alt. Natürlich, Mimi war achtzehn – da konnte sie nicht mehr mithalten. Sie zog eine Grimasse. Aber mit viel kaltem Wasser, etwas Schminke und einem aufgesetzten Lächeln würde es schon wieder gehen. Sie bürstete ihre Locken, die voll und glänzend waren wie eh und je und noch kein graues Haar aufwiesen. Der Gedanke an ein Frühstück widerte sie an. Vielleicht war sie ja krank? Bekam sie etwa ein Kind? Die Erkenntnis überfiel sie wie ein Blitz. Ihre Blutung war schon länger ausgeblieben, doch sie hatte im Tumult der Ereignisse nicht darauf geachtet und es mit ihrem harten Tanztraining erklärt. Sie schob den Gedanken beiseite und sah auf die Uhr. Eine unerklärliche Unruhe überfiel sie. Wo war Sandro? Was machte er in diesem Moment? Plötzlich hatte sie es eilig. Rasch kleidete sie sich an und lief zum Theater hinüber.

Alles war ruhig und es sah nicht so aus, als wenn sich jemand im Inneren befand. Sie ging nicht durch das Portal, sondern schloss leise die schmale Tür zum Hintereingang auf, die durch einen Abstellraum führte. Auf Zehenspitzen schlich sie hinter die Bühne. Ein leises Kichern ließ sie erstarren, das aus einer der Garderoben zu kommen schien. Sie spähte vorsichtig in den Bühnenraum. Im Spiegel sah sie Mimi, die mit fast geschlossenen Lidern an Sandros Brust lehnte. Ihr Zopf hatte sich gelöst und ihr blondes Haar fiel offen und in Unordnung halb über ihr Gesicht und den Rücken. Sandro hatte einen Arm um ihre Taille gelegt und mit dem anderen ihre Bluse ein Stück weit herabgezogen. Selbstvergessen küsste er die im Dämmerlicht mattweiß leuchtende Haut ihrer schmächtigen Schultern und kleinen Brüste. Mimi kicherte lauter, als seine Hände tiefer glitten. In diesem Moment ertönte ein lautes Knurren. Die Pudeldame Chérie sprang von ihrem Platz und lief, gefolgt von den beiden anderen Promenadenmischungen Bobby und Melli, laut bellend auf Tessa zu. Sandro und Mimi waren erschrocken auseinandergefahren. Die Hunde winselten leise, als sie Tessa erkannten, und leckten ihr die Hände.

»Du?« Sandro sah sie überrascht und ärgerlich an und schob Mimi von sich. Die Röte der Verlegenheit verdunkelte sein von der Sonne gebräuntes Gesicht noch stärker. Er zwang sich zu einem harmlos wirkenden Grinsen und versuchte, seinen Atem unter Kontrolle zu bringen. Mimi knöpfte währenddessen verlegen ihre Bluse zu und nestelte an ihren durcheinander geratenen Haaren.

»Du denkst doch jetzt nicht …« Er sprach nicht weiter, irritiert von der Art, wie Tessa ihn mit vor Zorn glühenden Augen ansah.

»Madame«, mischte sich Mimi mit ihrer Kleinmädchenstimme ein. Ihre Puppenaugen mit den langen Wimpern hatten einen beinahe verklärten Ausdruck. »Verzeihen Sie. Aber Monsieur Sandro und ich … wir lieben uns. Er hat gesagt, er würde mit Ihnen reden – Ihnen alles beichten …«

»Was schwätzt du da für einen Unsinn, dummes Ding«, grollte Sandro und gab Mimi, die ihn umfassen wollte, einen unsanften Stoß. »Hör nicht auf sie, Tessa. Sie redet irgendetwas daher. Die Kleine ist in mich verliebt und scharwenzelt dauernd um mich herum. Es war nie etwas, aber heute – da hat sie sich mir quasi an den Hals geworfen. Schließlich bin ich auch nur ein Mann. Aber ich schwöre …« Er brach ab, als wüsste er nicht, was er gerade schwören wollte.

Mimis Gesicht verzerrte sich weinerlich. Ihre Mundwinkel begannen zu zittern. Bei dem groben Stoß wäre sie beinahe über Chérie gestolpert, den Pudel, der sich an ihre Beine schmiegte. Sie starrte Sandro aus ihren großen blauen Augen erstaunt an, die sich langsam mit Tränen füllten. »Du hast doch gesagt, du liebst mich! Und dass wir eine Zukunft hätten …«, stammelte sie hilflos. Ihre kleine, schmale Gestalt bebte. Mit einem Aufschluchzen drehte sie sich um und lief, gefolgt von ihren kläffenden Hunden, wie von Furien gejagt davon. Tessa sah ihr nach und fühlte beinahe so etwas wie Mitleid. Sie öffnete den Mund, um Sandro zu beschimpfen, ihn zurechtzuweisen, hinauszuwerfen. »Du Schuft«, begann sie, doch die weiteren

Worte erstickten unausgesprochen in ihrer Kehle. Sie spürte, wie eine Welle der Übelkeit sie überrollte, gefolgt von unwiderstehlichem Brechreiz. Mit einem unartikulierten Würgelaut wandte sie sich um und rannte hinaus. Gerade noch rechtzeitig, bevor sich ihre Eingeweide zusammenkrampften und sich ihr Magen umdrehte. Es dauerte eine ganze Weile, bis sie sich hustend und keuchend wieder erholt hatte. Sie fühlte sich miserabel. Erschöpft hob sie den Kopf. Heute hatte sie noch keinen Bissen zu sich genommen, weil sie sich aufgeschwemmt fühlte und schlanker werden wollte. Sandro war jetzt hinter sie getreten und reichte ihr sein Taschentuch. »Was ist?«, fragte er leise. »Was hast du denn?«

Tessa schüttelte seine Hand ab wie ein lästiges Insekt. »Das fragst du noch?« Sie sah ihn bleich, mit vom Würgen leicht blutunterlaufenen Augen an und wischte sich über das schweißüberströmte Gesicht. »Ich bekomme ein Kind!«

Sandro fuhr zurück. »Aber doch nicht von mir?«

Tessa erhob sich aus ihrer gebeugten Haltung und lehnte sich erschöpft gegen den Eisenzaun. »Keine Angst«, sie schüttelte den Kopf. »Es ist von meinem Mann – von Armand. Die Schwangerschaft ist sicher weiter fortgeschritten, als ich dachte. Ich fühle mich schon länger nicht gut – aber den Gedanken an ein Kind habe ich ganz einfach verdrängt.« Sie fuhr über ihre Taille. »Ich war so mit dem Theater beschäftigt – mit meinem Tanz. Um mein Gewicht zu halten, habe ich kaum was gegessen. Die Zuschauer durften ja nichts merken.«

»Du hättest gleich abtreiben sollen …« Sandro sah sie finster an. »Was willst du mit einem Kind beim Theater?«

Tessa schüttelte den Kopf. »Abtreiben? Einmal habe ich das getan. Und ich würde es nie mehr wiederholen.« Sie legte eine Pause ein, um tief Atem zu schöpfen und zu warten, dass der Schwindel und die Übelkeit vergingen, die sie erfasst hatten.

»Aber … bist du wirklich sicher, dass nicht ich der Vater bin?«, beharrte Sandro mit zusammengezogener Stirn.

»Für mich ist das nicht mehr wichtig.« Tessas Stimme klang brüchig. Sie sah Sandro fest an. »Denn du spielst in meinem Leben ab jetzt keine Rolle mehr. Verschwinde! Ich kündige dir hiermit. Fristlos!«

»Ist das etwa dein Ernst?«, fragte Sandro mit einem beklemmend düsteren Ausdruck in den Augen. »Du willst weitermachen – ohne mich?«

»Ich schaffe das schon. Und jetzt geh!« Tessa nahm alle ihre Kraft zusammen. »Geh!«, schrie sie ihm ins Gesicht. »Verschwinde endlich. Ich will dich nie mehr hier sehen.«

Sandros Züge entgleisten vor Wut. Er schnaubte etwas Unverständliches, machte einen Schritt auf Tessa zu und versetzte ihr eine kräftige Ohrfeige, bei der sie beinahe zu Boden ging. »Du Schlampe! Miststück! Ich habe hier bis zum Umfallen gearbeitet. Ohne mich hättest du das Theater gar nicht aufmachen können.« Er machte eine weitere, drohende Gebärde. »Ich bleibe. Und wenn du nicht machst, was ich sage, werde ich deinem Mann erzählen, wie du es mit mir getrieben hast. Es wird ihn bestimmt nicht freuen, wenn er hört, dass sein Kind vielleicht von einem anderen ist. Verdammte Hure!« Er spuckte ihr mitten ins Gesicht.

Tessa taumelte und hielt sich wie betäubt die Wange. Sie richtete sich auf und wischte mit ihrem Ärmel langsam die Spucke weg. Sie erkannte Sandro nicht wieder. War das derselbe Mann, in den sie so verliebt war? Dieser gemeine und brutale Kerl mit der hässlich verzogenen Fratze, die jetzt hinter seiner oberflächlichen Freundlichkeit, seinem sanften Liebesgesäusel hervortrat? Aber es würde ihm nicht gelingen, sie einzuschüchtern. Sie hielt sich am Geländer der Umzäunung fest. Vor dem Tor waren ein paar Leute stehen geblieben und schauten neugierig herüber, angezogen von dem lauten Wortwechsel. »Ich habe keine Angst vor dir«, fauchte Tessa jetzt. »Und wenn du nicht augenblicklich verschwindest, schreie ich laut um Hilfe.« Mit einer Kopfbewegung wies sie zum Zaun. »Ich werde die Polizei alarmieren. Wenn du eine reine Weste hast, kannst du ja erklären, warum du dich hier so aufführst!«

Sandro fuhr leicht zusammen. Polizei! Dieses Wort hörte er nicht gern. Er straffte die Schultern und ballte die Faust. »Nimm dich in Acht! Eines Tages wirst du von mir hören«, stieß er hervor. »Denk nicht, dass ich mir das gefallen lasse.« Dann drehte er ihr den Rücken zu, setzte eine gleichgültige Miene auf und schritt, ein Liedchen pfeifend, davon.

»Auf Nimmerwiedersehen«, rief ihm Tessa nach. »Und eine schöne Zeit mit Mimi. Mach sie glücklich! Aber lass dich nie wieder bei mir blicken, das rate ich dir!«

Sandro tat, als höre er nicht, und die Schaulustigen vor dem Tor zerstreuten sich nach und nach. Tessa ging auf schwankenden Beinen in die Theatergarderobe zurück und legte den Riegel vor die Tür. Sie fiel auf einen Stuhl und brach in haltloses Schluchzen aus. Vorsichtig strich sie über die leichte Wölbung ihres Bauches. Wie weit war die Schwangerschaft bereits? Wann würde das Kind kommen? Ihre zunehmenden Unpässlichkeiten hatte sie ignoriert, ihr Gewicht durch striktes Hungern in Grenzen gehalten. Doch jetzt verlor sie plötzlich die Beherrschung. Eine Tränenflut rann jetzt über ihre Wangen, der sie kaum Einhalt gebieten konnte. Sandro – du verfluchtes Schwein, dachte sie. Ich hätte wissen müssen, dass du mich betrügen wirst!

Nun war er fort – vielleicht für immer. Es war vorbei. Sie hatte ihn geliebt. Aber nun hasste sie ihn.

***

Paul war gut vorbereitet, als das Gefecht in Sedan gegen die von ihren Niederlagen erbitterten Franzosen begann. Ein Hochgefühl hatte sich dagegen unter den deutschen Soldaten breitgemacht. Jedermann im Lager war der festen Überzeugung, dass der Gegner keine Chance hatte.

In den frühen Morgenstunden des 1. September überquerte Paul mit seinen Kameraden die Maas und sie rückten auf den kleinen Ort Bazeilles südöstlich von Sedan vor. Die Einwohner leisteten beharrlichen Widerstand, doch durch geschickte Schießgefechte konnte seine Truppe bald das Dorf einnehmen und den geplanten Ring um Sedan schließen.

Ein Dauerfeuer von Sprenggranaten prasselte nun auf die Fußtruppen der Franzosen, die in voller Panik bald alles stehen und liegen ließen und ungeordnet davonliefen. Die französische Kavalleriedivision mit Armand in der Mitte ritt mit dem Mut der Verzweiflung im Westen des Kessels den Eindringlingen entgegen und versuchte, den Belagerungsring mit Gewalt zu durchbrechen. Doch nachdem die französischen Reiter, schießend und die Bajonette schwingend, zweimal in vollem Tempo in das Feuer der hundertvierundvierzig Kanonen der Deutschen geritten waren, konnten die Pferde beim dritten Mal kaum noch ihren Weg finden. Die Leiber der Gefallenen, die von den Kanonen der deutschen Soldaten niedergemäht waren, versperrten den Weg und bildeten ein zusätzliches Hindernis für die Anstürmenden. Im Nebel des Gefechtes, dem Gewühl, das von Schmerz- und Kampfschreien durchdrungen war, in der unbeschreiblichen Unordnung seiner Reihen sah Armand die Pferde niederstürzen und ihre Reiter unter sich begraben. Es bildete sich ein undurchdringliches Knäuel von Armen, Beinen und blutenden Körpern, über das es bald kein Vorwärtskommen mehr gab. Armand ließ seine Stute beherzt über ein paar gekrümmt am Boden liegende Gestalten springen, wobei er wie durch ein Wunder weder von einer Granate noch von einer der zahlreich um seine Ohren fliegenden Kugeln getroffen wurde. Aber auch er hatte jetzt nur noch einen Gedanken: Flucht aus dieser Hölle, die plötzlich um ihn herum losgebrochen war. Er gab seinem Pferd unbarmherzig die Sporen, kämpfte sich durch den dichten Pulverdampf, in dem man Freund und Feind schon nicht mehr zu unterscheiden wusste. Gerade, als er sich schon abseits und beinahe in Sicherheit glaubte, sah er sich plötzlich der schwarzen Mündung einer drohenden Kanone gegenüber, die auf ihn und die Männer, die ihm folgten, gerichtet war. Ein Grollen wie von fernem Donner ertönte. Sein Pferd bäumte sich auf, er ließ sein Chassepot-Gewehr fallen und vernahm noch den Knall, eine heftige Explosion, die ihn in hohem Bogen in die Luft katapultierte. Eine Druckwelle schien seinen Leib auseinanderzureißen. Er hörte seinen eigenen Schrei. Dann wurde es schwarz um ihn und er spürte nichts mehr, während sich die Einzelteile seines Körpers in Fetzen auflösten und irgendwo auf dem blutigen Feld verstreut zu Boden fielen.

***

Von deutscher Seite aus beobachtete Paul das entstandene Massaker vor ihm mit unterdrücktem Entsetzen. Bismarck hatte der Artillerie noch einmal den eindeutigen Befehl gegeben, mit ihren Kanonen auch auf Fußtruppen, Kavallerie und sogar auf flüchtende Zivilisten zu schießen, um den sicheren Sieg zu erringen. Doch dass dies zu einem solch blutigen Gemetzel führen würde, war nicht vorhersehbar gewesen. Unter lautem Siegesgeschrei stürzten sich die deutschen Truppen nun auf die zurückweichenden Franzosen. Dem Einsatzbefehl gehorchend, ritt Paul mit zusammengebissenen Zähnen vorwärts, das Gewehr mit dem Bajonett im Anschlag, schießend und stechend, in die Reihen der fallenden Gegner hinein. Sein Pferd stolperte über die am Boden Liegenden, trampelte unbarmherzig über Sterbende ohne Arme und Füße, über eine blutige Masse bis zur Unkenntlichkeit zerfetzter Leiber. Seine Hufe zerschmetterten Schädel, traten in ein Wirrwarr von abgerissenen Gliedmaßen, Stofffetzen, Helmen, Stiefeln, in einen roten See, der nichts Menschliches mehr hatte. Paul fühlte Übelkeit, den starken Drang, sich zu übergeben, und sein Magen entleerte sich, während er mit den Kameraden weiterritt. Der Gegner war mittlerweile in völlige Kopflosigkeit verfallen, Bataillone lösten sich auf, einzelne Soldaten und Reiter flohen in alle Richtungen und ließen Waffen und Geschütze zurück. Die deutschen Soldaten der Kavallerie mit ihrem Obersten an der Spitze waren jetzt an der Festung Sedan angekommen, an deren Mauern die französischen Soldaten in ihrer Not hochzuklettern versuchten. Der deutsche Befehl lautete, die Flüchtenden strikt zu verfolgen und gnadenlos niederzumachen. Einige Franzosen waren in den Wald gelaufen, doch die Geschütze der deutschen Artillerie verfolgten sie auch dorthin. Ihre Geschosse mit den Aufschlagzündern explodierten zwischen den Bäumen und richteten auch dort ein schreckliches Blutbad an.

Paul ritt, schoss und handelte wie ein ausführender Automat. Aber noch nie im Leben hatte er sich so elend gefühlt. Er konnte sich kaum noch auf seinem Pferd halten. Der Qualm über dem Schlachtfeld nahm ihm den Atem und er musste unablässig husten. Doch es blieb ihm nichts anderes übrig, als durchzuhalten, mitzumachen, das Schreien der Verletzten, das Gebrüll der Gegner, das Knallen und Donnern der Geschütze, mit dem die Hölle losgebrochen war, auszuhalten und dabei auch noch zu funktionieren. Alles andere wäre Fahnenflucht, Reißaus vor dem Feind gewesen. Der Oberst hatte jetzt befohlen, dass er mit einigen Männern zur kleinen Brücke im Nordwesten der Stadtbefestigung reiten sollte, wo die der Schlacht Entkommenen Zuflucht suchen wollten. Der Befehl lautete, die Feinde um jeden Preis davon abzuhalten, die Brücke zu überqueren. Und das bedeutete nichts anderes, als sie wahllos und sogar von hinten niederzuschießen – sie ohne Gnade in den Tod zu schicken. Pauls Arme fühlten sich an, als wären sie aus Blei. Er ließ die Waffe sinken, sah sich um. In der Ferne, vom Feldherrenhügel aus, beobachteten die Generalität, Bismarck und König Wilhelm die Schlacht mit ihren Feldstechern.

»Los!«, schrie der Oberst und schwenkte sein gezogenes Bajonett. »Zeigt den Feiglingen, dass es kein Erbarmen gibt!« Seine Männer taten es ihm unter Kampfgebrüll nach und stoben mit ihren Pferden wie wild los. Auch Paul preschte vorwärts, um den Anschluss nicht zu verlieren. Trotzdem blieb er leicht hinter den anderen zurück und bemerkte die Schützen nicht, die hinter einem Felsvorsprung lauerten. Schüsse knallten laut an seinem Ohr und er spürte ein Pfeifen dicht an seiner Wange. Glück gehabt, dachte er noch, bevor er einen leichten Schlag am Arm spürte, den eine Kugel gestreift hatte. Ein weiteres Geschoss traf sein Pferd, das sich unvermittelt steil aufbäumte und nach wenigen Sekunden rückwärts überschlug. Paul wurde mit einem heftigen Ruck zu Boden geschleudert. Er wollte sich erheben und seitlich in Deckung bringen. Doch seltsamerweise schaffte er es nicht, sich zu bewegen. Sein linkes Bein war blockiert, es lag unter dem reglosen Pferdeleib. Ein scharfer Schmerz durchzog seinen Körper. Gebrochen, schoss es ihm durch den Kopf. Mit der Hand tastete er nach der warmen Flüssigkeit, die an seinem Oberschenkel herabrann. Er schauderte, als sein wandernder Blick auf den nackten Knochen traf, der durch sein zerrissenes Hosenbein aus dem Stiefel ragte. Eiseskälte überfiel ihn und ließ seine Adern beinahe gefrieren. Die Angst überfiel ihn mit einer Wucht, die ihm den Atem nahm. Erst jetzt folgte die rasende Schmerzwelle, die seinen gesamten Körper erschütterte und ihm fast das Bewusstsein raubte. »Hilfe, Sanitäter«, rief er, während andere Reiter an ihm vorbeidonnerten, die ihn im Getümmel gar nicht wahrnahmen.

»Hilfe! Ich verblute!« Niemand schien ihn zu hören. Immer schwächer ertönte sein Rufen. Ich sterbe, dachte er, jetzt ist es so weit. Eine gnädige Ohnmacht umfing ihn und er spürte nicht mehr, dass herbeieilende Sanitäter ihn unter seinem toten Pferd hervorzogen und auf eine Trage hoben.

***

Tessa hatte sich noch nie im Leben so schwach gefühlt. Ihr Körper wurde rasch schwerer und ungelenker und sie schaffte es nicht mehr, die Übungen für den Schleiertanz fortzusetzen, an dessen Präsentation sie bisher festgehalten hatte. Doch auch andere Beschwerden vergällten ihr das Leben. Ein dumpfer Schmerz im Rücken, Übelkeit, Depressionen – und neuerdings plagte sie auch eine schwere Erkältung mit einem tiefen, hohlen Husten. Vor allem aber zehrten die Sorgen um die Zukunft an ihr. Schweren Herzens gab sie schließlich auf und schloss das mittlerweile völlig leer bleibende Theater. Die anderen Artisten, die ohne Sandros Führung den Zusammenhalt verloren hatten, waren bereits abgewandert. Sie hatte geglaubt, Sandro zu hassen – doch in Wahrheit vermisste sie ihn schmerzlich, liebte ihn immer noch, auch wenn sie sich seine Untreue ins Gedächtnis rief. Am liebsten hätte sie ihn zurückgeholt, ihm alles verziehen und jede Freiheit gegeben. Doch er war wie vom Erdboden verschwunden und hatte sich nicht mehr blicken lassen. Keiner wusste, wo er sich befand. In ihrem Kummer und körperlichen Unwohlsein war es ihr gar nicht so sehr aufgefallen, dass sie von Armand eine Weile keinen Brief mehr erhalten hatte. Sie nahm an, dass ihm die neuesten Ereignisse und die ständigen Gefechte wenig Zeit zum Schreiben ließen. Die Zeitungen hatten inzwischen die Hiobsnachricht gebracht, dass die französische Armee in Sedan ebenfalls eine schreckliche Niederlage hinnehmen musste. Napoleon III. befand sich bereits in deutscher Gefangenschaft. Wie würde nun alles weitergehen? Gab es einen Waffenstillstand? Tessa verstand nun sehr gut, dass es der Bevölkerung unter diesen Umständen ganz unmöglich war, sich in irgendeiner Weise öffentlich zu vergnügen.

Eines Morgens geschah dann etwas, was ihr unstabiles Leben völlig ins Wanken brachte. Der Postbote brachte einen Brief, der sehr offiziell wirkte. Tessa riss ihn ungeduldig auf und erstarrte, als sie die gedruckten, in offiziellem Ton gehaltenen Zeilen überflog: »... für das Vaterland gefallen, den Heldentod erlitten ...« Ganz unten stand noch, dass es schwierig gewesen sei, Armand zu identifizieren, da er von einem Kanonengeschütz getroffen worden war. Sie möge sich doch bei der Kommandantur melden. Fröstelnd ließ sie das Papier mit der Todesnachricht sinken, ohne den Inhalt in vollem Umfang zu fassen. Es war, als griffe eine kalte Hand nach ihrem Herzen. Trotzdem blieben ihre Augen trocken. Armand, der schöne, der liebenswerte Armand, der sie so bedingungslos geliebt hatte! Ihr Mann! Warum gerade er – in der Blüte seiner Jugend? Er war nicht unbesonnen gewesen, aber vielleicht hatte er sich unbesiegbar geglaubt. Irgendwie war ihr die Möglichkeit, dass er fallen könnte, niemals in den Sinn gekommen! Doch nun war es geschehen. Das Schicksal hatte es so bestimmt. Sie lauschte in ihr Inneres. War das die Strafe dafür, dass sie Armand nicht genug geliebt, ihn mit Sandro betrogen hatte? Dass sie sogar mit dem Gedanken gespielt hatte, ihn wegen des Anderen zu verlassen? Aber Liebe hatte so viele Seiten und man konnte ihr nicht befehlen. Sie hatte Armand geliebt – auf ihre Weise, wie einen guten Freund. Aber nicht mehr.

Unzählige Gedanken schossen ihr auf einmal durch den Kopf. Wie würde der Graf de Montrodin auf diese traurige Nachricht reagieren? Was geschah mit dem Theater und dem Kredit, den sie dafür aufgenommen hatte? Wovon sollte sie ihn zurückzahlen, wovon leben? Nun hatte sie keine Unterstützung mehr – nur noch Schulden. Alle Verbindungen zwischen ihr und der Familie Armands waren ja nach der heimlichen Heirat abgebrochen. Sie würde bis zur Beerdigung warten müssen, um mit dem Comte zu sprechen – und, wenn es nicht anders ging, ihn ganz offen um Hilfe zu bitten. Schließlich konnte man sie in ihrer verzweifelten Lage nicht völlig allein lassen. Eine magere Kriegerwitwenrente würde ihr da auch nicht helfen.

Die traurige Zeremonie fand auf dem Friedhof Père Lachaise statt. Armands Überreste wurden auf Betreiben des Comte in die Heimat überführt und in einer der Alleen im Familiengrab, einer kleinen Gruft, über die ein steinerner Engel wachte, bestattet. Graf de Montrodin, seine Gattin, einige Freunde und Verwandte würdigten Tessa, die in letzter Reihe, schmal und schwarz gekleidet hinter dem Trauerzug herging, keines Blickes. Sie fühlte sich leer, krank, fiebrig und war bestrebt, ihre seit Kurzem anfallsartig auftretenden Hustenanfälle, begleitet von einem stechenden Schmerz in der Brust, zu unterdrücken. Die Familie sah über sie hinweg, als wäre sie gar nicht vorhanden. Armand hatte kein Testament hinterlassen und so stand ihr wahrscheinlich auch kein Unterhalt zu.

Nachdem sie mit der Trauergesellschaft den Friedhof verlassen hatte, nahm sie all ihren Mut zusammen und trat auf den Comte und seine Frau zu. »Madame! Monsieur!«, begann sie leise, mit niedergeschlagenem Blick. »Ich würde gern ein paar Worte ganz privat mit Ihnen sprechen.«

Der Comte musterte sie kurz und hochmütig und wechselte dann einen fragenden Blick mit seiner Frau. »Ich wüsste nicht, was wir uns zu sagen hätten. Wir haben mit Ihnen nichts zu tun.«

»Oh doch«, gab Tessa hastig zurück. »Armand und ich waren offiziell und mit dem Segen der katholischen Kirche miteinander verheiratet. Ich trauere genau wie Sie um ihn.«

»Diese Heirat war eine Farce. Für uns hat dieser … dieser … Bund nie existiert. Und deshalb wünschen wir keinen weiteren Kontakt. Von uns können Sie weder Geld noch Unterstützung erwarten, wenn Sie das meinen.« Er wollte sich abwenden, doch Tessa trat ihm in den Weg. »Warten Sie, Comte! Gilt das auch für das Kind, das ich von Armand unter dem Herzen trage? In seinen Adern fließt das Blut der de Montrodins. Muss ich erst einen Anwalt mit Forderungen beauftragen, die mir zustehen?« Sie bemerkte das Zucken im Gesicht des Comte, die Unsicherheit in seinen Zügen und die wechselnde Röte und Blässe im Gesicht von Armands Mutter. »Lügen, nichts als Lügen! Jedes weitere Wort ist hier wohl überflüssig«, erwiderte der Comte mit nicht mehr ganz so fester Stimme. »Tun Sie, was Sie nicht lassen können. Komm, Françoise.« Er wollte den Arm seiner Frau nehmen, doch diese blieb wie angewurzelt stehen. »Einen Augenblick …« Sie starrte Tessa unverwandt an. »Ist das wahr? Sie … Sie erwarten ein Kind von Armand?«

»So komm doch endlich, Françoise!« Der Comte zerrte an ihrem Arm. »Dieses Weib will uns nur Geld aus der Tasche ziehen. Du darfst ihr kein Wort glauben.«

Madame de Montrodin befreite sich unwillig. »Warte, Adolphe!« Ihr trauriges Gesicht mit den leidend herabgezogenen Mundwinkeln hatte plötzlich einen weicheren Zug bekommen. »Du hörst doch – ein Kind – ein Kind von Armand, unserem Sohn! Einen Enkel, einen kleinen Erben! In ihm würde er weiterleben.« Sie schluchzte vor Rührung leise in ihr Taschentuch.

»Erben? Was für ein Unsinn! Lass dich von dieser Frau nicht beschwatzen. Der geht es doch nur darum, für sich etwas herauszuschlagen.« Der Comte lief vor Ärger rot an. »Jetzt verschwinden Sie doch endlich!«, herrschte er Tessa an, die ihn mit großen Augen anstarrte. »Ich verbiete Ihnen, sich uns in Zukunft auf fünf Schritte zu nähern und mit ihrem Geschwätz zu terrorisieren! Fort!« Er hob drohend die Hand. Tessa wich zurück. Doch zu ihrer großen Überraschung stellte sich Madame de Montrodin plötzlich zwischen sie und ihren Mann.

»Halt ein, Adolphe!«, zischte sie ihn an und schob ihn zurück. Auf ihren Wangen zeigten sich hektische rote Flecke und die Gleichmütigkeit, die sie gewöhnlich an den Tag legte, fiel plötzlich von ihr ab. »Jetzt ist es aber genug. Ich habe deine Tyrannei und ewige Selbstsucht satt. Unser einziger Sohn ist tot und du führst dich bei seiner Beerdigung so auf! Schäm dich! Ich habe Armand, unseren einzigen Sohn, über alles geliebt.« Sie brach ab und Tränen rannen über ihre Wangen. »Und ich respektiere seine Entscheidung.« Ihre Stimme war lauter geworden und die etwas entfernt wartende Trauergesellschaft und der Priester wurden aufmerksam und sahen neugierig herüber. »Seine Frau erwartet ein Kind von ihm«, fuhr sie unbeirrt fort. »Das ist unser Enkel. Ich werde ihn lieben, wenn er auf die Welt kommt – genauso wie Armand!« Sie sah ihn entschlossen an und tupfte sich die Tränen mit ihrem Taschentuch fort. »Und ich denke, es ist unsere Pflicht, dafür zu sorgen, dass sein Kind in geordneten Verhältnissen aufwächst. Er würde es so gewollt haben.«

»Wirst du wohl still sein, Françoise!« Peinlich berührt sah der Comte sich nach allen Seiten um. »Und mach kein solches Aufsehen«, fuhr er mit gedämpfter Stimme fort. »Es ist Skandal genug, dass diese … Hergelaufene hier bei der Beerdigung auftaucht. Was sollen denn die Leute denken …«

»Es ist mir egal«, beharrte seine Frau eigensinnig, »was die Leute denken. Wenn es wahr ist, dass wir bald einen kleinen Enkel haben werden – dann sollten wir dankbar sein, dass uns etwas von unserem Armand geblieben ist. Wir müssen uns der Verantwortung stellen.«

Tessa sah sie verwundert an. Sie begriff die Zusammenhänge nicht ganz. Die strenge, so verbittert wirkende Comtesse stellte sich plötzlich auf ihre Seite? Sie wollte, dass Armands Kind in geordneten Verhältnissen aufwuchs? Was meinte sie damit?

Der Comte blies die Backen auf, seine Augen traten beinahe aus den Höhlen. Er holte tief Luft, ballte die Faust und öffnete den Mund, um etwas zu sagen. In diesem Moment trat der Priester zu ihnen und fragte diskret. »Gibt es Schwierigkeiten? Kann ich etwas für Sie tun, Monsieur le Comte? Die Trauergesellschaft wartet auf Sie. Man möchte von mir wissen, in welchem Restaurant der Leichenschmaus stattfindet.« Er verzog seine dünnen Lippen und streifte Tessa mit einem neugierigen, aber etwas abschätzigen Blick.

Der Comte riss sich zusammen, um Haltung zu bewahren. »Ja, natürlich – der Leichenschmaus. Entschuldigen Sie. Ich habe im Restaurant Fouquet gleich um die Ecke reserviert. Gehen Sie doch schon mit den anderen voraus. Ich muss hier noch etwas klären. Wir … ähh … sind sofort bei Ihnen.«

Der Priester verneigte sich kurz und kehrte zur Gruppe der Trauergäste zurück.

»Meinetwegen sind wir bereit, Ihnen eine einmalige Abfindungssumme zu zahlen«, begann der Comte hastig zu Tessa gewandt. »Für eine Abtreibung. Aber nur, wenn Sie sich in Anwesenheit eines Anwalts einverstanden erklären, uns in Zukunft mit Ihren Forderungen nicht länger zu belästigen.«

Tessa schüttelte den Kopf. »Niemals. Dafür ist es außerdem viel zu spät.«

»Da siehst du es, Françoise! Das genügt dieser Frau nicht! Wahrscheinlich will sie mehr aus uns herauspressen. Ich kenne das. Und jetzt komm endlich«, bestimmte der Comte barsch und wollte seine Frau mit sich ziehen. »Es wird höchste Zeit, dass wir uns um die Trauergäste kümmern.«

Seine Gattin stemmte sich gegen ihn und presste eigenwillig die Lippen zusammen. »Nein. Ich komme nur mit, wenn unsere …«, sie machte eine kurze Pause, als fiele es ihr schwer, das Wort auszusprechen, »unsere Schwiegertochter auch mitgeht. Wir müssen in Ruhe über dieses Thema reden. Warum sollte sie lügen?«

»Was zum ...«, der Comte unterdrückte den Fluch, »gibt es da zu reden? Begreifst du denn nicht, dass man uns ein Kuckuckskind ins Nest legen will?« Sein dickes Gesicht war vor Wut bläulich angelaufen und er sah aus, als würde ihn im nächsten Moment der Schlag treffen. Nur mit Mühe besann er sich auf den Ort des Friedens und der Trauer, an dem sie sich befanden. Er atmete ein paarmal tief aus und wieder ein. Dann nahm er seine Frau beiseite und flüstert ihr eindringlich zu: »Françoise, sei endlich vernünftig! Lass dich bitte nicht von Gefühlsduseleien leiten! Wir haben keinen Enkel! Und es ist die Frage, ob wir je einen haben werden. Wer weiß, von wem das Balg ist, das sie erwartet. Sie treibt es doch mit jedem.«

»Mit jedem?«, fragte Madame de Montrodin laut und ungewöhnlich energisch. »Woher willst du das überhaupt wissen? Tessa und Armand waren verheiratet und nun bekommt sie ein Kind. Jeder Anwalt würde ihr recht geben, ob du das einsiehst oder nicht.« Sie blickte ihrem Mann in die Augen und Tessa spürte in diesem Moment, dass Madame de Montrodin über die Seitensprünge ihres Gatten vielleicht besser informiert war, als er dachte.

»Ich ... ich weiß es eben. Eine Frau, die in einem Theater einen Schleiertanz aufführt ... pah!« Montrodin wischte sich mit dem Taschentuch den Schweiß von der Stirn. »Das ... das ist doch skandalös.«

»Armand hat das gewusst und nicht nur gebilligt, sondern auch unterstützt. Es war seine Entscheidung.«

Der Graf schnappte nach Luft. Was war denn auf einmal in seine sanfte und sonst so leicht zu lenkende Frau gefahren? Vielleicht war es besser, ihr in diesem Moment nachzugeben, bevor er sich vor der ganzen Familie, den Freunden und

Verwandten lächerlich machte. »Nun denn. Wenn du unbedingt darauf bestehst«, presste er mit Mühe hervor, »dann soll sie eben mitkommen. Ich werde mit ihr über eine … mögliche Lösung reden.« Er ging mit raschen Schritten voraus. »Aber ich sage es dir gleich. Diese … diese Nackttänzerin wird uns unsterblich blamieren.«

Tessa zuckte unter der Beleidigung zusammen. Am liebsten hätte sie dem Comte ins Gesicht geschrien, was sie über ihn wusste und welch lächerliche Figur er im Bordell von Madame Grivois abgegeben hatte. In letzter Minute gelang es ihr jedoch, sich zu beherrschen, indem sie sich ihre fatale Situation ins Bewusstsein rief. Sie brauchte, sie musste dringend Unterstützung haben, sonst landete sie wieder da, wo sie sich mit viel Mühe herausgearbeitet hatte. Und deshalb durfte sie den Comte nicht beleidigen.

»Kommen Sie, mein Kind!«, sagte Madame de Montrodin sanft und mit einem leichten Lächeln. »Wir möchten gern, dass Sie bei der Trauerfeier dabei sind!« In diesem Moment sah sie förmlich verjüngt aus. Der bittere Zug war aus ihrem vorzeitig gealterten Gesicht entschwunden, als habe er einer unbestimmten Hoffnung Platz gemacht. Tessa folgte den beiden mit einem unbehaglichen Gefühl. Doch es blieb ihr nichts anderes übrig, als gute Miene zu machen, um ihre und die Zukunft ihres Kindes abzusichern. Sie hustete verhalten und spürte dabei wieder den bohrenden Schmerz an der rechten Brustseite, den Schleim, der ihr in die Kehle stieg und das Kratzen im Hals, das einer Hustenattacke vorausging. Im Restaurant begab sie sich rasch zur Toilette. Der Husten schüttelte sie so heftig wie noch nie und das alarmierende Stechen im Bereich der Atemwege wurde so stark, sodass sie sich übergeben musste. Als sie sich den Mund mit ihrem Taschentuch abwischte, sah sie erstaunt auf die roten, schaumigen Flecken, von denen es durchtränkt war. Was bedeutete das? Vielleicht sollte sie doch einmal zum Arzt gehen, denn sie fühlte sich von Tag zu Tag müder und erschöpfter. Bis jetzt hatte sie ihre zunehmende Schwäche immer auf ihre Schwangerschaft geschoben. Aber der rasselnde Husten, das leichte Fieber und raue Gefühl auf der Brust zogen sich nun schon ungewöhnlich lange hin und gingen nicht weg. Trotzdem konnte und wollte sie sich gerade jetzt keine Schwäche erlauben. Es kam jetzt darauf an, stark zu sein, sich nicht einschüchtern zu lassen!

Kämpferisch straffte sie die Schultern, kniff sich in die blassen Wangen und trug ein wenig Rouge auf, bevor sie ins Restaurant zurückging. Die Trauergäste hatten bereits in einem gesonderten Raum an einem mit weißem Leinen gedeckten Tisch Platz genommen, auf dessen Mitte ein Rondell mit Kerzen, Blumen und eine mit einem schwarzen Band verzierte Fotografie Armands standen. Die Stimmung war gedämpft und die vornehme Verwandtschaft musterte mit unverhohlener Neugier die skandalumwobene Frau genauer, die den armen Armand, wie man munkelte, auf die schiefe Bahn geführt hatte. Tessa saß mit niedergeschlagenen Augen am Tisch, abschätzigen Blicken und höhnischem Getuschel ausgesetzt. Doch sie zwang sich, durchzuhalten. Allmählich erwärmte sich die Gesellschaft, man erzählte sich Anekdoten von Armand, was für ein entzückender Junge er gewesen war, welch fleißiger Schüler und pflichtbewusster Soldat, der nun für sein Vaterland sein Leben lassen musste. Zwangsweise kam man damit auch auf den herrschenden Krieg zu sprechen, die peinlichen Niederlagen, die Frankreich in einen Abgrund zu stürzen schienen. Man erregte sich, diskutierte, das Stimmengewirr schwoll an und trotz aller Besorgnis und Trauer lachte man sogar manchmal gedämpft. Es schien beinahe, als habe man den Grund vergessen, warum man sich hier zusammengefunden hatte. Das Essen wurde aufgetragen.

Mit Tessa redete niemand und so saß sie schweigsam und appetitlos da und zerkrümelte Brotstücke zwischen den Fingern. Der Comte und seine Frau saßen ihr gegenüber und sie bemerkte, dass Madame unablässig auf ihren Mann einredete, während sie ihr von Zeit zu Zeit einen prüfenden Seitenblick sandte. Der Comte machte ein finsteres Gesicht und schien nicht gerade begeistert von dem, was seine Frau ihm zuflüsterte. Zweifellos unterhielten sie sich über sie. Tessas Rücken schmerzte vom aufrechten Sitzen und sie hatte das Gefühl, es in dieser Umgebung nicht länger aushalten zu können. Jetzt musste endlich Klarheit geschaffen werden. Für ihre Zukunft und die ihres Kindes. Abrupt erhob sie sich und klopfte an ihr Glas. Die Unterhaltung erstarb und alle Gesichter wandten sich ihr erstaunt zu.

***

Paul erwachte vom beißenden Geruch eines Desinfektionsmittels, der ihm in die Nase stach. Er lag auf einer Trage. Nur mühsam gelang es ihm, die vielen Geräusche um ihn herum zu sortieren. Stimmengewirr, Stöhnen, gellende Schreie und ein unheimliches Schaben wie das einer Säge, die auf etwas Hartes trifft. Er öffnete die verklebten Augen. Wo war er? Im Lazarett? Gott sei Dank, er lebte noch. Man hatte ihn gefunden. Der intensive Gestank von Blut und Eiter im Raum verursachte ihm Übelkeit. Zwei Sanitäter trugen ihn in einen dunklen Raum und legten ihn vorsichtig auf einem der einfachen Betten ab, die dicht aneinander standen. Jede Bewegung ließ ihn aufstöhnen. Ein dumpfer Schmerz brannte in der Gegend um sein Knie, das ein Verband umhüllte. Er erinnerte sich dunkel an einen schrecklichen Traum, bei dem man ihn bei lebendigem Leibe malträtiert hatte, an ein trockenes Knirschen, ein Brechen von Knochen und schreckliche Schmerzen, die ihm schließlich die

Besinnung geraubt hatten. Er hatte noch den Geschmack des Holzes im Mund, das man ihm mangels Betäubung zwischen die Zähne geschoben hatte. Er sollte so fest es ging darauf beißen, um nicht zu schreien, während man ihn behandelte. Er streckte sich, versuchte, mit der Hand die Stelle seiner Verletzung zu finden und ertastete einen Verband. War es schlimm? Er fühlte nur einen unbestimmbaren Schmerz im ganzen Bein. Seine Finger glitten weiter, doch unterhalb des Knies griff er ins Leere. Was war das? Ganz deutlich spürte er doch das scharfe Brennen in seinem Unterschenkel, sogar in seinem Fuß. Er rief nach einem Arzt, einer Schwester, doch niemand hatte in diesem Moment Zeit für ihn. Als endlich einmal ein Arzt an seinem Bett vorbeieilte, hielt er ihn an einem Zipfel seines blutbespritzten Kittels fest.

»Was soll das?« Der Arzt fuhr herum und sah ihn mit rotgeäderten, übernächtigen Augen ärgerlich an. Auf seinem Gesicht spross ein dunkler Stoppelbart, der seine Blässe noch stärker hervorhob. »Was wollen Sie?«

»Ich … ich«, stammelte Paul, »Was ist mit mir?«

»Was für eine Frage.« Der Arzt musterte ihn kurz. »Sie haben überlebt – alles ganz gut überstanden. Ruhen Sie sich aus, schlafen Sie. Sehen Sie nicht, was hier los ist? Das ist ein Notlazarett. Wir kommen gar nicht nach mit Operieren …«

»Aber … mein Bein«, stöhnte Paul. »Was ist damit?«

»Ach so, Ihr Bein. Es war völlig zerquetscht, der Knochen gebrochen. Außerdem lagen Sie längere Zeit im Dreck. Wir konnten beim besten Willen nicht mehr alles zusammenflicken. Und um Wundbrand zu verhindern, mussten wir leider ihren Unterschenkel amputieren«, erwiderte der Arzt mürrisch mit einem kurzen Blick auf den Verband. »Sie haben Glück gehabt und können froh sein, dass Sie so davongekommen sind. In ein paar Tagen transportieren wir Sie in die Heimat. Wir haben hier sowieso zu viele Neuzugänge und Verletzte. Und jetzt lassen Sie mich bitte los, ich habe alle Hände voll zu tun.«

»Glück gehabt?«, wiederholte Paul fassungslos. »Heißt das, ich habe kein Bein – keinen Fuß mehr?« Seine Stimme hatte die Tonlage gewechselt, sich förmlich überschlagen, aber der Arzt war schon weitergeeilt, ohne sich um seinen Protest zu kümmern. »Das ist doch nicht wahr«, flüsterte Paul mit verzerrtem Gesicht halb zu sich selbst. »Das kann doch nicht wahr sein!«, brüllte er durch das Lazarett. »Mein Bein – man hat mich zum Krüppel gemacht …«

»Maul halten!«, beschied ihm unwillig der Kamerad mit Kopfverband im Bett neben ihm. »Du bist hier nicht allein. Wir sind schließlich alle nicht zum Spaß da! Jeder von uns hat was abgekriegt.«

Paul atmete stoßweise, dann ballte er sein Kissen zusammen und schlug mit den Fäusten darauf ein. Doch seine Kräfte waren schwach, er sank erschöpft zusammen und begann, das weinerlich verzogene Gesicht in der Armbeuge vergraben, zu schluchzen. Er fühlte sich so machtlos – gegen den dumpfen, klopfenden Schmerz, gegen das Schicksal, das ihm sein Bein genommen hatte. Nach einer Weile rollte er sich auf den Rücken, die Augen starr gegen die Decke gerichtet. Es gab nur eine Lösung: Er würde sich umbringen, sobald er wieder eine Waffe halten konnte. Eine Kugel in den Kopf! Das würde das Beste sein und die Qual beenden. So wollte er auf keinen Fall weiterleben! Verunstaltet, eine lahme, jämmerliche Figur, die sich ihr Leben lang humpelnd und auf Krücken vorwärtsschleppte! Als die Schwester zum Verbandswechsel kam, richtete er sich halb auf und wagte zum ersten Mal mit tiefem Abscheu den noch rot entzündeten, nackten und hässlichen Stumpf zu betrachten, der einmal sein gesundes Bein gewesen war. »Nun ist alles aus. Ich bin zu nichts mehr zu gebrauchen«, murmelte er mit erstickter Stimme vor sich hin. »Was ist man als Mensch noch wert, wenn man nicht mal mehr richtig laufen kann?«, fragte er provokant die Schwester, die ihm das Fieberthermometer reichte.

»Konzentrieren Sie sich lieber auf Ihre Heilung«, wies diese ihn resolut zurecht, während sie die Mullbinden sorgsam über die frisch vernähte Wunde wickelte. »Sie sind nämlich noch gar nicht über den Berg!« Sie warf einen warnenden Blick auf das Fieberthermometer. »Neununddreißig Grad. Besser, Sie regen sich nicht so auf!« Damit zog sie die nicht mehr ganz saubere Wolldecke glatt und ging zum nächsten Bett.

Paul sah sich in der stickigen Baracke um. Gerade trugen Sanitäter einen toten Kameraden an ihm vorbei, der vor Kurzem noch sprühend vor Leben vor ihm hergeritten war, jetzt aber starr und gelb zwischen den Laken lag. Obwohl er sich vor einigen Minuten noch hatte umbringen wollen, schien ihm plötzlich der Gedanke an den Tod widerwärtig und erschreckend. Ein Schüttelfrost überkam ihn, doch sein Gesicht glühte vor Hitze. Bekam er trotz allem jetzt doch noch Wundfieber, das Schreckgespenst aller Verletzten und Amputierten? Nein, elend verfaulen und verrecken auf seinem Lager wollte er eigentlich auch nicht. Das war kein heldenhaftes Sterben, wie er an den Männern, die in Fieberdelirien rings um ihn herum lagen, beobachten konnte. Er versuchte, an seine Feldtasche mit Munition und Pistole heranzukommen, die am Fußende seines Bettes lag, doch jede Drehung verursachte ihm Pein. Rote Punkte tanzten vor seinen Augen. Er schwitzte und fror zugleich. Erschöpft und zitternd ließ er sich auf das harte Kissen zurückfallen. Es ist aus, schoss es ihm durch den Kopf. Du musst dich damit abfinden.

Die Nacht war schlimm und Paul wusste nicht, wie er liegen oder sich bewegen sollte. Neben ihm, vor ihm und hinter ihm ächzte, stöhnte oder schnarchte es. Von Zeit zu Zeit hörte er eine Art Schnappatmung, Röcheln, Laute, die wie Hilfeschreie klangen und die wachhabende Schwester herbeiriefen. Es stank nach Exkrementen, Urin, süßlichem Blut und Verfaultem. Paul ekelte sich vor sich selbst, vor dem Stumpf an seinem Oberschenkel, den der Verband jetzt gnädig verbarg. Wenn er nur schon aus dieser Notbaracke heraus wäre – in ein anständiges Krankenhaus kommen würde! Aber wozu eigentlich? Sein Bein konnte ihm niemand wiedergeben. Warum überhaupt noch weiter diese Qual ertragen?

Und tatsächlich sollten am übernächsten Tag die halbwegs Transportfähigen in Lazarettzüge verladen und in die jeweiligen Hospitäler ihrer Heimatstädte verlegt werden.

»Na, wie geht es Ihnen heute?« Die resolute grauhaarige Schwester trat an sein Lager, um ihn neu zu verbinden. »Ihr Fieber ist gesunken, daher kann ich Ihnen eine gute Nachricht bringen. Sie stehen auf der Liste für den Transport nach Berlin. In der Charité wird man sich dann weiter um Sie kümmern.«

Paul verzog das Gesicht zu einer Grimasse. Auf der einen Seite wünschte er sich hier weg, auf der anderen hatte er beinahe Angst davor, in die Heimat zu kommen. »Irgendetwas sticht in meiner Wunde wie mit Nadeln«, klagte er und sah mit Abscheu auf den hässlichen Stumpf, dessen Ende rötlich glänzte, auf die groben Nähte, zwischen denen die Haut sich violett runzelnd zusammenzog.

»Die Heilung nach einer Amputation geht eben nicht von heute auf morgen vor sich«, die Schwester benetzte seine Wunde mit Karbol, »da müssen Sie schon noch länger Geduld haben.« Der brennende Schmerz ließ Paul die Zähne zusammenbeißen und er versuchte, die leichten Erschütterungen beim Anlegen des neuen Verbandes standhaft zu ertragen.

»Geben Sie mir bitte ein Schmerzmittel«, bat er. »Ich kann nachts kein Auge zutun.«

»Wir sind mit unseren Medikamenten hier mehr als begrenzt«, beschied ihm die Schwester bedauernd. »Es gibt kaum noch etwas. In der Charité wird man Ihnen da besser helfen können.« Sie nahm das Thermometer und kniff leicht die Augen zusammen. »Etwas Temperatur haben Sie ja doch noch! Halten Sie durch. Bald sind Sie wieder …«, sie verschluckte die beabsichtigten Worte »auf den Beinen« und ersetzte sie durch »wieder gesund«. Aus einem Krug goss sie Wasser in Pauls Feldbecher, stützte ihn, damit er ihn an seine Lippen setzen konnte. Er trank gierig und bemühte sich, den Gedanken zu verdrängen, dass er nie wieder ganz »auf den Beinen« sein würde!

»Alles Gute!« Die Schwester wandte sich dem nächsten Patienten zu, seinem Nebenmann mit dem Kopfverband. Auf dem Rücken liegend, starrte Paul nun wieder apathisch gegen die fleckige Holzdecke des provisorischen Lazaretts. Seine Gedanken gingen zu Adelheid. Wie sollte er ein weiteres Zusammenleben mit ihr unter diesen Umständen nur ertragen? Jetzt hatte sie endgültig gewonnen. Er würde nicht als Held zurückkehren, sondern nur noch als Schatten seiner selbst, eine Jammergestalt auf einem Bein. Er sah bereits die Verachtung in ihren Augen, den unerträglichen Hohn. Ihr Vorwurf, sie nur wegen des Geldes geheiratet zu haben, klang ihm jetzt noch in den Ohren. Aber hatte sie damit nicht recht gehabt? Geblendet von ihrer Mitgift, ihrer Schönheit und dem gesellschaftlichen Glanz, der sie umgab, hatte er übersehen, wie flatterhaft, tyrannisch und geizig sie war. Als sie erkannte, dass er sie nicht liebte, begannen ihre Affären. Sie fing an, ihre Bestätigung als Frau bei anderen Männern zu suchen. Ihr erster Geliebter war ein junger Assessor namens Goldberg gewesen, einige Jahre jünger als sie. Danach hatte sie sich nicht geschämt, sich dem reiferen Klaviervirtuosen, der bei Soireen in ihrem Haus spielte, an den Hals zu werfen. Ständige Zankereien und Szenen bestimmten ab dieser Zeit den Alltag. Es ging nur noch darum, den anderen zu verletzen, ihn zu demütigen. Als er Adelheid schließlich mit der Forderung nach Scheidung konfrontierte, hatte sie einen letzten Trumpf ausgespielt und gesagt, sie erwarte ein Kind und er könne sich jetzt nicht so ohne Weiteres aus der Verantwortung stehlen. Mit einer Trennung sei sie ohnehin nicht einverstanden. Dieser Satz war für ihn wie ein Schlag ins Gesicht gewesen. Kurz danach hatte der Krieg begonnen und er war beinahe froh darüber gewesen, endlich wegzukommen.

Aber wie würde nun alles weitergehen? Es wäre besser gewesen, wenn ihn gleich eine tödliche Kugel getroffen hätte. Die Zukunft jagte ihm nur noch Angst ein.

XVII. Kapitel

Camilla hatte der tragische Tod Adelheids und ihres ungeborenen Kindes tiefer berührt, als sie gedacht hätte. Obgleich sie die Rivalin in ihrer oberflächlichen und hochmütigen Art nie gemocht hatte, ging ihr das Geschehen sehr nahe. Ein solches Schicksal hatte sie Pauls Frau wirklich nicht gewünscht! Ob er es schon erfahren hatte? Aber warum machte sie sich darüber überhaupt Gedanken? Es ging sie doch gar nichts mehr an, was Paul tat. Schon längst hatte sie sich damit abgefunden, ihn nie mehr wiederzusehen. Zwischen ihnen lag eine tiefe Kluft, ein Geschehen, das niemals überwunden werden konnte.

Aber sosehr sie sich auch mühte, ihn ganz aus ihrem Sinn zu löschen – sie schaffte es einfach nicht, war ihm immer noch verbunden. Nachts träumte sie manchmal von ihm und tagsüber ertappte sie sich bei der Frage, wie es ihm wohl ging. War er gesund oder verletzt, vielleicht gar gefallen? Sie wusste es nicht – und die Vernunft sagte ihr, dass es unwichtig sei, dies zu wissen. Aber was sie auch anstellte, immer wieder kreiste ihr Denken um ihn. Vielleicht würde ja ein anderer Mann, eine andere Liebe ihr aus diesem Teufelskreis heraushelfen. Warum nicht Robert Schmiedinger, der sie verehrte, der sie liebte und sie sogar heiraten wollte. Sie fühlte sich zu ihm hingezogen, mochte seine Augen, sein intelligentes, höfliches Wesen und die Art, wie er sich mit einer flüchtigen Handbewegung das Haar aus der Stirn strich. Aber reichte das aus, ihn zu lieben? Seine Gegenwart war angenehm, wirkte beruhigend auf sie. Das war der Grund, warum sie ihn immer wieder aufsuchte, sobald der Dienst es ihr erlaubte. Abends saß er meist noch bis spät in die Nacht in seinem kleinen Kabinett und Labor, in dem er nach den Ursachen unerforschter Krankheiten suchte. Über ein neues Mikroskop gebeugt, das eine erstaunliche, weil fünfhundertfache Vergrößerung zeigte, beobachtete er diesmal konzentriert einige Gewebeproben, die Zellveränderungen zeigten. Er hatte Camillas leises Klopfen überhört und sah erstaunt auf, als sie eintrat. »Guten Abend, Robert«, sagte sie fast ein wenig schüchtern. »Störe ich?«

»Sie stören niemals, Camilla.« Doktor Schmiedinger lächelte, lehnte sich zurück und nahm den Kneifer ab. Mit der gewohnten Geste strich er sich das Haar aus der Stirn. »Ich freue mich, Sie zu sehen. Geht es Ihnen wieder besser?«

»Danke, ja. Diese scheußlichen Migräneattacken kommen oft ganz unerwartet. Und Sie? Für Sie gibt es wohl niemals Freizeit.«

»Freizeit?«, der Arzt runzelte die Stirn. »Was ist das – und was soll ich damit anfangen?« Er sah sie herausfordernd an. »Ich würde mich langweilen.« Er lachte auf, als sie verblüfft schwieg. »Nein, Spaß beiseite. Die wissenschaftliche Forschung – nicht allein über die Pocken – fasziniert mich einfach. Und diesmal habe ich das Gefühl, einem Funken Wahrheit ganz nahe zu sein. Ich zweifle auf einmal stark daran, dass die Pocken, genauso wie die Cholera, durch Miasmen, also Ausdünstungen, verbreitet werden. Aber ich kann es noch nicht beweisen. Hier, sehen Sie mal«, er deutete auf das Mikroskop. »Ist das nicht faszinierend? Aber diese kommaförmigen Mikroorganismen wollen ihr Geheimnis einfach noch nicht preisgeben.«

Camilla beugte sich höflich über das Mikroskop, nachdem er es in ihren Blickwinkel gerückt hatte. Doch sie hatte heute wenig Geduld für den Anblick der wie winzige Würmchen hin- und herwimmelnden Punkte, die darin zu erkennen waren. Der Arzt schob das Mikroskop beiseite. »Wollen Sie sich nicht setzen? Sie haben doch etwas auf dem Herzen, oder?«

Camilla nickte, ohne seiner Aufforderung Folge zu leisten. »Ja. Ich … ich habe in letzter Zeit über vieles nachgedacht. Auch darüber, was Sie mir gesagt haben … Robert. Vielleicht habe ich meine Meinung ja geändert …« Sie brach ab und sah ihn an. Ein unbestimmtes Leuchten trat in die dunklen Augen Doktor Schmiedingers und er nahm behutsam ihre Hand. »Und worüber?«

»Ich habe eingesehen, dass ich vielleicht im Irrtum war.«

Er sah sie immer noch an und wartete.

»Darüber, dass mein Herz nicht mehr frei ist.« Jetzt war es heraus. Mit einer spontanen Bewegung sprang der Arzt auf und zog sie an sich.

»Ich habe es gehofft«, flüsterte er mit erstickter Stimme an ihrem Haar. Er nahm ihr Gesicht in beide Hände, um ihr in die Augen zu sehen. »Camilla! Ist das wirklich wahr?« Sie nickte unter seinem eindringlichen Blick. »Ich habe mich so sehr nach dir gesehnt. Aber kaum mehr geglaubt, dass du es dir noch einmal überlegen würdest.«

Er umschlang sie mit beiden Armen. »Spürst du nicht, wie sehr ich dich liebe, dich begehre?« Ohne ihre Antwort abzuwarten, küsste er sie, sanft, beinahe vorsichtig und auf ihre Reaktion wartend. Camilla spürte, wie unter seinen Zärtlichkeiten ein warmer Strom ihren Körper durchfloss, sich die Starre löste, die sie so lange umfangen hatte. Sie schloss die Augen, presste ihre Lippen fest auf die seinen, leidenschaftlich, als müsste sie sich etwas beweisen, sich verlieren in dem Gefühl, ihm zu gehören. »Ich will dich ganz«, flüsterte er, sie mit sich in eine Ecke des Zimmers ziehend, in der ein schmales Gurtbett stand. »Ich möchte, dass du meine Frau wirst. Bald – sobald ich offiziell geschieden bin. Willst du?«

Camilla nickte, ganz ergriffen vom Rausch der Sinne, in den sie sich jetzt so ohne Vorbehalt stürzen wollte. Dieser Mann liebte, er begehrte sie! Und er meinte es ernst. Sie spürte, wie sie seine Berührungen genoss, wie sehr ihr Körper reagierte, wie sehr er nach lange entbehrter Liebe und Zärtlichkeit hungerte. Hingebend streckte sie sich auf dem schmalen Lager aus und Robert, der rasch die Tür verschlossen hatte, beugte sich heftig atmend über sie. Mit zitternden Händen knöpfte er ihre Bluse auf und vergrub sein Gesicht ungeduldig an ihrem Busen. »Du musst mir gehören – für immer! Versprich es!« Camilla erwiderte stumm seine Zärtlichkeiten.

***

Die Gesichter der Trauergäste wandten sich der jungen Frau erstaunt und mit einem fragenden Ausdruck zu. Tessa war kreidebleich geworden. »Ich … ich möchte etwas sagen«, begann sie mit heiserer Stimme und unterdrückte den erneut aufsteigenden Hustenreiz mit einem lauten Räuspern. Jetzt musste sie sprechen – sich nicht länger wie ein unerwünschtes Anhängsel behandeln lassen. Armand selbst hätte in diesem Moment nichts anderes von ihr erwartet. Sie erhob ihr Glas. »Auch wenn einigen von Ihnen meine Anwesenheit hier unbequem ist«, sie sah in die Runde, »so trinke ich jetzt auf Armand, meinen Mann, der so früh als Held auf dem Feld der Ehre sterben musste! Er war mir ein liebenswerter Gefährte, der sich nicht um die üblichen Konventionen scherte. Den es nicht störte, dass ich nicht aus derselben Gesellschaftsschicht stammte wie er.« Sie räusperte sich erneut und spürte, wie das Kind sich in ihr wie zur Bestätigung regte. »Und er war ein tapferer Soldat, der sein Leben für das Vaterland gab. Ich werde ihn sehr vermissen.« Ihre Stimme versagte, ein plötzliches Brennen in der Brust, das in ihren Rachen stieg, erstickte ihre weiteren Worte, mit denen sie fortfahren wollte. Sie griff sich an die Kehle, rang nach Luft und blickte in die spöttischen Augen der Menschen rundum, die sie erwartungsvoll anstarrten. »Ich…« Es war plötzlich nur ein Krächzen, das sie hervorbrachte. Sie fröstelte wie unter einem plötzlichen Fieberschauer. Der Druck auf ihrer Brust nahm zu und wurde zu einem explosionsartigen Hustenanfall, der aus ihr herausbrach und ihr beinahe die Besinnung raubte. Sie schwankte, fiel auf ihren Platz zurück und presste verzweifelt das Taschentuch gegen die Lippen, um den metallischen Geschmack des Blutes zurückzudrängen, das auf einmal ihren Mund füllte. Als sie sich vorbeugte, sickerten dunkle rote Tropfen auf die weiße Tischdecke. Die Tischgäste sprangen erschrocken auf. Madame de Montrodin eilte an ihre Seite, um sie zu stützen, doch Tessa sah alles nur noch durch einen dichten Nebel, der sie langsam einschloss und in plötzlicher Finsternis endete.

Sie erwachte erst wieder von dem aufgeregten Stimmengewirr, das durch eine offene Tür an ihr Ohr drang, und versuchte, sich zurechtzufinden. Ausgestreckt auf einer Récamiere, lag sie in einem abgeschirmten Nebenraum des Restaurants. Obwohl es nicht kalt war, zitterten ihre Glieder unkontrolliert, während der merkwürdig stechende Schmerz in ihrer Brust ihr fast den Atem nahm. Jemand schloss sie Tür und beugte sich über sie, nur schemenhaft gegen das Licht zu erkennen. »Was ist passiert«, fragte sie und fuhr sich über die aufgesprungenen Lippen.

»Bleiben Sie ganz ruhig liegen, liebes Kind!« Die weibliche Stimme war sanft und Tessa zuckte zusammen, als sie das Gesicht Madame de Montrodins erkannte. Armands Mutter – wie kam es, dass sie plötzlich so freundlich zu ihr war? »Der

Arzt wird gleich hier sein. Das war wohl alles zu viel für Sie. Sie sind krank und sollten sich jetzt nicht aufregen.« Madame de Montrodin strich ihr beruhigend über die Wange.

Tessa versuchte, sich aufzusetzen und die Füße auf den Boden zu stellen. »Ich brauche keinen Arzt. Ich will nach Hause«, verlangte sie, doch ein plötzlicher Schwindel, der quälende Husten, von einem neuen, ihre Glieder schüttelnden Frostschauer begleitet, ließen sie wieder zurücksinken. Fieber, dachte sie, ausgerechnet jetzt habe ich auch noch Fieber bekommen. Wie peinlich! Und auch noch Blut gehustet!

»In diesem Zustand können wir Sie auf keinen Fall allein nach Hause lassen«, erklärte Madame de Montrodin. Im gleichen Moment klopfte es an die Tür und der Arzt trat ein. Er grüßte höflich, öffnete seinen kleinen schwarzen Koffer und nahm mit seinem Stethoskop die Untersuchung vor, indem er Brust und Rücken Tessas aufmerksam abklopfte. Durch seine schmalen Brillengläser sah er sie anschließend forschend an.

»Sie sind sehr krank, Madame, das wissen Sie wohl. Ihre Lunge ist stark angegriffen. Zudem stehen Sie wohl kurz vor der Entbindung. Ich würde Sie gern gleich ins Hospital einweisen. Wenn Sie Ihr Kind gesund auf die Welt bringen wollen, müssen Sie ab jetzt strenge Bettruhe halten. Sie brauchen gutes Essen und sorgfältige Pflege …« Er zuckte fast ratlos die Schultern. »Sonst kann ich für nichts garantieren.«

»Bettruhe!« Tessa sah ihn empört an und versuchte, sich aufzurichten. »Das kommt für mich überhaupt nicht infrage. Und ins Hospital will ich auch nicht. Ich habe nur eine kleine Erkältung und werde mich zu Hause ein paar Tage ausruhen. Dann bin ich sicher bald wieder auf den Beinen.«

»Sie irren, Madame.« Der Arzt sah sie nachdenklich an. »Ich warne Sie. Wenn Sie sich nicht an meine Ratschläge halten, dann kann durch einen weiteren Blutsturz«, er zögerte, »alles auf einmal rasch zu Ende sein.«

»Wie … was meinen Sie damit?« Tessa sah ihn mit aufgerissenen Augen an. »Zu Ende sein?«

»Was ich sagte. Dass Sie jetzt schon dem Tode sehr nahe waren. Sie haben wohl das, was man im Volksmund die galoppierende Schwindsucht nennt. Leider ist diese Krankheit bei Ihnen schon recht weit fortgeschritten. Manchmal bleibt so etwas längere Zeit unbemerkt. Aber denken Sie an das Kind, das Sie erwarten. Wollen Sie nicht, dass es lebt?«

Tessa nickte beklommen. »Natürlich.« Ihre Hände krampften sich ineinander. »Aber ich?«, fragte sie mit zitternden Lippen. »Was ist denn mit mir? Habe ich … denn keine Chance?«

Der Arzt wich ihrem Blick aus. »Das weiß Gott allein. Sie müssten eine Therapie machen. Wer ist denn der Arzt, der Sie behandelt?«

Tessa senkte den Kopf. »Ich war bei keinem Arzt. Ich dachte, das mit dem Husten und Fieber kommt schon von selbst wieder in Ordnung. Eine Erkältung eben, die ich nicht auskuriert habe.« Angstvoll schlug sie die Augen zu ihm auf. »Steht es denn wirklich so schlecht um mich? Sagen Sie mir die Wahrheit, Doktor! Bitte! Ganz ohne Beschönigung. Ich kann es ertragen.«

»Es tut mir sehr leid«, er zögerte, »aber wir Ärzte wissen auch noch nicht sehr viel über die Krankheit der Lunge, die wir Tuberkulose nennen. Sie ist tückisch und man kann ihren Verlauf nicht genau vorhersagen. Ihr Zustand«, er musterte sie kritisch, »scheint mir jedoch sehr bedenklich.« Er kramte in seiner Tasche und entnahm ihr ein Pulver, das er in Wasser auflöste und ihr zu trinken gab. »Chinin«, sagte er, »das senkt das Fieber. Danach wird es Ihnen etwas besser gehen. Sie brauchen Ruhe, gutes Essen und Pflege.« Er reichte ihr die Hand. »Alles Gute. Und denken Sie an meine Worte.«

Madame de Montrodin, die im Hintergrund gewartet hatte, geleitete ihn hinaus. Tessa lehnte wie erschlagen von seiner

Diagnose an dem seitlichen Polster der Récamiere. War sie wirklich so krank, wie der Doktor sagte? Ging es bald zu Ende mit ihr? Die Lunge. Tuberkulose – galoppierende Schwindsucht? Sie hatte davon gehört, doch niemals geglaubt, dass es ausgerechnet sie treffen könnte. Aber die ständige Schwäche, der Husten, die Müdigkeit – das quälte sie eigentlich schon sehr viel länger, als sie zugeben wollte. Sie hatte die zunehmenden Beschwerden auf ihre Diät, die Anstrengung beim Tanzen, dann auf die Schwangerschaft geschoben und alles Übrige verdrängt. Eine einzelne Träne lief über ihre Wange. Vorbei, ihre Träume waren ausgeträumt. Sie würde vielleicht sterben – und niemals mehr tanzen, nie mehr auf der Bühne stehen. Und ihr Kind? Was war mit ihm? Sollte es allein und schutzlos zurückbleiben? In einem der schmutzigen und überfüllten Waisenhäuser leben, in denen die Kinder hungerten und nicht selten misshandelt wurden! Da war es besser, wenn es mit ihr starb! Sie gab sich einen Ruck, um sich aufzurichten und die Beine auf die Erde zu stellen. Doch sie war schwach und ihre Glieder gehorchten ihr nicht richtig. Madame de Montrodin, die sie beobachtet hatte, eilte herbei, um sie zu stützen. »Hören Sie, liebe Tessa«, begann die Comtesse mit einem beinahe überstürzten Wortschwall. »Tun Sie nichts Übereiltes! Ich habe gehört, was der Arzt gesagt hat. Und ich möchte Ihnen einen Vorschlag machen. Kommen Sie mit zu uns. Ich werde dafür sorgen, dass Sie die beste Pflege haben. Sie werden es sehr bequem haben. Ich schwöre, ich werde alles tun, was in meiner Macht steht, damit Sie – und das Kind – am Leben bleiben.«

Tessa sah erstaunt zu ihr auf. Die Züge von Armands Mutter waren belebt, die harten Linien um den Mund, die Zornesfalte auf ihrer Stirn beinahe ganz verschwunden. Ein Leuchten stand in ihren graubraunen Augen, ein Licht der Hoffnung, die ihre knittrigen Wangen rosig färbte.

Trotz ihrer Schwäche und der ernsten Situation lachte Tessa spöttisch auf. »Ihr Gatte wäre wohl kaum damit einverstanden, dass ich bei Ihnen wohne!«

»Er wird mir diesmal nicht dreinreden!« Ein kämpferisches Licht blitzte in Madame de Montrodins Augen auf. »Alles wird so geschehen, wie ich es will, das habe ich mir geschworen. Ich besitze Mittel, ihn unter Druck zu setzen. Das gesamte Vermögen gehört mir. Und es gibt da einiges, das er mir im Leben schuldig geblieben ist.« Sie schwieg einen kurzen Moment und fügte dann hinzu. »Ich würde es so einrichten, dass Sie ihn nicht zu Gesicht bekämen.«

»Und … was wäre der Preis dafür?«, fragte Tessa beinahe ängstlich, denn sie ahnte die Antwort bereits.

Es entstand eine Pause, in der die beiden Frauen einander unverwandt ansahen. »Das Kind. Mein Enkelkind«, brach Madame de Montrodin das Schweigen. »Ich möchte es aufziehen, für es sorgen. – Und falls Ihnen etwas passierte«, fügte sie hastig hinzu, »dann wäre es bei mir in den besten Händen.« Sie sah Tessa beinahe flehend an. »Überlassen Sie mir das Kind und ich verspreche Ihnen, ihm die beste Erziehung zuteilwerden zu lassen. Sie könnten es sehen, wann immer Sie wollen.«

Tessa antwortete nicht. Tiefer Schmerz durchzog ihr Herz. Sie wollte ihr Kind unbedingt behalten. Aber wenn es wirklich so käme, wie der Doktor sagte – dass sie sterben sollte –, dann hätte es keine Heimat und keine Zukunft.

»Lassen Sie mir noch ein paar Tage Zeit, um mich zu entscheiden«, sagte Tessa schließlich mit gequältem Lächeln. »Ich brauche vor allem Geld, eine Unterstützung. Bitte helfen Sie mir, nach Hause zu kommen, und rufen Sie eine Droschke. Ich muss alles in Ruhe überdenken und werde Ihnen dann meinen Entschluss mitteilen.«

»Geld spielt keine Rolle. Sie werden es bekommen. Und ich bin auch gern bereit, Ihre Schulden das Theater betreffend zu übernehmen. Aber warten Sie nicht zu lange«, sagte Madame de Montrodin mit warnendem Ausdruck, »und denken Sie daran, was der Arzt gesagt hat. Ich mache mir Sorgen um Sie!« Sie griff in ihre Tasche und zog eine Handvoll Taler aus ihrem Portemonnaie. »Hier, das wäre zuerst einmal für den Übergang.«

Tessa nahm das Geld seufzend entgegen. Sie hatte aufgehört zu frieren, der dumpfe Schmerz in der Brust war schwächer geworden und sie fühlte sich plötzlich besser. Das Chinin schien zu wirken. Vielleicht würde sie es doch schaffen, für ihr Kind zu leben. Die Ärzte wussten schließlich auch nicht alles.

Als sie schließlich in ihrer Wohnung ankam, war der Kamin kalt und das Bett unangenehm klamm. Es fehlte an Brennmaterial und eigentlich an allem, seit die Deutschen die französische Armee immer weiter besiegten. Tessa rollte sich zitternd unter den Decken zusammen und versuchte zu schlafen. Doch sie fand keine Ruhe, ihre Gedanken suchten nach einer Lösung. Sie dachte über das Angebot Madame de Montrodins nach. Immerhin hatte sie nicht unerhebliche Schulden und ans Geldverdienen war nach der Schließung des Theaters auch nicht zu denken. Die Krankheit, die sie nun zu allem Überfluss befallen hatte, war im Grunde nur der Endpunkt ihres Scheiterns. Aber sich bei den de Montrodins pflegen lassen, um jeden Taler betteln zu müssen – das ließ ihr Stolz auch nicht zu. Am besten war es, einen Schlussstrich zu ziehen, die Trümmer ihrer gescheiterten Existenz in Paris ganz hinter sich zu lassen. George fiel ihr ein, ihr ehemaliger Geliebter. George Wanstetten, der in Berlin die schöne Villa mit großem Garten besaß. Sie hatte ihn verlassen – aber vielleicht würde er sie in der Not für kurze Zeit wieder aufnehmen! Schließlich kannte sie sein Geheimnis. Den unglücklichen Tod des armen Artisten Tonio, an dem George die Schuld trug. Der Gedanke belebte sie. Sie würde George bitten, ihr eine größere Summe Geld zu leihen – für einen guten Arzt und vielleicht einen Neuanfang in Paris, wenn sie wieder gesund war. Tat er es nicht, dann konnte sie ihm drohen, das Geheimnis um Tonios Tod zu lüften. Das war zwar so etwas wie Erpressung – aber was hatte sie jetzt noch zu verlieren? Sie war sich fast sicher, dass George ihr auch ohne diese Drohung helfen würde, denn er hatte immer ein großes Herz gehabt. Gleich morgen würde sie sich nach einer Reiseroute Richtung Berlin erkundigen, die zwar aufgrund des Krieges nicht so einfach sein würde. Ein paar Umwege musste sie wahrscheinlich in Kauf nehmen. Aber so wie es aussah, würden die Deutschen den Krieg gewinnen und dann war sie bei den Siegern ohnehin erst mal besser aufgehoben als im ausgebluteten Frankreich. Ihr Kind konnte sie schließlich auch in Berlin zur Welt bringen.

Sie erhob sich beinahe vergnügt und suchte nach der Flasche Absinth, aus der sie in ihrem Kummer von Zeit zu Zeit einige Schlucke nahm. Der Alkohol würde sie stärken und wenigstens vorübergehend ihre verzweifelte Stimmung verbessern. Sie trank ein Glas auf einen Zug, um sich zu wärmen, und ein weiteres, um ihre Angst und den dumpfen Druck auf ihrer Brust zu betäuben. Dem Kind würde es schon nicht groß schaden. Der Alkohol versetzte sie in einen halb wachen Schwebezustand und nach einer Weile fiel sie endlich in einen unruhigen Schlaf. Ein schneidender Schmerz, der wie eine Welle durch ihren Bauch lief, riss sie aus der kurzen Entspannung, ihren wirren Träumen von besseren Zeiten. Sie fuhr hoch, schweißgebadet und krümmte sich sogleich in einem weiteren Krampf, der ihr Inneres schier zu zerreißen drohte. Entsetzt starrte sie auf das nasse Laken unter ihr, die warme Flüssigkeit, die über ihre Beine rann. War es schon so weit – hatte sie sich etwa verrechnet – oder war sie doch schon länger schwanger gewesen? Doch es gab keinen Zweifel, die Fruchtblase war geplatzt und das Kind würde kommen. Sie erhob sich, doch ein Hustenanfall zwang sie wieder in die Knie. Nach Luft schnappend, klammerte sie sich an den Bettrand, doch die nächste Wehe packte sie wie eine eiserne Faust und schüttelte sie. Taumelnd kroch sie aus dem Bett, das Laken mit sich ziehend, und riss das Fenster auf, worauf ein kalter Windstoß die Gardinen im Zimmer flattern ließ. »Hilfe«, schrie sie, so laut sie nur konnte. »Hilfe!« Über ihr öffnete sich ein Fensterladen und jemand beugte sich über die Brüstung. »Putain! Ruhe, verdammt noch mal! Was ist das für ein Geschrei …«

»Bitte«, flehte Tessa mit dem letzten Rest ihres Atems, »um Gottes Barmherzigkeit willen! Ich brauche eine Hebamme …« Bei einer neuen Wehe brach sie vor dem Fenster in die Knie und riss das Tischchen mit dem Wasserkrug mit sich, der klirrend am Boden zersprang.

***

Die feine, durchdringend hohe Stimme des Neugeborenen drang in Tessas Bewusstsein und sie schlug die Augen auf. Ihr Blick fiel auf das kleine, schreiende Bündel, das die Hebamme ihr hinhielt. »Ein Junge, Madame, gesund und kräftig.« Sie legte ihn ihr in den Arm.

Mit einem unbewussten Lächeln hob Tessa den Kopf. Erleichtert betrachtete sie das rote, runzelige Gesicht ihres Kindes und die winzigen Fingerchen, die aus dem Tuch hervorspitzten, in das es gewickelt war. Es war vorbei – und schneller gegangen, als sie gefürchtet hatte. Ihr war, als hätte sie eine große Last abgelegt. Sie forschte nach Ähnlichkeiten im Gesicht des Kindes. Es schien Armand zu gleichen. Aber spielte das eine Rolle? Es war auf jeden Fall ein gesunder Junge, der jetzt so unschuldig und hilflos vor ihr lag. »Laurent«, flüsterte sie leise, »du sollst Laurent heißen.« Sie streichelte zart die Wange des Neugeborenen. »Dieser Name würde deinem Vater auch gefallen haben.«

Die Hebamme nahm ihr das Kind wieder ab, versah es mit einer Markierung und brachte es zu den anderen Neugeborenen. Man rollte Tessas Bett nun vom Kreißsaal in die überfüllte Wöchnerinnenstation des Hôtel-Dieu, des größten Krankenhauses von Paris. Die Geräuschkulisse um sie herum war beträchtlich, das Quäken der Neugeborenen, ein Kommen und Gehen mit dem Stimmengewirr der Besucher, in das sich das Stöhnen der von der Geburt Erschöpften und das Quietschen von Bettgestellen mischten. Die dumpfe Luft hier, der Geruch von kranken Menschenleibern und Schweiß legte sich schwer auf Tessas Brust, sie musste wieder lange husten und legte danach den Kopf erschöpft aufs Kissen. Das Hôtel-Dieu, das Krankenhaus für Arme, das im Ruf stand, dass die Menschen dort wie die Fliegen starben – keine zehn Pferde hätten sie jemals freiwillig hierhergebracht. Und sie gedachte auch, keine Minute länger zu bleiben als nötig – und wenn sie sich auf allen vieren fortschleppen musste. Sobald sie wieder einigermaßen bei Kräften war, würde sie ihr Kind nehmen und verschwinden. Nach Berlin, zu George, der bestimmt Rat wüsste, welcher Arzt sie am besten behandeln konnte. Aber halt! Bei diesem Vorhaben war ein Säugling wohl ein ziemliches Hindernis. Sie würde Laurent ja überallhin mitschleppen müssen. Nicht gerade das Beste für ein so kleines Kind – und vor allem ein unnötiger Klotz am Bein. Besonders, wenn es George vielleicht einfiel, den Beleidigten zu spielen. Er mochte schließlich kleine Kinder nicht besonders. Dann musste sie sehen, wie sie anders durchkam. Sie überlegte hin und her, aber plötzlich kam ihr die rettende Idee.

Als sie sich beruhigt zurücklegen wollte, überfiel sie wieder das teuflische Brennen in der Brust und ein neuer, erstickender Hustenanfall schüttelte sie. Sicher kam das von der verpesteten Luft hier im Hospital. Wenn sie nur endlich hier heraus wäre! Dann würde schon von selbst alles besser werden. Sie ließ ihren

Blick durch den überfüllten, halb abgedunkelten Saal schweifen. Das Licht der wenigen Lampen brannte in ihren Augen, wenn sie hineinsah. Obwohl man das alte, baufällige und von zahlreichen Mäusen bewohnte Krankenhaus vor fünf Jahren abgerissen hatte, war das neue Gebäude schon nach ganz kurzer Zeit fast wieder im gleichen beklagenswerten Zustand. Zu viele Patienten, unter ihnen die unzähligen Kriegsversehrten, überforderten hoffnungslos Ärzte und Pflegepersonal. Tessa rief nach der Schwester und bekam ein Medikament. Sie schloss die Augen und fiel in einen erschöpften Dämmerzustand, aus dem sie in der Folgezeit nur aufwachte, wenn man ihr den kleinen Laurent zum Stillen brachte. Erst nach ein paar Tagen glaubte sie, sich etwas besser zu fühlen, und es gelang ihr sogar, aufzustehen und ein paar Schritte auf und ab zu gehen.

»Da wartet jemand auf Sie, der Sie sprechen möchte«, beschied ihr eines Nachmittags eine Schwester. Und etwas leiser fügte sie hinzu: »Eine vornehme Dame.« Sie wies auf die Besucherin, die etwas unschlüssig am Ende des engen Ganges zwischen den Betten der Wöchnerinnen stand und suchend um sich sah. Tessa verzog das Gesicht, machte ihr ein Zeichen und sie kam näher. Madame de Montrodin, einen schwarz gefärbten Fuchspelz um die Schultern, das Gesicht halb hinter ihrem Hutschleier verborgen, kam zögernd einige Schritte näher. Die lärmende und muffige Atmosphäre und der Geruch nach Krankheit und Elend schienen ihr sichtlich nicht zu behagen. Und als sie die hübsch verpackte Bonbonniere hervorzog, um sie Tessa zu überreichen, zitterten ihre Hände so sehr, dass sie das Geschenk fast fallenließ. »Meinen Glückwunsch«, sagte sie mit brüchiger Stimme. »Ich hörte, mein Enkelkind ist ein kräftiger Junge.«

»Er heißt Laurent«, sagte Tessa trocken und legte das Präsent achtlos auf die Bettdecke. »Und er ist sehr hübsch. Aber vor allem gesund.«

»Ich würde … Laurent sehr gern sehen!« Madame de Montrodin schlug den Schleier ihres Hütchens zurück.

»Ganz hinten, die dritte Tür am Ende des Ganges«, sagte Tessa gleichmütig. »Die Schwester wird ihn Ihnen später sicher zeigen, wenn Sie es ihr sagen.«

»Und … wie geht es Ihnen, wenn ich fragen darf?« Unsicher sah Madame de Montrodin auf Tessa herab.

»Danke. Unkraut vergeht nicht. Der Arzt von neulich hatte mit seiner Vorhersage wohl nicht recht. Ich habe mich inzwischen ganz gut erholt.«

»Das ist erfreulich zu hören. Haben Sie in der letzten Zeit …«, ihre Stimme zitterte leicht, »über meinen Vorschlag nachgedacht?«

»Ja.« Tessa richtete sich im Bett auf und glättete ihre zerzausten Locken. Sie ließ sich Zeit und sah die Besucherin unverwandt an. »Das habe ich. Und ich wäre Ihnen wirklich sehr dankbar, wenn ich Laurent eine Zeit lang in Ihrer Obhut lassen könnte. Ich möchte eine Reise machen.« Sie überlegte, was sie sagen sollte, aber dann kam ihr die Lüge leicht über die Lippen. »In die Schweiz. Die reine Bergluft soll sehr gut für die Lunge sein. Und es muss dort hervorragende Ärzte geben, von denen ich mich untersuchen lassen will. Natürlich ist eine solche Behandlung nicht gerade billig. Aber ich habe mir alles gut überlegt. Falls Sie mir eine bestimmte Summe vorstrecken würden, wäre ich Ihnen sehr dankbar. Natürlich bekommen Sie alles zurück, sobald ich wieder gesund bin.« Sie machte eine wirkungsvolle Pause.

»Es wird nicht so einfach sein, Paris zu verlassen«, warf Madame de Montrodin ein. »Die Eisenbahnlinien sind ja teilweise noch der Armee vorbehalten.«

»Lassen Sie das nur meine Sorge sein. Man kann die Zwischenstrecken sehr leicht mit einer Kutsche bewältigen.«

Tessa setzt ein zuversichtliches Lächeln auf. »Das wäre sicher zu schaffen.«

»Ich verstehe!« Madame de Montrodin zog die Augenbrauen hoch. »Machen Sie sich keine Sorgen um das Geld. Ich komme dafür auf. Sie müssen schließlich wieder gesund werden.«

»Danke«, sagte Tessa erleichtert. »Es ist wirklich sehr wichtig für mich. Ich kann mich allerdings nicht festlegen, wann ich wieder zurück sein werde. Sagen wir – spätestens in einem Jahr! Sie werden für diese Zeit bestimmt eine gute Amme für den Kleinen finden. Versprechen Sie mir, alles für Laurent zu tun – für ihn zu sorgen?«

»Ein Jahr?« Die Besucherin sah sie erstaunt an, doch dann fand sie ihre Beherrschung wieder. »Gut. Ich verspreche es. Und ich komme für die Kosten auf. Aber in einem Jahr … da hätte sich das Kind gerade an uns gewöhnt …«

»Das lassen Sie nur meine Sorge sein. Sobald meine Situation gefestigt ist, werde ich Laurent wieder zu mir nehmen. Ich bin schließlich seine Mutter! Aber Sie können Ihr Enkelkind auch in Zukunft weiter sehen. Wann und so lange Sie das möchten.«

»Danke.« Madame de Montrodin zog ihren Schleier wieder halb über ihr Gesicht, denn sie spürte, dass sich auf ihren Wangen hektische Flecken abzeichneten. Das war immer so, wenn sie sich aufregte. »Ich will damit nur sagen – warum lassen Sie dann den Jungen nicht ganz bei mir, wie ich es Ihnen vorgeschlagen habe? Es wäre besser für sein Wohlbefinden. Und es würde ihm bei uns an nichts fehlen. Sie hätten dadurch auch genügend Freiheit, um …«

»Nein, nein. Das kommt für mich nicht infrage«, schnitt Tessa ihr ungeduldig das Wort ab. »Sobald ich wieder ganz gesund bin und mir eine neue Existenz aufgebaut habe, kann ich selbst für Laurent aufkommen. Nur jetzt – unter diesen Umständen, da wäre ein so kleines Kind eine Belastung für mich. Und überhaupt …«

»Nun, ich bin auf jeden Fall einverstanden«, unterbrach Madame de Montrodin sie rasch. Ein Jahr, dachte sie, da kann viel geschehen. »Und … wie stellen Sie sich die Sache vor?«

»Ganz einfach. Gleich nach meiner Entlassung aus dem Hospital bringe ich Ihnen Laurent. Und melde mich wieder, wenn ich zurück bin. Nur eins noch«, sie hielt inne und sah Madame de Montrodin prüfend an, »vielleicht könnten Sie es einrichten, gleich das Geld bereitzuhalten. Die Behandlung durch renommierte Schweizer Ärzte wird sicher nicht billig sein. Genügend Reisegeld brauche ich natürlich auch. Durch den Reinfall mit dem Theater bin ich sozusagen beinahe mittellos.«

»Ich verstehe«, murmelte Madame de Montrodin, die anschließend eine ganze Weile stumm blieb. Ein Gedanke schoss ihr plötzlich durch den Kopf. Was war, wenn ihre Schwiegertochter nicht zurückkam? Weil die Krankheit weiter fortschritt? Die Reise zu anstrengend für sie war? Hatte der Arzt ihr nicht deutlich genug zu verstehen gegeben, dass sie unheilbar krank – dem Tode nahe sei! Doch warum über eine so unsichere Sache streiten? Das Schicksal mochte entscheiden. Sie würde ihr Enkelkind bei sich haben – wer konnte schon wissen, was die Zukunft brachte.

»Selbstverständlich«, murmelte sie schließlich und hielt Tessa die Hand hin. »Ich bin einverstanden und werde das Geld in einem großen Umschlag für Sie deponieren, bis Sie es abholen. Sie sollen wirklich nicht sparen müssen.«

***

Es herrschte stillschweigendes Einverständnis zwischen Camilla und Robert, im Umkreis der Charité niemanden etwas von ihrer Beziehung merken zu lassen. Camilla hatte sich von der Isolierstation der Pockenabteilung wieder in die Chirurgie versetzen lassen, um zu vermeiden, dass man hinter ihrem Rücken tuschelte. Heimliche Treffen und hastige Liebe zwischen Tür und Angel abends im Dachgeschoss des weitverzweigten Gebäudes bestimmten das Zusammensein zwischen Robert und ihr. In einem verlassenen Raum, vollgestellt mit alten Reagenzgläsern und ausgedienten Geräten, holte sich Camilla die langentbehrte Zärtlichkeit und das, was sie in diesen kurzen Stunden für Liebe hielt. Robert Schmiedinger hatte das kleine Liebesnest mit Bedacht für sie ausgewählt, denn niemand würde auf die Idee kommen, hier etwas zu suchen. Er war sehr vorsichtig, um jedes Aufsehen zu vermeiden, denn seine Scheidung zog sich zu seinem Unwillen in die Länge.

»Meine Ehe befindet sich in einem unwürdigen, zerrütteten Zustand«, klagte er eines Tages, während Camilla und er nach der Liebe eng beieinander auf der engen, provisorischen Bettstatt lagen. »Meine Frau ist gehässig, geldgierig und kalt. Wir haben uns nie geliebt, nur geheiratet, weil unsere Eltern es so wollten. Für unsere beiden erwachsenen Kinder verlangt sie jetzt das Haus und eine unverschämte Summe Unterhalt. Ich bin aber auf keinen Fall bereit, klein beizugeben.« Er seufzte. »Warum sagst du nichts?«, er sah Camilla fragend an, die ihn wortlos umschlang und sich fest an ihn presste. Der Rausch der Sinne übermannte ihn erneut, er vergrub sein Gesicht in ihrem Schoß und ergriff leidenschaftlich Besitz von ihr. Erschöpft löste er sich wenig später von ihr und betrachtete bewundernd ihren im Licht einer verhängten Lampe matt schimmernden Körper. Zart strich er mit den Fingern über die Linie ihrer zart abfallenden Schultern und berührte die rosigen Spitzen ihrer Brüste. »Wie schön du bist, meine Geliebte! Ich möchte dich immer nur ansehen! Jede Stelle deines Körpers küssen!« Er beugte sich über sie, doch Camilla griff nach ihrem Hemd.

»Du bist wirklich unersättlich«, sagte sie lächelnd. »Aber für mich wird es langsam Zeit.« Sie warf einen raschen Blick auf die verstaubte Uhr an der Wand. »Jetti wird sich wundern, warum ich immer so spät ins Schwesternheim komme.«

Robert setzte sich auf. »Wann können wir endlich frei sein? Uns miteinander ein neues Leben aufbauen? Ich möchte, dass du für immer zu mir gehörst. Dieses Geheimhalten geht mir allmählich auf die Nerven.«

Camilla sagte nichts, während sie in ihre Sachen schlüpfte. Sie hatte es nicht eilig, Roberts Frau zu werden. Eigentlich wollte sie es auch gar nicht. Diese Treffen im Verborgenen waren unverbindlich und hatten einen ganz besonderen Reiz. Robert gab ihr das, was sie brauchte: Wärme, Liebe und das Gefühl, begehrt zu sein. Das genügte vorerst, um die Gedanken an Paul zu verdrängen. Sie warf Robert noch eine Kusshand zu und schloss leise die Tür hinter sich. Es war schwierig, die Besetzung der Nachtschicht nicht merken zu lassen, dass sie sich zu so später Stunde noch im Hause befand. Trotz aller Vorsicht hatte nämlich die Gerüchteküche schon angefangen zu brodeln. Man tuschelte hinter ihrem Rücken und neidische Blicke der Kolleginnen streiften sie.

Bruno, der etwas zu ahnen schien, betrachtete sie ebenfalls mit eifersüchtigen Augen. Dennoch ließ er in seiner Freundlichkeit und Hilfsbereitschaft nicht nach und beteuerte mehrmals, sie könne sich in jeder Situation auf ihn verlassen. In der Charité war er neben Jetti ihr einziger Freund, der sie vor den Schikanen Mater Rotrudis' und der Missgunst der Kollegen schützte und immer ein offenes Ohr für ihre kleinen Sorgen hatte.

Die Charité füllte sich weiter mit den Opfern aus den Kriegsgebieten. Die ewigen Geißeln der Menschheit, Cholera, Pocken und Ruhr, hatten auch bei den Soldaten und in den Lagern hohen Tribut gefordert. Der Platz im Krankenhaus reichte bei Weitem nicht mehr. Es wurden Zelte im Garten des

Hospitals aufgestellt, städtische Gebäude leer gemacht, um alle Hilfsbedürftigen unterzubringen. Die Unterstützung aus der Bevölkerung war groß. Viele Frauen aus der wohlhabenden Gesellschaftsschicht meldeten sich freiwillig zu Pflegediensten und spendeten großzügig. Im Eiltempo wurden zusätzliche Diakonissinnen, Ärzte und Chirurgen rekrutiert, die nahezu Tag und Nacht im Einsatz waren.

Endlich, am 2. September, kam die erlösende Nachricht: Die entscheidende Schlacht bei Sedan war gewonnen, Kaiser Napoleon hatte sich ergeben und war mit hunderttausend Mann in deutsche Kriegsgefangenschaft geraten. Der Reichskanzler Bismarck triumphierte und König Wilhelm zeigte sich erleichtert über den glücklichen Ausgang. Ganz Berlin war nun in hektischem Aufruhr, an den Litfaßsäulen mit den Siegesnachrichten drängten sich die begeisterten Menschen und den Zeitungsverkäufern wurde das Blatt mit der Siegesnachricht aus den Händen gerissen. Der glorreiche Tag galt als Zeitenwende, die man mit Dankgottesdiensten feierte.

***

In Paris wollte man sich jedoch mit der Niederlage und der Kapitulation Kaiser Napoleons nicht zufriedengeben. Man schrie nach Vergeltung. Eine provisorische »Regierung der nationalen Verteidigung« hatte sich schon wenige Tage nach der Kapitulation Napoleons gebildet und die störrischen Aufständischen waren entschlossen, ihre Hauptstadt erbittert zu verteidigen. Die Republik wurde ausgerufen und der neue Außenminister Jules Favre gab bekannt, dass man Frankreich bis zum letzten Stein weiter verteidigen werde und dass eine Abtretung von Elsass und Lothringen an die Sieger niemals infrage käme. Eilig wurden versprengte französische Soldaten,

Gendarmen, Männer aus der Fremdenlegion und zahllose Freiwillige des Freikorps, Franc-tireurs genannt, mit Waffen ausgerüstet und zum »Volkskrieg« rekrutiert. Doch trotz ihres Mutes, das Vaterland zu verteidigen, konnten sich die Franzosen gegen die Armee des deutschen Generals von Moltke nicht behaupten. Diese rückte ohne größere Hindernisse weiter gen Paris vor und begann bald mit einer unerbittlichen Belagerung der widerspenstigen Stadt.

***

Eine Riesenwelle von Verwundeten, die aus den Lazaretten der Kriegsgebiete in die Heimat transportiert wurden, brach jetzt über alle verfügbaren Krankenhäuser im Land herein. Ärzte, Schwestern und Hilfspersonal wurden durch den rasanten Verlauf des Krieges und seiner Opfer bis zur Erschöpfung in Anspruch genommen. Die überstürzt eingestellten Diakonissinnen und Pflegekräfte genügten kaum, um den Ansturm der Kranken, Notoperierten und Verstümmelten zu bewältigen. Auch Camilla arbeitete wie alle anderen in dieser Zeit fast bis zum Umfallen und wechselte sich mit Jetti bei den Nachtdiensten ab. Der Tod, das Elend und die Schmerzen um sie herum verfolgten sie bis in ihre Träume. Die heimlichen Treffen Camillas mit Robert wurden seltener, denn auch ihn forderte der hektisch gewordene Alltag in der Klinik, der ihm nicht einmal mehr Zeit für seine Forschungen im Labor ließ.

Um dem Getriebe, dem Wehgeschrei, dem Geruch von Krankheit und dem ständig präsenten Tod für kurze Zeit zu entrinnen, wanderte Camilla in ihren wenigen freien Stunden zum Haus ihres Vaters hinaus und setzte sich bei gutem Wetter in den kleinen Park, der es umgab. Hier herrschte beschauliche Idylle. Zwischen herbstlichen Hortensien und spät blühenden

Rosensträuchern blickte sie durch das schattige Gesträuch auf die flockigen Wolkenformationen über ihr und atmete freier. Die Ruhe des Ortes gab ihr neue Kraft. Warum konnte nicht immer alles so still und friedlich sein? Warum musste es Schlachten und Kanonendonner geben, warum fügten Menschen sich so viel Leid zu, indem sie sich bekriegten, verstümmelten und töteten? Der unschuldig blaue Himmel, das Vogelgezwitscher um sie herum gaben ihr keine Antwort. Ins Haus ging sie so gut wie nie. Die kalte, unpersönliche Pracht der Räume ließ sie frösteln und sie glaubte förmlich zu spüren, wie einsam ihr Vater hier gewesen war. Robert hatte sie nichts von ihrer Erbschaft erzählt. Sie kamen in letzter Zeit ohnehin kaum zum Reden, und wenn, dann erzählte er nur von seiner Scheidung und den Forderungen seiner Frau. Bruno dagegen hatte sich das Haus einmal ansehen dürfen, weil er ihr angeboten hatte, ihr zu helfen, es nach dem Krieg gewinnbringend zu verkaufen. Doch Camilla zögerte noch. Sie wollte es auch nicht vermieten, denn dieses Gebäude war etwas, was die dunklen Flecken der Vergangenheit und das Leben ihres Vaters ein wenig erhellte.

Bei ihrer Rückkehr in die Charité fiel es ihr nach einer solchen Pause etwas leichter, den Scheußlichkeiten, die der Krieg angerichtet hatte,. aufs Neue ins Auge zu blicken. Das Verbinden und Desinfizieren der Wunden gehörte zu ihren Hauptbeschäftigungen und nahm viel Zeit in Anspruch. Nach dem schmerzhaften Entfernen des mit der Wunde verklebten, schmutzigen Verbandes mussten weitere Maßnahmen getroffen werden. Oft eiterten die Verletzungen, waren entzündet, infiziert oder bereits von Wundbrand befallen. Eine drohende Gefahr stellte zudem der Starrkrampf dar, der sich manchmal erst nach fast abgeheilten Verwundungen zeigte. Viele Soldaten starben daran, weil die Erste Hilfe in den überfüllten Lazaretten nicht genügt hatte. Auf der Isolierstation häuften sich außerdem die Fälle von Cholera, Pocken und der gefürchteten Ruhr, die den Körper rasch austrocknete. Wohin man auch sah, überall blickte man der Fratze des menschlichen Elends ins Gesicht und für die Betroffenen war es kein Trost, dass der Krieg gegen Frankreich als gewonnen galt.

***

Der Lazarettzug ratterte mit monotonem Rütteln durch die Nacht. Jeder Stoß, jede Unebenheit, jedes Bremsen verursachte Paul Schmerzen. Mit ihm wurden über hundert Halbinvaliden, in speziellen Waggons liegend, in die Heimat transportiert. Es waren diejenigen, die noch nicht ganz auf dem Posten waren, denen man aber eine solche Reise zumuten konnte. Die schmalen, dicht nebeneinander stehenden, nur von Gurten gehaltenen Betten waren zwar unbequem, aber man konnte sich immerhin darauf ausstrecken. Schlaflos und mit finsterer Miene wälzte Paul sich auf seinem unbequemen Lager hin und her und hoffte, der Morgen werde bald anbrechen.

»Kannste nich mal Ruhe geben«, knurrte der neben ihm Liegende, den er schon einige Male aus Versehen angestoßen hatte. Im trüben Schein der Notlampe starrte Paul in das verschlafene, stoppelbärtige Gesicht seines Nachbarn. Die Augenklappe und der verbundene Arm gaben dem Mann ein beinahe verwegenes Aussehen. »Tut mir leid. Aber ich kann hier einfach nicht schlafen«, sagte Paul.

»Meinste ich? Grad bin ich ein bisschen eingenickt – da rempelst du mich an«, antwortete der Stoppelbärtige. »Stickig hier, was?«, seufzte er nach einer Weile und wischte sich über die Stirn. »Aber bald sind wir ja zu Hause.« Ein freudiges Glänzen ging über sein Gesicht. »Bin grad noch mal davongekommen. Meine Frau erwartet mich … und ich seh endlich meine Kinder wieder.«

Paul verzog im Halbdunkel das Gesicht. »Wie heißt du?«

»Karl – und du?«

»Paul.« Er zögerte. »Mich hat's auch ganz schön erwischt. Weiß nicht, ob ich überhaupt noch mal werde.«

»Na komm, Kumpel – bloß nicht den Mut verlieren, wie man so schön sagt. Hab auch ganz schön was abgekriegt in diesem verdammten Krieg. Ein Auge ist futsch – und der Arm … keine Ahnung, ob ich damit wieder richtig arbeiten kann. Schuss ins Gelenk – Splitterbruch. Der bleibt wahrscheinlich steif.« Er hob den gestreckt geschienten Arm. »Ein toller Sieg, der Sieg über die Franzosen«, höhnte er laut, »und was haben wir kleinen Leute davon? Nischt! Unsere Gesundheit gibt uns dafür keiner zurück.« Er legte sich zurück. Schweißperlen standen auf seiner Stirn. »Is doch wahr!«

»Ruhe – Maul halten!«, rief es aus der hinteren Ecke. »Wir wollen schlafen!« Unwilliges Gemurmel erhob sich um sie herum im Waggon. Und von der den Transport begleitenden Krankenschwester kam ein deutliches: »Pssst!«

Paul legte sich seufzend auf das harte Rosshaarkissen zurück, mit dem sicheren Gefühl, kein Auge zuzumachen. Aber nach einer Weile war er, ohne es zu merken, doch ganz sacht in das Reich der Träume hinübergedämmert. Er schrak hoch, als der Zug plötzlich mit einem lauten Quietschen hielt und die Türen geöffnet wurden. Grelles Sonnenlicht, frische Luft strömten bei der Ankunft in Berlin herein; laute Stimmen ertönten und die ersten Verwundeten wurden von kräftigen Männern herausgehoben. Paul ließ alles über sich ergehen, als sei sein Körper etwas Fremdes, Abstoßendes, mit dem er nichts zu tun haben wollte. Doch das weiß bezogene Bett im Hospital, das trockene und glatte Leinen des Lakens taten ihm nach dem Provisorium der letzten Tage und Nächte wohl. Er verlangte zu trinken, denn seine Kehle war durch das anhaltende Fieber wie ausgedörrt. Der frische Verband mit einer kühlenden Salbe beruhigte das

Stechen in seinem Stumpf, nicht aber den Phantomschmerz an seinem nicht mehr vorhandenen Unterschenkel. Eine Schwester verabreichte ihm eine Chininlösung, die ihn endlich ein wenig von seinen Schmerzen und der daraus resultierenden Unruhe erlöste. Er sank wieder in einen tiefen Schlaf. Als er erwachte, verspürte er zum ersten Mal seit seiner Verletzung so etwas wie Hunger. Sein Fieber war gesunken und der Schmerz in seinem Bein nur noch dumpf und unbestimmbar zu fühlen. Trotzdem war er erschöpft – und zutiefst deprimiert. Ungeschickt setzte er sich auf, als die Schwester ihm warme Suppe brachte. Nach einigen Löffeln löste sich die Starre seines Körpers ein wenig. »Hören Sie«, murmelte er mit seinen vom Fieber aufgeplatzten Lippen, »meine Frau – meine Familie wohnt in Berlin. Könnten Sie sie bitte verständigen?« Die Schwester nickte und brachte ihm einen Zettel, auf dem er die Adresse notierte. Es war besser, Adelheid sofort mit dem Schock seines Anblicks zu konfrontieren. Dann hatte er es hinter sich. Sie würde sicher in eine Trennung einwilligen, wenn sie ihn so sah. Und für sein Kind konnte er ja ein Besuchs- oder gar Sorgerecht beantragen. Eine so oberflächliche Frau, die wie ein Schmetterling von einer Affäre zur anderen flatterte, konnte schließlich keine allzu gute Mutter abgeben. Überhaupt hatte er nicht unberechtigte Zweifel, dass das Kind überhaupt von ihm war. Er würde sich auf jeden Fall Gewissheit verschaffen, soweit dies möglich war.

Tage vergingen, in denen er auf ein Zeichen oder eine Nachricht von Adelheid wartete. Er erhielt keine Antwort, niemand kam, nichts rührte sich. Vielleicht lebt sie bereits bei einem anderen, dachte er ohne Bedauern, dann würde die Scheidung noch leichter werden.

Immer wieder fragte er sich, wie es kam, dass er in seinem Leben so vieles falsch gemacht hatte. Warum war er nicht bei Camilla geblieben? Warum hatte er sie so enttäuscht? Sie war doch die Einzige gewesen, die er je geliebt hatte. Aber jetzt war es zu spät, darüber nachzudenken, jetzt, wo er ein Krüppel war. Das, was er ihr angetan hatte, war sowieso durch nichts zu entschuldigen.

***

Die Ärzte schüttelten bedenklich den Kopf, als Tessa um ihre sofortige Entlassung aus dem Hospital bat. Diese Frau hatte wohl keine Ahnung, wie krank sie eigentlich war! Tessa scherte das wenig. Wie gewöhnlich war sie zu ungeduldig, um es noch länger in dem stinkenden Krankensaal auszuhalten, in der verpesteten Luft, von der sie glaubte, dass sie sich nur davon immer schlechter fühlte. Mit ihrem Kind im Arm stieg sie mit weichen Knien aus der Droschke, die sie an ihrer kleinen Wohnung absetzte. Es fiel ihr schwer, die Treppen hinaufzusteigen, und sie blieb mehrmals stehen, um zu husten und Luft zu holen. Laurent schrie wie am Spieß, er schien Hunger zu haben. Doch in ihrer Schwäche hatte Tessa nicht mehr genügend Milch, um ihn zufriedenzustellen. Sie legte das schreiende Bündel aufs Bett und packte, so rasch sie es vermochte, ihre Sachen in einen kleinen Koffer. Immer wieder geriet sie außer Atem und musste einhalten. Schließlich fiel sie völlig erschöpft und mit nach Atem ringender Brust auf einen Stuhl und starrte vor sich hin. Schwarze Punkte tanzten vor ihren Augen, sie sah alles wie durch einen leichten Schleier. Was war bloß los mit ihr? Hatten die Ärzte vielleicht doch recht gehabt, ihr davon abzuraten, jetzt schon nach Hause zu gehen? Ihre Lunge war nicht in Ordnung, klar, die hatte etwas abbekommen. Davor konnte sie die Augen nun nicht mehr verschließen. Aber alles würde gut werden, wenn sie erst auf dem Weg nach Berlin war. Sie musste sich beeilen, denn die Situation in Paris war brenzlig geworden. Die Deutschen rückten unablässig auf die Hauptstadt vor, weil die neu gebildete Regierung sich weigerte, die Kapitulation Kaiser Napoleons anzuerkennen. Der Kampf sollte weitergehen. Für Tessa hieß das, so schnell wie möglich die Stadt zu verlassen, bevor es zu einer Belagerung kam, alles gesperrt war und niemand mehr rausgelassen wurde. Und wahrscheinlich würde die Reise nach Berlin auf den notwendigen Umwegen anstrengender als gedacht werden. Damit musste sie rechnen. Die Zugverbindungen in Frankreich waren unsicher und größtenteils lahmgelegt und so blieben ihr über weite Strecken nur Pferd und Wagen, um weiterzukommen. Man hatte ihr gesagt, dass die Route über Lyon nach Basel in der Schweiz der einzige einigermaßen sichere Weg sei. Von dort aus würde es bestimmt leichter sein, nach Deutschland und dann nach Berlin zu gelangen. Sie stellte sich Georges Gesicht vor, wenn er sie wiedersah. Sie würde ihm alles erklären und sich dann erst einmal von all den Anstrengungen ausruhen. George war nicht knausrig – er würde ihr Geld geben, für die besten Ärzte. Die würden ihre Lunge schon wieder hinkriegen. Auf jeden Fall war es besser, als im überfüllten Hospital Hôtel-Dieu herumzuliegen, wo sich niemand richtig um einen kümmerte.

Laurents ununterbrochenes Geschrei zerrte an ihren Nerven. Das musste endlich ein Ende haben, sonst wurde sie noch verrückt. Sie nahm den Kleinen vom Bett und wiegte ihn hin und her, doch vergeblich. »Hör doch endlich auf zu plärren«, schrie sie verzweifelt das Kind an. Sie öffnete ihre Bluse und legte es an ihre Brust. Doch ihre Milch war versiegt. »Sei endlich still – bitte!«, bat sie, als könne der Säugling sie verstehen. Mit letzter Kraft tauchte sie einen Zipfel des Umschlagtuchs in einen Rest Honig und steckte ihn Laurent in den Mund. Doch der war damit nicht zufrieden, spuckte alles aus und quäkte umso lauter. Tessa fühlte, wie ihr vor Machtlosigkeit und Schwäche die Tränen in die Augen traten. Sie fühlte sich unendlich hilflos. Ich muss hier raus, dachte sie, ich will hier weg! Ich kann nicht mehr. Sie wusste nicht, ob sie diese Worte laut gesprochen oder nur gedacht hatte. Das Kind im Arm, nahm sie ihren Koffer und lief Hals über Kopf aus der Wohnung. Beinahe wäre sie in ihrer Hast über eine Treppenstufe gestolpert und hingefallen. Vor der Tür musste sie mühevoll Atem holen. Es war, als säße ein schweres Ungetüm auf ihrer Brust und presste ihr die Luft ab. »Avenue du Maine«, beschied sie dem Kutscher, den sie herbeigewinkt hatte, als er des Wegs kam. »Nummer fünfzehn.«

Der Diener Robert, der ihr in dem eleganten Herrenhaus die Tür öffnete, starrte sie entgeistert an, als sie ihm das schreiende Kind in den Arm drückte. Sein schwacher Protest blieb ihm im Halse stecken. »Madame weiß Bescheid«. Mit diesen Worten lief Tessa an ihm vorbei in den Salon. Madame de Montrodin, die gerade ihren Tee einnahm, sah ihr entgeistert entgegen. »Ich brauche das Geld«, sagte sie ohne weitere Einleitung zu ihr. »Beeilen Sie sich bitte! Ich muss Paris jetzt so schnell wie möglich verlassen.« Während Robert noch mit dem schreienden Bündel an der Tür stand, erhob sich Armands Mutter und entnahm mit zitternden Händen aus der Schublade einen großen Umschlag. »Ich hatte es schon für Sie vorbereitet«, sagte sie zu Tessa, die ihn, ohne seinen Inhalt anzusehen, rasch in die Tasche steckte. »Viel Glück!« Madame de Montrodin wandte sich jetzt Robert zu und nahm ihm, ohne Tessa noch eines Blickes zu würdigen, mit einem geradezu verzückten Ausdruck den Kleinen ab und schloss ihn zärtlich in ihre Arme. Tessas Kehle wurde eng und sie spürte, wie ihr die Tränen in die Augen schossen. »Au revoir«, sagte sie leise, doch niemand schien sie zu hören. Ohne sich noch einmal umzudrehen, ging sie schleppenden Schrittes zur wartenden Kutsche zurück und stieg ein. Die Pferde zogen an und der Wagen bog um die nächste Ecke.

Wenige Stunden später saß Tessa bereits in der sich rhythmisch dahinwiegenden Reisekutsche nach Saint-Étienne. Erschöpft vor sich hindösend, lehnte sie in den Polstern.

Wie vorausgesehen waren die wenigen Zugverbindungen in Frankreich der Armee vorbehalten und so war es nur möglich gewesen, auf bewährte, aber umständliche Art weiterzukommen. Das Rütteln der Räder, die Unebenheiten des Weges machten Tessa mehr zu schaffen, als sie gedacht hatte. Das Wetter zeigte sich herbstlich, es war kühl geworden, und sie wickelte ihr Wolltuch mit dem kleinen Pelzkragen fester um ihre Schultern. Trotzdem fror sie unablässig und spürte, wie das Fieber wiederkehrte. Aber sie bereute ihren Entschluss nicht und war im Grunde ihres Herzens erleichtert. Vor allem, dass sie die Verantwortung für das kleine Wesen los war, das in ihrem schlechten Zustand eine untragbare Bürde bedeutete. Hier hatte sie Ruhe und das war das Wichtigste, was sie im Moment brauchte. Von Zeit zu Zeit schreckte sie aus ihrem leichten Halbschlaf hoch – wenn die Kutsche hielt, Reisende ein- und ausstiegen und wenn die Pferde gewechselt wurden. Die schaukelnde Bewegung, das Rollen der Räder, die Kommandos des Kutschers und das leise Wiehern der Pferde lullten sie in einen Halbschlaf. Das spätere Umsteigen und Wechseln der Reiseroute nach der Grenze von einer der schweizerischen Eilbahnen in die andere, mit der sie nach Deutschland zu kommen hoffte, war dann wieder sehr beschwerlich für sie. Tessa bot all ihre Energie auf, um dies zu bewerkstelligen, ohne großes Aufsehen zu erregen. Das schnaufende Ungetüm der Lokomotive machte ihr ein wenig Angst, doch die rasche, gleitende Fortbewegung auf Schienen ohne das Rütteln in der Kutsche war eine große Erleichterung. Pferdebahnen standen an Bahnhöfen glücklicherweise immer bereit, um einen Teil der Wegstrecke bis zur nächsten Verbindung zu überbrücken. Tessa war es, als erlebe sie das alles in einer Art Trance. Mit starrer Miene schleppte sie ihren Koffer im fiebrigen Nebel ihres eingeschränkten Bewusstseins in eine billige Pension am Weg und ließ sich wie betäubt in das bereitstehende Bett fallen. Am nächsten Morgen hastete sie in aller Frühe mit anderen Reisenden zum nächsten Umsteigeort. Nur ein Gedanke beherrschte sie: Ich darf nicht umfallen, nicht zusammenbrechen, bevor ich Berlin erreicht habe. Dort kann ich mich ausruhen – dort werde ich bald wieder gesund. Ihr ständiges Husten erstickte sie mit ihren Taschentüchern, die sie sich wie einen Knebel in den Mund presste, wenn der Hustenreiz sie überfiel. Nach endlosen Umwegen über Pässe und kurvenreiche Landwege gelangte sie vom südlichen Teil des siegestrunkenen Deutschlands endlich nach Berlin. Die Leute hier waren gut gelaunt und voller Freundlichkeit. Es war ein krasser Gegensatz zur enttäuschten Missstimmung und der Trauer um den verlorenen Krieg in Frankreich und dem aggressiven Durchhaltewillen der neu gebildeten Regierung, die die Bevölkerung weiter zum Aufstand hochputschte.

Dann war es endlich so weit! Von Kopf bis Fuß durchgeschüttelt von der anstrengenden Reise war Tessa erleichtert, endlich in Berlin-Schöneberg anzukommen. Ein Glücksgefühl durchzog ihre Brust, so als wäre sie jetzt endlich in Sicherheit und alles würde gut. George! Sie murmelte seinen Namen vor sich hin. Wenn es sein musste, würde sie sogar vor ihm auf die Knie fallen, damit er sie aufnahm. Er würde ihr verzeihen – ihr aus der Not helfen. Wieder stiegen Tränen in ihre Augen. Freudige Erregung erfasste sie. Wie hatte sie nur so viel Zeit vergehen lassen können, ohne an ihn zu denken. Die Erinnerung verklärte ihre Empfindungen. George und sie hatten sich doch einst geliebt, gut harmoniert und immer zusammengehalten! Als sie an dem Haus, das sie vor so vielen Jahren verlassen hatte, mit ihrem Koffer aus der Kutsche stieg, schien ihr alles so wie damals. Der Garten war ein wenig verwildert, aber darum hatte sich George ja nie viel gekümmert. Ob er zu Hause war? Sie drückte die Klinke des Gartentors – es war offen. Hoffnung durchzuckte sie. Er war da, er war zu Hause. Ihr Herz klopfte in der Brust, als wollte es zerspringen. Die Vergangenheit hatte sie eingeholt. Sie machte einen Schritt nach dem anderen durch den Garten, bis sie an der Treppe vor der großen, geschnitzten Eichentür stand. Einen kurzen Augenblick schauderte sie, als sie auf die Steinstufen blickte. Dort hatte damals Tonio gelegen – mit gebrochenem Genick. Aus seiner Kopfwunde war unaufhörlich Blut gesickert, das sie später aufgewischt hatte. Mit leichtem Grauen wandte sie sich ab, stieg hinauf und zog an der Glocke mit dem hellen, klingelnden Ton. Niemand rührte sich im Innern und erst jetzt fiel ihr auf, dass alles dunkel war, einsam und still. Sie klopfte, rief mit wunder Brust und heiserer Stimme seinen Namen. Ein frischer Windstoß fuhr ihr unter die Kleider. Sie war erschöpft, völlig am Ende. Wo war George? Warum kam er nicht? Sie musste hier auf ihn warten. Sicher würde er bald hier sein. Ihr Kopf glühte vor Fieber. Die Nebel um sie wurden zu drohenden Gebilden, feurig heiß und dann wieder kalt wie ein Eishauch. Eine tiefe Müdigkeit erfasste sie. Sie hustete mit enger Brust, zitterte, sank schließlich auf die harten Stufen. Das Köfferchen polterte die Treppe hinunter wie einst der Kopf Tonios. Es schien ihr das gleiche unheimliche Geräusch zu sein und sie fröstelte bis auf den Grund ihrer Seele. Es war eine Sünde, Tonios gewaltsamen Tod zu verschleiern und nie mehr an ihn zu denken! Wurde sie nun dafür bestraft? An allen Gliedern schlotternd, drückte sie sich zum Schutz vor dem Wind in eine Ecke. George würde irgendwann nach Hause kommen – es konnte ja nicht mehr lange dauern. Er würde die Tür aufschließen, sie in die Arme schließen und ihr Hilfe bringen. Die Dunkelheit kroch schleichend heran, wie ein feuchter, kühler Mantel fiel sie herab. Tessa sank in eine kurze Ohnmacht. Da war ja George! Er sah so jung aus, ganz wie zur Zeit ihrer ersten Liebe. Sie öffnete die Augen und breitete die Arme aus. »Tessa«, hörte sie ihn rufen, »ich habe die ganze Zeit auf dich gewartet! Wo warst du nur?« Sie versuchte, auf die Beine zu kommen. Doch sie gehorchten ihr nicht. »Endlich bist du da, George!«, rief sie krächzend in die Nacht. »Hilf mir, George, hilf mir! Ich fühle mich so elend.«

»Komm, mein Liebes«, sagte George, doch statt näherzukommen, entfernte er sich immer weiter und plötzlich war er fort, wie ein Phantom. Tessa erwachte auf den kalten Steinen, sie erhob sich und versuchte, die Dunkelheit mit den Augen zu durchdringen. »Wo bist du denn«, stammelte sie mit trockenen Lippen. Im leichten Schein des Mondes tastete sie sich vorwärts, stieg langsam die Stufen hinab und sackte unten beinahe in die Knie. »George«, rief sie noch einmal. Die Birke vor dem Haus rauschte leise, ihre Blätter raschelten. Sie hatte geträumt – oder fantasiert. Durchhalten, dachte sie, er muss kommen, er wird bald kommen. Er wohnt doch hier. Es begann zu regnen und sie schleppte sich mühsam wieder nach oben. Sie kauerte sich vor die überdachte Tür und zog ihren Koffer ganz nah an sich heran, um sich vor der Nässe und Nachtkühle zu schützen. Der Wind fauchte mit rauen Stößen und seine durchdringende Kälte schien ihr die Brust aufzureißen. Ein neuer Hustenanfall quälte sie mit dem bekannten Stechen in der Brust und sie konnte kaum wieder zu Atem kommen. Ich hätte in Paris bleiben sollen, dachte sie müde und mit steifen Gliedern. Das Angebot Madame de Montrodins annehmen. Mein verdammter Stolz! Ich werde mir eine Droschke suchen. Gleich. Aber wohin? Wenn George nicht bald kommt, dann sterbe ich. Mit diesen Gedanken schloss sie die Augen und lehnte sich zu Tode erschöpft gegen die kalte Mauer.

XVIII. Kapitel

Obwohl Camilla den Park um das Haus ihres Vaters so liebte, hielt sie es letztlich doch für vernünftiger, seinen Wohnsitz zu verkaufen, um endgültig mit der Vergangenheit abzuschließen. Jetzt, nach dem Ende des Deutsch-Französischen Krieges, konnte ihr der Erlös Freiheit und finanzielle Sicherheit verschaffen. Ihr erlauben, ihr Leben leichter zu gestalten, ohne finanzielle Sorgen haben zu müssen. Sie träumte von einer eleganten Wohnung im Herzen der Stadt. Vielleicht, um dort wieder einen Kinderladen aufzumachen und ihren anstrengenden, zermürbenden Beruf in der Charité aufzugeben. Sie hatte sich für den Vormittag freigenommen, um sich mit einem Immobilienhändler, den ihr Bruno vermittelt hatte, zu treffen. Schon vor der vereinbarten Zeit war sie vor Ort, setzte sich auf die kleine Gartenbank, auf die sie ihr Umhängetuch gebreitet hatte, und genoss die Ruhe, während sie ihren Blick über die von Blättern bedeckte Rasenfläche und die verblühten Hortensien wandern ließ. Es war ein kühler Herbstmorgen, es hatte geregnet und der Wind fegte immer neue Blätter vor sich her. Camilla fröstelte ein wenig und als einige dicke Tropfen einen neuen Regenschauer ankündigten, lief sie zum Eingang des Hauses, um sich unter dem schützenden Vordach in Sicherheit zu bringen. Sie stolperte beinahe über ein seltsames Bündel, das halb verdeckt von einem kleinen Koffer vor der Haustür lag. Eine Bettlerin, war ihr erster Gedanke. Sie beugte sich über die scheinbar Schlafende und berührte sie an der Schulter. Tessa schrak hoch und riss die Augen auf. Dennoch schaffte sie es nicht, sich aufzurichten oder etwas zu sagen. In ihrem Hals und in der Brust brannte es wie Feuer. Sie hustete, atmete schwer und brachte keinen Ton heraus. Vor ihrem Gesichtsfeld tanzten Funken – oder waren es Sterne? Sie konnte die Person vor ihr nicht genau erkennen. »George?«, krächzte sie schließlich heiser. »Bist du es?«

Camilla war so heftig zurückgewichen, als habe man ihr einen Schlag ins Gesicht versetzt. Träumte sie? Das konnte doch nicht sein – das gab es doch nicht! Sie starrte erschrocken auf das Häufchen Elend vor ihr auf dem Boden. War das ... konnte diese Frau hier Tessa sein? Die ehemalige Geliebte des Vaters, die Emily und sie gehasst und verhindert hatte, dass der Vater sie zu sich nahm? Wie kam sie hierher? Was wollte sie?

»Tessa«, sprach sie sie leise an. »Bist du das? Was machst du hier?« Ein Ächzen und tiefes Stöhnen, gefolgt von einem rasselnden Hustenanfall war die Antwort. Tessa krümmte sich und presste ein blutbeflecktes Taschentuch vor den Mund. Es gelang ihr nicht, zu sprechen, sich zu erklären. Camilla begriff plötzlich: Diese Frau, wie auch immer sie hierherkam, war krank, todkrank. Und sie lag hier vielleicht schon die ganze Nacht auf den kühlen Steinen, dem Wind und der Feuchtigkeit ausgesetzt. Sie starrte in Tessas bleiches, abgezehrtes Gesicht, auf dessen Wangen Fieberflecken brannten. Ihre dunklen Augen, die sie flehend und zugleich verwirrt ansahen, waren umschattet, ihr Haar zerzaust. »George«, fragte Tessa noch einmal verwirrt, bevor sie wieder die Augen schloss. »Lass mich rein. Mir ist kalt ...«

»Tessa – sieh mich an. Erkennst du mich nicht? Ich bin's, Camilla! Was machst du hier?«

Nur ein Stöhnen antwortete ihr.

»Bist du krank?« Auch diesmal kam keine Antwort.

»Ich denke, dass du dringend Hilfe brauchst.« Camilla griff nach der heißen, schmalen Hand, die sich ihr entgegenstreckte. »Kannst du aufstehen? Ein paar Schritte gehen? Ich helfe dir – und stütze dich.« Doch es war vergeblich, Tessa schaffte es nicht.

»Warte hier auf mich.« Camilla überlegte fieberhaft. »Ich werde eine Droschke von der Station in der Nähe rufen. Sie bringt dich ins Hospital …«

»Nein«, wimmerte Tessa. »Nicht ins Hospital. Ich will da nicht hin … ich will nicht …«

Camilla, die gemerkt hatte, dass Tessa weder fähig war, auf den Beinen zu stehen, noch eine Entscheidung zu treffen, war schon auf die Straße gelaufen und hielt einen zufällig vorüberfahrenden Wagen an. Der Kutscher, ein kräftiger Mann, half ihr, die widerstrebende, aber kraftlose Tessa in das Gefährt zu schaffen. »Zur Charité«, sagte Camilla, die negativen Gefühle zurückdrängend, die bei diesem unerwarteten Treffen in ihr hochstiegen. Was für eine Prüfung. Ausgerechnet sie musste ihrer ältesten Feindin, der Frau, die sie um ihre Jugend und Zukunft betrogen hatte, auf eine solche Art begegnen! Verzeihen, nein, das konnte sie ihr auch im Namen Emilys nicht. Sie spürte eine seltsame Mischung von Verachtung und Mitleid. Beim Schwanken des Gefährts fiel Tessa, die in den Polstern wie eine Puppe lehnte, haltlos hin und her. Camilla fasste sie unter die Arme und versuchte, sie zurückzuschieben und auf dem Sitz zu halten. Doch plötzlich legte Tessa den Kopf zurück, öffnete die Augen und sah sie in einem wachen Moment erstaunt an. »Du, bist du es, Camilla? Wie kommst du hierher? Meine Brust tut so weh – ich kann kaum atmen. Was ist geschehen? Ich … ich hab solche Angst!«

»Sei ganz ruhig«, antwortete Camilla. »Ich kümmere mich um dich. Dir wird gleich geholfen und du bekommst etwas gegen die Schmerzen.« Sie dirigierte den Kutscher in den Eingangsbereich der Charité und sprang aus dem Wagen. »Ein Notfall! Rufen Sie Doktor Winterberg oder einen der diensthabenden Ärzte der Lungenstation«, rief sie. Beiseite tretend sah sie zu, wie die halb bewusstlose Tessa von zwei Sanitätern auf eine Trage gehoben und durch den Eingang geschoben wurde. Sie atmete tief durch und versuchte, die unangenehmen Erinnerungen abzuschütteln, die sie mit einem Mal überfluteten. Was für ein Schock! Wer hätte gedacht, dass sie der Geliebten ihres Vaters auf diese Weise noch einmal begegnen würde?

Im selben Moment spürte sie wieder den gefürchteten Druck auf die Schläfen, das Flimmern vor Augen, das sich langsam über ihr Gesichtsfeld ausbreitete und die darauffolgenden, peinigenden Kopfschmerzen. Ihr altes Migräneleiden, das vorzugsweise bei seelischen Erschütterungen auftrat, drohte jetzt, sie in ihren körperlichen Funktionen lahmzulegen. Doch nach Hause zu gehen und sich hinzulegen war jetzt einfach unmöglich. Sie schluckte die doppelte Dosis des Medikaments, das sie für diese Fälle bekommen hatte und immer bei sich trug. Jetzt musste sie durchhalten. Ihr Dienst begann in einer Stunde.

***

»Camilla?« In der offenen Tür des Krankensaals stand Jetti und beschirmte die Augen mit der Hand, um im diffusen Licht des wolkenverhangenen Tages etwas erkennen zu können. »Komm bitte! Am Empfang wartet jemand auf dich, der dich sprechen möchte.«

»Mich?«, fragte Camilla erstaunt. »Wer ist es denn?«

Jetti zog eine Grimasse, deutete etwas Unverständliches und verschwand aus ihrem Blickfeld. Camilla schüttelte den Kopf. »Auch das noch!« Heute kam wohl alles zusammen. Das starke Mittel, das sie geschluckt hatte, zeigte gerade erst etwas Wirkung. Sie zwang sich zur Gelassenheit und fuhr fort, die Binde so behutsam wie möglich um das Schultergelenk des bleichen jungen Mannes zu wickeln, der fiebernd im Bett lag und aufstöhnte, wenn sie ihn auch nur leicht berührte. Es stand nicht gut um ihn, er hatte einen Durchschuss in der Nähe des Schlüsselbeins und die Wunde eiterte. »Danke, Schwester«, murmelte er leise, als sie ihm seine Dosis Chinin verabreichte und ihn zurück auf das Kissen bettete. Sie hielt seine Hand und wartete, bis er die Augen schloss. Dann verließ sie den Krankensaal, durchquerte den Gang und stieg die Treppen zum Eingang hinab.

Eine sehr schlanke, dunkelhaarige Dame mittleren Alters im geöffneten braunen Pelzmantel, eine Perlenkette um den Hals, ging im Vorraum unruhig auf und ab. Als Camilla erschien, blieb sie abrupt stehen und maß sie mit versteinertem Gesicht von oben bis unten. »Fräulein … Camilla Wanstetten?« Ihre Stimme klang so hoch und durchdringend wie das Sirren einer Säge. Camilla ging sie durch und durch und verstärkte den Schmerz an ihren Schläfen. Sie wusste plötzlich genau, wem sie da gegenüberstand. Die Dame sah sie hochmütig von oben bis unten an und rückte ihr schräg sitzendes Hütchen auf den leicht ergrauten Haaren zurecht. Ihre Wangen waren sorgfältig gepudert, um die hektische Röte der Erregung zu verdecken, und ihre dunklen, von leichten Fältchen umgebenen Augen blickten kampflustig. »Fräulein Wanstetten?«, wiederholte sie fragend.

»Ja«, erwiderte Camilla mit gezwungenem Lächeln. »Das bin ich. Mit wem habe ich die Ehre? Und was kann ich für Sie tun?«

»Spielen Sie hier nicht die Unschuldige, Fräulein! Sie können sich doch sicher denken, wer ich bin«, herrschte die Besucherin sie an und übersah Camillas ausgestreckte Hand. »Elisabeth Schmiedinger!«

Camilla errötete leicht. »Oh! Sehr erfreut. Und … was führt Sie zu mir?«

»Das wagen Sie zu fragen?«, schnaubte die Dame. »Ich sagte Ihnen nur eins: Lassen Sie die Finger von meinem Mann!«

»Aber ich …«

»Sie drängen sich in meine Ehe und vergiften unsere Gemeinschaft. Mein Mann will sich plötzlich scheiden lassen – ein neues Leben beginnen. Aber das lasse ich nicht zu! Dass ein junges, hergelaufenes Ding wie Sie alles zerstört, was wir uns seit Jahren aufgebaut haben!« Ihr Gesicht verzerrte sich. »Ich habe einen Anwalt eingeschaltet. Bei einer Trennung wird mein Mann alles verlieren – merken Sie sich das! Er wird bei einer neuen Heirat völlig besitzlos sein.«

»Aber …« Camilla war zu verwirrt, um den Anschuldigungen etwas entgegensetzen zu können. Ihre Schläfen pochten schmerzhaft. »Ich habe nie gesagt, dass ich Robert heiraten will …«

»Robert? Sie nennen meinen Mann Robert!«, kreischte die Dame plötzlich auf. Sie trat drohend auf Camilla zu, die zurückwich. »Sie Flittchen! Sie haben es doch nur auf sein Geld abgesehen!« Ihre Augen funkelten wie dunkle Knöpfe in ihrem sorgsam geschminkten Gesicht. »Sie sind doch nichts – und haben nichts, außer Ihrem hübschen Frätzchen.« Mit einem Griff packte sie Camillas Arm und krallte sich an ihm fest. »Sie haben ihn mir weggenommen. Aber das werden Sie noch bitter bereuen! Ich mache ihm und Ihnen das Leben zur Hölle.«

Camilla versuchte sich zu befreien. »Nein … bitte, lassen Sie mich los. Es ist alles ganz anders, als Sie denken …«

Inzwischen hatte sich ein Grüppchen Neugieriger um die beiden gebildet, die den Streit mit Interesse verfolgten.

»Was ist denn hier los?«, tönte die Stimme von Mater Rotrudis, die wie ein Racheengel mit geblähter Flügelhaube und wehendem schwarzem Gewand herangesegelt kam. Mit einer einzigen Geste verscheuchte sie die Umstehenden und in diesem Augenblick war Camilla zum ersten Mal froh über ihr Erscheinen.

»Ich muss doch sehr bitten, Frau Schmiedinger!«, schnaufte Rotrudis empört. »Ihre häuslichen Probleme gehören wirklich nicht hierher. In unserer Klinik herrscht Ordnung. Familiäre und unbegründete Debatten in aller Öffentlichkeit – so etwas dulden wir hier nicht. Das schadet unserem Ruf.«

»Unbegründet? Das werden wir ja sehen.« Die Besucherin straffte ihre Gestalt. Sie war so bleich wie die Wand und ihre schmalen, rot geschminkten Lippen zitterten. »Sie unterstützen dieses Treiben wohl noch, Schwester? Pfui! Ein Sodom und Gomorra herrscht wohl in dieser Klinik! Ich werde mich öffentlich bei der Direktion beschweren. Sie hören noch von mir.« Damit wandte sie sich auf dem Absatz herum und rauschte, ihren Pelzmantel fest um die Schultern ziehend, erhobenen Hauptes hinaus.

Mater Rotrudis sah ihr unbewegt nach. Leise, wie zu sich selbst, murmelte sie: »Ein hysterisches Weib, diese Schmiedinger. Kein Wunder, dass unser Doktor so viele Überstunden macht!«

»Danke«, sagte Camilla erleichtert. Zum ersten Mal war sie der gleichen Meinung wie Rotrudis.

»Bilden Sie sich bloß nicht ein, dass ich zu Ihnen halte«, fauchte die Oberschwester mit einem vernichtenden Blick. »Für mich sind Sie eine ganz gewöhnliche Ehebrecherin. Und Sie sollten sich schämen! Ein unbescholtener Familienvater, einer unserer besten Ärzte! Aber von Ihnen hätte ich ja auch nichts anderes erwartet, Sie …« Sie vollendete den Satz nicht.

Camilla wollte etwas erwidern, doch Mater Rotrudis war schon um die Ecke gefegt. Tränen traten ihr unvermutet in die Augen. Ehebrecherin! Was für eine Beleidigung! Aber heute kam wohl alles zusammen.

In den nächsten Stunden ertappte sie sich dabei, zerstreut und nicht recht bei der Sache zu sein. Ihre quälenden Kopfschmerzen waren auch nach der Einnahme einer weiteren Tablette nicht deutlich besser geworden. Ihre Schläfen hämmerten. Zu viel war mit einem Schlag über sie hereingebrochen. Die todkranke Tessa am Haus ihres Vaters – der Besuch von Roberts Frau! Am besten wäre es gewesen, die Affäre mit dem Arzt zu beenden, bevor weiterer Schaden für sie beide entstand. Ja, es stimmte, er wollte sie heiraten. Aber war sie wirklich dazu bereit? Tief in ihrem Herzen wusste sie, dass es niemals so sein würde. Der Streit zwischen seiner Ehefrau und ihm, der Kampf um die Scheidung würde alles zerstören. Sein Leben – und auch das ihre. Er hatte Kinder und seine Frau würde mit allen Mitteln um ihn kämpfen. Aber wie sollte sie ihm nur sagen, dass ihre Gefühle nicht ausreichten, um sich all diesen Schwierigkeiten zu stellen? Dass sie ihn nicht so liebte wie er sie? Dass sie seine Wärme, seine leidenschaftlichen Umarmungen und Zärtlichkeiten in den heimlichen Stunden wie etwas Kostbares genossen hatte, ohne dabei an die Zukunft zu denken? Sie musste es ihm erklären, ohne ihn zu verletzen. Und das möglichst, bevor er seine Ehe ihretwegen unnötig zerstörte. Jetzt, wo seine Frau bei ihr gewesen war, war es unbedingt nötig, in diesem Punkt Klarheit zu schaffen. Diese und andere Gedanken schossen ihr durch den Kopf und sie legte sich die passenden Worte zurecht, während sie ihre Arbeit fast automatisch verrichtete. Es herrschte Hochbetrieb in der Charité, denn die Transporte aus den Kriegsgebieten rissen nicht ab und so blieb ihr kaum Zeit, sich zwischendurch einmal nach dem Befinden Tessas zu erkundigen.

Zu allem Übel war heute auch ein weiteres Opfer des Serienmörders eingeliefert worden, was für neue Aufregung sorgte. Es handelte sich um eine junge Frau, die dem Täter in letzter Minute entkommen konnte und daher keine tödlichen, jedoch schwere Verletzungen davongetragen hatte.

In der Aufnahmestation drängten sich die Ankömmlinge aus den Lazarettzügen, die nicht nur registriert, sondern auch mit Erster Hilfe versorgt werden mussten. Erst als der Ansturm dort sich etwas beruhigt hatte, begab sich Camilla mit einem unguten Gefühl auf die Lungenstation. Der Chefarzt Doktor Winterberg, ein kleiner korpulenter Mann, sah sie durch seine runden Brillengläser ernst an, als sie den Namen der Patientin erwähnte. »Ich wollte Sie gerade rufen lassen. Sind Sie mit Frau Tessa de Montrodin verwandt, der Dame, die heute eingeliefert wurde?«

»Das nicht. Ich kenne sie allerdings seit Langem«, antwortete Camilla ausweichend. »Als Tessa Taylor. Eine … alte Bekannte meines Vaters. Sie wollte wahrscheinlich zu ihm, wusste nicht, dass er inzwischen verstorben ist. Ich traf sie vor seinem Haus – in diesem elenden Zustand und brachte sie hierher.«

Eine kleine Pause entstand. Dann sagte der Arzt: »Hat sie keine anderen Verwandten, die man benachrichtigen könnte?«

»Nein, sicher nicht. Ich habe lange nichts von ihr gehört und weiß auch nichts über sie.«

»Nun, es steht sehr schlecht um Frau de Montrodin. Zu ihrer fortgeschrittenen Tuberkulose ist eine doppelte Lungen- und Rippenfellentzündung mit hohem Fieber gekommen. Auch das Herz ist mittlerweile angegriffen. Sie ist sehr geschwächt. Ich muss Ihnen ja nicht sagen, was das bedeutet.«

»Das tut mir sehr leid«, Camilla senkte den Blick. »Kann … ich etwas für die Dame tun?«

»Ja, das können Sie vielleicht. Die Patientin hat ganz dringend nach Ihnen verlangt. Sie möchte Sie sprechen, Ihnen etwas Wichtiges sagen und … um es mit ihren eigenen Worten zu formulieren – etwas beichten.«

Widerstrebend schüttelte Camilla den Kopf. »Ich weiß nicht, ob ich das möchte.« Ihre Stimme hatte einen brüchigen Ton. »Ich habe mit dieser Frau nichts zu schaffen. Vielleicht glaubt sie, wir hätten noch eine alte Rechnung offen. Aber für mich ist diese Sache längst abgeschlossen und erledigt.«

»Für Sie. Aber nicht für eine Sterbende. Um der Barmherzigkeit willen sollten Sie ihr diesen Gefallen ruhig tun.« Der Arzt sah sie mit einem gütigen Lächeln an. »Sie ist sehr unruhig. Und das ist vielleicht das Einzige, das ihr ihren Zustand etwas erleichtern könnte. Überlegen Sie es sich und schlagen Sie ihr diesen letzten Wunsch nicht ab. Sie hat nicht mehr viel Zeit.«

Camilla blieb eine Weile stumm. Die alten Gefühle kamen in ihr hoch. Konnte sie Tessa überhaupt verzeihen, was sie ihr einst angetan hatte? Und warum sollte ausgerechnet sie immer für die Anderen da sein, während sich nie jemand um ihre Sorgen kümmerte? Ganz allein musste sie mit all dem fertig werden, was das Leben ihr auferlegte. Wem nützte so eine Aussprache – was konnte Tessa ihr überhaupt zu sagen haben?

»Ich denke, Sie täten ein gutes Werk, wenn Sie jetzt zu ihr gingen!« Die warme Stimme Doktor Winterbergs war eindringlich. »Manchmal bereut man Dinge, die man versäumt hat. Bedenken Sie, dass man die Zeit niemals zurückdrehen kann. Wir haben der Patientin schmerzstillende Mittel gegeben. Sie wird ein paar klare Momente haben.«

Camilla seufzte. Dann sagte sie leise: »Gut. Ich mache es. Auch wenn es mir nicht leichtfällt.«

Man hatte Tessas Bett in einen winzigen, gesonderten Raum gerollt, in ein Wäsche- und Verbandsdepot. Hier war es ruhiger als in einem der geräuschvollen großen Krankenzimmer. Camilla bemerkte sofort den Verfall, der in der kurzen Zeit an ihr vorgegangen war. Sie glühte vor Fieber. Schatten breiteten sich nun auch auf ihren Wangen aus und ihre Augen lagen tief in den Höhlen. Sie atmete schwer und hastig, fuhr mit der Hand fahrig über die Bettdecke und drehte den Kopf mit geschlossenen Augen hin und her. Camilla legte ihr die Hand auf die fieberheiße Stirn. Tessa schlug die Augen auf und man merkte in ihren Augen das Erkennen und die Erleichterung, sie zu sehen. »Camilla! Du bist doch noch gekommen! Obwohl ich dir so oft unrecht getan habe.« Tränen bildeten sich in ihren schon halb erloschenen Augen und rollten die Wangen hinab. »Jetzt, wo ich sterben muss, erkenne ich erst, wie sehr ich mein Leben verpfuscht habe. Ich möchte beichten, bevor ich diese Welt verlasse. Keinem Priester, sondern dir. Du sollst wissen, was geschehen ist, bevor du mich auf ewig verurteilst …« Sie hustete krampfhaft. »Und mir verzeihen – wenn du kannst.«

»Da gibt es nichts zu verzeihen!« Camilla musste sich überwinden, dies zu sagen. »Du regst dich nur unnötig auf und das ist nicht gut für dich. Ich will nicht wissen, was du erlebt hast. Es war dein Leben. Es geht mich nichts an …«

»Bitte«, in Tessas Augen lag ein leises Flehen, »hör mir zu. Ich möchte, dass du verstehst, warum ich auf meine Weise gehandelt habe. Ob es nun richtig war oder nicht. Ich stehe dafür ein. Schreib es ruhig auf, wenn du willst. Dann weiß ich, es wird mit mir nicht verloren gehen.«

Camilla fiel es schwer, ruhig zu bleiben. Sie hatte viele Vorwürfe auf den Lippen und musste sie mit der Maske der Gleichmut zurückdrängen.

»Als Erstes musst du wissen«, fuhr Tessa hastig fort, »dass ich ein Kind habe. Es lebt in Paris.« Sie atmete stoßweise und sprach immer schneller. »Ein Junge, Laurent. Ich habe ihn zu seinen Großeltern, Madame und Monsieur de Montrodin, gebracht, in der Avenue du Maine, Nummer fünfzehn. Mein Mann, Armand de Montrodin ist bei Sedan gefallen. Vielleicht wirst du Laurent eines Tages sehen. Dann musst du ihm von seiner Mutter erzählen, die ihn sehr geliebt hat.« Neue Tränen glänzten in Tessas Augen und sie seufzte. »Aber jetzt sollst du alles von mir wissen, von Anfang an – seit ich deinen Vater verlassen habe …« Sie richtete sich halb auf, um besser Luft zu bekommen, und Camilla schob ihr ein zweites Kissen in den Rücken. Sie begann stockend, doch dann stürzte es wie eine Flut über ihre Lippen. Camilla saß an ihrem Bett und hörte der Sterbenden, die immer wieder von Hustenanfällen erschüttert wurde und nach Wasser verlangte, geduldig zu. Die Einblicke in die Seele der Frau, die sie nie gemocht und immer für oberflächlich und egoistisch gehalten hatte, erschütterten sie zutiefst. Am Ende bat Tessa sie noch einmal um Verzeihung und nach einiger Überwindung reichte Camilla ihr die Hand und gewährte sie ihr. Es war eine Nacht, die sie nie vergessen würde. Erst zu später Stunde verließ Camilla mit steifen Gliedern und heißem Kopf das Krankenbett. Tessa war mitten im Satz vor Erschöpfung eingeschlafen. Ein Lächeln der Erleichterung lag wie ein rosiger Schein auf ihren Zügen. Sie sah jetzt aus, als hätte sie eine Chance und würde vielleicht doch noch durchkommen.

***

Camilla selbst fühlte sich nach dem Anhören von Tessas Lebensbeichte völlig erschöpft und wie ausgebrannt. Auf sie selbst war in der letzten Zeit viel zu viel eingestürmt. In ihrem kleinen Zimmer im Schwesternheim angekommen, notierte sie alles in ihrem Tagebuch. Dann legte sie sich sofort zu Bett. Doch in ihrem Kopf drehte sich nun alles wirr durcheinander und sie konnte nicht schlafen. Ihre Nerven waren bis zum Äußersten gespannt. Das, was ihr Tessa berichtet hatte, spulte sich als immerwährende Schleife in ihrem Kopf ab. Sie schluckte das Beruhigungsmittel, das ihr Doktor Winterberg gegeben hatte, doch es half nur wenig. Am Morgen stand sie früh auf, wusch sich mit kaltem Wasser und überlegte, wie alles weitergehen sollte. In ihrem zerrissenen Zustand hatte sie das Gefühl, es allein in ihrem Zimmer bis zum Dienstantritt nicht aushalten zu können. Sie musste den Kopf irgendwie leer bekommen, sich ablenken, unter Menschen gehen – den quälenden Fragen in ihrem Innern ausweichen und sie wenigstens für kurze Zeit vergessen. Es war zwar noch nicht Zeit, ihren Dienst in der Charité anzutreten, doch ganz mechanisch begab sie sich dorthin, band ihre Schürze um und setzte ihr Häubchen auf. Während sie die gewohnten Handreichungen tat und half, wo es in diesem Moment nötig war, fühlte sie, wie die Anspannung langsam von ihr wich. Ihr Bedürfnis, mit jemandem über alles zu reden, was ihr in letzter Zeit widerfahren war, wurde jedoch immer stärker. Nicht immer die Probleme der anderen anhören – einmal über sich selbst sprechen und ihr Herz ausschütten. Einer Person, die sie verstand, die sie beruhigte, die ihr einfach nur zuhörte. Robert würde sie sicher verstehen – er hatte immer ein geduldiges Ohr für sie gehabt und auch oft einen Rat gewusst. Außerdem hatte sie ihm noch gar nichts vom überraschenden Besuch seiner Frau erzählt. Und von ihrer Entscheidung, sich nicht weiter in ihre Ehe einzumischen. Warum sollten sie nicht trotz allem gute Freunde bleiben?

Sie wartete auf eine ruhige Stunde, bevor sie zur geschlossenen Abteilung Doktor Schmiedingers eilte und an seinem privaten Arbeitszimmer klopfte. Niemand antwortete und sie erfuhr von einer Mitarbeiterin, dass er sich mit anderen Medizinern in einer wichtigen Konferenz mit der Regierung außer Haus befand. Es sollte um das Budget für neue Hygienemaßnahmen gehen, denn in den letzten Monaten war die Zahl der an Pocken Erkrankten rasant angestiegen und die Gefahr, dass es zu einer Seuche kam, war alarmierend. Robert hatte Derartiges schon seit geraumer Zeit befürchtet. Enttäuscht ging sie wieder auf ihre Station zurück. Vielleicht wäre eine Aussprache mit ihm zu diesem Zeitpunkt ohnehin nicht das Richtige gewesen. Er hatte genug mit seinen eigenen Problemen zu tun.

Doch der unangenehme Druck auf ihrer Brust nahm zu. Vielleicht gab es ja noch jemand anderen, der sie anhören würde, der ihre Sorgen verstand. Jetti kam nicht infrage, sie würde den Mund danach sicher nicht halten können und ihre geheimen Angelegenheiten in die ganze Welt hinausposaunen. Eigentlich blieb jetzt nur noch Bruno, der Einzige, zu dem sie wirklich Vertrauen hatte. Aber wo steckte er überhaupt? Heute hatte sie ihn noch gar nicht gesehen. Mechanisch versorgte sie mit den Hilfskräften weiter die große Anzahl der Kranken und Verletzten aus den Transporten, die bleich und mit schmerzverzerrten Gesichtern auf einen Platz in den immer enger zusammengestellten Betten der Krankensäle oder gar draußen in den provisorischen Zelten hofften. Nach wie vor waren die Ärzte im Dauereinsatz, ebenso wie die erschöpften Schwestern. »Wo ist eigentlich Bruno?«, flüsterte Camilla Jetti bei der erstbesten Gelegenheit zu.

»Bruno? Der hat sich krankgemeldet«, gab Jetti zurück und hob genervt die Augenbrauen.

»Was? Bruno ist doch nie krank! Was hat er denn?«

»Keine Ahnung.« Jetti zuckte die Schultern, während sie vorsichtig die Decke an einem Krankenbett aufschüttelte. »Vielleicht Grippe. Ausgerechnet jetzt, wo wir ihn hier so dringend brauchen.«

Camilla nickte abwesend. Sie sah auf die Uhr im Krankensaal. Noch zwei Stunden, dann war ihr Dienst zu Ende. Sie hatte früher angefangen und fühlte sich jetzt umso erschöpfter, geradezu völlig überarbeitet. Ihr Kopf schmerzte immer noch und ihr war so elend, als hätte sie selbst Fieber. Mechanisch ging sie durch die Reihen der Krankenbetten und teilte schmerzstillende Medikamente aus. Manche der Soldaten schliefen, andere starrten mit hellwachen Augen gegen die Decke, die Gesichter ernst, mit einem Ausdruck der Angst, vielleicht vor dem, was sie gesehen und erlebt hatten. An einem der Betten stutzte Camilla und das Erkennen zuckte wie ein Blitz durch ihren Körper. Ihr Herz stand beinahe still und begann gleich darauf, umso heftiger zu schlagen. Ungläubig fuhr sie sich über die Augen. Dort, der bleiche, bärtige Mann mit dem wirren dunkelblonden Haar, der in seinem einfachen Krankenbett mit geschlossenen Augen vor ihr lag – war das nicht … Sie hielt den Atem an. Alle Erschöpfung und Müdigkeit waren mit einem Schlag verschwunden. Erst nach einer Weile wagte sie es, sich über die schlafende Gestalt zu beugen, um ihr näher ins Gesicht zu sehen. Als ob Paul es gespürt hätte, öffnete er in diesem Moment die Augen. Ihre Blicke trafen sich. »Paul«, stammelte Camilla. »Paul …«

Pauls entspannter Ausdruck wechselte zu plötzlichem Erschrecken, zu Scham und Abwehr. »Paul – bist du das wirklich?« Camilla spürte, wie sie zu zittern begann, wie unerwartete Zärtlichkeit, Glück und unsinnige Freude zugleich sie durchströmten. Sie streckte die Hand aus und fuhr sanft über seine stoppelige Wange, auf der ein ungewohnter Bart spross. »Paul«, flüsterte sie erneut. »Wie geht es dir? Wie … wie kommst du hierher? Bist du verletzt?« Es waren unsinnige Worte, die ihr über die Lippen traten, sie wusste es selbst. Mit übergroßer Deutlichkeit erkannte sie, wie sehr sie Paul immer noch liebte. Egal, was geschehen war, was er ihr einst angetan hatte und wie viel Zeit seitdem vergangen war. Die finstere Miene Pauls, als er sie erkannte, machte ihr allerdings wenig Hoffnung, dass er ihre Gefühle auch nur ansatzweise teilte. »Camilla? Das ist doch nicht möglich!« Er sah auf ihre Schwesterntracht. »Du … hier? Du arbeitest in der Charité?«

Camilla nickte mit trockener Kehle. »Ja, Paul. Ich dachte nicht, dass ich dich hier wiedersehe!«

Er wandte den Kopf zur Seite und presste trotzig die Lippen zusammen. Sein verächtlicher Ausdruck ließ keinen Zweifel an seinen Gedanken. »Geh!«, stöhnte er. »Ich möchte dich nicht sehen. Ich bin nichts mehr – nicht mehr der Mann, den du einst kanntest. Besser, ich wäre tot, gefallen im Kampf!« Er schob mit einem Ruck die Decke zur Seite und wies auf seinen verbundenen Beinstumpf. »Sieh genau hin. Ich bin verstümmelt für immer.« Seine Lippen bebten. »Mein Leben ist verpfuscht.«

Camilla fuhr zurück. Er bemerkte ihr Erschrecken. »Nicht wahr, du fürchtest dich? Vor diesem hässlichen Stück Fleisch, diesem Stumpf, der einst mein Bein war. Gib es ruhig zu – mir geht es nicht anders.«

»Nein, nein.« Camilla hob abwehrend die Hände. »Das stimmt doch nicht. Du lebst – das ist das Wichtigste. Es gibt hier Männer mit weit schlimmeren Verletzungen.«

»Ach, du findest es wohl gar nicht schlimm, dass ich ein verfluchter Krüppel geworden bin?«, höhnte Paul. Schweiß war durch die Anstrengung auf seine Stirn getreten. Er stöhnte auf. »Eines steht jedenfalls fest. Für mich gibt es keinen Grund mehr zu leben. Meine Ehe mit Adelheid war die Hölle – ich wollte mich scheiden lassen. Dann hat sie mir geschrieben, dass sie ein Kind erwartet – und dass sie niemals in eine Trennung einwilligen wird.« Sein Gesicht verzerrte sich. »Dabei weiß ich nicht einmal, ob das Kind überhaupt von mir ist. Aber so oder so – es hat ohnehin alles keinen Sinn mehr für mich.« Camilla schnappte nach Luft. Wusste Paul etwa noch nichts vom tragischen Tod Adelheids und seines Kindes?

»Tausendmal habe ich es schon bereut, Adelheid geheiratet zu haben«, fuhr Paul fort. »Es war schlimmer als der Krieg. Ich hasse sie. Und jetzt bin ich auch noch zum Krüppel geworden. Am besten, ich schieße mir eine Kugel in den Kopf. Dann ist alles vorbei.«

»Das darfst du nicht sagen, Paul …«

»Doch!« Er wischte sich über die Augen. »Ich bitte dich nur, mir zu verzeihen, wenn du kannst. Alles, was ich dir angetan habe. Das wollte ich dir noch einmal sagen, bevor es zu spät ist.« Sich mühsam halb im Bett aufrichtend, sah er sie an. »Ich habe immer nur dich geliebt, das schwöre ich bei meinem Leben.« Er hob die Hand. »Und ich konnte dich nicht vergessen.« Eindringlich suchte er ihren Blick, den sie abgewandt hatte. »Aber nun ist es zu spät. Ich sehe die Verachtung auch in deinen Augen!« Aufseufzend ließ er sich wieder zurücksinken. »Die Liebe eines Krüppels kann man doch nur belächeln, eines Verstümmelten, der zeit seines Lebens auf die Hilfe anderer angewiesen ist! Eines Mannes, der nicht einmal mehr allein auf seinen Beinen stehen kann.« Er stöhnte laut auf, zerrissen vor Schmerz und Wut.

Camilla schüttelte nur den Kopf und wusste nicht, was sie sagen sollte. Der von einem schmerzerfüllten Schimmer überzogene Blick seiner blaugrünen Augen, seine bitteren Worte schnitten ihr ins Herz. Ihre lang unterdrückten Gefühle engten ihre Brust ein, nahmen ihr die Sprache. Sie hätte ihn zärtlich in die Arme nehmen wollen, ihn trösten und küssen, ihm sagen, wie sehr sie sich nach ihm gesehnt hatte und dass alles, was in der Zwischenzeit geschehen war, im Grunde keine Bedeutung für sie hatte. Doch sie blieb stumm. Es war ein ungeeigneter Moment – es hatte keinen Sinn. Er war zu verzweifelt, zu sehr in seinem Selbstmitleid versunken. Ihre Augen füllten sich langsam mit Tränen.

»Weine nicht – ich ertrage es nicht, bedauert zu werden«, stieß Paul schroff hervor. »Geh jetzt, kümmere dich um deine anderen Kranken.« Er drehte sich auf die Seite und zog die Decke über den Kopf. Camilla zögerte einen Moment. Sollte sie Paul vom Tod seiner Frau und seines Kindes erzählen? Nein, das brachte sie in diesem Moment nicht übers Herz. Es würde für ihn alles nur noch schlimmer machen, ihn noch tiefer in

Verzweiflung stürzen. Andere sollten das tun – aber nicht sie! Unschlüssig blieb sie noch einige Augenblicke an seinem Bett stehen, verwirrt, traurig und betroffen. Dann wandte sie sich ab, zerschlagen und wie zerbrochen von Pauls Zustand und ihren eigenen, widersprüchlichen Gefühlen. Fast im Laufschritt verließ sie blind vor Tränen den Krankensaal. Jetti sah ihr kopfschüttelnd nach, als sie an ihr vorbei ins Schwesternzimmer eilte, und folgte ihr nach einer Weile. »Was hast du denn heute?«, fragte sie verwundert. »Du bist ja völlig durcheinander. Kennst du den Kerl von Bett achtzehn näher?«

Camilla gab keine Antwort. Stattdessen band sie in einer plötzlichen Eingebung ihre Schürze ab und drückte sie der Kollegin in die Hand. »Sei mir nicht böse, Jetti. Aber ich bin völlig fertig und brauche jetzt unbedingt ein paar freie Stunden«, sagte sie mit zitternden Lippen. »Sei so lieb und vertrete mich für den Rest des Nachmittags. Ich erzähle dir alles später.«

»Aber …« Jetti sah sie fassungslos an. »Wieso denn auf einmal? Wir sind doch total überlastet – die vielen neuen Patienten! Und Bruno ist auch nicht da! Mater Rotrudis wird mir die Hölle heißmachen, wenn ich dich jetzt gehen lasse.«

»Ich übernehme dafür deine Nachtschicht«, versprach Camilla. »Dann kannst du dich mal ausruhen!«

Jetti überlegte eine Weile. »Na gut. Das lässt sich hören. Abgemacht?« Sie hielt ihr die Hand hin und Camilla schlug ein. »Abgemacht!« Verblüfft sah Jetti ihr nach, als Camilla, ohne sich umzublicken, auf der Treppe nach unten verschwand. Sie wurde aus ihrer Kollegin nicht recht schlau.

***

Am Ausgang der Charité blieb Camilla zunächst einmal atemlos stehen. Es war ihr nichts anderes übrig geblieben, als wegzulaufen, vor der Vergangenheit und der Verwirrung ihrer Gefühle, die sie so plötzlich eingeholt hatten. Sie sog die Luft tief in ihre Lungen und versuchte, ruhiger zu werden und ihre Gedanken ein wenig zu ordnen. Ziellos ging sie die Straße entlang. Wohin wollte sie denn überhaupt? Ins Schwesternheim? Allein sein? Sich in ihrem Tagebuch alles vom Herzen schreiben? Nein, das würde diesmal nicht viel nützen – es würde sie nur weiter quälen. Was sie brauchte, war ein Rat – eine menschliche Stimme, jemanden, der ihr zuhörte. Ganz plötzlich kam ihr Bruno in den Sinn. Er hatte einmal gesagt, sie könne immer zu ihm kommen, wenn sie Probleme habe. Er sei für sie da. Warum sollte sie ihm nicht jetzt einen Krankenbesuch abstatten und sich nach seinem Befinden erkundigen? Seine unerschütterliche Ruhe und Bedächtigkeit, sein einfacher und sicherer Menschenverstand würden ihr guttun und sie beruhigen. Entschlossen machte sie sich auf den Weg. Zum Glück wusste sie seine Adresse in der Torstraße, wo Bruno bei einer Witwe ein Zimmer gemietet hatte. Mit einer Droschke erreichte sie die Rosenthaler Vorstadt und kaufte im nächsten Blumenladen einen bescheidenen Strauß. Das gutbürgerliche Haus der Witwe mit seinen vorstehenden Simsen und Erkern war leicht zu finden. Camilla klingelte beim Namensschild Petermann. Die Witwe öffnete die Tür einen Spalt und begutachtete sie mit einem kritischen Blick. Doch als sie sich vorstellte und erklärte, dass sie Bruno Krelles Kollegin sei, erhellte sich ihr Gesicht und sie zeigte ihr den Weg über die Treppe zum hübsch eingerichteten Hinterzimmer, das sogar einen eigenen Balkon besaß. Bruno lag, in eine graue Decke gehüllt, auf dem Sofa und las in einem Kriminalroman. Freudig sprang er auf. »Camilla! Welche Ehre! Du besuchst mich in meiner bescheidenen Behausung!«

»Ich hab mir ein bisschen Sorgen um dich gemacht«, erwiderte Camilla betont gleichmütig, »und dachte, ich schau mal vorbei.« Sie reichte Bruno den Blumenstrauß, den er vor lauter Verlegenheit achtlos auf den Tisch legte. »Du bist doch sonst nie krank. Ist es … etwas Ernsthaftes?«

»Aber nein«, wiegelte Bruno ab. »Ich habe nur einen Schnupfen – und etwas Husten. Wollte die Patienten nicht anstecken. Frau Petermann bringt mir jeden Abend eine Tasse heiße Zitrone mit Honig«, erklärte er lächelnd. »Das ist gut für meine Erkältung. Sie ist wirklich reizend und kümmert sich um mich wie um einen Sohn.«

»Mit so einer Wirtin hast du wirklich Glück.«

»Ich werde morgen wieder zum Dienst kommen.« Bruno setzte sich ihr gegenüber an den kleinen Tisch. »Ich weiß ja, dass ihr mich dringend braucht.«

»Ja, das kann man wohl sagen. Es geht im Moment wirklich alles drunter und drüber. In der Charité ist der Teufel los. Wir wissen gar nicht, wo wir anfangen sollen.« Camilla überlegte, was sie noch Unverfängliches sagen konnte, bevor sie auf ihr Thema zu sprechen kam. »Die vielen Schwerverletzten, die in den Lazaretten vor Ort nur ungenügend behandelt werden konnten, sind wirklich zu bedauern.«

Bruno nickte stumm, wie wenn er in Gedanken wäre. Eine längere Pause entstand.

»Du hast ja eine Menge Bücher«, sagte Camilla schließlich mit einem Blick auf das gefüllte Regal hinter ihm und die Stapel, die auf dem Boden und auf einem Hocker lagen.

»Ach ja, findest du?« Brunos Gesicht erhellte sich. »Ich lese sehr viel.«

»Sind das … lauter Kriminalromane?« Sie nahm wahllos eines der Bücher auf, die auf einem Hocker lagen. Auf seinem Umschlag prangte sinnigerweise ein Totenkopf.

»Nicht nur. Ich interessiere mich besonders für wissenschaftliche Werke aus dem Bereich der Anatomie und Pathologie. Ich hätte gern Medizin studiert – aber für meine Ausbildung war bei uns nicht genügend Geld da. Darf ich dir übrigens etwas anbieten, Camilla? Ich habe leider nicht viel da …« Er griff nach einer billigen Schnapsflasche, die zusammen mit Leergut ähnlicher Art in einer Ecke stand.

»Nein, danke«, wehrte Camilla ab, »ein Glas Wasser würde mir genügen.«

»Nur Wasser? Warte mal«, sagte Bruno geschäftig. »Ich werde meine Wirtin um eine Limonade bitten. Sie bereitet sie selbst zu, Zitronensaft mit Zucker und etwas Minze vom Balkon. Heiß oder kalt – die ist einfach köstlich!«

»Das ist wirklich nicht nötig«, protestierte Camilla höflich.

»Aber sicher!« Bruno griff nach dem blau-weiß gepunkteten Krug auf dem Tisch und verschwand rasch aus dem Zimmer. Camilla hörte ihn die Treppe hinabgehen und nach Frau Petermann rufen. Die Blumen lagen noch auf dem Tisch und begannen, die Köpfe hängen zu lassen. Camilla nahm sie und sah sich seufzend nach einer Vase oder einem Gefäß um, konnte aber auf den ersten Blick nichts dergleichen entdecken. Sie öffnete vorsichtig den Schrank über dem kleinen Waschbecken, doch dort befanden sich nur ein paar Tassen und Teller. Im Regal darunter stapelten sich ein paar Kochtöpfe. Ganz unten, neben dem Mülleimer, war noch ein weiteres Fach. Sie bückte sich, legte die Blumen auf dem Boden ab und öffnete die kleine Schranktür. Ein zusammengeknülltes, buntes Stoffbündel und eine zerknautschte Maske aus Gummi quollen ihr entgegen und fielen heraus. Oh je, schmutzige Wäsche. Wie peinlich! Bruno würde denken, dass sie in seinen Sachen herumschnüffelte. Ohne richtig hinzusehen versuchte sie mit spitzen Fingern, die Stoffteile wieder ins Fach zurückzustopfen. Fast hätte sie sich dabei an einem Messer geschnitten, das ganz unten am Boden des Fachs lag. Sie fuhr beim Anblick des darauf angebrachten Totenkopf-Emblems zurück und die Wäschestücke fielen ihr vor Schreck noch einmal aus der Hand. Das Messer hatte sie doch schon irgendwo einmal gesehen! Entgeistert blickte sie abwechselnd auf das Messer und das einzelne Höschen, das aus dem Bündel herausgefallen war. Schwarze Spitze und rote Seide? Das war ja – ein Damenschlüpfer? Wie kam Bruno denn dazu? Es war ein sehr auffallendes Modell und eigentlich nicht das, was Frauen üblicherweise trugen. Mit den Fingerspitzen hob sie ihn hoch. Er war eingerissen und verunziert mit bräunlichen Flecken. Getrocknetes Blut, schoss es ihr sofort durch den Kopf. Blut? Sie hob die Gummimaske hoch, die ein Stück weiter ebenfalls am Boden lag, und starrte abwechselnd darauf und auf das Messer mit dem Totenkopf-Emblem. Ein eisiger Schreck durchfuhr sie – mit einem furchtbaren Verdacht. So eine Maske hatte auch der Mann getragen, der sie vor einiger Zeit überfallen hatte! Die Maske des Bauchschlitzers! Sie horchte angestrengt in die Stille, ob Bruno schon zurückkam. Sie erinnerte sich, dass die Polizei erwähnt hatte, dass den brutal zugerichteten Opfern des Serienmörders die Unterwäsche fehlte. Aber was hatte das alles mit Bruno zu tun? Vorsichtig zog Camilla auch noch die anderen Stoffteile auseinander und sah genauer hin. Es waren allesamt unterschiedliche Damenschlüpfer, verschmiert und verklebt von bräunlichem Blut. In verschiedenen Größen, Farben und Formen, aus Seide, Spitze und Baumwolle. Das Blut wich aus Camillas Gesicht, ihr Magen revoltierte und ihr war plötzlich ganz schwach zumute. Fast fürchtete sie, vor Angst ohnmächtig zu werden. Brunos Bild kam ihr in den Sinn, mit den seltsamen Kratzern auf der Wange. Seine aufgebrachten Worte, die so gar nicht zu seinem verschlossenen Wesen passten. Von den »Weibern«, die entweder Huren oder Heilige seien! Sie ließ ihren Blick durch das Zimmer wandern, als suche sie noch etwas. Da war er, dort in der Ecke. Ohne Zweifel – der Stock mit dem seltsamen Haken, den sie nicht vergessen hatte! Es war, als griffe eine eiskalte Hand nach ihrem Herzen. Bruno Krelle, ihr Kollege in der Charité, der sanfte Pfleger, der so behutsam mit den Patienten umging, der für alles Verständnis hatte – war er der Bauchschlitzer von Berlin? Aber nein, das konnte doch gar nicht sein. Das war ja völlig undenkbar! Sie hörte Schritte auf der Treppe. Bruno kam zurück. Mit zitternden Händen und rasendem Puls stopfte sie die Wäscheteile mitsamt der Maske wieder ins Fach zurück, schloss es überhastet und setzte sich gerade noch rechtzeitig zurück auf ihren Platz, als Bruno mit einer Weinflasche eintrat. »Die hat uns Frau Petermann spendiert«, sagte er lächelnd.

Camilla hielt den Atem an und starrte ihn an wie einen Geist, als er die Flasche entkorkte und die rote Flüssigkeit in zwei Gläser goss. »Du magst doch bestimmt ein Glas? Schließlich kann ich die Flasche nicht ganz allein austrinken.« Er zwinkerte ihr kumpelhaft zu. »Prosit! Wirklich lieb, dass du mich besuchen kommst. Es geht mir schon viel besser, seit du hier bist.«

Camilla schwieg. Sie hielt das Glas in der Hand, ohne zu trinken. Ihr war plötzlich schrecklich schlecht und sie hatte Angst, sich übergeben zu müssen.

»Was ist«, fragte Bruno plötzlich misstrauisch, als er das nervöse Zittern ihrer Hände bemerkte. »Du bist ja auf einmal so komisch? Ist dir nicht gut?« Sein Blick, gefolgt von dem Camillas, wanderte langsam zu dem Blumenstrauß, der noch am Boden vor dem Fach neben dem Mülleiner lag. Daneben ragte ein Stück weit der von der Schranktür eingeklemmte Zipfel eines Spitzenschlüpfers heraus. Camilla fühlte, wie das Blut aus ihren Wangen wich. »Entschuldige Bruno, aber ich glaube, ich muss jetzt gehen. Ich fühle mich plötzlich gar nicht gut«, stotterte sie und strich sich über die Stirn. »Mir ist schwindlig. Bestimmt der Kreislauf! Ich hatte ja zuletzt auch ziemlich zu tun. Die Umstände mit dem Erbe meines Vaters ... Und heute hab ich mich auch noch zum Nachtdienst gemeldet. Mit Jetti getauscht, die auch mal etwas Ruhe braucht.« Sie plapperte hastig drauflos, um nur ja keine Pause aufkommen zu lassen und Bruno abzulenken. Mit Überwindung trank sie schließlich das Glas aus und stellte es auf den Tisch. »Also, dann, auf Wiedersehen, Bruno. Und gute Besserung noch! Bis morgen also.« Sie erhob sich, reichte ihm die Hand und versuchte dabei zu lächeln. Doch ihre Augen spiegelten Panik und ihre Lippen waren wie eingefroren.

»Ich verstehe«, sagte Bruno jetzt langsam und gedehnt, während seine Augen von ihr immer wieder zu dem eingeklemmten Stück Stoff wanderten, das verräterisch an der Tür des Regals hervorblitzte. Er übersah ihre Hand. »Du hast wohl … in meiner Abwesenheit nach irgendwas gesucht?«

»Ja«, erwiderte Camilla hastig und so harmlos wie möglich. »Nach einer Vase für die Blumen. Ich habe … aber«, sie kam ins Stottern, »keine gefunden.«

»Du hast also nur nach einer Vase gesucht?« Er stellte sein Glas ab, erhob sich ebenfalls, ging zum Waschbecken und hob die Blumen vom Boden auf. »In meinen Schränken?«, fügte er vieldeutig hinzu und sah sie scharf an. Camilla lief es eiskalt über den Rücken. »Ja, tut mir leid. Das hätte ich vielleicht nicht tun sollen.« Sie bewegte sich langsam zur Tür und hatte nur noch den Wunsch hinauszukommen, weit fort von Brunos Nähe. Sie hatte bereits die Klinke gefasst, da war er bei ihr, zog sie zurück und drehte den Schlüssel im Schloss herum.

»Setz dich!« Er stellte die Blumen in ein großes Wasserglas und goss dann mit ruhiger Hand neuen Wein in die Gläser. »Bleib noch!«, befahl er. »Und trink einen Schluck mit mir!«

»Lass mich gehen, Bruno Ich habe Jetti doch versprochen, ihre Nachtschicht zu übernehmen.« Camilla fühlte, wie Panik in ihr aufstieg. »Ich komme sonst zu spät.«

»Die Nachtschicht. So, so!« Bruno lächelte verkrampft und leerte hastig sein Weinglas. »Aber jetzt erzähl mir doch mal die Wahrheit. Warum bist du wirklich gekommen?«

Camilla war wie erstarrt. Spielte Bruno ihr etwas vor? Sie hatte den Eindruck, dass er genau wusste, was sie gesehen hatte. Und dass es sie furchtbar erschreckt hatte. »Das sagte ich doch schon. Ich hab mir Sorgen um dich gemacht«, sagte sie mit zitternder Stimme, »weil du doch sonst nie krank warst.« Ihre Kehle war so trocken, dass sie kaum sprechen konnte. Kein Gedanke mehr daran, Bruno von ihren Problemen zu erzählen, seinen Rat zu hören. Sie hatte nur noch Angst – so sehr, dass sie die Kiefer zusammenpressen musste, damit ihre Zähne nicht aufeinanderschlugen. Ihr Herz raste in einem Trommelwirbel und ihre Augen glitten ständig zur Tür, in deren Schloss der Schlüssel steckte. Sie wollte nur noch fort, weg aus diesem Zimmer mit dem abstoßenden Fund. Immer noch hatte sie nicht ganz realisiert, was sie gesehen hatte. Es musste ein Irrtum sein. Ein absurdes Missverständnis. Bruno konnte doch niemals der gesuchte Frauenmörder sein! Vielleicht klärte sich ja noch alles auf, war alles ganz harmlos, ein Scherz. Die Damenschlüpfer eine Marotte, eine Fetischsammlung, die Maske, das Messer, der Stock … Ihre Gedanken stoppten bei diesem Punkt. Die Glocke der nahe gelegenen Kirche schlug in langen Tönen acht Uhr. »Bitte Bruno, schließ jetzt die Tür auf«, bat Camilla. »Lass mich gehen.«

»Erst, wenn du mir die Wahrheit erzählst.« Bruno baute sich dicht vor ihr auf. »Du bist doch nicht nur gekommen, um mir ein paar Blumen vorbeizubringen?« Er funkelte sie beinahe böse an. »Du wolltest – spionieren?«

»Spionieren? Ich? Wie kommst du denn darauf?« Camilla lachte nervös auf. Ihre Knie waren plötzlich ganz weich. »Warum sollte ich das tun?«

Bruno schüttelte mit einem seltsamen Ausdruck den Kopf. »Du hast doch nach etwas gesucht, gib es zu!« Er packte ihre Hand und drehte ihren Arm herum.

»Ja, nach einer Vase«, rief Camilla aus. »Das habe ich doch schon gesagt.«

»Du lügst!« Er verdrehte ihren Arm stärker.

»Au, du tust mir weh! Bist du verrückt geworden, Bruno?«

»Rede! Du bist gekommen, um hier herumzuschnüffeln. Wer hat dir den Auftrag dazu gegeben?«

»Niemand«, stammelte Camilla mit schmerzverzerrtem Gesicht. »Und jetzt lass mich endlich los.«

»Ich dachte, du wärst anders als die meisten Frauen!« Sein Gesicht hatte sich zu einer höhnischen Fratze verzerrt. »Aber du bist genauso – raffiniert und gemein.« Er erschlaffte plötzlich und ließ ihren Arm los. In Panik lief Camilla los. Doch da hatte er sie schon eingeholt und riss sie grob zurück. Wie spielerisch legte er die Hände um ihren Hals. »Du hast wohl Angst vor mir?«, sagte er mit sanfter Stimme, in der ein drohender Unterton lag. Camilla wand sich unter seinem Griff, als der Druck seiner Hände zunahm. Sie wollte schreien, doch aus ihrer Kehle kam nur ein krächzender Laut.

»Ich habe dir vertraut – aber ich sehe, das war falsch …«

In diesem Augenblick klopfte es an der Tür. Einmal verhalten und dann kräftiger. »Herr Bruno?«, tönte eine freundliche Stimme dahinter. Bruno fuhr zusammen und ließ die Hände sinken. »Einen Augenblick, Frau Petermann«, sagte er mit veränderter Stimme. Er stieß Camilla mit einer drohenden Gebärde ins Zimmer zurück. Dann drehte er den Schlüssel im Schloss herum und öffnete die Tür einen Spalt. Die Witwe drückte dagegen und steckte lächelnd ihren Kopf ins Zimmer. »Es tut mir leid, dass ich stören muss, Herr Bruno. Aber Sie wissen doch, dass ich keinen späten Damenbesuch dulde. Ich habe heut mal ein Auge zugedrückt, aber mittlerweile ist es ja ziemlich Abend geworden. Sie verstehen mich doch …«

»Schon gut, Frau Petermann!« Brunos Stimme klang sanft und ruhig wie immer. »Sie brauchen sich keine Sorgen zu machen. Ich …«

Camilla nutzte den Augenblick, griff blitzschnell nach ihrer Tasche, drängte sich an Bruno vorbei und riss die Tür mit Gewalt ganz auf. Ohne Gruß und so schnell sie konnte, stürmte sie an der alten Dame vorbei.

»Oh, ich hoffe, Ihre Bekanntschaft ist nicht beleidigt?«, sagte Frau Petermann und sah Camilla kopfschüttelnd nach.

»Nein, nein! Es ist nicht so, wie Sie denken. Das ist nur eine Kollegin aus der Charité.«

»Na, na.« Sie lächelte und drohte ihm scherzhaft mit dem Zeigefinger. »Sie war wohl ziemlich durcheinander, als ich so plötzlich hier hereinplatzte.«

Bruno zwang sich zu einem Lächeln. »Dann eine angenehme Nacht, Frau Petermann. Und schlafen Sie gut.«

»Sie auch, Herr Bruno. Brauchen Sie noch etwas?«

»Nein, nein.« Bruno zögerte. »Aber legen Sie den Riegel an der Tür bitte heute nicht vor. Ich … ich muss nachher nur noch mal kurz weg, dringend etwas erledigen.«

»Heute Abend noch?«, staunte Frau Petermann. »Sie sollten sich lieber schonen, damit Sie bald wieder ganz gesund sind.«

»Es geht mir schon viel besser. Dank Ihrer freundlichen Fürsorge, natürlich. Ich möchte nur kurz bei der Charité vorbeigehen und mir meinen Dienstplan für die nächsten Tage holen.«

»Nun, dann also auch Ihnen eine gute Nacht.« Achselzuckend verließ Frau Petermann das Zimmer. Man kannte sich bei den jungen Leuten nicht so leicht aus. Jedenfalls hatte sie an diesem Abend unter ihrem Dach für Moral und Ordnung gesorgt.

XIX. Kapitel

Berlin, Herbst 2018

»Oh je. Wer hätte dem liebenswürdigen Bruno so etwas zugetraut?«, sagte ich und sah auf das mit Wein gefüllte Kristallglas, das ich in der Hand hielt. Die Flammen im Kamin ließen die Flüssigkeit blutrot aufschimmern, meine Wangen waren erhitzt und ich spürte die Wirkung des schweren Getränks mit leichtem Schwindel. »Deinetwegen schlage ich mir buchstäblich die Nächte um die Ohren!«, sagte ich mit nicht ernst gemeintem Vorwurf. »Weil ich immer wissen möchte, wie es weitergeht.« Ich nahm noch einen Schluck. »Verrate mir bitte nur eins: Hatte Camilla wirklich etwas mit dem Serienmörder zu tun, der damals in Berlin umging?«

Alexander schüttelte stumm den Kopf und lächelte geheimnisvoll. »Ich kann dir nur versichern, dass der sogenannte Bauchschlitzer sein Unwesen genau zu dieser Zeit dort trieb. Die Geschichte könnte sich also durchaus so abgespielt haben.«

»Könnte sich so abgespielt haben!«, protestierte ich. »Aus dir bringt man wirklich nicht sehr viel heraus. Aber was die arme Tessa betrifft: Sie tut mir mittlerweile richtig leid. Man hat ihr in meiner Familie wohl unrecht getan. Sie hatte wirklich kein

leichtes Schicksal. Steht Tessas Beichte übrigens im Tagebuch deiner Ururgroßmutter Camilla?«

»Nein, natürlich nicht im Detail.« Alexander von Waldheim klappte seine Mappe zu. »Manches musste ich erraten – oder, wenn du es so willst, erfinden. Tessa starb in Berlin, das weißt du ja selbst. Und Camilla hat Laurent, ihren Sohn, später einmal kennengelernt. Ob sich alles natürlich genauso abgespielt hat, das wissen nur die Beteiligten. Es war nicht einfach, die einzelnen Bruchstücke zu einem passenden Bild zusammenzusetzen.«

»Ich bin gespannt, wie es weitergeht. Aber wenn Camilla den Mörder gekannt hat – hat sie ihn dann auch angezeigt? Konnte man ihn überführen?«

Er lachte amüsiert auf. »Das möchtest du jetzt wohl gern wissen, nicht wahr? Aber damit wirst du dich wohl oder übel bis zum Ende des Romans gedulden müssen.«

Ich nahm einen weiteren Schluck des duftenden Weines. »Es ist nicht besonders nett von dir, mich so auf die Folter zu spannen«, sagte ich schmollend. »Schließlich geht es ja hier auch um einen Teil meiner Familie.«

»Von dem du vorher gar nichts wissen wolltest!« Er drohte mir scherzhaft mit dem Finger. »Vielleicht kannst du ja Tessa jetzt auch viel besser verstehen.« Ich griff nach einer Salzstange und knabberte gedankenvoll daran.

»Das stimmt«, gab ich zu. »Am Ende des Romans sehe ich sie wirklich in einem ganz anderen Licht …« Ich stockte. Was hatte ich da gerade gesagt? Am Ende des Romans? Ganz plötzlich wurde mir klar, was das bedeutete. Es würde vielleicht auch das Ende der ständigen Treffen zwischen Alexander und mir sein. Der Gedanke verstimmte, ja erschreckte mich förmlich. Bis auf den Abend in der Oper und der Episode im Park hatten Alexander und ich über eine längere Zeit regelmäßig über das Geschriebene diskutiert. Immer dann, wenn er einen Teil seines Manuskriptes fertiggestellt hatte. Vielleicht war ich ja bei seiner Annäherung an mich zu kühl, zu

abweisend gewesen, denn er hatte keinen Versuch mehr unternommen und ich bedauerte jetzt meine übereilte Abwehr. Mir war, als stünde seitdem eine unsichtbare Barriere zwischen uns. Bald würden sie also vorbei sein, unsere Treffen mit den wunderschönen Momenten vor dem Kamin des altmodischen Salons, in dem wir uns gegenübersaßen und über die Handlung sprachen. Die Abende, an denen wir uns in die Augen sahen und die Vergangenheit mit der damaligen politischen Lage Revue passieren ließen. Wer hätte schon gedacht, dass der anfangs so ungebärdige Ministerpräsident und Kanzler Otto von Bismarck am Ende ein einiges Deutsches Reich schaffen würde? Ich hatte mir bislang nie richtig Gedanken darüber gemacht. Das, was man in der Schule lernt, vergisst man schließlich schnell wieder. Aber jetzt sah ich alles so real und lebendig vor mir, als wäre ich selbst dabei gewesen.

Die knisternden Flammen beleuchteten unsere erhitzten Gesichter und glänzenden Augen. Ich dachte darüber nach, was für ein seltsamer Zufall es gewesen war, dass wir uns getroffen und festgestellt hatten, auf welch unglaubliche Art und Weise die Vergangenheit unserer Familien miteinander verknüpft war! Irgendetwas hatte sich seitdem in meinem Leben verändert. Durch Alexander hatte ich Einblicke in eine Welt bekommen, in der Tessa und Camilla um so vieles kämpfen mussten, das uns heute selbstverständlich ist. Damals waren die beiden Frauen jung gewesen, genauso wie ich jetzt. Und in meinem Herzen konnte ich manchmal den Fortschritt, den die Welt seitdem gemacht hatte, gar nicht genug loben.

»Was denkst du?« Alexander sah mich fragend an und schenkte mir neuen Wein ein. Ich roch den diskreten Duft seines Rasierwassers und wusste nicht, ob es der Wein war oder seine Gegenwart, von der ich mich auf einmal wie berauscht fühlte. Der Gedanke, dass ich ihn nicht mehr sehen würde, verursachte eine seltsame Leere in meinem Innern, gab mir förmlich einen Stich ins Herz. »Ich denke, dass ich von dieser Epoche fasziniert bin – aber trotzdem nicht

in ihr leben wollte«, sagte ich aufs Geratewohl, um die seltsame Stimmung zu überspielen, die mich erfasst hatte. »Besonders, wenn ich als Ärztin an Tessas Krankheit denke. Tuberkulose. Zum Glück ist sie heute beherrschbar.«

Alexander stand auf und legte noch ein paar Holzscheite ins Feuer, bevor er wieder in dem tiefen Sessel mir gegenüber Platz nahm. »Stimmt. Und auch die Emanzipation der Frauen steckte noch sehr in den Kinderschuhen. Aber ich finde, dass Camilla und Tessa eigentlich schon sehr modern waren. Sie haben ihr Leben selbst in die Hand genommen und gestaltet!«

Ich nickte stumm und beobachtete die auf- und abzüngelnden Flammen vor mir, die meine Wangen röteten. Irgendetwas Unausgesprochenes stand zwischen uns. Alexander nahm plötzlich meine Hand und sah mir in die Augen – so wie er mich noch nie angesehen hatte. Ich versuchte nicht einmal für einen Moment, diesem Blick auszuweichen. Es war, als würde die Zeit stehen bleiben. Das Kaminfeuer loderte auf und verbreitete plötzlich große Hitze. Er beugte sich zu mir herüber und legte zärtlich den Arm um mich. Sein Gesicht näherte sich langsam dem meinen. Ich schloss die Augen und spürte schon seinen Atem, seine Wärme, bereit nachzugeben und in seine Arme zu sinken. Da schrillte die Türglocke. Wir fuhren auseinander, als hätten wir etwas Verbotenes getan. Es war Alexanders Freund Fred, der mit einem lautstarken Hallo hereinplatzte, nachdem ihm die Haushälterin die Tür geöffnet hatte. Ich war wie betäubt, als ich aufstand. Meine Beine schienen mir kaum zu gehorchen und ich musste mich an einem Möbelstück festhalten. Mit einem entschuldigenden Lächeln sah ich auf die Uhr. »Oh, schon so spät. Ich muss gehen. Dann also … bis zum nächsten Mal.«

Alexander reichte mir die Hand und ich glaubte, so etwas wie Bedauern in seinen Augen zu lesen. »Warte noch.« Er lief mir nach, als ich durch den Flur ging. »Hier, die neuen Blätter des Manuskripts.« Er zögerte einen kurzen Moment, doch die Magie, die uns eben noch verzaubert hatte, schien verflogen. Er wandte sich um und ging ins Zimmer zurück.

Draußen regnete es. Autos hupten und die Straßen glänzten vor Nässe. Wahrscheinlich hatte ich zu viel Wein erwischt. Und mich verliebt. Die kühle Luft ernüchterte mich langsam. Ich spannte meinen Schirm auf und eilte davon. Meine Wangen glühten noch von der Hitze des Kaminfeuers, der Erregung über unser gemeinsames Gespräch und dem prickelnden Gefühl, dass wir uns heute so nahe waren wie noch nie. Ich würde voller Ungeduld auf seinen Anruf warten … und auf unser nächstes Treffen. In meiner Tasche knisterte die Fortsetzung seines Romans.

***

Berlin, 1871

Wie gehetzt lief Camilla in die Charité zurück. Was sollte sie tun? War es nicht ihre Pflicht, sofort zur Polizei zu gehen und ihren Verdacht zu melden? Aber sie konnte doch Bruno nicht einfach anzeigen. Es schien ihr einfach unmöglich, einen solch ungeheuren Verdacht gegen ihn zu äußern! Sie zitterte am ganzen Körper. Ihr Kopf suchte nach Entschuldigungen und Ausreden für ihn. Vielleicht war das ja alles ein dummer Zufall und es gab eine plausible Erklärung für den merkwürdigen Fund. Welche das sein konnte, fiel ihr allerdings beim besten Willen nicht ein. Erst einmal die Fassung bewahren, sagte sie sich, in Ruhe überlegen, welche Schritte sie unternehmen konnte. Vielleicht stellte sich ja alles als völlig harmlos heraus und sie blamierte sich unsterblich. Oder auch nicht – das Blut stockte ihr bei diesem Gedanken. Bruno, der Frauenmörder – der Bauchschlitzer! Sie schüttelte den Kopf. Aber das war doch völliger Unsinn! Der brave, hilfsbereite und verständnisvolle Bruno, der so sanft wie keiner mit den Patienten umging! Aber warum hatte er sie dann gewürgt? Sie beschloss, den kommenden Morgen abzuwarten, bis sich ihre erste Erregung gelegt hatte und sie wieder vernünftig denken und entscheiden konnte.

»Was ist denn heute bloß mit dir los?« Jetti sah ihr forschend ins Gesicht. »Du bist die ganze Zeit schon so komisch. So hektisch – und dann wieder völlig in Gedanken. Ganz durch den Wind.«

Camilla riss sich zusammen. »Ach was«, sagte sie so gleichgültig wie möglich. »Ich bin bloß ein wenig nervös. Das erzähl ich dir ein andermal!«

»Ich soll dir übrigens etwas ausrichten, von Doktor Winterberg aus der Lungenstation. Eine Tessa de Montrodin – ich glaube so hieß sie – sei verstorben. Er lässt fragen, ob du dich um die Beerdigung kümmerst? Sie hat nur einen kleinen Koffer hinterlassen, ich hab ihn zu deinen Sachen in den Schrank gestellt. Ihr Wunsch war, dass ihr Sohn ihn bekommt. Die Adresse hat sie vor ihrem Tod noch auf einen Zettel geschrieben. Hier.« Sie sah Camilla neugierig an. »Kanntest du die Frau näher?«

Camilla steckte den Zettel in ihre Tasche. Dann holte sie tief Luft und atmete hörbar aus. »Tessa ist also tot …«, murmelte sie und blickte starr vor sich hin. Leises Bedauern erfüllte sie. Seit sie an ihrem Bett gesessen und ihre Geschichte gehört hatte, sah sie die ehemalige Geliebte ihres Vaters mit ganz anderen Augen. »Nimm es mir nicht übel, Jetti! Aber ich möchte jetzt nicht darüber sprechen.«

»Na gut, dann geh ich jetzt mal.« Jetti nestelte ihr Häubchen vom Kopf, faltete ihre Schürze zusammen und gähnte herzhaft. »Bin froh, wenn ich heute mal zeitig ins Bett komme. Mach's gut und reg dich nicht auf – was den komischen Kerl da hinten in Bett achtzehn betrifft, der mit der Amputation.« Sie wies augenzwinkernd zu den Krankensälen hinüber, wo irgendwo das Bett Pauls stand. »Nicht grade ein Held, dein hübscher

Freund – er jammert ständig. Nur weil er jetzt zum Aufstehen Krücken braucht. Da gibt's andere, die sind weitaus schlechter dran. Er hat übrigens die ganze Zeit nach dir gefragt. Angeblich irgendwas Dringendes, das er dir unbedingt sagen muss. Ich habe ihn beruhigt und ihm versichert, dass du ja bald kämst, weil du Nachtdienst hättest.« Neugierig setzte sie hinzu: »Sag mal, woher kennst du den eigentlich? Etwa von früher?«

Camilla nickte kurz. »Flüchtig … aber da war er noch nicht verheiratet.«

»Ach soooo.« Jetti zog das Wort in die Länge und grinste. »Verstehe! Na, also dann bis morgen!« Und schon war sie fort. Camilla nahm das Tablett mit den Medikamenten und Verbänden. Sie würde eine Runde durch die Krankensäle machen, die Medikamente verteilen und dabei nach Paul sehen. Was hatte er ihr wohl so Wichtiges zu sagen?

Doch Paul schlief tief und fest, als sie vor seinem Bett stand. Sie betrachtete ihn lange und ihr Herz weitete sich. Anscheinend ging es ihm besser. Sein Fieber war gesunken, doch sein Gesicht wirkte immer noch schmal und erschöpft. Warum hing ihr Herz so an ihm, dass sie sich einfach nicht von dieser Liebe lösen konnte? Ihre so mühsam verdrängten Gefühle hatten sich bei seinem Anblick, beim Ton seiner Stimme wieder Platz geschaffen.

Sie versuchte, nicht an ihn zu denken, und versah weiter ihren Dienst, wie es ihre Pflicht war. In den ersten Stunden der Nacht kam sie kaum dazu, sich im Schwesternzimmer auch nur ein paar Minuten hinzusetzen. Immer wieder läutete die Glocke, gab es einen Patienten, der fantasierte, im Schlaf schrie, jemanden, der vor Schmerzen wimmerte und Hilfe brauchte. Im Grunde war sie froh, beschäftigt zu sein, denn es hielt sie davon ab, allzu viel an den Schrecken zu denken, den sie heute erlebt hatte. Und an Bruno, der plötzlich zwei Gesichter hatte und auf dem nun ein so schrecklicher Verdacht lastete.

Gegen ein Uhr herrschte endlich ein wenig Ruhe und die meisten Patienten schienen zu schlafen. Camilla ließ sich seufzend auf ihrem Stuhl im Schwesternzimmer nieder. Sie hatte sich eine Tasse Kräutertee gekocht. Ein Buch lag vor ihr, Gedichte von Eichendorff. Doch die Zeilen verschwammen vor ihren Augen und es war ihr unmöglich, sich auf die Poesie der Sprache zu konzentrieren, denn immer wieder schweiften ihre Gedanken ab. Sie sah nachdenklich vor sich hin. Ihr Entschluss stand inzwischen fest, gleich am nächsten Morgen die Polizei zu verständigen und zu erzählen, was sie heute erlebt hatte. Selbst auf die Gefahr hin, falschen Alarm auszulösen. Wenn Bruno die Herkunft des Messers, der Maske und der Schlüpfer als harmlos erklären konnte, dann war der Verdacht ja ausgeräumt. Er würde vielleicht wütend auf sie sein und ihr die Freundschaft aufkündigen, doch auf die legte sie ohnehin keinen Wert mehr. Das Abschließen der Tür, sein schockierendes Benehmen, mit dem er ihr drohend die Hände um den Hals gelegt hatte, ließen sich nicht entschuldigen. Was wäre geschehen, wenn Frau Petermann nicht geklopft und den Kopf in die Tür gesteckt hätte?

Camilla war wohl ein wenig eingenickt, als sie plötzlich durch ein Geräusch hochschreckte. Mit einem Klirren war etwas zu Boden gefallen, ganz in ihrer Nähe. Sie riss die Augen auf. Die kleine Lampe verbreitete ein schummriges Licht, aber dennoch erkannte sie, dass sich jemand am gewöhnlich verschlossenen Medikamentenschrank mit den Opiaten zu schaffen machte. Zu ihrem Entsetzen erkannte sie Bruno, der in seiner Vertrauensposition als Einziger außer den Ärzten einen Schlüssel dazu besaß. Er sah zu ihr herüber, nicht freundlich lächelnd wie gewohnt, sondern mit gerunzelter Stirn, einer fremden, versteinerten Miene und leicht zusammengekniffenen Augen. Mit dem Fuß schob er jetzt das zersplitterte Glas am Boden beiseite, dem ein dumpfer Geruch entströmte. »Bruno – was machst du da?« Camilla sprang auf. Dann wich sie zurück, denn sie hatte die Injektionsspritze in seiner Hand erkannt. Er hielt sie wie eine Waffe, die Nadel auf sie gerichtet, und kam langsam näher. Ein dämonisches Lächeln verzerrte jetzt sein sonst so gutmütig wirkendes Gesicht. »Es wird dir nichts nützen, wenn du schreist«, sagte er leise, in seinem üblichen, sanft und fast beruhigend klingenden Ton. »Du kommst hier nicht mehr weg. Aber es geht sehr schnell, hab keine Angst. Und es wird so aussehen, als hättest du es selbst getan.«

***

Paul wälzte sich unruhig auf seinem Lager hin und her. Er hatte viel geschlafen, auch tagsüber. Doch jetzt war er plötzlich hellwach. Zwar ging es ihm wesentlich besser – aber es machte ihn zapplig, so dazuliegen und über seine verfahrene Situation nachzudenken. Der Entschluss, seinem Leben ein Ende zu bereiten, nahm jetzt konkretere Formen an. Camilla hatte sich nicht mehr bei ihm gemeldet. Er wollte sie zum Abschied noch einmal sehen, wollte, dass sie ihm verzieh. Statt ihrer war der Arzt da gewesen. Er hatte ihm Mut machen wollen und ihm ein Holzbein versprochen. Damit werde er fast so gut gehen können wie vorher, hatte er gesagt. Ein Holzbein – was für eine entsetzliche Vorstellung! Wie sollte er sich damit fortbewegen? Es hatte doch alles keinen Sinn mehr! Dann lieber eine Kugel in den Kopf. Das machte allen Sorgen ein Ende. Eigentlich handelte es sich ja nur noch um die Frage, wie er es anstellen sollte und wo. Es musste auf jeden Fall schnell gehen und so wenig Aufsehen wie möglich machen. Nicht hier, im Krankensaal vor den Augen der anderen armen Schweine, denen es auch nicht besser ging als ihm. Wenn, dann in der Toilette oder im Gang. Er tastete nach seiner Pistole, seiner Dienstwaffe M 1850, die er heimlich an sich genommen und in der Feldtasche mit seinen

Habseligkeiten aus dem Krieg versteckt hatte. Für alle Fälle, hatte er damals gedacht und sich auch mit Patronen versehen.

Er richtete sich auf und lauschte. Im Saal, in dem Bett an Bett eng am anderen stand und an dessen Decke ein schwaches Notlicht brannte, war es bis auf die üblichen Schnarcher und das leise Stöhnen der Schwerkranken verhältnismäßig ruhig. Die Luft war zum Schneiden und das Fenster konnte er nicht öffnen. Vorsichtig hob er sein gesundes Bein über die Bettkante und zog den Stumpf nach. Dann stützte er sich mit der Hand auf dem quietschenden Bett ab und versuchte, auf einem Bein zu stehen. Sein Gesicht verzerrte sich. Es schmerzte noch und war ziemlich ungewohnt. Wie sollte er bloß die Balance halten beim Schießen? Richtig treffen musste er, andernfalls war alles umsonst. Er griff nach den hölzernen Krücken, die angelehnt am Fußende des Bettes standen, und hüpfte mit ihrer Hilfe ungeschickt ein paar Schritte vorwärts. Wie beschämend das war, wie lächerlich musste das wirken! Er, der hochgewachsene, elegante und verwöhnte Dandy, der sportliche Reiter, war nun auf zwei hölzerne Hilfsmittel angewiesen, ohne die er nicht einen Meter vorankommen konnte! Die dunklen Gedanken überfielen ihn erneut. Was war bloß aus ihm geworden: ein schlaffes Bündel Fleisch, eine Belastung für die anderen – nicht mehr viel wert. Mit einem raschen Entschluss lud er die Pistole und steckte sie in die Tasche seines Schlafanzugs. Ein gezielter Schuss in die Schläfe – oder besser noch unter das Kinn nach oben, damit gar nichts schiefging –, dann war es vorbei. Aber dazu musste er es erst einmal in den Gang hinaus schaffen, irgendwohin, wo er ungestört war und die Sache nicht zu viel Aufsehen machte. Bis jetzt hatte er seinen Suizid immer wieder hinausgeschoben – in der Hoffnung, es könnte irgendwie noch ein Wunder geschehen, das ihn davon abhielt. Unter verschiedenen Vorwänden. Adelheid hatte sich noch nicht gemeldet, obwohl er ihr eine Nachricht geschickt hatte.

Dass Camilla ihn in dieser Lage hier im Hospital angetroffen hatte, ärgerte ihn am meisten. Ihr trauriger Blick hatte alles gesagt. Mitleid – das war es nur noch, was sie für ihn empfand! Ihm allerdings war es ganz anders ergangen. Seine Liebe zu ihr war bei ihrem Anblick wie ein brennender Schmerz wieder aufgeflammt. Aber zu spät – alles rächte sich im Leben. Was erwartete er denn noch? Auf die Krücken gestützt, schob er sich vorwärts. Würdevoll war das nicht. Einmal durch den ganzen Saal – und wieder zurück. Er biss die Zähne zusammen. Und noch einmal das Ganze. Herrgott, war das anstrengend! Warum hatte er nicht den Mut, endlich hinauszugehen und die Waffe an die Schläfe zu setzen? Doch irgendetwas in seinem Innern stemmte sich dagegen, wollte ihn davon abhalten. Verzweifelt, heftig atmend fiel er wieder auf sein Bett zurück. Doch die Bewegung hatte ihn belebt. Nein, er war noch nicht tot. Vielleicht sollte er doch noch nicht aufgeben, sondern kämpfen! Um ein neues Leben. Sich endlich von Adelheid scheiden lassen, ob sie wollte oder nicht. Einen Schlussstrich ziehen. Mit Camilla reden. Ganz offen. Über seine Scham, seine Zweifel. Über die Trennung von Adelheid. Und sie fragen, ob sie nicht doch noch einen Funken Gefühl für ihn hatte. Ihr sagen, dass er sie immer noch liebte und nie vergessen hatte. Von ihr hing es dann ab, wie er sich entschied. Leben oder Tod, sie sollte das Zünglein an der Waage sein. Jetzt oder nie. Vielleicht würde ja alles noch gut werden. Wenn nicht, dann konnte er immer noch zum letzten Mittel greifen.

Aber wo war sie – wo war Camilla? Man hatte ihm gesagt, sie sei zur Nachtschicht eingeteilt. Auf seine Krücken gestemmt, erreichte er die Tür des Krankensaals und schleppte sich mühsam über den matt beleuchteten Gang. Das Tock-Tock seiner Krücken hallte laut auf dem kalten Fliesenboden. Immer wieder hielt er inne, lehnte sich gegen die Wand und verschnaufte. Es war still und er begegnete niemandem. Aus dem

Schwesternzimmer im hinteren Bereich drang mattes Licht und er hörte Stimmen. Sein Herz schlug schneller und er humpelte weiter. Camilla! Er erkannte ihre Stimme – aber auch die eines Mannes. Unbeweglich verharrte er jetzt hinter der angelehnten Tür und sah durch den Spalt in den schwach beleuchteten Raum. Natürlich, er hätte es sich denken können. Sie war nicht allein – jemand war bei ihr. Wer war dieser Jemand – einer der Ärzte? Ihr Geliebter? Plötzliche Eifersucht packte ihn. Was taten sie dort? Er fasste nach der Waffe in seiner Tasche. Ich werde mich vor ihren Augen erschießen, dachte er verzweifelt, um ihr meine Reue, meine Verzweiflung zu beweisen. Dann ging plötzlich alles sehr schnell. Er hörte Camillas unterdrückten und alarmierenden Hilfeschrei. Ohne nachzudenken, stieß er die Tür mit der Spitze seiner Krücke auf und drängte sich dazwischen. Erstaunt sah er auf die seltsame Szene, die sich ihm bot. Camilla hatte sich hinter einem Schreibtisch verbarrikadiert und wehrte sich verzweifelt gegen einen gedrungenen Mann, der sie dahinter hervorzerren wollte. Er zückte einen Gegenstand, der wie eine Injektionsspritze aussah. Jetzt hatte er sie gepackt und versuchte, der wie wild um sich Schlagenden die Nadel in den Arm zu stechen.

»He«, schrie Paul und stampfte mit seiner Krücke laut auf den Boden. »Was machen Sie da?«

Der Mann ließ von Camilla ab und wandte sich überrascht um. Paul erkannte den freundlichen Pfleger, der ihn bei seiner Einlieferung versorgt hatte. Doch jetzt verzerrte ein nahezu irrer Ausdruck sein Gesicht. Ohne ein Wort war er mit wenigen Schritten bei ihm und gab ihm einen groben Stoß vor die Brust. Er genügte, um den geschwächten Paul das Gleichgewicht verlieren zu lassen. Beide Krücken rutschten ihm aus der Hand und er stürzte nach rückwärts. Sein Kopf schlug schmerzhaft auf dem Boden auf und ihm wurde für einen kurzen Augenblick schwarz vor Augen. Durch einen dumpfen Nebel hörte er Camilla laut um Hilfe schreien und begriff sofort, dass sie immer noch in Gefahr war. Halb betäubt tastete er nach seiner Pistole, zerrte sie mühsam aus der Tasche seines Schlafanzugs und wälzte sich mit großer Anstrengung herum. Ohne nachzudenken, richtete er die Mündung auf den Rücken des Pflegers und drückte ab. Der Schuss fiel und Bruno bäumte sich auf, um dann rücklings zusammenzusacken. Camilla stand bleich, zu Tode erschrocken hinter dem umgestürzten Schreibtisch; zerzaust, ohne Häubchen, mit zerrissener Bluse und verrutschter Schürze. Sie blickte auf Paul, der seine Waffe noch in der Hand hielt. Um sie herum herrschte Chaos, das von einem Kampf zeugte. Der Medikamentenschrank stand offen, die vom Schreibtisch gefallenen Papiere, die Tischlampe und eine zerbrochene Teetasse lagen neben dem reglosen Körper Brunos, unter dem Blut hervorsickerte und rasch eine immer größer werdende Lache bildete. Seiner Hand war die Spritze entfallen, mit der er Camilla zum Schweigen hatte bringen wollen. Paul ließ die Waffe fallen, stützte sich mühsam vom Boden ab und griff nach seinen Krücken. »Camilla!«, rief er heiser. »Hat er dir etwas getan?« Er ächzte, doch es gelang ihm nicht, allein aufzustehen.

Camilla schüttelte den Kopf, am ganzen Körper zitternd. »Nein!«, schluchzte sie auf. »Gott sei Dank! Er hat es nicht geschafft!« Sie eilte Paul zu Hilfe, stützte ihn und führte ihn zu einem Sessel. Tränen liefen über ihr Gesicht. »Paul! Du hast mich in letzter Minute gerettet! Bruno wollte mich umbringen – mir ein tödliches Gift spritzen, das er aus dem Medikamentenschrank entwendet hat.« Sie warf einen angstvollen Blick auf die reglose Gestalt am Boden, die mit verzerrten Zügen und offenen Augen auf dem Rücken lag.

»Aber warum?«, fragte Paul verständnislos. »Was hast du ihm denn getan?«

»Nichts. Er wollte mich zum Schweigen bringen, verhindern, dass ich zur Polizei ging. Weil ich etwas über ihn herausgefunden habe. Dass er wahrscheinlich der gesuchte Serienmörder ist, der Bauchschlitzer, der unzählige Frauen auf dem Gewissen hat.«

Paul schüttelte ungläubig den Kopf. »Er? Aber … woher willst du das denn wissen?« Erst jetzt spürte er, wie höllisch sein Rücken und Kopf durch den Sturz schmerzten und wie sehr sein Beinstumpf brannte. Camilla hob die Pistole vom Boden auf, die Paul fallen gelassen hatte und starrte auf die Mündung. »Niemals wäre ich auf die Idee gekommen, ausgerechnet Bruno zu verdächtigen. Unseren besten Pfleger … Bis ich bei ihm diese … Sachen entdeckte, das Messer, die Maske … die blutigen Damenschlüpfer, die er seinen Opfern abgenommen hatte. Und den Stock mit dem Haken … Ich stand unter Schock, konnte es einfach nicht glauben. Ich wollte bis zum nächsten Morgen warten, noch einmal alles überdenken, bevor ich ihn anzeige …«

Paul atmete schwer. »Dann bin ich wohl gerade noch rechtzeitig gekommen.« Er wies auf die Pistole. »Ich hatte sie bei mir, weil ich kurz davor war, mir selbst eine Kugel in den Kopf zu jagen. Aber ich wollte dich vorher noch einmal sehen, dich um Verzeihung bitten. Camilla«, er sah sie beschwörend an, »ich hatte mich vor dem Krieg entschlossen, Adelheid zu verlassen. Weil ich fühlte, dass ich dich immer noch liebe und nie vergessen habe. Aber jetzt war ich davon überzeugt, dass du einen Krüppel wie mich gar nicht mehr willst.« Angst lag bei diesen Worten in seinem Blick.

»Oh, Paul!« Camilla umfasste sein Gesicht mit beiden Händen. »Wie kannst du nur so etwas sagen! Ich habe dir im Herzen längst verziehen. Aber …«, sie wurde plötzlich ernst, »was Adelheid betrifft – darüber wollte ich schon die ganze Zeit mit dir reden. Ich dachte, du würdest es noch früh genug erfahren. Und nicht unbedingt aus meinem Mund. Adelheid – sie ist…«, sie sprach nicht weiter, denn auf dem Flur hörte man laute Schritte. Das Geräusch der Schüsse hatte die Angestellten der Charité alarmiert und der Pförtner, gefolgt von einigen Schwestern der anliegenden Stationen und zwei Ärzten, die Dienst hatten, waren herbeigeeilt. Sie starrten fassungslos auf Bruno, den Pfleger, der verkrümmt und reglos auf dem Rücken in seinem Blut lag. Einer der Ärzte stellte seinen Tod fest und sicherte die Spritze, die seiner Hand entfallen war. Wie sich durch den leeren Behälter am Boden vor dem Medikamentenschrank feststellen ließ, enthielt sie die Substanz Digitalis, die in dieser hohen Dosierung hochgiftig war.

Die Polizei wurde alarmiert. Camilla berichtete den Beamten zitternd und mit stockenden Worten, was geschehen war und was sie in Bruno Krelles Wohnung gefunden hatte.

»Und welche Rolle haben Sie dabei gespielt?«, wandte sich einer der Polizisten an Paul.

Dieser wollte gerade den Mund zu einer Antwort öffnen, da fiel ihm Camilla hastig ins Wort. »Unser Patient, Herr von Waldheim, stand plötzlich in der Tür. Er sah, was geschah und wollte mir zu Hilfe kommen. Doch Bruno schlug ihn zu Boden. Dabei fiel Herrn von Waldheim die Pistole aus der Tasche. Ich hob sie auf und dann … habe ich geschossen.«

»Aha«, sagte einer der Polizisten, der sich Notizen machte. »Sie waren es also, die geschossen hat? In Notwehr, das ist ja ganz klar. Aber warum hatte der Patient Herr von Waldheim überhaupt eine Waffe bei sich?«

»Ich war Soldat. Und wollte mich damit umbringen«, mischte Paul sich ein, »weil ich nach der Amputation meines Beines im Leben keinen Sinn mehr sah. Die Waffe war geladen. Ich ging mit ihr auf den Flur hinaus. Da hörte ich plötzlich Stimmen und einen Schrei. Ich öffnete die Tür …«

»So, so.« Der Polizist kratzte sich am Kopf und wandte sich wieder Camilla zu. »Sie glauben also, dass Bruno Krelle ein Mörder, oder besser gesagt, der gesuchte Serienmörder war?«

»Es gibt Beweise«, sagte Camilla mit erstickter Stimme. »Sehen Sie in seinem Zimmer, in der Torstraße, der Wohnung von Frau Petermann nach. In einem Schrankfach habe ich dort durch einen Zufall blutverschmierte Frauenschlüpfer, eine Maske und ein Messer mit einem Totenkopf-Emblem gefunden. Ich war wie in einem Schockzustand, konnte nicht glauben, dass Bruno so schreckliche Taten begangen haben sollte – dass er ein perverser Mörder war. Er war immer gut zu den Patienten, freundlich und gewissenhaft.«

»Dann hatten Sie also vorher keinen Verdacht?«

»Nicht im Geringsten! Das heißt – einmal ist er mit verkratztem Gesicht zur Arbeit gekommen, das war genau an dem Tag, als ein neues Opfer zu uns ins Hospital gebracht wurde. Es ist mir besonders aufgefallen, weil wir auf der Station noch darüber geredet hatten, dass der Mörder Kratzspuren haben müsse, aber Bruno erklärte damals, er habe sich bei Gartenarbeiten an Sträuchern verletzt.«

»Hmmm! Unter den Nägeln eines der Opfer des Mörders hat man tatsächlich Blut- und Hautspuren gefunden«, sagte der Polizist. »Es muss sich heftig gewehrt haben. Wir werden Ihre Aussagen überprüfen, Fräulein Wanstetten. Auf jeden Fall haben Sie großes Glück gehabt. Sie hätten uns gleich verständigen sollen. Haben Sie nicht daran gedacht, in welcher Gefahr Sie schwebten?«

Camilla schüttelte den Kopf. »Ich war so verwirrt – wollte erst den nächsten Tag abwarten.«

»Ein verhängnisvoller Fehler«, sagte der Polizist. »Aber Sie sind zum Glück mit einem Schrecken davongekommen. Wir werden die besagte Wohnung sofort durchsuchen. Bis jetzt haben wir ja erst einmal einen Verdacht. Ich halte noch einmal fest: Sie waren es, die in Notwehr geschossen hat?«

»Ja«, bestätigte Camilla mit fester Stimme. »Ich sah keinen anderen Ausweg.« Sie sah Paul beschwörend an, der etwas sagen wollte, dann aber betroffen den Kopf senkte.

»Warum hast du gelogen und behauptet, du hättest geschossen?«, fragte Paul später, als man die Leiche des Pflegers abtransportiert hatte und die Polizisten fort waren. Er saß auf einem Stuhl in einem kleinen Abstellraum, in den Camilla ihn geführt hatte, damit sie ungestört miteinander reden konnten. Um sie herum lagerten Teile von Bettgestellen, Verbandsmaterial und Desinfektionslösungen.

»Wieso hast du das für mich getan?«, wiederholte er mit fragendem Blick.

»Ganz einfach. Ich wollte dich nicht in unnötige Schwierigkeiten bringen. Willst du dich nicht lieber hinlegen?« Sie deutete auf ein Notbett in der Nähe. »Du bist schließlich noch nicht ganz gesund.«

»Lass nur. Ich werde es ohnehin nie wieder sein«, gab Paul bitter zurück. »Vorhin … da hast du Adelheid erwähnt. Ich habe dir ja gesagt, dass ich schon lange die Absicht hatte, mich von ihr zu trennen. Ich wollte den Teufelskreis dieser Ehe endlich durchbrechen, doch sie fand immer neue Gründe. Ihre Schwangerschaft …«

Camilla schüttelte den Kopf. »Hör zu, Paul, und sprich nicht weiter! Ich muss dir etwas sagen! Du weißt ja nicht, was geschehen ist. Adelheid war hier, in der Charité. Sie hatte Schmerzen. Dann ist alles schiefgelaufen. Es kam zu einer Frühgeburt – sie erlitt einen Riss in der Plazenta. Dadurch hat sie sehr viel Blut verloren. Sie wurde operiert – doch nach einem Herzstillstand konnte man leider nichts mehr für sie tun.«

Paul blieb einen Augenblick still. »Heißt das etwa«, er holte tief Luft, »dass Adelheid … tot ist?«, fragte er beinahe ungläubig. »Und das Kind …«

»Dein Kind … es war leider nicht lebensfähig.« Camilla schlug die Augen nieder. Es fiel ihr sehr schwer, Paul die Wahrheit zu sagen. Es war plötzlich so ruhig, dass man eine Stecknadel hätte fallen hören.

»Adelheid ist tot«, wiederholte Paul mechanisch. Er horchte in sich hinein. Doch er fühlte nichts – keine Trauer, nur eine große Leere. Dann riss er sich zusammen. »Wenn ich ehrlich bin, kann ich ihren Tod nicht einmal bedauern. Ich habe in dieser Ehe die Hölle erlebt. Unsere Tage waren geprägt von Hass und gegenseitiger Zerfleischung. Wir hätten niemals heiraten dürfen. Und das Kind«, Tränen standen plötzlich in seinen Augen, »ich weiß bis jetzt nicht, ob es von mir war.«

»Das tut mir sehr leid für dich«, sagte Camilla mit brüchiger Stimme. »Aber es ist nun einmal nicht zu ändern. Das Schicksal hat es so gewollt. Aber jetzt musst du an dich denken und daran, wieder ganz gesund zu werden …«

Paul unterbrach sie mit einem zynischen Auflachen. »Wie soll das denn vor sich gehen? Ich werde nie wieder richtig laufen können. Und hier, in diesem Krankensaal, bleibe ich keine Minute länger als nötig, das schwöre ich. Ich habe noch genug Munition. Lieber verrecke ich in irgendeinem Winkel …«

»Sag das nicht«, unterbrach ihn Camilla hastig. »Es kann doch alles wieder gut werden. Wenn du willst …«, sie holte tief Luft, »dann nehme ich dich mit zu mir. Ich kümmere mich um dich, bis du gesund bist und mit einer Prothese laufen gelernt hast. In der ersten Zeit könnten wir eine Pflegerin engagieren. Bis dahin habe ich in der Charité gekündigt. Ich wollte es ohnehin tun – mir eine andere Aufgabe suchen. Wenn du dich bemühst, wird bald niemand mehr merken, dass du auf ein Hilfsmittel angewiesen bist.«

Ein längeres Schweigen entstand, in dem Paul sie fassungslos ansah. »Camilla! Das würdest du für mich tun?«, stieß er schließlich hervor. »Du willst dich mit einem Krüppel wie mir belasten? Nach allem …«, er stockte und wischte sich über die Augen, »was geschehen ist? Warum?« Er sah sie fragend an, als er sich wieder gefasst hatte.

Camilla senkte den Blick. »Vielleicht, weil ich eingesehen habe, dass ich dich nie vergessen werde. Dass wir zusammengehören. Egal, was geschehen ist – du bist der einzig wichtige Mann in meinem Leben geblieben.«

»Camilla!« Paul fasste ihren Arm. »Ist das wirklich wahr? Oder träume ich das alles nur? Wirst du mir jetzt überhaupt glauben, wenn ich dir sage, dass es mir genauso geht?«

Camilla sah ihn mit leuchtenden Augen an und Paul fuhr hastig fort. »Dass ich viel zu spät gemerkt habe, wie sehr ich dich liebe. Und immer geliebt habe! Tausendmal habe ich bereut, was ich in meiner Dummheit angerichtet habe, ich schwöre es. Aber ich dachte, es sei zu spät und du würdest mir nicht mehr glauben …« Er brach ab, vor innerer Bewegung konnte er nicht weitersprechen. Erst nach einer Weile fuhr er fort. »Überlege es dir gut. Ich bin nicht mehr der, der ich war. Du könntest einen anderen, gesunden Mann finden …«

Sie legte sanft den Arm um ihn. »Sag das nicht, Paul. Wenn du es wirklich willst, dann wirst du wieder gesund werden. Und anders darüber denken.«

Sie beugte sich zu ihm, zog seinen Kopf sanft zu sich und küsste ihn. Paul schloss die Augen und erwiderte ihren Kuss. Wie eine warme Welle zog es durch seinen geschundenen Körper, eine Flut von Geborgenheit mit dem Gefühl, endlich angekommen zu sein. Er konnte es beinahe nicht fassen. Eben noch war er todunglücklich gewesen und hatte sich umbringen wollen – und nun wendete sich auf einmal das Blatt. Sein Schicksal schien besiegelt, doch jetzt erfüllten ihn plötzlich neue Hoffnung und eine unsinnige Seligkeit zugleich. Er umfasste ihre Schultern und presste sie an sich. »Camilla, mein guter Engel! Ich kann es immer noch nicht glauben, dass ich dich wiedergefunden habe – dass du zu mir stehst! Hör mich an! Ich war eine unruhige Seele, ein Egoist, der das Glück herausforderte und sich vom Schicksal treiben ließ. Das alles bereue ich aus tiefstem Herzen. Aber wie ist es möglich, dass du die Kraft aufbringst, mir zu verzeihen?«

»Sprich nicht mehr von dem, was war.« Camilla lächelte ihn an. »Es ist vorbei. Vergiss diese Zeit, als wäre sie nie geschehen. Schau in die Zukunft. Wir fangen ganz von vorne an. Du sagst, du hast dich vom Schicksal treiben lassen. Dann ist es höchste Zeit, dass du dein Schicksal jetzt selbst in die Hand nimmst, dich seinen Herausforderungen stellst, auch wenn sie dir unüberwindlich scheinen. Und wenn du ernsthaft dazu bereit bist, dann schaffst du es. Du wirst wieder laufen lernen, so, als wäre nichts geschehen. Bei mir zu Hause.«

»Bei dir«, fragte Paul ungläubig. »Und wo ist das?«

»Im Anwesen meines Vaters. Ich habe es geerbt – aber es war bisher viel zu groß für mich. Ich hätte niemals allein dort leben wollen. Aber du«, sie verbesserte sich, »das heißt, wir werden uns dort zusammen sicher wohlfühlen. Uns ein neues Leben aufbauen.« Sie sah ihn aufmunternd an. »Und jetzt komm.« Sanft versuchte sie, ihn hochzuziehen. »Eine Nacht musst du es hier in der Charité noch aushalten.«

Paul wusste nicht, wie ihm geschah. Auf seine Krücken gestützt, den hilfreichen Arm Camillas um sich fühlend, ließ er sich von ihr zu seinem Bett im Krankensaal führen. Umnebelt von einem plötzlichen Glücksgefühl, der Gewissheit, trotz seiner Fehler, seiner Hilflosigkeit geliebt zu werden, schien ihm plötzlich alles verändert. Er hatte das Gefühl, als wäre er in den letzten Stunden ein ganz anderer geworden. Jemand, der neu beginnen, sich allen Schwierigkeiten stellen und nicht aufgeben würde. Ein Mensch, der sein Leben in die Hand nahm und nie mehr zum Spielball des Schicksals werden wollte.

***

Berlin, 2018

Ich legte die letzten Blätter aus der Hand, wandte das Gesicht ab und wischte mir kurz über die Augen. Es war still im Raum. Alexander sah mich abwartend an. Keiner von uns beiden sprach ein Wort. Nur das Kaminfeuer knisterte wie immer in der Ecke und draußen trommelte der Novemberregen gegen das Fenster. Der trübe Tag dunkelte schon. Was sollte ich sagen? Die Geschichte hatte mich stärker ergriffen, als ich es mir eingestehen wollte, ob sie nun wahr war oder nicht. Eine gewisse Traurigkeit erfüllte mich, darüber, dass jetzt alles zu Ende war. Gehörten die Treffen mit Alexander jetzt der Vergangenheit an? Ich spürte, wie sehr ich die mit Diskussionen ausgefüllten Nachmittage bei ihm vermissen würde, dass ich schon jetzt Sehnsucht nach ihm hatte. »Dein Roman hat mich sehr berührt«, begann ich, während er mich erwartungsvoll ansah. »Um ganz ehrlich zu sein – er lief wie ein Film vor meinen Augen ab. Eine spannende Familiengeschichte, die mir die Vergangenheit ganz nahe gebracht hat. Ging es denn wirklich so gefühlvoll zu Ende?«

»Ich habe es so gesehen«, wich Alexander aus. »Und ich wünsche mir, dass es so gewesen ist.«

Ich lächelte ein wenig wehmütig und stand langsam auf. »Ich werde unsere Stunden am Kamin sehr vermissen.«

»Wir könnten sie ja fortsetzen.«

Mein Herz schlug sofort einen Takt schneller. »Nur, wenn du mir verrätst, was davon du erfunden hast und was wirklich passiert ist«, erwiderte ich, bemüht, meine Gefühle nicht zu zeigen.

»Darauf kannst du lange warten!« Alexander lächelte und fasste meinen Arm. »Fakt ist: Tessa, Camilla und Paul hatten kein leichtes Leben in der Zeit, in die sie hineingeboren wurden. Aber sie haben versucht, das Beste daraus zu machen. Und so habe ich sie beschrieben. Findest du nicht?«

Ich sah ihn an und verlor mich in seinen Augen, die die meinen nicht mehr losließen. »Stimmt, wenn auch auf ganz unterschiedliche Weise«, sagte ich und meine Stimme klang rau und fremd. »Vielleicht sind sie mir deshalb so ans Herz gewachsen.« Ich zögerte. »Und daher sollten wir den Rest der Familiengeschichte auch nicht weiter aufrollen.«

»Warum nicht? Das wäre dann etwas für einen nächsten Roman«, schmunzelte Alexander.

»Noch eins: Es würde mich interessieren, wieso du gerade diesen Titel gewählt hast.« Ich sah ihn prüfend an. »Spielball des Schicksals. Denkst du eigentlich, dass man sein Schicksal selbst beeinflussen kann – oder ist vielleicht alles von Anfang an vorherbestimmt?«

Alexander sah sinnend an mir vorbei. »Darüber sollen sich die Philosophen streiten.« Er wandte sich mir wieder zu. »Ich denke, dass es bestimmte Prüfungen gibt, bei denen wir uns so oder so entscheiden können. Schicksal ist für mich, dass wir beide uns begegnet sind. Dass ich dich kennenlernen durfte. Schließlich hast du mir das Leben gerettet! So wie Paul Camillas Leben!« Er legte ganz zart den Arm um mich, zog mich an sich und küsste mich. »Ich wusste sofort, dass ich dich nie wieder loslassen durfte. Weil ich mich gleich am Anfang in dich verliebt habe.« Er sah mich eindringlich an, als ich wieder zu Atem gekommen war. »Ich war mir deiner allerdings nicht ganz sicher. Und deshalb gibt es da etwas, das ich keinesfalls dem Schicksal überlassen möchte. Willst du bei mir bleiben?«

Meine Anspannung löste sich, ich schlang die Arme um seinen Hals und lächelte ihn glücklich an. »Ja«, sagte ich und küsste ihn. »Ja! Das will ich. Von ganzem Herzen!«

11923514R00275

Printed in Germany
by Amazon Distribution
GmbH, Leipzig